ASLAK NORE
FELSEN
GRUND

ASLAK NORE

FELSEN GRUND

ROMAN

Aus dem Norwegischen von
Dagmar Lendt

Kiepenheuer & Witsch

Der Verlag dankt
Norla, Norwegian Literature Abroad, für die großzügige
Übersetzungsförderung und die freundschaftliche
Verbundenheit. Tusen takk, Norla!

1. Auflage 2025

Titel der Originalausgabe Ingen skal drukne
© 2023 H. Aschehoug & Co. (W. Nygaard), Oslo
Published by agreement with Winje Agency A/S, Norway
Aus dem Norwegischen von Dagmar Lendt
© 2025, Verlag Kiepenheuer & Witsch GmbH & Co. KG,
Bahnhofsvorplatz 1, 50667 Köln
Alle Rechte vorbehalten
Die Nutzung unserer Werke für Text- und Data-Mining
im Sinne von §44b UrhG behalten wir uns explizit vor.
Covergestaltung buxdesign | Lisa Höfner
Covermotiv © Oskar Ulvur / Trevillion Images;
mauritius images/ClickAlps/StefanoTermanini
Gesetzt aus der Calluna
Satz Buch-Werkstatt GmbH, Bad Aibling
Druck und Bindung GGP Media GmbH, Pößneck
ISBN 978-3-462-00397-0

Kontaktadresse nach EU-Produktsicherheitsverordnung:
produktsicherheit@kiwi-verlag.de

*Dieses Buch ist gewidmet
Kjetil Anders Hatlebrekke (1970–2023)
und anderen Veteranen, die für Norwegen gekämpft
und den Preis dafür bezahlt haben.*

»To betray, you must first belong.«

KIM PHILBY

Stammbaum der Familie Falck

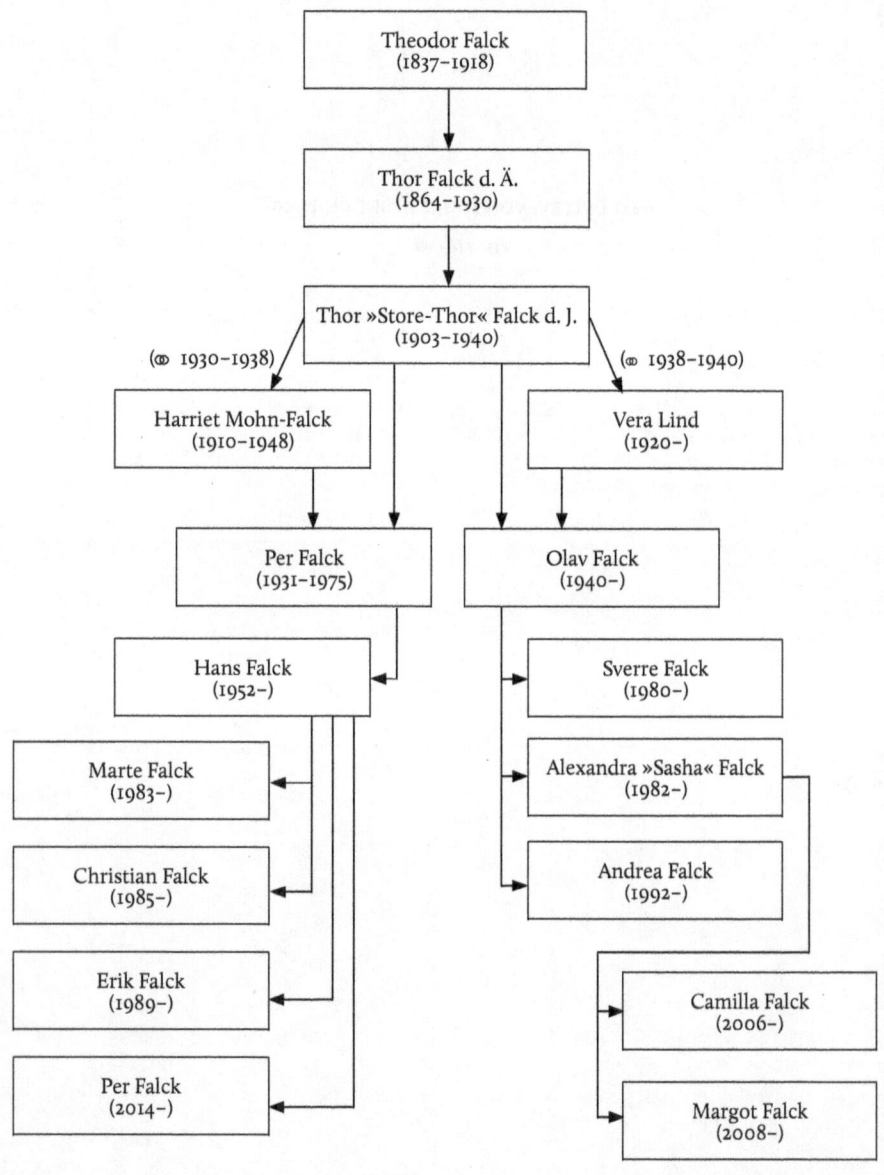

Prolog

Arktischer Friedhof

Longyearbyen

In der Hocharktis hat das Jahr nur einen einzigen Tag – einen Tag und eine Nacht. Der Sonnenuntergang im Oktober dauert knapp eine Woche, bevor sich die winterlange Dunkelheit herabsenkt. In Longyearbyen hatte die Nacht einen guten Monat gedauert. Der Wind machte aus den elf Grad unter null gefühlte minus neunzehn Grad. Aus der Novemberdunkelheit des Adventdalen tauchte ein Licht auf, schwach zuerst, bevor es langsam stärker wurde und sich ein Frontscheinwerfer abzeichnete.

Später würde die Zeugin, die zuerst angerufen hatte, die Besitzerin des Ferienhauses »Casa Polaris« auf einer Anhöhe über der flachen Talsohle, angeben, dass das Rucken und Schaukeln des Lichts sie stutzig gemacht hätten.

Der Schneescooter folgte dem markierten Weg, der in die Siedlung hineinführte.

Gouverneur Robert Eliassen hatte gerade seinen Arbeitstag nach einer Besprechung mit dem Pfarrer beendet. Eliassen war ein stämmiger Polizist in den Sechzigern, der den Posten des Gouverneurs von Svalbard – der früher als Spitzbergen bekannten Inselgruppe im Nordpolarmeer – nach einer langen und erfolgreichen Karriere im Polizei- und Sicherheitsdienst in Nordnorwegen erhalten hatte. Mit Ohrenklappenmütze und winddichten Fäustlingen ausgestattet, fuhr er nun auf dem Scooter die dreihundert Meter zurück zum Sysselmannsgården.

Der Pfarrer hatte mit ihm über den Friedhof auf dem Hügelkamm Richtung Platåfjellet sprechen wollen, wo der Permafrost langsam alle Särge aus dem Boden drückte. Wer auf Svalbard begraben wird, kommt früher oder später wieder hoch.

Er hatte ihm einen Artikel gezeigt, in dem es hieß, auf der Inselgruppe sei es »verboten zu sterben«. Sicherlich eine Übertreibung, aber das hier war »keine Gegend für ein Leben von der Wiege bis zur Bahre«, wie Eliassen zu sagen pflegte.

Svalbard ist weder ein Ort zum Geborenwerden noch zum Sterben.

Anders als die meisten Besucher von Longyearbyen annehmen, hat der Name des Ortes nichts mit den Jahreszeiten am achtundsiebzigsten Grad nördlicher Breite zu tun. Er bezieht sich nicht auf die Zeiten von Dunkelheit und Mitternachtssonne, Randzonenphänomene, die mit unserer gängigen Kategorisierung der Realität – dass die Sonne morgens auf- und abends untergeht – so gründlich brechen, dass sie Wahnsinn, Delirium oder den sogenannten *Polarbazillus* hervorrufen können, der das Leben auf dem Festland leer und sinnlos erscheinen lässt. Der Ort wurde nach einem amerikanischen Bergarbeiter benannt.

Eliassen ging auf Sysselmannsgården zu, einen gemütlichen Hof umgeben von roten Holzhäusern, die in starkem Kontrast zum futuristischen Nachbargebäude standen, in dem sich der Verwaltungsssitz des Gouverneurs befand. »Darth Vader ist in Longyearbyen gelandet«, hatte ein zugereister Reporter es beschrieben. Es war, wie die Besucher sagten: Was andernorts Fantasy und Science-Fiction ist, ist auf Svalbard Sozialrealismus.

Kaum angekommen, hörte Eliassen einen Motor aufheulen und sah, wie ein Scooter in hohem Tempo durch einen vom Räumpflug aufgeworfenen Schneewall brach, bevor er jäh auf dem Hofplatz zum Stehen kam.

»He, Sie da!«, rief er und lief die paar Meter hinüber zu dem Fahrzeug.

Auf dem Scooter saß ein kräftiger bärtiger Mann wie versteinert, bevor er sich mit sichtlich großer Mühe vom Sitz erhob und im Schnee zusammenbrach.

Unterkühlung, schloss Eliassen sofort. Die Jahre in der Arktis hatten ihn nicht nur gelehrt, diese Gefahr für sich selbst zu vermeiden, sondern auch zu erkennen, wenn andere, weniger erfahrene Polarbewohner es nicht schafften, sich gegen die Kälte zu schützen.

Er versuchte, Kontakt aufzunehmen, sowohl auf Englisch als auch auf Russisch, ohne eine vernünftige Antwort zu erhalten. Als er den Mann an der Schulter packen wollte, murmelte der Russe etwas.

»Don't ... don't touch!«

Die Augen des Mannes hatten Mühe, sich auf den Gouverneur zu fokussieren.

»Medical care ... emergency ...«

»Sie bekommen natürlich ärztliche Hilfe«, sagte Eliassen, »aber Sie können hier nicht liegen bleiben. Sonst erfrieren Sie.«

Es war, als würde der Mann sich zusammenreißen. Er sagte: »P-p-poison.«

»Was?«, fragte der Gouverneur.

»Vergiftet«, stöhnte der Russe auf Englisch mit leiser, metallischer Stimme.

Robert Eliasson richtete sich auf und trat einen Schritt zurück. Hatte er den Mann berührt, der vor ihm auf dem Boden lag? Nein, aber es hätte nicht viel gefehlt. Er griff zum Telefon, rief eine Nummer an und schilderte dem ärztlichen Bereitschaftsdienst kurz die Situation.

»Wie heißen Sie?«, fragte Eliassen den Mann.

»Ich bin ... Oberst ... Vasilij ... Zemljakow ...«

»Woher kommen Sie jetzt?«

»B-B-Barentsburg.«

»Ich heiße Robert Eliassen und bin der oberste Regierungsbeamte Norwegens hier auf Svalbard«, stellte sich der Gouverneur streng vor.

Der Russe wand sich im Krampf und blieb auf der Seite liegen, mit dem Kopf in einer kleinen Schneewehe. Eliassen sah, wie ihm Blut aus Mund und Nase zu laufen begann.

»Der Rettungswagen ist unterwegs.«

Schon jetzt waren ihm mehrere Dinge klar. Erstens: Der Mann war todkrank. Zweitens: Falls die Russen ihn vergiftet hatten, dann mochten die Götter wissen, ob er selbst nicht auch in Gefahr war. Ein vergifteter russischer Oberst auf NATO-Territorium wäre ein internationaler Skandal. In Brüssel könnte so etwas als *chemischer Angriff* gewertet werden. Eliassen überlief ein kalter Schauer.

»*Governor?*«, flüsterte Zemljakow und zeigte in Richtung des Adventdalen. »Falck?«

»Falck?«

Gouverneur Eliassen starrte auf den Mann zu seinen Füßen. Natürlich war ihm die Aktivität der Falcks auf Svalbard bekannt. Sie besaßen seit 1916 Bergbaurechte auf Spitzbergen. Hans Falck, der prominente Arzt, war außerdem ein alter Bekannter aus den 1970er-Jahren, als Eliassen alle Hände voll zu tun gehabt hatte, Kommunisten wie ihn zu überwachen.

»Was soll das heißen?«

»Falck hat eine Stiftung und ein Unternehmen ... SAGA.«

»Und?«

Zemljakow spuckte Blut.

»Wir haben jemanden innerhalb der SAGA.«

»Wen?«, fragte der Gouverneur.

Im selben Moment traf der Rettungswagen ein, und zwei Sanitäter in Strahlenschutzanzügen kamen mit einer Trage angelaufen. Sie hoben den Russen vorsichtig hoch und legten ihn auf die Trage. Zemljakow drehte den Kopf, als sie ihm eine Sauerstoffmaske aufsetzen wollten. Er sah Eliassen eindringlich an.

»Jemanden in der Familie ... Sie bekommen den Namen ... wenn Sie mir dafür Schutz garantieren.«

Er verlor das Bewusstsein. Der Rettungswagen fuhr davon.

Robert Eliassen stellte den Motor des Schneescooters ab. Es

wurde totenstill. Er blieb eine Weile stehen und starrte hinüber zum Operafjellet auf der anderen Seite des Fjords; der Berg sah in der Dunkelheit aus wie eine Theaterkulisse, nachdem man die Lichter gelöscht hat. Ein Maulwurf in der Falck-Familie?

Er griff zum Telefon und rief den diensthabenden Arzt an.

»Ich muss den Russen vernehmen«, sagte Eliassen, »so schnell wie möglich.«

»Ich fürchte, daraus wird nichts«, antwortete der Arzt und holte tief Luft. »Der Patient ist im Rettungswagen verstorben. Wir konnten nichts mehr für ihn tun.«

TEIL 1
ADVENT

Kapitel 1

330. Rettungsgeschwader

Norwegisches Hoheitsgewässer, Nordnorwegen

Der Rettungshubschrauber, ein Sea King, hob vom Helipad ab, als wäre er ein Lift, verharrte einige Meter über dem Boden und schwankte im Wind, bevor er sich zur Seite neigte, die Nase leicht senkte und Kurs auf den Vestfjord nahm.

Die Meldung lautete: Russischer Trawler nordwestlich von Sortland. Kapitän akut erkrankt.

Hans Falck saß ganz hinten in der Maschine, auf dem Sitz rechts vom Rettungssanitäter, in einem wollgefütterten signalroten Überlebensanzug und angeschnallt mit einem Dreipunkt-Sicherheitsgurt. Schneeregen peitschte gegen das Fenster. Sie hatten heftigen Gegenwind, die Kabine rüttelte so stark, dass die medizinischen Geräte sich bewegten. Es war der letzte Tag Bereitschaft in dieser Schicht.

Unter sich erkannte er die Meerenge zwischen Bodø und den hohen Gipfeln auf Landegode. Es war früh am Vormittag, aber das Novemberlicht war so schwach, dass die Kabine in Dämmerung gehüllt war.

Schon seit Hans ein kleiner Junge war und Onkel Herbert ihm den ausgestopften Eisbären im Svalbard-Büro der Reederei Det Hanseatiske Dampskipsselskap gezeigt hatte, zog es ihn in den Norden. Für ihn war das wie ein physikalisches Gesetz, wie ein Objekt, das Bodenhaftung verlieh. Alle Erinnerungen an diesen Landesteil lagen tief in ihm verborgen, so wie Menschen ihre verlorene Jugend oder die Erinnerung an eine alte Liebe in sich tragen. Die Luft konnte sie heraufbeschwören, feucht an der Küste, trocken und eiskalt auf den Hochebenen im Inland. Oder die zerklüfteten und endlosen Landschaften, schneebedeckt und vom Nordlicht erhellt im Winter, in ewige Sonne getaucht im Sommer. Die geradezu südländische Herzlichkeit der Nordnorweger kannte er aus der Levante.

»Doktor Hans«, sagte Rettungssanitäter Giske. Der selbstsichere junge Westnorweger schlürfte einen Becher Tütensuppe und schaute gelangweilt hinaus auf die stürmische See. »War das nicht da unten, wo dieses Hurtigrutenschiff mit deinen Verwandten an Bord im Krieg untergegangen ist?«

Hans blickte nachdenklich hinunter auf die Schaumkronen im Vestfjord. Mit dem Schiffbruch der Hurtigrute war dem Osloer Zweig der Familie Falck die direkte Abstammungslinie gekappt worden. Die größte ihrer vielen Lügen.

Es war außerdem hier gewesen, während einer Konferenz auf einem Hurtigrutenschiff im Trollfjord, als Siri Greve mit einer Kopie von Veras Testament zu ihm gekommen war.

Praktisch hatte Vera ihm und seinem Familienzweig die Kontrolle über eine Gesellschaft im Wert von zwölf Milliarden Kronen, eine gemeinnützige Stiftung und die vielleicht attraktivste Privatimmobilie des Landes vermacht. In letzter Zeit hatte M. Magnus besonders viel Druck gemacht. »Du musst dein Recht einfordern«, hatte er gesagt.

Natürlich konnte Hans gute Gründe nennen, warum er den Kampf nicht aufgenommen hatte. Dass sein radikales Gewissen in direkter Opposition zum Falck-Vermögen stand. Dass sein Idealismus unvereinbar mit modernem Privatkapitalismus war. Dass sein Platz draußen war, im aktiven Einsatz, und nicht in einem Rosenturm auf Rederhaugen.

Ein Leben zu retten bedeutete für ihn, die ganze Welt zu retten.

All das könnte er sagen, und die Leute würden gebannt zuhören, wie sie es immer taten, wenn er sprach, am Esstisch, bei der Verleihung einer Ehrendoktorwürde, in einem libanesischen Flüchtlingslager oder bei einer Bewohnerversammlung in Nordnorwegen, wo man gegen die Schließung eines örtlichen Krankenhauses kämpfte. Sie ließen sich alle in seinen Bann ziehen.

In den Augen anderer war Hans der Inbegriff von Tatkraft. Wenn Alarm gegeben wurde, wenn die Bomben fielen und Menschen sich in Not befanden, war niemand rascher zur Stelle. Das war seine zentralstimulierende Droge. Aber wenn die familiären Beziehungen schwierig wurden, vergrub Hans seine Geheimnisse unter haufenweise Arbeit.

Der Sea-King-Hubschrauber wurde heftig durchgeschüttelt, gerade als sich auf der linken Seite die Konturen der Lofot-Wand abzeichneten, eingehüllt in Unwetterwolken und tief hängendem Nebel.

Ebenso wie Hans besaß Giske diese ruhepulsartige Gelassenheit, welche so fremd auf Zivilisten wirkte, die von leichten Turbulenzen auf einem Linienflug in Angst versetzt wurden. So etwas hatte Hans nie geschreckt. Es war die Ruhe, die ihm unheimlich war – die Stille nach einer erhitzten Diskussion am Esstisch oder nach einem aufgeflogenen Seitensprung.

Sie hatten die steilen Felseninseln der Vesterålen überflogen und waren auf dem Weg hinaus auf den endlosen Atlantik, als der Pilot sich im Headset meldete.

»Fünf Minuten bis zur angegebenen Position. Giske, mach dich bereit für den Abstieg aufs Schiff.«

Hans entdeckte den Trawler als Erster: ein blauer Rumpf unter einer schwarzen Winsch mit der Kommandobrücke vorn und einem breiten Heck achtern, hoch und plump wie eine schwimmende Fabrik. Vielleicht hundert Fuß lang, obwohl das schwierig abzuschätzen war. Eine starke Bö riss den Hubschrauber hoch und stieß ihn hinab in ein Luftloch, wie ein Schiff auf dem Meer. Der Rettungssanitäter stand auf und hangelte sich vor zur offenen Luke. Eiskalter Wind schlug ihnen entgegen. Der Navigator hatte sich erhoben und stand neben ihm.

»Wir sind auf Position«, sagte der Pilot mit der gleichgültigen, beinahe lässigen Stimme, die einen guten Unwetterpiloten auszeichnet.

»Gibt es Neuigkeiten zum Krankheitsbild des Kapitäns?«, fragte Hans. »Alkoholvergiftung?«

»Sie wirken ziemlich gestresst«, sagte der Navigator. »Wenn du mich fragst, hat er akute Schmerzen.«

»Giske, klarmachen zum Runtergehen«, kommandierte der Pilot.

Der Navigator und der Maschinist überprüften, dass der Sanitäter sicher befestigt war.

Mit beidhändigem Griff um die Stange über der Luke lehnte Giske sich hinaus und ließ sich von der Winde hinabfieren. Schnee wehte ins Innere des Hubschraubers, dicke Flocken schmolzen auf Hans' signalroten Schenkeln. Die Rotoren lärmten infernalisch.

Nach einer gefühlten Ewigkeit meldete der Sanitäter schließlich, dass er unten war.

»Zustand des Russen?«, fragte der Navigator.

»Sie wollen mich nicht in die Kabine lassen, in der er liegt«, rief Giske. »Aber soweit ich das beurteilen kann, hat er starke Schmerzen im Bauchraum. Schlechter Allgemeinzustand.«

»Sorg dafür, dass sie ihn auf die Trage legen«, rief der Navigator, »dann sehen wir ihn uns hier oben an und bringen ihn nach Bodø.«

Erneutes Rauschen in der Verbindung, sie konnten wütende Rufe hören.

»Die Russen weigern sich, ihn mir mitzugeben«, meldete Giske. »Sie finden, es ist zu gefährlich, und er ist zu krank.«

»Dann können wir nichts tun«, sagte der Navigator. »Wir ziehen dich hoch.«

»Warte!«, rief Hans in den Sprechfunk. »Giske, kannst du die Russen bitten, seinen Unterbauch abzutasten? Sag ihnen, sie sollen den Bauch vorsichtig ein paar Zentimeter tief eindrücken. Tut ihm das weh?«

»Erstaunlich wenig, berichten sie«, antwortete der Sanitäter einige Augenblicke später.

»Dann sag ihnen, sie sollen den Druck schlagartig lösen.«
Der Schrei, der nun folgte, war so heftig, dass kein Zweifel bestand.

Im Cockpit sahen sie einander an, der Navigator, der Maschinist und Hans.

»Ich glaube, wir können den Mann retten«, sagte Hans ernst.
»Ich gehe runter.«

Die beiden anderen sagten nichts, sondern nickten stumm.

Hans hakte sich an die Sicherungsleine, stand auf und machte breitbeinig ein paar Schritte durch den schaukelnden Hubschrauber auf die Luke zu. Er befestigte sich am Abseilgurt. Der Navigator überprüfte, dass er festgeschnallt war.

Dann schwang Hans sich hinaus in die Dunkelheit und begann, sich abzuseilen. Der Lärm der Rotoren mischte sich mit dem Wind. Tief, tief unten konnte er die Lichter des Trawlers ausmachen. Wie hoch oben er war! Der Rumpf zeichnete sich auf einem Wellenkamm ab, gleichsam reglos wie ein gestrandetes Schiff bei Niedrigwasser, bevor er in einem weiß schäumenden Tal verschwand. Hans pendelte hin und her, sodass er für einen Moment glaubte, er würde gegen einen der Masten geschleudert werden.

Der Wind war stark, aber Hans fühlte sich in der mit Gewichten beschwerten Steuerleine sicher.

Jetzt konnte er den Trawler deutlich sehen. Ein großes rostiges Ungeheuer.

Noch sieben Meter, fünf Meter, drei Meter ...

Unten auf dem Deck löste er sich von der Leine und ging schwankend hinüber.

»Was machen wir?«, fragte Giske.

»Du wartest hier«, rief Hans. »Ich rede mit den Russen.«

Zwei russische Seeleute kamen auf ihn zu. Durch den Wind rief Hans, er sei Arzt und habe eine Vermutung, woran der Kapitän leide.

Einer der beiden gestikulierte und versuchte es mit einer Antwort. »Doktor okay. Operation hier.«

Der andere Russe trat vor, als wollte er den Worten Nachdruck verleihen. Hans nickte und eilte auf die Brücke, wo man ihn in die Kapitänskajüte brachte.

Der Kapitän lag auf einer Trage auf dem Boden. Er war ein athletischer, muskulöser Mann in den Vierzigern.

Hans öffnete die Sanitätstasche und sah nach, was ihm zur Verfügung stand. Hielt ein Skalpell gegen das Licht.

»Really?«, sagte einer der Russe.

Eine Welle ließ das Steuerhaus erbeben.

»Entweder das oder der Tod«, erwiderte Hans ernst.

Er spritzte ein Narkosemittel, und der Kapitän verlor schnell das Bewusstsein. Die Besatzung stand um sie herum.

»Ich brauche noch einen Mann, der mir hilft«, befahl Hans und zeigte auf den, der anscheinend am besten Englisch sprach, bevor er ihm Mundschutz und Handschuhe reichte. »Du.«

Als Erstes schnitt Hans das Hemd des Kapitäns zwischen oberem Beckenrand und Bauchnabel auf. Er tastete vorsichtig nach dem McBurney-Punkt im unteren Teil der Bauchwand und desinfizierte den Bereich mit Alkohol. Mit dem Skalpell setzte er einen rund fünf Zentimeter langen Schnitt, und mithilfe des Matrosen, der den Schnitt offen hielt, legte er die Muskelfasern frei, bis das Bauchfell sichtbar wurde. Das Schiff rollte immer noch, aber es war, als ob dessen Bewegungen mit dem Meer verschmolzen. Mit einem etwas tieferen Schnitt öffnete Hans die Bauchhöhle und steckte seinen behandschuhten Zeigefinger hinein, um den Dickdarm zu finden.

Darunter kam der geschwollene Appendix des Blinddarms zum Vorschein. Er war rot und hatte die Form und Größe eines Regenwurms. Hans zog ihn herauf und suchte nach der *Arteria appendicularis*, die er sicherte und abband, bevor er sie durchtrennte und das Ende des Blinddarms zurück in die Bauchhöhle schob. Dann verschloss er die Bauchwand und die äußere Haut. Die Operation hatte nur wenige Minuten gedauert.

»Zum letzten Mal«, sagte Hans. »Wir müssen ihn mitnehmen.«

Der Russe fuhr ihn barsch an. »Er bleibt. Thank you, doctor.«

Beim Hinausgehen schnappte Hans sich den Becher, in den er den Wurmfortsatz gelegt hatte, und steckte ihn in einen diffusionsdichten Beutel, den er anschließend versiegelte.

Der Rettungssanitäter kam ihm entgegen. »Und?«

»Er ist bald wieder auf den Beinen«, antwortete Hans.

»Verdammt, was für ein Job«, sagte Giske.

Im Sprechfunk knisterte es.

»Falck, Giske?«, meldete sich der Navigator. »Wir haben nur noch wenig Treibstoff.«

Die Norweger gingen rasch durchs Steuerhaus und an Deck.

»Wir sind bereit zum Hochholen!«, rief Hans, die Stimme voller Adrenalin.

Einen Augenblick später schwebte er am Seil über die Reling hinweg, während der Trawler auf eine Welle zurollte, die höher war als alle davor.

Hans erkannte es sofort. Das würde schiefgehen.

Für eine Sekunde war es, als sei er schwerelos, bevor er im nächsten Moment zurück in Richtung Trawler geschleudert wurde und einen Stahlmast auf sich zukommen sah.

Denn das hier war es, was er immer gefürchtet hatte. Nicht den Tod an sich, sondern die sich verdichtende Todesangst des Free-Solo-Kletterers ab dem Moment, in dem er den Halt an der Felswand verliert, bis zum Aufschlag auf dem Boden, die Sekunde zwischen der Explosion der Landmine und der Druckwelle, die sie freisetzt, die Zehntelsekunde vom Herabsausen der Guillotine bis zum Durchtrennen der Halsschlagader.

Dann fiel der Vorhang.

Kapitel 2

Die Zeit der krummen Touren ist vorbei

Rederhaugen, Oslo

Eines der ersten Dinge, die Sasha Falck als neue Direktorin der SAGA tat, war, die Statue von Store-Thor abzureißen, die lange den großen quadratischen Rasen vor dem Haupteingang von Rederhaugen geschmückt hatte.

Sie beauftragte einen Bildhauer, als Ersatz eine Büste ihrer Großmutter anzufertigen. Starke Frauen waren eine Spezialität des Künstlers, und wie schwierig Vera Lind auch sonst zu beschreiben war, gehörte sie zweifellos in diese Kategorie. Denn neben ihrem Wirken als Schriftstellerin, das in bestimmten Kreisen Kultstatus genoss, hatte sie unter großem persönlichem Risiko den männlichen Familienmitgliedern getrotzt, um die Wahrheit zu erzählen.

Sasha blickte hinauf zu dem Bronzegesicht. Es war früh am Morgen des 1. Dezember. Vieles musste noch erledigt werden, bevor »Falck 3«, ein Rettungsschiff, das das Familienunternehmen der Norwegischen Seenotrettungsorganisation gestiftet hatte, in der Hauptstadt getauft werden konnte. Anschließend würde es einen Empfang auf Rederhaugen geben. Als SAGA-Direktorin kam Sasha eine Schlüsselrolle zu.

Es nieselte unangenehm, und die Tropfen legten sich wie Schweißperlen auf die Stirn von Großmutters Statue. Sasha zog den bereits feuchten Schal fester um den Hals und stieg über die niedrige Einzäunung, die den Kiesweg vom Rasen mit der Büste trennte. *Vera Lind 1920–2015.* Natürlich hatte Sasha eine Gedenktafel mit einer Inschrift erwogen, vielleicht etwas aus Veras Büchern, aber ihre Großmutter hatte immer so höhnisch über den Spruch an Store-

Thors Büste gelacht, dass sie davor zurückschreckte.»›Weiterzuleben in den Herzen, die wir zurücklassen, heißt, nicht zu sterben‹, hahaha, wie wär's mit ›Seine irdische Hülle hat uns verlassen, aber die Großspurigkeit möge ewig leben‹.«

Die Züge der Vera-Büste ähnelten ihrem eigenen Gesicht, die markante römische Nase und die hohen Wangenknochen, auch wenn das hochgesteckte Haar andeutete, dass der Künstler eine ältere Version der Großmutter als Modell genommen hatte. Die Haut war glatt, wie nach einem Facelifting, der Blick, mit dem sie auf den Fjordhorizont starrte, hatte die leere Unnahbarkeit von Statuen. Großmutter erinnerte an eine andere Wirklichkeit, eine der Kunst und der Leidenschaft, jenseits der Selbstkontrolle, die Sasha stets anstrebte.

Alles hatte im Jahr zuvor begonnen, als Vera im Alter von fünfundneunzig Jahren Selbstmord beging. Das Testament war verschwunden. Trotz der Warnung ihres Vaters, sie solle »nicht jeden Stein umdrehen«, hatte Sasha sich auf die Jagd nach Großmutters Geheimnissen gemacht. Die Suche hatte sie auf die Spur von Veras Manuskripft *Meeresfriedhof* gebracht, verfasst im Jahr 1970. Darin hatte sie eine Reise mit der Hurtigrute und anschließendem Schiffsuntergang im Zweiten Weltkrieg benutzt, um das Bild von Stammvater Store-Thor Falck als Kriegsheld niederzureißen. In Wahrheit war er ein Nazikollaborateur und Kriegsgewinnler gewesen. Das Manuskript wurde beschlagnahmt, und Vera wurde von ihrem eigenen Sohn, Sashas Vater Olav, unter Vormundschaft gestellt.

Als Sasha das Testament schließlich fand, wurde ihr klar, warum das Verhältnis zwischen Vera und Olav so traumatisch gewesen war. Der Sohn war das Ergebnis einer Liebesaffäre mit einem deutschen Soldaten. Sasha und die anderen Nachkommen fielen damit aus der Abstammungslinie heraus, die für die Falcks das ausschlaggebende Kriterium für die Kontrolle über ihre Familienunternehmen und Erbschaften war. Im Grunde hatte Großmutter sie alle mit einem

Federstrich enterbt. Sasha hatte das Testament verbrannt. Obwohl die Angst, dass dieses Verbrechen eines Tages ans Licht kommen könnte, immer noch da war, wurde sie mit jedem Tag kleiner.

Sasha war auf dem Rückweg zu ihrem Büro, als sie eine Stimme hinter sich hörte.

»Alexandra?«

Sie blieb stehen. Erkannte die leise, fast flüsternde Stimme und die nordnorwegische Dialektmelodie von Martens Magnus, MM unter Kollegen.

»Du bist nicht mein Vater«, sagte sie. »Nenn mich Sasha.«

MM besaß die Art von Anticharisma, wie sie oft Menschen eigen ist, die es in den Labyrinthen der Bürokratie zu etwas gebracht haben. Er hatte sich im Jahr zuvor scheiden lassen, was ihn und Olav einander nähergebracht hatte.

Aber auch wenn M. Magnus Olavs Vertrauter war, ging die Freundschaft nicht so tief, dass sie Olav davon abgehalten hätte, sich über ihn lustig zu machen, wenn sein Name im Gespräch mit den Kindern fiel.

»MM würde das Beatmungsgerät seiner Mutter vom Strom trennen, um sein Handy aufzuladen«, pflegte Olav zu sagen. Aber die Leute hörten auf MMs Rat. Er war absolut jemand, mit dem man sich gutstellen musste.

Er gehörte zu der Sorte von früheren Berufsoffizieren der Spezialeinheiten, die Zynismus mit Eitelkeit kombinierten. An diesem Tag trug er einen schwarzen Zweireiher über einem weinroten Rollkragenpullover. Den kleinen, stämmigen Mann mit dem nagetierartigen Aussehen umgab eine Wolke von Rasierwasserdunst.

»Wir müssen reden«, sagte er jetzt in bestimmendem Ton.

Ungeachtet all seiner Schwächen: Wenn MM darauf bestand, tat man gut daran zuzuhören. Sasha hatte ihn zum Leiter von SAGAs Nordnorwegen-Abteilung ernannt, ein Schritt, der den Beifall ihres Vaters gefunden hatte. Im Norden hatten alle Geschäfte – Immobilien, Häfen, Schifffahrt – große politische Auswirkungen. Es war ein Spiel, das MM besser beherrschte als die meisten anderen. Ihre eigene Lernkurve war steil gewesen, aber mit Teufeln und Engeln wie Martens Magnus auf ihren Schultern hatte sie es geschafft.

»Dir ist bekannt, dass Sverre und der Rest des Afghanistan-Kontingents heute landen?«, fragte MM, während sie hinunter zum Pavillon gingen.

»Wir haben keinen Kontakt«, sagte Sasha. »Du wolltest aus einem anderen Grund mit mir reden.«

Martens Magnus nickte. »Ich komme gerade von einer Besprechung unter anderem mit Vertretern der Verwaltung und dem Gouverneur auf Svalbard.«

Die Nachricht von dem vergifteten russischen Oberst hatte für Furore gesorgt, als sie vor einigen Wochen die Medien erreichte. Longyearbyen war so überschaubar, dass die Einwohner schon von jedem umgestürzten Schneescooter wussten, noch bevor es passiert war, und ein möglicher chemischer Angriff Russlands auf souveränem norwegischem Territorium war nicht gerade ein Warnschuss vor Eisbären, sondern eine potenzielle Weltnachricht. Gouverneur Eliassen war vom *Spiegel,* der *BBC* und der *New York Times* interviewt worden, Premierminister hatten den Vorfall verurteilt, die NATO hatte beratschlagt, und die Russen hatten dementiert.

»Die rechtsmedizinischen Untersuchungen sind abgeschlossen«, fuhr MM fort. »Sie haben ergeben, dass Zemljakow hohe Werte des Gifts Rizin aufwies und an einer Blutvergiftung starb. Mit dem gleichen Giftstoff wurde unter anderem 1978 in London ein bulgarischer Dissident umgebracht. Aber der Zeitaspekt ist wichtig. Rizin tötet einen Menschen normalerweise innerhalb von drei Tagen, es dauert also eine Weile. Laut Obduktionsbericht war Zemljakow mindestens vierundzwanzig Stunden zuvor vergiftet worden. Und aus den Aufzeichnungsdaten über den russischen Schiffsverkehr wissen wir, dass er vier Stunden vor dem Vorfall in Longyear mit einem russischen Schiff in Barentsburg angekommen ist. Direkt von einem russischen Stützpunkt auf Franz-Josef-Land.«

Sasha überlegte einen Moment. »Er wurde also auf russischem Territorium vergiftet?«

»Vieles deutet darauf hin«, antwortete MM. »Der Nachrichtendienst geht davon aus, dass er seine Flucht in den Westen *nach* der Vergiftung geplant hat. Er schlich sich auf ein Schiff, stahl in Barentsburg einen Motorschlitten und fuhr nach Longyear, eine Fahrt, die im Dunkeln und ohne genaue Ortskenntnisse bis zu drei Stunden dauert.«

»Die Strecke kenne ich«, sagte sie.

»Gerade die Tatsache, dass die Vergiftung vermutlich auf russischem Territorium stattgefunden hat, ist der Grund für die relativ zurückhaltende offizielle Reaktion Norwegens.«

Sie waren unten am Ufer der Øksevika-Bucht angekommen. Die tiefe Wolkendecke und der graue Fjord verschmolzen am Horizont miteinander.

»Die letzten Worte des Obersts«, flüsterte MM, »waren, dass die Russen jemanden innerhalb der SAGA haben. An zentraler Stelle.«

Sie schluckte. Warf einen flachen Stein ins Wasser. Das durfte nicht wahr sein. Sie war gerade dabei, die Erschütterungen zu überwinden, die durch ihren Fund von Großmutter Veras Manuskript und Testament ausgelöst worden waren. Fast wäre die ganze Familie zerrissen worden. Doch das Verhältnis zu ihrem Vater normalisierte sich langsam, sie hatte die Situation unter Kontrolle.

Und jetzt das.

»Wir haben eine Strategie für die Nordgebiete, die unter deiner Verantwortung stehen«, sagte sie. »Inwieweit wird das durch diese Informationen berührt?«

»Genau das versuche ich herauszufinden.«

Sie drehte sich zu ihm um. »Was sagt der PST?«

»Tja, was sagt der? Dass vielfältige Kompetenz wichtig ist und dass die Ermittlungen nicht mit den Urlaubsregelungen kollidieren dürfen. Sie *untersuchen* die Angelegenheit.«

Sasha hatte genug Militärangehörige getroffen, um zu wissen, dass sie von »der Polizei«, genauer: dem polizeilichen Inlandsnachrichtendienst PST, ebenso wenig hielten wie Polizeibeamte von Wachleuten.

»*Die Polizei* hat sicherlich fähige Techniker und Fahnder«, sagte MM. »Das muss man ihr lassen. Ich tippe darauf, dass sie mit einer ganzen Mannschaft anrücken, um deine Räume zu verwanzen, eine Überwachung deines Telefons einzurichten und anschließend ein paar Typen zum Mithören abzustellen. Aber glaubst du, dass man einen SAGA-Maulwurf auf diese Weise findet?« Er schüttelte den Kopf. »Also was schlägst du vor?«

»Johnny Berg«, erwiderte er spontan. Sein Blick wich ihrem nicht aus.

Der Gedanke an John Omar »Johnny« Berg hatte in etwa denselben Effekt auf Sasha wie Filme aus dem Internet, in denen Waghalsige auf den Spitzen von Wolkenkratzern und Kränen herumturnen. Blutdruck und Herzschlag stiegen, sie atmete schneller, und ihre Handflächen wurden feucht. Sie versuchte, sich wegzudrehen, wurde aber von dem angezogen, was sie ängstigte.

Es war Johnny, der ihr geholfen hatte, die Wahrheit über *Meeresfriedhof* herauszufinden. Er kannte die *ganze* Wahrheit.

Der Outsider, der Straßenjunge, der heimliche Agent, der Geliebte, der sich unter dem Vorwand, Veras Manuskript finden zu wollen, in die Familie hineinmanövriert hatte, bevor sie die Sache selbst in die Hand nahm.

»Ich habe keinen Kontakt zu Johnny Berg.«

Magnus seufzte, übertrieben resigniert, wie sie fand.

»Dann solltest du in Erwägung ziehen, das zu ändern. Es könnte nützlich sein, die Beziehung zu Berg zu kitten.«

Sasha schwieg. Sie konnte nicht sagen, was sie dachte: Selbst wenn sie gegen alle Vernunft ihren dunklen Instinkten folgte, würde Johnny um nichts in der Welt etwas mit ihr zu tun haben wollen. Sie hatte Veras Testament vor seinen Augen verbrannt und anschließend dafür gesorgt, dass man ihn hinter Gitter brachte.

»Was immer zwischen uns war, ist vorbei«, sagte Sasha und bereute ihre Worte sofort, sie hörten sich an wie ein Liebesgeständnis.

»Berg ist raus aus dem Gefängnis und schreibt Hans Falcks Biografie«, sagte der Offizier. »Er hat einen Teil des Sorgerechts für seine Tochter zurückbekommen. Es geht ihm bestimmt schon viel besser.«

»Hans' Biografie war ein Bluff, um in die Familie hineinzukommen«, murmelte sie und versuchte, ihre Neugier zu verbergen.

»So hat es vielleicht angefangen, aber jetzt ist es ernst. Berg hat einen handfesten Grund, auf Rederhaugen zu sitzen. Gib ihm einen Platz zum Schreiben. Er soll herausfinden, wer den Russen Informationen liefert. Und kein Wort über dieses Gespräch, verstanden?«

»Martens«, sagte Sasha. »Die Zeit der krummen Touren ist vorbei. Das hier ist eine Aufgabe für den PST. Solltest du jemals wieder versuchen, mir nahezulegen, unter dem Deckmantel von SAGA die Behörden hinters Licht zu führen, werde ich dafür sorgen, dass gegen dich ermittelt wird – durch *die Polizei*.«

»Alexandra«, protestierte MM, sah dann seine Niederlage aber offenbar ein.

»Und noch etwas«, sagte Sasha. »Falls du Johnny Bergs Namen noch einmal erwähnst, sorge ich dafür, dass du nie wieder einen Fuß auf Rederhaugen setzt.«

Kapitel 3

Niemand soll ertrinken

Honnørbryggen, Oslo

Olav Falck war spät dran für die Schiffstaufe am Pier Honnørbryggen, und als er außer Atem auf einen reservierten Platz in der ersten Reihe sank, merkte er, dass der Sitz nass war und die kleine Regenpfütze durch den Hosenboden seiner Cordhose drang. Mist, ein feuchter Hintern konnte leicht eine Erkältung nach sich ziehen, und in seinem Alter dauerten Erkältungen ewig.

»Eure Königliche Hoheit, verehrter Herr Präsident, liebe Familie und Freunde«, begann Alexandra auf dem Podium und schaute dabei ins Publikum – da waren die Prinzessin als hohe Schirmherrin des Rettungsschiffes, der ehemalige Parlamentsabgeordnete, nunmehr Präsident der Seenotrettungsgesellschaft, und ihr Vater.

Sensibel für die Dynamik der Macht, wie er war, erkannte Olav sofort die neue Rangordnung. Was war mit *familia ante omnia* – die Familie vor allem? Er selbst war zum Plebejer geworden. In der Woche zuvor hätte ihm die neue Empfangsdame auf Rederhaugen beinahe ein Namensschild angeklebt, bevor Siri Greve herbeigeeilt kam und die Demütigung abwendete.

Ein roter Teppich führte in gerader Linie vom Rathaus hinaus auf den Pier, wo die »Falck 3« lag und im grauschwarzen Wasser dümpelte. Dass es ein großes Rettungsschiff war, stand außer Zweifel. So groß, dass Olav für einen Moment befürchtete, das Hafenbecken könnte an dieser Stelle zu flach sein. Von einem Heckaufbau mit einem so großen Oberdeck, dass ein Hubschrauber darauf landen konnte, führte eine Gangway hinüber zum Steuerhaus mit einer hohen Kommandobrücke und einem kräftigen Mast auf dem Dach.

Seine Tochter beugte sich auf dem Podium nach vorn. »Wer sind wir? Wer sind wir als Individuen und als Nation?«

Ihre rhetorische Glanzleistung, dachte Olav, zum ersten Mal vorgetragen auf Veras Beerdigungsfeier. Seitdem war sie so etwas wie ein Credo ihrer Mission mit SAGA geworden.

»Wir sind eine Küstennation«, fuhr sie fort. »Meine Großmutter, möge sie in Frieden ruhen, kam von den Lofoten. Sie wuchs auf mit Geschichten von Schiffbrüchen, mit dem Glauben an den Draugr, der ein halbes Ruderboot rudert, mit der ewigen Furcht vor dem Ertrinken, davor, dass unsere Lieben nie mehr zurückkehren. Natürlich machte das die Menschen an der Küste besonders religiös. Hier standen die Gebetshäuser dicht an dicht, der Volksglaube war stark. Das Leben war vom Schicksal bestimmt. Man konnte jederzeit sterben. Im Jahr 1861 wurde festgestellt, dass jährlich zwischen siebenhundertzwölf und siebenhundertneunundfünfzig Fischer umkamen. Jährlich!«

Er erkannte immer mehr von der Geschichtenerzählerin Vera in seiner Tochter. Man konnte viel über die anderen Spender der Seenotrettungsgesellschaft sagen, aber kaum einer von ihnen war rhetorisch begabt. Sie dagegen konnte die Reederaristokraten in ihren Bann ziehen. Deren Nachkommen waren meist geschichtsvergessene Taugenichtse und Partygirls, die sich in der Londoner Gesellschaft herumtrieben.

»Deshalb sind wir den weitsichtigen Menschen dankbar, die an einem Sommertag des Jahres 1889 zusammenkamen, um die Rettungsgesellschaft zu gründen. Es erfüllt meine Familie mit Stolz und Demut, dass wir einen unterstützenden Beitrag zur Geschichte der Seenotrettung entlang der Küste leisten dürfen, und dies seit unserer ersten Schenkung eines Schiffes im Jahr 1916.«

Seine Tochter hatte begriffen, welche Macht darin lag, dass eine junge Frau beherrschte, womit all seine alten Freunde ihren Ruhestand verbrachten: Seefahrtsgeschichte und Genealogie.

»Das war die erste ›Falck‹«, sagte sie, »sie wurde in den 1960er-

und 1970er-Jahren durch die ›Falck 2‹ ergänzt. ›Falck 2‹ übernahm das Echolot eines Rettungsschiffs namens ›Skomvær 2‹ und gab es später an die ›Sjøfareren‹ weiter, wie um zu zeigen, dass die Rettungsschiffe in einer ungebrochenen historischen Linie stehen – eine Tradition, die wir voller Stolz mit der ›Falck 3‹ fortsetzen. Anlässlich des hundertjährigen Jubiläums unserer unternehmerischen Tätigkeit auf Svalbard werden wir im kommenden Jahr eine Expedition mit dem Schiff zur Inselgruppe durchführen, bevor es an die Seenotrettungsgesellschaft übergeben wird.«

Applaus brandete auf. Olav fröstelte im Nieselregen. Alexandra konnte zwar den Platz der Falcks im Mahlstrom der norwegischen Geschichte mit ein paar eleganten Pinselstrichen bildlich machen, aber besaß sie den Mumm, der nötig war, wenn SAGA Realpolitik betreiben musste?

Als seine Tochter ihn als Direktor und Vorstandsvorsitzenden im Frühjahr ablöste, hatte er sich mit ihr zusammengesetzt und ihr erklärt, was dieser Job in all seinen technischen Einzelheiten beinhaltete. Als er damit durch war, hatte er sie im Kaminzimmer ernst angesehen.

»Das war der offizielle Teil der Anweisung«, hatte er gesagt. »Denn was die SAGA immer war und immer bleiben muss, ist eine Speerspitze im Dienst norwegischer Interessen und letztlich eine Beschützerin unserer Freiheit.«

Alexandra hatte gesagt: »Wir leben in einem demokratischen Land, Papa. Man kann nicht einfach machen, was man will.«

Er hatte geantwortet, dass SAGA ja gerade eine letzte Verteidigungslinie für die Demokratie sei, wenn man auf Gegner treffe, die die Spielregeln der Demokratie nicht akzeptierten.

Alexandra beendete ihre Ansprache an die Anwesenden mit einer rhetorischen Überraschung. »Ich habe über die Verbindungen zwischen der Seenotrettung und unserer Familie gesprochen. Mehr als die meisten anderen haben wir Unglücke auf See zu spüren bekommen. Die Vision und das Motto der Rettungsgesellschaft sind auch unsere eigenen: Niemand soll ertrinken.«

Es gab Beifall, und eine Blaskapelle marschierte den Kai entlang. Das Schiff war geschmückt mit Luftballons und Girlanden in den Farben der Seenotrettungsgesellschaft.

Was ist das hier, dachte Olav, ein Kindergeburtstag?

Sein Verdacht wurde bestärkt, als er die Taufpatin sah, eine blasse Teenagerin umringt von Leibwächtern und Angestellten des Hofes, die die Verleihung des Schiffsnamens und ihre guten Wünsche in ein aufgebautes Mikrofon sprach. Sie ließ das Tau mit der Flasche los, die beim zweiten Versuch am Schiffsrumpf zerschellte. Die geladenen Gäste klatschten, und die Blaskapelle spielte einen Tusch.

»Fehlen nur noch Papierhüte und Würstchen«, flüsterte Olav seinem Nebenmann zu. Der lachte nicht. Nein, dachte Olav, dies war nicht der Ort für subversive Witze.

»Sie müssen stolz auf Ihre Tochter sein«, sagte der Nebenmann.

Selbstverständlich war er das. Zuerst hatte er Angst vor dem gehabt, was alle Eltern fürchten – Kriminalität, Drogenmissbrauch, schwere Krankheiten –, und als sie größer wurde, ohne dass diese Schreckensszenarien eintrafen, wurde daraus eine eher diffuse Sorge, ob sie ihren Platz in der Welt finden würde. Ein Gefühl, das sich in Bezug auf seine beiden anderen Kinder weiterhin hielt – ruhelos und kinderlos, wie Sverre und Andrea waren.

Nur ein einziges Mal hatte Olav Angst um Alexandra gehabt. Das war, als sie mit diesem manipulativen Skalpjäger John Omar Berg weggeflogen war. In der Sache hatte er ihr aber auch die Meinung gesagt. Gerade weil er so selten seine Stimme gegen sie erhob, hatte sie auf ihn gehört.

Seine Tochter und Martens Magnus winkten Olav zu sich auf die Kommandobrücke. Dort erklärte der Kapitän stolz, dass die »Falck 3« das größte Schiff in der Flotte der Rettungsgesellschaft sein werde, und eines der größten Rettungsschiffe der Welt, zusammen mit dem deutschen Seenotrettungskreuzer »Hermann Marwede«.

Die Prinzessin durfte einen Überlebensanzug ausprobieren und sprang nach einigem Zögern unter großem Beifall in das kalte, schwarze Dezembermeer, bevor sie die Veranstaltung verließ.

Der Regen war stärker geworden, es war einer von diesen Tagen, an denen es nicht richtig hell wird. Olav stand an der Reling, als das Schiff zwischen den Rathauspiers zurücksetzte und Marschfahrt voraus aufnahm. Auf der einen Seite ragten grau und abweisend die Mauern der Festung Akershus in den Himmel, auf der anderen Seite beugte sich das weiße Dach des Astrup-Fernley-Museums zum Wasser hinunter, wie ein gekentertes Segelboot an der Oberfläche.

Wehmut überkam ihn, wie so manches Mal, wenn er an dem Schulgebäude vorbeikam, in dem er vor neunundsechzig Jahren – ja, es war verrückt – eingeschult worden war. Andererseits: Er konnte sich manchmal auch an diesem neuen Leben als Rentner erfreuen.

»Olav«, sagte MM, der neben ihn getreten war und seine starken Fäuste um das Geländer schloss. »Hast du schon von Hans gehört?«

»Was ist jetzt wieder? Haben ihn die Vereinten Nationen zum Hochkommissar für Flüchtlinge ernannt? Oder wurde er *in flagranti* mit einer jungen Politikerin der Linksradikalen erwischt?«

»Wir haben gerade die Nachricht erhalten, dass er verletzt ist. Schwer verletzt, er hatte einen Unfall.«

Olav drehte sich abrupt zu dem Offizier um. »Was sagst du da? Wo ist er? Im Nahen Osten?«

»Nein«, antwortete MM, »der Unfall ereignete sich auf dem norwegischen Kontinentalsockel, vor den Vesterålen, bei einem Einsatz mit dem 330. Rettungsgeschwader. Die Details kennen wir noch nicht, aber er liegt im Krankenhaus von Bodø im Koma.«

»Grundgütiger«, sagte Olav. Das waren erschütternde Neuigkeiten.

Vor dem Schiffsbug wuchsen die Steilklippen mit Veras alter Hütte auf Stupet in die Höhe, und hinter der Felsformation kam der Rosenturm des Hauptgebäudes in Sicht. Das Schiff verlangsamte seine Fahrt und tuckerte gemächlich zum äußersten Anleger in Øksevika auf der südlichen Landzunge von Rederhaugen. Es war kaum zu fassen. Hans Falck, Verführer und Frauenheld *par excellence*, die Stimme der Unterdrückten und der Retter der Kriegsversehrten, der Mann mit den neun Leben. Konnte er wirklich im Koma liegen?

»Hoffen wir, dass er nicht stirbt«, sagte Olav.

»Wirklich«, nickte MM.

»Weißt du, Martens«, sagte Olav und lehnte sich über die Reling,»Leute von Hans' Schlag, Menschenverführer, sind am lebendigsten, wenn sie tot sind. Verstehst du? Möge er um Gottes willen überleben!«

Kapitel 4

Putin ist die einzige Hoffnung des Westens

Rederhaugen, Oslo

Ein Taxi fuhr durch das Haupttor von Rederhaugen und glitt langsam die Ahornallee entlang. Die Bäume waren ein wenig windschief durch die Herbststürme. Im Fond saß Sverre Falck. Die Paradeuniform kratzte an den Schenkeln. Der Beweis für seinen Einsatz in Afghanistan baumelte an der Uniformbrust, zusammen mit mehreren anderen Medaillen. Man hatte ihm die Einsatzmedaille der Norwegischen Streitkräfte mit Rosette verliehen, die jetzt an der Uniform getragen wurde, nahe am Herzen, für »Tapferkeit und Mut«.

Der Wagen hielt am Wendeplatz.

»Danke«, sagte der Taxifahrer.

»Ich habe zu danken«, erwiderte Sverre und öffnete die Autotür.

Der Fahrer musterte die Uniform. »Für den Dienst, den Sie für unser Land leisten.«

Schultern gerade, Brust raus und Blick in die Ewigkeit. War es nicht das, was der Ausbilder ihnen eingetrichtert hatte, als Sverre ein junger Rekrut war?

Vor dem Afghanistan-Einsatz hatten viele es ihm nicht zugetraut und schlecht über ihn geredet. Sein Vater, die Geschwister, die Kameraden. Aber Tatsache war, um den Kompaniechef zu zitieren, dass Scharfschütze Falck »ganz objektiv die Erwartungen übertroffen hat«.

Kopf hoch und Blick geradeaus. Er kehrte im Triumph zurück. Er hatte die Zeit in Afghanistan genutzt, um nachzudenken. Darüber, wie er bekommen konnte, was ihm rechtmäßig zustand. Die Position an der Spitze der SAGA.

Warum also wurde er den eisigen Atem der Angst im Nacken nie ganz los? War es alter Rotz von früheren Einsätzen dort unten, die Drähte am Straßenrand, der Knall, das Pfeifen im Ohr und der Sand in den Nasenlöchern, nachdem die Landmine hochging? Oder die verängstigten Ausländer im Gästehaus, die sie aus der Gewalt der Terroristen befreiten, oder die Gespenster vom Hotel Intercontinental? Die Erinnerungen flossen ineinander und formten sich zu verzerrten Gesichtern, so wie man manchmal einen Troll sieht, wenn man nachts im Wald lange genug auf einen Baum starrt.

An der Tür stand Sasha und begrüßte die Gäste. Die eiserne Faust der Eifersucht schloss sich um sein Herz. Einmal, als er noch klein gewesen war, hatte er neben seinem Vater an der großen Tür gestanden. Das war sein Platz. Der Erstgeborene in gerade absteigender Linie.

»Steh breitbeinig, wie ein Feldherr«, hatte Olav ihn ermahnt und ihm mit den rauen Händen den Kopf getätschelt. An den Abenden lasen sie über Karl XII. und Bonaparte. »Du trägst den Generalstab in deinem Rucksack, Sverre. Eines Tages wirst du es sein, der hier steht.«

Immer hatte er versucht, es dem Vater recht zu machen. War dem Pfad gefolgt, den dieser vorgezeichnet hatte. Militärdienst, Jurastudium, Afghanistan, SAGA. Olav war nie zufrieden. »Das Leben eines Mannes ist unvollständig, wenn er nicht Krieg, Liebe und Armut erlebt hat«, pflegte er zu sagen.

Als hätte sein Vater Armut erlebt. Oder Krieg. Sverre war nicht einmal sicher, ob Olav überhaupt jemanden geliebt hatte.

Irgendwann hatte es ihm gereicht. Das letzte Mal war er im Frühjahr auf Rederhaugen gewesen, während des Familienrats, bei dem das Erbe zwischen dem Bergenser und dem Osloer Zweig, dem er selbst angehörte, aufgeteilt werden sollte. Sverre hatte seine Anteile an der SAGA-Gruppe an die Bergenser verkaufen wollen, was sein Vater natürlich als Loyalitätsbruch empfand. Die Konsequenz daraus stand jetzt mit ausgebreiteten Armen vor ihm.

»Sverre!«, sagte Sasha lächelnd und legte ihre schmalen Hände um seine Oberarme.

Sie war älter geworden, oder vielleicht war es ihr Kleidungsstil. »Ich habe mit dem Oberbefehlshaber der Norwegischen Streitkräfte gesprochen. Die Berichte über dich in Afghanistan sind sehr gut.«

Ein solches Lob hätte Sverre eigentlich mit Stolz erfüllen müssen, aber der herablassende und offizielle Tonfall seiner Schwester verhinderte das. *Die Berichte über dich* – wer sprach denn so mit seinem Bruder? Sie genoss es offenbar zu sehen, wie er angekrochen kam.

Ein heimeliger Duft von Wein und Gewürznelken, vermischt mit Stimmengewirr und dem Klirren von Gläsern und Porzellan, schlug ihm entgegen, als er eintrat. Noch bevor er die Menschenmenge im Foyer halb durchquert hatte, war ihm bereits von irgendeinem ältlichen Militärfreund ein Sitz im Vorstand einer Stiftung angeboten worden. Er begrüßte Olavs alte Mitstreiterin Signy Ytre Arna, Politikerin der Zentrumspartei und gewiefte Spezialistin für politischen Kuhhandel, deren voluminöse Taille mit mehreren Minister- und Vorstandsposten gepolstert war. »Alles an Signy ist üppig«, pflegte Olav zu sagen, »abgesehen vom Rückhalt in ihrer Partei.«

Sverre entschuldigte sich und ging auf die Toilette. Wusch sich das Gesicht. Blickte in den Spiegel. Rein physisch konnte er sein Ich von vor der Zeit in der Kampfschwimmereinheit wiedererkennen, das lange Gesicht mit der spitzen Falck-Nase, der blassen Haut, die im Sommer goldbraun wurde, den kleinen blauen Augen, die seinem Blick etwas Prüfendes gaben. Ein Gesicht, das früher als arrogant bezeichnet worden war, dem aber jetzt etwas Lebenserfahrenes anhaftete, wie einem antiken Möbelstück, das endlich seinen Wert erhalten hatte.

Ihm gefiel das. Er war ein anderer Mann als der, der nach Afghanistan gegangen war.

Als er wieder in die Halle kam, hörte er hinter sich eine Stimme: »Sverre!«

Andrea bahnte sich einen Weg durch die Menge, genauso hochgewachsen und androgyn wie immer, obwohl ihr dunkles Haar länger geworden war und jetzt hinabhing. Sie umarmten sich.

»Du bist die Einzige, die ich froh bin zu sehen«, sagte Sverre.

Seine kleine Schwester hielt ihn an den Schultern, als wollte sie sich vergewissern, dass er es wirklich war. »Es ist so gut, dich zu sehen, Sverre, ich hatte Angst um dich!«

Sverre setzte ein blasiertes Gesicht auf. »Alles in Ordnung hier in dem Laden?«

»Alles okay. Alexandra die Große regiert mit eiserner Hand.« Sie zuckte die Schultern. »Hab überlegt, ob ich es wie du machen soll und meinen Anteil an dem ganzen Scheiß verkaufe.«

»Warte damit, ich habe noch nicht verkauft«, sagte Sverre schnell. »Ich will mit dir reden, bevor wir irgendwelche Entscheidungen treffen.«

Wie immer bei solchen Empfängen kochte die Eingangshalle über vor Klatsch, Geläster und politischem Ränkespiel.

»Hast du übrigens gehört, dass Hans im Koma liegt?«, fragte seine Schwester.

»Was?«

»Ein Unfall in Nordnorwegen. Marte und ihre Brüder sind hingeflogen.«

Was bedeutete ein außer Gefecht gesetzter Hans für seine eigenen Pläne? Vielleicht nicht die Welt, aber Sverre war derjenige im Osloer Zweig, der definitiv das beste Verhältnis zu dem Bergenser hatte, also war das eine schlechte Nachricht. Konnte er sie zu seinem Vorteil nutzen?

Als Sverre durch die Halle schritt, winkte ihn sofort eine Gruppe alter Trinkkumpane aus dem vornehmen Osloer Westen zu sich, die in eine hitzige Debatte mit einer jungen Frau vertieft waren.

»Und Sie sind ...?«, fragte Sverre und sah die junge Frau an.

»Ingeborg«, antwortete sie, und in ihrem Gesicht erschienen zwei Lachgrübchen. »Ingeborg Johnsen.«

Sie wandte sich wieder ihren Gesprächspartnern zu.

»Ihr seid besessen vom Islam«, sagte sie. »Ihr glaubt im Ernst, dass eine Religion, die maximal 5 Prozent der Landesbevölkerung umfasst – und von diesen 5 Prozent will nur eine kleine Minderheit überhaupt einen politischen Islam –, die Theokratie in einer der säkularsten und modernsten Gesellschaften der Welt einführt?«

»Aus Ihnen spricht pure Naivität!«, erwiderte Victor Prydz, ein alter Schulfreund von Sverre, ein Privatier und Investor, der für seine stark reaktionären Standpunkte bekannt war.

»Und weil ihr nichts anderes als Islamisierung seht«, fuhr Ingeborg fort, »seht ihr auch nicht die wirklichen politischen Bedrohungen unserer Gesellschaft. Die autoritären Regime im Osten, in China und Russland.«

Ein blaues Einstecktuch ragte aus Prydz' Brusttasche, wie immer passend zur Farbe seiner Weste. Er beugte sich näher zu ihr. »Wir sind in einer Liga mit den Russen. Wir sind Hochkulturen, im Gegensatz zu den Wüstenbarbaren. Die meisten im Westen haben kapituliert. Glauben Sie, die Leute in Ungarn und Russland lassen es zu, dass Muslime Schulkinder schikanieren, nur weil die Salami essen?«

»Salami«, erwiderte sie höhnisch, »Sie glauben, hier geht es um Wurst?«

»Das ist ein Symbol für etwas Größeres. Im Osten sind die Menschen stolz auf ihr Land. Sie schämen sich ihrer Kultur nicht. Putin und Orbán sind nicht unsere Feinde. Putin ist die einzige Hoffnung des Westens.«

Prydz drehte sich zu Sverre um. »Aber seht her! Hier ist ein Mann, der tatsächlich für sein Vaterland gegen die Islamisten gekämpft hat. Was sagst du, Sverre Falck?«

Früher, vor seinem Einsatz in Afghanistan, hatte Sverre meist zu Prydz' Ansichten genickt. Auch er hatte der naiven und fehlgeschlagenen Integrationspolitik des Westens höchst kritisch gegenübergestanden. Aber etwas war passiert.

»Niemand verteidigt das Vaterland, du verteidigst deinen Kameraden. Das wüsstest du, wenn du bei der Musterung diensttauglich gewesen wärst, Prydz«, sagte er jetzt. »Mein Eindruck ist auch, dass der Islamismus auf dem Rückzug ist.«

»Genau!«, rief Ingeborg Johnsen aus und sah ihn interessiert an. »Wenn die Historiker der Zukunft sich einst mit unserer Gegenwart beschäftigen, werden sie davon fasziniert sein, dass die reichste und technologisch fortschrittlichste *Zivilisation* aller Zeiten sich anno 2015 von einer Bande lumpiger Wüstenextremisten hat einschüchtern lassen.«

Prydz und seine kleine Schar schlichen davon.

»Ihre reaktionären Kumpel verkrümeln sich?«, lächelte Ingeborg, als sie allein in der Menge zurückblieben.

»Prydz meint es nicht böse.«

»Nein, wie so viele Leute am rechten Rand ist er so manisch besessen vom Islam, dass er nicht sieht, wen er sich ins Bett holt. Putin ist ein größenwahnsinniger Faschist. Wenn seine imperialen Ambitionen auf der Krim nicht gestoppt werden, sind wir übel dran.«

Sie musterte seine Uniform. »Tapferkeitsmedaille mit Rosette«, sagte sie kopfnickend.

»Ich hatte keine Zeit, mich umzuziehen«, schwindelte er.

»Geben Sie zu, dass Sie die Uniform angezogen haben, um den Militärfreunden zu imponieren«, neckte sie ihn.

Nun, er hatte in erster Linie die jungen Mädchen aus den Denkfabriken im Sinn gehabt, als er seine Paradeuniform anzog. Aber nicht erwartet, dass sich jemand mit den Details auskannte.

Wieder diese Unbekümmertheit, dieses Selbstvertrauen. Die meisten Menschen brachten sich nicht wirklich ein, wenn sie andere trafen, sie waren in sich selbst gefangen oder benutzten andere als Mittel für irgendeinen Zweck. Sverre Falck vor Afghanistan zum Beispiel. Deshalb sind wir so froh, wenn wir jemandem begegnen, der offen und authentisch ist, der es schafft, uns in wenigen Augenblicken das Spektrum zu zeigen, das uns zu Menschen macht. Ingeborg war so jemand.

»Sind Sie zum ersten Mal auf Rederhaugen?«, fragte er und reichte ihr ein Glas.

»Als Erwachsene, ja. Meine Mutter kannte Olav. Als Kind war ich schon mal hier.«

Natürlich kannte sein Vater die mysteriösen Johnson-Frauen, deren Tentakel reichten vielleicht noch weiter in die norwegische Gesellschaftselite hinein als seine eigenen.

»Lust auf einen Rundgang durchs Haus?«

Sie antwortete mit einem Lächeln. Während er sie durch die Räume und hinunter in die Bibliothek führte, dachte er, wie wenig sie seinem bevorzugten Frauentyp entsprach. Ihr Haar war goldblond, wie reifer Roggen, und sie trug eine grellrote Jacke über einer weißen Bluse.

Die Lampen in der Bibliothek gingen an, eine nach der anderen. Die Stille hier unten fühlte sich nach dem Lärm noch intensiver an.

»Schön hier«, sagte Ingeborg.

Ihr Blick wanderte über die Regale, bevor sie sich zu ihm umdrehte.

»Was machen Sie beruflich?«, fragte Sverre.

Mit einer Stimme, die nicht gerade vor Enthusiasmus sprudelte, antwortete sie, sie sei Stipendiatin am NUPI.

Er lächelte schief. »Komisch, habe ich nicht Artikel von Ihnen in der Presse gelesen?«

»Vorher *war* ich Journalistin. Momo sagt immer, dass Menschen, die den Journalismus rechtzeitig an den Nagel hängen, alles im Leben erreichen können.«

»Okay«, sagte Sverre, »Traineeprogramm des Außenministeriums?«

Ingeborg lachte kopfschüttelnd. »Ganz schön unverschämt. Sagt Ihnen Pamela Harriman etwas?«

Er schüttelte den Kopf.

»Ich kenne sie auch nur, weil Dick Holbrooke sie die *beste US-Botschafterin des 20. Jahrhunderts* nannte. Nach unserem Gespräch habe ich sie gegoogelt, und da las ich, dass Harriman als die größte Verführerin des 20. Jahrhunderts galt, mit einer endlosen Reihe von reichen und berühmten Männern. Sie war bekannt dafür, extrem gründliche Vorarbeit zu leisten. Wenn sie es auf einen Mann abgesehen hatte, wusste sie genau, was er sich wünschte. Und all diese Eigenschaften nutzte sie, als sie Botschafterin wurde. Denken Sie mal darüber nach, Sverre Falck. Die Diplomatin jener Zeit war Gesellschaftsdame und Mätresse. Da sage ich Nein, danke.«

Ihm gefiel der grimmige Spott über die Diplomatie, den man nur äußern konnte, wenn man das Selbstvertrauen besaß, weil man in diplomatischen Kreisen aufgewachsen war.

»Was willst du werden, wenn du groß bist, Sverre?«, fragte sie und strich mit dem schlanken Zeigefinger über die Buchrücken.

»Ich denke, ich werde den *Deep State* regieren«, sagte er und zuckte die Schultern.

»Klingt, als würdest du gerne Direktor der SAGA sein«, erwiderte sie lachend. »Ich dachte, der Posten sei besetzt?«

Sverre lächelte steif. »Und du?«

»Ich werde Premierministerin«, antwortete sie, als sei das eine ebensolche Selbstverständlichkeit wie die Tatsache, dass sie eines Tages das Familienanwesen erben würde.

»Der Empfang ist beendet, Frau Premierministerin«, sagte er und sah auf die Uhr. »Wann können wir die Verhandlungen über den geänderten Haushaltsentwurf fortsetzen?«

Sie lachte. »Du scheinst ziemlich lustig zu sein, König Sverre. Wer sagt, dass wir schon auseinandergehen müssen?«

Kapitel 5

Ich hätte den Job machen können

Rederhaugen, Oslo

Es war schon nach zehn, als Sasha das Pförtnerhaus betrat. Alles war still, nur aus dem Zimmer der Mädchen waren leise Stimmen zu hören.

»Mads?«, rief sie vorsichtig.

»Du kommst spät«, sagte ihr Mann und gab ihr einen Kuss.

Sie sagte nichts, sondern schmiegte sich an seinen schlanken, sehnigen Oberkörper. Obwohl sie manchmal Witze über seine Midlife-Crisis machte, über all die Stunden, die fürs Training draufgingen, war sie dankbar, dass er kein Mann war, der körperlich abbaute.

»Es war ein sehr langer Tag«, sagte sie, und ihre Stimme verschwand in seinem Pullover.

Der Empfang war ohne große Skandale verlaufen. Siri Greve hatte angemerkt, dass seit Olavs letzten Veranstaltungen das Durchschnittsalter um mindestens zehn Jahre gesunken sei. Das Kompliment freute sie. Die Gäste waren auch internationaler geworden, aber nach der Nachricht über einen Maulwurf in der SAGA hatte Sasha sich gefragt, ob es wirklich klug war, diese ausländischen Diplomaten überall herumstreifen zu lassen.

Der zweite Sekretär des russischen Konsulats in Barentsburg und der dortige Bergbaudirektor waren beide auf dem Empfang gewesen.

Sasha goss sich ein Glas Rotwein ein.

Mads sah sie forschend an. »Gibt's was Neues von Hans?«

»Großer Gott, nein, nicht, dass ich wüsste.«

Sie checkte noch einmal ihr Handy. In der letzten Nachricht von

Marte hieß es, sie seien jetzt vor Ort und lösten sich bei der Wache an Hans' Bett ab. Die Familie bedanke sich für die Anteilnahme.

Sie drehte den Stiel des Glases zwischen den Fingern. »Sein Zustand ist weiterhin kritisch.«

»Dich plagt etwas anderes, Sasha.«

Sie seufzte. Am liebsten würde sie ihn in das Geheimnis über den SAGA-Informanten einweihen. Er hätte bestimmt etwas Vernünftiges zu der Sache zu sagen. MM hatte zwar gesagt, dies sei als *streng geheim* zu behandeln, aber galt ihre Loyalität eher dem norwegischen Nagetier als ihrem Ehemann?

Natürlich nicht, doch darüber zu sprechen war gegen das Gesetz.

Sie zündete sich eine Zigarette an und setzte sich ans offene Fenster.

»Es zieht«, sagte er. Sasha wusste, dass er ihr die Feierabendzigarette abgewöhnen wollte, also reagierte sie nicht darauf, blieb auf der Fensterbank sitzen und dachte an Hans. Swipte auf dem Handy durch eine Onlinezeitung. Da stand nichts, aber es war nur eine Frage der Zeit, bis Schlagzeilen wie »Promi-Arzt kämpft mit dem Tod« auftauchen würden.

Konnte Hans die Wahrheit über Veras Testament kennen? Nein, das konnte er nicht. Was hätte es zu bedeuten, wenn er stürbe? Offensichtlich würde es mehrere Probleme lösen. Aber Sasha merkte, dass es ihr ein schlechtes Gewissen machte, so zu denken.

Andererseits war es keine unwahrscheinliche Hypothese, dass Hans selbst dieser Maulwurf war, von dem MM gesprochen hatte. Kaum ein Norweger hatte sich mit so vielen zweifelhaften Typen eingelassen wie er. Als Linker hatte Hans Zeit mit so unterschiedlichen Leuten verbracht wie militanten Gruppen im Nahen Osten und den Bewohnern exponierter norwegischer Orte wie Svalbard und Kirkenes, wo der Kontakt mit den Russen besonders eng war.

Er könnte der Spitzel der Russen gewesen sein, und das seit Generationen.

Aber das traf auch auf andere zu. Sverre hatte schon gezeigt, dass er der Familie in den Rücken fallen konnte, als er sich im vergangenen Jahr auf die Seite der Bergenser gestellt hatte. Sein verdeckter Narzissmus und verletzlicher Stolz waren wohl genau die Art von Persönlichkeit, nach der ein Talentsucher eines ausländischen Geheimdienstes Ausschau halten würde, wenn er Verräter anwerben wollte. Er war zwar in Afghanistan gewesen, aber wer weiß, was er dort getrieben hatte. Andrea wiederum war zwar noch jung, aber auch sie war im Grunde nicht loyal.

Siri Greve, die Anwältin der Familie, konnte ebenfalls nicht ausgeschlossen werden. Sie hängte ihr Fähnchen nach dem Wind. »Greve kann froh sein, dass sie in jenen Apriltagen 1940 keine Rechtsanwältin war«, pflegte Olav zu sagen.

Aber was wollte eine fremde Macht mit SAGA? Eine Stiftung, deren erklärtes Ziel es war, die Geschichte ihres Heimatlandes zu erzählen, war natürlich für einen Nachrichtendienst interessant. Oder SAGAs geopolitische Dimension als Speerspitze norwegischer Interessen. Sie musste den PST fragen, das war deren Gebiet, nicht ihres.

Ihr Gedankengang wurde von einem Klopfen an der Haustür unterbrochen, und gleich darauf hörte sie die Stimme ihres Vaters im Flur. »Alexandra?«

Ihr Mann zog mit sanftem Lächeln die Augenbrauen hoch, stand auf und drückte ihr einen Kuss auf den Oberkopf. »Ich geh ins Bett.«

Olav kam ins Zimmer. Nach dem Empfang hatte er sich umgezogen und trug jetzt Fleecepullover und Cordhose, sein bevorzugtes Outfit. Er blickte sich neugierig um. Sasha bot ihrem Vater ein Glas Wein an, das er annahm. Er setzte sich ans Ende des Esstisches, in Gedanken vertieft.

»Du wächst in die Rolle hinein«, sagte er.

Sie nickte und murmelte Danke. Ihr Vater hatte offenbar etwas auf dem Herzen.

»Hans«, fuhr er fort, »der Kriege überlebt hat, Putsche und

Revolutionen. Wer hätte gedacht, dass ihm die Stürme in Nordnorwegen zum Verhängnis werden!«

»Warum war Hans überhaupt mit dem 330. Rettungsgeschwader unterwegs?«

»Gute Frage. Manche zieht es mit zunehmendem Alter zurück zu den Wurzeln. Die Bergenser hatten während der Glanzzeit der Falck-Reedereien ein enges Verhältnis zu Nordnorwegen.«

»Das ist lange her.«

»Er ist mit diesen Geschichten aufgewachsen«, fuhr ihr Vater fort. »Später, nach dem Studium, ist er in den Norden gegangen. Alle linksradikalen Ärzte der Siebzigerjahre haben das gemacht. Aber was weiß ich schon von seinen Beweggründen.«

Obwohl Narzissten wie Hans anscheinend leicht zu durchschauen waren – von Frauen begehrt und angehimmelt zu werden, war ihr Antrieb –, hatte er etwas Rätselhaftes an sich.

Sasha hatte große Lust, mit ihrem Vater über den Maulwurf zu sprechen. Mit ihm Hypothesen darüber auszutauschen, wer es sein könnte. Wenn es um fundierte Spekulationen ging, die Familienintrigen und politische Motive kombinierten, war niemand besser geeignet als Olav. Aber MM hatte sie gebeten, den Mund zu halten, und falls er erfuhr, dass sie mit ihrem Vater darüber gesprochen hatte, würde das ihre Position schwächen. Sie beschloss abzuwarten.

»Ich habe das Gefühl, dass du mir etwas sagen willst«, sagte sie schließlich.

»Weißt du, wer mich vorhin angerufen hat?« Das Gesicht ihres Vaters verzog sich zu einem resignierten Lächeln. »Tante Connie aus Bergen. Erinnerst du dich an sie?«

Es war lange her, dass Sasha an sie gedacht hatte. In den meisten Familien gibt es einen Querulanten, und zum Glück war die Streithenne Connie Knarvik das Problem des Bergenser Familienzweigs.

»Sie ist ziemlich wirr im Kopf, oder?«

»Das kannst du laut sagen. Das Erste, was sie von sich gab, war, dass sie fünfmal versucht hätte, dich anzurufen, aber dass du sicher anderes zu tun hättest, als mit *solchen wie ihr* zu sprechen.«

»Ich nehme nie Anrufe von unbekannten Nummern an.«

»Als Nächstes kam sie damit, dass sie anrufe, um *ihr Beileid* zum Verlust von Hans auszudrücken. Ich erklärte ihr in aller Ruhe, dass ich nur wenige Minuten zuvor mit dem Krankenhaus in Bodø telefoniert hätte und dass sein Zustand stabil wäre. Da fing sie einen wirren Monolog darüber an, dass Hans für sie seit über dreißig Jahren gestorben sei. Redete wie ein Wasserfall über alles Mögliche, von Veras Manuskript bis zu den Jahren in der AKP, über ihre Kindheit und Jugend in Bergen und wie sie alles verloren hatte. Es ist so traurig, was langjähriger Drogenmissbrauch mit den kognitiven Fähigkeiten eines Menschen macht.«

Sasha erinnerte sich, dass in ihrer Jugend Connies Drogensucht ein schlecht gehütetes Geheimnis gewesen war. Dass Connies Eltern und ihr Bruder die Straßen von Bergen nach ihr abgesucht hatten, um sie entgiftet und nüchtern Weihnachten bei sich zu Hause zu haben.

»Ich erinnere mich, dass sie ein sehr hübsches und intelligentes Mädchen war, als sie uns in den 1960er-Jahren auf Rederhaugen besuchte«, sagte Olav. »Wer hätte gedacht, dass es so kommt.«

Sasha lächelte nachsichtig. »Du wirst sentimental, Papa.«

»Vergiss nicht, dass Connie Aktionärin der SAGA ist.«

»Hat sie ihr Stimmrecht in der Vergangenheit nicht immer übertragen? Ihre beiden Einzelaktien entsprechen 0,2 Prozent.«

»Nun«, antwortete Olav. »Connie ist Eigentümerin der Adventdalen-Liegenschaft auf Svalbard. Was uns im Grunde nichts angeht ...«

Sasha biss sich auf die Lippe. »Ich höre da ein Aber?«

»Als die SAGA in den Sechzigerjahren gegründet wurde, hat Connies Vater mir ein Darlehen gegeben. Die Bedingung war, dass es sich um ein sogenanntes *konvertibles* Darlehen handelt, das laut Vertrag in Aktienanteile an der SAGA umgewandelt werden kann.«

»Das musst du mir näher erklären.«

»Falls Connie den Grundbesitz, der in der Arktis heute von großer geopolitischer Bedeutung sein könnte, veräußern will, soll der Verkauf laut Vereinbarung in Aktienanteile an SAGA gewandelt werden. Fünfzig Aktien, 5 Prozent. Und glaub mir, sie ist niemand, den du auf der Aktionärshauptversammlung als entscheidende Person in der ersten Reihe haben willst.«

Ohne noch etwas zu sagen, saß ihr Vater da und drehte den Stiel des leeren Rotweinglases zwischen den Fingern.

»Machst du dir Sorgen, Papa?«

»Du kennst meine Ansichten«, sagte er. »Schon seit den Gründungstagen der SAGA bin ich der Meinung, dass das Meer ein Fluch ist. Der Vorfall mit Hans ist der jüngste in einer langen Reihe von Unglücken, die unserer Familie auf See widerfahren sind. Gott sei Lob und Dank, dass wir uns von den Reedereien getrennt haben. Meine Einstellung war und ist, dass wir festen Boden unter den Füßen haben sollten. Deshalb bezweifle ich sehr, dass eine Zusammenarbeit mit der Seenotrettungsgesellschaft und Expeditionen in die Arktis das sind, was wir brauchen.«

Es ärgerte Sasha, dass ihr Vater versuchte, sie zu bevormunden. »Jetzt bist du abergläubisch.«

»Hinter den Rettungsschiffen verbirgt sich mehr, als du denkst«, fuhr ihr Vater fort. »Dinge, die jahrzehntelang begraben waren und die wegen der geopolitischen Spannungen in der Arktis jetzt an die Oberfläche kommen könnten. Was sie besser nicht tun sollten. Connies Grundbesitz auf Svalbard ist auch ein Teil davon.«

Erschöpft von dem langen Tag widerstand Sasha der Versuchung, das Gespräch fortzusetzen. Svalbard, schon wieder. Erneut dachte sie daran, was Martens Magnus gesagt hatte. Bestand möglicherweise ein Zusammenhang mit dem Maulwurf? Und wenn ja, welcher?

Sasha begleitete ihren Vater hinaus in die Dezembernacht und ging anschließend zu Bett.

Sie schlief sofort ein, so wie sie es immer tat, und als sie um zwei Uhr dreiundzwanzig jäh aufwachte, schweißnass und mit klopfendem Herzen, stand ihr der Traum deutlich vor Augen. Ein subtiler Traum war es nicht, aber Träume sind oft wie ein übermäßig symbolhaftes surrealistisches Gemälde: Die Flamme des Testaments entzündete die Vorhänge in Greves Büro, ein explosionsartiges Feuer, das schnell das Hauptgebäude auf Rederhaugen erfasste, die Flammen loderten aus den Fenstern und über die Mansardendächer, während sie davonrannte, weg von der Hitze und den Funken, weg von allem, was ihnen gehörte.

Kapitel 6

Städte mit B

Anwaltskanzlei Rana & Andenæs, Oslo

Ab dem Schulbeginn in diesem Herbst, darauf hatte Johnny Berg sich mit Ingrids Mutter geeinigt, durfte seine Tochter jedes zweite Wochenende bei ihm verbringen, von Donnerstagnachmittag bis Montagmorgen. Die Wohnung gehörte einem Offizier, der für drei Jahre eine Stabsschule in den USA besuchte, und lag in der Thereses Gate im Stadtteil Bislett, nicht weit von Ingrids Schule auf Bolteløkka entfernt.

Jetzt saß Ingrid am Küchentisch und erzählte, dass sie am Wochenende auf einem Biobauernhof in der Nähe Hühner füttern wollten. Draußen ratterte eine Straßenbahn vorbei. Johnny ging das Telefonat mit Rechtsanwalt Jan I. Rana am Abend zuvor nicht aus dem Kopf. »Alles ist bereit«, hatte Rana gesagt, »wenn du morgen zu mir kommst, erledigen wir die letzten Formalitäten. Und dann schicken wir die Kavallerie los, um SAGA und die Familie zu zerschlagen.«

Zuerst hatte seine Tochter das Zimmer, das sie bekam, nicht gemocht. Nachdem er sich mit einer guten Freundin verbündet hatte, war aus dem Zimmer ein Eldorado aus Stofftieren, Landkarten und Kinderbüchern vom Flohmarkt geworden.

»Als ich in die erste Klasse ging, so wie du«, sagte er, »habe ich Butterbrotpapier auf die Weltkarte gelegt, sodass ich sie abpausen konnte.«

»Frag mich nach einer Stadt mit B, Papa!« Zu seiner großen Freude hatte Ingrid sein hervorragendes Gedächtnis und sein Interesse an Geografie geerbt.

Johnny goss Vollmilch in den Kaffee. »Zu leicht. Gib mir eine Stadt mit Q.«
»Warte.« Sie dachte nach und lächelte breit. »Québec.«
»Wow, bist du gut, Ingrid. Stadt mit B in Norwegen.«
»Bergen. Kommen wir von da? Wir heißen ja Berg.«
Er sah sie ein wenig skeptisch an. »Das haben wir jemandem zu verdanken, der vor uns Berg hieß.«
»Wer war Berg? Ich möchte ihn kennenlernen.«
»Ein netter Mann. Er hat mir geholfen, als ich klein war.« Johnny zögerte. »Leider ist er gestorben, bevor ich alt genug war, um ihm zu danken.«
»Papa«, sagte Ingrid ernst, »wo kommst du eigentlich her?«

Das war etwas, das Johnny seine ganze Kindheit hindurch gequält hatte. In Norwegen geborene Menschen mit Migrationshintergrund hassten diese Frage. Er wusste nicht, woher er kam. Ja, die Spuren führten in den Libanon. Als Norwegens Gesandter dort hatte Bjørn Berg ihn als Säugling während der Kriegshandlungen 1982 rausgeholt und offiziell adoptiert. Aber der Diplomat war bei einem Verkehrsunfall ums Leben gekommen, bevor er dem Jungen die Wahrheit über seine Herkunft erzählen konnte.

Viele Jahre lang war er von der Frage besessen gewesen. Hatte rudimentär Arabisch gelernt und eine gewisse Stadt mit B abgesucht, um jemanden zu finden, der ihm helfen konnte. Dann hatte er erkannt, dass nichts Gutes dabei herauskommen würde.

Er war Norweger, und es war eine Erleichterung, sich das einzugestehen.

Sie waren spät dran, und zusammen liefen sie zur Schule. Johnny gab ihr einen Kuss zum Abschied und rief, dass er sie am Nachmittag wieder abholen würde. Der dunkle Dezemberregen hing tief über der Stadt, aber als Johnny die breite Sofies Gate entlang Richtung Bislett ging, dachte er, dass sein Leben lange nicht mehr so gut gewesen war. So regelmäßig. Er trainierte täglich. Beschäftigte sich mit dem Biografieprojekt über Hans Falck.

Nur der Gedanke an das Treffen mit Anwalt Rana beunruhigte ihn.

Das einzige Laster, das Johnny Berg sich nicht abgewöhnen wollte, war der Tabak. Der hatte eine therapeutische Funktion. Die Zigaretten selbst zu drehen war Achtsamkeit, wie man sagte, es war ein Ritual, das ihn beruhigte und als Ersatz für die Joints fungierte, die er früher geraucht hatte. Und von denen musste er die Finger lassen, das wusste er.

Deshalb stand Johnny nun, nachdem er zu Fuß durchs Zentrum gegangen war, auf der Treppe einer Anwaltskanzlei im Stadtteil Grønland, verteilte Tabak auf ein Rizla-Blättchen, befeuchtete mit der Zunge den Rand des Papiers und drehte sich eine perfekt runde Zigarette, die er sogleich anzündete.

»John Omar Berg«, sagte Jan I. Rana, als er die Tür öffnete. Der Anwalt hatte etliche Kilo abgenommen. »Tabak? Hast du nicht gesagt, du lebst gesund und bist in Topform?«

»Ich *bin* in Topform, Rana«, erwiderte Johnny. »Hast du von Jørn Lauenborg gehört? Beste Marathonzeit, die je auf norwegischem Boden gelaufen wurde. Zwei Stunden zwölf Minuten fünfundachtzig Sekunden. Ein Kette rauchender und Bier trinkender Däne.«

»Däne müsste man sein!«, rief Rana lachend. »Komm rein, Johnny. Ich hab dir den roten Teppich ausgerollt. Gut siehst du aus!«

Seit dem letzten Mal hatte Rana Zimtschnecken gegen Karotten und zuckerhaltige Limonaden gegen Eiswasser eingetauscht. Ansonsten war alles beim Alten: Das Königsporträt thronte über der Stirnseite des ovalen Tisches, die Anwaltsgehilfin war immer noch eine Weiße, und Rana hatte wie üblich eine Menge auf dem Herzen.

»Wie läuft's mit der Biografie über Hans Falck?«

»Er scheint kein großes Interesse mehr daran zu haben.«

Hans selbst hatte die Idee gehabt, dass der einzige Weg, den Falcks auf Rederhaugen in die Karten zu schauen, darin bestünde, sich als Biograf auszugeben, der auf der Jagd nach allen Klatsch- und Seitensprunggeschichten über Hans war. Selbst die Osloer Verwandtschaft, die nie mit der Presse sprach, machte in dem Punkt eine Ausnahme.

So gingen sie ihm auf den Leim.

Es war eine brillante Art der Annäherung. Die Methode hatte das Zeug, künftig zum Ausbildungspensum der Geheimdienste zu werden. Johnny hatte Sasha in das Wespennest rund um das beschlagnahmte Manuskript *Meeresfriedhof* ihrer Großmutter dirigiert. Aber es war etwas passiert.

»Hans' Leben hat mich wirklich fasziniert. In gewisser Weise hat es Ähnlichkeit mit meinem. Die Abenteuerlust, der Drang in die Ferne. Man kann eine Menge über Hans sagen. Aber er hat verdammt viel Gutes für die Welt getan, und dabei gibt es so vieles, was wir gar nicht wissen.«

»Biograf John Omar Berg«, sagte Rana und schüttelte den Kopf. »*No offense*, Johnny, aber wenn du eine Biografie schreiben kannst, ist Norwegen ein lächerlich einfaches Land, um sich einen Namen zu machen. Hier kriegt jeder Idiot einen Artikel in den landesweiten Zeitungen. Hast du normale intellektuelle Fähigkeiten, kannst du einen Roman bei einem seriösen Verlag herausbringen. Wenn du bereit bist, deine Teenagerjahre in der Jugendorganisation einer Partei zu verbringen, wirst du am Ende Minister. Das ist in großen Ländern nicht so. In Pakistan zum Beispiel. Da ist das Nadelöhr eng. Alle Politiker und Topbürokraten waren an den besten Eliteschulen in England und den USA. In Norwegen gibt es zu viele Posten, die besetzt, und Sendezeiten, die gefüllt werden müssen, und zu wenig kluge Köpfe dafür.«

»Norwegen hat die am besten ausgebildete Bevölkerung, aber die am schlechtesten ausgebildete Elite«, sagte Johnny.

Rana lachte. »Man könnte vielleicht erwarten, dass das norwegische System gut für die Schwachen ist, was ja auch stimmt. Aber dieses Land bringt auch Ausnahmetalente hervor. Bei den

Olympischen Spielen gewinnen wir zehnmal so viele Medaillen wie Pakistan und Indien zusammen, unsere Künstler sind Weltklasse, und gemessen an der Bevölkerungszahl haben wir mehr Milliardäre als die USA.«

»Als Zeitungsartikel kriegst du das garantiert gedruckt«, erwiderte Johnny. »Aber irgendwas sagt mir, dass du über was anderes reden willst.«

»Ich will über Olav Falck sprechen«, sagte Rana. »Darüber, wie sein Kartenhaus zusammenfallen wird. Du bist der Whistleblower, Johnny. Der Mann, der dafür sorgt, dass wir Norweger nachts ruhig schlafen können. Zurückgelassen und dem Tod preisgegeben von einer außerparlamentarischen Verschwörung, die direkt zu Olav Falck zurückführt, einem ultradubiosen Einprozenter aus dem Deep State.«

»M. Magnus hat mich kontaktiert«, sagte Johnny. »Er will sich entschuldigen.«

Rana unterbrach ihn. »Der Typ ist ein Sack voll Scheiße. Ich habe den besten Journalisten des Landes als Mikrofonständer besorgt. Er kann innerhalb einer Viertelstunde auf der Matte stehen. Wenn der deine tränentriefende Geschichte hört und sie rausbringt, wirst du massenhaft Sympathie ernten. Und damit meine ich massenhaft. Du wirst der Mann des Jahres sein, Johnny. Während M. Magnus und Olav in den Knast gehen.«

»Als du mich nach der Sache in Kurdistan getroffen hast, war ich ein Wrack. Ich war verbittert.«

»Und das bist du jetzt nicht? Muss ich dich daran erinnern, was das Letzte war, das ein Falck dir angetan hat? Dass Sasha dir in den Rücken gefallen ist und dich erneut hinter Gitter gebracht hat?«

Johnny blickte auf das Porträt des Monarchen. »Das ist was anderes. Ich habe einen Job und eine Tochter. Ich kann und will jetzt nicht gegen Olav Falck in den Ring steigen.«

Anwalt Rana saß eine ganze Weile da, die Hände unter der Nase gefaltet. »Ich bitte dich, deine Entscheidung noch einmal zu überdenken.«

Johnny schwieg.

»Das hier ist eine extrem wichtige Grundsatzfrage«, fuhr Rana fort. »Wir haben Zeugenaussagen und Sachbeweise, die Olav Falck, den früheren Verteidigungsminister und Ex-Vorstandsvorsitzenden der SAGA, mit einem norwegischen Geheimdienstagenten in Verbindung bringen. Mit dir, Johnny. Du wurdest nach Kurdistan geschickt, um einen Söldner zu liquidieren, und im Stich gelassen, nachdem man dich geschnappt hatte.«

»Tut mir leid, nicht jetzt.«

Rana schloss für ein paar Sekunden die Augen, öffnete sie wieder und beugte sich vor.

»Das hier ist viel größer als Olav Falck. Wir Norweger sind gut, wenn wir unseren nationalen Blutsport betreiben können: einen einzelnen Idioten zu jagen, der sich irgendwie blamiert hat. Norwegischer Stierkampf.«

»Sverre Falck würde auch aussagen?«

Der Anwalt zögerte. »Er antwortet nicht. Ich fürchte, er hat es sich da unten in Afghanistan anders überlegt. Wir sind blind für Übergriffe, die der Staat begeht. Denn der Staat ist gut, denken wir, unsere Politiker sind unbestechlich, unsere Polizisten, die in der Fußgängerzone einer Kleinstadt Streife gehen, sind gutmütige Typen, unsere Soldaten bauen Mädchenschulen in Afghanistan, unsere Bomben auf Libyen sind in Samt verpackt, unser Erdöl verschmutzt die Umwelt nicht. Hier haben wir einen Fall, der dieses Bild infrage stellt. Etwas, das in die höchste Gesellschaftsschicht reicht.«

»Grundsätzlich hast du meine Unterstützung«, sagte Johnny, »aber ich muss an meine Tochter denken. Sorry, Jan.«

Er stand auf. Fühlte sich unwohl. Wusste im tiefsten Inneren, dass Jan I. Rana recht hatte.

Er schaltete sein Handy wieder ein. Das Erste, was er sah, war eine Nachricht von einer Nummer, die er nicht kannte.

Hallo. Papa wurde bei einem Einsatz mit dem 330. Rettungsgeschwader schwer verletzt. Nach 24 Stunden im Koma ist er nun hin und wieder bei Bewusstsein. Als er aufwachte, nannte er Ihren Namen. Dachte, das sollten Sie wissen.
Mfg Marte Falck

Johnny blieb mitten im Menschengewimmel von Grønland stehen. Warum hatte Hans seinen Namen genannt?
Beirut, Bagdad und jetzt Bodø.
Scheiße, Städte mit B.

Kapitel 7

Es gibt Wochen, in denen Jahrzehnte passieren

Gimle Terrasse, Oslo

Viele Liebesgeschichten brauchen Zeit, um sich zu entwickeln. Die Liebenden halten Händchen, während sie zusammen mit langsamen Schritten hinein ins Wasser gehen. Aber es gibt auch Beziehungen – vor allem in Sverre Falcks Alter –, bei denen die Puzzlesteinchen sich wie von selbst ineinanderfügen und alles unwirklich schnell geht.

Denn die Liebe folgt keiner bestimmten Dramaturgie. Logik und Kausalität sind ihr fremd. Sie offenbart sich einfach plötzlich, und das mit einer Wucht, die alles übertrifft, was das Leben sonst so zu bieten hat. Erst jetzt begriff Sverre: Seit fast vierzig Jahren hatte er *existiert*. Aber abgesehen von Momenten des Kampfes in Afghanistan hatte er nie gelebt. Bis jetzt.

Die Wochen, die vergangen waren, seit er sie getroffen hatte, waren ein Fiebertraum. An jenem Abend hatten Ingeborg und er Rederhaugen verlassen und waren durch die regenschwarzen, vorweihnachtlich beleuchteten Straßen gewandert. Waren sie sich hier schon früher begegnet, ohne sich dessen bewusst zu sein? Das war gut möglich, und gab es etwas Schöneres, als darüber zu sprechen, wie sie ihre parallelen Leben gelebt hatten, nicht ahnend, welches Glück sie erwartete?

An der Kreuzung Hafrsfjordgata und Drammensveien hatten sie sich geküsst. Betrunken und selig waren sie durch die Straßen zu seiner alten Junggesellenbude im Falck-Gebäude an der Gimle Terrasse gelaufen, wo sie einander die Kleider vom Leib rissen, er küsste sie, ihren Nacken, ihren Hals, ihre Brüste, den Bauch hinunter, bevor sie in den Körperflüssigkeiten und der Haut des jeweils anderen verschwanden.

In den ersten Tagen ging Sverre nur vor die Tür, um Champagner und Fast Food zu kaufen.

An Tag zwei sprachen sie davon zusammenzuziehen. Am Morgen des dritten Tages fragte Sverre, ob sie nicht bis ans Ende ihrer Tage glücklich zusammenleben sollten.

An die generelle Misere des Singledaseins und seine früheren »Beziehungen« dachte er nur mit Anführungszeichen und kopfschüttelnder Verwunderung zurück. Das hier war das Leben und die Liebe.

»Es wird Zeit, heute Abend goldene Hochzeit zu feiern«, sagte Sverre.

»Aha?«, erwiderte Ingeborg lächelnd.

»Wir sind seit genau zwölf Tagen zusammen.«

Nur mit einem XXL-Armeeshirt und sonst nichts bekleidet, küsste Ingeborg ihn auf den Oberkopf. »Momo pflegt Lenin zu zitieren: ›Es gibt Wochen, in denen Jahrzehnte passieren.‹«

»Kluge Dame, die Momo«, sagte Sverre.

Großmutter Wenche »Vesla« Johnsen war eine frühere sozialdemokratische Politikerin, die weithin als »die beste erste Premierministerin, die das Land nie hatte« galt – eine lebende Legende hoch in ihren Neunzigern, die manchmal aus ihrem Elfenbeinturm im Mehrgenerationenhaus der Johnsen-Dynastie am Waldrand von Årvoll herabstieg, um Brandfackeln in die gesellschaftspolitische Debatte zu werfen.

Ingeborg Johnsen-Heiberg gehörte zur dritten Generation dieser Familie. Das Auffallendste an *The Johnsens* – außer dass sie den volkstümlichen Nachnamen Johnsen dem großbürgerlichen Heiberg vorzogen, angeblich um der sozialdemokratischen Basis zu gefallen – war, dass ihre dynastische Ordnung matrilinear war. Ihre Männer waren Schwächlinge. Allesamt waren sie kraftlose und blutarme Typen, gepeinigt von Konkursen und diversen Erschöpfungssyndromen, während die Frauen direkt von prähistorischen Fleischfressern abzustammen schienen.

Offenbar bekamen sie dort oben politisches EPO unter den Haferbrei gemischt. Vesla Johnsen hatte sich zu einer Zeit nach oben gekämpft, als es sehr wenige Frauen in der Politik gab, bevor eine alte Affäre mit einem KGB-nahen russischen Diplomaten ihren Ambitionen auf das Amt der Premierministerin einen Riegel vorschob.

Ihre Tochter, Ingeborgs Mutter Britt Johnsen, hatte eine ganze Reihe Ministerämter innegehabt, von denen Außenministerin das prestigeträchtigste gewesen war. Gegen Ende ihrer Karriere war sie, sehr zum Missfallen der CIA, längere Zeit Botschafterin in Moskau gewesen, was Ingeborgs herausragende Russischkenntnisse erklärte. Um sie herum wimmelte es von Johnsen-Frauen in entscheidenden gesellschaftlichen Funktionen.

All das wusste Sverre schon, bevor er Ingeborg traf; seine Wissensdatenbank über Positionen und Netzwerke in der norwegischen Gesellschaft war bestens gefüllt. Zu behaupten, dass ihn dies überhaupt nicht kümmerte, wäre eine Lüge. Insgeheim hatte er bereits begonnen, von einer prächtigen Hochzeit zwischen Ministerin Ingeborg Johnsen und SAGA-Chef Sverre Falck zu fantasieren. Auf den gepflegten Rasenflächen von Rederhaugen. Dort musste es sein. Es wäre eine alchemistische Legierung aus wirtschaftlicher Stärke und politischer Macht.

Liebe, Krieg und Armut. Nun hatte er fast alles durchlebt, was die alten Griechen von einem Mann verlangten. Armut vielleicht nicht, aber Krieg und Liebe.

Sverre zog sich an. »Samstag in einer Woche gibt es auf Rederhaugen eine Weihnachtsfeier für die Familie. Ich habe gesagt, dass du mitkommst.«

»Ist das in Ordnung?«

»Es ist eine ziemlich traditionelle Angelegenheit, und in der Vergangenheit war eine Lebenspartnerschaft Voraussetzung für eine Einladung.«

»So weit sind wir vielleicht noch nicht?«

»Schon, aber die Sache ist die, dass ich neulich mit meinem Vater und meinen Schwestern zu Abend gegessen habe. Wie sich herausstellte, hat er sich Hals über Kopf in die Witwe eines alten Freundes verliebt und war im Dezember auf ›Liebesurlaub‹ in Rom und Paris. Nun möchte er ›den Eintrittspreis ein wenig senken‹, damit seine ›Freundin‹ dabei sein kann. Du verstehst.«

Ingeborg ging ins Bad, um sich fertig zu machen. Sie musste heute ins Büro, nach einigen Tagen »im Homeoffice«.

Sie stand in der Wohnungstür. Mein Gott, wie schön sie ist, dachte er, das blonde Haar war an den Spitzen noch feucht, die Haut schimmernd und leicht gerötet.

Ingeborg küsste ihn. »Abgemacht. Als gute Sozialdemokratin werde ich dafür sorgen, dass ich mir vor der Feier bürgerliche Umgangsformen aneigne.«

Kapitel 8

Das Kriegsbeil begraben

Akerselva, Oslo

Für Johnny stand die nächste Woche im Zeichen der Weihnachtsvorbereitungen. Da Rebecca beruflich auf Reisen war, verbrachte er viel Zeit mit Ingrid. Er versuchte, tagsüber ein bisschen an der Biografie zu arbeiten, kam aber nicht voran.

Zusammen mit seiner Tochter ging er in Voldsløkka Schlittschuh laufen, bastelte Weihnachtsgeschenke und las ihr aus Astrid Lindgrens Büchern vor.

Eines Tages rief M. Magnus wieder an. An seiner Stimme erkannte Johnny sofort, dass es mit der Adventsidylle vorbei war.

Der Syverkiosk war eine etwas heruntergekommene, rot gestrichene Imbissbude direkt am Fluss Akerselva. Johnny erschien zehn Sekunden vor der verabredeten Zeit und grüßte wortkarg, dann reihten sie sich in die Schlange von Handwerkern und Hipstern ein, die bei der freundlichen Seele hinter dem Tresen Würstchen bestellten. MMs kahl geschorener Schädel kaschierte zwei Geheimratsecken, die sich in der Mitte einer blanken Glatze trafen, die Haut war runzlig und braun wie bei Leuten, die viel Zeit im Freien verbringen. Die Oberlippe wölbte sich über einer Portion Snus.

»Oslos bestes Restaurant«, meinte Johnny, der ein Wiener im Brötchen mit Kartoffelfladen, Jalapeño-Salat und Röstzwiebeln bestellte. Sie verzehrten ihr Essen im Stehen an der Ecke der Imbissbude, dann schlug MM vor, am Fluss entlang Richtung Norden zu gehen.

Der graue Himmel hing tief über der Stadt, als würde er nur darauf warten, seine Last abzuladen. Vielleicht endlich in Form von

Schnee? Der Wasserfall in Sagene rauschte und sprudelte heftig. Es war so viel Niederschlag gefallen, dass der Gehweg unter der Ring-2-Brücke gesperrt war.

Als sie auf der Höhe des roten Backsteingebäudes von Myrens Verksted waren, das am rechten Flussufer aufragte, sagte MM: »Du weißt ja bestimmt, warum ich dich kontaktiert habe, Johnny.«

Er antwortete nicht, sondern sah den Offizier kalt an.

»Ehrlich gesagt habe ich mich schon lange entschuldigen wollen«, sagte MM. »Du hast die Hölle durchgemacht, anders kann man es nicht nennen, und ich übernehme meinen Teil der Verantwortung dafür.«

Johnny schwieg immer noch.

Martens Magnus war der Mann, der ihn auf die letzte Mission in Syrien geschickt hatte. Jetzt kam alles wieder hoch: nicht nur der Auftrag selbst, die Schüsse auf den Dschihadisten, das Blut auf dem Fußboden, der kleine Junge mit dem Plüschteddy, an dem sie vorbeigekommen waren, als sie das Haus verließen. Nicht nur das, auch das Gefängnis, die orangefarbenen Overalls der Insassen, der Geruch von Schweiß und Fäkalien und verfaultem Fleisch.

Johnny hatte ein knappes Jahr im Nahen Osten im Gefängnis gesessen.

»Was erwartest du eigentlich von mir?«, fragte Johnny. »Dass ich sage, vorbei ist vorbei, es lässt sich nicht mehr ändern, und dass beide Seiten Fehler gemacht haben? So wie Heinrich Himmler, der bei einem Geheimtreffen mit einem Abgesandten des Jüdischen Weltkongresses im April 1945 ›das Kriegsbeil begraben‹ wollte?«

»Murphys Gesetz«, sagte MM.

»Manchmal ist Frieden nicht das Beste«, sagte Johnny. Er spürte Wut in sich aufsteigen, eine unerwartete Wut aus einer heißen Quelle, die still unter der Oberfläche gelegen hatte. »Du bist Führungsoffizier wie ich. Es gibt eine Sache, die wir nicht tun. Wir lassen die, die für uns arbeiten, nicht in der Scheiße zurück.«

MM warf einen kleinen Stein in den Fluss. »Ich weiß, dass meine

Worte das Unrecht nicht wiedergutmachen, aber du kannst mir glauben, dass es mir aufrichtig leidtut.«

Johnny ging zum Ufer des reißenden Flusses hinunter und brach einen Zweig ab, den er ins Wasser warf. Die Kraft, mit der er fortgerissen wurde, erschreckte ihn. Für den Bruchteil einer Sekunde sah er vor sich, wie er MM so lange unter Wasser drückte, bis er das Bewusstsein verlor.

»Was willst du?«, fragte Johnny.

»Es war Olav, der dich dort verrotten lassen wollte«, sagte MM. »Jetzt hat seine Tochter das Sagen. Du kennst Alexandra.«

Sie gingen weiter bergauf Richtung Norden. Selbst wenn MM die operative Verantwortung trug, stand dennoch Olav Falck dahinter. Oder? Johnny wurde klar, dass dieser kahl geschorene Nordnorweger eine graue Eminenz war. Vielleicht war es MM, der Olav steuerte, und nicht umgekehrt, wie er angenommen hatte. Informationen waren am besten, wenn sie frisch waren. MM kannte den Geheimdienst und die Spezialeinheiten sowie die Bürokratie und mittlerweile auch SAGA von innen. Eine ungewöhnliche Kombination.

Was die SAGA betraf, war Johnny eine Randfigur. Also warum hatte Martens ihm gerade von dem Machtkampf erzählt, der sich dort abspielte?

»Alexandra Falck hat der Seenotrettung die ›Falck 3‹ geschenkt und hält Festreden über die Arktis. Darüber, wie viel wichtiger die Gebiete im hohen Norden werden, wenn das Eis schmilzt und sich Handelsrouten eröffnen. Jeder will ein Stück vom Kuchen abhaben. Aber sie hat nicht das Zeug dazu. Was wir brauchen, ist Führung. *Klare* Führung.« Er sprach die Worte langsam aus.

»Kannst du ein bisschen konkreter werden?«

»Die Falcks besitzen das strategisch vielleicht interessanteste Areal der gesamten Arktis. Es handelt sich um das Adventdalen, östlich von Longyearbyen auf Spitzbergen, ungefähr so groß wie die Gemeinde Bærum. Das Grundstück ist mit einer Konzession für den Kohlebergbau verbunden, was gemäß der Sondergesetze dort oben auch das Recht zum Ausbau der Infrastruktur beinhaltet. Bevor 1975 der Flughafen Longyearbyen eröffnet wurde, sind die Maschinen im flachen Adventdalen gelandet.«

»Wo ist das Problem, wenn den Falcks das Areal gehört?«

MM drehte sich zu ihm um und entblößte eine Reihe gelber Zähne, deren Ränder schwarz vom Lutschtabak waren. »Eigentümerin des Adventdalen ist eine Connie Knarvik, die aus einem anderen Zweig der Falck-Familie stammt. Eine durch und durch chaotische Person. In den 1970er-Jahren eine Art Kommunistin, danach drogensüchtig. Jetzt hat sie angeblich zu Gott gefunden.«

»Will sie den Grundbesitz verkaufen?«

»Ja«, bestätigte MM, »aber das Problem ist, dass ein Verkauf ihr einen satten Aktienanteil an SAGA verschaffen würde, mit entsprechendem Einfluss, weil ein eventueller Verkauf mit einem Wandeldarlehen verbunden ist, das ihr Vater in den Sechzigerjahren gegeben hat.«

»Warum erzählst du mir das?«, fragte Johnny.

»Weil ich geheimes Material habe, das ich mit dir besprechen will.«

Johnny witterte Ärger. »Du vertraust mir?«

»Nein, natürlich nicht«, sagte MM und zog ein Dokument aus seiner Mappe. »Das ist eine Verschwiegenheitserklärung, die deine rechtliche Verantwortung für den Fall betont, dass irgendwas nach außen dringt. Zusätzlich gilt die lebenslange Verpflichtung zur Geheimhaltung, die du als früherer Mitarbeiter des Nachrichtendienstes unterschrieben hast. Weißt du etwas über den GRU-Oberst auf Svalbard?«

Johnny hatte zwar von der Sache gelesen, aber nur in öffentlich zugänglichen Quellen.

»Eines der Dinge, von denen die Presse nichts weiß, ist, dass Zemljakows letzte Worte von einem Maulwurf handelten. Innerhalb von SAGA und der Familie Falck.«

Für einen Moment erwartete Johnny, MM werde ihm ins Gesicht sagen, dass er ihn unter Verdacht habe.

»Und genau deshalb wollte ich mit dir reden, Johnny. Glaub mir, Alexandra Falck macht es nicht mehr lange. Eine Mehrheit im Vorstand unterstützt ihre Absetzung.«

»Was hast du mit mir vor?«

»Ich will dich in der SAGA unterbringen«, fuhr MM fort. »Auf einem völlig freien Posten. Denn was du wirklich tun sollst, ist, kräftig den Baum zu schütteln. Schauen, was herunterfällt. Wer der faulige Apfel im Korb ist.«

»Nun«, sagte Johnny.

»Ich habe lange versucht, Hans zu überzeugen.«

»Liegt er nicht im Krankenhaus in Bodø?«

»Er hat sich schnell erholt und ist wieder in Bergen. Wir haben uns gestern getroffen. Natürlich wissen wir von dem Verrat, den Sasha an dir begangen hat. Wir sind uns einig, dass Hans Vorstandsvorsitzender wird und Sasha Falck ablöst. Ich übernehme vorübergehend die Geschäftsleitung der SAGA-Gruppe, bis ein neuer CEO-Kandidat gefunden ist.«

Sie waren an Bjølsen vorbeigegangen und hatten das Gewerbegebiet von Nydalen erreicht. Alles hatte sich verändert, seit Johnny hier aufgewachsen war – damals hatte dort eine Nagelfabrik gestanden, in der später illegale Ravepartys stattfanden, bevor die Industriekultur zur Kulturindustrie wurde –, abgesehen von den Überwachungskameras des PST, der seltsamerweise auf einer Hügelkuppe Quartier bezogen hatte.

»Was wollen die Russen mit SAGA?«, fragte Johnny.

»Es ist deine Aufgabe, das herauszufinden. Aber ich glaube, sie wollen Adventdalen unter ihre Kontrolle bringen.«

MM deutete mit einem Kopfnicken auf das Hauptquartier des Nachrichtendienstes. »Du hast wirklich die Kompetenz herauszufinden, wer auf Rederhaugen Informationen an ausländische Geheimdienste weitergibt. Du bist der Beste. Der PST ist eine

Mischung aus beschränkten Polizisten und politisch korrekten Politikwissenschaftlern. Die Lahmen und die Blinden. Mit denen riskieren wir, dass die Sache nie aufgeklärt wird. Und im schlimmsten Fall, dass die Situation außer Kontrolle gerät.«
Johnny blickte hoch.
Große Schneeflocken schwebten vom grauen Dezemberhimmel herab.
Endlich. Der erste Schnee des Jahres.

Kapitel 9

Er heißt John Omar Berg

Inlandsnachrichtendienst PST, Oslo

Eine Schneeflocke traf Sashas Nase, unmittelbar bevor sie die Sicherheitsschleuse des PST-Hauptquartiers in Nydalen betrat. Der Schnee erinnerte sie an die Weihnachtsgeschenke, die sie noch kaufen musste. Falls die Besprechung hier oben nicht allzu lange dauerte, würde sie es vielleicht heute noch schaffen.

»Frau Falck?«, sprach eine Frau sie an.

Sasha erhob sich, sie gaben sich die Hand, dann gingen sie zusammen eine Treppe hinauf und durch einen langen Gang. Line Mørk trug ihr Haar streng zurückgekämmt, sie hatte südländisch-dunkle Gesichtszüge und war weit stärker geschminkt als Sasha. Von hinten betrachtet hatte Mørk die Statur einer durchtrainierten Schwimmerin, mit schmalen Hüften und einem v-förmigen Rücken mit breiten Schultern und langen Armen. Sasha, die in ihrem Leben kaum je einen Ball geworfen hatte, fühlte sich von so durchtrainierten Menschen immer eingeschüchtert.

Mørk öffnete die Tür zu einem kleinen Raum und bat sie, Platz zu nehmen.

»Danke, dass Sie gekommen sind«, sagte sie mit einer weichen und leicht heiseren Stimme, die sofort Vertrauen einflößte. »Viele werden ängstlich, wenn wir sie anrufen. Ich möchte Ihnen noch einmal versichern, es geht hier nicht darum, dass Sie oder eine Ihnen nahestehende Person möglicherweise etwas falsch gemacht haben. Dies ist ein reines Hintergrundgespräch. Verstehen Sie?«

Sasha nickte.

Die Beamtin schilderte die Ereignisse auf Svalbard, ohne dass

Sasha darin etwas nennenswert Neues gegenüber dem, was die Medien berichtet und MM ihr erzählt hatten, entdecken konnte.

»Die erste Frage, die ich mir stelle«, sagte Mørk mit zuvorkommendem Lächeln, »ist natürlich, ob Sie sich vorstellen können, dass an Zemljakows Behauptung, die Russen hätten einen Kontakt innerhalb von SAGA und Ihrer Familie, etwas dran ist.«

»Nein«, antwortete Sasha. »Ich habe mir natürlich schon meine Gedanken gemacht, aber alles, was ich dazu sagen könnte, wären haltlose Verdächtigungen.«

»Verdächtigungen«, sagte Line Mørk mit sanfter Stimme. »Können Sie das näher erläutern?«

Verärgert darüber, dass sie sich so leicht aufs Glatteis hatte führen lassen, beschloss Sasha, die Kontrolle über das Gespräch zu übernehmen. »Ich komme aus einer großen und ... wohlhabenden Familie«, begann sie mit einem Räuspern. »Wie Sie vielleicht wissen, ist es nicht unüblich, dass solche Familien tief gespalten sind. Ich könnte zum Beispiel meinem Bruder etwas unterstellen, oder Hans Falck, der sich seit längerer Zeit im Konflikt mit meinem Vater befindet. Das ist in vielerlei Hinsicht verlockend. Aber es wären Unterstellungen. Darf ich stattdessen fragen, wie Sie in dieser Sache vorgehen?«

»Nun, die taktischen Ermittlungen unterliegen der Geheimhaltung«, antwortete die Polizeibeamtin. »Was ich sagen kann, ist, dass wir die Spionagebehauptung des GRU-Obersts auf breiter Front untersuchen. Uns ist natürlich bekannt, dass gewisse Staaten – unter anderem Iran, China und Russland – aktiv daran arbeiten, Einfluss auf wichtige westliche Unternehmen und humanitäre Stiftungen zu nehmen. Dabei werden üblicherweise sogenannte *Einflussagenten* eingesetzt, Personen, die nicht notwendigerweise gegen Gesetze verstoßen, sondern die Ansichten äußern, die dem langfristigen Interesse dieser Staaten dienen. Ziel ist, die westlichen Demokratien zu schwächen.«

Sasha nickte.

»Frau Falck, bitte denken Sie noch einmal genau nach: Gibt es jemanden, der oder die im vergangenen Jahr besonders großes Interesse an Ihrer Familie oder der Stiftung gezeigt hat?«

»Einen gibt es«, sagte Sasha nach einer langen Pause und warf einen Blick über die Schulter, als wäre bereits die Erwähnung seines Namens Blasphemie. Wieso war sie nicht früher auf ihn gekommen? Weil man oft vor lauter Bäumen den Wald nicht sieht. Aber russischer Spion?

»Johnny«, sagte sie. »Er heißt John Omar Berg.«

»Was können Sie mir über diesen John Omar sagen?«

Eine Stunde später trat Sasha hinaus ins Schneetreiben, ging am Fluss entlang hinunter zur U-Bahn-Station und nahm die Bahn Richtung Westen. Hatte sie ihr Prinzip, niemandem etwas zu unterstellen, gebrochen? Nun. Vielleicht. Aber Johnny gehörte nicht zur Familie.

An der Station Nationaltheatret stieg sie aus, ging am Weihnachtsmarkt rund um das »Spikersuppa« genannte Wasserbecken vorbei und die Karl-Johans-Gate hinunter. Wie schon so oft dachte Sasha, dass Oslos traditionelle Paradestraße Ähnlichkeit mit einer Fußgängerzone in einer norddeutschen Provinzstadt hatte, Bremen vielleicht oder Lübeck.

Sie überquerte die Straße und trat durch den Haupteingang von Steen & Strøm. Das Kaufhaus war voller Menschen, die Weihnachtseinkäufe machten. Sie folgte der Menge vorbei an den Parfümerien ins ovale Atrium und die Rolltreppe hinauf. Ging eine Runde durch die Etage, in der sich die Herrenabteilung befand. Ein Ralph-Lauren-Hemd für Mads? Herrgott, was für ein einfallsloses Weihnachtsgeschenk.

Etwas zerstreut griff sie nach einem grauen Lammwollpullover. Im selben Moment bemerkte sie etwas aus den Augenwinkeln. Zuerst die Hände, leicht bronzefarben mit sichtbaren Adern. Der Anblick löste etwas in ihrem Unterbewusstsein aus. Auf die gleiche

Weise, wie Menschen eine Gefahr oder ein Verlangen spüren, bevor sie es in Worte fassen können.

Sashas Blick wanderte von den Händen einen dunklen Mantel hinauf, über ein weinrotes Wollhemd und traf auf das Gesicht. Sie spürte den Pulsschlag in ihren Ohren, den Schweiß in ihren Handflächen. Hoffte, dass ihr Erröten in der künstlichen Beleuchtung des Warenhauses nicht sichtbar war.

Er wirkte kräftiger und durchtrainierter als letztes Mal. Sein Haar war kurz und das Gesicht glatt rasiert. Aber die Augen, die melancholischen Augen mit den langen Wimpern, die seinen Zügen etwas leicht Feminines verliehen, was ihr an Johnny als Erstes aufgefallen war, hatten sich nicht verändert. Sie standen im Kontrast zu der Kraft, die er ansonsten ausstrahlte.

Denn vielleicht war genau das das Besondere an Johnny. Das Androgyne. Auf einen Teil Mann kam ein Teil Frau. So war es mit vielem, was Sasha mochte – die Stimme von Annie Lennox, die Filme von Tilda Swinton, die Neapel-Bücher von Elena Ferrante. Oder ihrem eigenen Namen, nicht zu vergessen.

Man konnte die Perspektive auch erweitern: Auf eine Portion Güte eine Portion Bosheit. Ein Mann, der mit ihr schlafen und gleichzeitig ihre Familie zerstören wollte.

Sie fuhren zusammen eine Etage höher und gingen in die Dessousabteilung. Er strich mit den Händen, den schmalen und starken Händen, über die Regale mit Spitzenhöschen und Korsagen.

»M. Magnus schmiedet ein Komplott, um dich als Vorstandsvorsitzende und Direktorin der SAGA abzusägen, und spricht mit Hans darüber, ihn an deine Stelle zu setzen.«

Sie spürte, wie ihr Atem aussetzte. »Wie sicher ist die Quelle?«

»100 Prozent.«

Sie überlegte, aber keiner der möglichen Schachzüge – Johnny, der MM in Misskredit bringt, um seine eigene Position zu stärken; MM, der etwas durchsickern lässt, weil er weiß, dass Johnny es an sie weitergibt – half ihr aus dem Labyrinth heraus.

»Warum erzählst du mir das?«
»Weil ich Martens Magnus nicht leiden kann.«
Wie oft hatte sie im vergangenen Jahr an genau das hier gedacht? Dass sie und Johnny sich auf diese Weise begegnen würden. Sie hatte sogar überlegt, sein Bewegungsmuster zu verfolgen, damit es passierte, so wie damals als Teenager, als sie Promis gestalkt hatte. Und jetzt war es passiert.
»Dass wir uns hier begegnen, ist kein Zufall?«, fragte sie. »Bei dir ist nichts zufällig.«
»Nein«, antwortete er. »Ich bin dir von Nydalen aus gefolgt.«
Er drehte sich um und verschwand.

Kapitel 10

Mandel im Reisbrei

Rederhaugen, Oslo

Die Weihnachtsgeschenke waren besorgt, die letzten E-Mails verschickt, M. Magnus war per Brief gekündigt worden, und als sie die Fackeln anzündete, die den Weg zum Haus säumten, dachte Sasha, dass sie endlich Weihnachtsurlaub machen konnte. Die Weihnachtsfeier fand stets am letzten Adventssamstag statt. Ein Duft von Weihnachtsgebäck und heißem Glühwein zog durch die Räume von Rederhaugen. Die Kinder rannten atemlos durch die Flure und versteckten sich in den vielen dunklen Ecken des Hauses. Draußen schneite es leicht.

Ganz gleich, wie angespannt die Stimmung zwischen den Falcks in Oslo und Bergen war – wenn das Weihnachtsfest vor der Tür stand, herrschte obligatorische Waffenruhe. Nicht ein einziges Mal nach dem Krieg war man getrennt gewesen. Der Ort der Weihnachtsfeier spiegelte die veränderten Machtverhältnisse wider. Im letzten Jahrhundert waren es fast immer die Osloer gewesen, die sich auf die Reise nach Bergen machten, aber nach dem Konkurs der Reederei Det Hanseatiske in den 1970er-Jahren hatte man die Weihnachtsfeier nach Rederhaugen verlegt.

Der Familientradition folgend, wurde der Weihnachtsbaum am selben Tag aus dem Wald geholt. Es musste eine Kiefer sein, ohne dass man genau wusste, warum. Anschließend aß man draußen Erbsensuppe und trank einen Schnaps.

»Ich muss was Provokantes loswerden«, sagte Andrea, die hauptverantwortlich für das Weihnachtsessen war. »Rippchen sind viel besser als Pinnekjøtt.«

»Oha, du traust dich ja was«, sagte Sasha.

»Die Einzigen, die Pinnekjøtt wirklich toll finden, sind sentimentale Westnorweger. Lässt du die Nostalgie weg, ist es knochig und viel zu salzig. Eine Milliarde Chinesen und Franzosen essen Schweinerippchen. Die sind butterzart, wenn man sie richtig zubereitet.«

Sasha drehte sich zu einem Paar um, das gerade ankam. »Papa«, sagte sie und küsste Olav auf beide Wangen.

»Kommt Sverre eigentlich mit diesem Johnsen-Mädchen?«, fragte Olav. »Sowohl die Mutter als auch die Großmutter sind überaus beeindruckend.«

Im nächsten Moment tauchten Ingeborg und Sverre auf, mit breitem Lächeln und Schneeflocken auf den Schultern. Olav hatte sich offenbar vorgenommen, galant zu sein.

»Eine echte Johnsen, oder besser gesagt Johnsen-Heiberg, ist auf Rederhaugen immer willkommen.«

Im Kaminzimmer hielten die Bergenser lärmend Einzug und überreichten ihre Weihnachtsdelikatessen aus dem Vestland.

Erst da sah Sasha, dass Hans gebeugt hinter seinen Kindern ging.

»Hans«, sagte sie und umarmte ihn vorsichtig. Sie merkte den Unterschied sofort. Der Unfall hatte ihn altern lassen. Seine rastlose Energie war langsamen Bewegungen gewichen, die Farbe war aus dem Gesicht verschwunden, und er zitterte leicht, als er ihr die Hände auf die Schultern legte.

Sasha klatschte in die Hände. »Jetzt gibt es Milchreis. Und ein Marzipanschwein für den, der die Mandel findet! Es ist streng verboten, etwas zu verraten, bevor alle fertig sind.«

Die Kinderschar kam aus dem Nebenzimmer ins Kaminzimmer gelaufen und stellte sich vor den Tellern auf, als könnten sie mit bloßem Auge erkennen, wo sich die Mandel verbarg.

Sasha ließ sich Zeit. Mit geschickten Bewegungen stach sie kleine Löffel voll Reisbrei vom Rand des runden Tellers und arbeitete sich langsam zur Mitte vor, unter die Schichten aus Zucker und Zimt, ohne das geschmolzene Butterstückchen anzurühren, das jetzt eine kleine Erhebung in der Mitte des Tellers bildete.

Sie blickte in die Runde. Obwohl die Verzehrmethoden variierten – manche zogen es vor, die Butter vorsichtig über die Zimtzuckerkruste zu streichen, während andere die Butterpfütze in der Mitte stehen ließen wie einen Springbrunnen –, saßen alle hoch konzentriert da und beobachteten einander heimlich, ohne viel zu sagen. Wer hatte die Mandel? Sasha konnte nicht umhin, das Gesellschaftsspiel mit der Jagd auf den russischen Maulwurf zu vergleichen. Saß der SAGA-Informant der Russen mit am Tisch?

Olav beugte sich zu Sasha und flüsterte: »*Irgendwas* ist heute mit Hans.«

»Papa, natürlich ist er gezeichnet, aber wir können froh sein, dass er sich so schnell erholt hat.«

»Ich kenne den Mann viel zu gut«, murmelte Olav.

Sasha gab das Zeichen, dass sie fertig war, indem sie mit dem Löffel an den Teller schlug, und sofort richteten sich alle Blicke auf sie. »Gewinner oder Gewinnerin, bitte gib dich zu erkennen.«

»Das bin ich!«, rief Ingeborg.

»Die Johnsen-Familie ist weithin bekannt für ihr Glück im Spiel«, rief Olav gut gelaunt aus. »Mein alter Onkel Herbert hat immer gesagt, dass man niemals Blackjack gegen Vesla Johnsen in den sowjetischen Casinos am Schwarzen Meer spielen durfte, weil sie immer gewann, mit oder ohne Hilfe des KGB.« Er lachte über seine eigene Anekdote.

Als Krönung des Essens trug Andrea Rakfisk mit Beilagen herein. Die fermentierten Fischstücke wurden von nussig schmeckenden Mandelkartoffeln, saurer Sahne mit Dijonsenf, rohen Zwiebeln und dünnem Fladenbrot aus Kartoffelteig begleitet.

Inmitten des leisen, munteren Stimmengewirrs am Tisch erhob Mads sein Schnapsglas mit würzigem Aquavit und sah Sasha lange an. »Die Rolle der Chefin steht dir, Sasha.«

Später am Abend, als das Kindermädchen den Nachwuchs zu Bett gebracht hatte, zogen die Verbliebenen in das blaue Zimmer im obersten Stockwerk um, in dem drei Gewinner des Friedensnobelpreises übernachtet hatten. Bischof Desmond Tutu hatte einen handgeschriebenen Brief hinterlassen, dass er nirgends besser geschlafen habe als in dem dortigen Himmelbett. Ingeborg lächelte höflich.

Sasha versuchte, die Stimmung im Raum zu erspüren. Hans wollte zeigen, dass ein bisschen »Schachmatt im Koma« ihn nicht davon abhalten konnte, die Freuden des Lebens zu genießen.

Andrea suchte eine Playlist aus.»›All I Want for Christmas is You‹ von Mariah Carey ist besser als das abgenudelte ›Fairytale of New York‹. Bestes Weihnachtslied aller Zeiten.«

»Hast du noch mehr provokante Ansichten?«, fragte Sverre.

»Die hab ich tatsächlich«, sagte Andrea und sah alle Anwesenden der Reihe nach an.»Weihnachtsfeiern mit den Bergensern sind wirklich sehr gemütlich.«

Die Aussage hob die Stimmung noch mehr. Andrea drückte »Play«. Die Musik schallte durch das blaue Zimmer. Einige tanzten, Christian Falck mit seiner Frau, Andrea und Erik, ja sogar Hans und Synne. Und natürlich Ingeborg und Sverre. Der versuchte, Shane MacGowan zu imitieren, indem er betrunken und bettelnd seine Liebste anstarrte. *It was Christmas eve babe, in the drunk tank.*

Sasha blieb neben Marte sitzen, die irgendwas von ihrem Job als Kuratorin eines Kulturfestivals in Kirkenes nahe der russischen Grenze daherredete.

»Schau dir Sverre an«, sagte Sasha mit einem Lächeln. Die verbissene und schroffe Art ihres Bruders war dank Ingeborg wie weggeblasen. »Ich bin froh, dass er das erleben darf. Verliebtheit, vielleicht Liebe, wer weiß?«

Marte hob ihr Weinglas.»Auf die Liebe, Sasha.«

»Auf die Liebe. Ich mach jetzt Feierabend. Gute Nacht, ich bin so froh, dass wir auf diese Art miteinander umgehen können.«

Sasha schloss vorsichtig die Tür hinter sich. Das Treppenhaus war kalt und dunkel. Durch die Wand hörte sie Musik und angeregte Stimmen. Das Leben war gar nicht so schlecht, wenn sie darüber nachdachte. Die Kinder wuchsen heran, ihr Vater hatte sich mit seinem Ruhestand angefreundet, das Verhältnis zu den Bergensern war so entspannt wie schon lange nicht mehr, und Sasha merkte, dass sie Lust hatte, mit dem Mann zu schlafen, der seit zehn Jahren ihr Ehemann war. Das Leben war einfach gut.

»Sasha?«, sagte eine Stimme hinter ihr.

Sie hatte nicht damit gerechnet, jetzt und hier jemandem zu begegnen.

»Ich möchte etwas mit dir besprechen«, sagte Hans.

Das hat Zeit bis morgen, wollte sie eigentlich erwidern, aber etwas in seiner Stimme brachte sie auf den Gedanken, dass es jetzt sein musste.

Ohne etwas zu sagen, wartete sie auf dem Treppenabsatz, dann gingen sie gemeinsam hinunter. Die Lampen im Gang zu ihrem Büro summten, als sie den Lichtschalter drückte. Hatte sie vergessen, das Fenster zu schließen? Nein, also warum war es so kalt? Sasha deaktivierte den Alarm. Das Büro war aufgeräumt, alle Arbeiten vor Weihnachten hatte sie am Vortag erledigt. Sie trat ans Fenster, blickte in die schneehelle Nacht hinaus.

»Tut mir leid, dass ich nicht früher eine Gelegenheit gefunden habe, mit dir unter vier Augen zu sprechen«, sagte Hans, betrat zögernd den Raum und setzte sich lässig auf das Sofa.

Sasha spürte einen giftigen Stich durch den Körper. Ihr Vater hatte recht gehabt, irgendwas war mit Hans. Aus der Ferne hörte sie die Musik und die Stimmen. Wollte er ihr vielleicht nur etwas anvertrauen? Hans war der Typ dafür.

»Was bleibt?«, fragte Hans rhetorisch und beantwortete es selbst. »Darüber habe ich viel nachgedacht, als ich im Krankenhaus lag. War es das wert, all die Entbehrungen, all die Reisen, alles andere? Und was jetzt, wo ich das Einzige, was ich kann, nicht mehr tun kann?«

»Aha?«, sagte Sasha abwartend.

»Also habe ich darüber nachgedacht, eine eher administrative Rolle in der SAGA zu übernehmen.«

»Interessanter Gedanke«, sagte Sasha. »Ich glaube, dass wir eine sehr gute Zusammenarbeit hinbekommen könnten. Du hast etwas, was wir anderen nicht haben.«

Hans Falck war eine lebende Legende, berühmter und beliebter als alle anderen in der Familie zusammen.

»Die Sache ist die«, fuhr Hans fort, zog ein Blatt Papier hervor und hielt es ihr vor die Nase, »dass ich gemäß Vera Linds Testament denjenigen den Vorzug geben werde, die in direkter Linie von Store-Thor abstammen.«

Stille.

»Sasha?«

In gewisser Weise traf die Apokalypse genauso ein, wie sie es sich vorgestellt hatte – mit Schwindel, Tunnelblick, Ohrensausen und einem Fußboden, der unter ihren Füßen nachgab.

Es war vollkommen still im Raum. Was bedeutete das, für das Unternehmen, für die Stiftung, für die Familie und die Liegenschaften?

Hans sah sie kalt an. »Du und vor dir Olav, ihr habt die SAGA geführt wie ein kriminelles Unternehmen außerhalb jeder parlamentarischen Kontrolle. Ich denke unter anderem an die Sache mit Johnny Berg. Ich war es, der ihn aus Kurdistan rausgeholt hat. Auch dass du versucht hast, Veras Testament zu vernichten, hat mich natürlich nicht kompromissbereiter gemacht.«

Sasha brachte kein Wort heraus.

»Das Einfachste sind die Immobilien«, sagte Hans. »Hier ist eine einstweilige Verfügung. Ihr habt nach den Weihnachtsfeiertagen eine Woche Zeit, um Rederhaugen zu räumen. Die offizielle Übergabe findet am Montag, dem 4. Januar statt.«

Er legte ihr die Verfügung hin.

»Es besteht die Möglichkeit, dass wir eine Fortführung des Mietvertrags für Hordnes akzeptieren, sofern wir zu einer Einigung kommen. Die Behörde zur Bekämpfung von Wirtschaftskriminalität hat ein waches Auge auf die Angelegenheit, und ich würde dir dringend davon abraten, in den nächsten Tagen Vermögenswerte zu verschieben. Anwältin Greve ist ebenfalls über die Entwicklung informiert. Das Spiel ist vorbei, Sasha, und Veras letzter Wille wird in Erfüllung gehen. Möchtest du Olav und die anderen informieren, oder soll ich es tun?«

Ihr fiel ein alter Buster-Keaton-Film ein, in dem eine Hauswand auf den alten Stuntman stürzt, der dank eines offenen Fensters schwankend in den Trümmern stehen bleibt.

»Es ist nicht vorbei, Hans«, sagte Sasha mit bebender Stimme. »Das bedeutet den totalen Krieg.«

»Frohe Weihnachten allen auf Rederhaugen«, erwiderte er und verließ das Zimmer.

Kapitel 11

Eine Menge zu verkraften

Rederhaugen, Oslo

Olavs Telefon klingelte kurz nach Mitternacht. Er war früh gegangen und hatte sich zu seiner »Freundin« zurückgezogen, der Witwe des Verlegers Grieg. Wie so viele Männer seines Kalibers hatte Olav absolut kein Problem damit, es im Schlafzimmer eines verstorbenen Freundes zu treiben; im Gegenteil, das Revier neu zu markieren war für ihn ein zusätzlicher erotischer Anreiz. Besonders befriedigt war er, als sie ihm gestand, dass es mit dem Sex vorbei gewesen war, als sich die gesundheitlichen Probleme des alten Verlegers vor einigen Jahren verschlimmert hatten.

Das Telefon hörte nicht auf zu klingeln.

Das Einzige, was dem alten Pessimisten und Zyniker keine Ruhe ließ, war der Gedanke, dass das Leben wie die Liebe war. Man konnte es plötzlich verlieren, man konnte direkt in den Abgrund stürzen.

Er drückte das Klingeln weg und umklammerte den warmen Frauenkörper. Das Telefon klingelte wieder. Auch jetzt nahm er nicht ab.

Als es zum dritten Mal klingelte, ging er ran.

»Papa«, sagte Alexandra. In ihrer Stimme lag etwas Fremdes.

»Ja?«

»Ich muss dir etwas sehr Wichtiges sagen.«

Olav schluckte. »Geht es um Leben und Tod?«

»Nein«, antwortete sie. »Viel schlimmer.«

Als er kurz darauf eilig über den frisch geräumten Hof lief, versuchte er, rational zu denken. Das wenige, was seine Tochter gesagt hatte, klang absurd, als hätte sie akute Wahnvorstellungen. Auf jeden Fall musste sie übertrieben haben. Aber warum? Alexandra war nicht der Typ für Katastrophendenken.

Die Schneehügel um das Hauptgebäude von Rederhaugen glitzerten im Schein der noch brennenden Fackeln.

»Alexandra?«, rief er ins leere Haus hinein.

Er fand sie schließlich im blauen Zimmer. Gläser, Teller mit Essensresten und halb leere Flaschen standen wild durcheinander oder lagen zerbrochen auf dem Boden, und Alexandra – die nie zu Bett ging, bevor sie nicht aufgeräumt und geputzt hatte – saß apathisch vor dem Kamin und starrte in die Glut.

Wenn man glaubt, dass die Welt untergeht, wenn man glaubt, dass jedes Krankheitssymptom ein Todesurteil ist, dann sind alle Nachrichten, die etwas anderes nahelegen, gute Nachrichten. Das war der Vorteil des Pessimismus, immerhin.

»Wir schaffen das, meine liebe Alexandra, wir schaffen das, so wie wir alles andere geschafft haben«, sagte er mit einer Stimme, die versuchte, *väterlich* zu klingen – eine Mischung aus Autorität und Fürsorge –, und küsste ihr Haar. Er zog ihren Kopf an sich und wiegte ihn, genau wie er es getan hatte, als sie klein war.

Noch immer sah sie ihm nicht in die Augen.

Olav setzte sich neben sie in einen Sessel. »Wenn wir das lösen wollen, musst du mir sagen, was passiert ist.«

Endlich blickte sie auf, mit rot geweinten Augen. »Wir können das nicht lösen.«

»Erzähl einfach, liebe Sashenka. So genau wie möglich.«

»Ich habe Veras Testament gefunden, als ich nach ihrem Manuskript suchte«, sagte sie mechanisch.

Olav nickte. »Weiter.«

»Das war im Frühjahr. Greve hatte es in Verwahrung. Ich habe es ihr aus den Händen gerissen und verbrannt.«

»Das war wohl keine so gute Idee.« Er versuchte, einen gemäßigten Ton beizubehalten.

»Es war die einzige Möglichkeit. *Meeresfriedhof* enthielt einen Epilog, der wie das ganze Manuskript nie veröffentlicht wurde. In den fünfzig Jahren ihrer Schreibblockade hatte Vera versucht, ihn zu schreiben. Oh, es gibt so vieles, was du nicht weißt, Papa.«

Jetzt merkte er, dass er ärgerlich wurde. »Dann ist jetzt die Zeit gekommen, es mir zu erzählen.«

»Vera war in einen deutschen Soldaten verliebt, der gegen die Nazis gearbeitet hat.«

»Ich habe *Meeresfriedhof* gelesen, Herrgott noch mal!«

»Nein, das hier hast du nicht gelesen. Der Grund, warum Vera ihr Leben lang so traumatisiert war, ist der, dass sie es nicht geschafft hatte, ihr Baby zu retten, das bei dem Schiffsuntergang verschwand.«

Jetzt fragte sich Olav langsam, ob das Problem darin lag, dass seine Tochter den Verstand verloren hatte. »Nun, ich sitze hier, Alexandra.«

»Weil du neun Monate nach dem Untergang geboren wurdest, Papa! Du bist das Ergebnis einer Liebesnacht zwischen Vera und Hans Otto Brandt, der ebenfalls an jenem Tag verschwand. Du bist im Juni 1941 auf den Lofoten zur Welt gekommen. Großmutter gab dir ebenfalls den Namen Olav. Jahrelang hielt sie dich an der Außenküste der Lofoten versteckt. Und als sie 1944 nach Schweden floh, registrierte sie dich dort unter dem ursprünglichen Geburtsdatum vom Juli 1940, mit Store-Thor als Vater. Es tut mir leid, Papa, ich weiß, dass das viel zu verkraften ist.«

Auch wenn Olav geweint hatte, als seine älteste Tochter geboren wurde, hatte sie es nie selbst gesehen. Aber jetzt weinte er, still und leise schluchzend, und seine Tränen nässten ihre Schulter unter der weißen Bluse.

»Ich denke an Mutter«, murmelte er. »Dass wir dieses Gespräch nie haben führen können. Ist es nicht immer so?«

Er stand auf und ging über den Teakholzfußboden zum Fenster. Der Himmel hatte aufgeklart. Lange stand er da und betrachtete die Sterne.

»Ich bin froh, dass du es mir erzählt hast«, sagte er leise.

»Da ist noch mehr, Papa.«

Die letzte Fackel unter ihm war flackernd im Begriff auszugehen.

»Weil du nicht Store-Thors Sohn bist, stehen wir nicht in der geraden Abstammungslinie. Es sind Hans und die Bergenser, die den Konzern erben, und als Eigentümerin von Rederhaugen hat Vera auch das den Bergensern vermacht. Das war es, was im Testament stand.«

»Erinnerst du dich, was ich damals zu dir gesagt habe, als du vor dem Begräbnis Mutters Sachen auf Stupet durchsucht hast, Alexandra? Dass alles zusammenbrechen kann, was wir uns aufgebaut haben, falls du damit weitermachst!«

»Papa«, sagte Sasha mit einer Stimme, die ihn etwas besänftigte. »Ich hole alles zurück, das verspreche ich dir. Und wenn ich bis an mein Lebensende dafür brauche, ich werde zurückbekommen, was sie uns genommen haben.«

Kapitel 12

Die Badeleiter

Oslofjord

Fröhlich war das Weihnachtsfest auf Rederhaugen in diesem Jahr nicht. Die Tage zwischen Weihnachten und Neujahr wurden damit verbracht, die Habseligkeiten in Umzugskartons zu packen und in großen Lastwagen zu verstauen, die sie in ein Lagerhaus fuhren.

Sein Leben lang hatte Olav das Schlimmste befürchtet: Atomkrieg, Besetzung durch eine ausländische Macht, Brandstiftung, unkontrollierter Anstieg des Meeresspiegels und Zusammenbruch der Zivilisation. Er war ein Mann, der seine Ängste anderen gegenüber kaum durchblicken ließ, aber das hier war ein Albtraum.

Ihm wurde klar, dass das Schlimmste tatsächlich *passiert* war. Der Untergang der Familie, den er immer gefürchtet hatte, war Wirklichkeit geworden. Aber dass die ganze Geschichte, die er immer über sich erzählt hatte, eine Illusion war, war ein so harter Schlag, dass er kaum wieder auf die Beine kam.

Als das neue Jahr anbrach, wurde er endlich aktiv. Er wollte nichts unversucht lassen. Trotz ihres Versprechens, sich zu wehren, schien Alexandra vollkommen verzweifelt zu sein. Zuerst traf er sich mit Johnny Berg auf ein Bier und ein Mittagessen im Restaurant Dovrehallen. Es war ein offenes Gespräch, und als Olav schließlich hinaus auf die Storgata trat, hatte er ein gutes Gefühl. Er hatte Berg den Namen und die Kontaktdaten von Connie Knarvik gegeben und geflüstert, dass ihre tragische Liebesgeschichte mit Hans vielleicht in eine Biografie passen könnte. Aber was er tatsächlich getan hatte, war, eine letzte Karte auszuspielen. Vielleicht war Connie die Einzige, die etwas wusste, das Hans belasten konnte.

Am Tag darauf brachte er seine Snekke zu Wasser und lud M. Magnus zu einer Tour auf dem Fjord ein.

Frostnebel hing über dem Wasser, als Olav das Boot von Rederhaugen aus nach Süden steuerte. Er hatte die Ohrenklappen seiner Mütze auf dem Kopf zusammengebunden wie ein Russe und lehnte an der Reling. Neben ihm, im Anorak und mit Pudelmütze, stand der Offizier.

Olav drückte den Gashebel nach unten und merkte, wie das Boot beschleunigte.

»Wir fahren nach Süden«, sagte Olav.

Magnus rieb sich die Handflächen, um sie warm zu halten.

»Mann, ist das frisch heute«, sagte er fröstelnd und schlug die Arme um den Oberkörper.

Olav nickte stumm.

»Ich habe ein paar Leute gebeten, sich die Möglichkeiten anzusehen, die wir jetzt haben, nach dem, was passiert ist«, sagte MM, den Blick auf den Horizont gerichtet.

»Aha«, sagte Olav.

»Der Punkt ist folgender. Selbst wenn Vera Linds Testament gültig sein sollte, und alles deutet darauf hin, dass es das ist, kann sie die Gesetzgebung nicht unterlaufen, indem sie sich auf die gerade Abstammungslinie beruft. Sasha und indirekt du, ihr behaltet die Kontrolle über SAGA, auch wenn es wohl am realistischsten ist, einzusehen, dass Rederhaugen verloren ist, denn das ist schlicht eine Frage des Testaments.«

Wofür zum Teufel hältst du dich, dass du mich darüber belehrst, dachte Olav; es war, als ob die Verachtung für den Mann neben ihm sein Blut in Wallung brachte, trotz der Kälte.

»Hast du nach dem Unfall mit Hans gesprochen?«, fragte Olav mit sanfter Stimme.

»Nein, das ist schon lange her. Ich hätte es allerdings tun sollen, es ist immer interessant zu hören, was er zu sagen hat.«

Mitten auf dem Fjord schaltete Olav in den Leerlauf. Rechter Hand, ein paar Kilometer entfernt, konnte er den flachen Küstenstreifen bei Asker erkennen, und auf der linken Seite, ungefähr ebenso weit entfernt, schoss Nesoddlandet abrupt in die Höhe.

Olav ging zum Heck. Er hatte in letzter Zeit so eine schweigsame Art, die den Leuten unangenehm war und sie zum Reden brachte.

»Falls ich dir einen letzten Rat geben soll ...«, sagte Magnus.

Kannst du gerne machen, dachte Olav.

»Dann ist es der, Johnny Berg an SAGA zu binden. Halte deine Feinde nah bei dir, na, du weißt schon.«

»Gute Idee!«, sagte Olav lachend und zog einen Flachmann mit Weinbrand aus der Jackentasche. »Vorher ein Bad. Wer zuerst drin ist!«

Das war ein Männerwettstreit, dem MM nicht würde widerstehen können, wie er wusste, und der alte Elitesoldat schälte sich rasch aus den Kleidern und versenkte seinen blassen, muskulösen Körper mit einem Kopfsprung mühelos in den eisigen Fluten. Olav folgte ihm und spürte, wie das Wasser ihn lähmte und er seinen hechelnden Atem langsam unter Kontrolle bekam. Er drehte sich auf den Rücken und starrte hinauf in den blassblauen Januarhimmel.

Martens kraulte rasch um das Boot herum und tauchte neben ihm auf. »Du bist gut im Eiswasser, Olav, das muss man dir lassen. Ist aber verdammt kalt heute. Ich friere. Ich geh raus.«

»Mach das«, sagte Olav, immer noch in Rückenlage treibend.

MM machte ein paar ruhige Kraulzüge zum Heck und packte die Badeleiter mit beiden Händen. Aber gerade als er das Körpergewicht nach hinten legte und sich hochziehen wollte, löste sich die Leiter aus ihrer Befestigung, und er stürzte rücklings ins Wasser. Die Leiter versank in der Tiefe.

»Da haben wir ein kleines Problem«, sagte MM mit der Gelassenheit eines Elitesoldaten und schwamm ein Stück zurück, um einen besseren Blick auf den Rumpf zu haben und zu prüfen, wo er am besten hinaufklettern könnte. »Ich ziehe mich am hinteren Speigatt hoch.«

Das Speigatt war ein kleines Wasserabflussloch, vielleicht so groß wie eine geballte Faust, einen knappen Meter vom Heck entfernt.

Olav sah, wie er die Finger hineinkrallte, er brüllte verbissen, als er sich hochzog, aber da der Rumpf der Snekke glatt und bauchig war, klappte es nicht. MM fiel zurück ins Wasser.

»Komm her«, kommandierte Magnus außer Atem. »Ich glaube, in der Mitte wölbt sich der Rumpf am wenigsten. Ich stelle mich auf deine Schultern und ziehe mich hoch, das geht gut.«

Was sich nach einer einfachen Idee angehört hatte, erwies sich in der Umsetzung als schwieriger. Olav merkte bereits, wie sein Körper in der Kälte steif wurde, die Bewegungen wurden zittrig, und als MM versuchte, sich auf seine Schultern zu stellen, sank er nur zappelnd in die Tiefe. Das Boot, das mittelgroß wirkte, wenn man darin saß, sah im Wasser riesig aus.

»Mach schon, Olav!«, rief Magnus mit Verzweiflung in der Stimme. »Benutz deine Riesenkräfte. Wir kommen nicht rauf!«

Aber Olav lag nur ruhig auf dem Rücken, sein Schrumpfpimmel trieb an der Oberfläche, und sein Blick klebte am diesigen, blauweißen Winterhimmel.

Er fühlte, wie MM von hinten seinen Kopf packte und ein paar Schwimmzüge in Richtung der Snekke machte. Der Offizier schwamm um ihn herum und schlug ihm ins Gesicht.

»Wenn wir jetzt nicht aufs Boot kommen, erfrieren wir!«

»Merkwürdig«, sagte Olav mit einer Stimme, die ganz ruhig war, als spräche er nur zu sich selbst, »ich habe immer gewusst, dass es einmal im Wasser enden würde.«

»Olav!«

»Niemand verrät meine Kinder ungestraft.« Olav merkte, dass die lähmende Kälte verschwand, das Wasser wurde lauwarm, wie in den Badewannen, in denen er als Kind gebadet hatte. »Alles, was mir auf dieser Erde zu tun bleibt, ist, meinen Kindern zu helfen.«

Sein Blick fiel auf MMs aufgerissene Augen und blaue Lippen. Und mit einem fast unmerklichen Lächeln sank Olav hinab in die klare Tiefe.

Nicht allen Menschen ist es vergönnt, zweimal zu ertrinken.

Kapitel 13

Mein Geburtsname ist Constance Falck

Holmenkollen, Oslo

Ein Staatsbegräbnis gab es nicht für Olav Falck, aber eine handverlesene Auswahl von Persönlichkeiten des öffentlichen Lebens war dabei, als er mit einem Trauergottesdienst in der Holmenkollen-Kapelle, einer dunkel gebeizten Holzkirche auf einem Hügel am Waldrand neben der Sprungschanze, beigesetzt wurde.

Eigentlich war die Kirche voll, aber Johnny nickte dem Kirchendiener nur kurz zu und suchte sich einen Stehplatz ganz hinten im Kirchenschiff. Die beiden Familienzweige saßen jeweils für sich, getrennt durch den Mittelgang. Als sie den Kopf hob, fand sein Blick Sasha in der ersten Reihe, inmitten ihrer Geschwister. Woran dachte sie wohl in diesem Moment?

Es war ungefähr eine Woche her seit dem klirrend kalten Januartag, an dem man eine Grimshøi-Snekke und zwei Eisbader im Oslofjord treibend gefunden hatte. Durch das Altmännerräuspern und das Rascheln der Programmzettel konnte Johnny das Getuschel hören:»Er ist gestorben, wie er gelebt hat. Ertrunken bei einem Bad im eisigen Wasser? Für M. Magnus war es zu früh, aber für einen Fünfundsiebzigjährigen war es eine recht würdige Art, beizeiten aus dem Leben zu scheiden. Das Schicksal hat nicht gewollt, dass ein Titan wie Olav Falck in Windeln in einem Altersheim endet.«

Die Beisetzung wurde geleitet von Feldpriester Aslak, einem Lebemann und Agnostiker, mit dem Johnny oft bis spät in die Nacht unter dem afghanischen Sternenhimmel über Moral, Philosophie und Frauen diskutiert hatte. Der Parlamentspräsident hielt eine Rede. Ein ehemaliger Schauspieler am Nationaltheater trug ein

Gedicht vor, und ein weltberühmter Geiger spielte eine Bach-Fuge. Eine Handvoll Solisten des besten norwegischen Knabenchors sang »Leben, das heißt lieben«.

Niemand aus der Familie hielt eine Rede, seltsamerweise.

Johnnys Blick streifte über die Reihen von Perlenohrringen und grau umkränzten Hinterköpfen. Das Treffen mit dem Mann, der dort in dem Sarg lag, nur wenige Tage vor dessen Tod, war seltsam gewesen. Olav hatte kein Blatt vor den Mund genommen. Er erwartete keine Vergebung von Johnny für die Rolle, die er bei der »Mission im Nahen Osten« gespielt hatte.

Olav hatte getan, was er für notwendig hielt, und er hatte es aus Fürsorge für die Familie getan. Der eigentliche Grund für das Treffen im Restaurant war, dass er von einer Person wusste, die »Hans' Biografie an entscheidenden Stellen ergänzen kann, falls er nicht kooperationsbereit sein sollte«, und die nie mit Außenstehenden darüber gesprochen hatte. Es ginge um eine »tragische Liebesgeschichte«, hatte Olav angedeutet, aber was bedeutete das?

Merkwürdigerweise hatte keiner seiner anderen Interviewpartner Connie Knarvik erwähnt. Er hatte zum ersten Mal durch M. Magnus von ihr gehört. Beides zusammen weckte Johnnys Interesse. Als er sie kontaktiert hatte, schlug sie die Beisetzung für eine Begegnung vor. Aber wo war sie jetzt? Als der Sarg hinausgetragen wurde und sich dahinter der Trauerzug formierte, entdeckte er eine Frau, auf die Olavs Beschreibung passte. Johnny reihte sich in den Strom der Menschen ein, bis er sich neben ihr befand.

»Connie?«, flüsterte er.

Sie blieb im Mittelgang stehen und legte ihm die Hände auf die Schultern, völlig unbeeindruckt von der Prozession.

»Das will ich mir genau ansehen«, sagte sie in Bergenser Dialekt und musterte ihn. »Sie sind es wirklich.«

Was meinte sie? Früher einmal musste sie sehr schön gewesen sein, aber die fahle Gesichtsfarbe und ein Netz aus feinen Runzeln um die Mundwinkel zeugten von einem harten Leben.

Johnny begab sich mit ihr Richtung Ausgang. Er sagte leise zu ihr: »Ich glaube, das ist vielleicht nicht der ideale Ort für unser Gespräch heute.«

»Oh, ich kann diesen Ort nicht ausstehen«, antwortete Connie. »Diese Kirche wurde von demselben unverschämten Mann angezündet, der unsere Kirche in Fantoft niedergebrannt hat.«

Unsere Kirche? Eine merkwürdige Formulierung. Inzwischen waren sie hinausgetreten in den klaren Januartag, und die Minusgrade kniffen in die Nase und ließen den Schnee unter ihren Schritten knarren. Als der Sarg mit Olav Falck in einen schwarzen Leichenwagen geschoben wurde, verließen sie den Trauerzug und folgten dem Weg um die Ebene, in der das Skistadion lag.

»Danke, dass Sie bereit sind, sich mit mir zu treffen«, sagte Johnny.

»Wie gesagt, ich arbeite an einer Biografie über Hans Falck.«

»Sind Sie Christ?«, fragte sie.

Was war das für eine Eröffnungsfrage?

»Skeptiker«, erwiderte er.

»Schade, ich vertraue nur Gläubigen.«

Er schlug vor, die Treppe zur Tribüne hinaufzugehen, die den steilen Auslauf der Sprungschanze umgab. Sie atmete schwer. Unter ihnen offenbarte sich die Stadt in frostigem Dunst.

Connie steckte sich eine Zigarette an.

Sie musterte Johnny, während sie inhalierte. »Sie sind fasziniert von Hans, wie alle anderen, und wollen wissen, was sich hinter der Maske verbirgt. Eins ist sicher: Hans darf niemals in die Nähe von Macht kommen. Sonst wird er das Leben anderer Menschen zerstören, so wie er meins mit seinen Lügen und seiner Manipulation zerstört hat.«

Johnny hatte den Eindruck, dass unter dem Firnis bürgerlicher Bildung etwas anderes lag, etwas Dunkles und Wütendes.

»Und all das wissen Sie?«, fragte er skeptisch.

»Junger Mann«, sagte sie herablassend. »Mein Geburtsname ist Constance Falck, so wie Ihrer Yahya al-Jabal ist.«

Wie konnte sie das wissen? »Aber?«
»Dazu kommen wir auch noch, junger Mann. Aber eins dürfen Sie nicht vergessen. Ich bin mit Hans zusammen aufgewachsen. Später haben wir uns geliebt, oder ich habe geglaubt, er würde mich lieben.«
»Ihr Name taucht nicht auf, wenn ich mich mit anderen über Hans unterhalte«, wandte Johnny ein.
»Der Grund dafür wird deutlich werden«, antwortete sie kalt.
»Ich höre.«
Sie saß unbeweglich da, ohne etwas zu sagen. Schließlich zog sie einen verschlossenen Umschlag hervor. »Ein Brief, zurückgeschickt an den Absender, aus dem Jahr 1976. Ich habe ihn nie mehr geöffnet, nachdem ich ihn geschrieben hatte, oder ihn jemandem gezeigt. Aber in einer Situation, in der Hans ein Milliardenvermögen und eine der wichtigsten Positionen im norwegischen Wirtschaftsleben geerbt hat, sehe ich keine andere Alternative. Betrachten Sie diesen Brief als eine Kostprobe, ich habe auch noch mehr. Es ist der Beginn einer Geschichte von Verrat. Hans hat mich verraten, nicht ein-, sondern zweimal. Ich habe immer den Verdacht gehabt, dass er auch sein Land verraten hat.«

24.8.1976

Lieber Hans,

gestern hast du mich aus der Arktis angerufen. Obwohl die Verbindung schlecht war, habe ich sofort an deiner Stimme gehört, dass alles vorbei ist. Unsere Sache, der Scoop, die Sensation, die sich für die Unterdrückten starkmachen und seismische Erschütterungen von Washington, D.C., über Oslo bis nach Moskau auslösen sollte. Unser Beitrag zu einer besseren Welt.
All das ist aus und vorbei, gestorben. Aber nicht nur das. Auch mit uns ist es aus.

Nie war ich verliebter als in den letzten Wochen. Deine Energie, wenn wir zusammenarbeiteten, dein Blick, wenn du mich angesehen hast, das Gefühl, dass wir zusammen in den »Neunten Himmel« steigen und den Mond fangen konnten, wie der Vorsitzende Mao schreibt. Dass in dieser Welt nichts unmöglich war. Diese Eigenschaft hattest du. Die hast du.

Was immer dich dazu gebracht hat, so zu handeln, wie du es tust: Jetzt habe ich alles verloren. Deinetwegen habe ich meinen Mann verlassen, mit meiner Familie gebrochen und bin in die Partei eingetreten. Darauf kannst du gerne antworten, dass ich eine erwachsene Frau in einem freien Land sei, die ihr Tun und Lassen selbst verantworte. Das stimmt natürlich. Aber du weißt genau, wenn man die Zweisamkeit erst probiert hat, tut man alles dafür, dass sie bleibt.

Oder weißt du es nicht?

Ich schreibe dies in der Wohnung an der Gimle Terrasse. »Der Scheidungsblock der Falcks«, wie du einmal spöttisch bemerkt hast, als wir daran vorbeigingen. Ich habe es mir am Fenster des Erkers an der Ecke gemütlich gemacht. Von hier aus blicke ich über den Fjord hinüber nach Rederhaugen. Ich schreibe. Schreiben ist das Einzige, was mir so etwas wie Frieden gibt.

»Wir lassen den Zug zu uns in den Garten kommen«, sagte Vater, nachdem er klargestellt hatte, dass wir Familienmitglieder uns nicht zum Bahnhof begeben. Weißt du noch? In mir hat sich das festgebrannt.

Damals war ich natürlich viel zu klein, um es zu verstehen, aber später habe ich gedacht, dass er damit unsere Weltanschauung auf den Punkt gebracht hat, diese Haltung, die ich später so verachten sollte.

Für uns drehte sich die Erde nicht um die Sonne. Es war umgekehrt. Die Sonne drehte sich um unsere Familie.

»Aber das ist unmöglich«, hast du gesagt.

Du warst damals ein kleiner Junge, und du hast sofort

angefangen, eine Geschichte von einem Zug zu erfinden, der aus den Schienen sprang und Funken sprühend durch die Straßen raste.

»Abwarten«, sagte Vater lächelnd.

Damals hatte ich den Eindruck, dass du mehr bei uns warst als bei deinen Eltern auf Hordnes. Du hast Papa vergöttert. Obwohl Herbert dein Großonkel war, glaube ich, dass du dir gewünscht hast, er wäre dein Vater.

Für dich war er ein Superheld, gerade so, als wäre er direkt aus einem Comicheft herausgestiegen. Du wurdest nie müde, deinen Spielkameraden von den Abenteuern vorzuschwärmen, die »Onkel Herbert«, wie du ihn nanntest, vorzuweisen hatte: die Berge, die er bestiegen, die eisigen Gewässer, die er durchschwommen hatte, nachdem sein Kajak gekentert war, die Filmstars und die Rennfahrer, mit denen er befreundet war, die Eisbären, die er geschossen hatte.

Ich war dreizehn, drei Jahre älter als du, und in dem Jahr davor mächtig in die Höhe geschossen. Trotzdem war es, als ob der Rest meines Körpers nicht ganz hatte mithalten können. Wenn ich mir heute Fotos von damals ansehe, drängt sich mir das Bild eines schwankenden, windschiefen Baums auf, der unter einer Hochspannungsleitung wächst.

Wir hatten gerade Abendbrot gegessen, als mein Vater in der Küche auftauchte.

»Seid ihr bereit?«

Papa trug einen langen dunklen Mantel und Hut. Wie immer ging etwas Energisches von ihm aus, eine Mischung aus Herzlichkeit und Angeberei, rauem Lachen und kraftvollen Bewegungen.

Er ging voraus in den Wintergarten und öffnete eine Erkertür. Die tief stehende Abendsonne ließ Büsche und Blätter schimmern, feucht wie Tränen auf einer Wange.

»Mann!«, rief Papa plötzlich und schlug sich an die Stirn. »Ich habe die Papiere vergessen, die wir nach Oslo mitnehmen müssen. Der Zug kommt gleich. Hans!«

Ihr beide seid zurückgelaufen, während ich wartete. Unser Haus, eine schöne alte Backsteinvilla, gehörte zu einer größeren Parkanlage, die von Wegen und Treppen und Alleen durchzogen war; mein Großvater Theodor Falck d. J. hatte es in der ersten Blütezeit der Familie zwischen den Weltkriegen erbaut. Es war eines der schönsten Anwesen in Bergen.

Papa und du kamt außer Atem zurück. Der Fußweg mündete in eine scharfe Kurve, die zum anderen Teil des Grundstücks überleitete, auf dem sich Det Hanseatiske Dampskipsselskab befand. Unten, wie ein schmaler Graben in der Landschaft, verlief die Bahnstrecke, flankiert von einer Mauer mit einem Säulengang auf der den Häusern zugewandten Seite des Gleises.

Eine Steintreppe führte hinunter in die Senke, in der sich die Eisenbahnlinie durch die hügelige Landschaft schlängelte. Du hast dich an Papas großer, sicherer Hand festgehalten. Die Treppe nach unten war vielleicht fünf Meter lang, und links des Gleises lagen höhlenähnliche Laderäume, getragen von Säulen.

Die Schienen glänzten im Mondlicht, das durch die Wolken brach. An einer Seite des Gleises befand sich ein hölzerner Bahnsteig.

Dann war das ferne Schnaufen des Zuges zu hören, das Knistern der Schienen, der heisere Pfiff, das widerspenstige Kreischen der Bremsen, bevor er anhielt, direkt an dem provisorischen Bahnsteig.

»Das ist unser privater Wagen«, sagte Herbert und zeigte auf den letzten Waggon. »Der Zug kommt zu uns. Vergesst das nie. Hört niemals auf die Neinsager, die Pessimisten, die Gleichheitstyrannen, die Bürokraten, die Realisten. Denn mit ihnen ist das Leben langweilig. Ohne sie ist alles möglich. Habt ihr verstanden?«

Es war im Juni in den Sechzigerjahren, und der Zug fuhr durch die tiefen Täler außerhalb der Stadt und kletterte hinauf ins verschneite Gebirge, wo die Schneewehen die bleiche Sommernacht erhellten. Papa erzählte uns, wie er als kleiner Junge immer den

Morgenzug nach Finse genommen hatte, von dort auf Skiern ganz bis nach Ustaoset oder Geilo gefahren und abends mit dem Zug nach Bergen zurückgekehrt sei.

»Erzähl von dem Eisbären«, sagtest du.

»Du weißt, dass man einmal einen Eisbären bei Vardø auf dem Festland entdeckt hat«, antwortete Papa und sah nachdenklich aus dem Fenster. »Der war vermutlich fast tausend Kilometer durchs Eismeer geschwommen, um dorthin zu kommen. Das sind beeindruckende Geschöpfe.«

»Ich meinte den Eisbären«, sagtest du. Obwohl du sie bereits kanntest, konntest du nicht genug bekommen von der Geschichte vom ausgestopften Bären, der in der Niederlassung der Falck-Reedereien im Zentrum von Bergen den Eingangsbereich zierte.

Papa lächelte. »Also gut. Dies ist die Geschichte, wie Svalbard norwegisch wurde. Wir schreiben das Jahr 1916. Zusammen mit einer Gruppe von Ingenieuren, Bankiers und Polarforschern segelt Theo über die Barentssee und hinein in den majestätischen Isfjord, der gerade eisfrei geworden ist. In den letzten Jahren war Longyear City eine Barackenstadt für hartgesottene Bergarbeiter. Der Direktor, John Munro Longyear, hatte sich mit den norwegischen Behörden zerstritten. Longyear City ist verlassen wie eine Garnisonsstadt im Wilden Westen, nur eine kleine Truppe von Wachleuten ist noch da. Der amerikanische Grubenbesitzer ist wütend. Die von ihm gewünschte Telegrafenverbindung soll über die Finnmark gehen. Aber die norwegischen Behörden weigern sich, den Amerikanern eine Verbindung in die USA zu genehmigen, und haben stattdessen eine eigene Verbindung eingerichtet.«

»Sind sie dort Eisbären begegnet?«, hast du ungeduldig gefragt.

»Dazu komme ich noch«, erwiderte Papa, »aber vorher musst du eines wissen. Zu der Zeit war Svalbard terra nullius.«

»Was?«, haben du und ich im Chor gerufen.

»Das bedeutet, dass kein Land Souveränität über das Gebiet hatte. Obwohl unsere Wikinger zu den kalten Küsten – denn das bedeutet Sval bard – gefahren sind, obwohl unsere Jäger und Fallensteller das Gebiet genauer erkundet haben als irgendwer sonst, hatten wir Norweger kein besonderes Anrecht auf die Inseln. Versteht ihr?«

Er sah uns nacheinander an.

»Da soll Theo Falck mit der Faust auf den Tisch geschlagen und den Amerikaner gefragt haben, ob er bereit wäre zu verkaufen. Der Amerikaner zögert und fragt, wer denn die Käufer seien. Theo antwortet, das sei er selbst im Namen eines Konsortiums. Zusammen mit dem norwegischen Staat.«

Papa blickte uns eindringlich an. »Ohne Theo Falck, deinen Großvater, Constance, und deinen Urgroßvater, Hans, wären die Kohlegruben nie in norwegische Hände gekommen. Könnt ihr begreifen, wie großartig das ist? Ein Falck war es, der uns Svaldbard gesichert hat.«

Wir staunten. Papa fuhr fort: »Nachdem der Vertrag mit dem amerikanischen Grubenchef in der Funktionärskantine in Longyear City ordentlich gefeiert worden war und das Eis östlich von Spitzbergen zu schmelzen begonnen hatte, brach Theo auf. Die Eisverhältnisse auf Svalbard sind von Jahr zu Jahr unterschiedlich, und in diesem Jahr ist es möglich, Ende Juni ohne größere Probleme an der Nordwestküste entlangzufahren. In Ny Ålesund legen sie an und fahren von dort aus nach Norden, vorbei an einer großartigen tiefgefrorenen Landschaft, unterbrochen von Gebirgen und vereisten Gletscherzungen, die bis ins Meer reichen. Nördlich von Spitzbergen treffen sie auf vereinzelte Fangschiffe, ansonsten ist dies das große Nichts.

Aber Theo und Adolf Hoel wollen nach Kvitøya, der ›Insel der Unzugänglichkeit‹, im äußersten Nordosten des Svalbard-Archipels, einem Ort, den nur wenige bereist haben, seit der schwedische Entdecker Salomon Andrée mit seiner Gruppe im Jahr 1897 dort verschwand.

Die Eisschicht rund um Kvitøya reicht oft das ganze Jahr über *bis weit in die Tiefe, aber Mitte Juli wagen sie einen Versuch. Das Falck-Schiff hält stand, merkwürdigerweise, und als sie vor Anker gehen, können sie hinaufblicken zu dem Gletscher, der die ganze Insel bedeckt und von dem sie ihren Namen hat, Weiße Insel. Angeseilt bewegen sie sich im Zickzack den Gletscher hinauf, und nach einem Drei-Tage-Marsch sind sie am Ziel. Auf dem höchsten Punkt des Gletschers sinkt Theo in den Schnee. Und sagt: ›Er soll Falckejøkulen heißen.‹«*

»*Papa hat dir den Kopf getätschelt.*« *Und, kleiner Hans, das ist jetzt der Punkt, an dem der Eisbär seinen Auftritt hat. Denn der Proviant geht zur Neige, und sie beschließen, von Kvitøya aus zu einer ehemaligen niederländischen Fangstation ganz im Norden von Spitzbergen zu fahren. Sie setzen den Kurs, kommen dort an, essen und fallen früh in ihre provisorischen Betten, satt und glücklich.*

Mitten in der Nacht wacht Theo auf. Er blickt sich im dunklen Schlafraum um. Die Fensterläden sind geschlossen, er kann kaum die Hand vor Augen sehen. Im Nebenraum schnarcht Hoel. Da ist ein Geräusch, aber woher kommt es? Aus der Küchenecke. Aber wie kann das angehen, alle Fenster und Türen sind natürlich fest verschlossen. Schritte auf dem Boden. Dann ein Klirren und Scheppern von den Küchenschränken. Jemand schmatzt und schnauft. Theo liegt ganz still in seinem Bett. Der Raum ist verdunkelt, damit die Mitternachtssonne nicht hereinscheint. Jemand macht sich über ihre Lebensmittel her. Schlürft und isst. Soll er aufstehen? Er bleibt liegen. Und auf einmal wird Theo von einer Angst gepackt, die anders ist als alles, was er je zuvor erlebt hat, jenseits alles Menschlichen. Es ist, als ob das Wesen sich in der Fangstation befindet.

Die Tür zum Schlafraum geht auf, ein Streifen Licht fällt herein. In der Öffnung erscheint der Umriss einer riesigen Gestalt, mit einer Leibesmitte so dick wie ein Pferdebauch, haarigen Armen und Beinen wie Baumstämme. Die Schnauze des Eisbären sieht Theo nicht. Der Bär steht aufrecht in der Tür. Das Gewehr lehnt an der Wand, zu weit entfernt, und außerdem wäre es lebensgefährlich, aus nächster Nähe auf einen Bären zu schießen. Theo wagt kaum, die Augenlider zu bewegen. Der Bär macht einen Schritt in den Raum hinein. Jetzt ist es aus, denkt Theo, hoffen wir wenigstens, dass Adolf Hoel zurückkehrt, damit der Falck-Gletscher seinen Namen behalten kann. Er spürt durch den Schlafsack, wie die große Bärenschnauze sich an seinen Oberschenkel drückt, riecht den Geruch des Tieres, nach Meer und Tang und nassem Fell. Der Bär schnüffelt weiter, den Bauch hinauf. Theo rührt sich nicht.

Kämpfen, fliehen oder totstellen, sagt man, und hier bleibt nur eine Möglichkeit. Der Eisbär hält bei Theos Gesicht inne. Das Licht der Mitternachtssonne fällt durch die Tür, die der Bär aufgebrochen hat, in den Schlafraum und verleiht Theos Gesicht einen goldenen Schimmer, er liegt da wie eine Leiche, und auf einmal fühlt er, wie die Zunge des Tieres, rau und schwer, ihm über Gesicht und Lippen leckt. So liegt Theo da, bis der Eisbär aus dem Raum trottet und die Hütte verlässt, satt und zufrieden.

»Aber«, rief ich verwirrt aus, »warum haben sie ihn erschossen? Ich meine, wenn er doch weggegangen ist?«

»Weil«, antwortete Papa, »er am nächsten Tag wiederkam und rasend schnell auf Theo und Hoel zurannte, die gerade auf dem Weg zu ihrem Schiff waren. Da hatte Vater keine andere Wahl, als das Gewehr anzulegen.«

»Woher wisst ihr, dass es derselbe Eisbär war?«

»Weil sie, als sie seinen Magen aufschnitten«, antwortete Papa lächelnd, »darin eine Konservendose aus dem Vorrat fanden, der in der Hütte war. Nicht den Inhalt der Dose, nein, der Bär hatte die ganze Blechkonserve verschluckt. Kein Wunder, dass er wütend war, als er zurückkam. Theo nahm den Bären mit nach Bergen und ließ ihn ausstopfen. Wisst ihr, wie viel ein solcher Riese bei seiner Geburt wiegt?«

Wir schüttelten beide den Kopf.
Papa senkte die Stimme. »*Zwischen vierhundert und sechshundert Gramm. Ungefähr so viel wie ein Päckchen Butter, ein Zehntel von einem großen Baby. Kein Wunder, dass das Biest hungrig war.*«
Wir gingen in unser Schlafabteil, krochen ins Bett und wachten erst auf, als der Zug am nächsten Morgen in Oslo einlief.

Am Kai wartete ein Motorboot, um uns nach Rederhaugen zu bringen. Am Steuer saß Olav Falck, der, wie Papa erzählte, auf der Kampfschwimmerschule in Nordnorwegen gewesen war und diese undefinierbare Selbstsicherheit ausstrahlte, die eine harte militärische Ausbildung mit sich bringt. Jetzt studierte er Jura.
»*Du siehst fit aus*«, *sagte Papa und musterte den jungen Mann.*
»*Eisbaden, Laufen und Zirkeltraining*«, *erwiderte Olav angenehm bescheiden.*

Obwohl Olav damals nicht älter als Anfang zwanzig gewesen sein konnte, besaß er die Eigenschaft, die oftmals Politiker und andere führende Köpfe der Gesellschaft kennzeichnet, wenn sie jung sind: Schon seit er als Dreizehnjähriger begonnen hatte, sich täglich zu rasieren, und die Freitagabende in Diskussionsrunden mit den Lehrern verbrachte, die ihn zum Gedankenaustausch einluden, war ihm das Leben seiner Gleichaltrigen vollkommen gleichgültig. Als wäre er aus einem anderen Land als sie.

Nach der Fahrt über den Fjord legte das Boot am Steg im Süden von Rederhaugen an. Ich war zuletzt als kleines Mädchen dort gewesen und machte große Augen, als der runde Turm in Sicht kam. Wir gingen über einen millimeterkurz gemähten Rasen, hinein in die kühle, feuchte Halle und eine Wendeltreppe hinauf. Unsere Schritte erzeugten ein Echo.

Papa und Olav Falck verschwanden in einem Raum, in dem offenbar eine wichtige Sitzung stattfand, während wir beide draußen warteten; du, angespornt von der Svalbard-Geschichte am Tag zuvor, warst ganz in ein Buch zum selben Thema vertieft.

Nach einer Ewigkeit ging die Tür auf. Papa und Olav Falck kamen zusammen mit Vera Lind heraus. Ihr gehörte das Anwesen auf Rederhaugen.

Mit Veras prüfendem Blick im Rücken wechselten Papa und Olav einen festen Händedruck.

Papa sah mich an und danach dich. »Constance, Hans, kommt ihr bitte mit mir?«

Er führte mich hinaus auf den Rasen vor dem Haupthaus.

»Was ist los?«, fragte ich nervös.

Papa sprach immer in einem munteren und unbekümmerten Tonfall.

Er lächelte schief. »Ach, nichts Besonderes, meine liebe Constance. Familienangelegenheiten. Olav hat offiziell das Erbe seines Vaters, meines lieben Bruders Thor, angetreten. Er und künftige Nachkommen hier auf Rederhaugen werden ihre Anteile an den Falck-Reedereien und an Det Hanseatiske Dampskipsselskap verkaufen. Damit wird dein Familienzweig, Hans, mehr Kontrolle erhalten.«

Du warst damit beschäftigt, kleine Steine wegzukicken, und wirktest nicht interessiert.

»Aber hier kommt der springende Punkt«, fuhr Papa fort.

»Olav will mit dem Geld aus dem Verkauf der Reedereiaktien ein Unternehmen und eine Stiftung gründen. SAGA soll das Ganze heißen, und er scheint mir ein Mann zu sein, der es schaffen könnte, etwas Großes auf die Beine zu stellen.«

»Schön für ihn«, sagte ich mit einem Schulterzucken. »Hat das was mit uns zu tun?«

»Zunächst nicht«, sagte Papa und zwinkerte, wie man es tut, wenn man ein Ass im Ärmel hat. »Worauf er es eigentlich abgesehen hat, ist mein Grundbesitz auf Svalbard.«

Der Name der geheimnisvollen Inselgruppe ließ auch dich aufhorchen.

»Da Theo Falck 1916 dafür gesorgt hatte, dass Svalbard in

norwegischen Besitz kam, erhielt er später eines der wertvollsten Grundstücke dort oben. Das Adventdalen, direkt neben Longyearbyen. Es gehört mir, genau wie eine Firma mit demselben Namen, Adventdalen A/S.«

»Du hast doch nicht etwa Svalbard verkauft?«, fragtest du.

Papa strich dir über den Kopf. »Oh nein, mein Junge, das habe ich ganz sicher nicht. Aber über meine Firma habe ich Olav einen Kredit gegeben. Das wird jetzt ein bisschen technisch, aber es handelt sich um ein sogenanntes Wandeldarlehen. Es kann in Anteile an SAGA umgewandelt werden, falls das Unternehmen groß und wichtig werden sollte. Ich habe dir deine Zukunft gesichert, liebe Constance. Und du dürftest auch immer Butter auf dem Brot haben, Hans.«

»Wie schön«, sagte ich gleichgültig.

»Ich will nach Svalbard«, sagtest du.

»Natürlich, eines Tages wirst du es sehen«, sagte Papa.

Aber kann sein, dass ich abgeschweift bin, denn was ich eigentlich sagen will, betrifft ja uns. Erinnerst du dich, wie es anfing, erinnerst du dich an unsere suchenden Hände im Dunkel des Theatersaals?

Papa war als Falck-Direktor abgetreten und verwendete immer mehr Zeit auf seine Leitungsfunktionen im Sport und im Theaterleben von Bergen. In jenem Herbst war es der Nationalbühne gelungen, einen schwedischen Starschauspieler für die Rolle des Doktor Faust in Goethes klassischer Tragödie zu gewinnen.

Die Aufführung war eine Sensation, und am Tag nach der Premiere luden Mama und Papa den Schweden und den Theaterdirektor zum Mittagessen zu uns nach Hause ein.

Du warst dreizehn, ich sechzehn, und ich merkte, dass du mich auf eine andere Art ansahst als bisher. Im Laufe des letzten Jahres war ich für Jungs interessant geworden. Ich, für die früher niemand auch nur einen Blick übrig gehabt hatte, besaß plötzlich eine Menge Verehrer. Ganz vorn in der Schlange stand ein Junge aus der Parallelklasse namens Mikael Dreyer. Was ihm an Aussehen fehlte, machte er auf andere Weise wieder wett.

Mamas Augen strahlten, als der schwedische Schauspieler, Ekblad hieß er, bei uns auftauchte, jovial und mit lauter Stimme. Er beherrschte den Raum mit seiner enormen Präsenz. Das hier war ein echter Künstler von internationalem Rang, dachte ich, ganz anders als der Abiturient, der uns üblicherweise besuchte.

»Wie machen Sie das?«, fragte Mama, nachdem wir uns zu Tisch gesetzt hatten.

»Was denn?«, erwiderte Ekblad lächelnd.

Mama griff nach der Theaterkritik in der Zeitung und las vor: »›Die Faust-Legende ist einer der zentralen Mythen unserer westlichen Kultur, eine erschütternde Schilderung, wie menschlicher Ehrgeiz und Hochmut in einer Tragödie enden.‹«

Ich beugte mich unwillkürlich zu dir und flüsterte: »Mama ist ganz verrückt nach solchen Schauspielern.«

Unsere Blicke trafen sich, und ich bemerkte, dass du rot wurdest.

»Wie gerne hätte ich diese Gabe«, fuhr Mama fort. »Schauspieler müsste man sein. Wie ist es möglich, den Schmerz und das Dilemma von Faust auf so bewegende Weise darzustellen?«

Ekblad lächelte entwaffnend und ein wenig herablassend. »Nun«, sagt er mit einem Räuspern und drehte das Weinglas.

»Ja, Sie stammen ja aus einer Schauspielerfamilie«, sagte Papa zuvorkommend.

Mama ließ nicht locker. »Das Talent muss wohl angeboren sein?«

»Das ist nur Technik«, antwortete Ekblad gelassen.

Nach dem Karamellpudding blätterten du und ich durch das Programm von Faust. Ich glaube, wir waren beide fasziniert von dem Schweden, der seinerseits etwas unruhig wurde und auf die Terrasse ging, um eine Zigarette zu rauchen. Du folgtest ihm, mit *mir auf den Fersen. Die Wintersonne schien flach auf die Landschaft.*

»Meinten Sie das ernst?«, fragtest du Ekblad. »Dass alle Gefühle, die Sie darstellen, nur Technik sind?«

Der Schwede sah dich milde und verständnisvoll an. »Ja sicher. Theater ist Technik, und das Leben ist Theater. Kommst du heute Abend?«

Du schautest ihn mit einem Blick an, der besagte, dass du das eigentlich nicht vorgehabt hattest. Ekblad erzählte, er habe zwei Freiplätze in der ersten Reihe. »Du siehst aus wie ein aufgeweckter Junge. Schnapp dir ein Mädchen und komm, dann werde ich dir zeigen, was ich meine.«

»Mit wem gehst du hin?«, fragte ich, als wir allein waren.

Du zucktest unsicher die Schultern, und ich bereute meine Frage, denn ich wusste ja, dass du noch nie eine Freundin gehabt hattest oder mit Mädchen ausgegangen warst.

Dann drehtest du dich zu mir um und sahst mich lange an.

»Willst du mit mir hingehen, Constance?«

Das wollte ich, und Mama war ganz aus dem Häuschen, dass wir uns zusammen Faust ansehen wollten. »Versprich mir nur, dass du auf Constance aufpasst, falls irgendwelche fremden Verehrer ankommen«, sagte sie.

Das versprachst du ihr.

So kam es, dass wir an jenem Abend zusammen die breite Steintreppe zum Haupteingang der Nationalbühne hinaufgingen. Du mit wassergekämmtem, nach hinten gestrichenem Haar und im dunklen Anzug mit blauer Krawatte, ich, größer als du, in einem roten, schulterfreien Seidenkleid unter dem Mantel.

Im Foyer zog ich eine Zigarettenschachtel hervor und zündete mir eine an.

»Du rauchst?«, fragtest du mit Blick auf die Zigarette. »Gibst du mir auch eine?«

»Nein«, antwortete ich, »aber du kannst ein Glas haben.«

Ich ging zur Bar und holte zwei Gläser Sekt.

»Skål, Hans«, sagte ich.

Deiner Reaktion entnahm ich, dass du noch nie Sekt getrunken hattest.

Es klingelte, und die Vorstellung begann. Ekblad mussten die Lobeshymnen in den Zeitungen befeuert haben, er spielte die Hauptrolle mit einem Selbstbewusstsein, das weit über das des tragischen Doktor Faust hinausging. Das Publikum saß gebannt und verzaubert im Saal, während Mephistopheles den Doktor Faust weglockte von dem Guten und das hübsche Gretchen verführte. Wie mich ihre Tragödie ergriff! Als sie ihr uneheliches Kind ertränkte, weinte ich. Und als Faust die Konsequenzen des Teufelspaktes dämmerten – was Ekblad in einem bebenden Monolog darstellte, bei dem kein Auge im Publikum trocken blieb –, genau da begegnete Hasse Ekblad unseren Blicken in der ersten Reihe mit lächelnden Augen und einem kleinen Zwinkern, unsichtbar für alle anderen, aber es eröffnete eine ganze Weltanschauung.

Zumindest für dich, aber darauf komme ich später zurück.

Das Leben ist Theater. Es ist nur Technik.

In der Pause besorgten wir uns mehr Sekt.

»Weißt du«, sagte ich lachend und strich dir über dein zurückgekämmtes Haar, »eigentlich macht es richtig Spaß, mit dir ins Theater zu gehen.«

Beschwipst und leicht unsicher auf den Beinen machten wir uns auf den Weg zum nächsten Akt und sanken in unsere Sessel. Der Vorhang ging hoch. Die Armlehnen waren schmal, und unsere Unterarme lagen im Dunkeln an derselben Stelle. Da spürte ich deine Fingerspitzen auf meinem Arm, vom Ellbogen bis zum Handgelenk, leichte Berührungen wie ein Windhauch auf meiner Haut, ich fühlte ein Kribbeln im ganzen Körper, und das Atmen wurde mir schwer.

Nach der Vorstellung gingen wir hinaus in die milde Winternacht. Ein Sternenhimmel erhellte die Berge. Wir gingen durch die Straßen zum Bahnhof. Die Häuser bewegten sich, ich konnte sehen, dass du schwanktest. Wir nahmen die letzte Bahn zurück und gingen zusammen hinunter zum Anwesen.

»Ich werde nicht riskieren, dich ganz allein nach Fana zurückfahren zu lassen«, sagte ich mit so viel Autorität, wie ich aufbringen konnte. »Du kannst sicher im Gästezimmer übernachten.« Auf dem Grundstück war alles still. Ich schloss auf. Im Haus war es dunkel. Auf dem Treppenabsatz im ersten Stock blieben wir stehen.

»Gute Nacht«, sagte ich. »Das war wirklich ein schöner Abend.«

Dann küssten wir uns.

Für ein paar Sekunden standest du schwankend da, irgendwie völlig verblüfft von dem, was passiert war. Dann ranntest du zur Toilette, und das Letzte, was ich hörte, war, wie du dich erbrachst und der Schaumwein ins Becken spritzte.

Als wir uns das nächste Mal trafen, war es eine Woche später, an Heiligabend in der Kirche. Dieser Tag verpflichtete jedes Mitglied des Falck-Clans dazu, sich in der Kirche in Fantoft einzufinden. So wie nur wenige über eine eigene Station der Bergen-Bahn verfügten, konnten nicht alle Familien damit prahlen, ein eigenes Gotteshaus zu haben, aber Theo Falck d. J. hatte nach dem Ersten Weltkrieg eine dunkel gebeizte Stabkirche in Luster gekauft und sie in ihre Einzelteile zerlegt nach Bergen verfrachten lassen.

Die Kirche lag einen fünfzehnminütigen schnellen Spaziergang von der Parkanlage in Paradis entfernt. Es war Brauch, dass die Familie an Heiligabend nach dem Milchreisessen gemeinsam zum Gottesdienst ging. An diesem Tag regnete es, der Nebel hing tief über den Tälern. Das Familienfeld erstreckte sich je nach Alter und Kondition die steilen Berghänge hinauf. Schon seit ich als kleines Kind diesen Weg gegangen war, umgab die Kirche von Fantoft eine Aura von etwas Schrecklichem, wie eine heruntergekommene gotische Burg aus Holzstämmen, immer in

Nebel gehüllt, als würde man hier oben einen Teufelspakt eingehen. Die Pracht der Stabkirche stand im Kontrast zu ihrer unheimlichen Lage, den nackten, gleichsam toten Bäumen, der düsteren schwarzen Farbe des Kirchenschiffs und den Furcht einflößenden, drachenartigen Skulpturen, die schräg aus den Giebeln ragten. Den Dachreitern, die spitz in den grauen Himmel stachen.

Auf dem Fußmarsch dorthin gingen wir uns aus dem Weg. Was hätten wir auch miteinander reden sollen?

Vor der Kirche standen herausgeputzte Einwohner von Fana und wünschten einander frohe Weihnachten: all diese Familien, die ihre Nachnamen wie diskrete Juwelen tragen, und ihre Kinder. Ich kannte mehrere von ihnen aus der Schule. Da war Mikael Dreyer, und Mama, die seine Familie kannte, eilte sofort auf sie zu. Ich gab Mikael linkisch die Hand.

»Frau Dreyer«, sagte Mama zu einer sorgfältig geschminkten Frau ihres Alters. »Ich möchte Sie mit Hans Falck bekannt machen.«

»Ist das der kleine Gentleman, der sich um Constance gekümmert hat, als Mikael am letzten Samstag verhindert war?«, fragte Frau Dreyer.

Ich wusste es nicht, aber ich sah, wie dir die Eifersucht das Rückgrat hinaufkroch, während Familie Dreyer dich mit Komplimenten überschüttete. Einen Dreizehnjährigen, der Faust-Vorstellungen besucht, traf man nicht jeden Tag.

»Du musst Mikael Guten Tag sagen«, sagte ich. »Wir sind ein Paar.«

Gleich darauf wurde in Fantoft das Weihnachtsfest eingeläutet.

In den folgenden Jahren sahen wir uns kaum, aber ich glaube, Ekblads Worte müssen großen Eindruck auf dich gemacht haben. Dass das Leben eine Theaterbühne war. Dass alles Technik war und die besten Schauspieler siegten. Bei den Sonntagsessen mit Mikael ließ Papa hin und wieder eine Bemerkung über dich fallen. Du warst sein Liebling.

»Hans sagt, dass er Schauspieler werden will«, rief Papa aus, »er will wie Peter O'Toole in Lawrence von Arabien durch die Wüste reiten, oder wie Clint Eastwood durch den Wilden Westen.«

»Ist schon eine Type, dieser Hans«, kommentierte Mikael.

Ich sagte nichts.

Da räusperte Papa sich und sagte, dass unsere Familie auf die »Christina O« eingeladen worden sei, die Jacht von Aristoteles Onassis, dem reichsten Mann der Welt, der immer ein enges Verhältnis zu norwegischen Schiffsreedern gehabt hatte. »Wir fahren im Sommer an die französische Riviera.«

Ich sah zu Mikael. Jachturlaub mit der Familie war nicht übermäßig spannend, aber vielleicht konnten wir für uns ein paar Tage in Antibes abzweigen? Wir waren fast fertig mit dem Gymnasium, und ich wollte gerne zusammen mit ihm mein Schulfranzösisch ausprobieren.

»Das ist ein sehr verlockendes Angebot«, sagte Mikael. »Aber es gibt da ein Problem.«

Konventionell, wie er war, erklärte Mikael, dass er getreu der Tradition für den Sommer auf einem Frachter nach Svalbard angeheuert hatte. Er sollte gleich nach dem Abitur in der Reederei seines Vaters anfangen. Papa nickte: So war das in unserer Familie auch.

»Natürlich, die jungen Bengel müssen sich die Hände schmutzig machen und seefest werden, bevor sie in den Familienreedereien anfangen können!«, rief Papa aus.

Ich schluckte meine Enttäuschung hinunter.

Papa sah mich an. »Wenn du einen Begleiter brauchst, Constance, können wir doch Hans fragen, ob er mitkommen will?«

Mikael wirkte erleichtert, er hatte wohl befürchtet, ich könnte meine Zeit mit ein paar hübschen französischen High-Society-Jungs verbringen.

Als die Sommerferien kamen, fuhren wir los. Der Sportboot-

hafen in Antibes brodelte. *Die niedrigen weißen Häuser erstreckten sich um das Hafenbecken wie eine perfekte Zahnreihe, der Himmel war diesig blau und das Meer grün. Eine Riva Aquarama mit Teakholzrumpf und weißen Ledersitzen brachte uns zu der Jacht, die draußen vor Anker lag. Ich trug einen marineblauen Jeans-Overall, eine schwarze Sophia-Loren-Sonnenbrille und hatte mein dunkelblondes Haar zu einer lässigen Brigtte-Bardot-Frisur hochgesteckt.*
Überall Französisch zu hören machte mich glücklich.
»Alles hört sich auf Französisch besser an«, sagte ich, während die sonnengebleichte Altstadt unter der Burg von Antibes hinter uns verschwand. »Sogar Sauerkraut *klingt romantisch.«*
»Haben sie Sauerkraut in Frankreich?«, fragte Papa. »Das heißt bestimmt Zzauerkkkraut?«, versuchte er es mit albernem französischem Akzent.
»Nein«, sagte ich und zupfte an meiner Frisur. »Das heißt choucroute.«

Du hast auch im Boot gesessen, Hans. Obwohl du noch zwei Jahre auf dem Gymnasium vor dir hattest, trugst du ein elegantes blau-weiß gestreiftes chemise. Du warst ein junger Mann geworden. Um uns war die Welt in Aufruhr: In den USA waren Martin Luther King und Robert Kennedy erschossen worden, in Paris herrschten Unruhen und Generalstreiks; aber es war, als könnten wir das nicht richtig begreifen, dazu waren unsere Welten zu verschieden.

Nach einigen Minuten Fahrt über das diesige blaue Meer erkannten wir die Silhouette eines Schiffes vor uns, zuerst weit entfernt, wie eine Miniatur. Wir näherten uns dem weißen Rumpf. Der Bootsführer reduzierte die Geschwindigkeit. Erst jetzt ging mir auf, wie groß dieses Schiff war. Die Menschen, die an Deck promenierten oder an der Reling lehnten, waren klein wie Zinnsoldaten. Das Schiff musste fast hundert Meter lang sein, größer als die Hurtigrutendampfer von Det Hanseatiske. »Christina O«

war während des Krieges, bevor Onassis das Schiff kaufte, eine Fregatte gewesen, hatte Papa erzählt.

Der Steuermann reichte mir die Hand und half mir an Bord, danach kletterten die anderen das Fallreep an der Längsseite des Schiffes hinauf.

Ein Diener in Livree öffnete eine Tür, und wir traten in ein Treppenhaus. Der Raum, der sich in der Höhe über drei Decks erstreckte, hatte cremegelbe Wände und Fliesen und eine Wendeltreppe mit einem marineblauen Filzteppich.

Eine Hausdame führte uns hinunter. Die Luft war kühl und angenehm. Madame erklärte, dass die Suiten vorn auf dem Hauptdeck nach griechischen Inseln benannt waren: Ithaka, Kreta, Santorini, Rhodos, Lesbos, Mykonos, Korfu – eingerichtet und dekoriert von verschiedenen Künstlern. Dann nickte sie diskret und verschwand.

Ich bekam Korfu und warf mich auf das kühle weiße Himmelbett, Arme und Beine sternenförmig ausgestreckt. Mikael müsste hier bei mir sein, dachte ich. Oder nicht?

Achtern auf dem Hauptdeck wurde ich von zwei kläffenden, wütenden Miniaturpudeln empfangen. Im Speisesaal waren die Tische fertig eingedeckt, aber niemand war dort. Wo sind die Leute alle, dachte ich, während ich durch einen Rauchsalon mit einem prächtigen Flügel ging. Eine breite Schwingtür führte hinaus auf ein Mahagonideck mit einem blau getönten Schwimmbecken in der Mitte.

Auf Sonnenliegen und Baststühlen unter Sonnenschirmen saßen die Gäste. Die Frauen waren schön wie Filmstars, die Männer rotwangig und korpulent. Auf einem kleinen Podest spielte eine Band Lounge Jazz. Kellner trugen Tabletts mit Erfrischungen herum.

»Da kommt er«, wurde um mich herum geflüstert.

Am Ende des Beckens, in der Türöffnung zum Rauchsalon, stand er. Die Stimmung unter den Gästen änderte sich augenblicklich. Die Leute sprachen leiser und achteten auf ihre Wortwahl.

Er trug eine weite weiße Leinenhose und ein lässiges weißes Hemd, dessen oberste drei Knöpfe geöffnet waren. In dem ernsten Gesicht ruhten melancholische Augen mit schweren Lidern. Sein Haar war zurückgekämmt. Er war barfuß, was seine erhabene, beinahe religiöse Aura noch unterstrich.

»Aristoteles Onassis.« Er gab uns nacheinander die Hand.

»Ich bedanke mich höflichst für die Einladung«, flüsterte ich, und der Grieche blickte mir in die Augen.

Onassis lächelte. »Ohne Norweger, will sagen, meinen alten Freund Anders Jahre, wäre ich überhaupt nie Reeder geworden.«

Er erzählte es nicht, aber ich hatte schon im Vorfeld Gerüchte gehört, er habe in den Dreißigerjahren ein Verhältnis mit einer Norwegerin gehabt.

Bald darauf gab es Lunch im Speisesaal. Ein riesiger Hummer wurde hereingetragen, zusammen mit diversen mediterranen Fischgerichten, bunten Salaten in Olivenöl, süßem Hummerfleisch, einer Wagenladung Austern sowie Wein aus dem Burgund und Bordeaux.

Ich aß Hummer mit Mayonnaise und südfranzösischen panisses – fritierten Stäbchen aus Kichererbsenmehl mit einer Konsistenz, die an Pommes frites erinnerte.

»Du weißt, dass der Hummer ein Aasfresser ist, der sich selbst verspeist?«, rief ein rotgesichtiger, lautstarker und ziemlich skandalöser Brite aus, der sich mit Umberto Agnelli und Pamela Harriman unterhielt. Das war der Sohn von Churchill. In einer anderen Ecke saß Jackie Onassis mit dem Balletttänzer Rudolf Nurejew zusammen, dort drüben waren Aga Khan, Juan Perón und Frank Sinatra.

All diese Menschen machten mich nervös, mir war ganz unbehaglich. Aber ich konnte sehen, dass du es geliebt hast. Entschuldige den Vergleich, aber ich habe oft gedacht, dass es wie die erste

Begegnung eines Trinkers mit Alkohol war. Für dich war es, als seist du nach Hause gekommen. Diese Leute waren es, zu denen du gehörtest. Du warst noch keine sechzehn Jahre alt, aber vielleicht begriffen wir beide schon damals, dass die Welt der Reichen und Berühmten dein Rausch, deine Charakterschwäche war.

Während wir Aga Khans Monolog über die Zucht von Rennpferden und ähnliche Themen zuhörten, kam ein Mann an unseren Tisch und umarmte Papa herzlich. Er sprach Englisch lautstark und mit amerikanischem Akzent.

»Herb! Du bist es! Lange nicht gesehen, alter Junge. Verdammt, wie mich das freut!«

»Bill«, sagte Papa erstaunt. »Wer hätte gedacht, dass wir uns hier treffen.«

Obwohl der Amerikaner auf den ersten Blick brachial und großspurig wirkte, hatte die Art, wie sie miteinander redeten, etwas Echtes, das im Kontrast zum Rest der Passagiere stand.

»Bill Astor und ich kennen uns seit dem Krieg«, sagte Papa stolz und legte dem Mann die Hand auf die Schulter. »Es gibt kein stärkeres Band als jenes, das der Kampf schmiedet.«

»Du erinnerst dich sicher nicht mehr an mich«, wandte sich Bill an mich. »Ich war 1952 in Bergen, da warst du ein kleines Mädchen. Und er da ...« Er zeigte auf Hans. »Er war gerade geboren, wenn ich mich nicht irre.«

Der Amerikaner nickte Papa zu, und dann zogen sich die beiden in einen angrenzenden Salon zurück. Es ist seltsam, heute daran zu denken, Hans, aber ohne dass wir es damals ahnten, waren wir nie wieder so nah dran an unserer großen Enthüllung. Der norwegische Schiffsreeder und der amerikanische CIA-Mann.

Aber das war es nicht, was ich dir erzählen wollte.

Ich weiß noch, dass ich aufs Teakdeck hinaufging, an die Reling trat und in die Ferne schaute. Der Wind war heiß, wie aus einem Haarföhn, er kühlte nicht, und die See war azurblau, die Wüstenfarbe des Meeres.

»Du hast große Ähnlichkeit mit deiner Mutter«, sagte eine Stimme auf Englisch mit französischem Akzent hinter mir. Ich drehte mich um und sah einen Mann in mittleren Jahren auf mich zukommen, die Hände tief in den Hosentaschen seines Leinenanzugs. Mama hatte mir zugeflüstert, er sei eine große Nummer im Segment der Luxusmarken. »Ich bin Jean-Baptiste, aber bitte nenn mich JB.«

Ich nannte meinen Namen und sah zu Boden.

»Darf ich dich auf einen Drink einladen, in meiner Suite?«

Ich spürte die Angst in meinem Bauch.

Ich wollte nicht. Ich schlug die Augen nieder und flüsterte ein Ja.

Er führte mich eine Wendeltreppe hinauf.

Im Badezimmer blieb ich einfach stehen, gelähmt von dem Luxus und dem Gefühl, mich in eine Ecke manövriert zu haben, aus der ich nicht mehr herauskam.

»Interessierst du dich für griechische Mythologie?«, fragte JB.

»Sie ist spannend«, antwortete ich.

Der grauhaarige Mann drehte eine Runde durch die Kabine, wobei er sich die perfekt sitzenden Haare zurückstrich. Er steckte sich ein Zigarillo an, der Rauch legte sich wie ein Schleier zwischen uns. Ich sah, dass er alt und faltig war. Besäße er irgendeine Anziehungskraft, wenn er ein Büroangestellter in einer französischen Kleinstadt wäre? Oder ein zwielichtiger Nachtklubbesitzer an der Riviera, was vermutlich wahrscheinlicher wäre? Was JB hatte, und das erkannte ich sofort, war ein melancholischer Ausdruck in den Augen.

Er wiederholte die Frage, was ich trinken wolle.

»Limonade«, antwortete meine Stimme automatisch.

Er trug zwei Gläser herein und legte eine Schallplatte auf, dann rückte er auf dem Sofa nah an mich heran. Selbst heute, viele Jahre später, verkrampft sich mein Körper, wenn ich an seine Hand denke, die sich meinen Rücken hinunterschiebt.

»Du weißt es vielleicht nicht«, sagte er lächelnd, »aber deine Mutter und ich ... Oh mein Gott, sie war fantastisch ... Henny, Henny.«

Hatte Mama eine Affäre gehabt? Ich erstarrte vor Angst. Im selben Moment begriff ich, dass der Schutz, den Papa mir bot, hier wertlos war. Jean-Baptiste hätte ein unbedeutender kleiner Fisch von Familienvater aus Norwegen nicht gleichgültiger sein können.

»Nichts macht mich mehr an als Mütter und Töchter zusammen«, sagte JB. »Könntest du dir vorstellen ...?«

Er beugte sich über mich. Ich fühle seine Bartstoppeln an meinen Wangen, sogar heute noch, rieche den Alkohol, den Rauch in seinem Atem, spüre die haarige, raue Hand unter meinem Rock und auf meinen Brüsten, während er meinen Nackenansatz küsst.

In dem Moment biss ich ihm in den Hals.

Ein fester, vampirartiger Biss, ich spürte, wie meine Zähne durch die elastische Haut drangen.

Er heulte auf. Blut tropfte auf seinen weißen Hemdkragen und den Leinenanzug. »Sale pute!«

Der einäugige Zyklop starrte auf mich herab. Der Geruch nach Zigarillo. Ich spannte die Muskeln an, rollte mich vom Sofa, kam hoch und rannte durch den Raum. Vielleicht ist die Tür abgeschlossen, dachte ich verzweifelt. Wild fluchend war JB auf die Beine gekommen und versuchte, mich am Rock festzuhalten. Ich mühte mich mit dem Schloss ab.

»Arrêt!«, schrie er.

Die Tür ging auf.

Ich rannte durch die Gänge. Rempelte livrierte Diener und weltberühmte Promis an. Lief hinaus an Deck. Erbrach mich über die Reling. Der Hummer frisst sich selbst. Der Föhnwind streichelte mein Gesicht. Ich rief nach dem Fährmann in der Riva, die neben dem Rumpf vertäut lag.

»Ich kann nicht mehr! Bringen Sie mich weg von diesem Schiff!«

Dann warst du da. Du hast nichts gesagt, aber es war, als hättest du begriffen, was vorgefallen war.

»Ich bin hier«, sagtest du leise. »Komm, lass uns abhauen, wir finden ein Hotel an Land, weit weg von diesem Schiff.«

Die nächste Woche verbrachten wir zusammen, Hans. Du hast genau verstanden, was mit mir los war, und in den ersten Tagen hast du das enge Hotelzimmer in Antibes nur verlassen, um Gebäck und Limonade einzukaufen. Manchmal hast du mir etwas vorgelesen, aber die meiste Zeit hast du auf meiner Bettkante gesessen und mich vorsichtig gestreichelt. Du warst erwachsen geworden.

Ich war ein Wrack. Nicht nur wegen des Franzosen und der Dekadenz auf Onassis' Jacht. Was sollte ich mit meinem Leben anfangen? Anscheinend war doch alles geregelt. Auf mich wartete ein Mann, der aus dem gleichen Milieu kam wie ich, mit den richtigen Freunden und einer großen Villa nicht weit von dem Ort, an dem ich aufgewachsen war. Mikael war in der Arktis, um ein Mann zu werden. Mama und Papa schienen sich mehr Sorgen darüber zu machen, dass mein plötzlicher Abgang vom Schiff ihnen die Möglichkeit verbaut haben könnte, erneut eingeladen zu werden.

Du und ich mieteten ein Auto und fuhren in die Provence, vorbei an herrlichen Seen und kleinen Dörfern, in denen wir südfranzösische Bauerngerichte aßen und Rosé tranken. Die Nächte verbrachten wir eng aneinandergekuschelt, ohne dass mehr passierte. Eines Tages gab uns ein französischer Wirt den Tipp, einem schmalen Fluss zu folgen. Kieselsteine und Felsen waren glühend heiß von der Sonne, und wir wateten hinein. Um uns herum ragten Felswände Hunderte von Metern auf, und manchmal weitete sich der Fluss zu kleinen Teichen, in denen wir uns abkühlen konnten.

Ungestört badeten wir in einem dieser Flussbecken, bevor wir uns auf einem Felsen in der Sonne niederließen. Du sprachst immer öfter über die radikalen Studenten in Amerika und Paris, über die in den Zeitungen so viel berichtet wurde.

»Was denkst du, Constance?«, fragtest du schließlich.

Ich zögerte. »Worüber?«

Du legtest den Kopf schräg. »Das weißt du genau. Ich habe Gefühle für dich.«

»Ich auch für dich«, flüsterte ich und senkte den Blick.

»Du liebst ihn nicht, oder?«

»Hans«, antwortete ich. »Für uns gibt es keine gemeinsame Zukunft, denk doch mal nach. Es ist unmöglich. Du bist praktisch als mein Bruder aufgewachsen.«

»So siehst du mich?«, hast du verzweifelt ausgerufen. »Als deinen Bruder?«

»Nein, aber andere sehen es so. Aus uns kann kein Paar werden.«

Es ist merkwürdig, wenn ich jetzt daran denke, aber vielleicht ist es auch eine Art poetische Gerechtigkeit: Das erste Mal war ich es, die dich verraten hat.

Die Stabkirche von Fantoft war bis zum letzten Platz besetzt.

Am Arm meines Vater schaute ich nach vorn und warf nur hin und wieder einen kleinen Blick auf die Drachenschnitzereien an den Bankreihen neben dem Mittelgang. So viele Menschen! Alte Freunde der Familie, neue Freunde, Rieber, Kjøde, Dedichen, Mowinckel, Reksten, Friele, Mohn und all die anderen, die ihre gutbürgerlichen Bergenser Namen wie Statussymbole trugen, sowie Vera, Olav und die anderen aus Oslo.

Mikael war stolz wie ein Hahn, wie er dort neben dem Pfarrer stand, die blonden Locken mit Pomade zurückgekämmt und in einem Anzug, der nur passte, weil er den Bauch einzog. Ich war eine weiße Braut, mit nackten Armen und sichtbaren Beinen, und im Haar trug ich einen Kranz. Ich war innerlich weiß. Ich fühlte nichts. Mikaels Blick war voller Liebe, aber ich wusste genau, dass

Liebe nur existiert, wenn sie gegenseitig ist. Sie ist im Grunde rücksichtslos. Liebe ist, und wo sie nicht ist, kann sie nicht entstehen.

Der Pfarrer psalmodierte. Wir gaben einander unser Treueversprechen und einen Kuss.

Ich habe Mühe, meine damaligen Gefühle zu beschreiben, Hans, weil ich keine hatte.

Dann schritten wir den Mittelgang als Eheleute entlang. Da entdeckte ich dich. Ganz hinten, im Säulengang unter der Orgel, hast du gestanden. Dein Haar war seit unserer Frankreichreise im Jahr zuvor länger geworden und reichte dir bis über die Ohren. Unsere Blicke trafen sich. Mikael merkte offenbar nichts. Du hast mich angestarrt, als würdest du durch mich hindurchsehen, und kaum merklich den Kopf geschüttelt.

Die Kirchentür ging auf, und die Maisonne blendete uns. Der Wald draußen war schön, hatte aber wie immer einen Hauch von etwas anderem, Dunklerem. Das Wasser glitzerte in der Ferne.

Mikael küsste mich, und zusammen fuhren wir winkend im offenen Auto davon.

TEIL 2
ÖSTLICH VON ISTANBUL

Kapitel 14

Sheriff Tiraspol

Rederhaugen, Oslo

Hans Falck wachte abrupt auf. Der Wecker auf dem Nachttisch zeigte drei Uhr drei, und er fühlte sich hellwach, ohne recht zu wissen, wieso.

Er spitzte die Ohren. Starrte an den dunklen Betthimmel. Die Nacht, erhellt von Sternen und Schnee, warf mattes Licht durch einen Spalt in den Vorhängen, über den Fußboden, die Wände hinauf und an die Decke des blauen Zimmers. Er hatte immer spöttisch gelacht, wenn Frauen, mit denen er das Bett teilte, von *gefühlter Anwesenheit* sprachen. Hatten sie doch recht gehabt? Nein, das hier war realer. Vorsichtige Schritte, wie von einem Kind, das sich nachts aus dem Schlafzimmer schleicht.

Lautlos schob er die Bettdecke beiseite und drehte den Körper so, dass die Beine auf dem Teppich neben dem Doppelbett landeten.

Die Schritte kamen aus der Bibliothek, die an das Schlafzimmer grenzte.

Hans begriff, dass er Angst haben sollte. Obwohl er erst seit einem knappen Monat auf Rederhaugen wohnte, hatte er sich angewöhnt, die äußere Alarmanlage zu aktivieren, etwas, das er früher nie getan hatte. Er zuckte zusammen. Hatte er vergessen, sie einzuschalten? Nein. Oder? Nein. Wieso war der Alarm nicht losgegangen?

Aus irgendeinem Grund war die alte Purdey-Flinte von Theo Falck beim Auszug der Osloer im Schlafzimmer zurückgeblieben. Die Silhouette des Laufs zeichnete sich in der Ecke ab, das Falck-Emblem war im matten Licht zu erkennen. Obwohl sie verplombt war und keine Schüsse abfeuern konnte, würde sie vielleicht abschreckend wirken? Der Kolben war außerdem eine Schlagwaffe. Er schlich sich über den glatten Teakfußboden, hielt den Atem an und nahm die Flinte geräuschlos an sich.

Zum Glück war die Tür zwischen Schlafzimmer und Bibliothek nicht ganz geschlossen. Den Kolben an die Schulter gedrückt, als sei aus dem alten Kriegsdienstverweigerer ein Soldat geworden, stieß Hans die Tür mit dem Gewehrlauf vorsichtig auf. Von dort, wo er jetzt stand, blickte er direkt in den Kamin mit dem geschmiedeten Falck-Wappen. Rechts davon begannen die Bücherregale, die zur halb hinter Regalen und Wänden verborgenen Leseecke führten, aus der die Schritte kommen mussten.

Ein greller Blitz zuckte durch den Raum.

Wie die Leuchtraketen in Beirut an jenem Abend im Jahr 1982. Was war das? Hans holte Luft und spürte, wie sein Herz galoppierte.

Es gab keinen Weg zurück. Er machte ein paar Schritte ins Zimmer hinein, drückte den Lichtschalter der Deckenlampe für einen maximalen Überraschungseffekt und brüllte: »Halt oder ich schieße!«

Der Einbrecher, ein athletischer Kerl mit kurzen Haaren unter einer militärgrünen Mütze, erstarrte. Immer noch konnte Hans das Gesicht nur in Umrissen wahrnehmen. Mit dem Gewehrlauf auf ihn gerichtet, kommandierte er: »Auf den Boden, runter mit dir, verdammt.«

Der Mann ging in die Knie und legte sich auf den Bauch, die Hände hinter dem Kopf verschränkt. Hans stieß ihm den Gewehrlauf in den Rücken, überrascht, wo seine plötzliche militärische Selbstsicherheit herkam.

»Woher kommst du?«

Der Mann antwortete nicht.

»Russian?«, probierte Hans es auf Englisch.

»Njet, no, nein.«

Hans versuchte nachzudenken. Sein Leben lang hatte er Waffen verabscheut und kaum je eine in der Hand gehabt. Aber mit Waffen *bedroht zu werden*, darin hatte er einige Erfahrung. Die Jungs im Kongo und die Dschihadisten im Nahen Osten, wie machten die das? Auf Abstand oder mit der Waffe nah dran? Für einen Amateur war wohl ein Gewehrlauf zwischen den Schulterblättern am unangenehmsten. Für einen Profi gab es Möglichkeiten, Widerstand zu leisten.

»Woher kommst du?«, wiederholte Hans.

»Don't shoot!«

Hans presste ihm den Lauf fester in den Rücken. »Woher?«

»Transnistrien, M-m-m-oldau«, stotterte der Mann zu seinen Füßen. »Tiraspol. Gute Fußballmannschaft. Sheriff Tiraspol. Selber Name wie auf meinem Hoodie.«

»Wer hat dich geschickt?«

»Keiner. Ich habe als Bauarbeiter an Ihrem Haus gearbeitet!«

Der Mann log, das war offensichtlich. »Kein Einbrecher macht Fotos von einem alten Vertiko. Also wer?«

Hans presste ihm den Lauf so hart in den Rücken, dass der Eindringling vor Schmerz wimmerte.

Die oberste Schublade des Vertikos war halb geöffnet. Auf pupurrotem Samt lagen die Medaillen und Auszeichnungen, die er im Laufe seiner Karriere erhalten hatte: kurdische Ehrenbürgerschaft, libanesischer Zedernorden, Ehrendoktor der amerikanischen Universität in Suleimania und eine lange Reihe anderer Ehrenwürden.

Die Situation erforderte eine Lösung. Hans kannte Leute im Ausland, die sich darum kümmern konnten, aber er brauchte jemanden, der möglichst schnell hier sein und den Kerl zum Reden bringen konnte. Er kannte nur einen Mann, der all diese Kriterien erfüllte. Den er bei seinen Reisen im Nahen Osten getroffen und recht gut kennengelernt hatte.

Mit einer Hand angelte er nach dem Telefon, suchte die Nummer heraus und rief an.

»Hans?«, antwortete der pensionierte Geheimdienstler schlaftrunken. »Lange nichts von dir gehört. Das letzte Mal war wohl, bevor du Johnny aus dem Nahen Osten holen wolltest.«
Hans starrte auf den Mann am Boden. »Ich brauche Hilfe, HK. Die Details müssen warten. Kannst du herkommen? Jetzt gleich?«
Der Alte brummte etwas Unverständliches.
»Ein Kerl ist auf Rederhaugen eingedrungen.«
»Ruf die Polizei, Hans.«
»Du verstehst nicht. Das ist kein gewöhnlicher Einbrecher.«
»Woher weißt du das?« HK klang immer noch nicht überzeugt.
Hans presste die Lippen aufeinander. »Herrgott noch mal, Hans-Kristian! Ich habe ihn hier, er liegt vor mir auf dem Fußboden! Er ist kein Einbrecher. Behauptet, er sei Moldawier. Ein Dieb macht keine Fotos von einer Medaillensammlung.«
Am anderen Ende klang der Alte plötzlich sehr wach. »Ich komme.«

Während Hans es sich in einem Sessel bequem machte, von dem aus er den Eindringling weiter in Schach halten konnte, versuchte er nachzudenken. In den letzten Wochen hatte das blaue Zimmer ganz oben im Haupthaus als Pendlerwohnung und Büro gedient.
Hans war nach Olavs Tod Vorstandsvorsitzender der SAGA-Stiftung geworden, zunächst übergangsweise. Der etwas archaische Paragraf acht der Satzung war in diesem Punkt eindeutig: »Falls der Vorstandsvorsitzende verstirbt oder seine rechtliche Handlungsfähigkeit verliert, soll das älteste amtierende Vorstandsmitglied als Vorstandsvorsitzender fungieren, bis eine außerordentliche Hauptversammlung einen neuen Vorstand wählt. Die Hauptversammlung muss innerhalb eines Zeitraums von höchstens drei – 3 – Monaten stattfinden.«
Drei Monate hatte Hans Zeit, um sich die Kontrolle über die SAGA zu sichern. Am nächsten Tag sollte er Sasha zu einem Verhandlungsgespräch in der Kanzlei BAHR auf Aker Brygge treffen.

Er freute sich nicht darauf. Dieses Treffen würde im offenen Streit enden. Etwas anderes war undenkbar, nachdem er mit Veras Testament in der Hand Anspruch auf den Nachlass erhoben hatte.

Seine Einsetzung als Vorstandsvorsitzender war diskret erfolgt. Als er den Posten mit so wenig Tamtam wie möglich übernahm, hatte er erklärt, er werde sich selbst fünfzig Tage bewilligen, um sich mit der Organisation, für die er nun die Gesamtverantwortung trug, eingehend zu befassen. SAGA hatte eine kurze Pressemitteilung an die Medien herausgegeben, aber Hans hatte alle Interviewanfragen mit dem Hinweis abgelehnt, dass es sich gemäß der SAGA-Satzung um eine Interimsposition handele.

Jetzt war die Hälfte der Zeit um. Zu behaupten, dass Hans auf Rederhaugen »zu Hause« war, wäre eine Übertreibung. Seine Lebensgefährtin konnte ihren Dienstplan nicht einfach ändern, und der kleine Per war gerade in den Kindergarten gekommen. »Typische Mittelschichtprobleme«, hatte Hans eingewendet, als sie sich darüber beklagte, dass sie jetzt eine Fernbeziehung führten, aber das hatte sie nur noch mehr verärgert. Die ersten Umzugsgüter waren inzwischen angekommen: Kleinodien aus Bergen, darunter die Ehrungen, die er in das mit Rosen bemalte Vertiko in der Bibliothek gelegt hatte.

Bevor dieser Mann, der behauptete, aus Moldawien zu sein, eingedrungen war, um sie zu fotografieren. Wer brach in ein Haus ein, um eine Medaillensammlung zu fotografieren? Und warum?

Kapitel 15

Die Ehrendoktorwürde

Rederhaugen, Oslo

Als HK das Taxi bezahlte und am Wendeplatz ausstieg, waren seit dem Anruf von Hans weniger als fünfundzwanzig Minuten vergangen. Der Rosenturm wurde erhellt vom Widerschein des Schnees und einem hohen Sternenhimmel. Rederhaugen sah noch genauso aus wie bei seinem letzten Besuch. Wie lange lag der nun zurück?

Eigentlich hatte Hans-Kristian Hatle geschworen, sein Rentnerdasein weit weg von allem zu verbringen, was nach Geheimdienst roch. Sein Ehemann, ein stiller pensionierter Büroleiter im Kulturministerium, der Bergwanderungen und Gartenarbeit liebte, hatte diese nicht verhandelbare Bedingung gestellt. Immerhin bekam HK die Erlaubnis, am Nachfolger von *The Problem of Secret Intelligence* zu arbeiten, einem akademischen Standardwerk über Nachrichtendienste, das ihm zu seiner großen Überraschung Einladungen zu Konferenzen und an Universitäten in der ganzen Welt beschert hatte.

Zusammen mit seinem Ehemann war er kürzlich aus Florenz zurückgekehrt, wo ihm die Universität die Ehrendoktorwürde verliehen hatte. Nicht schlecht für einen Offizier und Studienabbrecher der theologischen Fakultät. HK hatte neue Seiten an sich entdeckt, die ihn von den allermeisten Geheimdienstlern unterschieden. Er träumte von öffentlicher Anerkennung. Ja, der Erfolg seines Fachbuchs hatte ihn auf den Gedanken gebracht, dass er Ruhm liebte. Seiten an ihm, die immer da gewesen waren, aber sie hatten an Gewicht gewonnen.

Der operative Dienst war dagegen völlig ausgeschlossen. Das wäre ein Scheidungsgrund. Also warum hatte HK sich in dieser

Nacht aus dem heimischen Bett in der Sorgenfrigata geschlichen? Zu seinem halb wachen Ehemann hatte er gesagt, er müsse »einem alten Freund« helfen. Ein Eindringling, der Fotos von Hans' Medaillensammlung machen wollte? HK hatte sich rasch angezogen, während er darüber nachdachte, was das bedeuten mochte.

Dann kam ihm eine Idee. Vorsichtig griff er nach seiner Ehrendoktormedaille und hielt den bronzenen Gegenstand hoch. Papst Clemens VI., umrahmt von dem Spruch *Fiorentina Studiorum Universitas*.

Ja, sie war für das Vorhaben perfekt.

Auf Rederhaugen ging HK rasch die Treppen hinauf, bis er in der dritten Etage an eine Art Gästewohnung kam.

Der Eindringling war ungefähr vierzig, mit kurzem Haar und einem Dreitagebart, in dem sich erste graue Sprenkel zeigten, und einem fleckigen Kapuzensweater an einem mageren Körper mit schmalen Schultern.

Der Mann setzte sich auf und schickte ein paar osteuropäisch klingende Flüche in Hans' Richtung.

»Was hat er erzählt?«, fragte HK.

»Nicht viel, er spricht kaum Englisch oder Deutsch, aber er behauptet, wie gesagt, er sei Moldawier und würde hier als Bauarbeiter jobben.«

HK sah sich kurz um. »Ich würde gerne allein mit ihm reden.«

Hans zuckte die Schultern.

HK brachte den Moldawier ins Nachbarzimmer. Mit ruhigen Bewegungen holte er zwei Tassen Kaffee und stellte eine vor dem Eindringling ab.

»Nimmst du Zucker?«

Keine Reaktion.

»Name?«

Der Mann schwieg.

»Wie immer du auch heißt«, sagte HK mit herablassendem Oberlehrerblick, »wir beide werden uns jetzt ernsthaft unterhalten.«

»Andriy«, antwortete der Mann in leidlichem Englisch. »Ich heiße Andriy.«

Er fragte, wie der Mann das buchstabierte, und bekam Antwort.

»Klingt ukrainisch«, sagte HK.

Der Mann riss für einen Moment die Augen auf. »Woher wissen ...?«

»Jetzt hör mal gut zu, Andriy. Ich bin jemand, der sich auskennt. Fangen wir von vorn an?«

»Advokat«, murmelte der Mann.

HK schüttelte den Kopf. »Ich behalte dich so lange hier, bis du mir erzählst, was ich wissen will.«

Andriy sah ihn an, löffelte Zucker in seinen Kaffee und trank. »Ich ... will Advokat ... wenn sprechen mit Polizei.«

Der Mann senkte den Blick. HK wusste genau, dass er jetzt eine schnelle Kosten-Nutzen-Analyse anstellte: Was ist am sinnvollsten? Den Mund halten oder dem Druck des Mannes nachgeben, der mich gefangen hält? Im Grunde hatten Kleinkriminelle viel mehr Angst vor den Hintermännern in ihrem eigenen Land als vor der norwegischen Polizei.

»Ich weiß, was du jetzt denkst, Andriy«, sagte HK nach einer langen Pause. »Vor dir sitzt ein norwegischer Ermittler, der dich später für ein paar Tage in einer freundlichen Zelle unterbringen wird. Danach kommst du wahrscheinlich wieder raus und erhältst im schlimmsten Fall eine geringe Strafe, vermutlich ausgesetzt auf Bewährung, wegen Einbruchs.« Er musterte den Moldawier. »Wenn dem so wäre, liegt es natürlich in deinem Interesse, nicht zu sagen, wer dich geschickt hat.«

Der Mann starrte HK verblüfft an.

»Dein Problem ist, dass es so nicht läuft«, fuhr HK fort. »Ich werde dich nicht weglassen, bevor du mir nicht erzählt hast, was ich wissen will. Ganz gleich, wie viel Angst du vor deinem Auftraggeber hast, wer immer das auch ist – ich kann dir versichern, dass meine Alternative schlimmer ist. Verstehst du?«

Der Mann verstand offenbar nicht.

»Ich habe meinen beruflichen Hintergrund beim *sekretnaya sluzhba* meines Landes, und im Moment arbeite ich an einem sehr ernsten Fall«, verdeutlichte HK.

Seine Kenntnisse der russischen Sprache waren ziemlich rudimentär, aber diesen Begriff kannte sein Gegenüber anscheinend. Als HK *Geheimdienst* auf Russisch aussprach, riss der Mann die toten braunen Augen auf.

»Du bist im Moment in einen Fall involviert, der die nationale Sicherheit betrifft«, fuhr er fort, »und da sind die Befugnisse des *sekretnaya sluzhba* weitreichend. Ich wiederhole: Wollen wir von vorn anfangen?«

»Polizei, ich ... sprechen ... mit Polizei.«

»Beginnen wir woanders«, unterbrach ihn HK. »Du sagtest, du seist Bauarbeiter. Die Branche ist unübersichtlich, oder? Wie bist du hier gelandet?«

Zum ersten Mal sah der Moldawier ihn direkt an. Und begann zu erzählen. Dass er nach Norwegen gekommen wäre, um schnelles Geld in dem Bereich des Baugewerbes zu verdienen, für den man keine Ausbildung brauchte. Um in Nordnorwegen bei der Trassenrodung zu arbeiten.

»*Trassenrodung?*«, fragte HK. Der Mann hatte das Wort norwegisch ausgesprochen.

»Für Stromtrassen müssen Bäume und Unterholz entfernt werden, damit die Stromleitungen frei hängen können. Schwere Arbeit, wir haben die ganzen Gerätschaften hochschleppen müssen, dorthin, wo die Arbeiten durchgeführt wurden. Wir waren eine Mannschaft, sind im Winter durch den Schnee gestapft, kein Norweger macht solche Jobs.«

Danach war Andriy nach Oslo gegangen, wo er bei einer albanischen Malerfirma anfing. Eines Tages, als sie ein Bürogebäude anstrichen, rutschte Andriy auf einem vereisten Gerüst aus und stürzte drei Meter in die Tiefe, mit dem Ergebnis, dass er sich eine

Gehirnerschütterung und eine Rückenverletzung zuzog. Da er nicht bei der norwegischen Sozialversicherung gemeldet war, musste der Krankenhausaufenthalt privat bezahlt werden, und weil Andriy die geforderten dreißigtausend Kronen nicht hatte, beglichen die Albaner die Rechnung.

Aber nicht aus purer Menschenliebe. Für Andriy bedeutete das praktisch, dass er einen Sklavenvertrag unterzeichnete, der ihn verpflichtete, auf unbestimmte Zeit gratis für die Albaner zu arbeiten, um die Schulden abzustottern. Sooft er konnte, ging Andriy zum Migrationszentrum der Heilsarmee im Stadtteil Majorstua, wo er eine einfache Mahlzeit und eine heiße Dusche bekam und außerdem mit Landsleuten Karten spielen und sich unterhalten konnte.

Andriy verstummte. Bis hierher war die Geschichte leicht zu erzählen gewesen. Es war ein Bericht vom norwegischen Arbeitsleben ganz unten.

»Heftige Geschichte«, sagte HK und beugte sich vor. »Hast du bei der Heilsarmee denjenigen kennengelernt, der dich mit dem Einbruch beauftragt hat?«

Der Moldawier antwortete nicht, aber seine Hände zitterten leicht.

»Ich denke, wir finden eine Lösung dafür, dass die Leute, für die du arbeitest, zufrieden sind, aber dazu musst du mir erzählen, was du finden solltest.«

»*Fotografiya*«, sagte Andriy unzusammenhängend mit russischer Intonation. »Er wollte, dass ich ein paar Fotos mache, sonst nichts, ich bin kein *prestupnik*, kein *shpion*.«

»Wer wollte, dass du Fotos machst?«

Der Moldawier starrte ihn angstvoll an. »Gefährliche Leute«, flüsterte er.

»Gefährlich ist«, entgegnete HK ruhig, »in Dinge hineingezogen zu werden, die die nationale Sicherheit betreffen. Verstehst du? Wie heißt er?«

»Er sagte, ich bekomme zehntausend Kronen für die Fotos. Ich

soll ihn ... morgen treffen ... morgen früh bei der Heilsarmee ... er sagte, wenn ich das nicht tue, dann kommt Russland. Die finden mich auf jeden Fall.«
»Russland?«
»Die finden mich auf jeden Fall«, murmelte er.
Draußen wurde es langsam hell.
»Du machst jetzt genau, was ich sage.« HK legte die Ehrendoktormedaille der Universität in Florenz diskret zwischen die anderen Auszeichnungen »Du triffst dich dort mit ihm zur verabredeten Zeit, mit deiner Ausbeute von hier. Aber zuerst machst du die Fotos, um die sie dich gebeten haben. Her mit der Kamera.«

Kapitel 16

Eine verdammte Familienberatungsstelle

Aker Brygge, Oslo

Als Sasha ihren Anwälten in ein sonnenhelles Atrium folgte, das die Lobby des BAHR-Gebäudes auf Tjuvholmen darstellte, und in einen Aufzug gebeten wurde, der sie zum Empfang im fünften Stock brachte, dachte sie an etwas, das sie über Königin Victoria gelesen hatte. Victoria trug Schwarz von dem Moment an, als Prinz Albert im Jahr 1861 starb, bis zu ihrem eigenen Tod 1901. Das waren vierzig Jahre Trauer. Wie lange würde ihre eigene dauern?

Gemäß der traditionellen Etikette sollte die Kleidung das erste Jahr, genauer gesagt, das erste Jahr und einen Tag, komplett schwarz sein, während später andere dunkle Schattierungen wie Lila und Grau erlaubt waren, oder hellere Kleidung mit schwarzen Säumen.

Zwei Angestellte von BAHR, ein Mann und eine Frau, kamen über das helle Parkett auf sie zu.

»Alexandra Falck? Willkommen.« Sie begrüßten Sashas Begleitanwälte, drei an der Zahl.

»Herzlich willkommen«, sagte die Frau. »Wir sind als Vermittler tätig, um eventuelle Erbstreitigkeiten beizulegen, bevor sie vor Gericht landen.«

Sasha sah unwillkürlich zu Boden. Wofür hielten die sich hier, für eine verdammte Familienberatungsstelle?

Das Februarlicht fiel durch eine Glaswand wie in einem Treibhaus, und sie wurden von dem eichenholzgetäfelten Tresen zu einer niedrigen Sitzgruppe aus italienischem Leder geleitet. Sasha ging in die entgegengesetzte Richtung, legte die Handflächen an die Fensterscheibe und blickte hinaus aufs Meer.

Olav war ertrunken, und die Pforten der Hölle öffneten sich. Hans hatte zwischen den Jahren schnell gehandelt. Nachdem er die Nachricht vom Testament sowie eine einstweilige Verfügung überbracht hatte, war dem Osloer Familienzweig bis kurz nach Neujahr Zeit geblieben, das Lebensnotwendigste zusammenzupacken und Rederhaugen zu räumen. Die Familie war aus Rederhaugen hinausgeworfen worden und hatte in dem alten, angestaubten Falck-Haus an der Gimle Terrasse Unterschlupf gefunden. Es mochte morbid und geschmacklos erscheinen, die beiden Ereignisse zu vergleichen. Der Tod eines Elternteils war eines der großen und unausweichlichen Traumata des Lebens. Genau wie das absolute *Best Case*-Szenario der Liebe: dass man nach fünfzig Jahren tieftraurig und am Boden zerstört über den Verlust des Lebenspartners zurückbleibt.

Jetzt war alles Nebel, Watte und Seroquel, »der Rolls-Royce unter den Schlaftabletten«, wie eine Freundin sagte. Ein Tag war wie der andere. Die Bilder von Olavs Beerdigung verschwanden aus ihrem Bewusstsein, so wie auch sein Gesicht langsam verblasste. Sie erinnerte sich nicht an die überfüllten Bankreihen, nicht an den Pfarrer, der sprach, oder an die Spitzen der Gesellschaft, die kondolierten, nicht an den Sarg, der in die Erde hinabgelassen wurde, oder an die Domknaben, die sangen.

Wenn sie darüber nachdachte, war es nicht unangemessen, die Trauer um Olav mit der Trauer um Rederhaugen zu vergleichen. Der Tod eines Menschen war etwas anderes als der Verlust einer Immobilie, selbstverständlich, aber Rederhaugen zu verlieren war, als würde man eines lebenswichtigen Körperteils beraubt. Mit der Übernahme durch Hans verschwand nicht nur ein Leben, sondern gleich das mehrerer Generationen. Außerdem wurde Sasha das Gefühl nicht los, dass Hans den Tod ihres Vaters verursacht hatte.

Nach seinem Fortgang hatte sie wirklich begriffen, was für ein guter Freund Olav für sie gewesen war. Das klang seltsam, denn hatte nicht Sasha ihren Vater gezwungen, als SAGA-Chef zurückzutreten, indem sie ihm drohte, seinen Machtmissbrauch auffliegen zu lassen?

Freundschaft war eine Mischung aus Intimität und Professionalität, aus Nähe und dem Hinarbeiten auf ein gemeinsames Ziel. Viele waren anders, das war ihr schon klar. Ihre alten Freundinnen trennten strikt zwischen Freunden und Kollegen. Die Freundschaft mit den Freundinnen war eine in sich geschlossene Blase aus Geständnissen über Abtreibungen, Untreue, die Impotenz des Partners und Ähnlichem. Die Eintrittskarte war absolute Loyalität. Das war die Stärke der Gruppe, aber auch der Grund, warum Sasha Abstand zu ihnen hielt, denn die Freundschaft mit ihren Freundinnen bekam etwas Statisches und Rückwärtsgewandtes. Beruflich verband sie nichts miteinander.

Mit Olav hatte sie eine Beziehung gehabt, die sowohl familiär als auch professionell gewesen war. Deshalb tat es besonders weh. Ihre Welt war zerbrochen.

Der Raum, in den Sasha geführt wurde, sah aus wie ein Gerichtssaal, mit einer Art Hufeisen aus Tischen und Stühlen, die sich gegenüberstanden, und einem Richterpult in der Mitte. Und dem verfluchten nordischen hellen Holzfurnier.

»Der Saal wird für Schlichtungsverhandlungen genutzt«, sagte der Mediator, ein dicklicher, grau gelockter Mann Anfang fünfzig.

Sasha sah ihre drei Anwälte an, die nickten. Ihre Stundensätze waren vergleichbar denen von Premier-League-Stars oder dem Vortragshonorar von Tony Blair. Es erschien unpassend, jetzt daran zu denken, aber in ihren Finanzen klaffte ein Leck wie im Bauch der DS »Prinsesse Ragnhild« im Jahr 1940. Wenn das so weiterging, war sie bald pleite.

An der Seite, die am weitesten von der Tür entfernt war, saß Hans, flankiert von seinen Anwälten, fünf an der Zahl. Er suchte ihren Blick, und sie blieben ein paar Sekunden stehen, ohne etwas zu sagen.

Gleich darauf stürmte Mads herein, außer Atem und mit geröteten Wangen, im Ganzkörperkondom mit Steppweste und Langlaufpudelmütze. Er gab ihr einen Kuss.

»Sind wir vollzählig?«, fragte der dickliche Mediator betont munter und blickte durch den Raum. »Das Thema, das wir heute erörtern, betrifft das Testament von Vera Margrethe Lind.«

Sasha kannte die Formulierung auswendig: »Die Familie Falck verfolgt seit jeher das Prinzip der ›geraden Linie‹ in Bezug auf die Vererbung der Vermögenswerte.« Sie dachte daran, wie die Flammen das Papier fraßen. »Olav Falck ist der Sohn des deutschen Soldaten Hans Otto Brandt, vermutlich umgekommen beim Untergang der DS ›Prinsesse Ragnhild‹. Aus diesem Grund haben weder Olav noch seine Nachkommen einen Rechtsanspruch auf das Erbe.« Hatte sie geglaubt, es würde nie ans Licht kommen? »Als ältester lebender Nachkomme in gerader Linie von Thor Falck ist Hans Falck sein rechtmäßiger Erbe nach meinem Tod.«

»Genauer gesagt werden wir die Gültigkeit des Testaments diskutieren«, fuhr der Anwalt fort, »und inwieweit diese eventuelle Gültigkeit auch entscheidend für die Eigentümerschaft und die Leitung der SAGA-Gruppe ist. Lassen Sie uns zunächst skizzieren, wovon wir sprechen. SAGA besteht aus einer Stiftung und einem Wirtschaftsunternehmen. Die Stiftung gehört sich selbst und wechselt daher bei einer Erbauseinandersetzung natürlich auch nicht den Besitzer.« Er blickte in den Saal. »Das Unternehmen ist eine Aktiengesellschaft, die in ihrer Gesamtheit der Familie Falck gehört. Bei der Hauptversammlung wählen die Aktionäre einen Vorstand, der Vorstand verwaltet die Geschäftstätigkeit sowohl des Unternehmens als auch der Stiftung.«

Er begann, die Aktionäre in absteigender Reihenfolge vorzulesen: »Alexandra Falck, Sverre Falck, Andrea Falck – alle besitzen Aktienpakete von jeweils zweihundertzwanzig Aktien. Camilla Falck und Margot Falck halten jeweils hundertzehn Aktien. Da die beiden minderjährig sind, hat Alexandra Falck Vollmacht, ihre Aktienanteile zu verwalten, bis sie volljährig sind.«

Er blickte auf die Anwesenden. »Diese Aktionäre halten zusammen achthundertachtzig Aktien oder 88 Prozent. Die übrigen Aktionäre sind in absteigender Reihenfolge ...«

Der Anwalt las die Liste langsam vor: »Mads Falck fünfundfünfzig Aktien, Hans Falck fünfundfünfzig Aktien, Christian Falck zwei Aktien, Marte Falck zwei Aktien, Erik Falck zwei Aktien, Georg Falck zwei Aktien, und Connie Knarvik zwei Aktien. Zusammen tausend Aktien.«

Über die rechtliche Gültigkeit des Testaments gab es wenig zu sagen. Nichts deutete darauf hin, dass Vera als Erblasserin unzulässigem Druck ausgesetzt war oder dass die Zeugen die Anforderungen nicht erfüllten.

Hans saß zurückgelehnt mit verschränkten Armen da und nickte während des Vortrags. Selbstverständlich, dachte Sasha voller Bitterkeit, es sind immer die Privilegierten, die zur »Ruhe« und »Besonnenheit« mahnen, und immer die Opfer, die toben. Hans wirkte gealtert, die eingefallenen Wangen machten das Gesicht schmaler.

Das Handy vibrierte, und Sasha schaute auf das Display. Eine britische Nummer. Sie legte es wieder hin. Mads strich ihr vorsichtig über die Schulter.

»Ich habe eine zusätzliche Information bezüglich des Testaments«, sagte Hans.

»Aha?«, erwiderte der Mediator.

»Es ist einzig und allein einem Whistleblower auf Rederhaugen zu verdanken, dass sie mir überhaupt zu Ohren gekommen ist. Letztes Jahr im April hat Alexandra Falck die Originalversion des Testaments, von dem wir hier sprechen, verbrannt.«

Das traf Sasha wie ein Schlag ins Gesicht. Wie konnte er das wissen? Nur zwei andere waren dabei gewesen. Siri Greve. Sie musste ihm das gesteckt haben, opportunistisch und zynisch, wie sie war.

Weder hatte Greve sie nach der Übernahme angerufen, noch wagte sie, sich hier zu zeigen. Bitterkeit wallte in Sasha auf wie Eifersucht in einem verschmähten Partner. Als wäre nichts geschehen, war Siri Greve jetzt die rechte Hand von Hans.

Hans' Anwalt fügte kühl hinzu: »Eine solche Handlung fällt unter Paragraf dreihundertdreiundsechzig des Strafgesetzbuchs, der besagt, dass die unbefugte Unterschlagung oder die Vernichtung einer Urkunde mit bis zu zwei Jahren Gefängnis bestraft wird.«

Ein neuer Gedanke durchzuckte sie: Johnny Berg war auch dabei gewesen. War es möglich, dass er derjenige war? Zuzutrauen wäre es beiden, wäre es allen, die ganze Welt war gegen sie. Sie spürte Mads' große Hand auf ihrem Rücken und einen akuten Schmerz im ganzen Körper. Und die Bilder auf der Netzhaut! Frauengefängnis Bredtveit. Tragische Geschichten von rumänischen Prostituierten. Hastiger Sex mit Mads in einem Aufenthaltsraum auf einem fleckigen Sofa. Handgeschriebene Briefe von ihren Töchtern.

»Aber«, sagte der Anwalt mit kaum verhohlener Herablassung, »gerade weil mein Mandant Hans Falck die Familie nicht noch mehr belasten möchte, ist er bereit, von einer Anzeige dieses Sachverhalts abzusehen, sofern die Forderungen, die er gestellt hat und noch stellen wird, erfüllt werden.«

Das war pure Erpressung.

Der Mediator verkündete eine Pause.

Sasha rauchte drei Zigaretten nacheinander. Mads sagte ausnahmsweise nichts dazu. Die britische Nummer rief wieder an. Bestimmt irgendein Telefonverkäufer. Der Fjord glänzte in der Sonne. An der äußersten Landspitze von Tjuvholmen erbrach sie sich. Dann ging sie wieder hinein.

Der Hauptanwalt in Sashas Gefolge begann: »Gemäß Paragraf vierundsechzig des Erbschaftsgesetzes ist ein Testament ungültig, wenn, Zitat, ›die Verfügung auf eine Verwendung oder Zerstörung abzielt, die offensichtlich keinem vernünftigen Zweck dient‹, Zitat Ende.«

»Und was sollte das sein?«, fragte der Mediator.

»Ein Testament, das offensichtlich im Widerspruch zu den ethischen Werten einer Gesellschaft steht, kann angefochten werden«, fuhr der Anwalt fort, der endlich etwas offensiver wurde. »Vor allem, wenn es gegen grundlegende Menschenrechte verstößt.«

»Es fällt schwer, im Fall von Vera Linds Testament eine Verletzung ›grundlegender Menschenrechte‹ zu erkennen«, erwiderte Hans spitz.

»Ist das so?«, ergriff Sasha sogleich das Wort und erwiderte seinen Blick. »Dem Testament liegt der Gedanke des *jus sanguinis* zugrunde – also Rechten aufgrund von Abstammung. Verfolgen wir diesen Gedanken weiter. Olav, mein Vater, Friede seiner Seele, ist laut Vera kein leiblicher Abkömmling von Thor Falck. Aber auf Olavs Geburtsurkunde steht, dass Thor Falck sein Vater ist, und das Gleiche gilt für die Papiere, die von der Polizei der Gemeinde Jokkmokk in Schweden am 14. April 1944 ausgestellt wurden, dem Tag, an dem Vera zum ersten Mal nach der Geburt in Kontakt mit einer Meldestelle kam. Was auch immer die Wahrheit über Olavs biologischen Vater sein mag, der verstorbene Thor Falck ist sein *gesetzlicher* Vater.«

Die Juristen blickten neugierig hoch.

»Würden wir Vera in diesem Fall wörtlich nehmen, wäre ein eventuell adoptiertes Kind in unserer Familie nicht erbberechtigt, denn ein Adoptivkind wäre ja kein biologischer Nachkomme *in der Abstammungslinie*. Aber das Gesetz ist hier natürlich eindeutig. Gemäß Paragraf vierundzwanzig des Adoptionsgesetzes richtet sich das Erbrecht von Adoptierten nach den rechtlichen Adoptiveltern und nicht nach den biologischen Eltern, von denen sie in direkter Linie abstammen. Eine gegenteilige Behauptung würde gegen grundlegende Menschenrechte verstoßen.«

Sasha hatte endlich eine Reihe von Schlägen gesetzt, die Hans und seine Entourage in die Defensive drängten. An ihrer Tischreihe war es unruhig geworden, Hans beriet sich mit seinen Anwälten.

»Nun?«, sagte der Mediator.

»Also«, begann Hans, dessen Gesichtsfarbe und Selbstsicherheit zurückgekehrt waren. »Ich kann Alexandra versichern, dass meine künftige Übernahme von SAGA auf der Aktienmehrheit basieren wird, nicht auf einer bestimmten Auslegung des Testaments.«

Viel Glück damit, dachte Sasha. Du hältst 5 Prozent und ich fast fünfundvierzig. Mit Andrea und Sverre – obwohl, bei ihm konnte man nie wissen – halten wir fast 90 Prozent der Aktien. Das Ganze klang so unrealistisch und albern, dass etwas anderes dahinterstecken musste.

»Abschließend zum Thema Rederhaugen«, sagte der Mediator mit einem Räuspern.

»In dem Punkt ist das Testament glasklar«, sagte Hans. »Vera Lind war Eigentümerin des Anwesens. Sie hat es mir vererbt. Hier werden wir keinen Kompromiss eingehen.«

Sasha sank tiefer in ihren Stuhl. Vielleicht war das Frauengefängnis doch vorzuziehen, vielleicht würde sie feststellen, dass es sie dazu brachte, die Welt auf eine neue Art zu sehen, ihren Frieden mit der Vergangenheit zu schließen und dankbar zu sein für das, was sie hatte. Alle, die eine Krebserkrankung überlebten, sagten ja, das sei das Beste, was ihnen passiert wäre.

Als die Anwälte die Eigentumsänderungen erläuterten, hatte Sasha genug.

»Begreifst du nicht, dass du alles kaputt gemacht hast, Hans?«, fuhr sie ihn an.

Mads knuffte sie leicht gegen die Schulter, die Anwälte auf ihrer Seite starrten unbehaglich auf das Holzfurnier.

»Im Testament steht nicht, dass wir rausgeworfen werden sollen«, fuhr sie fort. »Wir hätten einen Weg finden können, das zu lösen, gemeinsam. Begreifst du nicht, was dieses Fleckchen Erde mir bedeutet? Rederhaugen ist von Geburt an mein Zuhause, ich habe immer dort gewohnt, abgesehen von meiner Studentenzeit. Mein ganzes Leben habe ich auf Rederhaugen verbracht. Ich kenne jeden Stein auf den Wegen, jeden Buckel im Gelände, jede knarrende

Diele im Parkett, alle Zimmer und alle unterirdischen Gänge, die Klippen und die Stege, die Häuser und jeden einzelnen Baum, die Grasflächen und die Wäldchen, all das kenne ich so gut, dass es ein Teil von mir geworden ist, eine Fortsetzung von mir, davon, wer ich bin, etwas, das ich versucht habe, an Mads weiterzugeben, der hier sitzt, und nicht zuletzt an meine Kinder, und all das hast du mir genommen, hast du uns genommen.«

Sie verstummte, als sie merkte, wie ihr die Tränen kamen. Hans saß nachdenklich da und kratzte sich am Kinn.

Sasha stand auf, packte ihre Sachen zusammen, griff nach ihrer Jacke und ging hinaus, ohne sich noch einmal umzudrehen. Mads eilte ihr hinterher, griff nach ihrem Arm, aber sie schlug seine Hand weg, er hielt sie fest, sie schluchzte, seine Hände und sein Griff waren ruhig und kraftvoll. So blieben sie lange stehen, weit draußen auf der Landzunge, während die Nesodden-Fähre vorbeizog und der Himmel graublau war, und er sagte nichts, weil er wusste, dass alle Worte verkehrt sein würden, dass die wortlose Nähe jetzt das einzig Richtige war.

Als sie zurückgingen, klingelte ihr Handy, schon wieder die britische Nummer. Nachdem sie sekundenlang auf das Display gestarrt hatte, nahm sie den Anruf an.

»Alexandra Falck?«, fragte eine Männerstimme auf Englisch.

Sie bestätigte.

»Ich rufe Sie von der PD Assurance an. Olav Falck war lange Jahre Kunde unseres Unternehmens.«

»Aha«, sagte Sasha. Sie war immer davon ausgegangen, dass ihr Vater privat versichert gewesen war.

»PDA ist auf Lebensversicherungen für wohlhabende Kunden spezialisiert. Mr Falck hatte seine Versicherung bei uns abgeschlossen. Seine Police sieht vor, dass im Falle seines Todes alle Informationen an Sie gehen.«

Was war das jetzt?

»Sie werden in Kürze eine E-Mail mit den Zugangsdaten und ei-

ner einfachen Sicherheitsprozedur erhalten. Darin bitten wir Sie um bestimmte Angaben, um die Auszahlung vornehmen zu können.«
»Rufen Sie aus Nigeria an?«, murmelte sie.
»I beg your pardon, ma'am? Wie Ihnen vielleicht bekannt ist, werden Auszahlungen von Lebensversicherungen nicht dem sonstigen Nachlass zugerechnet. Wir möchten Sie deshalb darüber informieren, dass die Versicherungssumme demnächst als Einmalbetrag ausgezahlt wird. Der Betrag beläuft sich auf 14 245 000 Pound Sterling. We are deeply sorry for your loss. Einen schönen Tag noch, Ms Falck.«

Kapitel 17

Ein einfacher Junge aus Nydalen

Oslo, Zentrum

Die Fassade war reich verziert mit schmiedeeisernen Balkonen, Bogenfenstern und Erkern. Johnny überprüfte den Sitz seines Krawattenknotens. Der Herrenklub Det Norske Selskab war vermutlich der letzte Ort in Oslo mit Schlipszwang. Er nahm den Aufzug ins zweite Obergeschoss und trug sein Anliegen am Empfang vor.

Als HK ihn zum ersten Mal hierher eingeladen hatte, war Johnny ein ausgehungerter Soldat der Spezialeinheiten gewesen, der nach einem Monat Feldverpflegung in der Arktis drei Portionen Beef Lindstrøm zum Mittagessen verschlang. Das war unmittelbar, nachdem der Alte in der Kampfschwimmerkaserne mit dem Angebot aufgetaucht war, sich beim Geheimdienst ausbilden zu lassen. Über Johnnys mangelnde Bildung hatte er nur den Kopf geschüttelt. Bei Axtwerfern und anderen Feldschweinen spielte das vielleicht keine Rolle. Wenn der Job allerdings beinhaltete, Menschen – insbesondere Ausländer – zu umgarnen und zu manipulieren, musste man kultiviert sein.

»Ich gebe dir ein Beispiel«, hatte er gesagt. »Als Kampfschwimmer bist du im Nahkampf ausgebildet. Du weißt ebenso gut wie ich, dass du die Abläufe zehntausendmal wiederholen musst, damit sie in einer Drucksituation automatisch sitzen.«

Er hatte genickt.

»Auf die gleiche Weise funktioniert das mit der Bildung«, hatte HK gesagt. »Du kannst über die Leute hier im Klub sagen, was du willst. Aber achte mal darauf, wie unangestrengt und verinnerlicht die Manieren, die Kunst der Konversation und die Kultur sind.«

»Ich bin ein einfacher Junge aus Nydalen«, hatte Johnny geantwortet. »Das ist, als wolltest du einem Politiker das Tangotanzen beibringen.«

Obwohl das Treffen im Klub fast fünfzehn Jahre zurücklag, sah HK in seinem makellosen Tweed jünger und fitter aus als damals.

Er begrüßte ihn freundlich und bat ihn mit leisen Worten in einen Salon, der von nationalromantischen Gemälden, persischen Teppichen und Miniaturstatuen dominiert wurde.

»Wie ich hörte, schreibst du weiter an der Biografie?«, fragte der Alte, nachdem sie mit je einem Glas Weißwein Platz genommen hatten.

Johnny erzählte von der Begegnung mit Connie und ihrer Schilderung des Reedereiadels in Bergen während der ersten Phase des Kalten Krieges. HK nickte, abwesend wie jemand, dem etwas anderes durch den Kopf geht.

»Eine faszinierende Geschichte, sehr interessant«, sagte er.

»Mein Weg hat in den letzten Tagen auch den von Hans gekreuzt.«

Es ging um einen Einbrecher auf Rederhaugen, der auf der Jagd nach Beweisen für Hans' Medaillensammlung war. Während des improvisierten Verhörs hatte der Mann die Karten auf den Tisch gelegt. Kurz gesagt, musste er beschattet werden, um herauszufinden, wer in der Empfängerkette über ihm stand. Da HK nicht sehr viele kannte, die vom Aussehen her unauffällig in das Migrationszentrum der Heilsarmee einsickern konnten, fragte er vorsichtig an, ob Johnny diesen Job übernehmen würde.

»Du willst mich in den operativen Dienst zurückholen?«

HK musterte die Fingerabdrücke auf dem Weinglas im Licht.

»Es ist abzusehen, dass ich die Sache versaue und du mich wieder retten musst«, fügte Johnny hinzu. »Selbst wenn Hans nicht ans Telefon geht, haben wir hier eine Story.«

Ein Auftrag passte ihm jetzt extrem schlecht. Er hatte HK gegenüber verschwiegen, was Connie versprochen hatte, aber ihre Bemerkung über seinen Geburtsnamen hatte eine Tür geöffnet, die viele Jahre lang fest verschlossen gewesen war.

»Du willst also Schriftsteller sein? Ich meine mich zu erinnern, dass du ›nur ein einfacher Junge aus Nydalen‹ bist. Du weißt genau, dass es so etwas wie einen ehemaligen Geheimdienstler nicht gibt. Darüber gibt es keine Diskussion. Falls du den Empfänger findest, werde ich alles erklären. Aber ich kann jetzt schon so viel sagen, dass diese Angelegenheit von möglicher Relevanz für die Biografie über Hans ist.«

Am Tag darauf passierte Johnny die Inschrift »Blut und Feuer« und betrat das Migrationszentrum. Er sah sich um. Wenn der Herrenklub *upstairs* war, dann war dies definitiv *downstairs*. Die meisten, die an den Tischen saßen oder in der Kaffeeschlange standen, waren rumänische Roma. Johnny trug eine Allwetterjacke und darunter einen dunklen Hoodie.

Im aktiven Dienst war sein Aussehen von großem Vorteil gewesen. Er konnte sich in weiten Teilen der westlichen Welt, von Brasilien bis Murmansk, unter Menschenmengen mischen, ohne aufzufallen. Er holte sich eine Tasse schwarzen Kaffee aus einem Automaten, setzte sich an einen Tisch und döste, so als hätte er draußen übernachtet.

Wegen der Beschreibung, die HK ihm gegeben hatte, taufte er den Mann in Gedanken Sheriff Tiraspol.

Eine elegant gekleidete Frau, vermutlich die Leiterin der Einrichtung, sprach ihn in einer Sprache an, von der er annahm, dass es Rumänisch war. Johnny umklammerte die Kaffeetasse mit beiden Händen, als wollte er sich wärmen, und starrte stur vor sich auf die Tischplatte. Der Vorteil des Migrationszentrums war, dass es sich um ein niedrigschwelliges Angebot für Menschen ohne Papiere handelte, deshalb ging er davon aus, dass sie ihn noch eine Weile in Ruhe hier sitzen lassen würden, bevor sie anfingen, Fragen zu stellen.

Sheriff Tiraspol kreuzte kurz vor zwölf Uhr auf.

Johnny hatte sich so hingesetzt, dass er alle Neuankömmlinge sehen konnte, bevor sie ihn sahen. Der Moldawier schien keinen hier zu kennen. Er holte sich Kaffee und belegte Brote, sah sich ängstlich um und setzte sich. Johnny blieb zurückgelehnt auf seinem Stuhl sitzen. Der Sheriff schlug eine Zeitung auf. Von den umliegenden Tischen drang angeregtes Geplauder in Sprachen, die Johnny nicht verstand. Das Telefon des Sheriffs lag vor ihm auf dem Tisch.

Nach einigen Minuten tauchte ein kräftiger Mann mit kahl rasiertem Schädel und tätowiertem Hals in der Tür auf. Er scannte den Raum, bevor er zum Tisch des Moldawiers ging.

Die beiden Männer saßen sich eine Weile gegenüber, jeder scheinbar mit sich selbst beschäftigt. Dann vertiefte der Moldawier sich wieder in seine Zeitung, während der Tätowierte nach dem Telefon griff und sofort hinausging.

Johnny stand auf, als die Tür hinter dem Mann zufiel. Draußen war es kalt und klar. Er suchte mit den Augen die langen Blocks rund um den breiten Kirkeveien ab. Wie so vieles andere in Oslo hatte sich die Architektur hier nicht entscheiden können, ob sie lieber ein eleganter französischer Boulevard oder eine betonsozialistische Provinzstadt sein wollte. Die Mixtur war wohl das, was man Sozialdemokratie nannte?

Der Mann mit den Halstattoos überquerte die Straße und ging Richtung Stadtmitte, vorbei am Restaurant Mistral, bevor er rasch in die leicht abschüssige Neuberggata abbog, die nach einigen Hundert Metern an einem von kahlen Birken umgebenen Sandplatz endete.

Der Vestkanttorvet. Johnny musste lächeln. In seiner Jugend war das der Ort, an dem Diebesgut gehandelt wurde. Hatten Einbrecher einem das Silberbesteck gestohlen, konnte man es meistens ein paar Wochen später auf dem Vestkanttorvet von einem zwielichtigen Typen zurückkaufen.

Es war Winter, und der Markt war geschlossen. Bisher hatte Johnny kein Anzeichen eines eventuellen Gegenkundschafters feststellen können. Der Tätowierte überquerte den Platz, der jetzt mit einer bräunlichen Mischung aus Sand und Schnee bedeckt war, und stellte sich oben auf die Treppe am östlichen Ende des Platzes. Johnny blickte sich um. An der Straße hinter dem Platz stand ein Eckhaus, ein schönes mehrstöckiges Wohngebäude mit einem Fassadenmuster aus roten Backsteinen und einem Geschäft im Erdgeschoss. Eine Tierhandlung, die er als Kind besucht hatte, wie er sich erinnerte.

Er ging einen Umweg durch die Seitenstraßen, damit sie ihn nicht entdeckten, falls sie den Platz inzwischen überwachten, und betrat die Tierhandlung. Der Mann mit dem tätowierten Hals stand immer noch oben auf der Treppe und blickte über den Platz. Der Abstand betrug ungefähr fünfzehn Meter. Ein kräftiger Geruch von Tiermist und das kakofonische Geschrei von Käfigvögeln schlugen ihm entgegen. Eine Längswand war bedeckt mit Aquarien, die andere mit einem Vogelkäfig, der bis zur Decke reichte. Es war noch früh am Tag, deshalb war keine Kundschaft im Laden.

»Guten Tag«, begrüßte ihn der Besitzer, ein sonnengebräunter Typ Mitte fünfzig, auf die abwartende und leicht skeptische Art, wie sie typisch für Inhaber von Läden mit vielen Stammkunden ist. »Was kann ich für Sie tun?«

Johnny bemerkte, dass das Fenster hinter dem Vogelkäfig Ausblick auf den wartenden Mann draußen bot, der sich eine Zigarette angezündet hatte und sich in der Kälte die Arme um den Oberkörper schlug.

»Meine Tochter träumt von einem Kanarienvogel oder einem Wellensittich zum Geburtstag. Ich habe überhaupt keine Ahnung von Vögeln, aber meinen Sie, das wäre eine gute Idee?«

»Ka-naaa-ris. Guuute Käfigvögel«, sagte der Inhaber in singendem Ost-Osloer Tonfall und zeigte auf den Käfig, während Johnny den Mann draußen beobachtete. Da hatte sich immer noch nichts getan, aber wie er da stand, erwartete er wohl bald jemanden. Das hier war ein Routineauftrag, Johnny hätte lieber an dem Buch weitergeschrieben.

»Die Hähne sind sehr singfreudig«, fuhr der Inhaber fort. »Leicht zu pflegen, die Kinder lieben sie.«

Er begann, über die anderen Vogelarten zu reden, aber Johnny bemerkte plötzlich, dass sich draußen etwas tat, und musste seine Ungeduld verbergen.

»Dürfte ich wohl Ihre Vögel filmen, damit ich meine Tochter fragen kann, welche Art sie lieber möchte?«

Der Inhaber zuckte die Schultern. Johnny griff zu seinem Handy. Der Kanarienvogel schlug mit den Flügeln. Er filmte. Neben dem Vogel stand der Tätowierte. Ein Mann mit Mütze und dunkelblauem Wintermantel näherte sich auf dem Fahrrad. Der Tätowierte hob den Arm zur Begrüßung. Sie unterhielten sich. Johnny versuchte, auf die beiden zu zoomen, aber es wurde unscharf. Der Mann auf dem Rad nahm ein Handy in Empfang und verschwand sofort darauf.

Johnny wartete einige Minuten, bedankte sich bei dem Ladeninhaber und ging.

Kapitel 18

Zur Hölle mit Sashas Koalition

Oslo, Zentrum

Im überdachten Hinterhof im Zentrum herrschte Gedränge. Der Duft von Parfüm und Wein mischte sich mit Schweiß und anderen Körpergerüchen. Zu behaupten, dass Sverre sich freiwillig auf dem »Alumni-Treffen« von Ingeborgs Führungskräftenetzwerk befand, wäre sicher übertrieben, aber eine gute Freundin von dort arbeitete als politische Beraterin im Außenministerium und war ständig als mögliche Staatssekretärin im Gespräch. Was wiederum Ingeborg den Weg ebnen könnte, ihre Nachfolgerin zu werden. Und war es nicht oft so, dachte Sverre, dass die Männer im gesellschaftlichen Leben der Frauen zum Anhängsel wurden?

Die Führungstalente, die er getroffen hatte, waren privilegierte und ehrgeizige junge Menschen, ausgebildet an Eliteinstitutionen wie Oxbridge, LSE und King's College in England, ENS oder Sciences Po in Frankreich und den Ivy-League-Universitäten in USA, Aufenthalte, die sie oft so tolerant gemacht hatten, dass sie die Intoleranz anderer nicht mehr ertrugen.

Sie waren Kinder des Wohlstands, der das Land seit dem Jahr 2000 geprägt hatte. Vielleicht wussten sie tief in ihrem Inneren, dass es dem Ende zu ging, dass die Welt immer mehr aus der Bahn geriet – unter dem Ansturm wütender Populisten, Fundamentalisten und Nationalisten, die alle die Festungsmauern der liberalen Gesellschaft erkletterten, und vielleicht noch grundlegender: dem der Natur selbst.

Was den Streit um die SAGA betraf, hielt er sich bedeckt. Sverre überließ es Sasha und Hans, sich gegenseitig die Augen auszukratzen.

Insgeheim empfand er Schadenfreude darüber, dass Rederhaugen in den Besitz der Bergenser übergegangen war. Nicht, weil er ihnen den Sieg gönnte, sondern weil er das Anwesen mit seinen eigenen Niederlagen und Demütigungen verband.

Nach Olavs Tod und der Offenbarung der Liebe hatte er ganz von vorn angefangen. Nein, begonnen hatte es in Afghanistan. Unbeschriebenes Blatt, Tabula rasa. Mit dem Besten, was aus dem alten Leben übrig war.

Wie alle verliebten Paare hatten Ingeborg und er einander in die Augen gesehen und sich hoch und heilig versprochen, nicht so zu enden wie alle anderen. So wie Revolutionäre, die versprechen, dass ihre Revolution nicht zur Despotie führt.

Der Kronprinz hielt eine kurze Ansprache zum Thema »Nordgebiete« an die dicht gedrängte Menge. Die neuen Führungstalente hatten den Norden schon bereist. Denn die Arktis sei der Ort, an dem sich die Herausforderungen unserer Zeit besonders deutlich manifestierten, sagte der Kronprinz, wo das Eis schneller schmelze und die Großmächte schneller aufrüsteten. Deshalb sei es wichtig, im *hohen* Norden die Spannung *niedrig* zu halten, unterstrich er und blickte nach dieser pointierten Formulierung zufrieden ins Publikum.

In dem Moment tauchte Andrea auf, winkte, als sie ihn entdeckte, und bahnte sich einen Weg durch die Menge.

»Wie bist du reingekommen?«, fragte Sverre. »Bist du etwa ein Führungstalent geworden?«

»Ich bin *eindeutig* ein Führungstalent«, erwiderte seine kleine Schwester lächelnd. »Mach bloß nicht so eine große Sache daraus. Ich gebe nur nicht so damit an.«

Ein in die Jahre gekommenes Führungstalent drehte sich zu ihnen um, als der Applaus aufbrandete. »Könntet ihr bitte den Mund halten.«

»Sind Sie nicht ein bisschen zu alt, um Führungs*talent* zu sein?«, fragte Andrea. »Bis man vierzig ist, ist man ein Talent, danach ist man der Dorfdepp.«

Der Kronprinz hatte seine Rede beendet, und während Beifall geklatscht wurde, tippte Andrea Ingeborg auf die Schulter und fragte, ob sie Sverre für den Rest des Abends entführen könne. Familienangelegenheiten.

Ingeborg nickte lächelnd und küsste ihn mit der Ermahnung: »Geh nur, Schatz. Hauptsache, du vergisst unsere Hüttentour am Wochenende nicht.«

Sie gaben sich einen Abschiedskuss, dann folgte er Andrea hinaus auf die Tordenskiolds Gate. Ein kalter Februarwind fegte durch die Straßen.

»Wie geht's dir?«, fragte Andrea und zündete sich eine Zigarette an. »Sei ehrlich.«

Sverre antwortete nicht. Nicht einmal, dass es ihm so gut ging wie nie zuvor, wollte er seiner Schwester sagen.

Sie gingen durch das Stadtviertel Kvadraturen. »Wie oft habe ich an die Umstände gedacht, unter denen Papa plötzlich gestorben ist. Auf das Winterbaden hatte ich mich tatsächlich mental vorbereitet, es lag ja nahe, dass es dabei passieren konnte.«

»Als ich klein war, hat er mich immer gezwungen, in eiskaltem Wasser zu baden«, sagte Sverre. »Seit damals habe ich es gehasst.«

»Ein alter, grandioser Narzisst und Mansplainer stirbt. Warum tut es trotzdem so höllisch weh, Sverre?«

»Papa hat mal gesagt, dass das Leben ein Lemmingzug ist, und wenn deine Eltern sterben, blickst du über die Felskante und begreifst, dass du der Nächste bist, der hinabstürzen wird.«

Andrea hatte einen Tisch im Engebret am Bankplassen reserviert, einem traditionsreichen Restaurant, das Sverre in Anzug und Krawatte nur zum alljährlichen Weihnachtsessen mit Victor Prydz und einigen anderen Mitgliedern der Oswald Spengler Society besuchte, seinem alten Freundeskreis aus reaktionären, rechtsgerichteten Pessimisten, die den politischen und kulturellen Verfall der Gesellschaft verachteten.

Das Engebret war so, wie ein Restaurant nach Meinung von Andrea auszusehen hatte, mit seinem tiefroten Teppichboden, den schön eingedeckten Tischen mit Kristallgläsern und Silberbesteck auf dicken weißen Baumwolltischdecken.

Sie bestellten beide den Lofot-Kabeljau mit Leber und Eierbutter und dazu ein Glas Beaujolais.

»Hast du in letzter Zeit mit Sasha gesprochen?«, fragte Sverre.

Andrea schüttelte den Kopf. »Warum fragst du?«

»Papas altes Aktienpaket war ebenso groß wie unsere jeweiligen Anteile, oder? 22 Prozent, die er noch auf ›die neue Generation‹ übertragen konnte. Und diese Generation sind nicht wir, Schwesterchen, so viel steht fest. Das ist die Generation nach uns.«

»Er sprach davon, sein Paket an ›die nachfolgende Generation‹ weiterzugeben, als wir letzten Sommer auf Rederhaugen zu Abend gegessen haben.«

»Aber da war mir nicht klar, was das bedeutet«, sagte Sverre und merkte, wie der Gedanke ihn aufregte. »Da Sasha Kinder hat und wir nicht, gibt ihr das einen enormen Vorteil bei der Kontrolle von SAGA. Angenommen, du und ich bleiben kinderlos, rein hypothetisch. Dann würde Sasha 44 Prozent kontrollieren, genauso viel wie wir beide zusammen, Aktien, mit denen sie auf der Hauptversammlung abstimmen könnte, bis die Kinder volljährig sind.«

Andrea stippte eine mehlige Kartoffel in die Eierbutter und die Kabeljauscheiben. »Als Sasha letztes Jahr die SAGA leitete, war sie so beschäftigt, dass ich fast das Gefühl hatte, ich müsse um königliche Audienz bitten, um sie freitags zwischen fünfzehn Uhr vierzig und fünfzehn Uhr fünfzig sehen zu dürfen. Seit Papa tot ist, verharrt sie in Embryostellung.«

»Das andere, was vor sich geht«, fuhr Sverre fort, »ist, dass eine Versicherungsgesellschaft aus London sie kontaktiert hat. Wegen der Auszahlung einer Lebensversicherung, die Olav abgeschlossen hatte. Knapp hundertfünfzig Millionen Kronen!«

»Woher weißt du das?«

Sverre sah seine Schwester an, die jetzt fertig mit dem Fisch und bereits beim Dessert war. »Das weiß ich, weil Sasha mich neulich aus heiterem Himmel angerufen hat. Sie meinte, wir drei sollten uns die Summe teilen.«

»Du hast fünfzig Millionen Cash für mich ausgeschlagen?«

»Ihre verdammte herablassende Haltung hat alles nur noch schlimmer gemacht. Erst wirst du – und werde ich – von Papa übergangen, bevor er stirbt. Sasha ist sein Augenstern. Dann ist unzweifelhaft deutlich zu merken, dass er uns weiterhin benachteiligt, noch *nach seinem Tod,* findest du nicht? Aber du kannst das Geld sicher bekommen, wenn du fragst.«

Andrea stocherte nur in ihrem Dessert »Verschleierte Bauernmädchen« herum. »Du willst es ausschlagen?«

»Ich habe dieses ganze Gerede von *familia ante omnia* so satt, von der Viererkette und dass die Blutsbande uns verpflichtet, um jeden Preis im Block abstimmen zu müssen.«

Seine jüngere Schwester nickte langsam.

»Ich schlage vor: zur Hölle mit Sashas Koalition«, fuhr Sverre fort. »Sie hat uns immer wie Dreck behandelt, und das hier ist der endgültige Beweis. Du und ich haben 44 Prozent der Aktien, genauso viel wie sie. Aber wir haben etwas, das sie nicht hat. Wir haben Freunde. Wenn wir uns mit Hans und den Bergensern zusammentun, gegen Sasha, fehlen uns nur wenige Prozent an der Aktienmehrheit an SAGA.«

Andrea hob ihr Glas. »Der Gedanke gefällt mir. Skål, Bruder.«

Kapitel 19

Herpes fürs Auge

Nydalen, Oslo

Der Schnee hüllte die Festungsmauern von Akershus in Weiß, als HK Johnny abholte.

»Gute Arbeit neulich«, begrüßte er ihn vom Fahrersitz.

Johnny setzte sich neben ihn. Zwei Lkw mit polnischen Nummernschildern krochen die Steigung zum Ryenkrysset hoch und blockierten die Straße.

»Was gibt's? Bist du nicht eigentlich Rentner?«

»Ich bin Rentner«, sagte HK nachdenklich. »Mein Mann hat mir eine Gardinenpredigt gehalten. Sagte, er sei enttäuscht von mir. Weil ich mein Versprechen gebrochen habe. Sie merken es uns an, wenn ein Auftrag in der Luft liegt.«

»*Sie?*«

»Unsere Liebsten, Johnny! Wir sind verändert, träumerisch und geistesabwesend. Wie Menschen, die untreu sind.«

Johnny sagte nichts dazu. Er konnte sich nicht erinnern, dass sein ehemaliger Chef ihm jemals Geheimnisse aus seinem Privatleben anvertraut hätte. Aber die Zeiten hatten sich offenbar geändert.

»Ist das der Grund, warum du mich in dein Privatleben einweihst? Es hat Jahre gedauert, bis ich begriffen habe, dass du mit einem Mann zusammenlebst.«

HK zeigte nach hinten. »Da liegt Etterstad. Das war ein Ort, wo man verprügelt wurde, wenn man Bücher las. In den Sechzigerjahren als lesebegeisterter Schwuler dort aufzuwachsen war nicht einfach, Johnny. Hat mich viele Jahre gekostet, mit der Scham fertigzuwerden.«

Im Autoradio lief »Lady Writer« von Dire Straits, Johnny nickte zu HKs Worten und machte die Musik lauter. »Ja, man wird älter. Hört nur noch Oldies. Und findet, dass moderne Architektur Herpes fürs Auge ist.«

An allen Ecken und Enden ragten Neubauten auf, als sie durch Økern fuhren. Auf der alten Skeid-Trainingsanlage unterhalb von Nordre Åsen hatte man einen Kunstrasenplatz angelegt. Auch das gefiel ihm nicht. Sie bogen von der Schnellstraße ab, und wenige Minuten später glitt das Tor im Keller des PST-Hauptquartiers in Nydalen auf.

»Polizei?«, sagte Johnny und sah den Alten misstrauisch an. »Wovon habe ich eigentlich Fotos gemacht?«

»Du wirst alle notwendigen Informationen erhalten.«

Eine athletische Frau mit Crosstrainerbizeps und dem Namen Line Mørk auf dem Dienstausweis begrüßte sie, stieg mit ihnen in einen Aufzug und führte sie in einen Besprechungsraum, in dem bereits ein Analytiker saß.

»Schön, dass Sie sich die Zeit genommen haben, Johnny«, begann Mørk. »Seit Herbst letzten Jahres befassen wir uns mit der nachrichtendienstlichen Beobachtung von SAGA. Wir wollten uns schon lange mit Ihnen über die Falck-Familie unterhalten.«

»Moment mal«, sagte Johnny und verschränkte die Arme. »Ich wurde gebeten, gestern ein paar Fotos zu machen, ein kleiner, routinemäßiger Freelance-Auftrag. Warum sollten wir uns unterhalten?«

»Das ist ein reines Hintergrundgespräch.«

Obwohl sie deutlich und korrekt sprach, oder vielleicht gerade deswegen, hörte Johnny den Soziolekt des östlichen Stadtrands heraus.

»Ist das hier nicht eher das, was ihr eine *Gefährderansprache* nennt?«, fragte er. Beim Militär belächelte man die polizeiliche Terminologie. Als würden Terroristen, denen man ins Gewissen redete, einsichtig die Waffen niederlegen.

»Sie haben im vergangenen Jahr mit Alexandra Falck zusammengearbeitet. Warum?«

Ihre Stimme war immer noch seidenweich, aber Johnny hatte das Gefühl, dass sie ihn irgendwie in Verdacht hatte.

»Rache, nichts anderes«, sagte er und sah sie lange an. »Ich hatte guten Grund zu der Annahme, dass Olav Falck verantwortlich für die kritische Situation war, in der ich mich befand. Als Hans Falck mir anbot, das Verfassen seiner Biografie als Vorwand zu nutzen, habe ich natürlich zugesagt.«

»Soweit ich weiß, schreiben Sie immer noch an dem Buch?«

Er seufzte und sah HK an, der kaum merklich nickte. Wieder einmal erzählte er, dass aus dem, was als Tarnung begonnen hatte, ein echtes Projekt geworden war.

»Bevor ich noch mehr sage, möchte ich wissen, warum Sie mich das fragen.«

»Sie haben die Familie auf professionelle Weise infiltriert«, sagte sie. »Wir haben Ihre Aktivitäten natürlich verfolgt, aber ich wollte es aus Ihrem Mund hören.«

HK hatte während des Gesprächs weitgehend geschwiegen. Jetzt beugte er sich vor und stützte die Ellbogen auf den Tisch.

»Du kannst offen sprechen, Line. Durch den inzwischen verstorbenen M. Magnus weiß Johnny von dem sogenannten Falck-Maulwurf. Kannst du ihn über die Situation ins Bild setzen?«

Sie nickte. »Wir haben alle bei SAGA Beschäftigten, Doktoranden und Trainees auf russische Kontakte hin überprüft.«

HK setzte sich auf die Rückenlehne des Sofas. »Was habt ihr gefunden?«

»Nun«, antwortete sie, »ich muss voranschicken, dass russische Geheimdienste in der Regel nach einem bestimmten *modus operandi* arbeiten. Ihre Agenten verfügen meist über eine ausgeklügelte Tarnung, die sie seit Jahrzehnten kultiviert haben, oft sind es die Identitäten von Personen aus Drittstaaten. Ein Forscher aus Mexiko, ein kanadischer Politologe können beide russische Geheimdienstmitarbeiter sein. Wir sind tief in die Lebensgeschichten aller SAGA-Mitarbeiter eingetaucht, ohne jemanden zu finden, auf den dieses Profil passt. Zusätzlich wurden einige technische Untersuchungen und verdeckte Ermittlungen durchgeführt, auf die ich nicht näher eingehen kann, die aber auch nichts Neues ergeben haben.«

»Und jetzt seid ihr die Aufnahmen durchgegangen, die Johnny gestern gemacht hat?«

Ein *mug shot* von einem Mann mit rundem Gesicht unter einer dunklen Haarmähne mit Seitenscheitel, engstehenden Augen und dichtem Vollbart kam zum Vorschein.

»Dieser Mann agiert unter dem Decknamen Ruslan Boschirow. Wir glauben, dass es der Mann ist, der auf Rederhaugen die Fotos von der Medaillensammlung gemacht hat.«

»Der Moldawier sprach von einem Ruslan«, sagte HK und kratzte sich den Bart. »Ich dachte zuerst, er meinte Russland. Aber er meinte den Namen, und nachdem du den Fund gemeldet hattest, habe ich mich ein bisschen umgehört.«

Nun war HK in seinem Element, und Line Mørk lehnte sich diskret auf ihrem Stuhl zurück.

»Die Sache ist die, dass wir eine Gemeinsamkeit zwischen Ruslan Boschirow und Oberst Zemljakow auf Svalbard herausgefunden haben«, fuhr HK fort. »Beide gehörten der *Einheit 29155* an.«

HK räusperte sich ernst.

»Die Abteilung ist westlichen Diensten ein Rätsel, aber wir wissen, dass es alte Veteranen aus deren Kriegen sind. Eine Eliteeinheit, die in westlichen Ländern Sabotage betreibt und dreckige Jobs erledigt. Vergiftungen, Liquidierungen, so was. Es sind diese Leute, die sich die Hände schmutzig machen, um es mal so zu sagen.«

HK war aufgestanden und ging im Zimmer auf und ab.

»Gestern habe ich den norwegischen Generalkonsul aus Murmansk getroffen. Er war nur deswegen eingeflogen, um die Behörden über einen Russen zu informieren, der bei ihm im Konsu-

lat untergeschlüpft ist. Ein Leutnant Medwed. Der behauptet, ein Überläufer zu sein von ... welcher Einheit?«
»Einheit 29155«, seufzte Johnny.
»Korrekt.«
Johnny wusste nur zu gut, was jetzt kommen würde. Und richtig. »Du musst so schnell wie möglich nach Murmansk fliegen, um ihn zu verhören«, sagte HK. »Im besten Fall hat dieser Mann entscheidende Informationen über den Maulwurf auf Rederhaugen.« Johnny sah HK an. »Und dein Ruhestand zusammen mit deinem Ehemann, was ist aus all deinen Versprechen geworden?«

Kapitel 20

Liebst du sie?

Ringkollen, Oslomarka

Die Treppenstufen lagen unter einem Meter Neuschnee begraben. Ingeborg und Sverre brauchten eine halbe Stunde, um den Eingang freizuschaufeln. Außer Atem und lächelnd schlugen sie sich den Schnee von den Schuhsohlen.

Die Hütte lag auf dem Ringkollen, eine Autostunde von der Hauptstadt entfernt, und war für trainierte Langläufer gut erreichbar.

Sie gingen hinein. Alles an der Hütte verströmte die Aura genügsamer Nachkriegsjahre. Die schlichte, braun gebeizte Fassade mit kleinen weißen Fensteröffnungen, die Waschbecken im »Bad«, die kleine Vorratskammer angrenzend an den engen Eingangsflur, die Webteppiche an den Wänden, der Kamin mit den ordentlich gestapelten Birkenscheiten, die einfachen Schlafräume mit Stockbetten, der kleine Gasherd, die leeren Eimer, die man an einem Joch befestigte, um damit Schnee zum Schmelzen hereinzutragen. Die Wände atmeten Sozialdemokratie.

Sverre machte Feuer im Kamin, es knisterte und brannte gut. Das hier war ein Ort für den Winter.

Ingeborg zog den Wollpullover aus, drehte ihm den Rücken zu und zog ein kariertes Flanellhemd an.

Während Ingeborg an der Küchenanrichte begann, Gemüse zu putzen und Fleisch zu schneiden, machte Sverre ein paar Schritte durch den Raum. Bei genauer Betrachtung erkannte er, dass die Winterhütte keiner gewöhnlichen Familie gehörte. Hinter den Osterkrimis, einigen Biografien und den obligatorischen Memoiren sozialdemokratischer Parteigrößen der goldenen Jahre stand eine lange Reihe seltener Bücher. Er zog ein Buch von Vera Lind hervor, das signiert war mit »Meiner lieben Wenche, einem Licht in der Dunkelheit«.

»Haben sie sich gekannt?«, fragte Sverre.

Ingeborg sah ihn mit einem kleinen Lächeln an. »Ich glaube, sie haben sich in einer Phase der Bitterkeit getroffen. Frag Momo.«

Die Fotos an den Wänden hier, anscheinend ähnlich denen, die er in anderen norwegischen Hütten gesehen hatte – eine fröhliche Familie im Sommer und im Winter –, zeigten eine Revue prominenter Persönlichkeiten, mit denen selbst Rederhaugen nicht aufwarten konnte: deutsche Bundeskanzler, NATO-Generalsekretäre, amerikanische Außenminister. Alle genossen sie die Kargheit auf der Veranda vor der Hütte.

Sverre hielt bei einem der Fotos inne. Das musste an einem warmen Sommertag aufgenommen worden sein, denn Wenche, Britt, Ingeborg und ein paar andere, die er nicht kannte, saßen draußen auf der Treppe und blinzelten in die Sonne. Bei ihnen saß Mads Falck.

Ein kleiner Ausrutscher, hatte Ingeborg gewitzelt, als es das erste Mal zur Sprache kam. Ah ja, ein *Ausrutscher* an der Familienwand zusammen mit James Baker, Madeleine Albright und Lech Walesa? Wenn es tatsächlich so war, dass Ingeborg ihre flüchtigen Bettgeschichten hierherbrachte, wäre die enorme Bedeutung, die Sverre diesem Besuch beimaß, doch sehr geschmälert.

Ingeborg schnitt Karotten, Sellerie und Zwiebeln in grobe Stücke, gab das Gemüse zusammen mit Hackfleisch und Pancetta in eine Kasserolle und goss Rotwein darüber.

»Lasagne ist die Arbeiterpartei unter den Gerichten«, sagte sie konzentriert und warf ein Lorbeerblatt in den Topf. »Dieses Gericht schließt niemanden aus, weder Zehnjährige noch Rentner. Okay, Hipster rümpfen die Nase darüber. Die essen Grünzeug und stimmen für die Melonenpartei. Außen grün, innen rot.«

Durch das Fenster sahen sie draußen den Lichtkegel einer Stirnlampe und gingen hinaus. Es war kälter geworden, der Atem dampfte aus ihren Mündern. Der Wald stand starr und schweigend. Aus der Nacht näherte sich Britt Johnsen im roten Anorak mit Kapuze, sie zog einen Pulkaschlitten mit Wenche Johnsen-Heiberg darin hinter sich her.

»Wie ich das Alter hasse!«, rief Wenche aus. »Ist es ein Wunder, dass man in meinem Alter kaum einen Kavalier findet, wenn man *im Schlitten* zur Hütte hinaufgezogen werden muss?«

Ingeborg lief ihnen entgegen und half der alten Dame aus dem Schlitten.

Britt schnallte die Skier ab und löste den Bauchgurt. Sie zog einen Fausthandschuh ab und streckte die Hand aus.

»Na dann, Falck«, sagte sie. »Willkommen bei uns.«

Sverre gab ihr die Hand. »Ingeborg sagte, dass Sie auch schon auf unserer Hütte in Ustaoset waren?«

»Das war ich«, sagte Wenche. »Aber Hütte würde ich das nicht nennen. Das war ein Berghof.«

»Wo ist Papa?«, fragte Ingeborg.

Wenche winkte ab. »Der liegt in der Dunkelkammer flach. Hat wieder Migräne. Er braucht Ruhe.«

Sverre erinnerte sich, was sein Vater über die Männer im Johnsen-Heiberg-Matriarchat gesagt hatte. Er beeilte sich, den Damen ein Glas Rotwein anzubieten. Während die alte Wenche einen theatralischen Charme ausstrahlte, hatte Britt einen prüfenden Schulmeisterblick, dem auch Sverres Tischgedeck zum Opfer fiel. Mit einem leichten Kopfschütteln entfernte sie das rote Tischtuch und legte eine schmale bestickte Decke auf den groben Holztisch.

Ingeborgs duftende Lasagne wurde aus dem Ofen geholt und auf den Tisch gebracht. Sie langten hungrig zu.

Ein wenig zittrig hob Wenche ihr Glas, gefüllt mit reichlich argentinischem Wein. »Auf Sverre Falck, er soll willkommen sein!«

Sie stießen miteinander an. Die Frauen schienen ausgehungert zu sein und aßen mit großem Appetit. Sverre sicherte sich die Eckstücke, wo die Pastaplatten und der Käse karamellisiert waren. Das war das Beste.

»Alle Bewerber um eine Hand der Familie Johnsen«, sagte Britt mit größtem Ernst in der Stimme, »müssen nach dem Essen etwas Unterhaltendes aufführen.«

»Was?«, keuchte er.

»Du machst ein überraschtes Gesicht?«

»Äh, nein«, sagte er.

Britt Johnsen lächelte hinterlistig am Tischende. Ein katastrophales Daumen-runter hing in der Luft. Nach einer gefühlten Ewigkeit, in der Sverre nur leer vor sich hin starrte, erhob er sich. Über einem gewebten Teppich hing eine Wandergitarre.

»Ich werde ein Lied spielen«, begann er, während er die Gitarre auf seinem Schoß stimmte und die drei anderen ansah. Die beiden älteren Johnsen-Frauen saßen mit versteinertem Gesicht da.

»Ein Lied klingt ... vielversprechend«, sagte Wenche lächelnd.

»Und das Lied«, fuhr Sverre fort und sah Ingeborg an, »handelt davon, jemanden haben zu wollen.«

Er griff die Akkorde des klassischen Dylan-Songs und sang:

The guilty undertaker cries. The lonesome organ grinder sighs. The silver saxophones say I should refuse you.«

Bis hierhin hatte das Ganze etwas von einem Auftritt in der Talentshow *Norwegian Idol*. Genau wie dort war die anfänglich eisige Herablassung der Jury einer milden Verwunderung gewichen, gefolgt von anerkennendem gegenseitigem Zunicken.

Als Sverre den Refrain sang, brach Begeisterung aus.

I want you
I want you
I want you so bad

Er brachte den Refrain zweimal und endete damit, dass er sich direkt vor Ingeborg stellte. »*Honey I want you.«*

Sie sah ihn mit einem Blick an, der verliebter war als alles, was Sverre je gesehen hatte. Die älteren Johnsen-Damen klatschten laut.

»Du musst im Oslo Spektrum auftreten«, sagte Britt.

»Drei Michelin-Sterne, mein lieber Sverre«, rief Ingeborg mit verträumtem Blick aus. »Das allein ist schon eine Reise wert.«

Zum Nachtisch, einem einfachen Schokoladenkuchen, tranken sie grob gemahlenen, handgebrühten Kaffee und einen kleinen Schnaps. Sverre war im siebten Himmel.

»Möchte jemand eine Zigarette mit mir rauchen?«, fragte Wenche.

»Aber du hast doch aufgehört«, wandte Britt ein.

Die Greisin seufzte. »Ach, in meinem Alter genießt man das Leben, solange man es noch hat. Sverre Falck?«

Wenche Johnsen war ein bisschen unsicher auf den Beinen und hakte sich bei Sverre ein, als sie hinaus auf die überdachte Veranda gingen. Sie lehnten sich an die Brüstung und schauten in die Ferne. Der Abend war sternenklar. Leicht zittrig bot Wenche ihm eine Zigarette an. Sverre entzündete ein Streichholz und hielt die Hände schützend um die Flamme.

»Liebst du sie?«, fragte Wenche und machte röchelnd einen Lungenzug.

»Ich habe noch nie zuvor so tief empfunden«, antwortete er ernst.

»Gut«, erwiderte sie. »Und gefährlich. Es war die Liebe, die mir bei der Wahl 1977 das Genick gebrochen hat. Eine alte Liebe.«

Die Geschichte war in Grundzügen bekannt. Als junge Politikerin hatte Wenche eine heiße Affäre mit dem Zweiten Sekretär der russischen Botschaft gehabt, einem Mann, der später Karriere machte und zum KGB-General aufstieg.

»Haben Sie ihn geliebt?«, fragte Sverre.

»Ich war verliebter als jemals zuvor und danach, das ist wahr. Aber ist das vergleichbar?«

Als Kandidatin für das Amt des Premierministers hatte Wenche bei der Parlamentswahl 1977 in den Meinungsumfragen weit vorn gelegen, bis die Bevölkerung durch eine Reihe von Presseveröffentlichungen von ihrer Beziehung zu einem gewissen KGB-General erfuhr.

Irgendwelche Gesetzesverstöße konnten nie nachgewiesen werden, die Berichte waren ein Paradebeispiel für ideologische und sexuelle Unterstellungen. Aber Zweifel hinsichtlich Wenche Johnsens Loyalität waren gesät, ihr Ruf war beschädigt, die Partei sackte in der Wählergunst ab wie ein Stein, und sie selbst gab den Parteivorsitz nach der demütigenden Niederlage auf. Ihr Traum, das erste weibliche Staatsoberhaupt der westlichen Welt zu werden, war ausgeträumt.

Mit ihren glasklaren Augen dicht vor seinem Gesicht flüsterte sie: »Ingeborg wird es weiter bringen als Britt, weiter als ich, als wir alle. Weißt du, Sverre Falck, ich hatte immer den Verdacht, dass es dein Vater war, der meine Karriere ruiniert hat. Wie kann ich sichergehen, dass du meiner lieben Ingeborg nicht dasselbe antust?«

Kapitel 21

Wir gehören einer anderen Zivilisation an als ihr

Murmansk, Russland

Die Reichslöwen umrahmten den Eingang des norwegischen Generalkonsulats in Murmansk, einer herrschaftlichen Villa in Weiß und Salbeigrün, nur eine Querstraße vom Leninskij Prospekt entfernt.

Johnny klingelte an der Pforte. »Ich habe einen Termin beim Generalkonsul.«

Ursprünglich hatte er mit Diplomatenpass reisen wollen, um eventuelle Probleme in Russland zu umgehen. HK war jedoch, nachdem er die Situation des möglichen russischen Überläufers mit dem Generalkonsul besprochen hatte, zu dem Schluss gekommen, dass ein Besuch unter Johnnys echtem Namen kontraproduktiv wäre. Das würde garantiert für Aufmerksamkeit in den russischen Nachrichtendiensten sorgen: Was machte ein Mann wie Berg hier oben nördlich des Polarkreises? Das könnte die Russen auf die Spur des Überläufers bringen. Vorläufig gab es keine sicheren Hinweise darauf, dass die Russen wussten, dass der GRU-Leutnant sich im Konsulat befand.

Deshalb hatte Johnny eine seiner alten Identitäten reaktiviert. Das Visum wurde schnell bewilligt, und er kam ohne Probleme durch die Passkontrolle in Murmansk.

Konsul Haram empfing ihn höchstpersönlich am Eingang und führte ihn rasch durch den Repräsentationsflügel und hinüber in den privaten Bereich der Residenz. Der Diplomat mochte Mitte fünfzig sein, sein kahler Oberkopf wurde umkränzt von kurzem grauem Haar. Er warf einen ängstlichen Blick über die Schulter zu Johnny und streichelte einen kleinen Huskywelpen, der ausgelassen auf dem Parkett herumsprang.

»Er ist erst vier Monate alt«, sagte er und kraulte den Hund hinter den Ohren, »aber er bellt, wenn ungebetene Gäste kommen, das kann ich Ihnen sagen.«

»Glauben Sie, die würden es wagen, hier einzudringen? Wir sind hier auf norwegischem Territorium«, sagte Johnny.

»Mister Wie-immer-Sie-heißen«, sagte Haram in herablassendem Ton.

»Nennen Sie mich Johnny«, erwiderte er. »Das genügt.«

»Johnny«, sagte der Konsul. »Wenn auch nur die Hälfte von dem stimmt, was mein Gast erzählt, würden die nicht mal zögern, das Konsulat niederzubrennen.«

»Wurde das Gebäude auf Wanzen durchsucht?«, fragte Johnny und sah sich um.

»Ja, letzte Woche waren ein paar Techniker vom NSM hier.«

»Gut. Er ist also im Gästezimmer?«

Haram führte ihn durch einen Korridor zu einer Tür, klopfte leise an und sagte in einem Russisch, das weitaus besser war als Johnnys, dass »der Besucher« hier sei.

Hinter der Tür war ein Rumpeln zu hören, als würde jemand Möbel verrücken; Medwed hatte sich offenbar behelfsmäßig verbarrikadiert. Nach einer Weile wurde die Tür langsam einen Spaltbreit geöffnet, ein kurz geschorener Schädel kam zum Vorschein und ein blasses Gesicht schaute heraus.

Als Johnny eintrat, fand er sich in einem Hauswirtschaftsraum mit Handwaschbecken und Waschmaschinen, aber ohne Fenster wieder. In einer Ecke lag eine blau gestreifte Matratze mit ordentlich gemachtem Bett, daneben stand ein praktischer Vierzig-Liter-Wanderrucksack. Ein ordentlicher Mann, dachte Johnny, ein Soldat.

Johnny bot Medwed eine Zigarette an, und der Russe stürzte sich geradezu auf die Schachtel. »Konsul ... erlaubt nicht ... dass ich rauche.«

»Ich mache die Tür zum Gang auf«, sagte Johnny.

Der Russe bot Tee und ein paar trockene Kekse an, während er erzählte, wie er hier gelandet war. Da Medwed überzeugt war, dass der Eingangsbereich des Konsulats genauestens überwacht wurde, hatte er Haram in einem Trainingscenter kontaktiert. Er hatte ihm einen Zettel zugesteckt, auf dem stand, dass er mehr über Oberst Zemljakows Tod auf Svalbard wisse, und darum gebeten, ins Konsulat eingeschmuggelt zu werden.

So weit stimmte alles, was er sagte. Johnny versuchte, den jungen Mann zu lesen, den er vor sich hatte. Eine kräftige, etwas schiefe Nase ragte zwischen zwei tief liegenden Augen hervor. Er sprach überraschend gut Englisch. War kaum älter als fünfundzwanzig Jahre.

»Wir müssen über Zemljakow reden«, sagte Johnny. »Er hatte einen weit höheren Dienstgrad als Sie. Wie kommt es, dass Sie sich kannten?«

Medweds Blick kehrte sich nach innen. »Ich war der Assistent von Vasilij Denisowitsch, so hieß er bei uns im Dorf nach dem Namen seines Vaters«, sagte er. »Er war einer der besten Offiziere im russischen Heer. Ein integrer Mann.«

Wie sich herausstellte, waren beide in dem eisigen Gulag-Dorf Norilsk tief in den Steppen Sibiriens aufgewachsen.

»Wissen Sie«, sagte Medwed und lächelte vorsichtig, »Vasilij hat immer gesagt, wenn du minus sechsundfünfzig Grad in Norilsk überlebst, dann schaffst du die Winterübungen in unserer Abteilung auch.«

Medwed selbst hatte seinen Wehrdienst in einem Regiment auf der Kola-Halbinsel geleistet, und er kannte die Grenze zu Norwegen gut. »Tatsächlich ist es leichter, sich rüberzuschleichen, als man denkt. Einmal hat ein Grenzposten dort erzählt, dass die leichteste Stelle, um rüberzukommen, direkt nördlich von Nikel ist. Am Hof Nordmo auf der norwegischen Seite, kennen Sie den?«

Johnny schüttelte den Kopf.

Medwed erzählte, dass er sich später, nach vier Semestern Studium der Politikwissenschaft an der Universität in Nowosibirsk, um Aufnahme in die 45. Wachbrigade der Speznas beworben hätte. Den ersten Vorgeschmack auf Kampferfahrung hatte er gegen IS-Terroristen im Kaukasus erhalten, und er war dabei gewesen, als die Russen die Krim annektierten, was von russischer Seite immer noch geleugnet wurde. Die Einsätze und sein akademischer Hintergrund hatten Interesse im Hauptquartier der Einheit 29155 im Osten Moskaus geweckt, und man hatte Medwed zum persönlichen Adjutanten von Zemljakow gemacht.

Johnny saß da und hörte sich die Erzählung des sympathischen jungen Mannes an. Sie machte ihn traurig.

»Ich bin sicher, dass wir in einem anderen Leben hätten Freunde werden können«, sagte er. »Wie Sie war ich beim Militär, und wie Sie habe ich gegen IS-Gruppen gekämpft. Aber sagen Sie mir eins, und das ist keine offizielle Frage, es interessiert mich persönlich.«

Der Russe nickte devot.

»Warum bewirbt sich ein sympathischer und intelligenter junger Mann wie Sie für eine solche Einheit, die für eine Welt kämpft, in der das Recht des Stärkeren gilt, eine Welt, in der die Staatsform der Demokratie als Schwäche gilt und in der Ihr Land das Recht hat, seine Grenzen mit Gewalt zu erweitern?«

Die kleine Rede kam überraschend, auch für Johnny.

Der Russe dachte lange nach, bevor er antwortete.

»Sie müssen eines verstehen, mein Freund. Wir gehören einer anderen Zivilisation an als ihr. Ich wurde in eine Supermacht hineingeboren, ich wuchs in einem Jahrzehnt auf, in dem mein Land auseinanderbrach und überall Not herrschte. Ich habe gesehen, wie Russland wieder stark wurde. Das erfüllt mich mit Stolz.«

Johnny sah ihn lange an, unsicher, wie er die Aussage deuten sollte. »Und trotzdem sitzen Sie hier«, sagte er schließlich. »Sie haben in Norwegen um Asyl nachgesucht und angeboten, militärische Geheimnisse zu verraten. Warum macht ein russischer Patriot so etwas?«

»Als wir in unserem Stützpunkt auf Franz-Josef-Land östlich

von Svalbard saßen, dem Ort, wo Zemljakow vergiftet wurde, sagte der Oberst, dass er unglücklich sei. Unglücklich darüber, dass sowohl der Kreml als auch unsere bewaffneten Streitkräfte kurz davor stünden, von mafiösen Gaunern, Scharlatanen und gefährlichen Extremisten übernommen zu werden.« Medwed senkte den Kopf. »Sie waren es, die ihn vergiftet haben. Leute, denen es nicht gefiel, dass er die Wahrheit sagte.«

»Wer sind sie?«, fragte Johnny.

Medwed berichtete von einer anscheinend weitreichenden Verschwörung, an der Duma-Politiker, die Geografische Gesellschaft und Leute vom geheimen russischen Tiefseedirektorat beteiligt seien, einer Verschwörung, die sich seiner Meinung nach einen erbitterten Machtkampf mit Zemljakow und anderen »wahren Patrioten« der Einheit 29155 lieferten.

»Als er begriff, dass man ihn vergiftet hatte, blieb dem Oberst nur eine Option. In Russland war er praktisch tot. Er musste nach Norwegen fliehen, und dank seiner enormen Kraft und Ausdauer schaffte er es, als blinder Passagier auf einem Frachter nach Barentsburg zu kommen und von dort aus mit einem gestohlenen Motorschlitten weiter nach Longyearbyen. Den Rest der Geschichte kennen Sie vermutlich besser als ich.«

»Oberst Zemljakow sprach von einem norwegischen Maulwurf«, sagte Johnny.

Der Russe sah ihn an, ohne zu blinzeln. »Das ist richtig.«

Johnny stand auf und ging in dem kleinen Waschraum umher. »Wenn Sie mir den Namen nicht geben, weiß ich nicht, wie viel ich für Sie tun kann, mein Guter.«

Medwed schüttelte bedächtig den Kopf. »Sie wissen genau, dass ich das nicht tun werde, bevor ich in Norwegen bin.«

»Wer sagt, dass Sie die Identität dieses Maulwurfs überhaupt kennen?«

Der Russe lächelte leicht. »Als Oberst Zemljakows Adjutant habe ich eine Menge mitbekommen.«

Er zeichnete einen Kreis auf ein Blatt Papier. »Familie Falck, kennen Sie die?«

»Das kann man sagen.«

»Ursprünglich war es die SAGA-Stiftung, die Oberst Zemljakow interessierte«, fuhr Medwed fort. »Beeinflussungsoperationen gegen weiche Ziele dieser Art – Medien, Stiftungen, Denkfabriken – haben uns in den letzten Jahren bedeutende Fortschritte im Westen gebracht. Das Interesse wurde nicht geringer, als wir erkannten, dass SAGA auch einen aktiven operativen Arm hatte.«

Einen Augenblick lang glaubte Johnny, der Russe würde ihm jetzt seine eigenen Heldentaten unter dem SAGA-Dach schildern. Wie konnte er das alles wissen? Weil die Russen wussten, was auf norwegischer Seite vor sich ging. Das war bekannt.

»Wo war dieser operative Arm der SAGA tätig?«

Der Russe schüttelte lächelnd den Kopf. Anstatt die Frage zu beantworten, sagte er: »Der Oberst interessierte sich sehr für Svalbard. Er suchte nach einem Weg dorthin. Den fanden wir schließlich. Einem Mitglied der Falck-Familie gehört ein großes Grundstück im Adventdalen bei Longyearbyen.«

Erst hatte M. Magnus davon gesprochen, danach Connie Knarvik. Und jetzt saß ein russischer Überläufer in einer Waschküche und redete vom Adventdalen.

Medwed verschränkte die Arme vor der Brust. »Halten Sie es für wahrscheinlich, ausgehend von den Informationen, die ich Ihnen gegeben habe, dass ich den Namen der betreffenden Person kenne?«

»Ich glaube Ihnen«, antwortete Johnny.

»Unsere Leute sollen den SAGA-Kontakt in Kirkenes treffen. Bringt mich sicher über die Grenze, und ihr habt den Maulwurf, bevor ihr wieder in den Süden zurückkehrt.«

In der Dunkelheit draußen hatte ein leichtes Schneetreiben eingesetzt. Die Temperatur war unter minus zwanzig Grad gesunken. Johnny nahm Kurs auf das Hochhaus, von dem er annahm, dass es das Vorzeigehotel der Stadt war, durchquerte den Zentralpark und kam am Leninskij Prospekt heraus, der mit Lichtern geschmückten und von Bäumen gesäumten Hauptstraße. Hin und wieder fuhr ein Oberleitungsbus durch die winterstillen Straßen.

Auf dem Höhenzug über der Stadt erkannte er den Widerschein des riesigen angestrahlten Aljoscha-Monuments, die Statue des Soldaten, des Verteidigers, der die Stadt und das Land vor Gefahren beschützte. Johnny drehte sich eine Zigarette. Er hatte das sichere Gefühl, dass Medwed die Wahrheit gesagt hatte. Wie konnten sie ihn über die Grenze bringen? Konnte er es selbst machen? Er fand ein georgisches Restaurant und aß für sich allein.

Danach ging er zurück zum Konsulat. Haram bat ihn sofort in einen abhörsicheren Raum.

»Ich habe mit Oslo telefoniert«, sagte er zu Johnny. »Wir haben die Verantwortung für Medwed. Er ist unsere Angelegenheit.«

»Sie wissen so gut wie ich, dass dies eine Geheimdienstsache ist. Geben Sie mir einen Diplomatenwagen, und ich werde Medwed im Laufe des Abends über die Grenze exfiltrieren.«

»Ausgeschlossen«, erwiderte Haram. »Sie besitzen nicht einmal diplomatische Immunität. Wir haben einen Plan erarbeitet. Da ist übrigens eine Nachricht für Sie gekommen, von Ihrem Vorgesetzten. Sie sollen morgen früh nach Kirkenes reisen. Aus Gründen, die auf der Hand liegen, können wir Ihnen leider keine Unterkunft für die Nacht anbieten.

Kapitel 22

Norwegens amtierende Außenministerin

Kirkenes, Nordnorwegen

Hans stand am Bug, als die »Falck 3« durch den Fjord auf Kirkenes zufuhr. Das Thermometer zeigte minus neunundzwanzig Grad Celsius. Ein schwaches rötliches Licht zeichnete sich am fahlen bläulichen Horizont ab, über der tiefgefrorenen Landschaft aus flachen Hügeln und Fjordarmen, nackt und karg wie alle Vegetation nördlich des Polarkreises.

Die arktische Kälte mochte zwar Hans' Nasenhaare gefrieren lassen, aber sie erfüllte ihn mit Erinnerungen, guten Erinnerungen, so wie gegrilltes gewürztes Lammfleisch ihn in den Nahen Osten zurückversetzen konnte oder wie der Duft eines Parfüms, das eine ehemalige Geliebte benutzt hatte, die Vergangenheit in ihm wachrief.

Er spürte, wie ihm die Brust schwoll, als er die Sätze übte, mit denen er die Bewohner von Kirkenes für sich einnehmen wollte. Wenn Hans nach etwas süchtig war, dann keinesfalls nach Drogen. Auch nicht nach Krieg oder Sex, wie viele glaubten. Hans war süchtig nach Beifall. Körper und Gehirn funktionierten nicht, wenn er nicht seine regelmäßige Dosis von Anerkennung und bewundernden Blicken bekam.

Sie waren zwei Abende zuvor von Tromsø losgefahren, nachdem Hans sich mit Repräsentanten des Polarinstituts in der Stadt getroffen hatte, um die bevorstehende Svalbard-Expedition zu besprechen, und ein seltenes Interview gegeben hatte, sein erstes als Vorstandsvorsitzender. Hans hatte sich über die Ignoranz und

Überheblichkeit der »Banausen aus dem Süden« ereifert, die keine Ahnung von Nordnorwegen hätten. Die SAGA unter seiner Führung habe Pläne, die sich auf die gesamte Region auswirken würden.

Das Wetter entlang der Finnmark-Küste war besser gewesen als befürchtet, und als sie auf Kirkenes zusteuerten, wurde die »Falck 3« von einem lokalen Empfangskomitee begrüßt.

Die Bürgermeisterin war wohl über sechzig, eine kurzhaarige, aufgeweckte Mitstreiterin und Parteigenossin von Hans und Befürworterin aller mehr oder weniger linksradikalen Bestrebungen im Norden. In den letzten Jahren war sie zum Liebling der Medien geworden, als sie vollmundig in Aussicht stellte, Kirkenes werde zum »Singapur Norwegens«, wenn das Polareis schmolz und die Nordostpassage schiffbar für Frachter nach Asien würde. Sie sprach frei von der Leber weg.

Hans erinnerte sich nicht an ihren Namen, nur daran, dass die Hauptstadtpresse sie ein wenig unterwürfig als »Norwegens amtierende Außenministerin« bezeichnete.

Seine fünfzig Tage im »Denkstübchen« waren vorbei. Er benutzte die Reise in den Norden, um die SAGA-Strategie für Kirkenes auszuarbeiten, die während der Barents-Konferenz vorgestellt werden sollte.

Die SAGA-Strategie würde ein Hauptargument sein, wenn der Machtkampf im Vorfeld der kommenden Aktionärshauptversammlung aufflammte. Hans hatte erkannt, dass er tatsächlich eine Chance hatte, die Mehrheit für sich zu gewinnen. Andrea und Sverre Falck, Letzterer mit Partnerin, waren in Tromsø aufgekreuzt. Obwohl sie noch nicht konkret über die Stimmabgabe gesprochen hatten, war das ein sehr gutes Zeichen. Mit den beiden im Team, zusammen mit den Kleinanteilen seiner eigenen drei Kinder, hätten sie die Mehrheit. Eine geringstmögliche Mehrheit, das schon, aber dennoch eine Mehrheit.

Die Bebauung von Kirkenes zeichnete sich zwischen den Hügeln ab. Gerade, rechteckige Viertel mit einfachen Holzhäusern, errichtet nach der Zerstörung im Zweiten Weltkrieg, jetzt gleichsam tiefgefroren und verborgen unter meterhohem Schnee.

Die Gangway wurde herabgelassen, und sie sprangen an Land.

»Sergej wollte auch dazustoßen«, sagte die Bürgermeisterin und sah auf die Uhr.

»Sergej?«

»Wie nennen die *Südbanausen* ihn? Außenminister Lawrow? Ich halte meine Rede zuerst, danach hält er seine, wir haben also nicht allzu viel Zeit. Gehen wir dort rüber?«

Die Architektur war genau so, wie Hans sie in Erinnerung hatte. Dass Kirkenes ein malerisches Fischerdorf wäre, konnte wirklich niemand behaupten. Das Silo der Mechanischen Werkstätten warf einen langen Schatten auf den Kai. Die tief stehende Sonne schien auf die arktische Landschaft und tauchte sie in Nuancen von Blau. Das Scandic-Hotel lag ein paar Hundert Meter östlich, darin wurde ein Vortrag über samische Kultur gehalten.

»Wenn du wüsstest, wie viel gute Politik in Nordnorwegen an der Bewahrung samischen Kulturerbes scheitert«, seufzte die Bürgermeisterin.

»Du willst zurück zur Norwegisierungspolitik?«

»Ach komm, Hans«, sagte sie. »Natürlich unterstütze ich die Rechte der Samen. Die Vorfahren meines Mannes waren Seesamen, meine Enkelkinder tragen an den Feiertagen samische Tracht. Aber ich bin auch überzeugte Sozialistin. Ich will Arbeitsplätze! Wirtschaftsentwicklung! Meine größte Angst ist, dass Nordnorwegen und insbesondere Kirkenes zu einem Volksmuseum werden, mit Lávvus und Rentierfellen, aber ohne Menschen. Das würde die norwegische Sicherheit gefährden.«

In dem Moment fuhr eine Kolonne dunkler Autos vor dem Eingang vor. Sie gingen eilig hinein.

Im Vorraum des Konferenzsaals herrschte erwartungsvolles Stimmengewirr. Hans und Bürgermeisterin Sibblund unterhielten sich mit den norwegischen VIPs. Sie alle hatten ihre vorgefassten Meinungen: dass der Außenminister »Norwegen für den einundfünfzigsten Bundesstaat der USA« halte und der Provinzpräsident ein »Rentierdieb und Alkoholiker« sei – wobei sie über die Schulter nach den Russen Ausschau hielten.

Plötzlich stolzierte Außenminister Lawrow entspannt lächelnd in seinem dunklen Anzug über das Parkett. Er umschmeichelte die Bürgermeisterin auf russische Art, küsste sie auf beide Wangen und machte ihr Komplimente zur mintgrünen Stola, die sie sich um die Schultern gelegt hatte.

»Es ist eine Freude, wieder in Kirkenes zu sein«, sagte er.

»Die Freude ist ganz auf meiner Seite, Sergej«, erwiderte sie und ergriff seine haarigen Hände.

Lawrow begann sofort, darüber zu sprechen, wie betrübt sein Land über die Sanktionen sei, die die westlichen Staaten nach der Annektierung der Krim – oder der Wiedervereinigung, wie er es nannte – verhängt hatten.

»Das sollten Sie besser mit dem Außenminister besprechen«, sagte sie und deutete mit einem Kopfnicken auf die Delegation aus dem Außenministerium.

Für ein paar Sekunden kehrte Stille ein. Dann erschien ein breites Lächeln auf Lawrows Gesicht. »Ich dachte, Sie sind Norwegens amtierende Außenministerin?«

Auch Hans wurde Lawrow vorgestellt. Es dauerte einen Moment, bis der Russe den Zusammenhang verstand. »Ah, Herr Falck«, sagte er. »Die Russische Föderation ist Ihnen zu großem Dank verpflichtet.«

Hans verbeugte sich leicht.

»Wie Sie wissen«, fuhr Lawrow lebhaft fort, er hatte einen intensiven Blick und eine starke Präsenz, »sind wir Russen mit den humanitären Persönlichkeiten vertraut. Ja, denken Sie nur an Nansen. Norwegische Abenteurer wie Thor Heyerdahl haben großen Eindruck auf das russische Volk gemacht. Ich sehe Sie als einen Mann in derselben Tradition und vom selben Format, Doktor Falck.«

Lawrow betrat die Bühne und hielt eine kurze offizielle Grußansprache; er fasste die Kooperation mit Norwegen in den Nordgebieten zusammen, die nach Meinung Russlands von Respekt und Voraussagbarkeit geprägt sei und bei der die »Haltung des friedliebenden Brudervolks« in scharfem Gegensatz zur Feindseligkeit und Russophobie stünde, die sich in südlicheren Breitengraden manifestierte.

Danach war Hans an der Reihe.

»Ich bin in Bergen geboren, einer Stadt, die ich immer noch liebe«, begann er. »Aber jedes Mal, wenn ich nach Kirkenes komme, ist es, als käme ich *nach Hause*. Ich bin Norweger, mein Zuhause ist die Küste, mein Zuhause ist der Schiffsweg der Hurtigrute.«

Hier könnten böse Zungen einwenden, dass viele Orte – Kurdistan, Libanon, die Lofoten, Bergen, nur nicht Oslo! – einen Schleimer wie Hans veranlassen würden, sie vollmundig als sein *Zuhause* zu bezeichnen.

»Wir alle sind das Ergebnis von Familie, Erziehung und der Erfahrungen, die wir im Laufe des Leben machen«, fuhr er fort. »In der Osloer Blase spricht man vom multikulturellen Norwegen, als sei das etwas, das mit der Einwanderung in den 1970er-Jahren entstanden sei. Sie als Ostfinnmarkinger – und wir – sind Teil einer Zivilisation, zu der die Ureinwohner, Samen und Kvenen, sowie Norweger, Russen und Finnen gehören, die schon in einer multikulturellen Gesellschaft zusammenlebten, als die Südnorweger in Oslo noch nicht mal ahnten, dass es so etwas gibt!«

Vorsichtiges Gelächter, aber für Hans war es Wasser auf seine Mühlen.

»Wie viele da unten in Oslo, die uns jetzt dafür kritisieren, dass wir an der Freundschaft zu unseren russischen Nachbarn festhalten«, rief er, »kennen die Geschichte von der Roten Armee, die Kirkenes 1944 befreite und sich danach anstandslos aus Nordnorwegen zurückzog? Wie viele haben von Dagny Sibblund gehört, die Norwegens erster weiblicher Fallschirmjäger war und als sowjetische Partisanin über der Stadt absprang?«

Jetzt nickten die Leute in den vorderen Reihen.
»Die Welt hier oben sieht anders aus. Kirkenes liegt weiter östlich als Istanbul. Östlicher als Istanbul! Was in Oslo als Fraternisierung und Nachgiebigkeit verurteilt wird, ist unsere Art des Zusammenlebens!«

Die Tonart war festgelegt.

»Aber warte mal, denken Sie sicher. Da kommt dieser Hans Falck und schwingt große Reden über Nordnorwegen als *Landesteil der Möglichkeiten.*«

Letzteres äffte er in tadellosem Oslo-Dialekt nach, belacht vom Publikum.

»Ich bin die Reden der Politiker durchgegangen, und sie sagen immer das Gleiche. Was hat Oslo für Kirkenes getan? Sie haben Arbeitsplätze abgebaut, sie haben die Beziehung zum russischen Brudervolk jenseits der Grenze in Zweifel gezogen, sie haben versucht, euch zum Spionieren anzustiften, auf eine Weise, die Norwegern geschadet hat, die auf russischer Seite versuchen, ein Industriewunder zu erschaffen.«

Er hob den Zeigefinger. »Wir in der SAGA fragen, was wir ganz konkret füreinander tun können. Und die Antwort ist einfach: Kirkenes hat die spannendste Lage im ganzen Land. Ihr teilt euch die Grenze mit einer Großmacht. Ihr habt einen eisfreien Hafen, der zugleich Westeuropas östlichster Hafen in einer Arktis ist, in der das Schmelzen des Eises den nördlichen Seeweg öffnen und damit die Reise zu den riesigen Märkten in Ostasien um ein Drittel verkürzen kann.«

Er unterbrach sich. Diese Fakten waren den Einwohnern von Kirkenes bestens bekannt, und falls nicht etwas Konkretes folgte, waren es nur leere Worte.

»Wir von SAGA kommen nicht mit Floskeln. Wir kommen mit einem ausbaufertigen Gebiet für Hafen und Logistik. Auf Slambanken, nur wenige Kilometer den Fjord hinauf, das der vorausschauende SAGA-Chef Olav Falck 1993 für einen Schnäppchenpreis gekauft hat und das uns folglich gehört, werden wir in Partnerschaft mit anderen finanzkräftigen Akteuren einen großen Logistikhafen bauen. Aber damit das geschieht, sind wir absolut darauf angewiesen, dass die Politiker gemeinsam mit der Küstenverwaltung und der Straßenbaubehörde zustimmen. Und das *ein bisschen plötzlich.* Wir sind es leid, dass uns selbstgefällige, pedantische Bürokraten Steine in den Weg legen und die Entwicklung Nordnorwegens behindern.«

Er machte eine rhetorische Pause.

»Die Vorteile eines neuen Hafens in Kirkenes sind kaum zu überschätzen. Nicht nur wegen der vielen Arbeitsplätze, die schon der Bau des Hafens selbst schaffen wird – für Zimmerleute, Klempner, Ingenieure, die Liste ist endlos –, sondern nicht zuletzt im Hinblick darauf, was dieser Hafen in einer hundertjährigen Perspektive für Kirkenes und für Norwegen als arktischer Akteur, ja, für die ganze Welt bedeuten könnte!«

Zum Schluss sagte Hans leise: »Sofern die Genehmigung im Laufe des Frühjahrs erteilt wird, garantiere ich im Namen der SAGA, dass der erste Spatenstich noch vor dem Einbruch des Winters erfolgt.«

Er lächelte ins Publikum. »Meine Freunde in Kirkenes, *do we have a deal?*«

»Ja!«, rief die Bürgermeisterin in der ersten Reihe.

Der Applaus brach los.

»Habt ihr Lust, heute Abend mit uns zu feiern?«

Jubelnder Beifall. Die einzige Droge, die ihm wirklich etwas gab. Das hier war seine Sucht.

Er *hatte* sie für sich gewonnen.

Kapitel 23

Bruderschaft zwischen den Völkern

Kirkenes, Nordnorwegen

Ein riesiges, unidentifiziertes Flugobjekt tauchte am ewigen arktischen Nachthimmel auf. Es war rechteckig, beleuchtet und groß wie ein Zeppelin, und es flog langsam über den Marktplatz von Kirkenes herein, auf dem sich Hunderte von Einwohnern und Zugereisten in der klirrenden Kälte versammelt hatten.

Die Temperatur war weiter gesunken, aber der Anblick war so überwältigend, dass Ingeborg und Sverre die neunundzwanzig Grad minus vergaßen. Er legte den Arm um ihre Steppjacke, und sie schauten zum Himmel hinauf.

»Sieht aus wie ein verdammtes Ufo«, flüsterte er.

»Das muss man autoritären Regimen lassen, von Drohnenshows verstehen sie was«, antwortete Ingeborg.

Völlig synchron bewegten sich die geraden Lichterreihen nach oben, wie ein Raumschiff aus Hollywood. Im nächsten Moment formierten sie sich zu einer umgekehrten Pyramide, mit einer Spitze so tief, dass die Zuschauer sie beinahe hätten berühren können, wenn sie die Hände gehoben hätten. Daran anschließend bildeten die Lichter einen roten Stern mit Hammer und Sichel in der Mitte. Die Drohnenmuster erinnerten an eine Mischung aus Polarlichtern und lautlosem Feuerwerk, sie tauchten den Himmel in leuchtende Farben.

Ein Seufzen ging durchs Publikum, wütende Rufe waren zu hören, und einige Leute schüttelten drohend die behandschuhten Fäuste. Selbst für das Kulturfestival »Barents Spektakel« war es gewagt, sowjetische Symbole am Himmel über norwegischem Territorium erstrahlen zu lassen.

Aber im nächsten Moment war der rote Stern Geschichte. Dafür bildeten die Lichter ... was? Den norwegischen Reichslöwen! Jetzt ertönte Jubel auf dem Marktplatz von Kirkenes. Die Drohnen formierten sich zu kyrillischen Worten.

Братство между народами

»Was heißt das?«, fragte Sverre.
»Warte es ab«, sagte Ingeborg augenzwinkernd.
Die Schrift änderte sich.

BRUDERSCHAFT ZWISCHEN DEN VÖLKERN

Da brach der Jubel erst recht los, und die Drohnen formten einen Vogel, eine weiße Taube, die in den Himmel aufstieg, ihre Flügel ausbreitete und über die Hausdächer flog, über die Kirche und das Kriegerdenkmal und das Hochhaus, das eine der größten Polizeiwachen des Landes beherbergte, bevor sie verschwand.

Ingeborg und Sverre bewegten sich auf die Fußgängerzone zu. Als Hans gefragt hatte, ob er – als Afghanistan-Veteran – eine kleine Ansprache zum Thema Kriegsveteranen vor dem Befreiungsmonument halten könne, hatte Sverre sofort vor Augen gehabt, dass dies *the talk of the town* werden würde. Aber Lawrow und die anderen A-Promis waren natürlich längst weg. Sein Publikum hatte überwiegend aus schwerhörigen Altpartisanen bestanden, die Blumenkränze niederlegten und gebeugt davonschlurften.

»Laut BBC ist Kirkenes eine Stadt der Spione«, sagte Sverre. »Ich sehe hier fast nur Rentner mit Rollator.«

»Diese Veranstaltung hat mich an meinen letzten LSD-Trip erinnert«, flüsterte Ingeborg.

»Du willst Premierministerin werden«, lachte er. »Da kannst du doch kein LSD nehmen?«

»Reaktionäres Argument«, erwiderte sie lächelnd. »Dauert nicht mehr lange, und diese Drogen werden vom Institut für Volksgesundheit zugelassen.«

Sie blickte Sverre an, ihr Gesicht war rot vor Kälte. »Sollten wir beide nicht bald mal ein bisschen Magic Mushrooms einwerfen? Du und ich, nur wir beide, auf einer Waldwanderung?«

Sverre lachte unsicher. »Ich bin ein loyaler Untertan im Reich von König Alkohol.«

»Ich meine es ernst«, sagte sie. »Das hat mir gutgetan, und dir würde es auch guttun.«

»Was willst du damit sagen?«

Sie legte einen kräftigen, steppjackengepolsterten Arm um ihn.

»Sverre«, sagte sie, es klang mütterlich und damit herablassend, »wir haben alle unsere Macken. Neurosen, Traumata, Dinge, die uns quälen. Ich auch. Aber gib es zu, Sverre. Du bist Ende dreißig, und vor mir warst du eine *relationship virgin*.«

Er wollte automatisch kontern, spürte aber, dass die letzten Worte ihm wie ein Messerstich durch die Haut gingen. Ingeborg musste gemerkt haben, wie sehr sie ihn verletzt hatte, denn sie entschuldigte sich sofort. Aber der Schaden war bereits angerichtet.

Kapitel 24

Diebe und Ermittler arbeiten nicht gut zusammen

Kirkenes, Nordnorwegen

Die Fahrt von Murmansk nach Kirkenes hatte etwas von Gullivers Reise von Brobdingnag, dem Land der Riesen, nach Liliput. Johnny passierte die zugefrorenen Gewässer, und die Stadt kam in Sicht. Die Landschaft war unverändert: hier wie dort eisfreie Fjorde und sanfte, schneebedeckte Hügel mit niedrigem arktischem Baumbestand. Das Stadtbild war geprägt vom Wiederaufbau nach dem Krieg, und die Menschen waren weitgehend die gleichen. Trotzdem war Kirkenes ein kleiner Ort mit wenigen Tausend Einwohnern. Murmansk dagegen wäre die zweitgrößte Stadt Norwegens. Die Fahrt von Murmansk hierher war schnell gegangen. Er parkte den Wagen am Marktplatz, der von einem Schneehaufen so groß wie die Cheops-Pyramide dominiert wurde, und ging eilig zwei Querstraßen weiter zu dem niedrigen Holzhaus, in dem sich das Grenzkommissariat befand. Man hatte ihm aufgetragen, sich so schnell wie möglich dort zu melden.

Zwei Grenzpfähle standen aufrecht im Schnee – der gelbe norwegische mit dem Reichswappen an der Spitze und der rot-grüne der Russischen Föderation. Wer hatte ihm noch gleich die Geschichte von dem Norweger erzählt, der aus Wut über den Einmarsch der Sowjets in Afghanistan den russischen Grenzpfahl abgesägt und in eine Kneipe im Zentrum von Kirkenes getragen hatte? Das musste HK gewesen sein.

Im Kommissariat begrüßte er kurz den Grenzkommissar, einen alten Stabsoffizier, den Johnny noch aus Afghanistan kannte, sowie einen Fremden vom PST, dann wurde er in einen Raum hinter den offiziellen Büros gebracht.

Einar Grotle, der alte Meistertaucher und frühere Kollege von Johnny, saß am Ende des Tisches, mit einem roten Bart, der noch länger geworden war, die stämmigen Arme vor der Brust verschränkt.

»Grotle!«, lächelte Johnny. »Alter, ist das gut, dich zu sehen.«

»Willkommen im Weißraum«, sagte HK.

»Weißraum?«

Auch Line Mørk war anwesend. »Wir halten den Weißraum für den abhörsichersten Ort in der Stadt«, sagte sie.

»In Afghanistan und im Irak haben wir uns oft mit amerikanischen Kollegen unterhalten«, sagte Johnny und sah sie an. »Sie wunderten sich, warum sie andauernd von Straßenbomben getroffen wurden und wir nie. Ich sagte ihnen, sie könnten ja aufhören, mit gepanzerten Humvees im Konvoi durch die Dörfer zu brettern wie Elefanten durch einen Porzellanladen, und stattdessen lieber rostige Gebrauchtwagen fahren, wie die Einheimischen.«

Line sah ihn fragend an. »Und die Pointe ist?«

»Das Sicherste ist oft das Riskanteste, und umgekehrt.«

»Kurzer Lagebericht«, sagte HK im Offizierston, der ihn ab und zu überkam. »Dies ist eine wichtige Woche hier in Kirkenes. Erstens findet heute und morgen die Barents-Konferenz statt, auf der Politiker und andere Entscheidungsträger über die Nordgebiete diskutieren. Außenminister Lawrow hat eine Rede gehalten, ebenso wie Hans Falck.«

Er nahm einen Schluck aus seiner Kaffeetasse. »Zweitens haben wir das Kulturfestival Barents-Spektakel, bei dem sich norwegische und russische Künstler treffen. Das heißt, dass sich in den nächsten Tagen sehr viele Menschen in der Stadt aufhalten werden. Ich weiß nicht, ob ihr die Debatten in den Medien verfolgt habt, aber derzeit wird darüber diskutiert, ob das Festival dazu beiträgt, den russischen Imperialismus zu rechtfertigen, um den ehemaligen Polizeichef von Sør-Varanger und jetzigen Gouverneur Robert Eliassen zu zitieren.«

Er wandte sich an Johnny. »Du warst in Murmansk und hast Medwed getroffen. Kannst du uns kurz ins Bild setzen, was er gesagt hat und wie seine Situation ist?«

Johnny gab die Geschichte über die Beziehung zwischen dem jungen Medwed und Oberst Zemljakow so wieder, wie sie ihm erzählt worden war.

»Der Russe sagte, dass es Pläne gibt, den SAGA-Informanten zu treffen. Und dass er weiß, wer diese Person ist, er es uns aber erst verraten will, wenn er auf norwegischer Seite ist.«

»Kommt mir bekannt vor«, sagte HK säuerlich. »Ein kurzes Update über die Kommunikation mit der Staatsanwaltschaft.«

Line begann. »Wir haben die Genehmigung zur Observation und Kommunikationsüberwachung von Ruslan Boschirow, erteilt vom Staatsanwalt unter Bezug auf Kapitel siebzehn, Paragraf hundertelf des Strafgesetzbuchs, Entsprechendes gilt für den Zweiten Sekretär der russischen Botschaft, der diplomatische Immunität genießt. Beide sind gestern mit dem Flugzeug aus Oslo in Kirkenes eingetroffen. Der Zweite Sekretär übernachtet im Generalkonsulat, während Boschirow im Scandic-Hotel untergebracht ist.«

»Was ist mit den Leuten auf norwegischer Seite?«, fragte Johnny. »Ich nehme an, der Staatsanwalt weiß, dass es hier um ein potenzielles Rendezvous geht.«

»Den Antrag hat der Staatsanwalt abgelehnt«, sagte Line. »Das wird sich natürlich ändern, falls oder wenn wir den Namen des norwegischen Maulwurfs erfahren. Aber vorläufig ist er abgelehnt.«

Selbstverständlich überwachten sie die Russen, dachte Johnny. Selbstverständlich hatten sie nicht genug in der Hand, um eine Kommunikationsüberwachung und Observation von Mitgliedern der Falck-Familie durchzusetzen. Es gab keinen *begründeten* Verdacht, nicht im rechtlichen Sinne.

»Ich glaube nicht, dass diese Ermittlungen viel wert sind«, sagte Johnny. »Die Russen gehen davon aus, dass sie überwacht werden.«

Line Mørk sah ihn an. »Und was sollte man Ihrer Meinung nach tun?«

»Erstens: Medwed in Sicherheit bringen. Das ist das Wichtigste. Aber es gibt eine Frage, die ich bisher weder von Ihnen noch von jemand anderem im PST zu diesem Fall gehört habe.« Er senkte die Stimme. »Warum? Warum entscheidet sich ein Mensch, die SAGA und Norwegen zu verraten? Ihr redet alle über mehr rechtliche Maßnahmen und mehr Kommunikationsüberwachung. Aber auf die Art werden wir diesen Fall nicht lösen.«

Lange sagte niemand ein Wort, bis Grotle die Stille brach. »Kümmert euch nicht um Johnny. Er ist vom Nachwuchstalent zum Greis geworden, ohne irgendeine Zwischenstufe.«

Lines starres Gesicht, in dem die Kiefermuskeln leicht zuckten, verzog sich plötzlich zu einem Lächeln. »Ich glaube, Johnny hat recht.«

»Aber Sie dürfen nicht vergessen, warum die Stimmung ein bisschen angespannt ist, wenn *wir* mit *euch* zusammentreffen, Line«, sagte Johnny. »Ihr jagt Gauner. Wir sind Diebe. Euer Job ist, Verbrechen zu verhindern, unser Job ist, Geheimnisse zu stehlen. Diebe und Ermittler arbeiten nicht immer gut zusammen, oder?«

»Ich stehe in engem Kontakt mit Konsul Haram«, sagte HK. »Wir werden ein Team zusammenstellen, das verantwortlich dafür ist, Medwed zum Verhör an einen sicheren Ort zu bringen, sobald er auf dieser Seite der Grenze ist.«

Kapitel 25

Strategische Tiefe

Gimle Terrasse, Oslo

In der Wohnung an der Gimle Terrasse setzten Sasha und ihre Familie sich zu Tisch. Mads richtete den Fisch mit Salzkartoffeln, Karotten und Petersilienbutter an.

»Mama, ich vermisse unser altes Zuhause!«, beschwerte sich ihre Tochter Camilla. »Ich will nicht hier sein, ich *hasse* diese Wohnung. Schau die Wände an, sie sind *schmutzig*. Schau das Bad an, es ist *alt*. Hör dir die Klingel an, sie ist schrill, als wären wir hundert Jahre alt. Sind wir jetzt *arm* geworden?«

Während ihre kleine Schwester Margot eine wissbegierige Leseratte von acht Jahren war, ein kleiner Nerd mit einem Elefantengedächtnis, war die zwei Jahre ältere Camilla eine ausgeprägte Materialistin, die Schminke, Shopping und Luxusurlaube liebte.

Sasha verbarg das Gesicht in den Händen.

»Camilla«, sagte Mads streng und legte eine Hand auf ihren dünnen Unterarm. Sie versuchte, den Arm wegzuziehen, aber er ließ nicht los. »Ich verstehe, dass es dir hier nicht gefällt. Es ist für uns alle eine große Umstellung. Das Leben ist nicht immer nur leicht.«

»*Whatever*«, murmelte Camilla gereizt.

»Aber ich will dir etwas erzählen«, sagte er mit ernster Stimme. »Ich bin in einem Zuhause aufgewachsen, das viele als arm bezeichnen würden. *Dauerhaft geringes Einkommen* ist der Fachbegriff dafür. Es gab nur Mama und mich. Sie arbeitete in Doppelschichten, nicht, damit wir teure Urlaubsreisen machen konnten, sondern weil sie wollte, dass ich aussah wie die anderen Kinder. Damit wir ein ordentliches Zuhause hatten. Wir haben Haferbrei zu Abend gegessen, weil wir uns nichts anderes leisten konnten. Hätte jemand eine riesige Wohnung in Oslos bester Wohngegend mit einem renovierungsbedürftigen Badezimmer als ›Armut‹ bezeichnet, hätte ich diesem Jemand eine runtergehauen.«

»*What?* Drohst du mir?«, rief seine Tochter dramatisch aus.

»Camilla«, sagte Sasha ernst, »du weißt so gut wie wir, dass das keine Drohung war. Sondern eine Geschichte, von der du, genau wie wir alle, etwas lernen kannst.«

Aber die Zehnjährige rannte aus dem Zimmer.

Mads sagte nichts.

»Camilla hat ... *the period*«, sagte Margot mit einem Schulterzucken und perfekter englischer Aussprache.

Ihre Eltern sahen sich verblüfft an.

»Hat Camilla ihre Periode bekommen?« Sasha schnappte nach Luft und fühlte Panik aufsteigen bei dem Gedanken, dass ihre kleine Tochter theoretisch schwanger werden könnte. »Mein Gott, oh mein Gott.« Sie schüttelte fassungslos den Kopf. »Sie ist doch gerade erst zehn geworden!«

»Das Durchschnittsalter für die erste Menstruation ist um mehrere Jahre gesunken, seit du jung warst, Mama«, sagte Margot. »Es ist noch nicht sicher, ob es an der Ernährung oder an anderen Faktoren liegt.«

»Frau Professorin Margot Falck«, seufzte ihre Mutter, »haben Sie noch mehr Wissenswertes zum Gesundheitswesen oder zur Weltlage mitzuteilen?«

»Ihr sprecht viel über Svalbard. Ich will da auch hin!«

»Das können wir sicher irgendwann einrichten«, erwiderte Sasha zerstreut.

»Svalbard ist etwas Besonderes«, sagte Mads und sah seine Tochter ernst an. »Wenn die Welt ein Bergwerk ist, dann ist Svalbard der Kanarienvogel. Falls auf Svalbard etwas schiefläuft, ist das ein Alarmsignal für die Welt. Wenn das Eis dort oben schneller schmilzt, ist das eine Warnung, was passieren wird, wenn wir hier unten die

Klimakrise nicht ernst nehmen. Wenn die großen Länder sich dort oben in die Haare kriegen und aufrüsten, wird der Krieg auch irgendwann hierherkommen.«

Lange bevor Mads auf Rederhaugen um Sashas Hand angehalten hatte, nach dem Studium an der Handelshochschule und seiner Zeit als Jungpolitiker, hatte er eine Karriere als Schiffsmakler begonnen, vorwiegend in Nordnorwegen. Während seiner Militärzeit hatte er Russisch gelernt, und in den frühen 2000er-Jahren herrschte Goldgräberstimmung in den Nordgebieten. Die Russen hatten sich vom Chaos der 1990er-Jahre erholt. Im Norden war die Rede von Ölförderung, Gas und Zusammenarbeit über die Ländergrenzen hinweg. Mads hatte sich sofort profiliert. Aus der Politik hatte er ein Verständnis für geopolitische Zusammenhänge mitgenommen, und an der Handelshochschule hatte er etwas über Wirtschaft gelernt.

Margot wurde still und senkte den Blick.

»Du musst ihr nicht unnötig Angst machen«, sagte Sasha, als Margot auf ihr Zimmer lief.

»Sie kann die Wahrheit vertragen.«

Sasha schenkte ihm ein Glas Wein ein. »Du hast sicher recht.«

Aus den Zimmern der Mädchen war nichts zu hören. Sie hatten sich wohl in die virtuelle Welt vertieft. Früher hatte Sasha streng darauf geachtet, dass sie nicht zu lange am Bildschirm saßen, aber wie so vieles war ihr auch das entglitten, und das iPad war zur Nanny geworden. Im Haus kehrte Ruhe ein.

»Skål«, sagte Mads sanft. »Ich finde, du siehst besser aus.«

Sie sprachen leiser, wie in einer Kirche.

Sasha trank langsam von ihrem Wein. »Letzte Woche war der vierzigste Tag nach Papas Tod. Die Sintflut hat vierzig Tage gedauert. Moses stieg nach vierzig Tagen vom Berg Sinai. Das ist der Tag, an dem die Toten uns endgültig verlassen, habe ich gehört. Bis dahin wandern ihre Seelen noch auf Erden.«

»Und daran glaubst du?«

Sie zuckte die Schultern. »Nein. Aber was, wenn es tatsächlich so ist?«

Er verdrehte seine gottlosen Augen.

»Erinnerst du dich an den Abend nach dem ›Falck 3‹-Empfang, als Papa uns noch spät besucht hat? Er sagte, dass das Meer nur Unglück über die Familie gebracht hat. Dass wir besser festen Boden unter den Füßen haben sollten. Da habe ich ihm noch Aberglauben vorgeworfen.«

Sie verstummte.

»Dein Vater war kein geborener Reeder«, erwiderte Mads. »Er war auch kein Fan der Arktis. Die Gründe dafür waren höchst rational.«

»Er sagte, dass hinter der Geschichte der Rettungsschiffe in der Arktis mehr steckt«, sagte Sasha. »Dass Dinge, die seit Jahrzehnten begraben waren, aufgrund geopolitischer Spannungen wieder hochkommen könnten. Er deutete an, dass es um Connies Grundbesitz auf Svalbard geht.«

Sasha legte den Kopf in die Hände. »Warum habe ich ihn nicht weiter danach gefragt?«

»So ist das eben«, sagte Mads tröstend und strich ihr über den Rücken. »Aber Connie Knarvik ist auch eine Chance für uns.«

Sasha gefiel die rationale, gelassene Haltung des Politikers, die ihr Mann an den Tag legte. Bei der nichts persönlich war, bei der es möglich war, die Dinge zum eigenen Vorteil zu wenden, solange man *lösungsorientiert* dachte.

»Was ist mit ihr?«

»Diese außerordentliche Hauptversammlung«, sagte Mads. »Laut Satzung soll sie im nächsten Monat stattfinden?«

»Das ist richtig«, sagte Sasha mit einem Kopfnicken.

»Wir brauchen eine strategische Tiefenverteidigung deiner SAGA-Interessen«, fuhr Mads fort. »Die erste Verteidigungslinie besteht natürlich darin, die alte Koalition mit deinen Geschwistern zu aktivieren. Klappt das, ist das Problem gelöst, dann ist Hans als

Vorstandsvorsitzender raus. Hast du mit Andrea und Sverre über eure Aktionärskoalition gesprochen?«

Sie schüttelte den Kopf. »Ich habe ihnen angeboten, Papas Lebensversicherung mit ihnen zu teilen. Aber sie haben nicht mal darauf geantwortet. Auf ein Angebot von fünfzig Millionen pro Nase!«

»Hm«, machte Hans. »Angenommen, der *worst case* tritt ein und deine Geschwister unterstützen Hans, dann hat deren Seite nach meinen Berechnungen die geringstmögliche einfache Mehrheit.«

»Ach du Scheiße«, sagte Sasha und fühlte Panik aufsteigen. »Dann sind wir erledigt.«

»Nein«, erwiderte Mads ruhig. »Genau an dem Punkt kommt Connie Knarvik ins Spiel. Denn du wirst natürlich das Geld aus Olavs Lebensversicherung dafür verwenden, Connie im Gegenzug für ihre Unterstützung das Adventdalen abzukaufen. Obendrein bekommst du das beste Grundstück der Arktis. In einem solchen Szenario würde sie auf zweiundfünfzig Aktien sitzen, 5 Prozent. Damit wäre sie das Zünglein an der Waage.«

»Woher weißt du, dass Connie mich unterstützt?« Sasha holte tief Luft.

Mads lächelte zufrieden. »Wissen tue ich es nicht. Aber ich weiß zumindest, wen sie auf gar keinen Fall unterstützen wird. Es ist wohl kein Familiengeheimnis, dass sie Hans von ganzem Herzen hasst?«

Kapitel 26

Die Grenze

Russische Grenze, Nordnorwegen

»Medwed ist mit dem Konsul unterwegs durch Kola«, sagte HK. Er hatte Johnny und Einar Grotle ans Meer mitgenommen. Die Temperatur war weiter gefallen. In der Dunkelheit konnten sie die schiefen Winden und Kräne gerade noch erkennen. HK schlug sich mit den Armen warm und kontrollierte andauernd sein Handy.

»Warum fahren sie so spät?«, fragte Grotle.

»Technische Gründe, sagt der Konsul, es musste eine Menge organisiert werden, um die Reise sicher zu machen.«

»Mir gefällt das nicht«, murmelte Johnny.

Am Hang oberhalb des Wassers stand ein vierstöckiges Gebäude aus gelbem Backstein, das in Anbetracht der geringen Einwohnerzahl weit überdimensioniert war. Es war der Sitz der Polizei.

»Was machen wir, während die Polizei aktiv ist?«, fragte Johnny und steckte sich eine weitere Zigarette an.

»Ihr geht zum Empfang auf der ›Falck 3‹, wie geplant«, befahl HK. »Ich bleibe im Weißraum, um die Reiseroute des Konsuls zu beobachten. Was auf russischer Seite passiert, können wir sowieso nicht beeinflussen. Sollte etwas vorfallen, habt ihr genau zwei Minuten, um euch einzufinden. Okay?«

»Was passiert, wenn Medwed die Grenze überquert hat?« Das kam von Johnny. »Sag nicht, dass die Polizei ihn zuerst in die Hände bekommt. Dann haben wir sofort das Fernsehen und die Menschenrechtsanwälte am Hals.«

HK drehte sich zu ihm um. »Keine Angst, ich habe das mit der

Polizei geregelt. Sobald er über die Grenze ist, übernehmen wir. Bringen ihn an einen sicheren Ort, schließen die Tür ab und bleiben bei ihm, bis wir den Namen haben, den wir brauchen. Solange die Polizei sich den Maulwurf schnappen darf, ist sie glücklich.«

Seine steife Altmännersilhouette verschwand in der Dunkelheit.

Als Johnny und Grotle die Gangway der »Falck 3« betraten, hing ein Banner mit den Worten »Druzhba Narodov – Völkerfreundschaft« als Mahnung darüber. Es musste Marte Falck gewesen sein, die Hans überredet hatte, das Schiff für eine Festivalparty herzugeben.

Die Messe war zu einer sowjetischen Bar aus der Zeit des Kalten Krieges umgestaltet worden, wo die Gäste ihr Geld in Rubel umtauschen mussten, um Bier und Wodka kaufen zu können.

Die Bar trug den Namen »Boris Gleb«, und die Wände waren mit halbtransparentem Chiffon drapiert, hinter dem diffuses Rotlicht leuchtete. Am Ende des Raums befand sich ein Bartresen, und aus den Lautsprechern dröhnte sowjetischer Achtzigerjahre-Rock.

»Alle Achtung«, sagte Grotle und zog die Augenbrauen hoch.

Ein Schaukasten mit Fotos erzählte die Geschichte des realen Lokals Boris Gleb, einer legendären Kneipe an der norwegisch-sowjetischen Grenze, die im Sommer 1965 für einen Zeitraum von neunundfünfzig Tagen ein echtes Loch im Eisernen Vorhang gewesen war und in der norwegische Seeleute mit den Russen um die Wette gesoffen hatten, bis es den norwegischen Behörden zu bunt wurde und sie das Lokal schlossen. Natürlich unter dem Vorwand der Spionage.

In den Ecken wurde geflüstert, dass Kuratorin Marte Falck gemeinsam mit ihrem Vater und Andrea Falck sowie Ingeborg und Sverre ihre Sorgen ertränkte.

»Berg!«, rief eine Stimme hinter ihm. »Was machst du denn hier?«

Johnny drehte sich um und blickte direkt ins Gesicht von Ralph

Rafaelsen, dem Lachsbaron. Er grüßte zurückhaltend und bedankte sich bei dem Nordnorweger für den Exosuit, den er im Jahr zuvor leihweise hatte benutzen dürfen, um zum versunkenen Hurtigrutenschiff »Prinsesse Ragnhild« hinabzutauchen.

Ein unangenehmer Typ.

»Und selbst?«, fragte Johnny und unterdrückte ein Gähnen. »Joint Venture mit den Russen?«

»Ha, der war gut«, grölte Ralph. »Nee, mich hat wohl eher Hans Falck hierhergelockt. Könnte sich lohnen, in SAGA zu investieren.«

Johnny versuchte, in dem überfüllten Raum nach verdeckten Polizisten Ausschau zu halten.

Immer noch nichts von HK.

Der Alkoholpegel bei den Leuten um ihn herum stieg. Ralph flüsterte Johnny zu, ihm zu folgen. Sie gingen eine steile Treppe zur Kommandobrücke hinauf. Hier oben roch das Schiff immer noch neu. Das Stimmengewirr und die Musik unten klangen gedämpfter.

»Das ist die Kapitänskajüte«, sagte Ralph. In der engen Kabine saß Hans, flankiert von seiner Familie, Leuten aus Kirkenes und einer Delegation Russen. Ein Koch brachte Krebs- und Rentierfleisch, als Häppchen angerichtet, sowie Erfrischungsgetränke herein.

Die Bürgermeisterin war natürlich auch da. Sie war die Erste, die etwas sagte. »Ich habe heute mit meinem Kontaktmann bei der Straßenbaubehörde gesprochen. Er hat die mündliche Zusage zum Bau des Kais auf Slambanken gegeben.«

Hans riss jubelnd die Arme hoch.

Nachdem sie gegessen und sich unterhalten hatten, ergriff einer der Russen das Wort und stellte sich als Vizeaußenminister vor. Er sprach Norwegisch, weil sein Vater in den 1950er-Jahren in der Botschaft in Oslo gearbeitet hatte. »Bevor wir die Party fortsetzen, möchte ich eine Ankündigung machen.«

Johnny blickte in die Runde. Da hatte die Polizei offenbar einen eisernen Ring um die Stadt gelegt, um dem geheimen Kontakt zwischen den Russen und dem Falck-Maulwurf auf die Spur zu kommen. Und hier saßen sie alle in freundschaftlicher Verbrüderung in einer Kabine der »Falck 3« beisammen.

»Wir danken Ihnen für diese Einladung, Herr Hans. Im Namen der Regierung meines Landes habe ich deshalb die Freude und die Ehre, Ihnen mitzuteilen, dass Sie für den russischen Sankt-Georg-Orden vorgeschlagen wurden, in Anerkennung Ihres herausragenden und einzigartigen humanitären Einsatzes über viele Jahrzehnte hinweg, eines Einsatzes, der vor Weihnachten in einer heldenhaften Rettungsaktion auf einem unserer Trawler gipfelte, die Sie beinahe das Leben gekostet hätte.«

Hans nickte und sah verlegen zu Boden.

»Zeit und Ort der Verleihung werden wir noch bekannt geben. Herzlichen Glückwunsch. Sie sind ein echter Freund Russlands und des russischen Volkes.«

Johnny verließ die gesellige Runde und folgte einem schmalen Gang nach achtern. Was verbarg dieses Schiff? Eine Tür führte zu einer steilen Treppe nach unten. Er folgte ihr. Jetzt befand er sich auf dem vermutlich untersten Deck. Es war dunkel. Er richtete den Lichtstrahl auf die Schotten. Dahinter lagen ein paar Kabinen, die Türen waren angelehnt. Er öffnete sie, die Kabinen waren neu und leer. Ganz hinten im Gang, auf der anderen Seite, war noch eine Tür. Johnny leuchtete das Schild an. Kein Zutritt für Unbefugte. Er bewegte die Türklinke. Abgeschlossen, natürlich.

Da klingelte sein Telefon.

»Komm sofort her«, sagte HK. »Wir haben ein Problem.«

HK tigerte ruhelos durch den Weißraum, als Johnny eintrat. An einer Kurzwand hing eine Landkarte der Halbinsel Kola mit der Reiseroute des Konsuls.

»Die letzte Meldung über die Exfiltration Medweds aus Murmansk kam von hier«, er markierte die Stelle mit einem Stift. »Die Straße führt etwa dreißig Kilometer nach Westen, bis man den Fluss Pasvik nördlich von Nikel erreicht, der größten Stadt in der

Gegend. Von hier sind es nur noch fünfundzwanzig Kilometer Richtung Norden bis zur Grenzstation.«

Die beiden anderen sowie ein junger Verbindungsmann aus dem Außenministerium nickten.

»Wie lange liegt die letzte Meldung zurück?«, fragte Johnny.

»Eine halbe Stunde?« HK wirkte besorgt. »Jedenfalls zu lange.«

»Dafür könnte es eine einfache Erklärung geben«, sagte Grotle.

»Motorschaden. Verkehrskontrolle. Irgendwas. Fast alle unvorhergesehenen Ereignisse erklären sich so.«

»Mir gefällt das nicht«, sagte HK. »Rufen Sie den Konsul an.«

»Er hat ausdrücklich darum gebeten, dass wir ihn unterwegs nicht anrufen«, sagte der Diplomat.

»Rufen Sie ihn auf dem abhörsicheren Telefon an.«

»Wir glauben, dass die Russen Methoden haben ...«

»Jetzt rufen Sie schon an!«, befahl der Alte.

Der Mann vom Außenministerium stellte das Handy auf Lautsprecher um und legte es vor den anderen auf den Tisch. Beim dritten Rufsignal ging jemand ran. An Harams Stimme merkten sie sofort, dass etwas nicht stimmte.

»Konsul Haram, was ist los?«, fragte HK barsch.

»Ich ... fahre ... Richtung Grenze«, sagte der Konsul leise. »Müsste in zehn Minuten dort sein.«

»Und Ihr Passagier?«

Es wurde still, man hörte leise das Brummen des Automotors. Der Konsul benutzte die Freisprechanlage.

»Er hielt es für besser, dass ... sich unsere Wege trennen.«

»Konsul Haram, wären Sie so freundlich, sich klar auszudrücken?«, brüllte HK mit einer Kraft, die alle im Raum überraschte.

»Er bat mich anzuhalten. Sagte, er sei nervös und müsse eine rauchen. Dann ist er einfach in den Wald gelaufen. Er hat sich mein Privathandy geschnappt.«

»Konsul Haram, jetzt noch mal ganz langsam«, sagte HK und versuchte, ruhig zu atmen. »Können Sie uns sagen, wo genau das war?«

Der Konsul beschrieb nach bestem Wissen, wo sich das ereignet hatte.

HK beendete die Verbindung, ohne sich zu verabschieden.

»Scheiße«, sagte Grotle.

»Ich weiß, wohin er will«, sagte Johnny plötzlich.

Die anderen sahen ihn an.

»Wieso habe ich nicht früher daran gedacht. Er hat es mir praktisch erzählt. Er sagte, er wüsste von einer Schwachstelle auf der russischen Seite der Grenze, unmittelbar südlich eines Gehöfts namens Nordmo Gård. Wo der Fluss am schmalsten ist. Es ist nur hundert Meter von Russland entfernt.«

»Nordmo Gård«, sagte HK, »wie lange brauchen wir dorthin?«

HK fuhr den Hügel hinter Kirkenes hinauf. Johnny saß vorn neben ihm, Grotle auf der Rückbank.

»Hast du versucht, das norwegische Privathandy des Konsuls anzurufen?«, fragte HK.

»Dreimal, da meldet sich sofort die Mailbox, ich habe eine Nachricht hinterlassen. Mein Telefon ist per Bluetooth mit dem hier im Auto verbunden.«

Als sie durch den Kreisverkehr fuhren, klingelte das Telefon. Johnny nahm den Anruf an. »Hallo?«

Zuerst hörten sie nur ein Rauschen. »Medwed hier«, flüsterte eine Stimme auf Englisch.

»Wo sind Sie?«, fragte Johnny.

Keine Antwort.

Johnny bemühte sich, deutlich zu sprechen. »Wir sind unterwegs zum Nordmo Gård, ich wiederhole: Nordmo Gård. Befinden Sie sich auf russischer oder auf norwegischer Seite?«

HK folgte den Schildern Richtung Staatsgrenze.

»Die Sperrzone beginnt hundert Meter von hier«, flüsterte Medwed ins Telefon. »Checkpoint mit Wachturm und Scheinwerfern. Mit Soldaten bemannt. Ich kann sie jetzt sehen.«

»Ist es möglich, daran vorbeizukommen?«

»Ich denke schon. Das nächste Stück ist lichter Wald, dann kommen der erste Grenzzaun, eine Zone mit Bewegungsmeldern und dann noch ein Zaun. Dann der Fluss.«

»Die Grenze verläuft mitten durch den Fluss«, sagte Johnny.

»Hören Sie gut zu. Sie müssen es über die Flussmitte schaffen. Die Grenzposten auf russischer Seite geben keine Schüsse auf NATO-Territorium ab. Wir erwarten Sie, sind in zwanzig Minuten dort.«

In der schneehellen Nacht draußen zeichneten sich die Abraumhalden der Bergwerke wie dunkle Pyramiden ab.

»Eine Sache habe ich Ihnen nicht erzählt«, flüsterte Medwed. »Oberst Zemljakow hat ein Papier mit Anschuldigungen verfasst. Korruptionsvorwürfe gegen seine Feinde. Und mit dem Namen des norwegischen Maulwurfs. Kommen Sie schnell.«

»Viel Glück.«

Summton.

Nach neunzehn Minuten bog der Land Cruiser auf den Hofplatz des Nordmo Gård. HK machte eine Vollbremsung.

»Nein, fahr weiter«, rief Johnny, »wir können noch dichter an den Fluss ran.«

Die Straße wurde zu einem kaum geräumten Feldweg, und nach wenigen Hundert Metern drehten die Reifen des Wagens durch. Sie hielten an.

Grotle zeigte nach vorn. »Zu Fuß!«

Sie befanden sich auf einer kleinen Landzunge und rannten durch den niedrigen Nadelwald.

Außer Atem erreichten sie eine Art Lichtung im Dunkel der Nacht.

Das Erste, was sie sahen, war der schneebedeckte Fluss. Dahinter, vielleicht zweihundert Meter entfernt, lag Russland.

Da sahen sie eine Gestalt auf den Fluss zulaufen.

Medwed versuchte, im Zickzack zu rennen. Hinter ihm tauchte eine Kette von russischen Soldaten auf der Lichtung auf.

Der Russe rannte auf das Eis des Flusses hinaus.

Johnny lief ihm entgegen.

»*Run!*«, schrie er. »Noch hundert Meter, und du bist in Norwegen!«

Da hörte Johnny einen doppelten Schuss.

Medwed fiel vornüber.

In dem Moment merkte Johnny, dass er selbst im Flutlicht eines Scheinwerfers stand, und hörte eine Stimme über Lautsprecher.

»Hier spricht der Grenzschutz! Noch zehn Meter, und Sie betreten widerrechtlich das Staatsgebiet der Russischen Föderation. Halt, oder es wird gezielt geschossen!«

Als Johnny stehen blieb, sah er Medwed mit dem Gesicht im Schnee liegen. Er war tot. Blut breitete sich im Schnee unter ihm aus. Johnny drehte den Kopf. Eine Reihe russischer Soldaten stand im Halbkreis um ihn herum auf ihrer Seite der Grenze im Fluss.

Er hob die Hände und machte langsam einen Schritt zurück.

TEIL 3
DIE HAUPTVERSAMMLUNG

Kapitel 27

Das Ölgemälde von Olav Falck

Rederhaugen, Oslo

Wie so oft endete der Februar mit Föhnwinden und zweistelligen Plusgraden. Es gluckerte in den Bächen, und graue, flach gedrückte Grasflecken kamen an den Hängen der Parks zum Vorschein wie Haare unter einer Pudelmütze. Die Einwohner der Stadt verhielten sich wie Leute in südlicheren Ländern, atmeten beim Spazieren den Duft der superfrüh knospenden Bäume ein und tranken Pils draußen auf den Terrassen.

Sasha auch, obwohl ihr hellwacher Verstand ihr sagte, dass sie es besser wissen sollte. Was hatte Olav immer gesagt? »50 Prozent des Schnees, der in der Marka fällt, fällt nach dem ersten März.« Genau diese Art von bombensicherer und halbwahrer Verallgemeinerung hatte ihr immer akute Atemnot verursacht.

Jetzt vermisste sie seine Sprüche sehr. Nie hatte sie so viel an ihren Vater gedacht wie nach seinem Tod. Jeden Tag und jede Nacht kam er zu ihr, und mit seiner Dominanz verdrängte er fast alles andere in ihrem Blickfeld. Papa an einem Sommertag mit nacktem Oberkörper am Ruder auf dem Fjord, Papa im Winter auf einer gemächlichen Skiwanderung über die Hochebenen, Papa, der anrief, um seinem Ärger Luft zu machen oder sich darüber auszulassen, dass die neuen Minister ein Haufen hirnloser Gockel seien und dass ein langes Leben ihn gelehrt habe, dass die norwegischen Winter launisch seien.

Und tatsächlich: Der März kam mit einem halben Meter Neuschnee und Minustemperaturen. Erneut hüllte der Winter die Stadt in seine Decke. Die Düfte verschwanden, wie wenn man Speisen einfriert, und die Geräusche wurden leiser, als bekäme man mit dem Schnee einen Gehörschutz geliefert. Man konnte beinahe den Verdacht haben, dass Olav Falck von seinem Platz im Himmel aus mitgewirkt hatte.

Im Grunde hätten König Winters fehlende Sinnesreize eine Wohltat für die von Schlaftabletten entwöhnte Sasha sein müssen. Wenn es nicht so wäre, dass die Schneepflüge draußen hart an den Kanten der Bürgersteige entlangschrammten und das monotone Summen der nächtlichen Stadt durchbrachen, sodass sie jäh aufwachte, senkrecht im Bett saß und schließlich aufstand.

Draußen schneite es immer noch, beinahe unmerklich. Auf der Veranda zündete sie sich eine Zigarette an und schaute in die Nacht. In Blickrichtung Frognerkilen zeichnete sich König Oscars Lustschloss ab, dessen heller Schlossturm dem Rosenturm auf Rederhaugen ähnelte, und ein paar Hundert Meter weiter links lag die spitze Pyramide, die das Forschungsschiff »Fram« beherbergte und die Geschichte von Nansen, Amundsen und anderen norwegischen Arktisforschern erzählte.

Sie hatte versucht, Sverre und Andrea anzurufen. Beide waren nicht ans Telefon gegangen, aber zwei Tage später hatte ihre Schwester geantwortet: »Auf Almosen kann ich verzichten, nachdem Papa uns so übervorteilt hat. Mach mit dem Geld, was du willst. Ich komme zurecht. Und bitte melde dich nicht mehr bei mir.«

Das konnte nur bedeuten, dass der alte geschwisterliche Abstimmungsblock bei der Hauptversammlung nicht mehr galt.

Sie merkte, das Mads zu ihr nach draußen kam. Ihr Mann hatte sich wegen ihres Schlaftablettenverbrauchs im Winter Sorgen gemacht. Er hatte leicht reden, er hatte die Sintflut ja nur aus halber Distanz miterlebt, und außerdem schlief er schon, kaum dass sein Kopf das Kissen berührte.

»Geh ins Bett«, sagte sie jetzt. Normalerweise war es umgekehrt.

»Ich habe einen leichten Schlaf, wenn ich merke, dass du nicht da bist. Was ist los, Sasha?«

»Seit wir das Anwesen verloren haben«, antwortete sie, »habe ich es vermieden, in Richtung Rederhaugen zu schauen, geschweige denn, dorthin zu fahren. Es tut zu weh.«

Er nickte.

Sie blickte auf die Stadt. »Ich glaube, diese Phase ist vorbei. Nach der Trauer kommt die Tat.«

Mads blickte mit schmalen Augen zum Horizont. »Oder die Akzeptanz?«

»Was meinst du?«

»Dass man die neue Realität akzeptiert.«

Sie drehte sich abrupt zu ihm um. Sah ihn lange an. »Das wird niemals passieren. Die Gefühle zu akzeptieren bedeutet nicht, das Ergebnis zu akzeptieren.«

»Absolut«, nickte er.

»Würdest du mit mir hinfahren, Mads?«

»Nach Rederhaugen? Na klar.«

»Ich ertrage den Gedanken nicht, dass Hans sich da draußen einnistet. Dorthin zu fahren ist Trauma-*Exposition*. Bald ist Hauptversammlung. Ich will vorbereitet kommen. Will mir den Ort vorher zurückgeholt haben. Wenn du verstehst, was ich meine.«

»Ich bin absolut dafür. Aber jetzt lass uns noch ein bisschen schlafen, Sasha.«

»Ich meine damit, dass wir jetzt hinfahren.«

Sie schnippte die glühende Zigarettenkippe über die Dächer von Skarpsno.

Ihr Mann wand sich unbehaglich, während ihm die Einwände offenbar durch den Kopf schossen: Es ist drei Uhr nachts. Die Mädchen sind allein. Was in aller Welt sollen wir dort machen?

»Okay«, sagte er und straffte die Schultern. »Du und ich.«

Sie zogen sich an, schlichen sich hinaus und zogen die Tür lautlos hinter sich zu. Keiner von ihnen sagte etwas, während sie im Tesla durch die schneestillen Straßen der Stadt fuhren und Kurs auf Rederhaugen nahmen. Mads parkte den Wagen in einer Seitenstraße. Sie merkte, wie ihre Anspannung wuchs, als sie auf die Einfahrt zuging. Der flugbereite Falke, der ins schmiedeeiserne Tor eingeprägt war, spreizte seine Flügel im Licht des Schnees. Mads probierte es an der Tür daneben: abgeschlossen.

»Ich habe alle meine Schlüssel abgeliefert«, seufzte er leise.

»Hans hat garantiert die Schlösser austauschen lassen«, flüsterte Sasha. »Komm mit.«

Wenn man dem Zaun links der Einfahrt hundert Meter weit folgte, kam man zu einem verschneiten Dickicht hinter Knatten, dem höchsten Punkt des Anwesens. Dort hatte der Zaun ein Loch, wie alle intimen Kenner von Rederhaugen wussten. Sasha nahm Mads an die Hand und führte ihn zu der Stelle.

»Das Loch ist groß genug«, sagte sie, »aber du musst dich ordentlich ducken, damit du dir nicht die Jacke zerreißt.«

»Aus dir spricht die Expertin?«

»Höre auf einen alten Bergfuchs«, sagte sie und kroch hindurch.

Oben auf Knatten setzten sie sich auf eine Bank. Alle Gebäude von Rederhaugen lagen im Dunkeln.

Von der Bank führte ein Trampelpfad in einer Spirale hinunter zu dem kleinen Wald, der am Wendeplatz endete, und weiter zum Hauptgebäude. Gebückt und vorsichtig ging Sasha voran. Es war, als wäre sie wieder zehn, wie damals, als sie, Sverre und Marte nachts in den Schneedünen von Ustaoset Verstecken gespielt hatten. Ein besonderes Abenteuer. Marte hatte bis hundert gezählt, während Sasha sich in einer Schneehöhle versteckte. Ihr großer Bruder hatte einen festen Schneeblock vor den Eingang geschoben, sodass sie nicht mehr rauskonnte. Nie wieder hatte Sasha solche Angst gehabt wie in der Nacht, als sie in der dunklen Höhle festsaß und ihre Rufe von den Schneewänden erstickt wurden, wie bei einem Menschen, den eine Lawine unter sich begraben hat, ihr schlimmster Albtraum.

Ihr Bruder hatte diese dunkle Seite. Damals hatte Sasha zum ersten und einzigen Mal gesehen, dass Olav die Hand gegen Sverre erhob. Ihr Vater war so außer sich vor Zorn gewesen, dass er Sverre zu Boden stieß und sein Gesicht in den Schnee drückte.

Sasha hatte das Erdgeschoss erreicht, als sie es spürte. Lautlose, schnelle Schritte, leichter als die eines Menschen. Sie erstarrte. Wachhunde töten ja wohl nicht, dachte sie. Im nächsten Moment sprang das Tier sie an, und sie ging zu Boden. Der Hund winselte und leckte ihr übers Gesicht, während er sie mit seinen schlanken, starken Vorderbeinen umklammerte.

»Jazz«, murmelte sie zärtlich und kraulte den alten Hund ihres Vaters hinter den spitzen schwarzen Ohren. Sie verspürte Erleichterung und die unkomplizierte Liebe, die nur ein Hund hervorrufen kann. »Du hast mich nicht vergessen, Jazz. Ich dich auch nicht.«

»Ihn hatte ich bei allem, was passiert ist, überhaupt nicht mehr auf der Rechnung«, sagte Mads.

»Jazz ist ein Wachhund«, erwiderte Sasha und ließ es zu, dass er ihr das Gesicht leckte. »Er gehört in keine Etagenwohnung. Genau wie wir.«

Außer Atem blieben Mads und sie dicht an der Hauswand stehen.

»Hans hat bestimmt neue Schlösser einbauen lassen«, flüsterte sie, »aber ich denke nicht, dass er auch die Alarmanlage ausgetauscht hat.«

»Und wenn doch?«, flüsterte Mads skeptisch.

»Dann wird es mir eine Freude sein, von der Polizei dafür eingesperrt zu werden, dass ich mein Elternhaus besucht habe.«

Wie immer war eines der Fenster im Erdgeschoss, dort, wo sich die Bibliothek befand, offen. Mit Mads' Hilfe zog sie sich hoch. Schwang sich hinein und hörte das leise, monotone Piepen der Alarmanlage. Es klang vertraut. Sie gab den Code ein. Hielt den Atem an. *Alarm deaktiviert,* sagte die Stimme. Mads kletterte hinterher. Vorsichtig schlichen sie weiter, Hand in Hand, bis sie mitten im Atrium der Bibliothek standen, umgeben von einem kreisförmigen Bücherregal. Etwas war fremd in all dem Vertrauten.

»Ist es seltsam, wieder hier zu sein?«, flüsterte Mads und drückte ihre Hand fester.

»Es ist vor allem schön«, antwortete sie mit verträumter Stimme.

»Was hast du hier drinnen vor?«, fragte er.

Sasha dachte an Johnny Berg. Mit ihm zusammen hätte sie hier etwas finden können, er hatte es damals geschafft, Olavs Safe zu öffnen.

»Komm jetzt«, sagte sie.

Sie verließen die Bibliothek, gingen die Wendeltreppe im unteren Teil des Rosenturms hinauf bis zum Kaminzimmer im ersten Stock und durch den Gang, der mit dunklen Ölporträts von Theodor Falk, Theo d. J. und Thor Falck dekoriert war. Sie zuckte zusammen, als sie Olavs herrisches Gesicht auf sich herabblicken sah. Ihr eigenes Bild hatte man abgenommen.

Mit der Hand vor dem Mund blieb sie stehen. Lange stand sie so da, wie festgefroren, mit Mads' Hand auf ihrem Rücken, bis sie sich von ihm frei machte, zu einem vergoldeten Eckschrank ging und einen alten Saint Emilion herausnahm. Sie öffnete die Flasche, goss zwei Gläser ein, zündete die Kerzen im Kandelaber mit einem mitgebrachten Feuerzeug an und bedeutete Mads, sich schräg gegenüber von ihr an den langen Esstisch zu setzen.

Sie hob das Glas und prostete erst Mads, dann dem Porträt ihres Vaters zu.

»Ah, jetzt verstehe ich«, sagte Mads.

Es dauerte eine Weile, bis Sasha antwortete. »Ich musste hierherkommen. Musste Rederhaugen mental zurückgewinnen. Das, was *unser* ist.«

Sie sah ihn lange an. Mads trank von seinem Wein, vorsichtig wie beim Abendmahl. »Bis zur Hauptversammlung sind es noch drei Wochen. Morgen beginnen wir mit der Arbeit.«

»Ich habe eine Verabredung mit Connie.«

Er nickte aufmunternd. »Ein persönliches Treffen ist immer gut.«

»Denke ich auch«, sagte Sasha.
»Du wirst sehen, das klappt schon. Wir werden die Kontrolle über SAGA zurückgewinnen«, sagte Mads. »Dann können wir den Kampf um Rederhaugen aufnehmen.«
Sasha starrte abwesend auf den Tisch. »Danke, Mads«, sagte sie schließlich.
Er richtete sich auf. »Wofür?«
Sie beugte sich über den Tisch und warf beinahe die Kerzen um. »Dafür, dass du mir hilfst«, flüsterte sie.
Familia ante omnia war immer noch Sashas einzige Weise, sich in der Welt zu orientieren. Jetzt waren Mads, die Mädchen und sie selbst die Viererkette. Jetzt hieß es, Kernfamilie gegen Sippe. Sie vier gegen den Rest der Welt.

Kapitel 28

Der Heimkauf

Rederhaugen, Oslo

Das Skirennen am Holmenkollen mit dem Massenstart für den Fünfzig-Kilometer-Lauf fand für Sverre im Liegen statt, mit Fast Food aus dem Imbiss vor dem Fernseher. Normalerweise konnte er auf den Skilanglauf verzichten, aber Ingeborg wollte das sehen. Sie schaute sich gerne Wintersport an, kannte die Namen der Läufer sowie ihre Stärken und Schwächen.

»Ach komm«, stichelte er mit Brummschädel nach einem heftigen Saufgelage mit Prydz und ein paar alten Kumpels. »*Schwulenrugby* ist weltweit eine größere Sportart als Skilanglauf.«

Seine Liebste ließ sich nicht provozieren. »Weißt du, was mir gefällt? Das Gleiche wie bei den großen Radrennen. Ich mag das taktische Spiel beim Langlauf.«

»Taktisches Spiel ...«, wandte er ein, als eine Gruppe Läufer ein letztes Mal den Hang hinaufhastete. »Der ›Weltcup‹ im Langlauf ist eindeutig eine norwegische Meisterschaft. Außer Norwegern und ein paar gedopten Russen gibt sich niemand dafür her. Die ›Taktik‹ besteht darin, Asthmamedikamente einzunehmen und ein halbes Staatsvermögen für Skiwachs auszugeben.«

»Du passt nicht auf«, fuhr Ingeborg fort. »Hast du nicht gesehen, dass ein paar Verrückte aus Mitteleuropa und Kanada sich in der ersten Runde vom Hauptfeld abgesetzt haben? Es sah so aus, als könnten sie den Vorsprung halten, aber dann hat das Hauptfeld sie eingeholt.« Sie zeigte auf den Bildschirm. »Da passiert gerade ein neuer Ausbruchsversuch. Schon mit gutem Vorsprung. Und der wird diesmal bleiben. Glaub mir. Das ist mit Taktik und Strategie gemeint.«

»Auszubrechen?«

»Wenn du alle Ausbrüche mitmachst, die gestartet werden, machst du dich nur kaputt. Es geht darum, den richtigen Ausbruch zu wählen. Den, der bis zum Schluss durchhält.«

Sverre sah nachdenklich zu, wie Ingeborgs Vorhersage sich erfüllte und die Gruppe der Ausreißer als Erste durchs Ziel fuhr.

»Und du?«, fragte er. »Bist du ausgebrochen?«

»Ich habe einen guten Platz im Hauptfeld«, sagte sie und lächelte, dass ihre Lachgrübchen zum Vorschein kamen. »Und warte auf den richtigen Ausbruch. Was ist mit dir?«

Ja, was war mit Sverre?

Am Montag danach parkte er das Auto auf dem Wendeplatz und ging zusammen mit seiner jüngeren Schwester hinauf zum Hauptquartier der SAGA.

»Was Sasha wohl sagen würde, wenn sie wüsste, wo wir sind?«, sagte Andrea und blickte über die Schulter zurück.

»Daran hätte sie ein bisschen eher denken sollen.«

Er öffnete die schwere Tür mit dem SAGA-Schriftzug und trug der neuen Empfangsdame sein Anliegen vor.

In der Lobby wurden sie sofort von Siri Greve abgeholt, die sie rasch durch den Flur zum Büroflügel begleitete. Sie wirkte hektisch, wie er fand; sie instruierte den neuen Sicherheitschef, einen beschränkten Bauernlümmel und Ex-Polizisten, dessen Namen Sverre vergessen hatte, und führte gleichzeitig ein Gespräch am Handy.

Erst dann begrüßte sie die beiden und seufzte. »Reporter, wisst ihr ... Sverre, Andrea, schön, euch zu sehen.«

Er bemerkte, dass sie mit dem Mund lächelte, aber nicht mit den Augen, als sie ihn ansah. Das freute Sverre, denn wenn jemand sich bei einem anbiederte, war das ein Zeichen dafür, dass man jemand *war*. Eine bedeutende Person. Andrea war nur kraft ihres Aktienpakets hier. Ingeborg hatte das gesagt, und sie hatte recht. Sie hatte immer recht. Noch einmal wiederholte er in Gedanken ihre Argumente.

Sie gingen durch die Räume, die sie so gut kannten, und kamen in Greves Büro. Marte und Hans waren bereits dort und begrüßten Sverre nacheinander mit Handschlag.

Früher hatte er schon Herzklopfen bekommen, wenn er sich nur im selben Zimmer wie Marte aufhielt. Viele Jahre lang hatten sie ein heimliches Verhältnis gehabt. Eine Affäre ganz und gar nach ihren Bedingungen, bei der sie sich ihm öffnete, wenn sie gerade keinen Mann hatte, und ihn in die Kälte schickte, sobald ein neuer Lover auftauchte. Als ihre Heirat mit dem russischen Konzeptkünstler Ivan diese Tür für immer schloss, war Sverre am Boden zerstört gewesen.

Aber das war, bevor Ingeborg in sein Leben trat. Eine Partnerin wie sie zu haben war eine Superkraft, sie verlieh doppelte Stärke.

»So sieht man sich wieder«, sagte Marte. »Das letzte Mal war wohl in Kirkenes.«

»Marte wird ihre Erfahrung als Kuratorin in die Leitung des Archivs und des Museums einbringen«, sagte Hans. »Sie wurde sogar von der italienischen *Vogue* interviewt.«

»Die norwegische Öffentlichkeit wird dir wohl zu provinziell?« Andrea lächelte sarkastisch und warf ihre dunklen Locken zurück.

»Schön, dass ihr kommen konntet«, unterbrach Hans sie. »Siri hat mir im Winter das Kraulen beigebracht. Tolles Gefühl. Sie kann sicher auch ein paar Runden mit euch machen, und schwups, schwimmt ihr durch den Fjord. Siri schafft hundert Meter Freistil in unter einer Minute. Seid ihr eigentlich gute Schwimmer?«

Sverre zuckte die Schultern. »Wir halten uns über Wasser.«

»Ach ja, das war vielleicht etwas unpassend von mir, in Anbetracht der tragischen Umstände.«

Greve lehnte ihren durchtrainierten, Ex-Wettkampfschwimmerin-in-den-Vierzigern-goes-Ashtanga-Körper an den Schreibtisch, nippte an ihrem Kaffee und betrachtete die Wand, an der die Porträts ihres Vaters August Greve d. J. und ihres Großvaters August Greve d. Ä. hingen.

»Ihr seid früh dran«, sagte sie und sah die Besucher an. »Die Hauptversammlung ist in drei Wochen.«

Sverre hatte sich gefragt, ob Siri den Wechsel mitmachen würde, als Hans Rederhaugen und den Vorstandsvorsitz übernahm, aber ihm war schnell klar geworden, dass Greves Loyalität in erster Linie dem Falck-Wappen galt, nicht einzelnen Familienmitgliedern.

»Nachricht von Georg Falck«, sagte sie nach einem Blick auf ihr stets gegenwärtiges Handy. »Als Aktionär würde er gerne wissen, ob wieder Fasan serviert wird, ›so wie bei der außerordentlichen Hauptversammlung 1976‹.«

»Der Mann hat den Verstand einer Handvoll Erde«, sagte Andrea. »Papa nannte diese Hauptversammlungen immer Sippschaftstreffen. Alte Tanten, die Tee trinken und Krabbenbrot essen, während sie über den Linksruck in der Gesellschaft tratschen und wer von den Erben noch keine Familie gegründet hat.«

Sie sah Greve, dann Hans und schließlich ihren Bruder an.

»Die Kleinaktionäre hat Papa in den Neunzigerjahren ausgezahlt«, sagte Sverre. »Georg ist der letzte von ihnen, zusammen mit Connie.«

»Antworte ihm, es gibt veganes Essen für alle, aus Rücksicht auf das Tierwohl und die CO_2-Bilanz«, sagte Andrea lächelnd. »Georg steht politisch rechts von Paul von Hindenburg, also dürfte ihm das gefallen.«

»Kommen wir gleich zur Sache«, sagte Hans. »Ich habe den deutlichen Eindruck, dass ihr in der zukünftigen SAGA eine Funktion übernehmen wollt. Für mich ist es entscheidend, dass wir eine robuste Koalition von Aktionären aufbauen. Kurz gesagt möchte ich wissen, was ihr im Gegenzug dafür erwartet, dass ihr meine Kandidatur als Vorstandsvorsitzender unterstützt.«

Er schwieg. Andrea und Sverre sahen sich an.

»Ich möchte das Archiv übernehmen«, sagte Andrea plötzlich.

Hans kratzte sich an der Schläfe und warf seiner Tochter einen Blick zu.

»Wie gesagt, dieser Posten ist bereits besetzt«, sagte er. »Marte hat schon mit der Arbeit begonnen.«

»Ich habe Museumswissenschaft studiert, bin Kuratorin von Beruf und habe langjährige Erfahrung mit diversen Arten von Ausstellungen, zuletzt während des Festivals neulich in Kirkenes«, sagte Marte.

»Das mag ja sein«, entgegnete Andrea, »aber dir gehören nur 0,3 Prozent der SAGA-Aktien und mir 22 Prozent.«

Marte sah sie an. »Mach du erst mal deinen Bachelor.«

Andrea stand auf. »Okay, Marte. Dann mache ich mein Studium fertig. Aber sei du nicht beleidigt, wenn du nicht zum Vorstandsvorsitzenden gewählt wirst, Hans.«

Hans erhob sich und wedelte abwehrend mit der Hand.

»Moment, Moment«, sagt er und brachte Andrea dazu, sich wieder hinzusetzen, »da finden wir eine Lösung.«

Sicherlich könne Andrea das SAGA-Archiv nach erfolgreichem Abschluss ihres Studiums übernehmen, erklärte er diplomatisch, denn die meisten Beschäftigten dort seien Hochschulabsolventen, und etwas anderes würde nicht gut ankommen. Marte könne dann zur Vizepräsidentin der SAGA befördert werden.

Damit war Marte sofort einverstanden.

Früher hätte Sverre jetzt ganz sicher seinen Vater zitiert, dass der Titel *Vice President* auf der Visitenkarte die Art des zynischen Direktors sei, einen Narzissten davon zu überzeugen, auf mehr Gehalt zu verzichten. Aber Sverre hatte dazugelernt.

Wartete auf den richtigen Zeitpunkt.

»Was dich betrifft, Sverre, bin ich beeindruckt von dem Einsatz, den du in den letzten Monaten gezeigt hast. Ich möchte dich auf dem Posten von M. Magnus haben, als Abteilungsdirektor für die Nordgebiete.«

Sverre überlegte einen Moment. Nahm einen Schluck aus dem Wasserglas.

»Wen willst du zum CEO machen, falls die Hauptversammlung dir ihr Vertrauen ausspricht?«, fragte er.

Hans zögerte mit der Antwort. »Das ist noch nicht endgültig entschieden. Aber nach meinem Dafürhalten ist der Nordgebietejob wesentlich interessanter. Viel operativer. Er passt zu dir, Sverre. Du hast militärische Erfahrung und verstehst was von Geopolitik. Du bist ein Falck.«

War das der richtige Zeitpunkt, um Hans herauszufordern? Nein. Er lehnte sich auf seinem Stuhl zurück. »Gibt es noch mehr Kandidaten für den Vorstandsvorsitz?«

Siri Greve und Hans wechselten Blicke. Sie hatten anscheinend auch schlechte Nachrichten.

»Nun«, sagte Hans mit einem Räuspern. »Siri?«

Greve griff zu einem Blatt Papier und las mit monotoner Stimme vor: »Gemäß Paragraf acht der SAGA-Stiftungssatzung, der besagt, dass ein Kandidat für den Posten des Vorstandsvorsitzenden verpflichtet ist, die Stimmberechtigten vorab über seine Kandidatur zu unterrichten, bestätige ich hiermit, dass ich für den Vorstandsvorsitz kandidiere. Hochachtungsvoll, Alexandra Falck.«

War seine Schwester von den Toten auferstanden?

Er goss sich eine Tasse Kaffee aus einer Silberkanne mit eingraviertem Falkenmotiv ein. Der Dampf schlug ihm ins Gesicht, als er in die Tasse blies.

»Das ist zumindest eine klare Ansage«, sagte Hans schließlich. »Andrea und Sverre, sie ist eure Schwester. Was geht euch als Erstes durch den Kopf?«

Sverre saß eine Weile da, die Hände vor dem Gesicht gefaltet. Vielleicht war die Nachricht seiner Schwester nicht das Problem, wie er zuerst vermutet hatte. Vielleicht war sie eine Chance.

»Die jeweiligen Aktionärsblöcke sind ungefähr gleich groß«, überlegte er laut. »Andrea, ich und ihr von der Bergen-Fraktion können es bei der Hauptversammlung auf eine Mehrheit von einer einzigen Aktie bringen. Wie ich das sehe, haben wir zusammen 50,1 Prozent. Sasha hat 49,5 Prozent. Beziehungsweise 49,9 Prozent, falls wir die Aktien von Georg und Connie dazurechnen.«

»Du hast richtig gerechnet«, sagte Greve.

»Du hast gefragt, was mir als Erstes dazu einfällt«, sagte Sverre und sah Hans an. »Man kann viel über meine Schwester sagen, aber sie ist weder dumm noch naiv. Sie hat längst erkannt, dass der alte Loyalitätspakt, bei der Hauptversammlung geschlossen abzustimmen, tot und begraben ist. Wenn sie für den Vorstandsvorsitz kandidiert, muss sie einen realistischen Plan haben, wie sie die Wahl für sich entscheiden kann.«

»Aber was für einen Plan?«, fragte Hans. »Wenn wir von völlig unrealistischen Szenarien absehen, wie etwa, dass sie meine Söhne überzeugt hat, für sie zu stimmen, ist die Sache doch gelaufen.«

»Es gibt eine Möglichkeit«, sagte Greve mechanisch. Alle Blicke richteten sich auf sie. »Als Sasha Direktorin war, habe ich eine Nachricht von Connie an sie weitergeleitet.«

Marte und ihr Vater wechselten einen genervten Blick. »Was hatte Constance denn zu melden?«

»Sie wolle ›eine Rolle bei der SAGA spielen‹, schrieb sie. Zuerst hat Sasha bei dem Gedanken nur gelacht. Bis ich ihr von dem Grundbesitz im Adventdalen erzählte und von der alten Vereinbarung über das Wandeldarlehen.«

Sie fasste die Voraussetzungen zusammen, die Connie einen Aktienanteil von 5 Prozent verschaffen würden. Die Konsequenz daraus erwähnte sie nicht, die lag auf der Hand.

Ja, dachte Sverre mit wachsendem innerem Jubel, das war die Möglichkeit.

»Ich kann den Job mit den Nordgebieten unter einer Bedingung übernehmen«, sagte er und sah Hans an. »Dass die erste Aufgabe der ›Heimkauf‹ ist. Wir von der SAGA werden Connies Svalbard-Besitz wieder nach Hause holen.«

Hans zuckte lässig die Schultern. »Das geht in Ordnung. Heimkauf. Klingt gut. Klingt *norwegisch*.«

Sverre hatte Herzklopfen.

Er ging zum Fenster. Unter ihm lagen die gefliesten Terrasse, be-

deckt von zusammengewehtem Schnee, dahinter der Rasen, der Wald und am Ende das Meer.
Du musst im Hauptfeld bleiben und auf die Möglichkeit warten.
Dies war der Ausbruch, auf den er gewartet hatte.

Kapitel 29

To betray, you must first belong

Bislett, Oslo

Von der Wohnungstür kamen Geräusche. Johnny wachte abrupt auf. Die Sonne schien durch die Jalousien der Wohnung an der Thereses Gate in Bislett. Staub tanzte in der Luft. Ein stechender Schmerz fuhr ihm durchs Frontalhirn, und der schmelzende Atomreaktor dort drinnen verteilte seine radioaktive Strahlung im Rest des Kopfes, mit saurem Regen bis in die Finger und Zehen. Jemand drehte den Schlüssel im Schloss. Im Nu war Johnny auf den Beinen. Was, wenn das der Eigentümer war? Scheiße. Oder Rebecca und Ingrid? Das wäre die absolute Katastrophe.

Es war HK. Johnny hielt inne. Wie immer war der Alte tadellos gekleidet, mit einem bunten Schal über einer halb offenen, klassischen Henri-Lloyd-Jacke in Dunkelblau, so wie alle von Johnny verachteten Upperclass-Schnösel sie in den Neunzigerjahren getragen hatten.

»Du warst seit Kirkenes *incommunicado*«, sagte HK.

»Napoleon brauchte drei Wochen, um die Briefe, die er bekam, zu beantworten«, sagte Johnny. »Weißt du, warum?«

Der Alte antwortete nicht.

»Weil er wusste, dass sich bis zu seiner Antwort die meisten der Probleme, von denen die Briefe berichteten, erledigt haben würden.«

»Aha«, erwiderte der Alte und ließ den Blick auf dem Silberpapier und einer Bankkarte mit Puderzuckerrand ruhen, »dann waren meine Vermutungen also richtig.«

»Die jährliche Inspektion?«, fragte Johnny und trank ein Glas

Wasser. »Du musst mich vor meinem selbstzerstörerischen *Ich* retten.«

HK antwortete nicht, sondern schüttelte den Kopf. Er öffnete den Schrank unter der Spüle und warf Johnny eine Rolle schwarzer Müllsäcke zu.

»Drogen sind nicht nur schlecht für Geist und Körper«, sagte er. »Obwohl sie das natürlich sind, zumindest das Zeug, das du konsumierst. Nein, die Erfahrungen, die man im Drogenrausch macht, sind so banal. Das musst du doch gemerkt haben? Die Junkies glauben, ihnen wären revolutionäre Erkenntnisse über die Welt und sich selbst aufgegangen, dabei ist das Einzige, was sie entdecken, ihre eigene Paranoia. Wie der Link, den du mir heute Nacht um vier Uhr neunundvierzig geschickt hast ...«

»Wovon redest ...?«

HK hatte die Hände auf dem Rücken verschränkt. »Du enttäuschst mich, Johnny. Speedball mit Hasch und Kokain plus University of Youtube ist eine sehr *ungünstige* Kombination. Nein, für einen, nun ja, intellektuell eitlen Mann wie mich ist das so etwas wie Hohn.«

Was hatte er HK eigentlich geschickt? Johnny war sich nicht so sicher, ob er das herausfinden wollte.

»Diesmal kannst du den Schweinestall selbst ausmisten. Ich gehe einkaufen. Abnahme in einer Stunde.«

Er verschwand mit einer autoritären Offiziersmiene, die bei Johnny keinen Zweifel aufkommen ließ, was er zu tun hatte. Ruhig und systematisch scheuerte er Bad und Küche mit weißer Scheuermilch, bevor er Fenster und Spiegel mit Zeitungspapier putzte und den Fußboden mit Schmierseife schrubbte. HK hatte recht, in vielerlei Hinsicht. Drogenmissbrauch war wie Betriebsfußball: aufregend und schädlich für einen selbst, unerträglich für die Zuschauer.

Nach Medweds Tod hatte er sich selbst die Schuld gegeben. Laut den Leuten vom PST, die nach den Ereignissen in Pasvik ein Debriefing mit ihnen durchgeführt hatten, war der Telefonkontakt mit dem Russen ein möglicher Grund dafür, dass er aufgeflogen war. Aber warum hatte Medwed dann das Handy des Konsuls mitgenommen? Das spielte nach Meinung des PST keine Rolle.

Als er Connie Knarvik angerufen hatte, um auf andere Gedanken zu kommen, hatte sie ihm gehörig die Meinung gesagt. Sie habe Geheimnisse mit ihm geteilt, die sie noch nie zuvor jemandem verraten hatte, und er habe ihr »die kalte Schulter« gezeigt.

»Ich dachte, Sie wären anders, Johnny Berg«, hatte sie ins Telefon gerufen, »aber Sie sind auch bloß ein falscher, narzisstischer Mistkerl, der nicht zuhört.«

HK kam auf die Sekunde pünktlich zurück, nahm die Wohnung in Augenschein und nickte kurz. Dann stellte er die Einkaufstüte auf der Küchenanrichte ab.

»Nun hast du dir eine Pause verdient.«

Johnny drehte sich am Fenster eine Zigarette.

»Warum hat Medwed seinen Plan geändert?«, fragte er. »Warum ist er dem Konsul abgehauen, wo sie doch so nahe dran waren, in Nikel?«

»Panik?«, schlug HK vor. »Wir reden von einem Mann, der sich mehrere Wochen lang im Konsulat versteckt gehalten hatte.«

»Mir kam er nicht wie jemand vor, der in Panik gerät«, sagte Johnny.

HK packte die Einkäufe aus. »Nun, es könnte von vornherein sein Plan gewesen sein. Nehmen wir mal an, er ist Profi. Er denkt, dass das Rüberschleusen im Diplomatenauto irgendwie auffliegt. Dass die einzige Hoffnung für ihn darin besteht, kurz vor der Grenze aus dem Wagen zu springen, zu Fuß durch den Wald zu fliehen und über den Fluss zu kommen. Hättest du nicht dasselbe getan, Johnny?«

Johnny schwang sich von der Fensterbank, nahm Teller und Besteck aus dem Schrank und deckte den Tisch. »Wir haben in der Sache einen Denkfehler gemacht.«

HKs Gesicht verzog sich gekränkt. »Was willst du damit sagen?«

»Es geht um die polizeilichen Ermittlungen und darum, dass die Behörden glauben, so was ließe sich durch die Überwachung russischer Diplomaten lösen.«

»Mit der Überwachung norwegischer Bürger ist es nicht so einfach, Johnny. Da haben Staatsanwälte, Medien, Prinzipienreiter und Juraprofessoren in den sozialen Netzwerken alle ein Wörtchen mitzureden. Demokratie, weißt du. Bei Russen ist das einfacher. Die sind allein schon wegen ihrer Nationalität verdächtig.«

Johnny sah ihn lange an. »Die Russen haben zwei ihrer eigenen Leute getötet, um den norwegischen Maulwurf zu schützen. Zuerst den Oberst auf Svalbard und dann Medwed. Ich glaube, die Sache ist größer als uns bewusst ist.«

»Die Einschätzung teile ich«, sagte HK. »Aber ehrlich gesagt habe ich es echt satt, dass du, wenn dir irgendwas in die Quere kommt und du dich machtlos fühlst, dermaßen abstürzt. Das ist unhaltbar.«

»Feuerst du mich jetzt?«, fragte Johnny mit gleichgültiger Miene. »Wenn ja, kann ich das akzeptieren. Innerlich sterbe ich jedes Mal ein bisschen, wenn ich zum PST in Nydalen gehe.«

HK schlug mit der Faust auf den Tisch, dass Johnny zusammenzuckte.

»Jetzt halt verdammt noch mal die Klappe. Ich halte seit fünfzehn Jahren die Hand über dich. Hab mich gegen alle möglichen Pedanten für dich eingesetzt. Auch wenn du eine Sache wirklich gut kannst, nämlich die Staatsgeheimnisse anderer Länder stehlen, kommt man irgendwann an einen Punkt, an dem man keine Lust mehr hat, dich zu verteidigen.«

War das die Art, wie andere ihn wahrnahmen? Für einen kurzen Moment stellte Johnny sich sein Leben ohne die Einmischung des Alten vor. Er wäre allein. HK fuhr fort:

»Das mit Medwed an der Grenze war ein Reinfall, aber das liegt nicht an dem Telefonat. Und es macht den Auftrag, den wir haben, nicht weniger wichtig. Im Gegenteil. Wir haben die Russen im

Visier, weil wir befürchten, dass sie einer großen Sache auf der Spur sind. Dass SAGA und die Falcks das trojanische Pferd sind.«

HK erhob sich und fing an zu kochen – ein Gericht aus seinem geliebten Frankreich. Er hatte einen *Tome*-Käse aus dem Zentralmassiv ergattert, den er als Zutat für ein *Aligot* brauchte – ein Käse-Kartoffelpüree, das er mit Vossa-Wurst und einem Wein von der Rhône servieren wollte. Er goss ein Glas ein und reichte es Johnny.

»Sorry«, sagte Johnny und sah seinen Chef an.

»Akzeptiert«, antwortete HK langsam, »mit großer Skepsis.«

Sie aßen schweigend, und als sie fertig waren, stand HK vom Tisch auf und streckte seinen rentnerschlanken Körper.

»Du musst nicht wieder nach Nydalen«, sagte er fast beiläufig. »Nach einigem Hin und Her hat man mir genehmigt, eine kleine Gruppe zusammenzustellen, die an dem Fall arbeiten wird. Auf unsere Weise. Cort Adelers Gate 17, die alte Dienstwohnung. Wir fangen morgen an.«

Johnnys Erleichterung kam von irgendwo tief aus dem Bauch und verteilte sich im ganzen Körper. Es war, als kehrte nach einem eiskalten Bad die Wärme zurück. Zum ersten Mal, seit er zurückdenken konnte.

»Skål«, sagte er und lächelte. »Wäre ich schwul und dreißig Jahre älter, dann ...«

Der Alte winkte ab.

»Ich denke, wir haben am falschen Ende angefangen«, fuhr Johnny fort. »Wir haben nach dem Wem und Was und Wo gefragt, aber nicht nach dem Warum. *Warum* werden Leute zu Doppelagenten? Was treibt sie an?«

Der Alte nickte in seinen Bart. »Wie sagte der gute alte Kim Philby? Um zu verraten, musst du zuerst dazugehören.«

»Poetisch«, sagte Johnny. »Je mehr ich mich mit der Lebensgeschichte von Hans beschäftige, desto klarer wird mir, dass es eine Geschichte von Verrat ist. Er gehört zum Reederadel in Bergen, verrät ihn aber. Er gehört der AKP an, verrät sie aber. Und den größten

Verrat begeht er an Connie. Auf seinem Weg nach oben fällt er systematisch allen in den Rücken.«

»Das ist eine interessante Geschichte«, sagte HK mit einem Nicken. »Aber ich brauche deine Konzentration nach vorn, du sollst dich mit den aktuelleren Bedrohungen befassen. Bücher kannst du schreiben, wenn wir den SAGA-Informanten geschnappt haben.«

»Keine Angst«, erwiderte Johnny. »Weder Hans noch Connie wollen im Moment etwas mit mir zu tun haben. Was war das übrigens für eine Nachricht, die ich dir letzte Nacht geschickt habe?«

»Das war ein Link zu einer obskuren rechtsradikalen Website.« HK setzte seine Brille auf. »›Zur Verteidigung der eurasischen Zivilisation‹. Sagt dir das was?«

»Eigentlich nicht.« Johnny konnte sich wirklich an nichts erinnern.

»Das war ziemlich abartiges Zeug«, sagte HK. »Ein Reisebericht aus Ungarn und Russland, in dem der Verfasser den Umgang der Osteuropäer mit der ›islamischen Bedrohung‹ in den höchsten Tönen lobt und meint, die multikulturellen westlichen Gesellschaften würden ›sich ihr eigenes Grab schaufeln‹. Ist das auch deine Meinung, Johnny?«

Johnny überlief es kalt bei dem Gedanken, nicht in erster Linie wegen des Inhalts, sondern weil er etwas geschickt hatte, woran er sich nicht erinnerte.

»Tut mir leid«, sagte er.

HK ging zu dem mageren Bücherregal und betrachtete die Buchrücken. »Es ist noch nicht lange her, da habe ich die zwei besten Romane aller Zeiten noch einmal gelesen. So ist das Leben im Ruhestand, weißt du.«

»*Krieg und Frieden* von Lew Tolstoi und *Les Misérables* von Victor Hugo?«

»Gut, Johnny – ein bisschen von deinem Verstand und deiner Erinnerung ist also noch übrig. Weißt du denn auch, was ein alter abgebrochener Theologe auf dem Grund dieser beiden Werke findet?«

Johnny goss sich Rotwein nach. »Dass der Westen nicht mal daran denken darf, in Moskau einzumarschieren? Dass die Welt ein ungerechter Ort für die Elenden ist?«

»Ich finde Gnade. Schriftsteller, die sich heutzutage mit den grundlegenden biblischen Geschichten herumschlagen, tun dies immer mit den Geschichten des Alten Testaments. Verbrechen. Blutrache.«

Er drehte sich um und lächelte. »Der Gott des Alten Testaments ist ein rachsüchtiger Fiesling. Im Neuen Testament dagegen, da finden wir den Herrn, ihn, der allen Menschenkindern gnädig ist, ob sie es verdient haben oder nicht. Das ist der revolutionärste Gedanke der westlichen Kultur, der uns von anderen unterscheidet. Es ist die Gnade, die wir in unserem Beruf eigentlich verteidigen. Und es ist die Gnade, die sowohl *Krieg und Frieden* als auch *Les Misérables* zugrunde liegt. Deshalb leben diese Geschichten ewig.«

»Interessante Theorie.« Johnnys Blick wurde langsam verschwommen.

»Du hast viele idiotische Dinge getan, Johnny«, sagte HK mit gesenkter Stimme. »Ich bin dir gnädig, indem ich dich wieder aufnehme. Bist du bereit, auch anderen gnädig zu sein?«

Anderen gnädig zu sein? Selbst nach HKs eigenartigen Standards war das eine merkwürdige Frage.

»Anscheinend hast du begonnen, dich mit der Falck-Familie zu beschäftigen, um dich auf alttestamentarische Weise zu rächen, nicht wahr? Ich glaube nicht an dein Rachemotiv. Es geht um das, was dich zutiefst quält, Johnny. Es geht darum herauszufinden, wer du wirklich bist.«

Kapitel 30

Alle Menschen haben das Bedürfnis, an etwas zu glauben

Domkirche Sankt Olav, Oslo

Aus den offenen Kirchentüren des Sankt-Olav-Doms drang der Klang einer Predigt in einer fremden Sprache. Sasha schritt ruhig die Kirchenstufen hinauf. Eine slawische Sprache, vielleicht Polnisch? Ganz hinten an der Chorwand des Kirchenschiffs befanden sich Fenster mit Glasmalereien, die das helle Vormittagslicht filterten. Der Gottesdienst war gut besucht.

Sasha war überraschend guter Stimmung. Seit Mads zum ersten Mal vorgeschlagen hatte, das Adventdalen-Grundstück mit dem Geld aus Olavs Lebensversicherung zu kaufen, mit Connies Unterstützung bei der Hauptversammlung als Gegenleistung, war das entsprechend geregelt worden.

»Schön, dass du gekommen bist, Alexandra«, flüsterte eine Stimme hinter ihr.

Sasha drehte sich um. Wenn der Ausdruck *gelebtes Leben* auf einen Menschen passte, dachte sie, dann auf Connie Knarvik. Obwohl, was war denn ein *ungelebtes* Leben? Ihr eigenes, bevor all das passiert war? Connie hatte den schlaffen, faltigen Teint einer Kettenraucherin, ein Netz aus Runzeln überzog ihr gebräuntes Gesicht, konzentriert um Augen und Mund.

Wenn es von der harten Schule des Lebens verschiedene Stufen gäbe, hätte Connie Knarvik alias Constance Falck einen Doktortitel. Selbst ihr Name – dass der großbürgerliche Name durch einen plumpen Allerweltsnamen ersetzt worden war – war Ausdruck davon.

»Ziemlich viele Leute hier, nicht?«, sagte Connie, die sich neben

Sasha auf die Bank gesetzt hatte, während die Gläubigen begannen, den Dom zu verlassen. »Wir können den Polen und Vietnamesen dankbar sein, dass sie eine Kirche geschaffen haben, die viel lebendiger ist als die Staatskirche.«

Jetzt fiel Sasha ihre Stimme auf, rau und heiser, aber mit einer Sinnlichkeit und Spiritualität wie bei einer Soulsängerin.

»Siehst du Olavs Arm dort drüben?« Connie zeigte auf eine vergoldete Hand, platziert auf einem goldgeschmückten Gefäß. »Hast du eine Reliquie für deinen Olav, liebe Alexandra?«

Mein Olav, dachte Sasha, das klang unpassend, aber in Connies Stimme lag eine Sanftheit, die den Worten die Spitze nahm, wie bei einem Priester oder einem spirituellen Yogalehrer. Sie schüttelte den Kopf.

»Wir haben es nicht so mit Reliquien hier oben«, sagte Connie.

»Daran musste ich denken, als ich *Meereskathedrale* gelesen habe.«

»Friedhof. *Meeresfriedhof.*«

»Natürlich. Es war so wichtig, dass du Veras Geschichte ans Tageslicht gebracht hast. Und das romantische Treffen von Vera und Wilhelm im Nidarosdom, über dem *Cor Norvegiae*, ich habe es geliebt!«

Sie sprach zu Sasha wie eine leidenschaftliche Literaturliebhaberin.

»Vera war auch Sozialistin«, fuhr Connie fort, »vielleicht etwas freisinniger als unsere Maoisten. Aber ihr Herz schlug links. Es würde mich nicht überraschen, wenn sie sich mit den Jahren auch mehr für die Religion interessiert hätte.«

Anstatt den entschieden gottlosen Abschiedsbrief ihrer Großmutter zu zitieren, lächelte Sasha nur.

»Viele glauben ja, dass Kommunismus und Katholizismus im Widerspruch zueinander stehen, aber denk nur an die Reliquien der kommunistischen Führer. Wusstest du, dass es in den Vierzigerjahren üblich war, sich zu bekreuzigen, bevor man das Lenin-Mausoleum im Kreml betrat?«

»Vielleicht haben alle Menschen das Bedürfnis, an etwas Größeres zu glauben?«, fragte Sasha.

»Das denke ich auch«, sagte Connie sanft. »Das geht mir oft durch den Kopf, wenn wir für alles kritisiert werden, was wir getan haben. Für die Kulturrevolution, die Kampf- und Kritiksitzungen, die Kaderbeurteilungen. Wir waren natürlich nicht fehlerfrei, wir haben eine Menge Fehler gemacht, aber wir haben es getan, weil wir an eine bessere Welt glaubten. Das darf man nicht vergessen.«

»Was ist eine Kaderbeurteilung?«

»Die Ideologie der AKP basierte auf der Idee, dass wir die Massen während der Revolution anführen würden«, sagte Connie mit nostalgischer Glut in den Augen. »Das klingt heute sicher merkwürdig, aber wir waren eine Elitepartei, die aus hochgebildeten Mitgliedern bestand. Wolltest du Kader werden, also ein führendes Parteimitglied, musstest du dich von anderen Mitgliedern beurteilen lassen. Das waren ziemlich krasse Beurteilungen, würde man heute wohl sagen, nichts für solche Mimosen, wie sie derzeit heranwachsen. Aber wir waren auch sehr viel selbstkritischer. Wir wollten uns die Bürgerlichkeit radikal austreiben. Alles loswerden, was in die Richtung tendierte.«

Sasha fiel auf, dass sie über das harte Klima der Siebzigerjahre mit demselben Stolz wie viele Frauen ihrer Generation sprach, die auch die »Mimosen« kritisierten, die danach kamen.

Connie saß eine Weile mit geschlossenen Augen und gefalteten Händen da. Dann wandte sie sich Sasha zu. »Du wolltest mit mir reden?«

»Wie du weißt, habe ich Rederhaugen und das meiste von dem, was wir besessen haben, vor drei Monaten verloren«, begann Sasha. »Hans hat es uns weggenommen.«

Connie schwieg, aber der Name rief eine Reaktion in ihren Augen hervor.

»Er ist ein Lügner und Verräter«, sagte sie schließlich.

»Ich habe vor, auf der Hauptversammlung für den Vorstandsvorsitz zu kandidieren. Gegen Hans.«

»Wann ist die?«

»Laut Einberufung findet die Hauptversammlung in genau neunzehn Tagen statt. Auf Rederhaugen. Ich bin dabei, eine Koalition von Aktionären auf die Beine zu stellen, um dafür zu sorgen, dass Hans verliert und wir die Kontrolle zurückbekommen.«

»Was kannst du anbieten?« Die Stimme klang wachsam.

War es Geld, was sie wollte, oder das Gefühl, wichtig zu sein, damit sie das nächste Kapitel in der Familiengeschichte aufschlagen konnte?

»Dein Grundstück zu kaufen«, sagte Sasha. Jetzt musste sie überzeugend sein. »Du bekommst Cash, im Gegenzug bekomme ich deine Stimmen.«

Connie musterte sie mit dem Blick eines Menschen, der in seinem Leben mehrfach hintergangen worden war. »Wie viel?«

»Hundertvierzig Millionen Kronen.«

Lange saß sie konzentriert da, die Falten in ihrem Gesicht wurden gleichsam tiefer. »Mir gefällt das nicht.«

»Aha«, sagte Sasha, »warum nicht?«

»Papa hat immer gesagt, das Adventdalen ist das beste Grundstück in der gesamten Arktis«, erwiderte Connie. »Das ist mehr wert als der gesamte Rest der SAGA.«

Es ging ihr also ums schnöde Geld. Obwohl Connie nicht mehr als die beiden Aktienanteile an SAGA besaß und wahrscheinlich am anderen Ende der Stadt wohnte, hätte Sasha erwartet, dass noch ein Rest Sentimentalität in ihr steckte. Immerhin war sie eine alte Kommunistin.

»Hundertvierzig Millionen auf dem Konto am Tag nach der Hauptversammlung«, wiederholte Sasha. »Das ist mein Angebot.«

Connie stand auf. »Du glaubst, es geht nur ums Geld. Lass dir was Besseres einfallen, dann kommen wir vielleicht ins Geschäft.«

Sie drehte sich um und ging.

Sasha blieb nachdenklich zurück. Connie Knarvik hatte den Ruf, eine Querulantin zu sein. Hatte sie etwas Dummes gesagt? Etwas, das sie gekränkt hatte?

Sie schickte eine Nachricht an Mads. »Müssen uns treffen.«

Vom Dom aus nahm sie die Abkürzung über den Sankt Olavs Plass und am linken Blitz vorbei, einer Gegend, die sie an ihre Jugendjahre erinnerte. Obwohl, eine typische Blitz-Aktivistin war sie nie gewesen. Zu der Zeit, als Sasha auf die Kathedralschule ging, war die Schülerschaft ziemlich klar zweigeteilt in Yuppies und Freaks, in Steppwesten und Isländerpullover, in Ja und Nein zur EU. Für eine Tochter der Osloer Falcks gab es wenig Zweifel, auf welche Seite man gehörte.

In ihren Mauerblümchenjahren auf dem Gymnasium war Sasha manchmal allein hinunter ins düster beleuchtete Café Blitz gegangen, wo sie heimlich die radikalen Mädchen beobachtete, die oft Kinder von Maoisten waren. Laut redend, konfrontativ, furchtlos. Warum fiel denen das so leicht und ihr selbst so schwer? Vielleicht war es das Schicksal der Falcks, dachte sie jetzt, so wie sie immer im Kreuzfeuer standen – zwischen links und rechts, Macht und Aufruhr, Bergen und Oslo, Olav auf der einen Seite, Connie und Hans auf der anderen.

Warum dachte sie jetzt daran? Weil Connie ihr Angebot ausgeschlagen hatte. Hundertvierzig Millionen und ein Finger in Hans' Gesicht. Es war schwer zu verstehen, wie sie dachte. Vielleicht stimmte der Ruf, den sie in der Familie hatte: dass sie labil und verrückt war. Wie sollte sie es anstellen, Connie auf ihre Seite zu ziehen?

Während die Abgase den Schnee in den Straßen der Stadt aschgrau gefärbt hatten, war der Schlosspark noch in das Weiß des Winters gehüllt. Sie traf Mads auf dem Nisseberget. Vor dem Schloss marschierten Gardisten.

»Schlechte Nachrichten?«, fragte Mads.

Er kannte sie gut genug, um es ihr anzusehen.

Sasha nickte. »Sie meint, das Adventdalen-Grundstück sei viel mehr wert.«

Mads hatte die Hände in den Taschen seines Wintermantels vergraben. »Was schätzt du?«

»Keine Ahnung. Aber wenn sie mich nicht unterstützt, sind wir genauso weit von der Mehrheit entfernt.«

Er nickte nachdenklich. »Sie könnte mit Leuten auf Svalbard gesprochen haben. Vor ein paar Jahren wollten andere Erben aus Bergen eines ihrer Privatgrundstücke dort oben verkaufen, das auch mit Bergbaurechten verknüpft war. Es ging das Gerücht, der Staat habe es ihnen für dreihundert Millionen abgekauft. Und deren Grundstück war bei Weitem nicht so strategisch wichtig wie das Adventdalen.«

»Aber mehr Geld haben wir nicht«, seufzte sie mutlos.

»Es gibt noch eine Möglichkeit.«

Sie blieben stehen. Er trat dicht an sie heran, spürte ihren warmen Atem. »Aber bevor ich dir die erzähle, will ich sicher sein, dass du bereit bist.«

Sie hob den Kopf und blickte auf seine breite Kinnpartie. »Bereit wofür?«

»Ohne Handschuhe zu kämpfen. Mit allen Mitteln.«

Mads spannte die Kiefermuskeln an, als er das sagte.

»Lass hören«, sagte sie.

»Vergiss nicht, dass ich Schiffsmakler war, bevor wir uns kennenlernten. Ich kenne immer noch viele im Norden und Osten. Dort könnte es Interessenten geben, die einen wesentlich größeren Betrag zahlen würden. Akteure mit großen Taschen.«

Sasha spürte plötzlich ein schleichendes Unbehagen.

»Aber ... die Besetzung der Krim ... der Krieg im Donbass ... westliche Sanktionen?«

»Lies den Spitzbergen-Vertrag, dann wirst du sehen, dass die Russen dort Rechte wie andere Staaten haben.«

»Aber ein Verkauf an Russen«, sagte Sasha, »das klingt im Jahr 2016 vielleicht nicht so gut?«
»Wir verkaufen nicht, Connie soll das tun. Wir werden es *einfädeln*. Wir reden mit Leuten, die du kennst und denen du vertraust.«
»Wem?«, fragte Sasha.
»Ich dachte an Signy.«
Der Gedanke an Signy Ytre Arna, eine frühere Mitstreiterin ihres Vaters und mit allen Wassern gewaschene Ministerin der Zentrumspartei, die seitdem Vorstandsposten sammelte und sich in internationale Führungspositionen vorgearbeitet hatte, gab Sasha einen Funken Hoffnung.
»Signy kennt diese Problemstellung garantiert«, sagte Mads. »Außerdem kennt sie die SAGA und dich persönlich. Du kannst über sie sagen, was du willst, aber eine großrussische Imperialistin ist sie nicht.«
Sasha spürte etwas von der gleichen Spannung, die sie auf der Reise mit Johnny Berg im Jahr zuvor gespürt hatte. Sie merkte, wie das Blut schneller durch ihren Körper pulsierte. Fühlte sich mehr verliebt in – nein, das klang falsch – fühlte sich mehr zu Mads hingezogen als jemals zuvor in ihrer Ehe.
Angst und Erregung ließen sich schwer trennen.

Kapitel 31

Tinker, tailor, soldier, sailor

Cort Adelers Gate, Oslo

Cort Adelers Gate 17 war ein nüchterner Wohnblock im gutbürgerlichen Osloer Westen. Er öffnete die Haustür und kontrollierte den Briefkasten. Nichts Interessantes.

Die Fassade des Eckhauses mit den funktionalen Fenstern wurde von zwei Grautönen dominiert – dunklem Zementgrau im Erdgeschoss und darüber Hellgrau. Ein Schild am Eingang führte die Firmen auf, die sich in den oberen Etagen verbargen, mit so generischen Namen, dass man meinen konnte, es seien Briefkastenfirmen. Der Verdacht drängte sich auch bei ConsultService AS auf. Laut Mietertafel belegte das Unternehmen die gesamte siebte Etage, aber die gehörte dem Geheimdienst, wie so viele Wohnungen in dieser Gegend. Warum eigentlich hier? HK hatte nie eine gute Antwort darauf erhalten. Er ging die Treppe bis ins oberste Stockwerk hinauf, eine Gewohnheit, die er sich mit dem Eintritt in den Ruhestand zugelegt hatte.

HK war viel besser gelaunt, als er es rein objektiv hätte sein dürfen. Sein Ehemann war sehr enttäuscht gewesen, als er ihm eines Abends mitteilen musste, dass aus der Reise nach London nichts werden würde. Sie hatten lange gehofft, es käme anders, aber als Medwed an der Grenze erschossen wurde und er selbst eiligst von den Behörden einbestellt wurde, um Mittel und Wege gegen das zu finden, was die Presse bereits als »Agentenkrieg« bezeichnete, war es offensichtlich: Die prestigeträchtige Konferenz über »Intelligence Gathering and Methods in the 21st Century« am King's College in London musste ohne ihn stattfinden. Das war bitter, da

Cambridge University Press plante, sein Buch für ein breites Publikum zu veröffentlichen.

Obwohl jede Zelle seines eitlen Körpers schrie, er solle das Gegenteil tun; obwohl sein Ehemann ihn inständig bat, den Job aufzugeben – stellte er ihn trotzdem über alles andere.

Vielleicht bin ich tief im Herzen ein Idealist, dachte er.

Oder vielleicht ein Abenteurer, der nicht wirklich bereit für die Langeweile des Rentnerdaseins war, ein altes Zirkuspferd, das tut, was es tun muss, sobald es Sägemehl riecht.

HK räumte die Pappkartons weg und öffnete die Fenster, um den Geruch von Motten und abgestandener Luft loszuwerden. Dann stellte er die gerade gekauften Blumensträuße in Vasen, die er in der kleinen Küche am Ende des Gangs fand. Ein gewisser Komfort war wichtig.

In der abgeschrägten Hausecke befand sich sein eigenes Büro. In dem Flügel, der an der Querstraße lag, waren die drei Büros für Line Mørk, Einar Grotle und Johnny. Dass es zu Reibereien zwischen Line vom PST und Leuten vom militärischen Nachrichtendienst kam, war ebenso unvermeidlich wie das Aufeinanderprallen der Weltreligionen auf dem Tempelberg in Jerusalem. Inlandsnachrichtendienst und militärischer Nachrichtendienst verabscheuten einander. Das war schon immer so, unabhängig von Land und Zeitepoche. Nur ein Bürokrat konnte glauben, dass das gegenseitige Misstrauen durch eine gemeinsame operative Zentrale mit dem musikalisch-wohlklingenden Namen *FEKTS* aufgelöst werden könnte.

Er mochte Line. Er schrieb ihren Namen auf einen Post-it-Zettel, den er an die Tür des größten Bürozimmers klebte.

Der Raum in der Mitte der Büroetage, nach allen Seiten hin vor Einblicken geschützt, sollte als Kommandozentrale dienen.

An einer Wand hängte er vier Bilder auf.

Zuerst ein Foto von Siri Greve in dunklem Blazer und weißer Bluse.

Daneben: Sasha und Mads Falck.
Als Nächstes ein Foto von Sverre Falck.
Zum Schluss eins von Hans Falck.
HK betrachtete sein Werk und war zufrieden. Fünf Menschen, fünf Hauptverdächtige. Ja, es gab auch noch andere, innerhalb und im Umfeld der SAGA und der Falck-Familie. Von Signy Ytre Arna bis Andrea und Marte Falck. Aber das hier war der Kern, und irgendwo musste man anfangen. Jetzt fehlte nur noch HKs Gruppe.

Nun, und Johnny Bergs Evangelium, das *Warum:* HK stand vor der Wand und musterte die Fotos. Wer wird Doppelagent und verrät sein Land?

Eine halbe Stunde später waren seine drei Untergebenen an Ort und Stelle. Line rauschte mit breitem Lächeln und roten Wangen herein, nachdem sie den Morgen mit Liegestützen und Klimmzügen am Reck verbracht hatte, während Grotle Johnny damit aufzog, dass er das kleinste Büro bekommen hatte.

»Herzlich willkommen«, sagte HK, nachdem sie die Handys draußen in einem Korb abgelegt und Platz genommen hatten. »Ich werde mich nicht mit Belanglosigkeiten aufhalten, nur so viel sei gesagt, dass die Behörden sehr besorgt über die Gewaltbereitschaft der Russen sind. Ich rede natürlich von der Liquidierung von Zemljakow und Medwed. In meiner Eigenschaft als Vorgesetzter habe ich den Auftrag erhalten, eine Gruppe zusammenzustellen, zu der ihr drei gehört. So weit klar?«

Die drei nickten ernst.

»Unsere Befugnisse sind weitreichend, und die Behörden wünschen ein schnelles Ende dessen, was die Medien als ›Spionagekrieg‹ bezeichnen. Sie haben erkannt, dass es einen norwegischen Maulwurf gibt. Unser Auftrag ist schlicht und einfach, diese Person zu finden. Wegen der Gefahr undichter Stellen werden wir unabhängig von den übrigen Diensten arbeiten. Wir werden zum gegenwärtigen Zeitpunkt auch keine eventuell Verdächtigen befragen.«

Er zeigte auf die Fotos an der Wand.

Line hob die Hand. »Bedeutet das, dass die Staatsanwaltschaft mehr Wohlwollen zeigen wird, wenn wir – wie soll ich sagen – invasivere Ermittlungsmethoden gegen die norwegischen Verdächtigen anwenden möchten?«

»Das ist durchaus denkbar«, nickte HK. »Oder, Johnny?«

Johnny saß zurückgelehnt auf seinem Stuhl. »Für so etwas ist unser Gegner zu schlau. Deshalb müssen wir intelligenter vorgehen. Mit Köpfchen statt mit dem Vorschlaghammer.«

»Kannst du das genauer erläutern?«, sagte HK.

»Geld lasse ich mal außen vor, das ist so offensichtlich«, sagte Johnny. »Interessanter ist Ideologie als Motivationsfaktor. Kim Philby, der als sowjetischer Spion bis an die Spitze des britischen Geheimdienstes aufstieg, wurde in erster Linie von Ideologie angetrieben. Er war der Überzeugung, das kommunistische System sei unseren westlichen Gesellschaften überlegen.«

»Aber wie wahrscheinlich ist es, dass ein SAGA-Maulwurf von der gleichen Motivation angetrieben wird?« HK räusperte sich. »Dem heutigen russischen Regime fehlt doch wohl die Anziehungskraft, die von der Sowjetunion ausging, bevor ihre Verbrechen bekannt wurden.«

Johnny richtete sich auf. »Das schon. Obwohl Hans Falck enge Verbindungen nach Kirkenes hat, wo viele eine große Sympathie für die Russen hegen, wie wir wissen. Aber es gibt noch eine andere interessante ideologische Dimension, die wir bedenken sollten. Vor ein paar Tagen habe ich HK in einem – äh – schwachen Moment den Link zu einer obskuren rechtsradikalen Website geschickt, die Putin bejubelt.«

»Natürlich bist du bei der Hufeisentheorie gelandet«, grinste Grotle.

»HK hat nicht verstanden, warum ich ihm das geschickt hatte, und ich auch nicht«, fuhr Johnny fort. »Bis ich mir das noch mal durchgelesen habe. Denn hierin liegt eine ideologische Rechtfertigung dafür, sich in den Dienst der Russen zu stellen: Nur ein starker, autoritärer Führer kann den Westen vor der Islamisierung retten.«

»Idioten und verrückte Verschwörungstheoretiker hat es schon immer gegeben«, wandte Grotle ein. »Haben die was mit SAGA zu tun?«

»Unmöglich ist es nicht«, erwiderte Johnny. »Der Verfasser des Artikels, Victor Prydz, ist ein Schulkamerad und enger Freund von Sverre Falck. Ein exzentrischer Typ. Gesellschaftskritiker und Unterstützer von diversen Organisationen der extremen Rechten. Der Artikel von diesem Prydz wirft die Frage auf, warum es in den letzten Jahren so wenig Terrorismus in Russland gegeben hat. Meine Antwort darauf ist diese: Wenn Norweger keine freie Meinung mehr haben dürfen, wenn wir unsere freie demokratische Gesellschaft nach russischer Manier zurückbauen müssen, um Terrorismus oder Spionage zu verhindern – dann will ich lieber als freier Mensch mit einem realen, aber kleinen Risiko politischer Gewalt leben.«

»Ideologische Motivation klingt interessant, aber mit einem vagen Verdacht lockst du keinen Staatsanwalt hinter dem Ofen hervor«, wandte HK ein. »Mach mit dem *Warum* weiter.«

»Größenwahn und Narzissmus«, fuhr Johnny fort. »Unser Arne Treholt zum Beispiel glaubte, er könne eine wichtige Rolle für den Weltfrieden spielen und eine Konfrontation zwischen den USA und der Sowjetunion verhindern. Als Diplomat auf mittlerer Ebene, aus einem kleinen Land wie Norwegen. Ein Doppelagent muss sich nicht einmal für einen Verräter halten, sehr oft sieht er sich nicht so. Der Doppelagent ist überzeugt, dass die Rolle als *Brückenbauer* wichtig ist und – als Narzisst – dass kein anderer als er selbst sie ausfüllen kann.«

»Gut«, sagte HK und versuchte, ein vorläufiges Resümee zu ziehen. »Ich teile deine Gedanken über das Warum, Johnny. Wir werden diese Richtung weiterverfolgen. Trotzdem denke ich, dass wir uns einige aktivere Herangehensweisen überlegen müssen.«

»Welche wären das?«, fragte Line.

HK sah sie an. »Du wirst daran arbeiten, einen Zugang zu Sasha und Mads Falck zu finden. Was Hans Falck und Siri Greve angeht, dürfte es vor der Hauptversammlung schwierig werden. Hans geht nicht mal ans Telefon, wenn sein Biograf anruft.«

»Ich kann es noch mal versuchen«, warf Johnny ein.

»Nein«, sagte sein Chef. »Ich möchte, dass du Sverre Falck kontaktierst.«

Johnny schaute ihn fragend an. »Ach ja?«

»Sverre gehört zu den unmittelbar Verdächtigen, aber er ist auch derjenige der vier, der die SAGA am besten kennt, da er viele Jahre lang als Unternehmenserbe aufgebaut wurde, und er hat ein gutes Verhältnis zu den drei anderen.«

»Soll ich als Hans Falcks Biograf Kontakt zu ihm aufnehmen?«

HK räusperte sich. »Das ist eine Möglichkeit, aber ich halte sie nicht für die beste. Sverre Falck ist jemand, der gehorcht, und Hans könnte ihm befohlen haben, den Mund zu halten.«

Johnny sah ihn fragend an.

»Du sollst dich als *Veteran* bei ihm melden, du willst mit ihm über Möglichkeiten sprechen, gemeinsam etwas für die Sache der Veteranen zu tun. Band of Brothers, alte Kameraden, sagt man nicht so? Nenn es, wie du willst. Ein Veteran geht ans Telefon, wenn ein anderer Veteran anruft.«

Kapitel 32

Eine Kleinpartei gibt den Ausschlag

Heggedal, eine halbe Stunde von Oslo entfernt

Mads schaffte es kaum, den Tesla die steilen Hänge oberhalb von Heggedal hinaufzumanövrieren. Er parkte den Wagen, und Sasha stieg aus. Obwohl sie nicht weit von Oslo entfernt waren, lag Neuschnee auf den Nadelbäumen, die die umgebenden Hügel bedeckten, und bildete einen Kontrast zum Nebel, der wie eine Decke über dem Tiefland unter ihnen lag. In Oslo regnete es.

Sasha kontrollierte die Straßenkarte auf ihrem Handy. »Sie hat gesagt, es ist hier.«

Die Stille wurde vom Getöse einer Motorsäge zerrissen, die einen Stamm durchtrennte. Sie sahen sich fragend an und gingen in Richtung des Lärms. Auf einer Waldschneise stand jemand im signalroten Overall mit Gehörschutz und drehte ihnen den Rücken zu. Neben der Gestalt lag das, was einmal eine stolze Birke gewesen sein musste. Sie gingen in weitem Bogen auf die Person mit der Kettensäge zu und gaben sich zu erkennen, als sie direkt vor ihr standen.

Signy Ytre Arna setzte die Kettensäge auf dem Boden ab und schob die Schutzbrille hoch. »Nein, da schau her!«, rief sie in ihrem breiten Sogne-Dialekt, der nach all den Jahren in der Reichspolitik eine leicht südostnorwegische Färbung angenommen hatte.

Obwohl Signy zu den Vorstandsmitgliedern und Verbündeten gehört hatte, denen Olav am meisten vertraute, und Sasha sie seit dem Beisetzungsgottesdienst in der Holmenkollen-Kapelle nicht mehr gesehen hatte, hielt sie sich nicht lange mit dem Todesfall auf. Dass sie eine empfindliche und *hochsensible* Person war, konnte man nicht behaupten. Signy war früher Öl- und Energieministerin der Zentrumspartei gewesen, ein politisches Schlachtross, das fünfunddreißig Jahre lang täglich Kraftfutter in politischen Sitzungen gefressen hat.

Es überraschte Sasha nicht im Geringsten, dass Signy Ytre Arna ihr Holz eigenhändig fällte. Auch nicht, dass diese, gelinde gesagt, ungewöhnliche Frau, die »Angela« und »Wladimir« beim Vornamen nannte und im Vorstand der nationalen Ölgesellschaft in Saudi-Arabien gesessen hatte, nun vorschlug, hier im Wald eine Pause einzulegen, bei der lauwarmer Filterkaffee aus der Thermoskanne in zwei Becher eingeschenkt und an jeden ein Energieriegel verteilt wurde.

»So«, sagte Signy. »Was kann ich für euch tun?«

»Nun«, begann Sasha. »Seit fast hundert Jahren gehört der Familie ein Grundstück in der Nähe von Longyearbyen auf Svalbard mit Grubenrechten für den Kohlebergbau.«

»Herbert Falcks alter Grundbesitz im Adventdalen, das weiß ich natürlich«, sagte Signy mit einem Kopfnicken.

»Dann weißt du auch, dass Herbert in den 1960er-Jahren SAGA mit einem Kredit in Form eines Wandeldarlehens ausgeholfen hat«, sagte Sasha. »Seine Tochter Constance, Connie, hat das Grundstück geerbt, und jetzt will sie von ihrem Recht Gebrauch machen, die Aktienanteile an der SAGA-Gruppe aufzustocken ...«

Signy schlug sich die Arme um den Oberkörper, um die Kälte zu vertreiben, und ergänzte Sashas Ausführung. »Und die fünfzig SAGA-Aktien, die sie dann hält, sind das Zünglein an der Waage. Ja danke, ich kenne das Szenario. Ich habe Olav oft davor gewarnt, als ich im Vorstand saß.«

»Ernsthaft?«, fragte Sasha. »Warum hat er nichts dagegen unternommen?«

Signy zuckte die Schultern. »Er war wohl nicht sehr besorgt. Connie Knarvik war für Beschlussfassungen irrelevant, ihr habt ja fast 90 Prozent der SAGA-Aktien kontrolliert, also warum sollte er?«

Signy sah Mads an. »Außerdem gehörte Olav ja derselben Partei an wie du. Historisch gesehen der größten des Landes. Das macht etwas mit der Denkweise. Olavs idiotische Fixierung darauf, dass nur die beiden größten Parteien zählen ...«

Ja, über die engstirnigen Spezialinteressen der kleinen Parteien zu schimpfen hatte zu den dummen Verallgemeinerungen ihres Vaters gehört. Sasha lächelte traurig bei dem Gedanken.

»Was Olav nicht sehen wollte, war, dass die kleinen Parteien am Ende den Ausschlag geben können und ihnen eine Macht zukommt, die ihren Rückhalt in der Bevölkerung weit übersteigt. Genau wie meine Partei. Oder wie Connie Knarvik.«

Sasha nickte langsam.

»Warum zahlst du Knarvik nicht einfach aus?«, fragte Signy.

»Das habe ich versucht«, antwortete Sasha.

Mads mischte sich ein. »Wenn es uns gelingt, das Adventdalen-Grundstück zu einem guten Preis zu verkaufen, glauben wir, dass Connie Sashas Kandidatur auf der Hauptversammlung unterstützen wird. Wir wissen es nicht. Ich habe mit Industrifinans gesprochen, und mit dem Wirtschaftsministerium.«

»Industrifinans«, sagt Signy belehrend, »ist gut, wenn du mit altem Geld ankommst, das auf der Bank verstaubt, und du ein bisschen höhere Erträge willst. Aber dieser Verkauf ist ein paar Schuhnummern zu groß für sie. Nicht wegen der eventuellen Kaufsumme, sondern wegen der geopolitischen Implikationen.«

Mads warf Sasha einen schrägen Blick zu. »Und das Wirtschaftsministerium?«

»Der Staat«, sagte Signy und betonte das Wort, »reitet das Pferd nicht am selben Tag, an dem er es sattelt, um es mal so zu sagen. Ich denke, ihr solltet euch anderweitig umsehen.«

»Wir haben wenig Zeit«, sagte Sasha.

»Wie wenig?«, fragte Signy.

»Gut zwei Wochen.«

Signy sah sie kopfschüttelnd an. »Vergesst es. Diese Prozesse brauchen oft mehrere Jahre.«

»Ich weiß«, erwiderte Mads. »Aber keiner hätte gedacht, dass wir in diese Situation geraten. Was erstens daran liegt, dass Sashas Geschwister eine Abstimmungsallianz mit Hans und den Bergensern eingegangen sind. Und zweitens, dass Connie wider Erwarten Sashas Pauschalbetrag abgelehnt hat.«

Anscheinend dachte Signy angestrengt nach, denn sie widersprach dem Argument nicht sofort, wie es ihre Gewohnheit war.

»Außerdem«, fügte Mads hinzu, »denke ich, dass es möglicherweise einen *fast track* gibt, zum Beispiel in Russland, falls sie auf Grundstücke von großem politischem und strategischem Wert stoßen.«

»Okay«, sagte Signy, »lasst mich ein paar Telefonate führen.«

Sie stand auf und wanderte im Zickzack zwischen den Überresten der massakrierten Birke umher.

»Wen ruft sie an, was meinst du?«, flüsterte Sasha Mads zu.

»Auf die Telefonliste hätte ich gerne Zugriff«, antwortete er leise.

Vom Waldrand hörten sie eine Stimme auf Englisch mit starkem norwegischem Akzent nahezu ins Telefon rufen. »Yes ... Hello mister ... this is Signy Ytre Arna calling ... yes, yes, all good, cutting down trees in the forest ... I have an urgent question.«

Sie verschwand tiefer im Wald, sodass die Stimme nicht mehr hörbar war. Vor Nervosität zündete sich Sasha eine Zigarette an. Mads rümpfte die Nase. Sie rauchte hastig, und als sie die Kippe im Schnee ausmachte, kam Signy zurück.

»Ich habe mit einem Freund gesprochen. Ehemals Politiker in der Duma, ja, und einige Auszeichnungen hat er auch – er ist der Einzige, der sowohl von der Sowjetunion als auch von Russland als Held geehrt wurde.«

Mein Gott, dachte Sasha, was rührt sie da jetzt zusammen?

»Wie auch immer, Artur Alijew ist bis übermorgen in Sankt Petersburg. Er empfängt euch in zwei Tagen um dreizehn Uhr an seinem Stammplatz in der Bibliothek der Geografischen Gesellschaft zum privaten Mittagessen. Ihr habt ein Visum?«

»Haben wir nicht«, sagte Mads, der blass geworden war.
»Na, ich will sehen, was ich tun kann. Zeit und Ort habt ihr. Richtet Artur einen schönen Gruß von mir aus.«
Sie stand auf, nahm Schutzbrille und Handschuhe und ging zur Kettensäge.
»Ich muss weitermachen«, sagte sie und startete die Säge, wie andere einen Außenbordmotor anwerfen, »wenn ich es bis zum Abendessen im Schloss schaffen will!«

Kapitel 33

Unter uns Veteranen

Vippetangen, Oslo

Sverres Blick wanderte über die Reihen der pyramidenförmigen Sauna auf Vippetangen im Osloer Zentrum. Die jungen Mädchen saßen wie Hühner auf der Stange vor ihm. Er wand sich ein wenig auf der Holzbank. Ja, er hatte ein paar Kilo zugelegt, seit er Ingeborg kennengelernt hatte, aber diese Kilokalorien waren das pure Glück gewesen.

Zweimal war er Johnny Berg begegnet. Das erste Mal vor vielen Jahren in Afghanistan. Die norwegischen Streitkräfte dort waren überschaubar, sodass die Leute in Sverres Scharfschützentruppe genau wussten, wer die Spezialsoldaten und wer die Geheimdienstler waren. Denn gerade deren ziviler Stil machte sie so leicht erkennbar. Leute wie Berg umgab bei den Streitkräften so etwas wie eine mythologische Aura, weil sie sich nicht um die Regeln scherten, an die sich ihre Kameraden zu halten hatten. Das zweite Mal waren sie sich im Jahr zuvor begegnet, in der Kneipe der Kampfschwimmer in Ramsund.

Sverre sah auf die Uhr. Schwitzte. Wo blieb er nur?

Nachdem Ingeborg im NUPI lange kein Bein auf den Boden bekommen hatte, fügten sich die Dinge genau in der Reihenfolge, über die sie und Sverre spekuliert hatten. Sie wurde zum Außenminister gerufen, der ihr mitteilte, dass eine der politischen Beraterinnen in Elternzeit gegangen und die Stelle frei sei. Politischer Berater war zwar das niedrigste der politischen Ämter, die jede Regierung vergab, nach Minister und Staatssekretär. Es war oft ein Verlegenheitsposten für loyale und talentlose Jungpolitiker. Spielte man seine Karten geschickt aus, war es dennoch möglich, die Stellung als Sprungbrett für die wirklich hohen Positionen zu nutzen.

Sverre zweifelte keine Sekunde daran, dass Ingeborg genau das tun würde.

In diesem Moment tauchte Johnny unten am Eingang auf, mit einem Handtuch um den Hals und wüstenfarbener Ganzjahresbräune. Er war schlank und sehnig, Sverre konnte ihn sich absolut als Triathleten vorstellen, der sein Sixpack im Alltag unter Anzug und Krawatte verbarg.

Sverre winkte ihm zu.

»Schön, dass du kommen konntest«, sagte Johnny.

Er hatte eine dunkle, klangvolle Stimme und grüne Augen mit einem tiefen, intensiven Blick. Als er das Handtuch auf der Saunabank ablegte, bemerkte Sverre drei diagonale Narben auf seiner Brust und etwas, das ein altes Einschussloch in der Schulter sein musste.

»Guter Ort«, sagte Sverre und sah sich um.

»Hab gehört, du hast in Kabul einen guten Job gemacht.«

Sverre nickte. Er hatte eine Schwäche für Komplimente.

»Siehst du die alten Jungs von der Scharfschützentruppe öfter?«

Sverre zögerte. »Nicht so oft, wie ich gehofft hatte. Und du?«

»Ich hab's nicht so mit Männerrunden«, sagte Johnny. »Schau lieber allein Fußball, wenn du verstehst.«

Sie sprangen in den kalten Fjord. Die Temperatur war auf wenige Grad unter null gestiegen, und auf dem märzschwarzen Oslofjord lag ein hauchdünner Ölfilm, der das Wasser wärmer erscheinen ließ.

Sie kletterten heraus und gingen eilig in eine angrenzende Bar voller geschiedener Frauen im Bikini und mit einem ergrauten Neunzigerjahre-DJ in Hawaiishorts.

Johnny kaufte zwei Bier und reichte ihm eines davon. Seit sie sich im letzten Jahr begegnet waren, mochte Sverre diesen Kerl. Oder besser gesagt, war er von ihm fasziniert.

»Du wolltest was mit mir besprechen?«, fragte Sverre.

Johnny lehnte sich an den Tresen und begann zu reden. Über ein Thema, das ihn seit Langem beschäftigte. Ein Tabuthema. Wie die Leute, die er aus den besten Abteilungen des Militärs kannte, nach und nach wegstarben. Nicht durch Kugeln im Kampf, sondern durch Herzprobleme, Selbstmord, Unfälle und Krebs.

»Die Unsterblichen sind tot«, sagte Johnny leise und zählte ein paar Namen auf. Die Liste war lang, allein schon derjenigen Leute, die Sverre gut kannte. Mehrere andere hatten Krebs im Endstadium.

»Ich weiß«, sagte Sverre und schwieg einen Moment. »Glaubst du, es hat was mit Strahlung zu tun? Darüber wurde ja eine Zeit lang viel geredet. Freigesetztes Uran aus den Bomben, die auf dem Balkan und im Iran eingesetzt wurden? Irakische Kinder mit Leukämie, auch verdächtig viele Krebsfälle unter den Soldaten, die dort gedient haben.«

»Bei manchen vielleicht«, sagte Johnny, »aber ich glaube nicht, dass es so einfach ist. Ich glaube, es hat mit der Gesamtbelastung zu tun. Dass es nicht gesund ist, im Geheimen zu leben, Jahr für Jahr zwischen Norwegen und den Kriegsgebieten hin und her zu reisen. Dann kommen sie nach Hause, und viele sterben an Krankheiten, durch Unfälle, oder ihr Herz bleibt einfach mitten in der Nacht stehen. Und wir anderen Veteranen sprechen nicht gerne darüber. Aber es ist eine Tatsache.«

Sverre holte tief Luft und schüttelte unglücklich den Kopf. »Diese Sachen machen mir Angst, ehrlich gesagt. Aber ich bin froh, dass du das auch so siehst.«

Warum erzählte Johnny ihm das? Was wollte er?

»Ich würde dich gerne was fragen, Sverre.«

»Schieß los.«

»Die Sache mit den Veteranen beschäftigt mich. Und ich habe überlegt, ob es etwas gibt, was eine Stiftung wie SAGA tun könnte.«

Sverre dachte nach, ihm gefiel, was er hörte. »Das Thema Streitkräfte ist populär, viel populärer, als man es in der Hauptstadt begreift.«

»Stimmt«, nickte Johnny. »Es gibt über fünfzigtausend Veteranen in Norwegen, mit Angehörigen. Wohl die meisten Familien haben einen Veteranen.«

»Berg«, sagte Sverre und atmete schwer, als er sich zu ihm umdrehte, »mir gefällt diese Initiative. Man könnte an eine Preisverleihung denken, vielleicht an eine finanzielle Förderung?«

Johnny nickte dankbar.

»Ich muss das natürlich mit dem Vorstand besprechen, aber sie werden garantiert sagen, dass es eine gute Idee ist, die im Einklang mit dem Stiftungszweck steht.«

»Hans hat da drüben jetzt die Fäden in der Hand?«, fragte Johnny mit leichtem Zögern.

»Ich dachte, du schreibst seine Biografie?«, fragte Sverre zurück.

»Hans und ich haben wenig Kontakt. Er will nicht daran mitwirken. Ich glaube tatsächlich, dass es klug wäre, ihn vorläufig nicht in die Sache einzuweihen. Verstehst du?«

Sverre verstand.

»Kennst du Eliassen, den Gouverneur auf Svalbard?«

Johnny überlegte und schüttelte den Kopf.

»Er kennt Hans seit vielen Jahrzehnten. Hans hat mal im Spaß gesagt, dass Eliassen schon lange, bevor sie sich kennenlernten, seine intimsten Geheimnisse kannte.«

Er machte eine Pause und wischte sich mit dem Handtuch den Schweiß von der Stirn.

»Interessant«, sagte Johnny. »Unter uns Veteranen, können wir Hans vertrauen?«

Sverre dachte lange nach. »Ich mag Hans«, sagte er schließlich. »Aber ich traue ihm keine Sekunde lang.«

Johnny trank sein Bier aus. »Springen wir noch mal rein?«

Kapitel 34

Die dunkle Triade

Cort Adelers Gate, Oslo

Es war schon zu einem Ritual geworden: Johnny kam als Erster in der Cort Adelers Gate an, schloss die winterdunkle Büroetage auf, kochte Kaffee und drehte sich eine Zigarette, die er am offenen Fenster rauchte, bevor er mit der Arbeit begann.

Die ersten Stunden des Tages verbrachte er damit, die Teile von Hans' Biografie durchzugehen, die er bereits geschrieben hatte. Zwar hatte HK ihm verboten, sich jetzt damit zu befassen, aber konnten sich nicht Hinweise in dem verbergen, was bereits vorlag? Er war sich sicher, dass es darin etwas gab, was Hans verdächtig machte. Aber was?

Ruhelos ging er in die Kommandozentrale und betrachtete das Foto von Hans. Es war ein Schwarz-Weiß-Foto, aber er trug eindeutig einen Arztkittel mit einer weißen Jacke darüber.

Hans hatte offensichtlich mehrere biografische Gemeinsamkeiten mit Philby, Treholt und den anderen berühmten Spionen. Johnny kratzte sich den Kopf. Schwieriges Verhältnis zu den Eltern. Vorstellung von eigener Grandiosität.

Line Mørk kam vorbei und winkte ihm vorsichtig zu.

Johnny blickte hoch. »Hast du zwei Minuten, Line?«

Sie zuckte die Schultern und kam herein.

»Woran denkst du als Erstes, wenn du das Foto von Hans siehst?«, fragte er.

Line überlegte. »Mut. Ein glühendes Herz. Rücksichtnahme.«

Sie zögerte einen Moment, als wäre sie im Begriff, etwas Verbotenes zu sagen. »Ist er auch ein bisschen narzisstisch?«

Johnny nickte. »Meine Ex ist Psychologin.«

Auf ihrem Gesicht zeigte sich eine leichte Röte, als hätte Johnny mit dem Einblick in sein Privatleben eine Grenze überschritten.

»Es gibt nichts, was sie und ihre Kollegen nicht über Paarbeziehungen wissen«, sagte er. »Und alle sind geschieden.«

Line lachte verlegen.

»Wie auch immer, ich habe sie zur Psychologie des Doppellebens befragt. Und sie erzählte mir von etwas, das sie ›die dunkle Triade‹ nannte.«

Line lächelte. »Will ich wirklich wissen, was die Psychologin ihrem spionierenden Ex-Mann über Doppelleben gesagt hat?«

Widerwillig musste Johnny sich eingestehen, dass ihm Line immer besser gefiel.

»Die dunkle Triade besteht aus drei Persönlichkeitsmerkmalen«, sagte er. »Psychopathie und Narzissmus sind wohl gemeinhin die bekanntesten. Über Psychopathen wird vieles gesagt, aber in der Quintessenz sind es Menschen mit einem gravierenden Mangel an Empathie. Was auf einen Verräter wohl zutrifft, denn das eigene Handeln hat ja unmittelbare Konsequenzen für die, die man verrät.«

»Und das dritte Merkmal?«

»Machiavellismus, also dass andere Menschen zur Erreichung eines Ziels benutzt werden und sie nicht das Ziel selbst sind«, sagte Johnny. »Während die beiden anderen Merkmale nichts mit Intelligenz zu tun haben – sowohl kluge als auch dumme Menschen können Psychopathen und Narzissten sein –, sind Menschen mit hohem IQ bei den Machiavellisten überrepräsentiert.«

»Was ist mit ihm und der dunklen Triade?«, fragte Line und zeigte auf Hans.

»Hans ist die personifizierte Triade«, sagte Johnny. »Ein enormer Narzisst, selbst nach den hohen Maßstäben der Familie Falck. Ein Player. Übrigens ist er *kein* Psychopath. Wenn überhaupt, hat Hans zu viel Empathie. Radikale sind oft so, denk nur an Maos Kulturrevolution. Sie sind so empathisch, dass sie diejenigen bestrafen wollen, die nicht die gleiche Rücksicht nehmen wie sie selbst.«

»Kulturblabla«, murmelte Line. »Hochgestochenes Zeug, wovon ihr so redet. Bisschen anders als das, wo ich herkomme. Was sagst du denn über uns? Wir essen Frikadellen und Kartoffeln. Wir bezahlen unsere Rechnungen vor dem Fälligkeitsdatum.«

»Ihr gebt euer Gepäck auf, wenn ihr fliegt«, sagte Johnny lächelnd. Sie lächelte zurück. »Ist *das* für euch coole Typen vom Geheimdienst auch falsch?«

Johnny grinste.

»Du hast von Sverre Falcks Verbindungen zu rechtsextremen Websites gesprochen«, fuhr sie fort. »Ich habe mich bei den Kollegen in Nydalen erkundigt, deren Gebiet die Bedrohung durch Rechtsradikale ist.«

»Und?« Johnny beugte sich vor. »Ich dachte, du beschäftigst dich mit Sasha und Mads?«

»Grotle meinte, er hätte in der Sache eine Quelle, einen Amerikaner, ich denke, er kommt bald. Egal, zurück zu den alternativen Medien. Man kann diese Medien missbilligen, so viel man will, aber sie bieten wenig, was ein Eingreifen durch Nydalen rechtfertigen würde. Sie sind dystopisch, aber nicht gewaltverherrlichend. War es nicht das, wovon HK gesprochen hat?«

Johnny seufzte. »Du hast sicher recht.«

»Sofern nicht bewiesen werden kann, dass sie terroristische Absichten haben oder für Russland spionieren, und ein solcher Beweis ist nicht einfach, können wir vergessen, einen Gerichtsbeschluss zu bekommen.«

Nachdem Line gegangen war, blätterte Johnny die Akte durch, die er über Sverre Falck angelegt hatte und die niemand sehen durfte, da sie illegal war. Im Jahr zuvor hatte Sasha ihm von der Wut und Bitterkeit ihres Bruders erzählt. Er war sein Leben lang damit geködert worden, er werde einmal die SAGA übernehmen, und als der

Zeitpunkt gekommen war, hatte man ihn kurzerhand kaltgestellt. Äußerlich betrachtet hatte er die Qualifikation dazu: Juraexamen, ein Jahr Studium der Makroökonomie und Politikwissenschaft an der London School of Economics, dazu die auf den ersten Blick makellose Karriere beim Militär. Was hatten seine Kameraden bei der Truppe gesagt? »Falck war in Afghanistan häufiger beim Feldgeistlichen als im Feld.«

Grotle und HK waren auf dem Gang zu hören. An ihren Stimmen erkannte Johnny, dass etwas Wichtiges passiert war. Der Alte ging sofort in die Kommandozentrale. »Du hier, Johnny? Line, kommst du?«

Als alle vier versammelt waren, erklärte HK, dass er und Grotle direkt von einem Treffen mit dem obersten Vertreter der CIA in Norwegen kamen. »Die Amerikaner haben Informationen, dass Mads und Alexandra Falck beide ein Visum für Russland beantragt haben.«

Ein Seufzen von Line und Johnny ging durch den Raum.

»Ihre Anträge wurden ungewöhnlich kurzfristig behandelt und bewilligt.«

Johnny kratzte sich den Dreitagebart. »Weiß der Dienst etwas über den Grund der Reise?«

»Nicht mehr, als dass sie wohl eine Verabredung in der Geografischen Gesellschaft in Sankt Petersburg haben.«

»Es ist nicht illegal, ein russisches Visum zu erhalten«, sagte Line.

HK hatte die Hände gefaltet. »Eine geografische Gesellschaft klingt harmlos«, sagte er. »Aber jeder, der die Geschichte des europäischen Imperialismus kennt, weiß, dass Entdecker und Landvermesser für die Expansion der Imperien ganz entscheidend waren. Bei den Russen verhält es sich natürlich genauso. Die Geografische Gesellschaft ist ein Instrument. Für russischen Imperialismus. Für Putins Ambitionen.«

»Aber was zum Henker wollen Mads und Alexandra Falck da?«, fragte Grotle.

HK ging zum Foto von Mads und Sasha. »Ich sage nicht, dass das unsere Leute sind. Aber es ist eine Spur, die beste bisher.«

Kapitel 35

Einzigartiges Objekt – seltene Gelegenheit

Sankt Petersburg, Russland

Als die Maschine mit dem Landeanflug auf den internationeln Flughafen Pulkovo außerhalb von Sankt Petersburg begann, griff Sasha nach Mads' Hand und drückte sie fest.

Sie hatte von Johnny Berg geträumt, während sie die Ostsee und den finnischen Meerbusen überflogen, zum ersten Mal seit Langem. Ein höchst merkwürdiger Traum, so absonderlich, als hätte Eisenstein Regie geführt, in dem wütende Rotgardisten den Winterpalast stürmten und durch die prunkvollen Säle rannten, die Renaissancekunstwerke und die Rokokomöbel verwüsteten und die Vorräte aus dem Weinkeller des Zaren direkt in die Newa kippten. Als der Mob sich Sashas Versteck näherte, kam ein Mann und zog sie mit sich in die Menge.

Es war Johnny.

»Du hast im Schlaf geredet«, sagte Mads.

»Ah ja?« Sasha spürte den Schweiß in ihrer Handfläche. »Ich habe nur geträumt, ich sei Zarin Alexandra während der Revolution.«

Hatte Johnny nicht gesagt, dass die besten Lügen die wären, die der Wahrheit am nächsten kämen?

Sasha war von Russland fasziniert, seit sie die großen russischen Schriftsteller gelesen hatte, nein, schon seit sie begriffen hatte, dass ihr Urgroßvater ein russischer Pomorenhändler gewesen war, der Veras Mutter schwängerte und dann verschwand.

Mads lächelte. »Zarin Alexandra. Das werde ich mir merken.«

Sie landeten sanft, passierten die russische Einreisekontrolle und durchquerten eilig die moderne Ankunftshalle. Draußen winkte Mads ein Taxi heran und gab dem Fahrer Anweisungen in einem Russisch, das Sasha als sehr kompetent empfand. Sie wusste natürlich, dass er die Sprache beherrschte, aber es war lange her, dass sie zusammen nach Russland gereist waren. Mads machte einen völlig gelassenen Eindruck. In seiner Zeit als Schiffsmakler war er regelmäßig zwischen Murmansk, Moskau und Sankt Petersburg, oder *Piter*, wie er die Stadt nannte, hin und her geflogen. Falls das Treffen mit Alijew nach Plan verlief, würde Mads nach Moskau weiterfliegen, für einige eher langweilige Besprechungen mit Banken und Wirtschaftsanwälten, und Sasha würde den Heimweg antreten.

Sie fuhren auf eine breite Allee hinaus, geschmückt mit Meilensteinen aus Marmor, großen monumentalen Arbeiterpalästen im stalinistischen Stil, Triumphbögen und Kriegsdenkmälern.

Normalerweise, in ihrem vorigen Leben, hätte Sasha sich von dieser Stadt verzaubern lassen. Dazu noch eine Stadt, die sie nie zuvor besucht hatte, in der sich über die Jahrhunderte die großen Schicksalsdramen zwischen Ost und West, zwischen Herrschern und Unterdrückten abgespielt hatten.

Sasha rief sich innerlich zur Ordnung. Was bildete sie sich ein? Dass die Falcks – mit einem Grundbesitz und einem Reichtum, der für norwegische Verhältnisse vielleicht groß sein mochte, aber im Mahlstrom der Geschichte nur ein Tropfen im Meer war – in irgendeiner Weise mit den dekadenten Blutern der Romanows vergleichbar waren, die das riesige Russische Reich über Jahrhunderte regiert hatten?

Nein, das war ausgeschlossen. Aber so erklärte sich wohl die Faszination der gewöhnlichen Leute für die Königshäuser: Ihre Triumphe und Tragödien berühren gerade deshalb, weil sie überhöhte Versionen des eigenen Lebens sind.

Das Taxi überquerte drei Kanalbrücken und fuhr einige Hundert Meter eine schöne Straße mit niedrigen Wohnblocks entlang. Vor einer Granitfassade hielt der Fahrer an.

»Das Hotel ist wenige Hundert Meter weiter nördlich, Richtung Newski-Prospekt«, sagte Mads und zeigte nach vorn. »Wir checken nach dem Essen ein.«

Sie betraten eine helle Lobby, mussten durch die Sicherheitskontrolle und wurden von einer stark geschminkten Empfangsdame begrüßt.

»Mrs and Mr Falck? Sie werden in der Bibliothek erwartet. Bitte folgen Sie mir.«

Die hohen Absätze der langbeinigen Rezeptionistin klapperten über den Boden, während sie ihr folgten. Einen Treppenaufgang mit schmiedeeisernem Geländer und romanischen Kirchenfenstern hinauf, dekoriert mit antiquarischen Weltkarten und Porträts von Landvermessern und Offizieren der zentralasiatischen Feldzüge sowie Vorstandsvorsitzenden und hohen Mäzenen von Putin und Schoigu bis zu einem Mann, den Sasha nicht kannte.

»Siehst du den da?«, flüsterte Mads. »Paul Fredriksen, dänischer Milliardär und Entdecker. Wenige kennen die Russen so gut wie er. Fredriksen ist Vorstandsmitglied der Geografischen Gesellschaft.«

»Bitte«, sagte die Frau höflich und hielt ihnen die Tür auf.

Die Bibliothek erstreckte sich über zwei Etagen, eine vollflächige und eine Galerie, und war in dunklen Holztönen gehalten, mit Arbeitspulten und altmodischen Karteischubladen. Die Empfangsdame führte sie vorbei an jungen Studenten und Rentnern, die dort arbeiteten, in einen abgetrennten Bereich.

Die Tür schloss sich hinter ihnen. Sasha und Mads blieben stehen und sahen sich um. Die Buchrücken hier drinnen waren älter und die Karten in Schaukästen eingeschlossen.

Eine andere Tür ging auf, und eine kräftige, leicht gebückte Gestalt trat ein und ging auf sie zu. Die Haut des Mannes war bronzefarben, wie sie es durch ein langes Leben unter freiem Himmel wird, er hatte schmale, prüfende Augen mit schweren Tränensäcken und einen dichten grauen Vollbart, der bis auf die Brust reichte.

Er sieht aus wie ein Zauberer in einem amerikanischen Film, dachte Sasha, er hat die klugen Augen von Gandalf.

Artur Alijew begrüßte sie mit einem Handkuss nach französischer Art, nur sein Bart berührte ihren Handrücken. Anschließend ergriff er ihre Oberarme.

»Sie haben wirklich Ähnlichkeit mit Ihrem Vater, Friede seiner Seele«, sagte er in akzentuiertem Englisch.

Das war kein Kompliment, das sie oft hörte, deshalb nutzte sie die Chance, ihm direkt zu antworten.

»Vielen Dank, Herr Alijew, ich bekomme oft zu hören, dass ich meiner Großmutter ähnlich sehe, Olavs Mutter Vera, deren Vater ein russischer Pomorenhändler vom Weißmeer war.«

Alijew sprach von ihrem Vater, wie er sicher über tausend andere Menschen reden konnte, voll von hemmungslosem Lob, in das er die Namen bekannter Norweger einflocht.

»Wissen Sie, liebe Sashenka – ich darf Sie doch so nennen? –, ich muss ein paar Worte über meinen lieben Freund Thor Heyerdahl sagen. Seine ›Kon-Tiki‹-Expedition war ganz entscheidend für meinen Traum, Entdecker zu werden.« Er starrte ins Leere mit dem träumerischen Blick, den die Vergangenheit bei alten Männern hervorrufen kann. »Ein kleiner Junge aus Aserbaidschan findet 1951 das ›Kon-Tiki‹-Buch in einer unserer gut sortierten Volksbibliotheken in Baku.«

»Herr Alijew«, sagte Sasha, »darf ich vorstellen: mein Mann.«

Mads stellte sich auf Russisch vor, aber der Aserbaidschaner kehrte sofort zu seiner Geschichte zurück, die ihn offenbar viel mehr interessierte.

»Sie wissen natürlich, Sashenka, dass der Gott Odin ein König aus Asow war und dass die Norweger ihn aufgrund seiner Erfolge als Gott anbeteten.«

»Das war mir nicht bekannt«, sagte Sasha.

»Sie müssen sich die Felszeichnungen, die das beweisen, genauer ansehen, junge Dame! Es beweist, dass unser geliebtes Aserbaidschan das Zentrum einer großen Zivilisation war, vergleichbar mit Mesopotamien.«

Eine Frau trug ein Tablett mit Gebäck herein und schenkte Tee aus einem silbernen Samowar aus.

»Nun«, sagte Alijew ein wenig zuvorkommender, »meine gute Freundin, Frau Signy Ytre Arna, sagte, dass wir uns treffen sollten. Was kann ich für Sie tun?«

Mads erklärte kurz zusammengefasst, dass ein Zweig der Familie Falck seit vielen Jahrzehnten ein großes Stück Land auf Svalbard besäße, genauer gesagt im Adventdalen, verbunden mit einer Konzession für den Kohlebergbau. Der private Eigentümer wolle den Grundbesitz jetzt verkaufen, und er selbst und Alexandra Falck hätten den Auftrag erhalten, den richtigen Käufer dafür zu finden.

»Herr Alijew, wir kennen Ihre Position in der russischen Politik und Gesellschaft sowie Ihre Vorstandsposten. Sie sind der richtige Mann.«

Der alte Mann war in Gedanken versunken. Der Teelöffel kratzte auf dem Porzellanservice.

»Sie wissen, dass wir Russen auf Svalbard waren, oder Grumant, wie wir die Inselgruppe nennen, lange bevor es in der offiziellen Geschichte erwähnt wird?«

»Wie bitte?«, rutschte es Sasha heraus.

»Wir waren zuerst dort, danach kamen die Niederländer, die Franzosen und die Schweden. Zum Schluss kamt ihr Norweger. Und habt behauptet, ihr hättet ein naturgegebenes Recht auf die Polargebiete.«

Fast beiläufig schob er ein, dass Repräsentanten von Arktikugol, der russischen Bergbaugesellschaft auf Svalbard, tatsächlich interessiert sein könnten, den Eigentümer des Adventdalen-Grundbesitzes zu treffen.

»Haben Sie über einen geeigneten Ort für ein solches Treffen nachgedacht?«, fragte Alijew.

»Das haben wir, Herr Alijew«, erwiderte Sasha selbstsicher.

Der alte Mann mit dem Zaubererbart nickte.

Bisher war alles glattgegangen, das Schwierigste stand allerdings noch bevor.

»Es gibt ein Aber bei der Sache«, fügte Sasha mit einem Räuspern hinzu. »Und das ist die Zeit. In zwei Wochen findet in unserer Familie ein wichtiges Treffen statt, vorher brauchen wir eine Rahmenvereinbarung.«

»Zwei Wochen!«, rief der Russe aus. »Sie wissen selbst, dass das unmöglich ist.«

Sasha sah Mads an, auf dessen Stirn eine Sorgenfalte stand.

»Nun, Herr Alijew«, sagte Sasha, der bewusst war, dass sie nichts zu verlieren hatte, wenn sie jetzt hoch pokerte. »Das ist dann Ihr Problem. Wie sagen die Immobilienmakler immer? Einzigartiges Objekt – seltene Gelegenheit. Dieses Angebot steht nicht lange.«

Der alte Zauberer lachte in sich hinein. »Sie beherrschen sogar die seelenlose Sprache der Immobilienmakler.«

Sie nickte Mads zu und erhob sich. »Danke, dass Sie sich die Zeit genommen haben, Herr Alijew. Sie kennen unseren Zeitrahmen. Wir haben einen diskreten Ort, ein Jagdhaus in den norwegischen Bergen, wo Verhandlungen geführt werden können. Wir sind jederzeit bereit.«

Sie hatte sich schon umgedreht, als sie die Stimme des Russen hinter sich hörte.

»Die Gerüchte über ein neues Kapitel im Buch Falck sind also wahr«, sagte er ruhig.

Sasha hielt inne. »Ich verstehe nicht?«

»Wie Sie sehr wohl wissen, liebe Sashenka, trägt jede Dynastie – ob es nun eine Familie ist oder eine Zivilisation – den Keim ihres eigenen Untergangs in sich. Nach ein paar Generationen, für gewöhnlich vier, ist es vorbei. Aufgelöst durch Rivalität, Dekadenz, Zersplitterung. Mir kam zu Ohren, dass es bei der Familie Falck so sei. Aber nachdem ich Sie gehört habe, denke ich, dass die

Falcks eine Zukunft haben. Sie sind zum ersten Mal in Sankt Petersburg?«

Sasha nickte.

»Denken Sie daran, wenn Sie unsere prachtvollen Paläste und Museen besuchen. Die Macht der Romanows währte lange, und dann war sie plötzlich vorbei. Alles ist vergänglich, Sashenka Falck.«

Kapitel 36

Das Gefühl von zwölf Milliarden

Bø, Nordnorwegen

Der Hubschrauber rüttelte leicht im Wind, als Hans und Sverre den Anflug auf Bø i Vesterålen begannen. Ein wettergegerbter Ort nördlich vom Touristenparadies Lofoten, der dem Wind vom Nordatlantik das ganze Jahr über ausgesetzt ist. Die zerfurchte Küste kam plötzlich unter der niedrigen Wolkendecke zum Vorschein, die Wellen brachen sich an den Felsen und rollten an einem Strand aus, der von einem Haus auf einer Klippe überragt wurde.

Das Haus gehörte dem Lachszuchtmogul Ralph Rafaelsen. Ralphs Vater war ein, nach damaligen Maßstäben, Großunternehmer in der Fischverarbeitungsbranche gewesen und hatte eine amerikanische Schönheitskönigin geheiratet, daher der englische Name seines Sohnes. Ralph war in der Nähe aufgewachsen und hatte sein Aquakulturimperium hier, aber der eigentliche Grund, warum er noch hier lebte, war die günstige Steuerpolitik der Kommune.

Der Hubschrauber landete auf einem großen Helipad hinter dem Haus. Es war eisig kalt mit kräftigen Windböen. Sie stiegen eilig aus, entfernten sich geduckt wegen der Rotoren und wurden von Ralph persönlich in Empfang genommen.

»Gar kein Nervenflattern gehabt, nach dem Unfall wieder mit dem Heli zu fliegen?«

Hans bemerkte durchaus, dass der Lachsbaron sich nicht zuerst an Sverre wandte, obwohl der sein Freund und Saufkumpan war.

»Bin wohl nicht so gestrickt.«

»Gut«, sagte Rafaelsen. »Ich bin Ralph. Willkommen ihr beiden. Sverre, du warst auch noch nicht hier draußen, oder?«

Sverre schüttelte den Kopf.

Sie gingen über einen gepflegten Rasen.

»Wie schaffst du es, den so grün zu halten?«, fragte Hans. »Kunstrasen?«

»Na, das wär ja noch schöner!«, posaunte Ralph. »Aber demnächst kommen wohl die Klimafaschisten und wollen einem den Rasen und den Pool genauso verbieten wie die Dieselautos.«

»Den Wissenschaftlern, mit denen ich gesprochen habe, machen die Klimaveränderungen im Norden große Sorgen«, sagte Hans ruhig. »Das geht in der Arktis doppelt so schnell wie in der übrigen Welt.«

»Du kommst gerade von einer Besprechung mit denen?«, fragte Ralph.

Bevor er mit dem Hubschrauber des Lachsbarons hierhergebracht worden war, hatte Hans in Tromsø mit Forschern des Norwegischen Polarinstituts über die bevorstehende Svalbard-Expedition diskutiert. Sobald die Eisverhältnisse es zuließen, würden sie nach Norden aufbrechen, mit dem Gletscher Falckejøkulen auf Kvitøya im äußersten Nordosten Svalbards als endgültigem Ziel.

Vor genau hundert Jahren hatte Theo Falck seinen Fuß auf das Eis dort oben gesetzt, und für die SAGA würde es eine Menge bedeuten, die Falck-Flagge auf dem Grundbesitz der Familie zu hissen. Das Polarinstitut hatte sich kooperationsbereit gezeigt. Die Forscher hatten angeboten, die Veränderungen im Eis zu messen, um den unmittelbaren Effekt der Klimaänderungen in der Arktis zu verdeutlichen.

»Die Norweger verstehen nichts von Expeditionen«, sagte Ralph. »Die Russen können das zehnmal besser. Sie haben die Logistik, falls du zum Nordpol willst. Sie sind diejenigen, die einen verreckten Motor bei minus fünfunddreißig Grad wieder zum Laufen bringen, wenn du verstehst, was ich meine.«

»Das hier hat eine politische Dimension«, sagte Hans. »Meine Vorväter haben entscheidend mitgewirkt, als Norwegen sich die Souveränität über Svalbard sicherte.«

Reiche Norweger sind ja nicht ganz so wie andere reiche Leute, und schnell drehte sich das Gespräch um die Währung, die in diesen Kreisen zählte: Eisklettern in der Antarktis, Kiten über Grönland und Expeditionen in die Arktis.

Sie waren inzwischen in Rafaelsens Wohnzimmer angekommen, das eher an einen Museumssaal erinnerte, mit zeitgenössischer Kunst, die Hans nicht kannte und die bestimmt schweineteuer war, und dem Panoramafenster mit Blick auf den Atlantik, das eine gesamte Wand einnahm. Ralph platzierte sie auf einer niedrigen Sitzlandschaft.

»Nun, meine Herren«, sagte er, während eine asiatische Frau einen Montrachet servierte. »Was kann ich für euch tun? Skål, übrigens.«

»Es geht um die bevorstehende außerordentliche Hauptversammlung«, sagte Hans, nachdem sie die Gläser abgesetzt hatten. »Wie du weißt, stehen sich verschiedene Zweige der Familie konträr gegenüber. Sverres Schwester Sasha gegen unseren Flügel. Die stimmberechtigten Aktionärskoalitionen sind in etwa gleich stark.«

Rafaelsen wirkte nicht sonderlich interessiert.

Sverre ergriff das Wort. »Im Klartext: Bis Constance Knarvik, geborene Falck, eine Randfigur in unserer Familie, ein Kaninchen aus dem Hut zauberte. Ein Wandeldarlehen, das an ein Grundstück auf Svalbard geknüpft ist und gegen stimmberechtigte Aktien eingetauscht werden kann. Sie ist das Zünglein an der Waage, und sie hat angekündigt, dass sie für den Flügel stimmen wird, der ihren Grundbesitz kauft.«

»An mich wird sie kaum verkaufen«, sagte Hans, »aber wir können uns vorstellen, dass sie an dich verkaufen würde.«

Ralph schob sich eine Portion Snus unter die Oberlippe. »Was ist das Problem?«

»Sie kann mich nicht leiden«, antwortete Hans. »Manche Menschen harmonieren einfach nicht miteinander.«

Der Nordnorweger stand auf und ging zum Panoramafenster. »Die Sache ist die, dass das Aquakultur-Business mehr Gewinn abwirft, als es die SAGA je tun wird. Warum sollte ich Zeit dafür aufwenden? Überzeugt mich.«

»Schau auf die Weltkarte«, erwiderte Sverre. »Wie hoch ist der Anteil deiner Fischprodukte, die du nach Ostasien exportierst?«

Ralph zögerte. »Ist schon eine Weile her, dass ich genau nachgeschaut habe. 80 Prozent?«

»Und derzeit verschiffst du sie durch den Suezkanal? Stell dir eine Zeit vor, in der das Polarmeer im Sommer eisfrei ist. Dann können Unternehmer wie du durch die Nutzung des nördlichen Seewegs ein Drittel der Transportzeit einsparen. Und was ist der letzte Halt vor den russischen Hoheitsgewässern? Ja, lieber Ralph, das ist Kirkenes, und Svalbard. Und wem gehört die Infrastruktur dort? SAGA.«

»Oh bitte, erspare mir die Powerpoint-Präsentation eines überoptimistischen Bürgermeisters in der Finnmark.« Ralph war vielleicht vulgär, aber bei Weitem kein Dummkopf. »Du weißt genauso gut wie ich, dass die Russen mit der Route machen, was sie wollen. Leute wie ich wollen *Planbarkeit,* was das Verschiffen angeht.«

»Falls die Eisschmelze in dem Tempo weitergeht wie bisher«, sagte Sverre, »ist es Konsens, dass der nördliche Seeweg so weit im Norden liegen wird, dass er russische Hoheitsgewässer nicht berührt.«

»Aber der eigentliche Grund, warum du bei SAGA einsteigen solltest«, ergänzte Hans, »ist nicht in erster Linie das hier. Sondern dass du Teil von etwas sein kannst, das größer ist als du selbst, als irgendwer von uns. Wir sind ein Instrument für Norwegen.«

Ralph schaute auf die Uhr.

»Angenommen, ich bin bereit, den Grundbesitz zu kaufen«, sagte er, »dann ist das wohl als bedeutender Akt der Unterstützung zu betrachten. Was könnt ihr mir im Gegenzug anbieten?«

Er sah die beiden nacheinander mit seinen kalten, stechenden Augen an.

»Was schwebt dir vor?«, fragte Hans.

»Wie sehen die Eigentumsverhältnisse aus?«

»Sasha gehört ungefähr die Hälfte«, sagte Sverre. »Andrea und ich haben zusammen genauso viel. Der Rest verteilt sich auf andere Familienmitglieder, zusätzlich zu der erwähnten Erhöhung der Aktienmenge.«

Ralph verzog das Gesicht zu einem Lächeln. »Kannst du dieses Wandeldarlehen, das vereinbart wurde, noch mal erklären?«

Das Wetter draußen vor dem Panoramafenster hatte sich zunehmend verschlechtert, und als der formelle Teil der Besprechung vorbei war, entschied Ralph nach Rücksprache mit dem Hubschrauberpiloten, dass es unverantwortlich war, sie noch am selben Tag aufs Festland zurückzubringen.

Sie bekamen jeder ein Gästezimmer in einem riesigen, unbewohnten Flügel des Hauses. Alles wirkte nagelneu, dachte Hans, steril und frisch gestrichen wie bei einem Neubauappartement, das keiner kauft. Er lag auf dem Bett und starrte an die Decke. Was hätte der junge Kommunist Hans Falck für den Mann empfunden, der er geworden war? Verachtung? Hätte er begriffen, dass der ungetrübte Idealismus der Jugend es mit Dilemmata und Kompromissen zu tun bekommen würde? Hätte er verstanden, dass der Teufel, Satan, Lucifer, Beelzebub, Mephistopheles kein Ungeheuer mit Hörnern war, sondern etwas, das wir in uns tragen?

Nein, das hätte der junge Hans nicht verstanden. Und wenn, hätte er es nicht zugegeben.

Er fand keinen Schlaf. Stand auf und zog sich an. In dem geräuschisolierten Haus bekam er nicht mit, wie stark der Wind war. Hans hatte mal gehört, dass das Unterbinden von Sinneswahrnehmungen eine der schlimmsten Foltermethoden war. Er trat hinaus auf die Veranda und stand dort eine Weile. Tief unter sich sah er schemenhaft das aufgewühlte Meer.

»Hans«, sagte eine Stimme hinter ihm. Es war Ralph. »Kannst du nicht schlafen?«

»Ich wollte die Luft in Nordnorwegen spüren. Weckt viele Erinnerungen.«

Ralph stellte sich neben ihn und lehnte sich übers Geländer. »Sag mir eins, Hans. Du hast ja einen anderen politischen Hintergrund als ich, um es mal so zu sagen, aber wie fühlt es sich an, zwölf Milliarden im Schoß zu haben?«

»Ich finde, das Leben ist ziemlich gleich geblieben.«

»Meinst du das wirklich?«

Türen öffneten sich. Das musste Hans zugeben. Reichtum war *angenehm*. Die Bettwäsche, in der man schlief, die Möbel, in denen man saß, die Autos, die man fuhr, die Restaurantbeleuchtung, die Hotellobbys und die Flughafenlounges.

»Ich glaube schon«, antwortete Hans nachdenklich. »Das Problem mit Geld ist ja, dass das Glück nach der ersten Million stagniert. Erfolg ist relativ, er bemisst sich nie an deiner Vergangenheit, sondern am Erfolg anderer. Ronaldo verdient Millionen pro Woche und wird von Leuten auf der ganzen Welt bejubelt. Aber es bringt ihn aus der Fassung, wenn die Zuschauer ihm *Messi, Messi* nachrufen.«

»Warum ist ein Mann wie du Kommunist geworden?«

»Wie meinst du das?«

»Ihr habt doch sicher gehört, was Mao und Stalin damals gemacht haben? Es ärgert mich, wenn Leute auf Sauftour in Moskau mit KGB-Mützen herumlaufen. Ich kann dich gut leiden, Hans, aber ihr Sozialisten glaubt, ihr wärt so viel besser als wir anderen.«

»Wir wollten das Gute«, erwiderte Hans. »Wir wollten eine gute, gerechte Gesellschaft.«

Kapitel 37

Wir haben nichts zu verbergen

Ustaoset, in den Bergen Südnorwegens

Den Unterschlupf der Falcks in Ustaoset eine Jagdhütte zu nennen war ungefähr so zutreffend, als würde man die weiten Rasenflächen rund um Rederhaugen als Vorgarten bezeichnen, dachte Sasha. Die Anlage bestand aus vier Gebäuden mit Torfdach an einem sanft abfallenden Hang mit einem Hof in der Mitte. Es gab eine Scheune und ein Vorratshaus sowie zwei Wohngebäude, groß wie Bauernhäuser, restauriert mit dem Holz vierhundert Jahre alter Kiefern. Das waren die Reste der Bäume, die nach Bergen gebracht worden waren, um die Stabkirche der Falcks in Fantoft wiederaufzubauen, nachdem Satanisten sie in den Neunzigerjahren niedergebrannt hatten.

Der Feriensitz hatte über den Großteil des Winters leer gestanden, aber um weitere Komplikationen zu umgehen, hatte Signy Ytre Arna bei Hans nachgefragt, ob sie die Anlage für einige geschäftliche Besprechungen nutzen könne, die Diskretion erforderten. Hans hatte keine Einwände. Es war ja auch keine direkte Lüge. Gemeinsam mit Mads und Signy, mit Connie im Hintergrund, hatte Sasha Tag und Nacht gearbeitet, um ein formelles Angebot an die Russen zu erstellen.

Den Morgen hatte Sasha damit verbracht, zusammen mit angeheuerten Servicekräften und Köchen alles vorzubereiten. Jetzt sah sie einen kleinen Konvoi von drei Autos die kurvige Straße aus dem Tal heraufkommen. Das mussten die Russen sein. Mads hatte in Moskau offenbar gute Arbeit geleistet. Die dortigen Geschäftsleute hatten bekanntermaßen eine Schwäche für Privatflugzeuge und dunkle Nobelkarossen. Sasha und Mads hatten darüber diskutiert, und sie hatte ihren Mann schließlich davon überzeugt, dass derartiger Luxus auf jeden Fall unnorwegisch und provinziell wirken würde. Das Bergwerksdirektorat von Svalbard war außerdem an norwegische Verhältnisse gewöhnt, oder etwa nicht?

Dass die Russen zugestimmt hatten, sich mit den Norwegern in deren Heimatland zu treffen, war sowieso schon ein großer Schritt in die richtige Richtung. Sowohl Signy als auch Mads betonten, es sei ein Zeichen großen Wohlwollens, dass russische Geschäftsleute höchstpersönlich anreisten.

Der Jagdhof lag zwischen dem niedrigen Birkenwald im Tal und der Hochebene, die ein Stück weiter oben begann, wo die Hügel endeten. Nach einer Weile rollte die kleine Kolonne auf den Hofplatz, und die Wagentüren wurden geöffnet.

Bergwerksdirektor Sokolow in blauer Daunenjacke und mit Pilotensonnenbrille wegen des hellen Lichts, gefolgt von einer Schar langbeiniger, fotomodellschöner Assistentinnen und wachsamer Bodyguards, kam auf sie zu. Im Gegensatz zum alten, greisenhaften Alijew war Sergej Sokolow ein gut aussehender Mann in Sashas Alter, ein Mann von Welt mit Pokerface. Sie hatte ihn zum ersten Mal in Kirkenes getroffen.

»Sasha«, sagte er lächelnd, »was für eine Freude.«

Sie merkte gleich, dass er das Talent hatte, den Leuten ein Gefühl von Entspannung zu vermitteln. Das machte ihr Angst, denn wer war dieser Mann wirklich? Eine Art Agent für Putins Regime?

»Ich will auf Ustaoset keinen einzigen russischen Botschaftsangehörigen sehen«, hatte sie Mads während der Planungsarbeiten gesagt.

»Entspann dich, Sasha.«

Sie musste an die Frau beim PST denken, Line Mørk. »Wir sollten der Polizei Bescheid sagen, dass wir uns mit den Russen treffen.«

Er hatte sie resigniert angesehen. »Wir befolgen nur die Richtlinien des Spitzbergen-Vertrags zur Gleichbehandlung. Gib denen meinetwegen Bescheid, aber sei nicht enttäuscht, wenn die Russen daraufhin absagen. Und dann sinkt unsere Chance, etwas zu erreichen, auf ungefähr null.«

Mads und Sergej Sokolow standen freundlich plaudernd beisammen.

Die Bekanntschaft der beiden ging zurück auf Mads' Jahre als Schiffsmakler im Gebiet der Barentssee, wo der Russe das Geschäft der Abfallentsorgung betrieb.

»Den gleichen Job, den Tony Soprano gemacht hat«, flüsterte Sasha, aber der Vergleich verpuffte.

»Den Müll der Russen in der Arktis zu entsorgen ist tatsächlich eine wichtige Aufgabe«, erwiderte Mads humorlos.

Hinter ihnen bildeten Signy Ytre Arna und Artur Alijew, jetzt mit seinem langen grauen Bart über einem roten Parka, die routinierte Rückendeckung.

»Und die Hauptperson des Tages?«, fragte Direktor Sokolow mit leichtem Lächeln.

Eine Tür ging auf. Connie hatte sich herausgeputzt, die dicke Schminke war im Sonnenschein besonders deutlich. Sie ging leicht gebeugt auf ihn zu.

»Sie müssen Constance sein.«

Der Anblick von Sokolow und seiner jungen Entourage überraschte sie sichtlich. Sie hatte wohl mit einem Aufgebot geriatrischer Politbürotypen gerechnet.

Sokolow begann sofort, Connie den Hof zu machen, die Sasha errötend zuflüsterte: »Einen so *attraktiven* Mann hatte ich nicht erwartet.«

Obwohl mindestens eine Generation zwischen Direktor Sokolow und Gandalf lag, kannten sich die beiden.

Mads klatschte in die Hände. »Wie wäre es mit einem kleinen Lunch?«

Das Essen wurde von einem lokalen Sternekoch zubereitet, der den fünften Platz beim Bocuse d'Or belegt hatte. Es gab gebratene Gebirgsforelle auf einem schlichten Bett von karamellisiertem Porree und Schalotten, serviert mit jungen Kartoffeln und garniert mit Schnittlauch. Die Russen – die nach Sashas Erfahrung oft dekadenten Luxus in Form von Champagner und kaspischem Kaviar bevorzugten – hoben sofort ihre Gläser und machten dem Koch Komplimente für »die sublime Einfachheit des Gerichts«.

Sasha klopfte an ihr Glas. »Liebe Freunde, ich danke Ihnen, dass Sie gekommen sind.«

Die Leute am Tisch nickten sich höflich zu.

»Der Zweck dieses Essens ist«, fuhr sie fort, »dass wir einander besser kennenlernen. Um im nächsten Schritt herauszufinden, ob wir eventuell gemeinsame Interessen bezüglich des Adventdalen-Grundstücks auf Svalbard haben. Ich möchte noch einmal betonen, dass dies ein Speeddate ist.«

Sokolow schmunzelte verhalten.

Alijew besaß eine Eigenschaft, die so typisch für Männer eines gewissen Alters ist: Er schien zu meinen, dass jeder Anlass nach einigen »geflügelten Worten« von seiner Seite verlangte.

»Vielen Dank«, sagte er und strich sich über den Bart. »Wir sind heute hier zusammengekommen, um über ein Grundstück auf Svalbard zu sprechen. Aber unsere Anwesenheit ist auch noch aus einem anderen Grund wichtig. Im letzten Jahr haben gewisse Kräfte, und ich werde hier keine Namen nennen, versucht, die Freundschaft zwischen unseren beiden Ländern und Völkern zu untergraben. Ich möchte deshalb einen Toast ausbringen auf Frieden, Nachbarschaft und Koexistenz.«

Wenn der Bergwerksdirektor ein Vertreter der neuen Schule war, dann waren diese antiquierten Worte direkt einem Botschaftsempfang in der alten Sowjetunion entnommen.

Connie wirkte nervös und unsicher, als sie endlich etwas sagte. Das überraschte Sasha, denn sie wusste, dass die Bergenserin als Solidaritätsarbeiterin im Ausland tätig gewesen war. Aber die alte

Garde war trotz allem weniger gewohnt, Englisch zu sprechen, als ihre eigene Generation. Connie hatte an der Uni Französisch studiert, und vermutlich hatte sie im Libanon in dieser Sprache kommuniziert.

»Ihr müsst wissen«, sagte Connie, »dass dies ein ungeheuer wichtiger Ort für mich ist.«

Bisher hatte sie lediglich wie ein Mensch in zu großen Schuhen gewirkt, wie eine frischgebackene Lottomillionärin bei einem Vermögensverwalter, aber jetzt schien sie eine Verwandlung durchzumachen. Connie richtete sich auf, ihr Blick wurde klar und fest. Sie sah die russischen Gäste der Reihe nach an.

»Vorstandsmitglied Alijew und Direktor Sokolow, obwohl ich überaus dankbar für Ihre Bereitschaft bin, hierherzukommen, mache ich mir keine Illusionen darüber, wer Sie sind und wen Sie repräsentieren. Ich möchte gerne wissen, was Sie über den Spitzbergen-Vertrag denken. Das wird großes Gewicht für meine Entscheidung darüber haben, an wen ich das Grundstück verkaufe.«

Mads warf Sasha einen beunruhigten Blick zu.

Gandalf räusperte sich. »Wir haben nichts zu verbergen«, sagte er sanft. »Wir halten uns strikt an die Regularien über Spitzbergen, wie sie im Vertrag von 1920 festgelegt sind, einem Vertrag, dessen notwendige Einhaltung von unseren beiden Staaten betont wird. Ja, wir haben hin und wieder unsere Differenzen mit Norwegen, so wie es unter Nachbarn vorkommt. Aber das betrifft die Auslegung des Vertrags, nicht die Tatsache, dass wir seine Existenz akzeptieren. Beantwortet das Ihre Frage, liebe Constance Knarvik Falck?«

Mads räusperte sich. »Die Formalitäten einer möglichen Übertragung des Grundstücks im Adventdalen werden unsere jeweiligen juristischen Delegationen besprechen.«

Die anderen nickten.

»Eins muss ich betonen«, fuhr er fort, »und zwar, dass wir von Ihnen unbedingt ein konkretes schriftliches Kaufangebot brauchen, bevor in genau einer Woche die Hauptversammlung der SAGA-Aktionäre stattfindet.«

Das war und blieb der kritische Punkt.

»Auch wenn das nicht völlig unmöglich ist«, sagte Sokolow, »so ist eine solche Frist doch ebenso unangemessen wie unverantwortlich. Falls unsere Experten – sowohl die, die derzeit das Adventdalen in Augenschein nehmen, als auch die juristischen Fachleute, die die Verkaufsofferte prüfen – keine Fehler finden, können wir eine verbindliche Zusage abgeben, ohne unser Angebot zu spezifizieren.«

Sasha fluchte innerlich, denn das, was Connie überzeugen würde, war ja gerade die Kaufsumme.

Signy Ytre Arna hatte sich während des Essens überwiegend mit ihren Tischnachbarn unterhalten. »Bei allem Respekt, Herr Direktor«, sagte sie jetzt, den Mund voller Moltebeercreme und in einem Englisch, das seit dem letzten Mal nicht eleganter geworden war, »das ist purer Unsinn. Wir haben den Verkauf eines Grundstücks eingefädelt, das Sie sonst nie bekommen würden. Es ist auf ganz Svalbard das letzte private Grundstück mit Bergbaurechten. Wir wissen, wozu Ihr Land fähig ist, falls Sie wirklich interessiert sind. Wir erwarten eine Antwort innerhalb der Frist, die Mads Falck gesetzt hat.«

Signy sprach mit Elan und Routine. Manchmal war es schön, Politiker zu haben, die sich durchsetzten.

»Und noch was«, sagte sie. »Connie Knarvik hat bereits ein Angebot von hundertvierzig Millionen norwegischen Kronen für das Grundstück abgelehnt. Es gibt noch weitere Interessenten. Das sollte Ihnen eine ungefähre Vorstellung geben.«

Am Abend, als die Russen abgereist waren und Signy sich ins Speicherhaus zurückgezogen hatte, wo sie schlafen sollte, lag Sasha ausgestreckt auf dem Doppelbett und starrte an die mit Rosen bemalte Decke. Mads lag neben ihr.

»Woran denkst du?«, fragte er.

Wie alle anderen Menschen dachte Sasha ja die ganze Zeit irgendwas, seine Frage war also eine, die er nur stellte, wenn eine unangenehme Stille zwischen ihnen entstand. Ein Gefühl von Unruhe.

»Ich denke daran, wie krank das ist«, antwortete Sasha. »Als ich klein war, habe ich von Familien gelesen, die alles verloren hatten. Leute in Russland oder auf Kuba oder wo auch immer. Familien, die über Generationen Eigentum und Vermögen aufgebaut hatten. Plötzlich war alles weg. Durch eine Revolution, durch staatliche Enteignung. Papa hat mich oft daran erinnert.«

»Revolutionen finden in Ländern statt, in denen die Güter zu ungleich verteilt sind«, sagte Mads und strich ihr übers Haar. »In Norwegen ist uns das erspart geblieben, weil es allen besser gegangen ist. Na ja, fast allen. Und wenn die einfachen Leute merken, dass sie selbst auch Chancen haben, empfinden sie den Reichtum anderer nicht als so provokant.«

Sasha drehte sich zu ihm um, sah ihn zärtlich an und legte ihm behutsam den Zeigefinger an die Wange. »Weißt du, das hat Papa auch immer gesagt.«

»Kluger Mann«, sagte Mads lachend.

»Aber manchmal halte ich inne«, fuhr Sasha fort, »und denke darüber nach, dass ich mit Leuten verhandle, die bestimmt dem russischen Geheimdienst angehören. Vielleicht hatte Vera recht. Vielleicht haben die Leute, die sagen, dass das Materielle bedeutungslos ist, tatsächlich recht.«

»Haben sie nicht«, sagte Mads, und seine Stimme wurde hart. »Nur wer im Überfluss aufgewachsen ist, kann so etwas sagen. Du tust nichts Verbotenes. Connie hat darum gebeten, dass man ihr beim Verkauf eines Grundstücks hilft. Du und ich, wir helfen ihr. Die Russen haben das Recht, Land auf Svalbard zu kaufen, genau wie andere auch.«

»Uns bleibt weniger als eine Woche bis zur Hauptversammlung«, sagte sie und schaute wieder zur Decke. »Glaubst du wirklich, wir bekommen die Russen dazu, eine verbindliche Zusage zu machen?«

»Ich glaube, dass sie sehr schnell handeln können, wenn sie wollen.«
»Denkst du, wir gewinnen die Hauptversammlung, Mads?«
Er drehte sich zu ihr. Küsste sie. »Wir gewinnen.«
Urplötzlich dachte sie das auch. Und dass der Sieg in der Mehrzahl der Stimmabgaben verankert sein würde. Der Gedanke machte sie unerwartet froh. In dieser Nacht schlief sie so gut wie schon lange nicht mehr.

Kapitel 38

Vater zu sein

Rederhaugen, Oslo

Zwei Tage vor der Hauptversammlung war auch der letzte Schnee auf Rederhaugen endlich verschwunden. Ein endloser Oslowinter, zumindest mit Bergenser Augen betrachtet, neigte sich dem Ende zu. Nach Hans' Meinung war der Winter in Südostnorwegen vergleichbar mit einem schweren Krankheitsverlauf. Er setzte einen für längere Zeit außer Gefecht, lockerte zwischenzeitlich den Griff und kam wie ein Bumerang zurück, wenn man dachte, er sei vorbei. Aber jetzt war der Hauptstadtpatient wohl endlich gesund. Hans merkte es am Duft von Gras und Knospen, an der Sonne, die endlich wärmte, und am Zwitschern der Vögel. Er hatte das Tor des Bootshauses unten an der Øksevika-Bucht geöffnet und die hölzerne Snekke auf zwei Schienen, die hinunter bis ins Wasser reichten, halbwegs hinausgeschoben. Die Snekke gehörte zu den ersten Dingen, die er nach der Übertragung von Rederhaugen aus Bergen mitgebracht hatte. Zuerst säuberte er den Rumpf von kleinen Muscheln und Algen, anschließend arbeitete er mit grobem Schleifpapier nach. Der Schlüssel zu einer perfekten Neulackierung eines Holzbootes war die gründliche Reinigung. Aus dem Kofferradio, das er neben der Snekke abgestellt hatte, klang ein Blues. *I got the crossroad blues this mornin', Lord, baby, I'm sinkin' down / And I went to the crossroad, mama, I looked East and West.*

Es war an der Wegkreuzung, wo Robert Johnson dem Teufel begegnete, der ihm musikalische Berühmtheit im Tausch gegen seine Seele gab. Es war an der Wegkreuzung, wo Vera Lind einst in den Siebzigerjahren zu Hans gesagt hatte, er werde mehr Ruhm und

Reichtum bekommen, als er jemals nutzen könne. Zum Preis eines normalen Familienlebens.

Er hörte Schritte hinter dem Bootshaus.

»Papa?«

Es war Marte, gekleidet in eine übergroße Jacke, die viel zu warm sein musste.

»Marte, wie schön, dich zu sehen. Willst du einen Kaffee?«

Sie nickte. Hans machte Wasser in einem Wasserkocher heiß und löffelte Nescafé in zwei Pappbecher.

»Hast du heute wirklich Zeit für das Boot?«, fragte sie. »Übermorgen ist die Hölle los.«

»Praktische Arbeit. Dafür hat man immer Zeit. Mich beruhigt es.« Marte stand auf und strich mit einem manikürten Finger über den Holzrumpf. »Ich fand schon immer gut, dass du handwerklich geschickt bist«, sagte sie. »Ich kann Männer nicht leiden, die nicht mal in der Lage sind, ein Vogelhäuschen zu zimmern.«

»Als Feldarzt kommst du nicht weit, wenn du nicht einen Motorschaden reparieren oder deine eigenen Klamotten flicken kannst.«

Sie sah ihn lange an. »Vermisst du das nicht, Papa? Das Leben draußen, meine ich.«

»Alles zu seiner Zeit, Marte«, sagte er und legte seine Hand auf ihre. »Ich bin zu alt für den Einsatz an der Front. Beim 330. Rettungsgeschwader wurde in den Ecken getuschelt: Der Falck, ist der nicht schon ein bisschen alt? Ich habe darüber gelacht. Aber sie hatten recht. Ich *war* zu alt. Ich habe Fehler gemacht. Hätten sie einen jüngeren Arzt geschickt, wäre alles problemlos verlaufen.«

Seine Tochter ging nicht darauf ein. »Ich weiß nicht, Papa. Irgendwie kann ich mir dich nicht als Unternehmer vorstellen. Dass du teuren Wein trinkst, der dir im Rafaelsen von Oberkellnern serviert wird, anstatt Leben zu retten.«

Hans verspürte einen Stich von schlechtem Gewissen. Die Art von Selbstvorwürfen, die sich melden, wenn jemand einem mit einer offensichtlichen Wahrheit kommt, die man sich nicht eingesteht.

»Was meinst du?«, erwiderte er. »Das schließt sich doch nicht gegenseitig aus. Die italienischen Kommunisten waren bekannt dafür, teure Anzüge zu tragen.«

Marte sah ihn an. »Du kannst schwören, so viel du willst, dass Geld dich nicht verändern wird. Aber ausnahmslos jeder, den ich kenne und der plötzlich reich geworden ist, hat sich verändert.«

Als Hans den Blick seiner Tochter erwiderte, merkte er, dass noch etwas anderes darin lag.

»Du hast dich verändert, Papa. Geld macht dich unruhig, nervös, ängstlich, es zu verlieren. Man wird einfach weniger cool.«

»*Cool?*« Er lachte kurz auf. »Ich bin fertig damit, cool zu sein. Mein Leben lang war ich auf der Jagd nach Anerkennung, Applaus, Ruhm und Frauen. Und du machst dir keine Vorstellung davon, was für ein befreiendes Gefühl es ist, das aufzugeben.«

Er merkte, dass seine Stimme zitterte.

»Glaubst du, ich hätte nicht gezweifelt, ob ich das hier beanspruchen sollte, Marte? Seit dem Moment, als ich Veras Testament las, habe ich mit mir gerungen. Aber nach dem Unfall habe ich ausnahmsweise einmal nicht an mich gedacht. Ich dachte an meine Kinder. An dich. An Christian. Erik. Den kleinen Per. Und an die Generationen, die nach euch kommen.«

Er verstummte abrupt. Die Sonne schien schräg über die Klippen, der Wasserspiegel des Fjords glitzerte wie ein kristallener Kronleuchter. Für einen Moment ließ Hans sich von dem schönen Lichtspiel überwältigen. War dies das Alter, das er so intensiv gefürchtet hatte? Sich der wunderbaren Natur hinzugeben statt dem sozialen Spiel. Vielleicht war das gar nicht so verkehrt.

Im Hotel in Tromsø hatte er mit einer hübschen und, nach eigener Aussage, *gerade wieder Single* gewordenen Palästina-Aktivistin Ende dreißig an der Bar gesessen, die seinen Abenteuergeschichten aus dem Nahen Osten mit leuchtenden Augen lauschte. Es war eine Situation, die nach einer Tennismetapher rief: Der nächste Aufschlag würde ihm Satz, Spiel und Sieg einbringen. Als Hans sie ein Glas später galant auf die Wange küsste und sich allein auf sein Zimmer begab, spürte er Freude darüber, dass er *es hätte tun können und nicht getan hatte*.

Nein, die Zeiten hatten sich geändert. Die Erinnerungen an die Kindheit, die er so lange verdrängt hatte, kamen zurück. Seine Zeit als frischgebackener Vater.

»Ich habe vieles falsch gemacht«, sagte er. »Aber hier und jetzt hoffe ich, das Richtige getan zu haben.«

Er sah, dass Marte mit den Tränen kämpfte.

»Wusstest du, dass ich den ersten Entwurf für das Anästhesiehandbuch mit dir auf dem Schoß geschrieben habe?«

Marte lächelte.

»Damals gab es so was wie Vaterschaftsurlaub noch nicht«, fuhr er fort. »Ich war gerade aus dem Libanon nach Hause gekommen. Heute würde man wohl sagen, dass ich ein vorübergehendes posttraumatisches Stresssyndrom hatte. Also schrieb ich mein Feldhandbuch mit dir im Zimmer, du lagst in einer Babytasche neben meinem Schreibtisch.«

Natürlich war er auch oft weit weg von Marte gewesen. Auf merkwürdige Art war er trotzdem bei ihr. Wie zu der Zeit, als er Distriktsarzt in Sør-Varanger gewesen war und seine Tochter bei minus fünfunddreißig Grad im Tretschlitten zum Kindergarten brachte. Oder als sie sich mit dreizehn Jahren auf einer Party in Fana ins Koma getrunken hatte und er sie dort herausholte. All diese Geschichten, die zusammen ein Bild des Vaterseins webten.

Er sah seine Tochter an. »Alles in Ordnung mit dir, Marte?«

»Connie hat angerufen«, sagte sie mit rauer Stimme.

»Sie ist einfach nervös wegen der Hauptversammlung, auch sie. Weißt du, sie hat es schwer gehabt im Leben. Konnte nie gut mit Druck umgehen«, erwiderte er.

»Sie hat gesagt, es wird ihr eine wahre Freude sein, dafür zu sorgen, dass wir auf der Hauptversammlung verlieren.«

Kapitel 39

Après-Ski

Oslomarka

Der Morgen brach gerade erst an, aber in Johnnys Büro in der Cort Adelers Gate brannte schon Licht.

»Johnny?«, fragte Line Mørk und steckte den Kopf zur Tür herein. Sie war natürlich ein Morgenmensch. »Du musst mir ein bisschen helfen.«

Er zuckte die Schultern und folgte ihr.

»Wir haben gestern eine gerichtliche Anordnung für Mads Falck erhalten.«

Es sei schwer gewesen, den Staatsanwalt zu überreden, Zwangsmaßnahmen zuzulassen, erklärte sie. Erst als sie Beweise vorlegen konnten, dass Mads Falck in der vergangenen Woche mehrfach nach Russland gereist war, gefolgt von Treffen mit russischen Funktionären der Bergwerksgesellschaft Arktikugol, die im Fadenkreuz der Spionageabwehr standen, wurde eine Kommunikationsüberwachung genehmigt.

»Und schau hier«, fuhr sie fort. »Sergej Sokolow, Bergwerksdirektor auf Svalbard, textet verschlüsselt mit Mads Falck auf Signal.«

Johnny beugte sich über ihren Schreibtisch. Auf dem Bildschirm stand:

> Sokolow: *I would prefer to hand you our written proposal discretely. Where in Oslo?*
> Falck: *You are a skier – right?*
> Sokolow: *2nd place in 15 km regional championship, Murmansk Oblast.*

Falck: *Don't worry. Please fix ski and gear, train to Gjøvik, 0938, dep from Oslo S.*

Line blickte hoch. »Wie gut bist du auf Skiern, Johnny?«

»Ganz passabel. Hab zwar keine Regionalmeisterschaft in der Oblast Murmansk gewonnen, aber für den Hausgebrauch reicht's.«

»Wir folgen ihnen«, sagte sie. »Was denkst du, wohin will Mads mit dem Russen?«

»Der Zug nach Gjøvik deckt die ganze östliche Marka ab«, sagte Johnny. »Dort sind die schönsten Strecken im Umfeld von Oslo. Kennst du dich da aus?«

»Einigermaßen. Mehr Sorgen macht mir, wo wir unsere Skiausrüstung auftreiben. Um nach Hause zu fahren, reicht die Zeit nicht.«

Genau um neun Uhr sechsunddreißig liefen Line und Johnny in die Halle des Osloer Hauptbahnhofs. Sie drängten sich an den Leuten auf der Rolltreppe hinunter zum Gleis acht vorbei und sprangen in den Zug, unmittelbar bevor sich die Türen schlossen.

Außer Atem sanken sie auf einen Zweisitzer, während der Zug den Bahnsteig bereits hinter sich ließ. HK hatte sie mit einer guten Kamera ausgestattet und Grotle nach Norden geschickt, damit er aus einer anderen Richtung kommen würde.

Die Anweisung des Alten war glasklar: Sie sollten eine eventuelle Übergabe zwischen Mads Falck und dem Russen fotografieren. Danach sollten sie dem Norweger folgen. Falls sich aufgrund der Fotos ein hinreichender Grund für eine Festnahme ergab, würden die notwendigen Maßnahmen eingeleitet.

»Sie sind einen Waggon vor uns«, sagte Line. »Leicht festzustellen, wo sie aussteigen.«

Der Zug passierte Kjelsås, fuhr dann am Ostufer des Sees Maridalsvannet entlang und weiter in die Wälder hinein.

»Ich hab mir was überlegt«, sagte Line. »Leute, die entlang der

Gjøvik-Bahn Ski laufen, machen fast immer halt in Gørja. Ich steige in Movatn aus, egal, ob sie es auch tun. Dann laufe ich direkt zur Gørja-Skihütte.«
»Und ich?«
Sie lachte. »Du übernimmst die Aufgabe, ihnen zu folgen.« Gleich darauf lief der Zug in eine Station an einem hübschen kleinen See ein, der von verschneiten Nadelbäumen umgeben war. Line schnappte sich ihre Skier und Stöcke und stieg aus. Im Waggon nebenan tat sich nichts. Sie glitt mit einigen schwungvollen Stockschüben über den See und verschwand im Wald.

Johnnys Befürchtung, dass es schwierig werden könnte, den notwendigen Abstand zu den beiden Männern zu halten, erwies sich schnell als unbegründet. Sie sprangen in Stryken aus dem Zug und stiegen sofort in die gespurte Loipe ein, die in südlicher Richtung talaufwärts verlief.

Johnny merkte schnell, dass dies Skiläufer von einem ganz anderen Kaliber waren als er; das galt nicht nur für den Zweitplatzierten der Regionalmeisterschaft Murmansk, sondern auch für Mads Falck, der offenbar den Winter genutzt hatte, um sich in Topform zu bringen.

Nach einer halben Stunde im Grätenschritt stetig bergauf flachte das Gelände zum Glück ab, sodass er die Stöcke einsetzen und gleiten konnte. Auf ebenen Abschnitten konnte er die beiden vor sich sehen. Sie liefen mit der lässigen Selbstsicherheit, die geübte Skifahrer an den Tag legen, wenn sie Spaß haben, in einer Geschwindigkeit, um die die allermeisten sie beneiden würden.

Sie überquerten ein paar zugefrorene Seen mit vereisten Spuren und begannen den Anstieg hinauf nach Gørja.

Johnny textete Line. Sie antwortete sofort: Ich bin bereit. Halte Abstand.

*

Das Gleitverhalten von Mads' Fellskiern war nach dem letzten Präparieren gut, und vor der Rast cruisten sie den letzten Hang hinunter wie Biathleten auf dem Weg zum Schießstand. Auf der Nordseite des Sees Store Gørja stieg Rauch aus einer rot gestrichenen Hütte. Die Sonne war im Begriff, den Schnee auf den Kiefern zu schmelzen. Ein Paar Skier steckte aufrecht in einer Schneewehe. Keine weiteren. Das war gut.

Sergej Sokolows skiläuferisches Können hatte ihn nicht enttäuscht. Mads fand zwar, dass er selbst nach der fantastischen Skisaison in einer besseren körperlichen Form war, aber das machte der Russe mit einer Grundtechnik wett, wie man sie nur hat, wenn man von Kindesbeinen an aktiv Skilanglauf betrieben hat. Es war, als sei er in der Lage, in jeden Abstoß eine ganz andere Energie hineinzupressen. Ohne Ausrutscher.

»Der russischen Staffel ist ein Naturtalent entgangen«, rief er atemlos.

Unterwegs hatte der Russe gemeint, dass sie möglicherweise von einem Läufer hinter ihnen beschattet würden, aber das hatte Mads mit einem Lachen abgetan. Wahrscheinlich war es ein ehrgeiziger Amateur, der versuchte, mit ihnen Schritt zu halten. Das hier war schließlich die Wiege des Skisports.

Sie steckten ihre Skier und Stöcke in die Schneewehe und gingen hinein. Die Holzbalkenwände waren mit Karten und alten Fotos dekoriert. In einer Ecke war ein kleines Fenster.

Eine freundliche Frau erschien hinter dem Tresen.

Sie kam Mads vage bekannt vor, aber obwohl er in diesem Jahr schon oft in Gørja gewesen war, hatte er sie hier noch nie gesehen. Sie hatte Ähnlichkeit mit ... ja, mit wem? Einer der hübschen Brünetten in der Handballnationalmannschaft?

Leicht verwirrt bestellte Mads zwei Waffeln und zwei Tassen Kaffee. Der Direktor stellte seinen leichten Rucksack auf den Tisch. Sah Mads mit einem Pokerface an. Nur die müden, lächelnden Augen deuteten darauf hin, dass er zufriedener war, als er aussah.

»Wir haben nachgedacht«, sagte er. »Und wir sind bereit, Ihnen das Angebot zu machen, um das Sie gebeten haben.«

Langsam holte er eine steife, durchsichtige Plastikmappe heraus und schob sie über den Tisch.

Im selben Moment brachte die Serviererin zwei Pappteller mit Waffeln. »Möchten Sie Braunkäse dazu oder Erdbeermarmelade und saure Sahne?«

Sokolow lächelte sie nur freundlich an.

»Einmal Käse und einmal Marmelade, bitte«, sagte Mads.

Sie kam zurück, bestrich die Mitte einer Waffel kreisförmig mit Marmelade und gab einen Klecks saure Sahne darauf. Dann hobelte sie ein paar hauchdünne Scheiben Gudbrandsdal-Käse ab und legte sie auf die andere Waffel.

»Ich bin neu hier«, kicherte sie.

»Und der Kaffee?«, fragte Mads.

Sie verschwand, um zwei Tassen frisch gebrühten Kaffee zu holen. Mads öffnete die Plastikmappe und nahm ein geheftetes Dokument heraus, abgefasst auf Englisch. Es war eine verbindliche Kaufzusage gegenüber dem Verkäufer. Mads wusste natürlich, dass die Seiten im Anhang Formulierungen enthalten würden, mit denen man sich vorbehielt, vom Kauf zurückzutreten, falls ... falls ...

Er hielt inne.

Die Serviererin kam und stellte die beiden Tassen auf den Tisch. Mads pustete auf den brühheißen Kaffee. Brach ein Waffelherz mit Marmelade und saurer Sahne ab und versuchte nachzudenken. Es gelang ihm nicht.

Das war der pure Wahnsinn.

»Ich sagte ja, wir meinen es ernst«, sagte Sokolow mit ausdruckslosem Gesicht.

Mads saß da und starrte auf die Zahl. Als könne er nicht fassen, wie viel das war. Konnte er auch nicht. Das *war* unfassbar.

Als er und Sasha frisch verheiratet gewesen waren, hatte er oft davon fantasiert, sie zu retten. Damals hatte er sich in der Falck-

Familie so nutzlos gefühlt. Als würde sein Beitrag sich darauf beschränken, Samenspender und verlässliche Vaterfigur zu sein. Er, der sowohl Jungpolitiker als auch Schiffsmakler in der Barentssee gewesen war. Der so unendlich viel härter gekämpft hatte als Sasha Falck und ihre Geschwister.

Jetzt hatte er Sasha gerettet, das wusste er.

Jetzt stand da schwarz auf weiß eine Summe, die Connie Knarvik nie im Leben ausschlagen konnte. Er steckte den Vertrag in seinen Rucksack. Er hätte genauso gut auf einem weißen Pferd angeritten kommen können.

Direktor Sokolow erhob sich. »Dann höre ich nach der Hauptversammlung von Ihnen?«

»Das war sehr produktiv«, sagte Mads, als sie hinausgingen.

»Ich finde selbst in die Stadt zurück.« Sokolow nickte in Richtung Hütte. »Die Serviererin steht am Fenster und beobachtet uns.«

»Wir sind zwei gut aussehende Kerle«, erwiderte Mads augenzwinkernd. »Sie sollten sie nach ihrer Nummer fragen.«

Der Himmel hatte sich bewölkt. In rasendem Tempo glitt er auf der Doppelspurloipe südlich von Helgeren in Richtung Westen.

Mehrmals bemerkte er für einen flüchtigen Moment die Gestalt hinter sich. Das konnte doch nicht derselbe Mann sein, der ihnen gefolgt war? Nein, Sokolow war Russe und damit paranoid. Ein Zug, der den Russen tief in der Seele lag, so wie den Norwegern die gutgläubige Naivität.

Schnell hatte er die Häuser am Waldrand von Korsvoll erreicht. An wirklich guten Wintertagen liebte er es, zum Abschluss den Havnabakken hinunterzusausen. Dort war jetzt kein Schnee mehr. Er löste die Bindungen. Es war früher Nachmittag. Hier unten war es mild. Er passierte die Schranke und beschloss, hinunter zur Bahnstation zu gehen. Rutschte leicht auf der Kiesstreu aus.

In dem Moment rasten zwei zivile Polizeiautos aus entgegengesetzten Richtungen heran und bremsten scharf. Bewaffnete

Polizisten stürzten heraus. Sirenen heulten, die Beamten in Zivil bellten Kommandos. Und das Letzte, was Mads denken konnte, als die Leute brüllten, ihre Waffen auf ihn richteten und ihn hinunter auf den Asphalt pressten, sodass sich der Kies in seine Wange drückte, war, dass es Frühling geworden war und die Bürgersteige längst hätten gefegt werden müssen.

*

Alles war noch wie früher im Palace Grill, der einen Steinwurf von der Cort Adelers Gate 17 entfernt lag. Hier waren die Wände auch viele Jahre nach Einführung des Rauchverbots noch verräuchert, hier lief Folkrock von The Band in der Jukebox, hier verkehrte eine *eklektische* Mischung von Nachtschwärmern, bourgeoisen Poeten in Lederjacken, hippen Kunststudenten und anderen verhärmten Seelen.

Johnny bestellte zwei große Bier und fand eine Ecknische, wo er und Line Mørk sich niederließen.

»Mein Gott«, sagte sie. »Was für ein Tag.«

»Du hast mit den Leuten in Nydalen gesprochen«, sagte Johnny. »Erzähl mal genau, was nach der Festnahme passiert ist.«

»Ich weiß nicht alles.« Sie sprach leise, denn das waren Informationen, die keinesfalls nach außen dringen durften. »Sie haben Mads Falck festgenommen, ganz großes Kino, mit dem Sondereinsatzkommando. Wie einen Hochverräter. Haben ihm die Fotos von Gørja vorgelegt. Norweger nimmt Papiere von zwielichtigem Russen entgegen, das soll das Ass sein, mit dem sie gepunktet haben.«

»Deine Bilder, Line.«

Sie schüttelte ungläubig den Kopf. »Das Problem ist nur, dass das Dokument, das Mads Falck von Sergej Sokolow erhalten hat, genauso legal ist wie das Jedermannsrecht. Die Russen sind nicht dumm, ihr Angebot wurde von Juristen verfasst, die sich mit dem

Spitzbergen-Vertrag auskennen, und es ist zu 100 Prozent vereinbar damit.«

»Unglaublich«, sagte Johnny. »Das ist doch, verdammt noch mal, nicht zu glauben.«

»So, und als Mads Falck begriffen hat, was für eine Idiotie das ist, verlangte er ein Telefonat. Mit Signy Ytre Arna.«

»Natürlich«, seufzte Johnny, »es ist Signy, die Sasha und Mads hilft.«

»Wie auch immer. Als sie mit den besten Juristen des Landes im Schlepptau aufkreuzte, wurden die Ankläger in Nydalen so klein mit Hut. Sie hat die Sache erklärt und mit einer Kernreaktion gedroht, falls er nicht freigelassen wird.«

»Und jetzt ist Mads Falck wieder auf freiem Fuß?«

Line nickte, aber selbst nach einem solchen Tag bewahrte sie ihre aufrechte Haltung und ihren forschenden Blick. Rücken gerade, Brust raus. Line war nicht Johnnys Typ, aber er sah auch, dass sie eine enorme Ausstrahlung besaß und dass sowohl ein Stockholm-inspirierter Partyveranstalter als auch ein versoffener Poetry-Slammer mit roter Kartoffelnase ihr lange Blicke zuwarfen.

»Wir haben mit Mads eine falsche Spur verfolgt«, sagte Johnny und leerte sein Halbliterglas. »Bestätigungsfalle. Die menschliche Tendenz, die Informationen zu suchen, die unsere vorgefassten Meinungen bestätigen.«

Line lächelte wehmütig. »Ich habe *The Problem of Secret Intelligence* auch gelesen.«

Sie stand auf und holte noch zwei Gläser Bier.

»Ich würde dich gerne um einen Gefallen bitten, Line.«

»Nur zu.«

»Ich habe die meiste Zeit damit verbracht, Hans Falck in dieser Sache unter die Lupe zu nehmen. Ich glaube, die anderen Verdächtigen sind nur Hintergrundrauschen. Meiner Meinung nach hat Hans als einzige Person sowohl die Motivation, die Möglichkeiten als auch das Persönlichkeitsprofil eines Doppelagenten.«

Line senkte den Blick auf die Tischplatte. »Welchen Gefallen soll ich dir tun?«

»Die Sache, in der wir ermitteln, begann anscheinend damit, dass Gouverneur Eliassen auf Svalbard den sterbenden russischen Überläufer fand. Als ich mit Sverre Falck gesprochen habe, hat er mir erzählt, dass Hans und der Gouverneur sich schon ewig lange kennen. Eliassen hat beim alten POT gearbeitet, und ich glaube, er war einer derjenigen, die Hans observiert haben. Ich denke, da könnte die Lösung des ganzen Falles liegen.«

»Ich weiß immer noch nicht, worum du mich eigentlich bittest.«

»Glaubst du, du könntest Hans Falcks Akte finden?«

Kapitel 40

Fünfhundert Millionen Kronen

Rederhaugen, Oslo

Es war der Tag vor der Hauptversammlung, und Hans – frisch geduscht und rasiert – stand in der Tür zwischen der großen gepflasterten Terrasse und dem Eingang zum Wintergarten. Er würde nie so an Rederhaugen gewöhnt sein, wie Olav es gewesen war. Er war schockiert gewesen, als er sein Spiegelbild betrachtet hatte. Wie alt er geworden war! Mund und Kinn hatten sich zum Unterbiss verschoben, der typisch für alte Menschen war, und in die bräunlich-grauen Haare mischten sich weiße Strähnen. Sein Oberkörper hatte weiter an Muskelmasse verloren. Nun, den Muskelschwund konnte er auf den Unfall schieben und die weißen Haare auf die Sorgen der Unternehmensführung, obwohl Führungspersönlichkeiten doch wohl eher graue als weiße Haare bekamen.

Er hatte Connie in den letzten Wochen nicht erreicht, obwohl er mehrere Male angerufen und Nachrichten hinterlassen hatte.

In seinem maßgeschneiderten Anzug gelang es ihm, das Schlimmste zu verbergen. Georg Falck, »Traditionsbewahrer« und Connies jüngerer Bruder, traf als Erster ein, dick und rotgesichtig. Er stand mit seinen Kindern zusammen im Foyer, denn bei dem Regen und dem scharfen Wind war die Terrasse wenig verlockend. Über den Rasen kamen auch Sverre und Ralph Rafaelsen angetrabt.

»Die jungen Löwen der Stadt«, sagte Hans. »Wie siehst du denn aus, Rafaelsen? Kommst du direkt von einer After-Show-Party?«

Der Lachsbaron trug ein schwarzes Hemd mit goldfarbener Brokatstickerei. Das war schon schlimm genug. Noch schlimmer war, dass er auch noch ebensolche Shorts anhatte. Er sah aus wie direkt aus einer Achtzigerjahre-Komödie entsprungen.

»Davon wurden nur zehn Exemplare angefertigt«, erwiderte Ralph.

»Das hat wohl seinen Grund«, sagte Hans und nahm den Nordnorweger beiseite. »Ralph«, sagte er ernst. »Du hast heute eine verdammt wichtige Rolle.«

Ralph zuckte die Schultern.

Hans zeigte zur Hausecke. »Da drüben befindet sich der Sockeleingang. Die Tür ist offen, wenn du geradeaus weitergehst, kommst du zur Herrengarderobe. Dort drinnen hängt einer meiner Anzüge, gereinigt, mit gebügeltem weißem Oberhemd und Krawatte.«

»Was, wenn ich meine eigene Kleidung vorziehe?«

»Tust du nicht«, sagte Hans. »Connie, die der Grund für die ganze Aktion ist, sieht vielleicht nicht mehr so aus. Aber glaub mir, tief im Herzen ist sie ein gutbürgerliches Falck-Mädchen aus Bergen-Paradis, getauft auf den Namen Constance. Wenn wir sie von unserer Sache überzeugen wollen, darfst du verdammt noch mal nicht so aussehen.«

Er deutete mit einem Kopfnicken auf den Sockeleingang. Für einen Moment standen sie stumm da, beinahe feindselig, und sahen sich an. Dann ging Ralph.

Ein schwarzes Auto kam langsam die Allee herauf und hielt am Springbrunnen. Aus dem Wagen stieg Connie im dunklen Kostüm, drapiert mit einem minzgrünen Schultertuch. Er erkannte sie sofort wieder. Connie war in Begleitung einer anderen Frau.

Sasha Falck. Dass die beiden gemeinsam kamen, verhieß nichts Gutes. Er riss sich zusammen.

»Connie Knarvik und Alexandra Falck!«, rief er und breitete die Arme aus. »Zwei Generationen von Falck-Schönheiten, bezaubernder denn je!«

Sasha lächelte steif. »Den Verführer zu geben kommt gut, wenn man jung ist. Wenn man alt ist, wirkt es vor allem lächerlich.«

»Könnte ich dich kurz unter vier Augen sprechen?«, wandte Hans sich an Connie. »Du warst in den letzten Wochen schwer zu erreichen.«

»Nach dem offiziellen Teil des Programms, ja?«, entgegnete Connie kühl und ging hinein, während Hans nachdenklich zurückblieb. Sollten ihre alte Verbitterung und Feindseligkeit allem einen Strich durch die Rechnung machen?

Greve durchbrach seine Gedanken. »Wir wären dann so weit. Wollen wir anfangen?«

Georg Falck und ein paar andere alternde Kleinaktionäre hatten Mühe, die Wendeltreppe vorbei am Chefbüro zu erklimmen, aber nach einigen Schwierigkeiten hatten alle den Sitzungssaal erreicht. Dort standen Kaffee, Obst und Mineralwasser auf den Tischen bereit. Alle Teilnehmer setzten sich.

»Fangen wir an«, sagte Greve und nickte dem internen Revisor zu. »Gibt es Einwände gegen die Einberufung zur Versammlung?«

Hans hatte die Hauptversammlung früher oft geschwänzt und sich per Vollmacht bei der Stimmabgabe vertreten lassen. Damals war das Ganze eine reine Soloshow für Olav gewesen. Jetzt war die Energie eine andere, als stünde alles auf dem Spiel.

Greve wurde zur Versammlungsleiterin gewählt, und zwei Aktionäre unterzeichneten das Protokoll. Hans sah sich um. Die Tischrunde hatte die Form eines Hufeisens, und er und Connie saßen sich am offenen Ende gegenüber. Ein Stück weiter saß Sasha. Sverre und Andrea hatten am unteren Ende Platz genommen.

»Dann heiße ich Sie zu dieser außerordentlichen Hauptversammlung der SAGA A/S willkommen«, begann Greve. »Die Satzung bestimmt für den Fall, dass der Vorstandsvorsitz unvorhergesehen vakant wird, innerhalb von drei Monaten eine außerordentliche Hauptversammlung, auf der der Vorsitzende und die übrigen Mitglieder des Vorstands von den Aktionären gewählt werden.«

Die Anwesenden nickten, und sie fuhr mit der Tagesordnung fort.

»Als Tischvorschlag hat Aktionärin Connie Knarvik angekündigt, dass sie den Verkauf einer Liegenschaft – des sogenannten Adventdalen auf Svalbard – zur Diskussion stellen möchte und dass das Ergebnis dieser Diskussion ausschlaggebend für den letzten Punkt sein wird.«

Greve ließ den Blick über den Tisch wandern. Sie erklärte kurz, wie das Grundstück im Adventdalen aus der SAGA A/S gegen ein sogenanntes Wandeldarlehen, datiert auf den 25. Juni 1965, ausgegliedert worden war, das dem Eigentümer des Grundstücks das Recht einräumte, es gegen einen Aktienanteil von 5 Prozent – also fünfzig SAGA-Aktien – zu tauschen.

»Von diesem Recht macht Aktionärin Connie Knarvik nun Gebrauch.«

Obwohl das bekannt war, sorgte es für leichte Unruhe.

»Der letzte Punkt ist die Abstimmung über den neuen SAGA-Vorstand. Aus der Einladung ist bekannt, dass es zwei Kandidaten für den Vorstandsvorsitz gibt.«

Sie machte eine kleine Pause. »Die beiden Kandidaten sind Hans Falck und Alexandra Falck.«

Die Leute nickten. Nachdem ein externer Wirtschaftsanwalt diverse Fragen rund um das Grundstück und die Liquidität der SAGA abgehandelt hatte, folgte Hans' Rede zur Lage der Nation.

»Liebe Freunde«, sagte er, bevor sein Blick sich in Connies Augen brannte, sie war es, zu der er sprach, »nach den tragischen Umständen von Olavs Tod im Winter hatte ich Gelegenheit, die SAGA vertretungsweise zu leiten. Es war mir eine Ehre.«

Hans erzählte anschaulich von SAGAs Ausrichtung nach Norden, einer Strategie mit tiefen Wurzeln in den Falck-Reedereien, einem Plan mit mehreren Komponenten.

Zum einen war da der Beschluss des alten Vorstands, die Spende eines Rettungsschiffs an die norwegische Seenotrettungsgesellschaft mit der »Falck 3« fortzusetzen. Zuvor sollte das Schiff jedoch als Forschungsschiff dienen. Eine Gruppe aus Leuten von SAGA und Wissenschaftlern vom Polarinstitut würde von der Finnmark aus nach Longyearbyen fahren, die Abreise würde in wenigen Tagen sein.

Dies, fuhr Hans mit zunehmendem Enthusiasmus fort, führte zum nächsten Punkt. Dank des Klimawandels – nein, das klang falsch – *wegen* des Klimawandels, der Schmelze des Polareises und einer neuen geopolitischen Situation war die Arktis zum Hotspot für neue Handelsrouten geworden, die die Entfernung zu den großen Märkten in Asien drastisch verkürzen würden. Das würde den Welthandel verändern. Dank des erfolgreichen Besuchs im Norden genoss die SAGA das Wohlwollen der Politiker.

»Deshalb sind es wir von der SAGA, die den Stift in der Hand haben, wenn die Handelsrouten im 21. Jahrhundert neu gezeichnet werden. Mit unserem Besitz in Kirkenes und mit unserer langen Historie auf Svalbard.«

Er legte eine Pause ein, um sicherzugehen, dass er die Aufmerksamkeit aller Anwesenden besaß.

»Kommen wir zu Svalbard. In diesem Raum sitzt Connie Knarvik. Sie ist die Tochter meines Großonkels Herbert Falck, ehemals Direktor der Falck-Reedereien und eine der Schlüsselfiguren für den Kohletransport von Svalbard. Connie hat das sogenannte Adventdalen-Grundstück geerbt, das unter anderem mit den Abbaurechten für Kohle verknüpft ist. Sie hat bereits vor längerer Zeit den Wunsch geäußert, dieses Grundstück zu verkaufen. Als Interims-Vorstandsvorsitzender habe ich diesen Wunsch überaus ernst genommen. Wir möchten kaufen. Darauf werden wir später noch zurückkommen.«

Es wurde still. Alle warteten auf Connies Reaktion. Sie räusperte sich und sagte mit lauter und deutlicher Stimme: »So weit schön und gut, Hans Falck. Bevor ich zu den Angeboten Stellung nehme, möchte ich ein paar Worte sagen.«

Hans sah zu Greve, die nickte. »Dann übergebe ich das Wort an Connie Knarvik.«

Hans betrachtete Connie eingehend. Obwohl sie wesentlich älter geworden war, seit er sie zuletzt gesehen hatte, schien es, als hätten ihre Augen wieder das revolutionäre Feuer der Siebzigerjahre. Er versuchte, den Blick zu deuten, mit dem Connie Sasha ansah.

»Wie die Aktionäre wahrscheinlich wissen«, begann sie, »ist es lange her, dass ich bei einer Hauptversammlung der SAGA anwesend war. Mein alter Aktienanteil beschränkte sich auf 0,2 Prozent, was dem meines Bruders Georg entspricht. Wenn das Darlehen gewandelt wird, bekomme ich weitere fünfzig Aktien und halte dann also 5,2 Prozent.«

»Eine kleine Anmerkung«, warf Greve ein. »Durch ein solches Manöver würde sich die Gesamtzahl der Aktien von tausend auf tausendfünfzig erhöhen, wodurch sich natürlich der prozentuale Anteil, den die Aktionäre jeweils halten, geringfügig ändert.«

Sie zeigte auf Sasha. »Bitte, Sasha, du stehst auf der Rednerliste.«

»Das ist richtig«, begann Sasha.

Hans hatte gedacht, sie wäre nervöser, so wie vor ihrem Antritt als Vorstandsvorsitzende oder nach Olavs Tod, aber sie wirkte ruhig, beinahe entspannt.

»Um einen guten Käufer für den Adventdalen-Grundbesitz zu finden, haben wir unsere Suche breit angelegt und mit mehreren potenziellen Interessenten gesprochen. Es hat sich jedoch gezeigt, dass nur sehr wenige die Kombination von Finanzkraft, Kompetenz und Erfahrung besitzen, um Bergbau auf Svalbard zu betreiben. Vor allem weil der norwegische Staat, der die letzten Bergwerke dort unterhält, beschlossen hat, den Betrieb einzustellen. Wir wollen auch keine Käufer aus Ländern, die sich nicht langfristig auf der Inselgruppe engagieren.«

Ist das der Moment, in dem du deine russische Bergwerksgesellschaft aus dem Ärmel ziehst?, dachte Hans.

»Deshalb haben wir mit unseren russischen Kontaktleuten vom Trust Arktikugol gesprochen«, fuhr Sasha fort. »Wie mehrere von euch wissen, blickt das russische Unternehmen auf eine lange Geschichte des Bergbaus auf Svalbard zurück. Der dortige Direktor,

Sergej Sokolow, hat namens der russischen Behörden eine verbindliche Kaufzusage abgegeben.«

»Heißt das, die Russen übernehmen das Grundstück?«, fragte Greve.

»Das ist korrekt«, sagte Sasha. »Die Russen bekommen das Grundstück, Connie bekommt das Geld, und SAGA kann sich weiterhin auf das Kerngeschäft konzentrieren, das uns zu einem der wichtigsten Unternehmen des Landes gemacht hat. Und im Norden werden keine Luftschlösser gebaut.« Sie hielt das Dokument hoch. »So viel steht fest. Das ist unser Angebot, Connie. Ein Gesamtbetrag von fünfhundert Millionen norwegischen Kronen.«

Eine halbe Milliarde.

Hans saß mit offenem Mund da und starrte ins Leere. Ein Grundstück auf Svalbard mit ein paar subventionierten Kohlengruben, das fünfhundert Millionen norwegische Kronen wert war? Das war unglaublich.

Trotzdem verstand Hans sehr wohl, was das bedeutete. Falls Connie für diese astronomische Summe an die Russen verkaufte, würde sie Personen unterstützen, die diesen abenteuerlichen Verkauf ermöglicht hatten.

Connie Knarvik würde Sasha unterstützen.

Kapitel 41

Norwegisch wie der Dovregubben

Rederhaugen, Oslo

Als Sasha zu Andrea und Sverre hinübersah, merkte sie, dass die beiden den Blick senkten. Hans saß wie versteinert da, mit der Hand am Kinn. Es lief wie geplant. Connie tat genau das, was sie Sasha zuvor versprochen hatte.

Sie setzte sich. Sverre hatte sich auch als Redner eingetragen.

»Danke für deine Ausführungen, Schwester«, begann er, und sie warf ihm als Antwort einen eiskalten Blick zu. Wie ähnlich er ihrem Vater war. So ähnlich, aber er hatte nicht dessen glühendes Charisma.

»Die Wahrheit ist, dass alle sogenannten Polarforscher oder Bergwerksdirektoren aus Russland Marionetten des Putin-Regimes sind.«

Er öffnete ein Zeitungsfaksimile auf der Leinwand hinter sich, mit einem Foto, das eine Gruppe Typen in Polarkleidung unter einer wehenden russischen Fahne zeigte, aufgenommen in der Arktis.

»Dieses Bild zeigt die gut aussehenden Russen, die du auf der Jagdhütte getroffen hast«, sagte Sverre und sah Connie lange an. »Hier sind sie, und mit wem? Nun, sie stehen mit bekannten russischen Nationalisten zusammen, Leuten, die in Norwegen und anderen westlichen Ländern Einreiseverbot haben.«

Sasha schaute regungslos vor sich hin. Damit hatte sie gerechnet. In Connies Pokerface war keine nennenswerte Reaktion zu lesen.

»Vor zwei Tagen«, fuhr Sverre fort, »war genau die Verbindung zu diesen russischen Akteuren der Grund dafür, dass unser Inlandsgeheimdienst Mads Falck festnahm, nachdem er bei einem konspirativen Treffen Dokumente von dem russischen Bergwerksdirektor erhalten hatte.«

Sasha verstand überhaupt nichts. Mads festgenommen? Er war die letzte Woche zu Hause gewesen. Stand ihr Bruder hier vor der Hauptversammlung und dachte sich Anschuldigungen aus?

»Das ist ja die Höhe!«, rief Mads. »Ich wurde grundlos schikaniert und nach drei Stunden freigelassen. Es war ein Missverständnis, und du wagst es, mich vor der gesamten Hauptversammlung zu diskreditieren?«

Möglicherweise hätte sie ihrem Mann jetzt beispringen müssen, aber Sasha schickte ihm nur einen wütenden Blick. Wieso hatte er ihr das nicht erzählt? Festgenommen und freigelassen, ohne ein Wort darüber zu verlieren. Sie sah zu Connie, die offenbar das Ziel der Verdächtigung war.

»Ich stimme Mads zu«, sagte Siri Greve. »Diese Art von Unterstellungen können wir uns sparen.«

»Meinetwegen«, sagte Sverre zufrieden; er sah seiner Schwester an, dass der Schaden bereits angerichtet war. »Aber es ist trotzdem wichtig. Wie wir wissen, ist das Grundstück im Adventdalen mit einer Konzession für den Bergwerksbetrieb verknüpft. Worüber sich nur wenige klar sind, ist, dass mit dieser Konzession auch das Recht einhergeht, Häfen, Straßen und andere relevante Infrastruktur zu bauen, im Extremfall einen Flugplatz. Werfen wir doch mal einen Blick auf die Karte rund um das Adventdalen, von dem hier die Rede ist. Seht ihr das?«

»Ich weiß nicht, ob Sverre während meiner Rede geschlafen hat«, sagte Sasha. »Ich habe betont, dass unser Angebot bedeutet, den Russen den Kauf gemäß dem Spitzbergen-Vertrag zu ermöglichen. Danach werde ich SAGA von Svalbard abziehen.«

Sverre zeigte auf sie. »Du hast den Vertrag erwähnt, Schwester. Völlig legal können die Russen also letztlich ihren eigenen Hafen, ihre eigene Straße, ja, vielleicht ihren eigenen Flugplatz bauen. Mit all den negativen Folgen, die das für die norwegische Hoheit über die Inseln haben würde. In letzter Konsequenz könnte ein solcher Verkauf – wenn er denn erfolgt – dazu beitragen, die norwegische Souveränität über Svalbard zu untergraben. Wenn du an sie verkaufst, Connie, kann das der Tropfen sein, der dazu führt, dass unser Land Svalbard verliert.«

Er stand jetzt richtig unter Dampf. »Ich bitte dich inständig, Connie, ein Angebot in Erwägung zu ziehen, das eine norwegische Eigentümerschaft sicherstellt. Unser Angebot von SAGA ist zwar etwas niedriger als das der Russen und beläuft sich auf einen Gesamtbetrag von vierhundertfünfzig Millionen Kronen. Aber es hat einen Vorteil. Es trägt dazu bei, die norwegische Souveränität über Svalbard zu sichern.«

Jetzt holte er zum Todesstoß aus. »Es brauchte einen Falck, um mit dem Kauf im Jahr 1916 die Souveränität Norwegens über Svalbard sicherzustellen. Lass es keine Falck sein, die dafür sorgt, dass wir sie verlieren.«

Sasha wurde es eiskalt. Sie sah, dass auch Mads wie versteinert war. Würde Connie es schaffen, dem Druck standzuhalten? Jetzt sahen alle die Bergenserin an.

Ohne eine Miene zu verziehen, erhob sie sich und ging zu der Weißwandtafel am offenen Ende der hufeisenförmigen Tischrunde. Dort nahm sie einen schwarzen Stift und zeichnete einen Kreis mit einem C in der Mitte.

»Hier bin ich. Mit meinen zweiundfünfzig Aktien. Die denjenigen Kandidaten für den Vorstandsvorsitz unterstützen werden, der meine Interessen wahrnimmt. Sasha oder Hans.«

»Ja, und auf wen setzen Sie?«, fragte Greve.

Zum ersten Mal während der ganzen Diskussion fiel Connies Maske. »Hans Falck ist ein Lügner und Manipulator. Ich werde unter keinen Umständen einen Vorschlag unterstützen, der es ihm erlaubt, den Kurs einer Stiftung zu bestimmen, die eine Weiterführung der Arbeit meines Vaters ist, und das auch noch mit dem Grundstück, das Papa so am Herzen lag. Meine Antwort darauf ist Nein. Nein.«

Sasha merkte, wie das Joch, das sie den ganzen Winter hindurch getragen hatte, von ihren Schultern abfiel. Connie hatte standgehalten. Sie hatte dem Druck widerstanden. Es war unglaublich. Mads, der eine Weile ganz blass gewesen war, zwinkerte ihr nahezu unmerklich zu. Sie konnte es sich nicht verkneifen, einen hochmütigen Blick in Richtung Sverre zu werfen, der Ralph Rafaelsen etwas zuflüsterte. Rafaelsen ergriff das Wort.

»Danke für diese wertvollen Beiträge«, sagte er in seinem abgeschliffenen Vesterålen-Dialekt. »Wie einige von Ihnen wissen, wurde ich von Sverre als neues SAGA-Vorstandsmitglied vorgeschlagen, als Ersatz für Martens Magnus. Ich hoffe, das ist in Ordnung?«

»Das ist eine Formalität, über die wir jetzt gleich per Handzeichen abstimmen können«, sagte Greve. »Hat jemand von den Aktionären Einwände gegen Ralph Rafaelsen als neues Vorstandsmitglied?«

Niemand sagte etwas, also fuhr sie fort. »Wer stimmt für den Vorstandskandidaten?«

Etwas zögernd hoben alle Aktionäre die Hand.

»Danke für Ihr Vertrauen«, sagte Ralph mit schneeweißem Zahnpastalächeln. »Ich habe die Satzung gelesen und möchte von einer Klausel Gebrauch machen. Sie besagt, dass ein Vorstandsmitglied das Recht hat, während der Hauptversammlung durch Tischvorschlag einen Vorstandsvorsitzenden zu nominieren.«

»Das verstößt gegen alle SAGA-Sitten«, sagte Sasha wütend. War Rafaelsen unverschämt genug, die Normen auf Rederhaugen infrage zu stellen? Oder steckte etwas anderes dahinter? »So etwas hat es noch nie gegeben.«

»Nun, meine Situation ist auch eine besondere«, erwiderte Ralph. »Beide Kandidaturen für den Posten des SAGA-Vorstandsvorsitzenden haben große Mängel.«

Sasha blickte fragend zu Mads, der das Ganze mit Gelassenheit zu nehmen schien.

»Die Vorwürfe gegen Hans Falcks persönliche Integrität sind sehr bedenklich, aus Vorstandsperspektive betrachtet«, sagte Ralph. »Das Gleiche gilt für Alexandras Verflechtung mit russischen Interessen auf Svalbard. Der Vorschlag, den ich jetzt machen werde, ist deshalb als Kompromiss zu betrachten.«

Alle blickten mit großen Augen auf den Nordnorweger.

»Es bin nämlich ich«, fuhr er fort, »der aufgrund meiner Position bei Arctic Fishery gebeten wurde, der Investor zu sein, der das Adventdalen-Grundstück in norwegischem Besitz hält. Ein Wandeldarlehen, aus Respekt vor der Geschichte der SAGA, für das ich die Garantien stelle.« Jetzt lächelte Ralph. »Gleichzeitig möchte ich, dass Ihre Überlegungen zum Vorstandsvorsitz respektiert werden. Das schulden wir Ihnen, Connie.«

Connie saß regungslos da.

»Erstens wird mein Angebot das der Russen übersteigen, rein finanziell. Es beläuft sich auf sechshundert Millionen norwegische Kronen.«

Wieder ging ein Raunen durch die Versammlung.

»Das wird auch die norwegische Eigentümerschaft sichern«, sagte er. »Und drittens wird es bewirken, dass Hans Falck *nicht* Vorstandsvorsitzender bleibt. Er wird meinen Vorschlag unterstützen, und ich schlage Sverre Falck zum Vorstandsvorsitzenden vor.«

Ralph zwinkerte Sverre zu.

Sasha überfiel eine plötzliche Lähmung.

»Sverre Falck hat militärische Erfahrung«, fuhr Rafaelsen fort. »Er kennt SAGA. Er ist ein Falck. Und er ist so norwegisch wie der Dovregubben!«

Sasha merkte, wie ihr ein kalter Schauer über den Rücken lief. Sie fröstelte. Ihre Zunge klebte trocken am Gaumen und machte das Atmen schwer.

»Nun«, sagte Connie, und alle Augen richteten sich auf sie, »soweit ich das verstehe, sind meine Kriterien für einen Verkauf damit erfüllt.«

Für ein, zwei Sekunden war es totenstill.

»Ich unterstütze die Kandidatur von Sverre Falck.«

Sasha gefror zu Eis, sie war plötzlich ganz steif. Ihre Haut kribbelte. Was passierte hier? War das ein Traum, ein böser Traum? Ein ewiger Albtraum, der andauerte, seit Hans vor Weihnachten mit dem Testament auf Rederhaugen erschienen war?

Es wurde über Ralphs Tischvorschlag abgestimmt.

Für Sasha war alles weiß. Alles ein Nebel. Alles floss ineinander.

»SAGA hat einen neuen Vorstandsvorsitzenden«, sagte Greve, nachdem die Stimmen ausgezählt waren. »Sverre Falck.«

Sverre riss die Arme hoch. Ralph Rafaelsen klopfte ihm auf den Rücken. Andrea umarmte ihren Bruder. Sasha erhob sich. Sie hatte versagt, Mads hatte versagt. Sie nahm ihre Jacke, wortlos, ging an den anderen vorbei, die Wendeltreppe hinunter, hinaus auf den Rasen mit der Büste von Vera, über die Pfade und Felsen, die ihr so vertraut waren. Sie musste weg.

»Sasha?«, rief Mads, der sie keuchend einholte.

»Ich habe mich auf dich verlassen«, sagte sie und blickte starr geradeaus. »Ich habe dir und dieser verdammten Idee vertraut, das Grundstück an die Russen zu verkaufen.«

Sie ging schneller, er trabte neben ihr her.

»Du hast mich mit deinem Plan lächerlich gemacht.«

Er hatte Mühe, mit ihr Schritt zu halten.

»Und wenn der PST dich wegen dem ganzen Filz *festnimmt,* hast du nicht mal genug Anstand, mir das zu erzählen. Du steckst einfach den Kopf in den Sand und hoffst, dass es vorbeigeht.«

»So ist das nicht, Sasha.«

Sasha blieb stehen. Sie waren am Wendeplatz angekommen. »Jetzt sage ich dir mal, wie es ist, Mads. Ich werde jetzt in die Wohnung fahren. Du suchst dir für heute Nacht einen anderen Schlafplatz.«

Sasha ging die Allee hinunter. Weg von Mads. Weg von Rederhaugen.

Sie würde nie mehr hierher zurückkehren.

Kapitel 42

Appendix vermiformis

Rederhaugen, Oslo

Nach dem Aktionärsessen ging man zum unterhaltsamen Teil des Tages über. Connie verabschiedete sich früh, aber die anderen wollten feiern. Da Hans noch im blauen Zimmer wohnte, wurde die Party in das Kaminzimmer und die angrenzenden Räume im Ostflügel verlegt.

Hans war erleichtert darüber, dass es Sverre geworden war. Erst in dem Moment, als Sverre zum Vorstandsvorsitzenden nominiert wurde, war ihm bewusst geworden, was für eine Erleichterung das war.

Sverre war der umschwärmte Mittelpunkt des Abends. Hans hatte ihn noch nie so glücklich gesehen, mit der strahlenden Ingeborg an seiner Seite und Ralph Rafaelsen als Königsmacher. Mit einer Bande von Freunden, die sich plötzlich im Glanz des neuen Vorstandsvorsitzenden, der Galionsfigur der SAGA, sonnen wollten.

»Freunde!«, brüllte Sverre. »Heute wollen wir feiern. Und sobald die Eisverhältnisse es zulassen, brechen wir nach Norden auf, unter der eminenten Führung von Hans, und weiter mit unserem Rettungsschiff nach Svalbard!«

Hans nickte verhalten in der hintersten Reihe an der Wand. Er ging in die Bibliothek. Hier war weniger Trubel, er hatte angefangen, das zu mögen.

Er stand in Gedanken versunken im Raum, als Sverre plötzlich hereinkam, einen Whisky für jeden einschenkte und die Tür zum kleinen Balkon öffnete, mit Blick auf Veras alte Schreibstube.

»Ich möchte dir sagen«, begann Hans, »dass ich finde, du hast es verdient, Sverre. Ich weiß ein bisschen darüber, wie sehr du diesen Posten gewollt hast. Wie hart du dafür gearbeitet hast. Und auf wie viel Widerstand du gestoßen bist.«

»Weißt du, Hans, ich habe mich oft gefragt, wie es sich wohl anfühlen würde an dem Tag, an dem das passiert. Papa hat mich ein Leben lang auf die Probe gestellt, wie du weißt, das war eine harte Schule. Aber ich wusste, dass es früher oder später so weit sein würde. Und das Gefühl ist überwältigend.«

Hans sah ihn neugierig an. »Was ist das für ein Gefühl?«

»Erleichterung, in erster Linie. Keine Euphorie, sondern Erleichterung. Darüber, dass ich der war, der ich zu sein hoffte.«

»Interessant«, sagte Hans. »Ich bin auch erleichtert.«

»Ihr habt mich unterschätzt«, sagte Sverre. »Erst Papa, dann Sasha und dann du. Ihr wart so mit euch selbst und euren Rivalen beschäftigt, dass ihr das Offensichtliche nicht gesehen habt: dass ich einen Plan hatte, und die Möglichkeit, ihn umzusetzen.«

»Du kannst stolz darauf sein«, sagte Hans.

In dem Moment kam Marte ins Zimmer. »Da ist ein fremder Mann an der Tür, der dich sprechen will, Papa.«

»Nicht jetzt, Marte.« Er winkte ab.

»Er war mit dir im 330. Rettungsgeschwader und bei dem Unfall dabei. Er hat etwas für dich, sagt er.«

Hans durchfuhr ein leichter Ruck. »Ach herrje, natürlich.«

»Rettungssanitäter Giske«, lächelte Hans. »Meine Güte, ist das lange her.«

Er machte Giske mit Marte und Sverre bekannt.

»Nordatlantik, erster Dezember letztes Jahr, schwere Sturmböen«, sagte Giske. »Schön zu sehen, dass du dich erholt hast, Hans. Die Jungs in Bodø vermissen dich sehr. Die Geschichte von der Blinddarmoperation auf einem Schiff im Sturm ist schon legendär.«

»Der russische Chirurg Leonid Rogozow bekam während einer

Forschungsexpedition in die Antarktis 1961 eine Blinddarmentzündung. Deshalb war er gezwungen, eine Appendektomie vorzunehmen – an sich selbst. Verglichen damit war mein Beitrag relativ bescheiden«, antwortete Hans. Die anderen schmunzelten, und Giske entschuldigte sich eilig. »Wie ich sehe, störe ich bei einer Privatfeier. Ich mache es kurz.«

Er sah die anderen an. »Als ich letztes Jahr zusammen mit dir im Einsatz war, hast du gesagt, dass wir Organe und Gewebeproben von Patienten aufbewahren sollten, zu Forschungszwecken und so.«

»Das stimmt«, sagte Hans und nickte. »Man weiß nie, was man findet.«

»Du erinnerst dich sicher nicht, aber als du bewusstlos warst, war ich derjenige, der dich hinauf in den Hubschrauber gezogen hat. Dann brachten wir dich in die Notaufnahme. Um deine persönlichen Sachen haben wir uns gekümmert, wie es üblich ist. In einer Tasche fand ich einen versiegelten Beutel mit etwas darin, das, wie mir aufging, der Blinddarm des Russen sein musste. Ich brachte ihn zu einem Arzt des Geschwaders, der versprach, ihn aufzubewahren und dir zuzusenden, wenn du wieder auf den Beinen bist.«

»Was für eine Geschichte«, rief Marte aus.

»Danach habe ich eine ganze Weile nicht mehr an den Blinddarm gedacht, muss ich zugeben. Bis es mir letzte Woche wieder einfiel und ich den Arzt danach fragte. Aber er sagte, er habe dir keinen *Appendix vermiformis* geschickt. Der lag immer noch in einem Kühlschrank, oder wo die so was aufbewahren.«

Giske holte den diffusionsdichten Beutel aus der Tasche. Die Versiegelung war noch intakt. Der Wurmfortsatz war kleiner und von der Farbe her blasser, als Hans ihn in Erinnerung hatte.

Die anderen betrachteten den Blinddarm der Reihe nach.

»Speziell«, sagte Marte, »sehr speziell.«

»Hier hast du ihn jedenfalls«, sagte der Rettungssanitäter. »Nenn es eine Erinnerung fürs Leben, Hans.«

Kurz darauf zog Hans sich von der Party zurück. Er ging durch den Korridor im ersten Stock, weg von der Musik und dem Stimmengewirr, vorbei an den Ölgemälden der Falck-Patriarchen, hin zum blauen Zimmer.
Er schloss die Tür hinter sich. Im Kamin war noch Glut, er legte einige Holzscheite nach und sank erschöpft in einen Lehnstuhl. Betrachtete den Blinddarm im Schein der Flammen.
Hans wog den Beutel in den Händen und lächelte glücklich.
Glücklich, das war es, was er war.

Kapitel 43

Die Rückerstattung

Grieg-Verlag, Oslo

Johnny war spät dran und eilte im Laufschritt am Brunnen vor dem Grieg-Verlag vorbei. Verleger Peder Grieg und Hans Falck warteten schon.

Er hatte nicht mehr an der Biografie gearbeitet, seit er Anfang des Winters Connies Brief gelesen hatte, vor der Sache mit dem Überläufer Medwed und den Ermittlungen in der Cort Adelers Gate. Mehrere Male hatte der Verlag eine Besprechung angesetzt, und jedes Mal war sie im letzten Moment abgesagt worden, entweder von Hans oder von ihm selbst.

Obwohl Hans die Geschmeidigkeit seiner Bewegungen wiedererlangt hatte, war sein Blick kühl und distanziert, als er Johnny die Hand gab, so, als begrüßte er einen entfernten Bekannten.

Peder Grieg bat sie, Platz zu nehmen. Der ernste Gesichtsausdruck des Verlegers gab Johnny das Gefühl, ein ungezogener Schüler zu sein, der zum Rektor zitiert wurde.

»Wollen wir anfangen?«, fragte der Verleger mit einem Räuspern. Hans nickte ihm kurz zu, und Grieg griff nach einem Dokument.

»Dies ist der Vertrag, den wir im vergangenen Jahr geschlossen haben, Berg. Er ist unmissverständlich. Wir haben uns auf eine autorisierte Biografie geeinigt, an der der Protagonist selbst mitwirkt, basierend auf seinen Erlebnissen. Ihre letzte Lieferung an uns – ja, die einzige bisher in diesem Jahr – ist stattdessen der Brief einer Verwandten, von der ansonsten niemand spricht, die aber behauptet, die Wahrheit über ihn zu kennen.«

Johnny richtete sich auf und sah die beiden Männer nacheinander an. »Dafür gibt es zwei Gründe. Erstens hat Hans seit Herbst letzten Jahres auf meine Anfragen nicht mehr reagiert.«

»Die Gründe dafür scheinen mir ziemlich offensichtlich zu sein«, sagte Verleger Grieg.

»Aber der wichtigste Grund hängt dahinten an der Wand.« Johnny zeigte Richtung Korridor. »War Grieg nicht der Verlag von Vera Lind? Ihr wichtigster gesellschaftlicher Auftrag als Schriftstellerin war, die Geschichte, die von den Männern der Falck-Familie erzählt worden war, richtigzustellen. Wie das ausging, wissen wir. Für mich ist Connie Knarvik ein ähnlicher Typ Mensch.«

Er sah Hans lange an, der wich seinem Blick nicht aus. »Sie erzählt die Wahrheit, wo andere schweigen.«

Als Hans endlich den Mund aufmachte, lag in seiner Stimme eine ausgesuchte Sanftheit, die Johnny erschreckte.

»Es gibt da wohl einiges, was du nicht über *sie* weißt«, sagte Hans. »Sie war jahrelang schwer drogensüchtig, in den Achtziger- und Neunzigerjahren. Viele in der Familie, besonders die, die ihr am nächsten standen, versuchten, ihr zu helfen, aus dem Drogenmilieu im Nygårdspark auszusteigen. Aber das kommt dabei heraus, wenn man einen Drogenabhängigen in der Familie hat: gebrochene Versprechen, Lügen und missbrauchtes Vertrauen. Irgendwann konnten ihre Angehörigen nicht mehr. Sie ertrugen es nicht. Es gibt eine Grenze, wie viel man aushalten kann.«

»Warum?«, fragte Johnny.

»Was meinst du damit?« Hans wirkte beinahe verärgert.

»Das ist die Frage, die wir immer stellen müssen. In meinem Job tun wir das ständig. Warum werden manche Menschen zu Terroristen? Warum verraten manche ihr Heimatland? Warum werden andere drogensüchtig? Oft gibt es natürlich einige Gemeinsamkeiten, aber jede Geschichte ist einzigartig.«

»Schön und gut«, sagte Grieg eine Spur ungeduldig, »aber so interessant, wie diese Diskussion ist, hat sie doch wenig Relevanz für die Biografie und den geschlossenen Vertrag.«

Er sah Johnny an und schluckte. »Wir haben die Situation gründlich überdacht, Berg. Wenn die Dinge so stehen, wie sie es heute tun, dass nämlich weder der Mensch, dessen Lebensgeschichte erzählt werden soll, noch die Familie mitwirken wollen und die Quellenlage fragwürdig ist, nun, dann sind die Bedingungen, die Voraussetzung für den Vertragsabschluss waren, nicht mehr gegeben. Wir sehen deshalb keine andere Möglichkeit, als das Projekt abzubrechen.«

Es wurde still im Raum. Peder Grieg wirkte erleichtert, die Karten endlich auf den Tisch gelegt zu haben.

»Tut mir leid. Aber manchmal läuft die Zusammenarbeit bei einem Buchprojekt nicht wie erhofft.«

Johnny drehte sich zu Hans um. »Ich habe an dich geglaubt. Ich dachte, du wärst anders als Olav und der Osloer Clan. Aber du bist genau wie sie.«

Johnny ging durch den Hintereingang hinaus und stand in einem Innenhof. Ein *abgelehnter* Autor, war er das jetzt? Die Abteilung, die den Maulwurf jagte, lag nach der peinlichen Festnahme von Mads Falck auch im Koma. Er hatte in der ganzen Zeit nicht mit Connie Knarvik gesprochen, aber jetzt rief er sie an, sprach ihr auf die Mailbox und erklärte die Situation kurz.

Zu seiner Überraschung rief sie sofort zurück.

»Ich hab's gewusst«, sagte sie gleich als Erstes.

»Was haben Sie gewusst?«

»Sie machen mit mir, was sie mit Vera gemacht haben. Mit denen, die es wagen, die Wahrheit zu sagen.«

»Veras Manuskript hat man vernichtet und sie selbst in die Psychiatrie zwangseingewiesen. Meine Biografie wurde lediglich abgebrochen. Ist nicht ganz so heroisch, oder?«

»Blödsinn«, erwiderte Connie. »Die Gründe sind rein politisch.«

»Aber warum?«, fragte Johnny. »Der erste Brief enthielt aufsehenerregende Dinge, aber nichts, was nicht ans Licht der Öffentlichkeit hätte kommen dürfen.«

»Aber der zweite Brief«, sagte Connie. »Falls Sie Zeit haben, ihn zu lesen. Diese Geschichte hat gerade erst begonnen.«

»Können Sie andeuten, worum es geht?«

»Kann ich gerne machen«, erwiderte Connie. »Mit der Hilfe von Hans bin ich als junge Journalistin einer sensationellen Sache auf die Spur gekommen. Die Details können Sie selbst lesen, aber es ging um Svalbard, geheimdienstliche Aktivitäten und die Familie Falck. Und um die Opfer dieses Komplotts.«

»Aha?«

»Denn so ist es immer, Johnny Berg. Mächtige Politiker, Generäle und führende Köpfe der Gesellschaft opfern gewöhnliche Bürger. Sie schicken sie in den Krieg oder auf geheime Missionen, ohne sie über die Risiken ihres Auftrags zu informieren. Es war Vera, ausgerechnet, die mich dazu brachte, das aufzuschreiben, und ich hoffe, es ist in ihrem Sinne geschrieben. Haben Sie das gewusst?«

»Wann kann ich den Brief sehen?«, fragte Johnny.

10.9.1976

Lieber Hans,

gestern ist der Vorsitzende Mao gestorben. Am selben Tag kam der Brief zurück, den ich dir geschrieben hatte. Auch wenn ich nicht weiß, wo du bist, sind das zwei deutliche Zeichen. Ich habe meine Stelle bei der Zeitung gekündigt und bin aus der Partei ausgetreten.

Was für eine wahre Erleichterung.

Eine meiner ersten Handlungen danach war, in einen Plattenladen zu gehen und eine Single von ABBA zu kaufen. Früher habe ich das Lied nur heimlich im Radio gehört. Jetzt, während ich das hier in der Wohnung an der Gimle Terrasse schreibe, läuft es im Hintergrund. Can you hear the drums, Fernando / I remember long ago another starry night like this.

Kannst du dir vorstellen, dass wir stundenlange Sitzungen damit verbracht haben, Resolutionen zu verfassen, die ABBAs »Kleinbürgerlichkeit« verurteilten? Im Nachhinein erkenne ich, wie lächerlich wir waren. Und wie kontraproduktiv. Als bestünde der Weg, die Arbeiterklasse auf unsere Seite zu ziehen, darin, sich über ihren Geschmack zu mokieren.

Ich könnte natürlich mit einer Kavalkade über die tragikomische Sisyphusarbeit der Partei fortfahren. Aber an einem Punkt hatten unsere politischen Dekrete Konsequenzen für Leben und Tod. Du weißt ganz genau, wovon ich spreche, Hans. Du erinnerst dich, dass mein Körper sich im Spätsommer veränderte, während wir letzte Hand an unser Vorhaben legten. Du wirst dich daran erinnern, dass ich dir vom Ausbleiben meiner Menstruation erzählte, von meiner Übelkeit und dass meine Brüste empfindlich waren, wenn wir uns liebten. Ein Test bestätigte den Verdacht.

»Du musst den Antrag an den Arbeitsausschuss stellen«, sagtest du.

»Ich bin schwanger, und das Erste, was dir dazu einfällt, ist ein verdammter Antrag an den Arbeitsausschuss!«

»Connie, du kennst die Regeln«, hast du geantwortet. »Die Partei arbeitet daran, Klassekampen zu einer Tageszeitung zu machen, und wir arbeiten an einer potenziellen Weltsensation. Wir müssen hören, was sie von der Sache halten.«

Genau das waren deine Worte.

Ich habe viel darüber nachgedacht, wie ich mich in all das verwickelt habe.

Nach der Hochzeit zog ich zu Mikael. Seine Villa war nur ein kleines Stück von dem Anwesen entfernt, in dem ich aufgewachsen bin. Zu sagen, dass ich ihn liebte, wäre eine Übertreibung. Insgeheim trug ich die Erinnerungen an die Provence mit mir herum.

Währenddessen warst du natürlich unterwegs zu den Sternen,

Hans. Obwohl du ein Jahr jünger warst als die anderen, warst du der beste Schüler deines Jahrgangs an der Kathedralschule von Bergen. Diese Tatsache machte meinen Vater so stolz, dass er zu einem improvisierten Fest bei uns eingeladen hat. Die Party fand auf dem Rasen statt, der vom Haus hinunter zum Wasser führte. Dort standen Köche und grillten Lämmer am Spieß, während die Gäste Champagner tranken und plauderten.

Ich kam zusammen mit Mikael an. Wie immer war er kurz angebunden und überheblich, wenn dein Name ins Spiel kam. »Ganz schöner Wirbel, der um diesen jungen Bengel gemacht wird«, sagte er und sah sich um. »Ist es wahr, dass er Russland unterstützt?«

»Russland?« Ich schüttelte den Kopf über seine zeitgeschichtliche Referenz. »Hans hält die Sowjetunion für reaktionär und sozialimperialistisch«, antwortete ich in Erinnerung an den Monolog, den du auf der Weihnachtsfeier gehalten hattest. Seitdem hatte ich dich nicht mehr gesehen.

Mikael sah mich merkwürdig an, als würde ich in einer fremden Sprache reden.

»Hans unterstützt China und die Lehren Mao Tse-tungs«, fügte ich ernsthaft hinzu.

»Ich glaube, ich brauche einen Drink«, erwiderte Mikael lächelnd.

Du warst gerade achtzehn geworden und gingst stolz und ein bisschen schüchtern durch die Menschenmenge, während die Männer dir kameradschaftlich auf die Schulter klopften und die Frauen dir Komplimente zuflüsterten. Dein offenes Gesicht mit den wachen Augen und dem schiefen Lächeln, das nur selten von deinen Lippen wich, hatte immer noch jungenhafte Züge. Wir begriffen es alle: Einem Schüler mit diesem Hintergrund stand die Welt offen, und du würdest daran mitwirken, sie zu gestalten.

»Da bist du ja, Hans«, rief Papa freudestrahlend und hob das Glas, um einen Toast auszubringen. »Als dein Patenonkel hatte

ich das Vergnügen, dich zu begleiten, seit du klein warst. Es ist lange her und kommt mir doch wie gestern vor, dass ich dir Theos ausgestopften Eisbären gezeigt habe, den Bären, der mehr als irgendetwas sonst unser Verhältnis zu Svalbard repräsentiert und damit unsere eigene Geschichte und die unseres Landes. Er steht unten vor dem Falck-Kontor. Aber eigentlich müsste eine Statue von Theo und dem Eisbären auf dem Marktplatz stehen.«

Die Rede wurde von Applaus unterbrochen, und Papa ging dazu über, mit deinen schulischen Leistungen zu prahlen.

»Nicht nur, dass du der Beste bist, Hans, denn auch eine langweilige Leseratte kann der beste Schüler sein, nein, deine Brillanz erreichst du mit müheloser Leichtigkeit. Du machst der Familie Falck Ehre. Ich habe heute mit mehreren deiner Lehrer gesprochen, und alle sagen, dass sie sich nicht erinnern können, je einen begabteren, charismatischeren und engagierteren Schüler gehabt zu haben.«

Mehr begeisterter Beifall.

»In unserer Familie erwarten wir große Dinge von dir, Hans. Menschen mit deiner Begabung sind selten.«

Papa räusperte sich. »Abschließend möchte ich sagen, dass wir uns natürlich ein Geschenk für dich ausgedacht haben. Du wirst von uns nichts Materielles bekommen, so viel steht fest.«

Er zwinkerte den Zuhörern zu, die ganz vorn standen. »Wie du weißt, fahren wir im Frühsommer immer nach Svalbard, sobald es die Eisverhältnisse zulassen. Das diesjährige Schiff ist bereits unterwegs. Allerdings haben wir ein neues Rettungsschiff im Bau, das eine Expedition nach Svalbard unternehmen wird, bevor es Ende nächsten Jahres in den regulären Dienst der Seenotrettungsgesellschaft übergeht.

Mein Geschenk an dich«, rief Papa, »ist deshalb ein Sommer mit Kälte, Seekrankheit, wilden Tieren und harter Arbeit auf der ›Falck 2‹ im nächsten Jahr. Kurz gesagt, das Beste, was das Leben für eine maritime Familie zu bieten hat! Du wirst ein Mann werden, du wirst nach Svalbard fahren!«

Du bekamst ein Eismeeraquarell überreicht.

»Möchtest du etwas zu unseren Gästen sagen?«, fragte Papa. »Hast du schon eine Vorstellung, was du an Bord der ›Falck 2‹ und auf Svalbard tun wirst, zum Beispiel?«

Natürlich hast du dir mit einer Antwort Zeit gelassen. Du hattest schon begriffen, welche rhetorische Kraft im Schweigen liegt.

»Herzlichen Dank euch allen, die ihr gekommen seid«, sagtest du schließlich. »Ich bin überwältigt.«

Du drehtest dich zu Papa um. »Ich habe tatsächlich viel über diese Reise nachgedacht. Ich möchte Seeleute und Bergarbeiter zum Kampf gegen Ausbeutung und das Monopolkapital mobilisieren.«

Papa und die versammelten Gäste lächelten bemüht.

»Gegen Ausbeutung und ... das Monopolkapital«, wiederholte Papa. »Es ist gut, dass du neue Gedanken und Perspektiven in die Familie einbringst, das können wir alle brauchen. Skål, lieber Hans!«

Nach der Rede bahnte ich mir einen Weg zu dir, während ich spürte, dass mein Blut rascher floss.

»Hallo«, sagte ich.

»Hast du schon gehört?« Das war das Erste, was du sagtest.

»Gehört, was denn?«

»Vera hatte einen Nervenzusammenbruch. Sie ist in der Psychiatrie, in Blakstad.«

Obwohl ich Vera Lind nicht besonders gut kannte, war das eine schockierende Nachricht. »Was sagst du da?«

»Sie reden von Zwangsvorstellungen. Traumata.«

»Wie tragisch. Vera war für uns Mädchen in der Familie ein Vorbild«, sagte ich. »Wir haben zu ihr aufgeblickt. Sie hat die Mannsbilder herausgefordert.«

Du hast mich mit hartem Blick angesehen. »Aber was sie sagen, ist schlicht gelogen!«

Ich gab das wieder, was ich von Papa und den anderen in der

Familie gehört hatte. »Sie kommt doch aus ganz einfachen Verhältnissen da oben im Norden, ihre Mutter ist früh gestorben, vielleicht hat das dazu beigetragen, zusätzlich zu dem Schiffsunglück?«

»Als ich Vera das letzte Mal getroffen habe«, hast du mit unterdrückter Wut geantwortet, »hat sie mir dir ganze Sache mit ihrem neuen Buchmanuskript geschildert. Das von diesem Untergang des Hurtigrutendampfers handelt. Und das erzählt, wie verlogen unsere Familie ist.«

Wir entfernten uns von der Menge und gingen hinauf zur Villa, über die Steinplatten auf der Vorderseite. Ein Kellner stand an der Ecke und rauchte eine Zigarette. Du hast dir eine von ihm geschnorrt.

»Rauchst du, Hans?«, fragte ich.

»Nur heute.«

»Versuch, dich ein bisschen zu freuen«, sagte ich. »Papa hat extra das Fest organisiert und die halbe Gesellschaftselite von Bergen zusammengetrommelt.«

Du hast nachdenklich an deiner Zigarette gezogen.

»Wie geht's dir?«, hast du gefragt. »Ich seh dich überhaupt nicht mehr, Constance.«

»Wir sind umgezogen«, antwortete ich und nickte in Richtung der Stabkirche von Fantoft.

»Wäre es dir recht, wenn ich mal vorbeikomme? Wir könnten ein bisschen spazieren gehen.«

»Ich glaube nicht, dass meinem Mann das gefallen würde«, sagte ich, drehte den Kopf und schaute über die Schulter, um sicherzugehen, dass Mikael weit weg war.

Ich wechselte das Thema, um die angespannte Stimmung zwischen uns aufzulösen.

»Ich fange ein Studium an«, sagte ich und lächelte. »Französisch, natürlich.«

»Was sagt dein Mann dazu?«

Ich zuckte die Schultern. »Zuerst war er dagegen, versteht sich.

Kam mit all diesen dummen Einwänden, mit denen die Männer in unserer Familie schon immer angekommen sind. Aber da ich im Frühjahr heimlich die Aufnahmeprüfung abgelegt habe, ›genehmigt‹ er es, wie er sagt.«

»Ich bin morgen Abend an der Uni«, sagtest du leise.

»Aber ich habe noch nicht angefangen«, sagte ich. »Und du doch sicher auch nicht?«

»Studiengruppen«, hast du geantwortet, »veranstaltet vom SUF m-l. Wir haben morgen Treffen. Sag doch, dass du auf eine Informationsveranstaltung gehst.«

Ich sah dich fragend an. »Aber warum, Hans?«

»Weil ich dich davon überzeugen will, dass alles, was uns gehört, alles, was du um dich herum siehst, auf der Ausbeutung der Arbeiterklasse basiert und zerstört werden muss, wenn die Revolution kommt.«

»Ich weiß nicht recht«, sagte ich.

»Das ist ein Studienkreis für Symps.«

»Symps?«

»Sympathisanten, Constance. Und komm mir nicht damit, dass du der Oberklasse entstammst. Es gibt einen Unterschied zwischen Klassenherkunft und Klassenstandpunkt.«

Ich sah dich lange an. Endlich hatte ich das Gefühl, in dem Gespräch ein wenig die Oberhand zu haben. »Aber das ist nicht der wirkliche Grund, warum du möchtest, dass ich komme?«

»Komm einfach«, sagtest du.

Die Maoisten waren damals überall. Am nächsten Tag fand ich mich bei einem Studienkreis ein, der von den Marxisten-Leninisten arrangiert wurde. Das Treffen fand in einem Raum der Universität statt. Die Symps waren überwiegend junge Studenten. Obwohl du jünger warst als die anderen, warst du es, der das Treffen leitete und das Wort führte. Ohne lange Vorrede hast du die Grundzüge der maoistischen Weltanschauung skizziert, basierend auf den Schriften von Karl Marx, weitergegeben von Lenin und Stalin in der Sowjetunion vor dem revisionistischen Niedergang. Du hast Lenins Theorie des Imperialismus dargestellt. Als du über die Dialektik des Marxismus gesprochen hast, sind mir fast die Augen zugefallen. Das war kein Thema, das zu Herzen ging, was du gemerkt haben musst, denn du hast sofort einen anderen Ton angeschlagen.

»Genossen und Sympathisanten, wir alle spüren Machtlosigkeit angesichts der Welt, in der wir leben. Angesichts der beiden imperialistischen Supermächte, angesichts all des Schmerzes und der Ausbeutung und der Niedertracht in der Welt.«

Ist das alles?, dachte ich.

»Aber der Marxismus ist nicht nur Prosa, er ist auch Poesie«, fuhrst du fort. »Wir sind Sozialisten, weil wir von einer anderen Welt träumen. Einer Welt ohne kapitalistische Ausbeutung und imperialistische Kriege, in der wir Menschen frei sind, zu leben und zu lieben, wie und wen wir wollen.«

Ein bärtiger Philosophiestudent schnaufte verächtlich über die Banalität des Gesagten, aber du hast dich nicht beirren lassen.

»Deshalb möchte ich abschließend ein Gedicht vorlesen«, sagtest du und sahst den Philosophiestudenten an, der gerade gegen die Kleinbürgerlichkeit protestieren wollte, aber du kamst ihm zuvor. »Und dieses Gedicht ist vom Vorsitzenden Mao, ›Noch einmal hinauf zum Chingkang‹.«

Das setzte die strengen Emissäre schachmatt. Ganz gleich, wie kleinbürgerlich ein Gedicht ansonsten auch war – Mao Tse-tung war ein Ass im Ärmel. Du hast vorgelesen:

Solange hab ich in Wolken ein Ziel:
noch einmal hinauf zum Chingkang Berg.
Plaudern und Scherzen: Triumphlied der Rückkehr.
Auf Erden ist gar nichts schwierig zu tun,
ist nur der Wille da, hochzukommen.

»Wie fandst du es?«, hast du gefragt, als wir nach dem Treffen zusammen durch die Straßen von Nygårdshøyden gingen.

»Zuerst fand ich die Begriffe etwas schwer verständlich«, antwortete ich nachdenklich. »Aber sie ergeben auch Sinn. Gib zu, dass das Mao-Gedicht eine Erfindung von dir war, um mich zu beeindrucken.«

»Das war echt. Der Vorsitzende Mao schreibt tatsächlich Gedichte.« Du hast gelacht. »Aber ich habe es vorgetragen, um dich zu beeindrucken.«

»Es hat mir gefallen«, sagte ich. »Ich habe schon immer viel gelesen, und ich schreibe gerne.«

Wir setzten uns auf eine Bank, die umrahmt war von lilafarbenem Rhododendron und unter einer großen Birke stand. Die Farben waren intensiv, nirgends war das Grün so grün wie in Bergen.

»Alle Menschen«, hast du gesagt und dich umgeschaut, bevor du mich angesehen hast, »haben eine proletarische und eine bürgerliche Seite. Will man ein maoistischer Kader werden, muss man sich dessen bewusst sein. Ohne Selbstkritik kommen wir nicht weiter.«

Ich begriff, dass du über Politik sprachst, weil du dich nicht trautest, direkt zum Punkt zu kommen. Also fragte ich dich: »Wie geht es dir, ich meine, wirklich?«

Du hast lange nachgedacht, bevor du geantwortet hast. »Du fehlst mir, Constance. Ich kann nicht aufhören, an dich zu denken.«

»Ich bin verheiratet, Hans. Mikael ist nett und ...«

»Aber du liebst ihn nicht!«, bist du mir ins Wort gefallen. »Warum hast du das gemacht?« Schmerz lag in deiner Stimme. »Warum hast du ihn geheiratet?«

»Was hätte ich denn sonst machen sollen?«

Du hast gelächelt. »Bei mir bleiben. Ich will, dass wir zusammen sind, Constance.«

Es klang wie das Schnurren einer Katze; du hattest längst

verstanden, welche Kraft Worte haben. Du hast durch mein Haar gestrichen, ich spürte ein Kitzeln im Bauch, du hast eine Rhododendronblüte abgebrochen und mir in die Hand gelegt.

»Was, wenn ich alles für uns aufgebe, und dann passiert irgendetwas, zwischen uns ist es aus, und ich stehe mit leeren Händen da«, sagte ich und starrte auf den Horizont.

»Zwischen uns wird es nie aus sein. Unsere gemeinsame Reise ist so viel größer. Die Wolken berühren, in den Neunten Himmel, wie Mao sagt, hast du das schon vergessen? Das Private ist politisch.«

»Ich denke darüber nach.«

Ich beugte mich zu dir und gab dir einen Kuss, bevor ich aufstand. Als ich einen Blick zurückwarf zu dir, hast du immer noch mit geschlossenen Augen dagesessen.

Ich bin deinetwegen in die Partei eingetreten, Hans.

Als ich erst einmal Maoistin geworden war, war ich kaum mehr zu bremsen.

Wenn andere Mädchen mit bürgerlichem Hintergrund sich der Bewegung anschlossen, wurde als Erstes die Einnahme eines »Klassenstandpunkts« von ihnen verlangt, und dann begann sofort die Teufelsaustreibung. Offenbar schließt man von sich auf andere.

Der Maoismus hat alles beherrscht. Alles drehte sich um die Bewegung, um die Partei, deren Gründung heimlich geplant war, um den Kampf gegen steigende Lebenshaltungskosten und gegen den Eintritt in die EWG. Alles war politisch. Ich trug Tracht und Faltenröcke wie eine Bäuerin Ende des 19. Jahrhunderts. Ich zog durch die Straßen und verkaufte Klassekampen, die Wochenzeitung der Maoisten, die ich mit immer größerem Interesse las.

Das Brillanteste an der kommunistischen Doktrin war die Kombination von Kompliziertheit und bestechender Einfachheit. Die Lehre des Marxismus-Leninismus enthielt genug abstrakte

Begriffe, um einen Universitätsprofessor ein Leben lang zu begeistern, und gleichzeitig basierten die Theorien auf einer Reihe einfacher Gegensätze, die jeder begreifen konnte. Zwischen Arbeitern und Kapitalisten, zwischen Bürgern und Proletariern, zwischen Imperialisten und deren progressiven Gegenspielern, vor allem in Maos China.

Schnell wechselte ich aus den Reihen der Sympathisanten hinüber in die regulären Studienkreise. Ich las Karl Marx, zuerst sein flammendes Manifest, dann das langatmige Das Kapital. Auch Maos Gedichte und sein kleines Rotes Buch. Vor allem Letzteres, denke ich. Die Sowjetunion war ein alter, rostiger Supertanker ohne Kurs, Maos China war die Zukunft.

Und trotzdem erzählte ich meinem Mann kein Wort von der Ideologie, die mich erfüllte. Ich führte ein Doppelleben. Bevor ich in unsere Villa heimkehrte, zog ich den Bauernrock und die Drillichbluse aus und legte meine Perlenohrringe wieder an.

Eines Abends sollte in der Wohnung eines Parteigenossen eine sogenannte Kaderbeurteilung von dir und mir stattfinden. Zehn oder zwölf der überzeugtesten Mitglieder der SUF-Gruppe hatten sich in der engen Stube zusammengedrängt, um unsere bürgerlichen Abweichungen aufs Korn zu nehmen.

Sie begannen mit dir, Hans. Die Kaderbeurteilungen waren ziemlich gnadenlose Sitzungen, und deine bürgerlichen Abweichungen waren nicht schwer zu finden, warst du doch in einer der reichsten Familien der Stadt aufgewachsen und hattest eine extravagante Persönlichkeit, die sowohl Unmut als auch Neid hervorrief.

Du hast dir alle Kritikpunkte ruhig angehört, dann hast du dich geräuspert und gesagt: »Zum Wichtigsten an der Selbstkritik gehört, dass sie ehrlich und schonungslos ist.«

Dann hast du die Parteigenossen scharf angesehen. »Das Problem ist, dass eure Kritik nur an der Oberfläche kratzt.«

Die Kader starrten dich seltsam an, aber du hast einfach

weitergeredet. »Als Sohn und Erbe eines Reedereiimperiums bin ich mit Privilegien aufgewachsen, die man sich kaum vorstellen kann und die in jeder Hinsicht im Widerspruch zu den Interessen der Arbeiterklasse stehen. Wir reden hier von prächtigen Villen mit eigener Station der Bergen-Bahn, eleganten Zweitwohnsitzen, Jagdhäusern und Berghütten, Grundbesitz von Oslo bis Svalbard. In den Sommerferien war ich zusammen mit Jackie Kennedy und Perón auf der Jacht von Aristoteles Onassis, dem reichsten Mann der Welt. Das Einzige, was ich zu meiner Verteidigung sagen kann, ist, dass der Prozess, den ich durchlaufe, gerade wegen meines Hintergrunds viel tiefgreifender ist als bei anderen.«

Deine Selbstkritik war so hart, dass selbst den puritanischen Maoisten die Spucke wegblieb. Sie waren an kleinlaute Selbstanklagen von Leuten gewöhnt, die zugaben, einen neuen Anzug gekauft oder ein bürgerliches Ibsen-Schauspiel im Theater gesehen zu haben.

Ich weiß nicht, ob du dir damals darüber im Klaren warst, aber du hast instinktiv begriffen, dass unter den Maoisten die gleichen Prinzipien galten wie für die Kunst der Verführung: Offenbare deine Schwächen. Die Lektion war: Du kannst dich hinter der Größe deines Verbrechens verstecken. Der Lebemann, der alles eingesteht, erntet weniger Kritik als der Moralist, der ein bisschen zugibt.

Dann war ich an der Reihe, auf den Scheiterhaufen zu steigen. Mich grauste es. Du hattest die Latte der Selbstkritik hochgehängt, was sollte ich also tun?

Die erste Frage, die auf den Tisch kam, war, dass ich immer noch Reitsport betrieb, »die Verkörperung von Bürgerlichkeit«, wie es einer der Genossen formulierte.

»Das ist richtig«, antwortete ich, »aber aus Klassengesichtspunkten habe ich aufgehört, die Vollblüter meiner Familie zu reiten, und leihe mir jetzt lieber ein Fjordpferd von einem Nachbarn. Das Fjordpferd ist eine robuste Pferderasse mit Wurzeln in der norwegischen Kleinbauernklasse.«

Die Kader nickten. Das Argument wurde akzeptiert, mit Skepsis. Die Inquisitoren setzten mir hart zu, aber ich war noch lange nicht fertig mit meiner Selbstkritik.

Ich hatte eine Idee, die dich in den Schatten stellen konnte.

»Ich wurde auf den Namen Constance Philipine Falck getauft und habe zusätzlich den Namen meines Ehemannes angenommen, der Nachname lautet also nun Falck-Dreyer. Da Falck und Dreyer ausgesprochen großbürgerliche Nachnamen sind und synonym für extremen Reichtum und die Ausbeutung der Arbeiterklasse stehen, werde ich dem Amtsgericht morgen eine Änderung mitteilen.«

Jetzt machten die Kader große Augen.

»Ich ändere meinen Namen in Connie Knarvik. Meine Großmutter war eine geborene Knarvik, und der Vorname erklärt sich von selbst.«

Ein beeindrucktes Seufzen ging durch die Versammlung. Sogar du, der immer so lässig war, hast perplex gewirkt, denn nun richteten sich alle Blicke auf dich. Wenn ich einen proletarischen Namen annehmen konnte, wieso dann nicht auch du? Hans ... ja, was? Zumindest hättest du auf das eitle »c« *im Nachnamen verzichten können. Hans Falk? Hattest du wirklich eine tiefgreifende existenzielle Abrechnung mit dir selbst vorgenommen, oder warst du nur ein bürgerlicher Schönredner und Wichtigtuer?*

Du hast mich an der Schulter gepackt und mir zugeflüstert, dass wir reden mussten.

Wir radelten am Fjord entlang.

»Warum sagst du nicht die Wahrheit?«, *hast du gefragt.*

»Das tu ich doch. Ich werde meinen Namen ändern!«

Du hast mich angehalten.

»Wirst du es deinem Mann erzählen?«

»Du weißt genauso gut wie ich, dass sie es nicht akzeptieren werden.«

»Sie? Ich rede von Mikael.«

»Du sagst auch nicht die Wahrheit«, *konterte ich.* »Du bist weiterhin nur ein bürgerlicher Clown, ein Salonradikaler, der witzige Outsider im Familienclan.«

»Kann sein, aber du bist eine Lügnerin, die sich nicht traut, die Dinge auszusprechen. Ich bin mir sicher, dass du Constance heißt, wenn du mit ihm zusammen bist.«

Es hatte angefangen zu regnen, ein kalter Februarregen.

»Erinnerst du dich an das ›Geschenk‹, das dein Vater mir letztes Jahr gemacht hat? Die Fahrt nach Svalbard mit dem Falck-Rettungsschiff?«

»Na klar. Du sollst ja ein ›richtiger Mann‹ werden«, lachte ich.

»Ich werde die Reise machen«, sagtest du todernst. »Ich habe mit Leuten in Oslo gesprochen. Wir Maoisten sind mittlerweile ganz gut in der Industrie vertreten, aber auf See haben wir kaum welche. Die Genossen in der Zentrale wollen, dass ich Seeleute rekrutiere. Außerdem müssen wir Solidarität mit den Bergarbeitern in Longyearbyen zeigen.«

Ich nickte.

»Du liest und schreibst gerne«, sagtest du. »Du hast eine gute Schreibe.«

Obwohl das nur ein Kompliment sein mochte, erfüllten die Worte mich mit Stolz. »Danke. Ich träume davon, für Klassenkampen zu schreiben, aber ich weiß nicht, ob ich gut genug bin.«

»Natürlich bist du gut genug! Ich fahre mit der ›Falck 2‹ nach Svalbard, du begleitest mich als Journalistin. Du wirst großartige Artikel über spannende Dinge veröffentlichen, das garantiere ich dir.«

»Mikael hat mir angeboten, per Flugzeug mit ihm nach Svalbard zu reisen«, sagte ich. »Das kann ich nicht absagen.«

»Hervorragend«, hast du ausgerufen. »Dann mach das. Hauptsache, wir können Svalbard endlich zusammen erleben.«

Du warst bereits dort, als wir auf dem provisorischen Flugplatz in der Ebene des Adventdalen landeten.

»Herzlich willkommen«, hast du mich, Mikael und den Rest der Gruppe begrüßt. »Was ist das für ein Gefühl, den Fuß auf deinen eigenen Grund und Boden im Adventdalen zu setzen?«

Im ersten Moment war der Anblick von Svalbard, dem mythischen Ort meiner Kindheit, eine große Enttäuschung. Es war Juni, und wegen des Permafrosts versickerte das Wasser der Schneeschmelze nicht im Boden, sondern bildete breite Bäche.

Die Leute des Gouverneurs fuhren uns die kurze Strecke hinein nach Longyearbyen, das wie eine schmutzige, schlammige Ansammlung von Baracken wirkte.

Unsensibel, wie er war, hatte Mikael keine Bedenken, mich »der Obhut von Hans Falck zu übergeben«, während er, der Grubenchef und der Gouverneur zu einer zweitägigen Inspektion einer anderen Kohlenmine aufbrachen.

»Man stelle sich vor, wir beide zusammen auf Svalbard«, sagtest du, als die anderen weggefahren waren und wir die Hauptstraße entlangschlenderten.

»Hast du irgendwelche Seeleute auf der Fahrt nach Norden rekrutieren können?«

An deiner zögernden Antwort erkannte ich, dass dies schwieriger gewesen war als zunächst angenommen.

»Aber wir hatten Landgang in Tromsø«, sagtest du aufgeräumt. »Die Maoisten sind dort stark vertreten. Es stellte sich heraus, dass die Parteigenossen über einen Symp, der an der Sorbonne studiert hatte, an einen französischen Artikel im Le Nouvel Observateur gekommen waren.«

»Aha?«

»Er heißt ›Un médecin accuse‹ und ist von einem jungen französischen Arzt. Bernard Kouchner heißt er, ist Maoist und ein alter Freund von Fidel Castro. Er hat in der nigerianischen Provinz Biafra gearbeitet. In dem Artikel übt er scharfe Kritik am Roten Kreuz, das es nicht geschafft hat, die Zivilbevölkerung vor Hungersnot und Übergriffen zu schützen. ›Wie kann man der politischen Linken angehören und Massaker an Millionen von Menschen zulassen?‹, sagt Kouchner. Die Linke, wenn es sie gibt, verschließt die Augen.«

»Ist es nicht ziemlich reaktionär, das zu sagen?«, wandte ich ein.

»Kouchner plant anscheinend, seine eigene Hilfsorganisation zu gründen. Nichts gegen Sozialwissenschaften, aber ich habe nach etwas gesucht, das Theorie und Praxis miteinander verbindet. Ich werde Medizin studieren, Constance.«

»Connie.«

Du hast mich angesehen und gelächelt. »Entschuldige.«

»Ich habe mit Klassekampen gesprochen«, sagte ich mit munterem Eifer. »Sie sind an Artikeln über Svalbard interessiert. Ich frage mich, welches Thema das beste wäre?«

Du hast die Schultern gezuckt. »Fang mit den Bergarbeitern an.«

»Bergarbeiter sind immer gut«, sagte ich.

»Ich habe auch etwas potenziell viel Größeres«, sagtest du geheimnisvoll. »Wenn du heute Nacht wach bleibst. Nimm die Kamera mit.«

Es war Mitternacht und taghell. Wir gingen zwischen den Baracken und Hangars hinunter zum Hafen. Ein eisiger Wind fegte über die Schneeflächen des Operafjellet und blies uns ins Gesicht. Du nahmst meine kalte Hand. Die »Falck 2« lag vertäut am Kai, zwischen anderen Schiffen und Treibeis. Du blicktest dich um, als wolltest du sichergehen, dass uns niemand beobachtete, aber alles war vollkommen still, und kein Mensch war zu sehen, weder auf dem Wasser noch an Land.

Du bist über die Reling geklettert und hast die Hand ausgestreckt. Wir gingen zum Steuerhaus. Das Radar stand auf einer Plattform über der Brücke, der Schirm war gebogen wie ein Segel im Wind.

Ich machte Fotos.

»Was weißt du über das Radar?«

»Es ist merkwürdig«, sagtest du leise. »Nach Angaben der Besatzung wurde es eingebaut, bevor das Schiff nach Bergen kam. Nordwärts entlang der Küste stand es einfach da. Bis zu unserer Abreise aus Tromsø. Kurz bevor wir ablegten, tauchten plötzlich amerikanische Forscher und einige schweigsame Norweger auf, die den Meeresgrund in der Barentssee kartieren sollten. Teile des Schiffs wurden abgesperrt, sodass wir von der Besatzung nicht dorthin konnten.«

Ich spürte Angst in mir aufsteigen. »Das kann gefährlich sein, Hans.«

»Die Sache stinkt zum Himmel«, sagtest du. »Der Chefmaschinist hat die Norweger zur Rede gestellt. Er fragte, was zur Hölle hier vor sich ging. Ob wir etwa Teil eines Spionageauftrags waren, ohne es zu wissen.«

»Irgendwie habe ich das Gefühl, da steckt mehr dahinter«, sagte ich und schluckte. »Als Angehöriger des Widerstands hat Papa im Krieg mit den Amerikanern zusammengearbeitet, und danach ist er mit ihnen in Kontakt geblieben, während er gleichzeitig oft nach Svalbard gereist ist. Ich habe mich gefragt, ob er wohl für sie gearbeitet hat. Aber ich glaube, er wäre nicht sehr glücklich, wenn wir das schreiben würden.«

»Du hast Fotos von einem Schiffsradar«, hast du gesagt. »Das ist nichts, was Onkel Herbert mit den Amerikanern in Verbindung bringt. Aber das Radar ist eine gute Sache. Eine sehr gute.«

Ich fühlte mich erleichtert, als wir den Fuß wieder auf festen Boden setzten. Oben in der Barackensiedlung zogen die Bergarbeiter um die Häuser, um irgendwo noch ein paar Gläser zu trinken. Wir folgten den Männern in eine überfüllte Baracke, wo die Luft dick war vom Zigarettenrauch, vom Grölen und klirrenden Flaschen.

Ein Bergarbeiter rief: »Wer seid ihr?«

»Ich bin Hans, und das ist Connie«, sagtest du. »Wir sind von der SUF m-l, der neuen kommunistischen Bewegung in Norwegen. Ich bin gekommen, um mir die Ausbeutung und die

Rivalitäten der Großmächte hier auf der Insel genauer anzuschauen und anschließend eine maoistische und revolutionäre Organisation unter den Bergleuten aufzubauen.«

Das Grölen und Klirren verstummte, die fünfzehn, zwanzig Gesichter im Raum starrten dich todernst an.

Der älteste der Männer nickte einem anderen zu. »Weckst du den Vertrauensmann?«

Wenig später tauchte ein Kantinenkoch mit radikalen Neigungen auf.

Er bekam ein Glas Schnaps, wurde schnell munter und erzählte uns von den Konflikten mit den Arbeitgebern von Store Norske. Besonders brenzlig war die Sache bei den Arbeitern, die auf Anlagen außerhalb der Bergwerke arbeiteten. Viele von ihnen waren über die Bedingungen aufgebracht.

Du bist vom Tisch aufgestanden, hast dein Glas erhoben und erklärt: »Eine neue Generation von Bergleuten auf Svalbard erwacht zum Kampf!«

Keiner von ihnen hat dich ausgelacht.

»Wir werden eine Kampforganisation für die Bergarbeiter in Longyear und Svea aufbauen«, hast du voller Inbrunst gerufen und anschließend die beiden imperialistischen Supermächte angegriffen, die sich auf souveränem norwegischem Territorium auf Svalbard eingenistet hatten. »Zum Kampf – gegen jeden Großmachtimperialismus und für anständige Arbeitsbedingungen in den Bergwerken!«

Die Leute klatschten Beifall. Nein, sie jubelten. Du warst so aufgeputscht von dem völlig unerwarteten Sieg, dass du die Arbeiter dazu gebracht hast, in ein altes italienisches Partisanenlied einzustimmen, das in SUF-Kreisen gesungen wird: Eines Morgens in aller Frühe, bella ciao, bella ciao, bella ciao, ciao, ciao.

Wir traten hinaus in die Mitternachtssonne, berauscht von den Winden der Revolution und voneinander, und gingen in deine Unterkunft. Du legtest dich aufs Bett, ich stand vor dir. Du hast mich ausgezogen. Du hast mich langsam und zärtlich am ganzen

Körper geküsst, während mich das Verlangen überwältigte, ich stieß dich hinunter auf die Matratze und flüsterte, wie lange ich mir genau das hier ausgemalt hatte.

Hinterher lagen wir schweigend nebeneinander. Ein Spalt unter dem Rollo warf einen hellen Lichtstrahl auf unsere Körper.

»Du bleibst heute Nacht hier?«, fragtest du.

Ich nickte.

»Dir ist klar, dass du nicht länger mit Mikael zusammenbleiben kannst?«

»Ja«, sagte ich.

Damals habe ich nicht gezögert. Unmittelbar, nachdem du Longyearbyen verlassen hattest, ging ich zu meinem Ehemann, um die Trennung zu verlangen. Dem schockierten Mikael erzählte ich, ja, es gab einen anderen Mann, und nein, ich würde ihm nicht sagen, wer es war.

Er sagte nichts.

»Du bist ein guter Mann, Mikael, aber ich liebe dich nicht und habe es nie getan. Das ist die Wahrheit, und es tut mir leid. Du weißt so gut wie ich, dass wir ohne das Drängen unserer Familien nie geheiratet hätten.«

Zuerst wurde er wütend und schmiss seinen Grubenhelm an die Wand unseres Zimmers im Hotel Funken; einen Moment lang fürchtete ich, er würde mich verprügeln. Dann schlug seine Wut in Vorhaltungen um, die wiederum zu Selbstvorwürfen wurden und schließlich in Tränen und dem jämmerlichen Versuch endeten, mich umzustimmen.

Ich schaute nicht zurück, als ich ging. Eins ist sicher: So wenig wie irgendeine andere Frau, die im Begriff ist, ihren Mann zu verlassen, ließ ich mich von seinen sentimentalen Monologen dazu bewegen, bei ihm zu bleiben.

Du hattest mich überzeugt, meinen Mann zu verlassen, und trotzdem war es, als wolltest du dich nicht zu uns bekennen.

Du zogst aus deiner Studentenbude aus und in eine Wohnung im Zentrum, eine geräumige Bleibe mit Klo auf dem Gang und einer Miete, die beinahe kostenlos war. Ich war oft dort, aber dein Leben war eine endlose Hetzerei zwischen Medizinstudium, Sitzungen, Studienkreisen, Agitation und Debatten. Und anderen Frauen, natürlich. Es war viel Testosteron im Spiel, wenn es galt, die norwegische Arbeiterklasse zur Revolution anzustacheln. Überall wimmelte es von virilen revolutionären Männern – in der Parteiführung, unter all den sagenumwobenen Schriftstellern, Ärzten, Dritte-Welt-Aktivisten, den frisch Selbstproletarisierten und natürlich den echten Arbeitern in der Partei, die an der Spitze der Nahrungskette standen.

Du hattest Ekblads Worte, dass das Leben Theater sei, längst verinnerlicht. Du hattest mich auf die gleiche Weise verführt, wie du all die hübschen, radikalen Mädchen verführt hast, an der Universität, in der Kantine, im Lesesaal oder auf der Straße, besonders gerne dort, denn wer wollte nicht die Wolken berühren? Welche verdammte abenteuerlustige Studentin wollte nicht in Maos Neunten Himmel hinaufsteigen, um den Mond zu fangen, oder hinabsteigen in Die fünf Meere, um Schildkröten zu fangen, zusammen mit dir?

Es war zu dieser Zeit, dass Vera uns zum Mittagessen ins Theatercafé einlud. Auf der Galerie spielte das Orchester, der Kellner in Livree geleitete uns zum Tisch. Nicht unbedingt ein Ort für zwei maoistische Kader, aber Vera war schon immer eigene Wege gegangen.

Sie ging auf Mitte fünfzig zu und war immer noch sehr schön, obwohl die letzten Jahre sie sehr gezeichnet hatten. Es war zwei Jahre her, dass man sie aus der Psychiatrie entlassen hatte. Seitdem hatte sie versucht, ihr Leben wieder in den Griff zu bekommen.

Sie lächelte strahlend, als sie uns entdeckte. »Constance und Hans!«

Wir setzten uns.

»Schriftstellerin zu sein beinhaltet ein perfektes Maß an Ruhm«, fuhr sie kokett fort. »Man ist berühmt genug, um einen Tisch in einem guten Restaurant zu bekommen, aber man kann in Ruhe essen. Versteht ihr?«

»Schreibst du immer noch?« Ich war überrascht, dass sie sich weiterhin als Schriftstellerin bezeichnete, nach allem, was passiert war.

»Sie haben mir nicht erlaubt, meine Geschichte zu erzählen. Ich weiß es also nicht.«

Beim Essen erzählte sie uns, was 1940 mit dem Hurtigrutendampfer passiert war, auf dem ihr Ehemann Thor umkam. In seiner Eigenschaft als Direktor der Familienreederei hatte er während des Krieges viel Geld mit dem Transport deutscher Besatzungstruppen verdient. Das widersprach vollkommen dem Bild von »Store-Thor«, das die Familie uns Nachkommen eingeimpft hatte: Thor der Große, Widerstandskämpfer, Träger des Kriegskreuzes, Held.

»Ich besitze Briefe, die seine Kollaboration beweisen«, sagte Vera. »Aber das war wohl zu viel für die hohen Herren der Widerstandsbewegung, sie sind es ja, die unser Land heute lenken.«

Du und ich sahen uns an. Ich war in der marxistischen Lehre genug geschult, um zu wissen, dass sich das Bürgertum in einer revolutionären und zugespitzten Situation immer auf die Seite des Faschismus stellen würde. Aber wenn das so persönlich wurde wie jetzt, war das eine ganz andere Sache.

Vera spürte die Anspannung am Tisch und wechselte das Thema. »Wie läuft's im Studium?«

Ich zögerte. Mein Französischstudium war durch die ganze Parteiarbeit in den Hintergrund gerückt, und außerdem hatte ich mehrere Artikel für Klassekampen geschrieben, die Zeitung der Maoisten.

Du dagegen erzähltest, dass du die ersten Semester deines Medizinstudiums im Eiltempo hinter dich gebracht hattest, zusätzlich zu all deinen anderen Aufgaben.

»Ich möchte, dass du eines weißt«, sagte Vera, während sie dich ansah und mich ignorierte. »Für die allermeisten Menschen ist die Realität überschaubar. Sie arbeiten hart und werden vielleicht mit einer kleinen Gehaltserhöhung belohnt. Für dich wird das Leben anders sein, Hans. Du hast Charisma. Und die Fähigkeit, andere Menschen dazu zu bringen, zu dir aufzuschauen und dir zu folgen, ist ein so seltenes Talent, dass die übrigen Regeln der Gesellschaft nicht gelten. Ruhm, Status und natürlich Geld – von alldem wirst du so viel bekommen, dass du nur noch davor weglaufen willst.«

Obwohl sie das vermutlich als Warnung meinte, merkte ich, wie dir die Brust schwoll. Wenn es etwas gab, von dem du immer geträumt hattest, war es Anerkennung und Ruhm.

»Ich habe in der Familie nach jemandem gesucht, der die Welt verändern wird«, fuhr Vera fort. »Mein Sohn Olav, so tüchtig er auch ist, ist kein Idealist. Aber ihr beide seid es.«

Ich hatte das deutliche Gefühl, bei dieser Unterhaltung das fünfte Rad am Wagen zu sein. »Du schreibst, Constance«, sagte Vera. »Und du, Hans, bist ein Träumer, aber du kannst gleichzeitig Menschen dazu bringen, dir zu folgen. Das ist eine Gabe, mit der fast niemand geboren wird.«

Dann nahm Vera deine Hand und sah dich lange an. »Aber das ist ein Teufelspakt, mein lieber Hans. Hast du von Faust gehört?«

Unsere Blicke trafen sich für einen Moment. Ich dachte an den Schweden Ekblad. Dass alles nur Technik war. Dachte daran, wie deine Hand im Dunkel des Theatersaals meine Hand berührt hatte.

»Das Problem bei Menschen, die auf dieser Welt Großes erreichen wollen, ist sehr oft, dass ihr moralischer Kompass in engen Beziehungen versagt. Wie gering erscheint jemandem, der die Welt verändern will, wohl die Treue zu einem einzigen Menschen? Glaub mir, ich habe mehrere dieses Typen gekannt – Künstler, Politiker – ja, ich habe etwas davon selbst in mir. Trotz deiner Be-

gabung wirst du das erst verstehen, wenn du älter wirst. Dass der Sinn des Lebens daran gemessen wird, wie du deine Nächsten behandelt hast.«

Eines Abends saßen du und ich in einer proppenvollen Wohnung in Gamlebeyen mit anderen Parteigenossen zusammen. Das Thema, erinnere ich mich, drehte sich um den Einsatz revolutionärer Gewalt in hoch entwickelten Industriestaaten.

Die Stadtguerilla in Ländern wie Deutschland, Japan und Italien wurde von den Studentenführern mit scharfen Worten als revisionistisch und kontrarevolutionär verurteilt. Das Gleiche galt für Bernard Kouchners Hilfsorganisation Ärzte ohne Grenzen. Natürlich wurden sie das. Für Abweichungen war kein Platz.

Als Ergänzung zur Tagesordnung wurde über einen Wortbeitrag diskutiert, der die Kleinbürgerlichkeit der neuen schwedischen Band ABBA verurteilte, die jetzt alle hörten. Ich machte mir meine eigenen Gedanken dazu. Ich hatte die Geschichte der norwegischstämmigen ABBA-Sängerin Anni-Frid Lyngstad gelesen, die wenige Monate nach Kriegsende als uneheliche Tochter einer blutjungen und bitterarmen Nordnorwegerin und eines deutschen Wehrmachtssoldaten zur Welt kam. Mit zwei Jahren verlor sie ihre Mutter und floh vor den rachsüchtigen Angriffen der Lokalbevölkerung nach Schweden, wo sie bei ihrer Großmutter aufwuchs.

Welches Recht hatten die Parteikader, die sehr oft aus hochgebildeten Mittelklassefamilien stammten, den musikalischen Ausdruck eines Menschen mit solchen Erfahrungen als »kleinbürgerlich« zu verurteilen? Ich dachte an Vera. Ihre Biografie war ähnlich.

Nach der Versammlung wanderten du und ich durch die Stadt. Noch war mein Bruch mit der Partei in weiter Ferne, aber der Gedanke daran tauchte schon hin und wieder kurz auf.

Ich glaube, dass auch dir solche Gedanken kamen, aber nach

außen hin warst du hart und unversöhnlich. Du sagtest: »Die Deutschen in der RAF und die Roten Brigaden in Italien sind vollkommen außerstande, die für eine Machtübernahme notwendigen Volksallianzen aufzubauen.«
»Aber sind nicht alle ein bisschen streng mit ABBA?«, fragte ich vorsichtig. »Ich bin mir nicht sicher, ob es der richtige Weg zum Aufbau von ›Volksallianzen‹ ist, den Geschmack der kleinen Leute lächerlich zu machen.«
»Gib es zu, Connie, ABBA ist erbärmlich. Du hörst dir das doch nicht etwa an?«
Nur heimlich, hätte ich beinahe geantwortet, aber ich hielt den Mund.

Du hast stattdessen angefangen, einige meiner Artikel zu loben, die ich für Klassekampen *geschrieben hatte, über den Streik in einer Trikotagenfabrik.* »Verdammt gut, wie du die Arbeiterinnen dazu gebracht hast zu reden.«
Weil du es offenbar ehrlich meintest, wurde mir ganz schwindelig vor Freude. »Findest du?«
In der Klassekampen-*Redaktion gab es sehr viel Peitsche und sehr, sehr wenig Zuckerbrot.*
»Ich bin absolut sicher«, hast du voller Glut erwidert, »wenn du mit dem Schreiben weitermachst, wirst du Großes erreichen.«
»Ach, ich bin doch nur ein kleiner Fisch, du denkst immer in so großen Bahnen. Hast du vielleicht irgendwelche Vorschläge?«
»Hast du die IB-Affäre in Schweden verfolgt?«, fragtest du.
»Nicht so richtig.« *Ich hatte eigentlich nie ganz verstanden, worum es bei der Spionagesache ging.*
»Jan Guillou und Peter Bratt, zwei radikale schwedische Reporter, hatten aufgedeckt, dass es einen geheimen Nachrichtendienst im Land gab. Von dem nicht mal die gewählten Volksvertreter etwas wussten. Die beiden Journalisten kamen sogar ins Gefängnis.« *Du hast schief gelächelt.* »Aber sie haben am Ende gewonnen. Die Wahrheit kam ans Licht.«

»Ich glaube nicht, dass ich eine solche Sensation im Ärmel habe«, lächelte ich unsicher.

»Sag das nicht!«, hast du ausgerufen. Wir gingen gerade am Vår-Frelsers-Friedhof vorbei.

Ich liebte dich, wenn du so warst. Für dich war alles möglich. Du hattest so gar nichts von dem puritanischen und staubtrockenen Stil, der die Parteikader kennzeichnete, als wären sie geradewegs aus dem Gotteshaus gekommen und hätten den Pietismus von dort unter den Maoismus gerührt. Sie hatten alle von Maos lebensfeindlichen Erkenntnissen der Kulturrevolution in sich aufgesogen, aber nichts von der Erhabenheit und Poesie, die es den Kadern der kommunistischen Partei Chinas ermöglichte, das riesige Reich zu unterwerfen.

Wenn du so warst, fühlte es sich an, als könnten wir in den Neunten Himmel hinauffliegen.

»Erinnerst du dich an das Radar auf der ›Falck 2‹?«, hast du gefragt.

Ich nickte. »Natürlich.«

»Ich habe darüber nachgedacht. Dieser reaktionäre Amerikaner, den wir auf Onassis' Jacht getroffen haben, weißt du noch? Der Herbert 1952 besucht hat. Er heißt William Astor. Und er ist der verdammte Vizedirektor der gesamten CIA. Glaubst du, es ist Zufall, dass die beiden sich kennen? Ich nicht. Die Amerikaner sind interessiert an Geheimnachrichten von Svalbard und den Seewegen zur Sowjetunion. Dafür brauchen sie ein starkes Radar.«

»Vage Verdächtigungen und Unterstellungen reichen nicht«, sagte ich nachdenklich. »Im Journalismus braucht man Quellen. Man muss Dokumente und Beweise haben.«

Wir setzten uns auf eine Bank.

»Du redest und redest«, sagte ich. »Aber der Frage weichst du aus.«

Du drehtest dich zu mir um. »Welcher Frage?«

Ich merkte, dass die Gefühle langsam überhandnahmen. »Ich bin dir zuliebe in die Partei eingetreten, ich habe mich deinetwegen scheiden lassen, keiner in der Familie will noch etwas mit mir zu tun haben. Und trotzdem willst du dich zu nichts verpflichten.«

»Es ist einfach ... schwierig«, hast du leise gesagt. »Das Denken ist so engstirnig, es wird geredet, in der Stadt natürlich, aber auch in der Partei. Über das inzestuöse Verhältnis in der Falck-Familie. Vergiss nicht, dass wir beide als Kommunisten mit Minuspunkten starten, wegen unserer Herkunft aus der Oberklasse.«

»Du kümmerst dich doch wohl nicht um so was!«

»Ich habe überlegt, ins Ausland zu gehen, wenn ich mit der Ausbildung fertig bin«, hast du leise hinzugefügt. »Um Solidaritätsarbeit zu leisten.«

»Du willst also noch weiter weg?« Ich stand wütend auf und wollte gehen.

»Naher Osten, vielleicht«, sagtest du ruhig. »Dort wird vielerorts Französisch gesprochen, Connie. Ich möchte, dass du mit mir kommst. Würdest du das tun? Ich glaube, irgendwo weit weg von Norwegen könnten wir freier sein.«

Ich antwortete nicht, aber du wusstest, dass es ein Ja war.

»Ich muss los«, sagte ich schließlich. »Muss morgen sehr früh zur Arbeit.«

»Vergiss den großen Scoop nicht«, sagtest du lächelnd. »Der kommt früher, als du ahnst.«

Als der Scoop mir dann tatsächlich in den Schoß fiel, hatte ich deine Worte fast schon vergessen.

Der Arbeitsdruck in Klassekampens kleiner Redaktion war extrem. Es wurde erwartet, dass wir jeden Tag arbeiteten, auch an den Wochenenden. Alle zwei Wochen konnten wir darauf hoffen, an einem oder zwei Tagen zu normalen Zeiten Feierabend zu haben. Ansonsten waren wir voll eingespannt. Samstagvormittags mussten wir raus und die Zeitung in der Stadt verkaufen. Der

Sonntagvormittag war frei, bevor wir am Nachmittag weitermachten und bis spät in die Nacht arbeiteten.

Eine Kollegin hatte sich durch den Stress einen Dickdarmkatarrh zugezogen. Deshalb hatte sie beantragt, montags und mittwochs um zwanzig Uhr Feierabend machen zu können. Die Antwort des Arbeitskomitees war vernichtend: »Das AK ist der Ansicht, dass die angeschlagene Gesundheit der Genossin in einer allgemein ungesunden Lebensführung begründet ist und mehr Freizeit daher das Problem nicht löst.«

Wenn wir Frauen in der Redaktion uns zusammen rausschlichen, um an der Imbissbude ein Schnitzel zu essen, bevor wir mit dem abendlichen Endspurt begannen, schimpften wir oft über die Männerdominanz in der Maoistenpartei.

Ich äffte die Genossen nach. »Weißt du, was er gesagt hat? ›Die Revolution braucht mehr Sexpuppen.‹«

Der Chefredakteur war ein Mann, genau wie der Rest der AKP-Führung. Sehr viele der Schriftsteller und öffentlichen Intellektuellen, die der Bewegung angehörten, waren Männer. In der Theorie kannte ihr progressiver Feminismus keine Grenzen, aber in der Praxis waren nicht sie es, die die Fürsorgearbeit leisteten.

Wie üblich war ich die Erste am Arbeitsplatz. Ich erledigte die anfallende Arbeit gerne in Ruhe. Mal mussten Briefe beantwortet werden, mal war ich mit Putzen an der Reihe. Eine Putzkraft zu beschäftigen galt als »bürgerlicher Revisionismus«, aber da die Parteiführung eine Umstellung auf tägliches Erscheinen der Zeitung angekündigt hatte, war der Arbeitsdruck so groß geworden, dass der Putzdienstplan nie eingehalten wurde und die Räume nach Schweiß und alten Socken stanken.

Ich war fast fertig mit Putzen, als es an der Tür klopfte. Wer machte so was? Jedenfalls keiner der Angestellten. Ich öffnete die Tür einen Spalt. Der Mann, der davor stand, hätte einer der Fahrstuhlmonteure sein können, die ich in Verbindung mit einem

Streik interviewt hatte, aber er hatte etwas an sich, was nicht in die Stadt passte.

»Mein Name ist Bendiksen«, sagte er mit nordnorwegischem Zungenschlag.

Ich musterte den hageren, blassen Mann. »Was kann ich für Sie tun?«

»Ich hab da eine Sache, die interessant sein könnte.«

Bei Klassekampen kamen die Sachen als Dekrete von der Parteiführung. Oft waren es die großmäuligen Männer, die die exklusiven Geschichten bekamen, während die Frauen sich mit anderen Themen begnügen mussten. Unsere Berichterstattung beruhte nicht auf Dingen, die einem beiläufig zugetragen wurden, und ich wollte gerade ablehnen, als der Mann sagte: »Ich war 1971 Chefmaschinist auf der ›Falck 2‹.«

Kannte er meinen Taufnamen? Ich schlug vor, einen Spaziergang am Fluss entlang zu machen. Der Seemann ging gebeugt und schwer atmend wie ein Neunzigjähriger.

»Das war ein feines Schiff«, sagte er nostalgisch. »Wir waren eine Gruppe erfahrener Seeleute, plus diesem Leichtmatrosen Hans Falck. Unsere Reise ging nach Norden. Das Schiff sollte ja als Rettungskreuzer eingesetzt werden, aber vorher war es an das Polarinstitut ausgeliehen worden. Wir sind um Svalbard herumgefahren und durch die ganze Barentssee.«

Die Erinnerungen stiegen in ihm hoch, wir setzten uns auf eine Bank.

»Es gab da eine merkwürdige Sache«, sagte er. »Vor der Reise wurde ein großes Radar angebracht, unten in Südwestnorwegen, in Egersund. Das war so riesig, dass wir es auf einem speziell angefertigten Unterbau anbringen mussten, und bei dem Seegang entlang der Küste hatte ich Angst, es würde das Schiff zum Kentern bringen, so ein Brummer war das.«

Das Radar, dachte ich.

»Aber hier kommt jetzt meine Geschichte.« Er machte eine

Pause. »*Die Mitglieder der Besatzung, die in der Nähe des Radars waren, begannen zu sterben. An unerklärlichen Krebserkrankungen, einer nach dem anderen. Käpt'n, Steuermänner, Matrosen und Maschinisten, alle Krebs. Also haben wir das Schiff kontaktiert, das davor mit dem Radar ausgerüstet war, das war die* ›*Skomvær 2*‹. *Auch ihre Besatzung ist auf unerklärliche Weise an Krebs gestorben.*«

»*Und jetzt möchten Sie, dass ich darüber schreibe?*«

»*Was brauchen Sie denn noch?*«, *erwiderte der Nordnorweger.* »*Seeleute sterben wie die Fliegen durch ein mysteriöses Radar. Ich selbst habe auch nicht mehr lange zu leben. Was machen Radargeräte oben in der Barentssee? Vollkommen blöd sind wir nun auch nicht.*«

Ich begann, mir den großen Scoop auszumalen.

Doch gleichzeitig dachte ich an etwas anderes. »*Was ist mit Hans? Ist er auch auf Krebs getestet worden?*«

»*Das weiß ich nicht. Aber er sollte es schnellstens nachholen. Krebs macht keinen Unterschied zwischen den Leuten.*«

Ich informierte sofort den Chefredakteur über die Geschichte, der sie mit der Parteiführung besprach. Sie waren Feuer und Flamme. Du musstest etwas damit zu tun haben. Und richtig: Schnell stellte sich heraus, dass Hans Falck an ein paar Fäden gezogen hatte, damit Chefmaschinist Bendiksen bei Klassekampen *anklopfte.*

Wir entwarfen einen Schlachtplan.

Dir kam darin die Schlüsselrolle zu. Als Medizinstudent solltest du Forschungsberichte über Strahlung und Krebsvorkommen finden, außerdem hattest du ja einen Sommer lang auf der »*Falck 2*« *gearbeitet und konntest als Zeuge dienen. Das war ein Ass im Ärmel.*

Dann fuhren wir nach Bergen.

Im Archiv der Falck-Reedereien fanden wir die erste öffentlich zugängliche Spur. Einen Vertrag, unterzeichnet von Johnson Radio Elektro A/S in Egersund und Herbert Falck, über die Montage eines Radars auf der »Falck 2«.

Jetzt hatten wir also den Beweis, Herbert hatte ein Radargerät gekauft und einbauen lassen. In Anbetracht all der krebskranken Seeleute war das an sich noch nichts Verwerfliches. Aber standen andere, mächtigere Akteure dahinter?

Wir gingen zusammen durch Bergen, zum ersten Mal seit Jahren. »Das ist der schwierigste Teil des Jobs«, sagtest du nachdenklich. »Beweise für eine Interaktion zwischen Herbert und Astor von der CIA zu finden. Die liegen garantiert nicht in irgendeinem offen zugänglichen Archiv.«

»Papa hat einen Safe im Schlafzimmer«, sagte ich. »Wenn er etwas hat, dann liegt das da drin.«

»Du bist Journalistin«, sagtest du ernst. »Du kannst nicht einfach bei jemandem einbrechen, ganz gleich, was du aufdecken willst.«

Ich lächelte schief. »Stimmt. Aber angenommen, dass du – in deiner Eigenschaft als Whistleblower innerhalb deiner eigenen Familie – die Unterlagen herausholst, ohne gegen Gesetze zu verstoßen. Dann ist das erlaubt. Ich nehme an, du kennst den Code?«

Du hast mich lächelnd angesehen. »Langsam wirst du eine echte Journalistin, Connie. Gut!«

Es war Nacht, als wir zum Anwesen in Bergen-Paradis fuhren. Wir überquerten die Brücke der alten Eisenbahnlinie, die längst stillgelegt war. Ich sah die Silhouette der großen Villa deutlich im Mondlicht und wurde von Wehmut gepackt. Es schien sich nicht viel verändert zu haben, seit ich das letzte Mal hier gewesen war. Wann war das? Vor fünf Jahren?

Der Vollmond spiegelte sich im großen Fenster an der Frontseite.

Wir bewegten uns an der Grundmauer des Hauses entlang, um zu lauschen. Du bliebst stehen und spitztest die Ohren. Es war *ganz still. In der Ferne hörten wir das leise Rauschen des Verkehrs. Das Fenster zum Kartoffelkeller stand einen Spalt offen. Wir blickten uns ein letztes Mal um, drückten das Fenster auf und krochen hinein.*

Der Kartoffelkeller war kalt und feucht, mit leeren Weinflaschen an der einen Seite. Die eigentlich weißen Wände wirkten in der diffusen Dunkelheit grau, unsere Körper warfen übergroße Schatten. Vorsichtig hast du die Tür zum Kellerflur geöffnet, einem staubigen, gefliesten Gang, auf dem unsere Schritte Fußspuren hinterließen. War die Tür zu der breiten Treppe, die ins Erdgeschoss führte, offen? Ich versuchte es, die Tür knarrte leicht und öffnete sich.

Langsam, unfassbar langsam gingen wir die Treppe hinauf. Du hast tief Luft geholt und die Tür geöffnet. Wir standen im Gang und rochen den Geruch von Paradis, von Kindheit, vom Leben, wie es einst gewesen war.

Ein Hund bellte, es hallte im Haus wider, gefolgt von raschen Schritten. Dem Geräusch von Krallen auf Parkett.

Dann hörte ich das Winseln. Anstatt anzugreifen, legte sich der Hund auf den Rücken, die Vorderbeine zum Kopf hochgezogen.

»Arusha«, rief ich aus, ich drückte meine Nase in das kurze Fell des Wachhundes, hielt den kräftigen Kopf in den Händen, »du kennst mich noch, natürlich kennst du mich noch.«

Der Gang mündete in eine Halle mit einer breiten Steintreppe, die hinauf in den ersten Stock führte, wo die Schlafzimmer waren. Dort bewahrte Papa seine Kostbarkeiten auf. War er durch das Bellen wach geworden?

Oben auf dem Treppenabsatz hielten wir inne.

»Da ist es«, flüsterte ich und zeigte auf die Tür.

»Bist du ganz sicher?«

»Ja, Mama schläft in dem anderen Zimmer. Und da ist mein altes Zimmer.«

Arusha winselte an meiner Seite. »Geh jetzt, Liebes«, sagte ich und kraulte sie.

Ich dachte an unseren ersten Kuss, an genau dieser Stelle, nach der Faust-Aufführung. Auch damals in aller Heimlichkeit. Nenn mich melodramatisch, Hans, aber ich hatte genau wieder dieses Gefühl, vor etwas Unbekanntem zu stehen. Erst jetzt dämmerten mir die Konsequenzen dessen, was ich im Begriff war zu tun: Wenn ich meine Familie bis jetzt nicht hintergangen hatte, dann war dies der letzte Sargnagel.

Du gingst hinein, ich wartete draußen. Alles war still, die Tür stand einen kleinen Spalt offen. Der Mond warf sein mattes Licht in den Raum. Papa lag auf dem Rücken, und seine regelmäßigen Atemzüge endeten mit einem kleinen Schnarchlaut.

Du hast nicht gezögert. In der obersten Schublade des Nachttisches, die beim Öffnen ein wenig am Holzrahmen schrammte, lag der Schlüsselbund. Ich sah euch so klar in diesem Moment, sah, dass Papa im Begriff war, ein alter Mann zu werden, mit buschigen Augenbrauen und Kartoffelnase.

Öffnete er die Augen? Schüttelte er langsam den Kopf? Oder bildete ich mir das nur ein?

Der Safe in der Wand war gut zu sehen. Schnell und leise wie ein Einbrecher hast du das erste Schloss mit dem Schlüssel geöffnet.

Dann hattest du das Codeschloss mit dem Drehknopf vor dir. Die schwere Safetür glitt auf.

Du stecktest die Dokumente in eine Aktenmappe, machtest den Safe zu, sahst dich um und gingst aus dem Zimmer. Dann waren wir draußen.

Wir hatten mehr gefunden, als wir uns hätten träumen lassen. Du hast einen Vertrag mitgenommen. Wie sich herausstellte, hatte Vater, als er in den Fünfzigerjahren das Grundstück im Adventdalen auf Svalbard kaufte, dies mit dem Geld einer amerikanischen Gesellschaft namens Arctica Inc. getan, und diese Gesellschaft erwies sich bei genauerem Hinsehen als eine Strohfirma von der Art, wie sie die CIA gerne für ihre Zwecke benutzte. Und wer hatte den Vertrag im Namen der Amerikaner unterzeichnet? Tja, ein gewisser William Astor, der später Vizedirektor der CIA wurde.

Aber das war noch nicht alles. Im Safe hattest du eine Medaille mit einem Adler und folgender Inschrift gefunden:

Herbert Falck

Central Intelligence Agency – for distinguished service

Damit hatte ich, was ich für die größte Enthüllung in der Geschichte des Klassekampen brauchte, eine Enthüllung, die bewies, dass norwegische Schiffsreeder mit dem Geheimdienst unter einer Decke steckten. Und nicht nur das: Diese gemeinsamen Machenschaften hatten unmittelbare gesundheitliche Konsequenzen für eine Gruppe von Seeleuten, die keine Ahnung hatten, woran sie mitwirkten.

Ich hatte ihre Zeugenaussagen. Du hast auch Expertenmeinungen von Ärzten eingeholt, die mit scharfen Worten auf die Strahlengefahren für diejenigen hinwiesen, die solchen Radargeräten zu nahe kamen.

Du warst natürlich Feuer und Flamme. »Nichts in der skandinavischen Pressehistorie der Nachkriegszeit lässt sich damit vergleichen, wenn es richtig gemacht wird. Das ist ein größeres Ding als die IB-Affäre. Das wird ein geopolitisches Erdbeben auslösen, vom Kreml bis nach Washington.«

»Aber, Hans?«, sagte ich zögernd.

Du hast gemerkt, dass ich nervös war.

»Dir ist schon klar, was wir im Begriff sind zu tun? Papa wird mir das nie verzeihen, oder uns. Denk dran, was mit Vera passiert ist, als sie versucht hat, die Wahrheit über Store-Thors Verbindung zu den Deutschen zu erzählen.«

»Kein Angst«, hast du selbstsicher geantwortet. »Ich kenne Herbert gut genug, um zu wissen, dass er einfach stolz sein wird, als norwegischer CIA-Agent bezeichnet zu werden. Und überhaupt, Connie, wir haben doch uns.«

Ich fühlte, wie Erleichterung meinen Körper durchströmte.

»Meinst du das ernst, Hans?«

»Selbstverständlich meine ich das ernst. Du und ich, wir gehören zusammen.«

Aber so einfach ist das Leben nicht. Das war die Zeit, in der die morgendliche Übelkeit kam, und eines Tages wurde ich zum Arbeitskomitee zitiert, um die Sache zu besprechen. Du wolltest zuerst nicht mitkommen, aber ich zwang dich dazu.

Da saßen wir dann, wir beide sowie der Chefredakteur und der Leiter des Arbeitskomitees, beides Männer. Mit einem Blick, der völlig ausdruckslos war, sagte der Leiter: »Das AK hat über deinen Antrag gründlich beraten.«

Ich nickte, den Blick fest auf die Tischplatte gerichtet.

»Wie du weißt, ist der Arbeitsdruck wegen der Umstrukturierung zur Tageszeitung besonders hoch. Wegen dieses Sachverhalts, zusätzlich zu dem Spionagefall, können wir deinem Gesuch, das Kind austragen zu dürfen, zum gegenwärtigen Zeitpunkt leider nicht stattgeben.«

Ich habe dich angestarrt, Hans, mit einem Blick, der sagte: Hilf mir!

Du dachtest lange nach, bevor du sagtest: »Ich finde, der Genosse hat recht. In einer solchen Situation wäre es absolut unverantwortlich, die Schwangerschaft fortzusetzen.«

Es waren noch zwei Tage bis zur Veröffentlichung. Alles war ein einziges Chaos. Du warst in den Norden gefahren, um »was zu erledigen«, und ich war einfach nur froh, dich los zu sein. Nachts fand ich keinen Schlaf. Am Abend zuvor hatte ich letzte Hand an den Artikel gelegt. Ausnahmsweise kam ich spät zur Arbeit. Als ich die Redaktion betrat, merkte ich, dass die Stimmung in dem engen Raum gespannt und erwartungsvoll war.

Jetzt drehte sich alles um Strategie. Wir einigten uns darauf, mit einer Sensationsmeldung aufzumachen, die besagte, dass norwegische Schiffsreeder mit der CIA zusammenarbeiteten. Deren erste Reaktion würde natürlich sein, den Vorwurf als pure Erfindung abzustreiten. Und dann brauchten wir nur die Beweise vorzulegen, dass sie logen. Bevor wir damit weitermachten, dass sich ein besonders sensibler Teil der norwegischen Sicherheitspolitik – auf Svalbard und in der Barentssee zur Sowjetunion hin – abspielte, ohne dass die Volksvertreter darüber informiert waren.

Wenn der Teil der Geschichte ins Bewusstsein der Öffentlichkeit gedrungen war, würden wir mit der Geschichte über das mysteriöse Radar weitermachen. Und nicht zuletzt über die Menschen, die dadurch krank geworden waren. Dann sollte Bendiksen seine Geschichte erzählen.

Ich saß am Schreibtisch, als das Telefon klingelte.

»Hier ist Hans«, sagtest du, und deine Stimme war kalt. Irgendwas stimmte nicht, sonst sagtest du immer: »Ich bin's.«

»Die Leitung ist schlecht, Hans, von wo rufst du an?«

»Ich bin auf Svalbard. In Longyearbyen.«

»Wir haben viel zu besprechen«, sagte ich.

»Ja.«

»Wir bringen den ersten Artikel übermorgen«, fuhr ich fort und erklärte die Strategie.

»Constance?«

»Connie.«

»Constance«, sagtest du. »Es gibt keine Artikel.«

Ich wurde nicht mal nervös. Das musste ein Missverständnis sein. »Was meinst du damit?«

»Es gibt zwei Hauptquellen für deine Geschichte«, sagtest du. »Da ist zunächst mal Chefmaschinist Bendiksen. Er hat mich angerufen. Um mir zu sagen, dass er das Interview zurückzieht.«

»Ich habe vorgestern mit ihm gesprochen, da war er noch bereit.«

»Es stimmt, dass viele gestorben sind, Connie, aber als Arzt kann ich die generelle Behauptung nicht verantworten, dass ein Kausalzusammenhang zwischen der Radarstrahlung und den Todesfällen besteht. So einfach ist das nicht.«

Ich spürte Angst in meinem Bauch, versuchte aber, Ruhe zu bewahren. »Angenommen, du hast recht, Hans. Ich bezweifle es, aber nehmen wir es mal an. Wir haben immer noch die Dokumentation über die Machenschaften zwischen den Falck-Reedereien und der CIA. Das allein ist schon eine sehr heftige Sache.«

»Es gibt zwei Hauptquellen für deine Geschichte«, hast du wiederholt. »Ich bin die zweite. Ich bin der Whistleblower, der die Information besorgt hat. Ich habe mit Menschen gesprochen, denen ich vertraue. Willst du wirklich das Leben deines alten Vaters zerstören, um für dich Profit und Ruhm daraus zu ziehen? Ich will das nicht. Ich kann das nicht.«

Ich merkte, wie sich alles um mich herum drehte.

»Es gibt ... keine Geschichte? Was willst du dann?«

»Mein Studium beenden. Vielleicht in den Nahen Osten gehen. Weiß nicht.«

»Aber ...?«

»Tut mir leid«, sagtest du.

Ich packte meine Sachen zusammen, ohne ein Wort zu sagen. Meine Zeit als Journalistin war vorbei, das war mir sofort klar. Ich war ganz allein. Du warst weg, mit der Familie konnte ich nicht reden. Oder? Ich zögerte eine Weile, dann rief ich Vera an. Sie verstand sofort, wie es mir ging. Sie holte mich mit dem Taxi ab, erklärte, dass sie ein paar Telefonate geführt habe und dass eine der Falck-Wohnungen an der Gimle Terrasse leer stand. Dann ging sie mit mir die breite Treppe hoch, schloss die Wohnung auf, machte Feuer im Kamin und brühte uns einen Tee.

»Also haben sie dich am Ende auch erledigt«, sagte sie.

Ich nickte. »Ich würde mich am liebsten hinlegen und nie wieder aufstehen.«

»*Das geht nie ganz vorbei*«, *sagte sie.* »*Aber es werden andere Zeiten kommen.*«
»*Was soll ich machen?*«
Sie sah mich lange an. »*Schreibe. Das hilft. Schreibe.*«
Ich begann zu schreiben.

TEIL 4

DIE TRENNLINIE

Kapitel 44

Die Geschichte wiederholt sich

Gimle Terrasse, Oslo

Die Türklingel der Wohnung an der Gimle Terrasse machte ein Geräusch, dass man glaubte, in einem Kirchturm gefangen zu sein, wenn jemand klingelte.

Sasha schlug die Augen auf. War Mads zurückgekommen? Was sie nach der Hauptversammlung gesagt hatte, war keine leere Drohung gewesen. Am Tag darauf hatte sie beim Staatsverwalter die Trennung eingereicht. Ihr Ehemann war sofort in die Berge geflohen. Ihren Töchtern sagte Sasha, dass »Mama und Papa jeweils ein bisschen Zeit für sich brauchen, um nachzudenken«. Seit dem Rauswurf aus Rederhaugen hatte ihre kleine Familie sich in einem permanenten Ausnahmezustand befunden. Die erschütternde Nachricht wurde von ihren Töchtern deshalb mit einem ähnlichen Schulterzucken hingenommen wie ein Luftalarm in einem Kriegsgebiet.

Sie ließ das Klingelgeräusch verhallen, bis wieder Stille in die Wohnung einkehrte. Früher hatten Niederlagen bei ihr Angst und Rachegefühle hervorgerufen, aber was sie diesmal am meisten erschreckte, war die Apathie, die sie empfand. Mit dem Geld aus der Lebensversicherung ihres Vaters besaß sie genug, um sich zu kaufen, wonach ihr der Sinn stand. Sollte sie Kleinbäuerin werden oder Gebrauchskünstlerin? Sich eine schöne Villa im Alpenstil kaufen und als Hobbyarchivarin arbeiten, umgeben von Katzen und antiken Möbeln? Selbst diese Ideen, bei denen ihr früher das Grausen gekommen wäre, lösten nichts in ihr aus.

Nein, ihre finanzielle Situation würde kaum Mitgefühl erregen.

Aber genau wie der Erfolg ist das Fiasko eine relative Größe. Konnte man sich einen tieferen Fall vorstellen als den, den sie in den letzten Monaten durchgemacht hatte? Erst verlierst du deinen Job und dann dein Elternhaus. Dann stirbt dein Vater. Deine Geschwister wenden sich gegen dich. Als du den Kopf gerade wieder über Wasser hältst, wirst du als Russen-Kollaborateurin geteert und gefedert. Was wiederum deine kleine Familie auseinanderreißt, das Einzige, was dir geblieben war.

Wieder schallte das Läuten durch die Wohnung. Sie erhob sich mit den langsamen Bewegungen der Deprimierten. Machte vor einem mahagonigerahmten Kippspiegel in der einen Zimmerecke halt. Selbst die leicht fleckige graue Jogginghose und Mads' T-Shirt konnten nicht verbergen, dass sie mehrere Kilo zugelegt hatte. Ihr Haar war fettig und ungekämmt. Am Kinn zeigten sich hässliche Pickel.

Sie nahm den Hörer der Gegensprechanlage ab. »Ja?«

»Ich bin's«, sagte die Stimme. »Johnny.«

Etwas in ihr hatte Lust, einfach aufzulegen. Ihre Handfläche wurde rutschig von Schweiß.

»Was willst du?« Sie hoffte, dass die Gegensprechanlage den Rost aus ihrer Stimme herausfilterte.

»Ich will mit dir reden.«

»Über was?«

»Worüber wir immer reden, Sasha. Geheimnisse in der Familie Falck. Die führen tatsächlich in die Gimle Terrasse.«

Sie versuchte, seinen Tonfall zu deuten. Holte Luft, drückte auf den Öffner, hörte die Tür unten zufallen, die Schritte auf der Treppe. War alles weiterhin nur Gleichgültigkeit?

Dann stand er in der Tür. Johnny sah aus wie letztes Mal, bei ihrer Begegnung in der Wäscheabteilung. Sie stand an den Türrahmen gelehnt.

»Wie geht's dir?«, fragte er.

Sie antwortete nicht.

»Sasha«, begann er.
»Ich will nicht«, sagte sie.
Er sah sie merkwürdig an. »Du hast doch noch gar nicht gehört, was ich zu sagen habe.«
»Es geht nicht um dich.«
»Schau mal«, sagte er und zog zwei geöffnete Briefumschläge hervor. »Du weißt wahrscheinlich nicht, was das ist. Das sind zwei Briefe, 1976 an Hans Falck abgeschickt, ungeöffnet zurückgegangen an den Absender.«
Er zeigte auf den Namen, geschrieben in kleiner Handschrift und mit einem Kreuz durchgestrichen. »Absender ist Connie Knarvik.«
»Ich kann nicht mehr«, sagte sie schrill. »Ich habe fast alles verloren. Und als ich es mir zurückholen wollte, verlor ich noch mehr. Sorry, Johnny, ich denke oft an die Reise mit dir und an das, was danach passierte. Ich hatte meine Gründe, und du sollst eine vorbehaltlose Entschuldigung erhalten. Aber alles zu seiner Zeit.«
Sie wollte gerade die Tür schließen.
»Da ist noch mehr«, sagte Johnny. »Was glaubst du, wie ich mit Connie in Kontakt gekommen bin? Das war wegen deines Vaters. Wir haben uns im Restaurant Dovrehallen getroffen.«
Es dauerte eine halbe Sekunde, bevor ihr aufging, was er da sagte. Papa und Johnny Berg an einem Tisch? Nachdem Hans seine Handgranate von Testament in die Weihnachtsfeier geworfen hatte?
»Du hast mit ... Papa gesprochen?«
Er nickte.
Sasha öffnete die Tür, ließ ihn herein und folgte ihm durch den Flur in die Küche.
»Wenige Tage vor seinem Tod. Dein Vater hatte so etwas Versöhnliches an jenem Tag. Er sagte, dass es bei dem, was er mir erzählen wollte, um die Rettung der Familie ginge.«
Sie stand auf und füllte zwei Gläser mit Wasser aus dem Hahn. Als sie sich wieder zu ihm umdrehte, waren ihre Augen gerötet und ihre Stimme dünn. »Was hat Papa gesagt?«

»Er wusste, dass ich immer noch an der Biografie über Hans arbeitete und dass die Bergenser nicht reden wollten. Und dann erzählte er, dass Connie Knarvik die Geschichte vielleicht wahrheitsgetreuer wiedergeben könne als die Hauptperson selbst.«

Sasha musterte ihn skeptisch. »Papa hatte nicht gerade das beste Verhältnis zu ihr.«

»Nein, und das hat er auch ehrlich gesagt. Genau wie er erzählte, dass er keinen ›ehrenwerten‹ Beweggrund habe, mich zu kontaktieren. Es ging ihm nur darum, Hans zu zerstören und die Kontrolle zurückzugewinnen.«

»Deine Geschichte hinkt«, sagte Sasha. Sie merkte, dass sie gegen ihren Willen neugierig geworden war. »Du hast Papa und mich gehasst. Warum solltest du dich auf unsere Seite stellen und Hans in den Rücken fallen? Weil er nicht ans Telefon gegangen ist, als du angerufen hast?«

»Ich bin für alles offen und hasse niemanden. Aber Connie ließ mich die Briefe lesen, die sie 1976 an Hans geschrieben hatte. Verschmähte Briefe, die die gleiche Geschichte erzählten. Wie Hans sie im Stich gelassen hat, wieder und wieder. Connie hat alles verloren. Sie hat ihren Mann verlassen, sich mit ihrer Familie überworfen und auf den journalistischen Scoop des Jahrzehnts verzichtet, alles wegen Hans.«

»Schreibst du das in der Biografie?«

Johnny lachte. »Die wurde abgelehnt. Was sagt man dazu? Die Geschichte wiederholt sich.«

»Ich muss wissen, was Connie über die Familie erzählt hat«, sagte Sasha mit einem Blick über die Schulter. »Meine ältere Tochter hat nach der großen Pause schulfrei und kann jeden Moment kommen.«

»Gut«, sagte Johnny. »Lies dir durch, was ich habe. Und dann melde dich bei mir.«

Er stand auf, legte sich die Jacke über den Arm und sah sie lange an. »Ich habe es vermisst, mit jemandem zusammenzuarbeiten. Du nicht?«

Sie stand am Fenster und sah ihm nach, wie er über den Platz ging, bis er außer Sicht war. Dann nahm sie eine kalte Dusche und putzte die Wohnung. *Wer bin ich?* Ja, wer war Sasha, und was gab ihrem Leben Sinn? Sie war Archivarin. Nichts hatte ihr so viel gegeben, wie die Wahrheit über Veras Vergangenheit aufzudecken. Sasha hatte sich eingebildet, es aus einer Art Pflichtgefühl gegenüber ihrer Großmutter zu tun, mal abgesehen von all den widerstreitenden Gefühlen für Johnny. Aber in Wirklichkeit ging es um sie.

Kapitel 45

Boomer!

Rederhaugen, Oslo

Die Maisonne wanderte langsam um Rederhaugen herum. Morgens warf sie ihr rötlich-kupferfarbenes Licht auf die Steilklippen im Osten, dann schien sie auf Grasflächen und Hecken und die bunten Girlanden knospender Bäume und anschließend ins Vorstandszimmer ganz oben im Rosenturm, wo Hans merkte, dass die Nachmittagssonne ihn blendete.

Siri Greve drückte auf eine Fernbedienung, und der Lamellenvorhang schloss sich.

Sverre saß im Sessel des Vorstandsvorsitzenden am Kopfende, mit Andrea an seiner Seite.

»Der Termin für die Expedition rückt näher«, sagte er mit kühler Autorität und sah Hans an. »Wie sind die letzten Nachrichten über die Eisverhältnisse rund um Svalbard?«

»Die Besatzung der ›Falck 3‹ und ich stehen in engem Kontakt mit dem Polarinstitut und den Meteorologen. Den Wissenschaftlern zufolge war das Eisvolumen im Februar auf einem Rekordtief, nach aufsehenerregend milden Wintermonaten mit mehreren Wärmerekorden in der Arktis. Die Situation hat sich etwas stabilisiert, aber die Menge an Polareis ist extrem gering, gemessen am historischen Mittelwert.«

»Das ist doch gut, oder?«, fragte Sverre. »Ich meine, im Hinblick auf die Expedition.«

Hans erwiderte ausweichend: »Der Kapitän meint, dass wir rekordfrüh nach Kvitøya fahren können, sofern die Eisverhältnisse sich in den nächsten Wochen nicht nennenswert ändern.«

»Wo liegt die ›Falck 3‹ jetzt?«, fragte Sverre.

»In Tromsø.«

»Kannst du in den Norden vorausfahren, Hans? Wir haben einige der Kameras besorgt, die der NRK bei der Dokumentation *Hurtigruten – Minute für Minute* eingesetzt hat. Eine schweineteure Cineflex V14 HD für den Bug und eine zweite, um sie direkt unter die Kommandobrücke zu hängen. Ich würde es sehr begrüßen, wenn du die Verantwortung für ihre Anbringung übernehmen könntest.«

Das war Herablassung in Reinkultur, sorgsam verpackt in eine Überlegung. Hans begriff das sofort.

»Wann kommst du nach Tromsø?«

»Ich komme nicht«, erwiderte Sverre. »Ich treffe euch direkt auf Svalbard.«

»Ein Vorstandsvorsitzender sollte bei der Überfahrt dabei sein.«

»Hans«, sagte Sverre, »ich weiß, wie viel diese Expedition dir persönlich bedeutet. Es ist wichtig, die Vergangenheit aufzuarbeiten.«

Das verhieß nichts Gutes, dachte Hans. Obwohl er froh war, vom Vorstandsvorsitz befreit zu sein, war da etwas im Blick des *Vorstandsvorsitzenden* Sverre. Es erinnerte ihn an das alte sozialpsychologische Experiment in einem amerikanischen Gefängnis, ein Rollenspiel mit Insassen und Gefängniswärtern. Hatte man dieses Experiment nicht abbrechen müssen, weil sich ganz normale Leute innerhalb weniger Tage in sadistische KZ-Kommandanten verwandelt hatten?

Sverre war jetzt seit knapp einer Woche der Chef.

»Ich finde auch, dass die Expedition eine fantastische Idee ist«, sagte er und sah Hans nachdenklich an. »Aber wir sollten uns keinen Illusionen über das Warum hingeben. Für das Kerngeschäft der SAGA-Gruppe ist sie wertlos. Absolut wertlos. Diese Tour ist PR, nichts anderes. Aber als PR ist sie wichtig genug.«

»Svalbard schießt in den sozialen Medien durch die Decke«, sagte Andrea.

»Genau. Wir unterhalten eine Website und sind in den sozialen Medien überaus aktiv.« Sverres Stimme bekam etwas Träumerisches. »Wenn das richtig gemacht wird, geht es viral und per Livestream an Zuschauer in der ganzen Welt, auf der Website, in den sozialen Medien, unter dem Hashtag *FalckArctic100*. Das nennt man Maßstäbe setzen!«

»*Hash* was?«, fragte Hans mit einem Räuspern.

»Schon mal dieses Zeichen im Netz gesehen, Boomer?«, fragte Andrea und bildete mit zwei mal zwei Fingern übereinander ein Rechteck. »Das ist ein *Hashtag*.«

Am Tisch war leises Kichern zu hören. Alles hat ein Ende, und Hans war eine dunkle Abstellkammer lieber als ein dramatischer Skandal.

Frauen, Ideologien, vernachlässigte Familienpflichten, zweifelhafte politische Genossen im Ausland … Die Auswahl war groß, was Hans anging, aber sein Leben lang hatten ihn seine Schamlosigkeit und seine fehlende Moral beschützt. Es waren die Heuchler, die der Volksgerichtshof im eigenen Fett schmoren lassen wollte. Nicht anders als damals bei den Kaderbeurteilungen in der AKP.

»Sverre!«, sagte er, als die Vorstandssitzung beendet war und die Leute nach unten gingen, um sich verköstigen zu lassen.

»Hans«, antwortete Sverre förmlich. »Ist noch was?«

Wieder dieser herablassende Blick, als stünde er auf dem Schlossbalkon und sähe auf einen hinunter.

»Es geht um Ingeborg.«

Sverres Blick wurde ein wenig unsicher. »Was ist mit ihr?«

»Hat sie ihre neue Stelle angetreten?«

»Bis dahin ist noch etwas Zeit. Wieso fragst du?«

»Erkläre ich dir später«, sagte Hans und griff nach seiner Jacke.

»Nimmst du nicht am Vorstandsessen teil?«, fragte Sverre.

»Leider nicht. Muss noch eine Menge erledigen.«

Sverre streckte die Hand aus. »Wir bleiben in engem Kontakt, aber falls ich dich vorher nicht mehr sehen sollte, wünsche ich dir viel Glück in Tromsø und für die Überfahrt nach Svalbard.«

Hans trat aus dem Haus, als die Sonnenscheibe hinter den bewaldeten Hügeln im Westen verschwand. Im Schatten war es immer noch kühl. Er ging die Allee hinunter auf das Tor mit dem eingeprägten Falken zu. Was wurde nun aus der SAGA und was aus ihm? Hans war nicht der Typ für tiefe existenzielle Krisen. Endloses Grübeln führte selten zu etwas Gutem.

Die Vorstandssitzung hatte bestätigt, was er seit der Hauptversammlung gedacht hatte, nein, seit dem Unfall mit dem Rettungsgeschwader. Früher hatte er oft allerlei abgehalfterte TV-Promis, Komiker und andere bemitleidet, die zuvor den Zeitgeist geprägt hatten und die jetzt auf dem leeren Bahnsteig standen und über eine Welt jammerten, die sie nicht mehr verstanden. Der einst unsterbliche Hans Falck, dessen mentales Alter nur halb so hoch war wie das, das im Kirchenbuch stand, war im Begriff, alt zu werden. Ein Fossil, das nicht mehr mit der Zeit mithalten konnte.

Er ging durch das Villenviertel hinunter Richtung Meer. In weiter Ferne hörte er ein Schulorchester für den Nationalfeiertag am 17. Mai üben, die Musik mischte sich mit dem leisen Summen der Elektroautos. Aus den Gärten drang das muntere Geschrei von Kindern, die Trampolin sprangen oder Fußball spielten.

Wie lange war es her, dass er einer von ihnen gewesen war? Fünfundfünfzig Jahre. Vor fünfundfünfzig Jahren war Hans in Fana eingeschult worden. Immer öfter kam es vor, dass ihn die rasende Zeit schwindelig machte.

Hans griff nach seinem Handy und wog es in der Hand, während er überlegte, was er tun sollte. Die Nummer hatte er nicht gespeichert. Er tippte sie ein, ohne auf Anrufen zu drücken. Vor ihm lagen ein Parkplatz und dahinter eine Parkanlage. Zwischen den Ulmen konnte er auf den Fjord hinausblicken.

Hans rief an.

Eine lange Pause folgte.

Schließlich meldete sich eine Stimme. »Herr Falck, lange nichts von Ihnen gehört. Was kann ich für Sie tun?«

»Ich fahre demnächst hoch in den Norden. Dachte, das könnte euch interessieren.«

Kapitel 46

Der therapeutische Blick

Universitätsbibliothek, Oslo

Tags darauf trat Sasha aus der Haustür an der Gimle Terrasse, ging an der Kirche vorbei die sanft abfallende Bygdøy Allé hinunter und überquerte den Hydroparken.

Der Eingangsbereich der Nationalbibliothek war genauso monumental und die Fresken so unheimlich, wie sie es aus der Zeit in Erinnerung hatte, als dies die Universitätsbibliothek gewesen war. Sie hörte den Puls in ihren Ohren pochen, als sie die Treppe hinauf zum Café im ersten Stock ging. Dort trank ein bekannter Historiker Kaffee zusammen mit einem profilierten Psychologen, der bekannt war für seinen einprägsamen therapeutischen Blick, mit dem er öffentlich Ratschläge bei schwierigen Liebesbeziehungen gab.

Was hätte er zu ihr gesagt? Dass alle Menschen im Laufe eines langen Zusammenlebens Fehler machen, auch Mads Falck? Oder dass manche Beziehungen dazu bestimmt sind, zu Ende zu gehen? Dass sie lieber den dunklen Pfaden ihres Herzens folgen sollte, hinein in die Arme eines rätselhaften Abenteurers, der ein weiteres Mal im Begriff war, die Skelette auf dem Falck-Friedhof auszugraben?

Nein, dazu würde der Promi-Psychologe ihr wohl kaum raten.

Sie schloss ihre Tasche in einem Garderobenfach ein und ging in den Lesesaal. Dort war es still, abgesehen von einem gelegentlichen Räuspern, dem Rascheln von Papier und dem Geräusch beim Aufschlagen schwerer Gesetzbücher. Der Raum badete in einem grünlichen Licht.

Johnny war in den Reihen der Studenten und Wissenschaftler

nicht zu finden. Aber in der diagonal gegenüberliegenden Ecke, da stand er mit dem Rücken zu ihr vor einem der Regale, die alle Wände des Saals im Erdgeschoss bedeckten.

Sie ging durch den Mittelgang auf ihn zu. Als sie nur noch wenige Meter von ihm entfernt war, drehte er sich zu ihr um, als hätte er sie schon die ganze Zeit gesehen.

»Ich habe die Briefe gelesen«, sagte sie.

»Und?«

»Ich glaube ihr«, sagte Sasha nach kurzer Denkpause. »Ich bin unglaublich beeindruckt, dass du ein Frauenschicksal ausgegraben hast, das eine andere Geschichte über meine Familie erzählt. Schon wieder. Beeindruckt und auch ein wenig beschämt, dass es vor dir niemand von uns getan hat. Ich möchte, dass du das weißt.«

Sie blickte ihm direkt in die smaragdgrünen Augen.

»Warum hat es vorher niemand getan?«, fragte Johnny.

Das hatte Sasha sich beim Lesen auch gefragt. Sie könnte Connie die Schuld dafür geben. Aber in Wahrheit lag es wohl daran, dass sie Papas Tochter gewesen war. Ihr Handeln war von der Rücksicht auf ihren Vater bestimmt gewesen. Deshalb hatte sie die Wahrheit über das Testament verschwiegen. Als Olav nicht mehr da war, hatte sie alle Eier in den Korb ihres Ehemanns gelegt.

»Ich denke daran, wie es weiterging«, sagte sie. »Wir befinden uns also im Jahr 1976. Hans hat Connies großen Scoop im letzten Moment verhindert.«

»Genau«, sagte Johnny. »Warum? Sag alles, was dir dazu einfällt, frisch von der Leber weg.«

»Er will selbst den Ruhm dafür einheimsen.«

»Absolut möglich. Denk weiter.«

»Er bekommt Anweisung, die Sache abzubrechen.«

»Bingo«, sagte Johnny. »Von wem?«

»Ich habe nur Connies Brief gelesen«, sagte Sasha. »Die AKP-Führung wäre eine Möglichkeit.«

»*Klassekampen* war doch damals ein Parteiorgan«, wandte

Johnny ein. »Der Chefredakteur gehörte zur Parteiführung. Und nichts von dem, was Connie erzählt, deutet darauf hin.«

»Ein Geheimdienst?«

Er nickte, um sie zum Weitersprechen aufzufordern.

»Zunächst einmal würde ich denken, dass es der norwegische Geheimdienst war, weil die Krebsfälle auf den Rettungsschiffen Norwegen in ein schlechtes Licht rückten. Aber würde der so was überprüfen? Das erscheint mir merkwürdig. Dann bleiben wohl nur die Russen?«

»Aber die AKP war stark antisowjetisch«, sagte Johnny in seiner Rolle als des Teufels Advokat. »Die Sowjets nach Stalin waren *Sozialimperialisten*.«

Sasha war jetzt in Fahrt gekommen.

»Papa pflegte zu sagen, dass Hans immer für die Russen war, wenn Sportsendungen im Fernsehen liefen. Später sagte Hans oft, dass die Kriegspsychose der größte Fehler der AKP war. Vergiss nicht, dass er sich die meiste Zeit im Nahen Osten aufgehalten hat. Der hatte enge Beziehungen zur Sowjetunion, und Maos China war weit weg. Außerdem kannte er Svalbard und Kirkenes gut. Die beiden Orte im Land, wo die Beziehung zu den Russen am engsten ist.«

Johnny sah sie an. »Gut, Sasha.«

Sasha saß mit gefalteten Händen da. Dann stand sie auf. »Das ist ganz schön viel zu verdauen. Ich muss an die Luft.«

Sie gingen die Treppe unter den Bögen und Emanuel Vigelands Deckengemälden hinab. Sasha hätte an diesem Tag direkt in seine schicksalsschweren Bibelfresken hineinlaufen können. Es war ein kühler Maitag, warm in der Sonne, kalt im Schatten. Sie überquerten den Drammensveien und setzten sich in den Hydropark.

»Drehst du mir auch eine?«, fragte sie.

Johnny drehte ihr eine dünne Zigarette und gab sie ihr.

»Ich glaube nicht, dass Connie mehr über 1976 weiß«, sagte er. »Aber über eine Kollegin bin ich an die Akte des Inlandsnachrichtendienstes über Hans gelangt. Weißt du, wer Hans in den Siebzigerjahren überwacht hat?« Er gab die Antwort selbst. »Robert Eliassen, der jetzige Gouverneur auf Svalbard. Erinnerst du dich, wo Hans war, als er Connie angerufen hat, wie sie es in dem Brief beschreibt?«

»In Longyearbyen.«

»Ich glaube, dass im August 1976 dort oben etwas vorgefallen ist. Ich frage mich, ob wir in den Norden fahren müssen, Sasha.«

Sie schnippte den Zigarettenstummel in eine Pfütze und dachte an das Chaos zu Hause.

»Ich will erst mit Connie reden. Kannst du das arrangieren?«

»Ich kann's versuchen. Aber warum?«

»Weil ich an das Porträtinterview denken muss, das du mit Hans im Libanon geführt hast. Ich hatte es tatsächlich nie gelesen, bis ich es in der Wohnung an der Gimle Terrasse fand. In dem er von den Massakern in Sabra und Schatila erzählt. Von den jungen Männern mit abgeschnittenen Geschlechtsteilen und den schwangeren Frauen mit aufgeschlitzten Bäuchen.«

»Und?« Zum ersten Mal wirkte Johnny ein wenig unsicher.

»Als ich versuchte, Connie davon zu überzeugen, auf der Hauptversammlung für mich zu stimmen, da hat sie genau dasselbe erzählt. Genau dieselben Bilder, dieselben Traumata.«

»Das kann eine Übertragung sein, dass man die Erzählung eines anderen nimmt und sie sich zu eigen macht. Connie hat die Persönlichkeit dafür.«

»Kann sein, aber wir wissen, dass sie als Solidaritätsarbeiterin im Nahen Osten war. Dass sie danach vollkommen den Halt verloren hat. Mein Bauchgefühl sagt mir, dass dort irgendwas passiert ist.«

»Woran denkst du dabei?« Johnny sah sie an.

»Lass uns nicht um den heißen Brei herumreden«, erwiderte sie mit Bestimmtheit. »Du weißt genau wie ich, worum es hier in Wirklichkeit geht. Ich war SAGA-Chefin, als der vergiftete Russe auf Svalbard umgekippt ist. Du hast den Fall untersucht. Wir wissen beide, dass es einen Maulwurf im Umfeld der SAGA und meiner Familie gibt. Beide wollen wir diese Person finden, wenn auch aus unterschiedlichen Gründen. Du erfüllst deinen Auftrag, und ich erfahre die Wahrheit. Klingt das nach einem Deal?«

Kapitel 47

Villa Grande

Rederhaugen, Oslo

Es galt, den Sieg zu genießen, meinte Sverre. Ihn zu genießen wie den ersten Schluck Bier nach einer langen Bergwanderung, wie ein Glas frisch gepressten Orangensaft nach einer nächtlichen Sauftour.

Er betrat die Küche in himmelblauen Boxershorts und weißem Unterhemd, ging direkt zum Kühlschrank, trank einen halben Liter Saft in einem Zug und warf eine Handvoll Paracetamol ein. Zu dumm, dass er keine frischen Apfelsinen hatte. Der Kater war erträglich, aber als er am Spiegel im Korridor vorbeikam, bemerkte er, wie schnell er an Gewicht zulegte, wenn er trank.

Einst war er jünger gewesen als die Fußballer der WM. Das war lange her. Jetzt war er älter als Tony in der ersten Staffel von *Die Sopranos* und näherte sich dem Durchschnittsalter der Traveling Wilburys.

Außerdem war er kinderlos.

Andererseits: Er war nicht länger ein Leichtgewicht. Er war Vorstandsvorsitzender der SAGA. Einer der mächtigsten und reichsten Männer des Landes.

Wie war er hier gelandet? Aus dem ewigen Single und halb verbitterten Kerl, den man bestenfalls aus reiner Wohltätigkeit zu einer Dinnerparty eingeladen hatte, war ein umschwärmter Mann geworden, »mit einer Aura von Selbstbewusstsein und Erfolg, wie sie nur ein Falck hat«, wie es in einem kriecherischen Porträtinterview hieß, das er direkt nach der Hauptversammlung gegeben hatte.

Yeah, right. Er war ein Phönix. Auf einmal konnte die MSM-Lügenpresse den SAGA-Vorstandschef und Direktor Sverre Falck mit dem größten Respekt behandeln – den dekorierten Kriegsveteranen, der für den SAGA-Job, der ihm vom Schicksal vorbestimmt war, zurechtgeschliffen worden war, mit einer schönen Lebensgefährtin aus dem mythischen Johnson-Clan an seiner Seite.

Mit Rederhaugens Eigentümer Hans hatte er einen Vertrag über die Kurzzeitmiete einer Wohnung im Ostflügel des Hauptgebäudes geschlossen. Sie lag über dem nationalromantischen Kaminzimmer und war größer und moderner eingerichtet als das blaue Zimmer, in dem Hans gewohnt hatte und das ohnehin für prominente Gäste gedacht war. Der Vertrag lief bis zu dem Zeitpunkt, an dem die Expedition begann.

Obwohl Sverre und die Bergenser konkurrierenden Familienzweigen angehörten, hatten die Umstände sie zusammengebracht, wie Hans unterstrich, der eine Zeit lang zurück nach Bergen musste, um nach seiner Familie zu sehen und einige praktische Dinge zu regeln. Hans war immer noch der Sieger. Er hatte weiterhin die Mehrheit des Vorstands hinter sich, und niemand hatte vorgeschlagen, den Erbschaftsübergang von Rederhaugen zu ändern. Das Anwesen gehörte den Bergensern.

In einem Anfall von Gesundheitsbewusstsein schnitt Sverre etwas Obst auf, das er in der Küche fand. Dann schaltete er die Kaffeemaschine ein. Ein angenehmes Aroma verteilte sich im Raum, und er widerstand mit Mühe der Versuchung, einen herzhaften Brunch aufzutischen.

»Du hast heute Nacht wieder geschrien«, sagte Ingeborg. »Und du schwitzt wie ein Boxer, der innerhalb eines Tages die nächsttiefere Gewichtsklasse erreichen soll. Das geht so nicht weiter. Ich bekomme keinen Schlaf, das nervt, aber für dich ist es viel schlimmer.«

Wenn die Johnsen-Frauen etwas waren, dann *bestimmend*. Je länger er mit ihr zusammen war, desto stärker trat dieser Charakterzug zutage.

»Hattest du das öfter?«, fragte sie. »Ich meine, nach deiner ersten Runde in Afghanistan?«

Er starrte auf den Tisch und in die dampfende Kaffeetasse. Hatte plötzlich den Tag auf dem Fjord vor Augen, als er Olav von dem Auftrag erzählt hatte. Wie die Augen seines Vaters aufgeleuchtet hatten, als er ihm erzählte, dass er mit dem Kampfschwimmerkommando nach Afghanistan sollte. Er hatte damals geglaubt, Olav sei ehrlich stolz auf ihn. Bis er begriff, dass auch das etwas war, was sein Vater hinter seinem Rücken arrangiert hatte. War es wegen Olav, dass er im Schlaf schrie? Waren unverarbeitete Erlebnisse in Kabul schuld, die Bomben am Straßenrand, die Terroristen im Park Palace, oder das andere?

»Nein«, log Sverre. »Das hatte ich früher nie.«

»Du musst dir Hilfe suchen«, sagte sie und fing von irgendwelchen Psychologen an, die sie und ihre Familie kannten, aber Sverre fiel ihr ins Wort.

»Es geht nicht um Therapeuten«, sagte er. »Du denkst so praktisch und lösungsorientiert.«

»Daran ist doch nichts falsch?«

Er sah sie mit traurigen Augen an. »Nein, nein, überhaupt nicht. Ich wünschte, ich wäre auch so. Aber es geht um Sinnlosigkeit.«

Sie sah nachdenklich aus dem Fenster, das hier war eine Frequenz, die sie nicht empfing, eine Farbe, die sie nicht sah. Stattdessen sagte sie: »Hans hat übrigens angerufen.«

»Ach ja?«

»Er braucht einen Russischdolmetscher für die Svalbard-Expedition. Sagte, er hätte mehrere zur Auswahl, aber er würde mich vorziehen.«

»Das kann ich gut verstehen«, sagte er. »Was hast du geantwortet?«

»Dass ich gerade den Job wechsle und bis zum Sommer nur die Frau des Direktors auf Rederhaugen bin, bevor ich im Außenministerium anfange. Also habe ich zugesagt. Wir sehen uns doch da oben, oder? Date im Roten Bären in Barentsburg?«

An diesem Abend gaben sie die letzte Gesellschaft zur Feier von Sverres Ernennung zum Vorstandsvorsitzenden. Ralph Rafaelsen hatte die letzte Zeit in Oslo verbracht und hielt abends auf Rederhaugen Hof.

Victor Prydz ließ sich nicht lange bitten und erschien auf der Party zusammen mit dem Adjutanten des Generalkommandeurs der Streitkräfte.

»Donnerwetter, Ingeborg«, rief Prydz aus, »du wirst politische Beraterin. Gratuliere!«

Die beiden Männer, der korpulente, stimmgewaltige Prydz und der Adjutant, drängten sich an den Scharen von Leuten vorbei, die zu den Rhythmen tropischer Housemusic tanzten, darunter viele von Ingeborgs blasierten Freundinnen, die gerne über die dürftige Auswahl an Männern in Oslo klagten und hier nun Bekanntschaft mit dem Geldadel und ausländischen Diplomaten schlossen.

Im Zentrum des Ganzen: Sverre Falck.

Ihm war, als würde eine Hälfte von ihm von einem Heliumballon nach oben gezogen, während ein Bleigewicht seine andere Hälfte nach unten zog.

Prydz hatte es endlich geschafft, den DJ zu überreden, »Les Lacs du Connemara« des französischen Sängers Michel Sardou aufzulegen.

»Hör mal, Sverre!«, rief er.

»Was ist das für ein Quatsch?«, rief Sverre.

»Ein islamkritischer und prokolonialistischer Protestsänger«, grinste Prydz. »Nur in Frankreich. Eine *reaktionäre* Version der Village People, sozusagen. Nach ein paar Gläsern Alkohol die inoffizielle Nationalhymne der Franzosen. Langjähriges *gay anthem* in den Kellerklubs in Paris. *Santé!*«

Mitten im Raum führte der Adjutant einen Marsch an, der perfekt zu dem Lied passte, als Sverre plötzlich jemanden entdeckte, der sich durch die grölende Menschenmenge schlängelte. Johnny Berg trug eine schwarze Lederjacke über einem weißen Hemd.

»Johnny«, grüßte Sverre ihn.

Prydz war dazugekommen, Johnny nickte ihm zu. »Hast du zwei Minuten, Sverre? Unter vier Augen?«

Ingeborg war in der Wohnung, also ging Sverre voraus die Wendeltreppe hinunter und entschied sich für das Schwimmbad. Er schloss die Tür zur Herrenumkleide auf.

Das Schwimmbecken lag ganz unberührt da und leuchtete türkis, nur die Wasseroberfläche vibrierte leicht durch die dröhnenden Bässe aus dem Stockwerk darüber.

Sie setzten sich jeder auf eine Plastikliege.

»Bist du betrunken?«, fragte Johnny.

Sverre zögerte, dann schüttelte er den Kopf. Etwas an seinem Gegenüber gab ihm das Gefühl, nüchtern zu sein.

Johnny zog ein Dokument aus seiner Umhängetasche. »Ich habe dir etwas Wichtiges zu erzählen, Sverre. Aber ich kann es dir erst sagen, wenn du das hier unterschrieben hast.«

Sverres verschwommener Blick – ganz nüchtern war er wohl doch nicht – sah ein Dokument mit dem Stempel der Streitkräfte, das ihn zu einem Geheimnisträger des Königreichs Norwegen erklärte und ihn rechtlich verantwortlich machte, falls die geheime Information nach außen dringen sollte.

»Und wenn ich nicht will?«

»Sei nicht albern, Sverre«, sagte Johnny. »Wenn du dem Land einmal gedient hast, hörst du nie damit auf.«

Sverre überlegte einen Moment, dann nickte er kurz und setzte seine Unterschrift unter die Verschwiegenheitserklärung. »Was willst du?«

Johnny erzählte von dem Verdacht gegen Hans, dass er schon während des Kalten Kriegs, im August 1976 auf Svalbard, vom russischen Geheimdienst angeworben worden war.

»Ihr fahrt zusammen nach Svalbard«, sagte Johnny. »Hans soll von Russland eine Auszeichnung erhalten. Ich glaube allerdings, dass er in Wirklichkeit geheime Informationen über das Grundstück im Adventdalen überbringen soll, auf das die Russen schon lange scharf sind.«

Sverre saß lange da, ohne etwas zu sagen. Plötzlich merkte er, wie ihm schlecht wurde. Ohne Vorankündigung beugte er sich vor und erbrach sich.

»Sorry, Johnny«, röchelte er.

Johnny stand auf und blickte auf ihn hinunter. »Ich will Hans Falck.«

Er drehte sich um und verschwand.

Kapitel 48

Ich denke, ihr geht jetzt besser

Lindeberg, Oslo

Johnny folgte dem Menschenstrom die leicht abfallende Unterführung vom Springbrunnen am Nationaltheater hinunter. Nach der fehlgeschlagenen Festnahme von Mads waren die Ermittlungen ins Stocken geraten. HK hatte Johnny einen »kurzen, unbezahlten Urlaub« genehmigt, um die Biografiespur weiter zu verfolgen.

»Bist du sicher, es ist Connie recht, dass ich mitkomme?«, fragte Sasha, die neben ihm ging.

»Sie erzählt es jedem, der es hören will«, beruhigte er sie. »Ich war bisher nicht bei ihr zu Hause, und ich denke, wir können Neues entdecken, wenn wir die Augen offen halten.«

Sie hatten den Bahnsteig für die nach Osten gehenden Linien erreicht.

»In der Oberstufe hatte ich eine Mitschülerin, der war es so peinlich, die U-Bahn Richtung Osten nehmen zu müssen, dass sie sich hinter den Säulen dort versteckt hat«, sagte Sasha und zeigte darauf. »Und heimlich eingestiegen ist, damit sie bloß keiner sieht.«

»Linie zwei«, sagte Johnny, als die Bahn in die Station einfuhr. »Das ist unsere.«

Sie setzten sich auf einem Viersitzer einander gegenüber. Die U-Bahn durchquerte das Stadtzentrum in östlicher Richtung und glitt aus dem Tunnel ans Tageslicht.

»Du weißt, dass die AKP hier ihren Ursprung hat?«

Sasha schüttelte den Kopf.

»Die nächste Station ist Hellerud. Das *heartland* der norwegischen Maoisten. Die Sprache, die sie benutzten, war eine Imitation des Ost-Osloer Dialekts.«

Das schien lange her zu sein. Mit jeder Station Richtung Osten änderte sich die Charakteristik der Fahrgäste. Die Stadt war schon immer zwischen Ost und West geteilt gewesen, zwischen Arm und Reich, Arbeitnehmern und Arbeitgebern, aber die ethnische Dimension hatte sich mit den sozialen Unterschieden vermischt, die Bebauung im Zentrum war ersetzt worden durch Industriegebiete und Hochhausblocks, und als die U-Bahn in die Station Lindeberg einfuhr, war Sasha in dem Waggon die einzige Person mit norwegischen Großeltern.

Sie stiegen aus und folgten den Fußwegen durch die Siedlungen des sozialen Wohnungsbaus, die meist aus niedrigen vierstöckigen Häusern bestanden, hinauf nach Lindebergåsen, wo Connie wohnte.

»Kennst du dich hier aus?«, fragte Sasha.

»Nicht besonders, aber ich habe auf den meisten Plätzen, die es hier gibt, Fußball gespielt«, sagte er und dachte an die harten Schotterplätze in Veitvet und Romsås oder wie sie ein seltenes Mal den gepflegten Grasplatz von Høybråten benutzen durften, der sich in einem Labyrinth aus stillen Villenstraßen verbarg, die so ganz anders waren als die Wohnblocks, die man mit diesem Gebiet verband. Oder wie sie damals Stovnerkam im Elfmeterschießen besiegt hatten und danach vor den wütenden Zuschauern Reißaus nehmen mussten und sich gerade noch in die U-Bahn Richtung Stadt retten konnten.

Der Vorrat an Erinnerungen lag tief verborgen wie eine Ölquelle, für das bloße Auge unsichtbar, aber bohrte man an der richtigen Stelle, schossen sie heraus.

»Da«, sagte Sasha und zeigte auf einen breiten siebengeschossigen Block mit Wald auf der einen Seite und dem diesigen Talgrund auf der anderen.

Auf dem Klingelschild stand C. Knarvik.

Connie öffnete sofort, als hätte sie auf sie gewartet. Das Treppenhaus war dunkel und muffig. Sie wohnte im fünften Stock. Die Wohnungstür war angelehnt.

»Kommt einfach rein, ihr braucht die Schuhe nicht auszuziehen.« Die Wohnung war sauber. Ein wuchtiges Ecksofa aus Lederimitat nahm eine Zimmerecke ein, auf einer TV-Bank stand ein großer Flachbildfernseher. Ein Kunstdruck mit der Jungfrau Maria dominierte eine kahle Wand.

Connie hatte sich mit einer Zigarette in die Küche gesetzt, vor sich die aufgeschlagene *Klassekampen,* und schaute nachdenklich hinunter ins Tal. Johnny lobte die schöne Aussicht. Connie begrüßte Sasha mit einem Kuss auf jede Wange und schaltete den Wasserkocher an.

Sie servierte Pulverkaffee und Beuteltee.

»Machen wir dort weiter, wo wir zuletzt aufgehört haben«, sagte Johnny. »Wir sind also im August 1976. Sie haben Tag und Nacht an der großen Enthüllung gearbeitet. Dass urnorwegische, hoch angesehene Organisationen Lakaien des Geheimdienstes sind, dass der Spitzbergen-Vertrag gebrochen wird und welche tödlichen Konsequenzen das für norwegische Seeleute hat.«

Constance nickte.

»Und dann wird die Sache einfach abgeblasen. Hätten Sie nicht trotzdem damit an die Öffentlichkeit gehen können, obwohl Hans ausgestiegen ist?«, fragte er.

Sie zündete sich eine neue Zigarette an.

»Ich habe das in dem Brief kurz angesprochen. Es war Hans, der mir die Fakten und die Quellen geliefert hat. Als er sich zurückzog, sind Bendiksen und die anderen Informanten auch abgetaucht. Sie gingen nicht mehr ans Telefon, wenn ich anrief. Ohne Quellen war die Sache gestorben. Dann wäre es eine bloße Behauptung gewesen, dass Geheimdienstleute an Bord waren.«

Connie senkte den Blick. »Als Hans mitmachte, schien alles möglich zu sein. Er hatte diese Wirkung auf Leute. Mit Hans konnte man die Wolken berühren, wie Mao sagte. Als er ausstieg, fühlte ich mich so allein. Eine junge Journalistin gegen die NATO. Die haben mir auch mit Gefängnis gedroht.«

Sasha und Johnny sahen sich an. »*Die* haben gedroht?«

Sie zögerte lange, ihre Stimme zitterte. »*Er* hat gedroht.« Staub tanzte in der Luft.

»Er?«

»Das war am selben Abend, nachdem Hans angerufen hatte. Ich saß in der Wohnung an der Gimle Terrasse. Ich hatte mir heimlich eine ABBA-Platte gekauft, mein kleiner Protest gegen die Partei. Ich war am Boden zerstört. Es klingelte unten an der Haustür. Ich ignorierte es. Dann hörte ich Schritte im Treppenhaus. Es klopfte an der Wohnungstür. ›Wir wissen, dass du da bist‹, sagte eine Stimme. Ich öffnete. Es war dein Vater.«

Sie sah Sasha an.

Johnny dachte: Erst Vera 1970, dann das. Da zeichnete sich ein Muster ab.

»Hat er Ihnen gedroht?«

»Olav war damals Staatssekretär. Er war immer gut darin, seine Botschaften zu verpacken. Er habe mit Hans auf Svalbard gesprochen, sagte er, und es sei offensichtlich, dass an der Sache nichts dran sei. Was die Zusammenarbeit zwischen Herbert und den Amerikanern bezüglich Adventalen betreffe, so falle dies unter die NATO-Geheimhaltungsstufe ›Cosmic Top Secret‹. Ich erinnere mich bis heute an diesen Begriff. Mich darüber zu äußern könne mir viele Jahre Gefängnis einbringen.«

»Und dann?«

»Das war alles«, sagte Connie. »Ich habe es nicht gewagt. Ich beschloss, die Finger vom Journalismus zu lassen. Ich hatte versagt.«

»Das ist eine menschliche Reaktion«, sagte Sasha und legte ihre Hand auf Connies.

Johnny stand auf, um auf die Toilette zu gehen. Die Tür zum Schlafzimmer war angelehnt.

Ihr Bett war nicht gemacht. Auf einer Kommode standen gerahmte Fotos. Die junge Constance in Trainingshose an einer Rollbahn. Wo? Die Farben waren blass, zum einen weil es ein altes Foto war, zum anderen wegen der Hitze am Ort der Aufnahme. Er betrachtete es genauer. Beirut International Airport. Constance war auch im Libanon gewesen. Zusammen mit Hans.

Bei einem Foto hielt er inne. Es zeigte Hans als jungen Mann im Kakihemd und mit einem Tuch um den Kopf. Und eine junge Frau im schwarzen, eng sitzenden Muskelshirt mit einer Kalaschnikow. Das hatte er schon mal gesehen, in Hans' Haus auf Hordnes. Ohne zu bemerken, dass Constance Falck neben Hans' alter Flamme Mouna Khouri stand.

Er schickte Sasha eine Textnachricht und ging zurück.

»Keine Angst, wir fahren nach Svalbard, um die Wahrheit herauszufinden«, sagte Johnny und sah Sasha an.

»Was uns zum nächsten Kapitel dieser Geschichte führen wird«, fügte sie hinzu.

»Wovon redest du?« Connies Stimme war plötzlich hart und verschlossen.

»Du warst in Schatila während des Massakers?«

»Wie kommst du denn darauf?« Sie sprach wie jemand, der kurz davor ist, die Beherrschung zu verlieren.

»Als Johnny ein junger Journalist war, hat er ein Interview mit Hans gemacht, in dem Hans erzählte, welches Bild sich ihm dort bot. Als wir beide uns bei Olavs Begräbnis unterhielten, erzähltest du von deinen Traumata. Von Männern mit abgetrennten Geschlechtsteilen und schwangeren Frauen mit aufgeschlitzten Bäuchen. Genau das Gleiche. Das ist grotesk, selbst für den Nahen Osten. Du warst dort, mit Hans?«

»Ich ... ich ... Ich denke, ihr geht jetzt besser.«

Wieder legte Sasha ihre Hand auf Connies, aber die zog ihre Hand weg. »Ich habe euch einen intimen Einblick in mein Leben gegeben«, sagte sie mit Wut in der Stimme. »Ich verbitte mir, dass ihr darin herumstochert.«

Sie stand auf und räumte den Tisch ab. »Geht jetzt. Geht.«

Kapitel 49

Die ultimative Reviermarkierung

Barentssee, zwischen Bjørnøya und Spitzbergen

Ein lauter Möwenschrei weckte Hans aus seinem Schlummer. Die Luft war kühl, um die null Grad, und er hatte einsam und in Gedanken versunken am Heck der »Falck 3« gestanden, während das Kielwasser hinter dem Schiff schäumte. Anders als erwartet hatte die Reise nach Svalbard ihn nicht von seiner Melancholie kuriert. Im Gegenteil, sie hatte das Gefühl noch verstärkt, dass alles Vergangenheit war, und Svalbard ganz besonders. Ein Ort, den er mit der Demagogie und dem Revolutionseifer der Siebzigerjahre verband, und noch weiter zurück, mit Onkel Theos mythologischem Ort der Kindheit. Die Nostalgie machte ihm auch bewusst: *Dieser Hans Falck, der ist ja nach dem Unfall wirklich schnell gealtert.*

Seit ihrer Abfahrt von Bjørnøya – ein irreführender Name übrigens, die »Bäreninsel« war ein gigantischer, nebliger Vogelfelsen – vor gut einem Tag hatten sie keinen Mucks aus der Luft gehört. Die Tage auf dieser Reise dauerten ewig, nachts lag er wach und wälzte sich hinter herabgezogenen Rollos, ohne nennenswert Schlaf zu finden.

Jetzt kreisten schreiende Möwen und andere gierige Seevögel der verschiedensten Arten um das Schiff.

»Land in Sicht«, rief Hans.

Die Aussicht hatte seine Lebensgeister geweckt. Er lief übers Deck und rief, dass die Leute sich sofort auf der Brücke einfinden sollten.

Die Inseln zeichneten sich am Horizont ab, zuerst flach wie ein dünner Streifen von unbestimmbarer Farbe, dann als gezackte

Berge und endlose Gletscher, die sich zwischen ihnen hinabschlängelten. Der Bug pflügte durch grünes Wasser und ein Eismeer mit immer mehr Eisschollen, das Treibeis hatte bei vierundsiebzig Grad begonnen und war dichter, als sie vorhergesehen hatten.

»Kurze Besprechung«, befahl Hans und rieb sich die Hände, bevor er den Kragen seines Überlebensanzugs öffnete.

Er sah Ingeborg an, Marte, Christian und Erik, Siri Greve und das Forscherteam vom Polarinstitut, alle in Signalrot gekleidet.

»Vor einer Woche sind wir in Tromsø aufgebrochen!«, rief er. »Wie Theos Expedition haben wir zusammen mit unseren besten Ornithologen den Vogelbestand auf Bjørnøya untersucht. Gut, die Bedingungen sind sicherlich angenehmer als im Mai 1916, als unser Stammvater Theo Kurs auf Svalbard nahm, oder als norwegische Fischer zu den Inseln fuhren. Das waren Männer, die von dem lebten, was die Natur ihnen zu bieten hatte, Fisch und wilde Rentiere, und die nicht mit dem nächstbesten Flugzeug heimfliegen konnten, falls etwas schiefging. Ihnen sind wir ewig dankbar.«

Er zeigte auf die beiden Forscher, die daraufhin eine Zusammenfassung über den alarmierenden Zustand der Arktis gaben, dass die Permafrostböden auftauten und das Eis zurückging, dass die verringerte Ausbreitung des Polareises den Vogelbestand gefährdete und den Lebensraum der Eisbären bedrohte.

»Denkt daran, dass wir Gäste sind«, sagte Hans und wiederholte ein Mantra, das man hier oben ständig hörte. »Dies ist das Reich der Eisbären, Möwen, Robben und Rentiere.«

Er erklärte, dass der Plan war, von Südspitzbergen aus nach Norden zu fahren, vorbei an der Bucht Isbjørnhamna hinauf nach Isfjord Radio und weiter zur russischen Siedlung Barentsburg.

»Was sollen wir in Barentsburg?«, fragte Erik.

»Hans wird für seinen Heldenmut bei der Rettung des russischen Trawlerkapitäns der Sankt-Georg-Orden verliehen«, sagte Siri Greve. »Das ist keine unbedeutende Auszeichnung. Sie kommt vom Präsidenten persönlich.«

»Von Putin?«, fragte Erik.

»Jeder Präsident muss eine solche Ordensverleihung genehmigen. Der Generalkonsul und der russische Bergwerksdirektor möchten vorher mit uns sprechen, um einen passenden Ort für die Verleihung zu vereinbaren. Das ist verständlich.« Hans würgte sie mit einer Handbewegung ab.

»Ja, ja, ja – im Anschluss an Barentsburg werden wir das Adventdalen-Grundstück in Augenschein nehmen. Und dann, wenn uns das Glück gewogen ist, geht es zum Falckejøkulen auf Kvitøya. Und dorthin ist es *weit*.« Er nickte nach Nordosten. »In der Richtung, vorbei an König-Karl-Land, wo die Eisbären geboren werden, und das ganze riesige Nordaustlandet entlang, sodass man fast in Russland ist.«

Die »Falck 3« fuhr langsam nach Norden, vorbei an dunklen Bergen mit weißen Schneespalten, die wie Zebrastreifen aussahen, und riesigen Gletscherzungen, die mit tiefem Dröhnen Eis ins Meer kalbten und Wellen auslösten, die das Rettungsschiff noch in vielen Kilometern Abstand schaukeln ließen.

Die Gruppe an Deck löste sich auf. Zusammen mit Erik und Christian ging Hans hinauf zum Kapitän auf der Brücke. Käpt'n Ørnes war ein erfahrener Seelöwe in diesen Gewässern, aus dem Grund hatte Hans ihn angeheuert.

»Alles in Ordnung?«, fragte Hans und schaute voraus auf das grünliche Meer, angefüllt mit Treibeis, durch das sie langsam voranglitten.

»Ziemlich viel Eis dieses Jahr«, sagte der Skipper.

»Hundert Seemeilen bis Barentsburg?«, fragte Hans.

»Wir sollten in ein paar Stunden dort sein.«

Hans holte sich ein Bier in der Messe und setzte sich an Deck, sodass er Aussicht aufs Landesinnere hatte. Die Temperatur war auf einige Grad unter null gesunken, und es hatte aufgeklart. Die Abendsonne stand noch hoch und tauchte die gewaltige Landschaft mit den dunklen Bergen in einen rostroten Schimmer.

Diejenigen, die behaupteten, die Landschaft sei karg, sagten das, weil sie dies nicht sehen konnten: nicht die Bären und Walrosse, die faul am Ufer lagen, nicht die Rentiere, die hier und da hervorlugten, nicht die Spuren von Polarfüchsen und Schneehühnern auf den Gletschern, nicht die Wale, die in Abständen durch die Wasseroberfläche stießen, nicht die Eissturmvögel, Trottellummen und Krabbentaucher, die auf der Flucht vor den gefürchteten Raubmöwen ins Meer hinabstießen, nicht den Kot von den Vogelfelsen, der die Vegetation darunter grünen ließ, alles das, was dieses gewaltige Panorama beinhaltete.

Er schloss die Augen und musste eingenickt sein, denn als er aufwachte, stand Ingeborg Johansen im geöffneten Überlebensanzug vor ihm.

»Hans, hast du geschlafen?«

»Natürlich nicht«, knurrte er.

»Gerade ist eine Gruppe Narwale hier vorbeigeschwommen.«

Er stand auf und trat an die Reling. Ingeborg stellte sich neben ihn. Ihr hellblondes Haar fiel ihr über die Schultern. Ihm wurde plötzlich bewusst, dass sie sich noch nie unter vier Augen unterhalten hatten.

»Deine Familie liebt Russland«, sagte er unvermittelt.

»Das stimmt, aber wir stehen dem, was dort vor sich geht, nicht unkritisch gegenüber. Nur damit das gesagt ist.«

»Wenche Johnsen haben die Verbindungen zu den Russen das Genick gebrochen.«

»Das war eine Schmutzkampagne, in Umlauf gebracht von Parteirivalen und der CIA, das weiß jeder.«

»Mag sein, aber der Schaden war trotzdem passiert«, sagte Hans.

»Du bist jetzt zur politischen Beraterin ernannt worden, richtig?«

»Worauf willst du hinaus?«, fragte sie leise.

»Du kennst die Russen. Pass auf, dass du dich nicht in irgendwas verhedderst.«

Sie ging ohne ein weiteres Wort. Hans stand noch lange an der

Reling und schaute auf die mächtigen Berge. Sie passierten Isfjord Radio am äußersten Ende des Fjords. Jetzt war die Russenenklave nicht mehr weit.

Das war das allerletzte Mal, dass er einen Auftrag ausführte. Diesmal war es ihm ernst.

Kapitel 50

Der Rote Bär

Barentsburg, Svalbard

Sverre jagte den Motorschlitten die letzte Anhöhe nach Barentsburg hinauf. Dann bog er auf den Scooterparkplatz zwischen dem Hotel und dem roten Arktikugol-Hauptgebäude. Die Siedlung lag hoch oben am Hang, Rohre und Leitungen führten hinunter zum Hafen.

Er hielt Ausschau nach der »Falck 3«, konnte aber nirgends ein Schiff entdecken. Wie spät war es eigentlich? Er hatte keine Ahnung, und es spielte auch keine Rolle. Es war Tag. Ein Tag, der noch ein paar Monate dauern würde.

Er folgte dem Weg vorbei an der Bergwerksgesellschaft in Richtung Generalkonsulat. Obwohl der Ort kleiner war als Longyearbyen, waren die Gebäude größer, und ihre monumentale Brutalität hatte einen eigenartigen Charme. Vor zwei großen frisch renovierten Wohnblocks in Rot und Blau stand eine Lenin-Büste.

Ja, dies waren definitiv Wochen, in denen Jahrzehnte passierten.

Inspiriert von der Kraft des Zitats hatte Sverre versucht, Lenin zu lesen. Die humorlose Rücksichtslosigkeit, die der revolutionäre Russe an den Tag legte, hatte ihn sowohl erschreckt als auch fasziniert. Was hätte Wladimir Iljitsch von Svalbard gehalten? Nun, er lebte noch, als die Sowjetunion den Spitzbergen-Vertrag unterschrieb, als der Vertrag einige Jahre später in Kraft trat, allerdings nicht mehr.

Ein paar russische Arbeiter gingen an ihm vorbei, als er zum Hotel zurückkehrte und eincheckte. Er hatte gerade seinen Scooteroverall weggehängt und Gummisandalen angezogen, als die norwegische Gruppe hereinkam.

Er gab Ingeborg einen Kuss und begrüßte die anderen.

»Alles gut verlaufen auf der Überfahrt?«, fragte Sverre.

»Wir sind durchgekommen«, erwiderte Hans. »Ich denke, alle sind sich einig darüber, dass es ein großartiges Erlebnis war.«

Hans versammelte alle zu einem Halbkreis. »Wir nehmen das Abendessen nachher zusammen ein. Siri, Ingeborg und Sverre, könnt ihr in zehn Minuten in der Lobby sein? Wir gehen dann geschlossen hinüber zum Konsulat.«

Ein vereistes Eisentor glitt auf. Das Generalkonsulat war mit Fliesenböden aus hellem Marmor und cremeweißen Ledersofas ausgestattet. Bergbaudirektor Sokolow begrüßte sie gemeinsam mit dem Generalkonsul. Siri Greve und Ingeborg waren die einzigen Frauen.

Der Konsul war ein rotgesichtiger Mann Anfang sechzig, der sich an den kalten Platten mit einer Gier bediente, die an eine hungrige Polarmöwe erinnerte. Er kaute die Heringe und kleinen Frikadellen nicht, sondern hielt sie sich über den geöffneten Mund und schluckte sie im Ganzen hinunter.

Sokolow hob sein Wodkaglas und prostete Sverre diskret zu, der zurücklächelte.

»So wie ich es sehe, haben wir zwei Dinge zu besprechen«, sagte der Konsul. Ingeborg dolmetschte.

»Zwei?«, fragte Hans überrascht.

»Sie haben um Unterstützung durch unsere Eisbrecher für eine Fahrt nach Kvitøya gebeten, Herr Falck.«

»Nach den jüngsten Beurteilungen der Meteorologen und der Experten des Polarinstituts«, sagte Hans, »verläuft die Eiskante aktuell zwischen dem neunundsiebzigsten und achtzigsten Breitengrad, mit einem erheblichen Aufkommen von Treibeis in dem Gebiet, was Fahrten mit Schiffen vom Typ der ›Falck 3‹ unmöglich macht.«

»Ja, ja«, unterbrach ihn der Russe, den Mund voll mit einer Mischung aus Fischrogen und saurer Sahne. »Wir können Ihnen einen Eisbrecher besorgen, kein Problem.«

»Geht das so einfach?«, fragte Hans.

»Einer unserer Eisbrecher ist zurzeit in der Gegend westlich von Franz-Josef-Land«, erwiderte der Russe. »Der kann das übernehmen, falls der norwegische *Gouverneur* keine Einschränkungen macht. Dass der Eisbrecher in diesem Gewässer operiert, ist auch aus dem zweiten Grund für uns wichtig.«

Er breitete eine Karte auf dem Tisch aus. »Betreffend den Sankt-Georg-Orden. Die Regierung meines Landes wünscht, dass die Zeremonie auf der sogenannten Trennlinie erfolgt, auf exakt fünfunddreißig Grad östlicher Länge, achtundzwanzig Kilometer von Kræmerpynten am Ostrand von Kvitøya entfernt und zweiunddreißig Kilometer von der Victoria-Insel, die zur Russischen Föderation gehört.«

»Warum genau dort?«, fragte Siri Greve.

»Als Zeichen unserer guten Nachbarschaft in der Arktis«, sagte der Konsul lächelnd. »Herr Falck war stets ein Brückenbauer zwischen unseren beiden Völkern.«

Das sagen sie immer, dachte Sverre und aß wie der Konsul noch ein Stück Roggenbrot mit Maränenkaviar.

»Unser Land wird auf hoher Ebene vertreten sein. Wahrscheinlich wird Doktor Alijew von der Geografischen Gesellschaft, ein Held Russlands, persönlich die Auszeichnung verleihen.«

Sverre saß ruhig auf dem Sofa.

Hans drehte sich um und warf ihm einen fragenden Blick – *das ist wohl okay?* – zu, und Sverre nickte kurz.

»Wir müssen natürlich noch die Details besprechen«, sagte Hans, »aber nach meinem Dafürhalten klingt das plausibel, auch weil es sich um eine Anerkennung für einen Hochseeeinsatz handelt. Sofern unsere Gletscherwanderung auf dem Falckejøkulen wie geplant stattfinden kann. Wenn die Herren erlauben, würde ich das gerne kurz besprechen.«

Er beugte sich zu Greve hinüber. »Was meinst du?«

»Mir gefällt das nicht, Hans.«

Er seufzte. »Warum nicht?«

»Die Russen stellen keinen Eisbrecher ohne guten Grund bereit.«

»Bei allem Respekt, Siri, aber in dieser Frage irrst du dich.« Er drehte sich wieder zu den Russen um.

»Nun?«, fragte der Konsul.

»Ja«, sagte Hans und sah erst ihn an und danach Sokolow. »Wir sind einverstanden.«

Der Konsul erhob sich, wankte kurzatmig durch den Raum und bedankte sich bei den norwegischen Gästen der Reihe nach mit Handschlag.

Eine fette kleine Hand ergriff die von Sverre.

»Wir freuen uns auf die weitere Zusammenarbeit.«

Nach dem Abendessen, einem gehobenen Forellendinner im Hotel Barentsburg, betrat Sverre das rote Holzhaus, in dem sich das Lokal Der Rote Bär befand. Ingeborg saß am Fenster. Er bestellte zwei große Bier.

Sie sah ihn mit einem Blick an, von dem er nicht sagen konnte, ob er liebevoll oder distanziert war. Vielleicht beides.

»Was ist los, Schatz?«, flüsterte er und drückte sich an sie.

»Es ist nur ...« Sie verstummte.

»Du kannst es mir sagen, du kannst mir alles sagen«, flüsterte er.

»Nein.« Sie seufzte leise. »Es ist nichts. Jedenfalls nichts, was uns etwas angeht. Ich habe nur geträumt, dass mir, dass uns das Gleiche passiert wie Momo. Dass wir als russische Kollaborateure an den Pranger gestellt werden.«

Sverre lachte verhalten. »Es ist nicht deine Art, Träume für bare Münze zu nehmen, Liebes.«

Sie trank von dem frisch gezapften Bier. Unter ihnen lag der Grønfjord still da, und in der Ferne, auf der Westseite des großen Fjords, sah man Gletscherzungen, die sich zum Meer hinab erstreckten.

»Ich will nicht, dass du so denkst«, sagte er. »Weißt du noch, worüber wir gesprochen haben, als wir uns zum ersten Mal trafen? Was wir werden wollten. Ich wollte einfach nur Chef der SAGA sein. Du hattest Größeres vor. Du wirst dein Ziel erreichen, Ingeborg.«
»Sverre«, sagte sie müde, »fang nicht wieder damit an, die Gleichung hat so viele Unbekannte.«
»Glück ist kein Zufall«, sagte er. »Glück haben Leute, die es versuchen, die scheitern und dahin gehen, wo das Glück ist.«
Sie strich ihm übers Haar. »Sverre, Sverre.«
»Weißt du, wie die kleinen Zugvögel auf Svalbard es schaffen, sich den Raubvögeln zu widersetzen, die es auf ihre Eier abgesehen haben? Indem sie mit ihnen zusammenarbeiten.«

Kapitel 51

Die Geschichte findet sich immer in den Archiven

Longyearbyen, Svalbard

Sasha schlief fest auf dem Flug in den Norden und wachte erst auf, als die Flugbegleiterin ihr auf die Schulter tippte, mit der freundlichen Bitte, die Sonnenblenden hochzuschieben. Schlaftrunken schaute sie hinaus. Das Polarlicht schmerzte in den Augen. Es herrschte klares Wetter. Unter ihr breitete sich das Inselreich aus. Gletscherplateaus erstreckten sich zwischen schroffen, dunklen Berggipfeln oder senkten sich hinab zu den glitzernden Fjorden.

»Spürst du den Polarbazillus?«, fragte Johnny im Sitz neben ihr.

»Kann ich noch nicht sagen. Ich mag Wärme eigentlich lieber als Kälte.«

Ein eisiger Wind blies ihnen entgegen, als sie über das Rollfeld auf das niedrige Flughafengebäude zugingen. Sasha hatte Gouverneur Eliassen vor ihrer Abreise eine private Nachricht geschickt. Er hatte bisher nicht geantwortet, aber es lag ein Schreiben der Store Norske Spitsbergen Kulkompani vor, das sie willkommen hieß.

Sie fuhren rasch nach Longyearbyen und checkten im Hotel Funken ein, das auf einer kleinen Anhöhe lag.

Die Bebauung der Siedlung folgte der Talsohle hinunter zum Fjord. Sie kamen in eine Fußgängerzone, gesäumt von Bars, Geschäften und Reiseveranstaltern, wie in einem tropischen Backpacker-Resort. Die Temperatur lag um den Nullpunkt. Neue Häuser und Wohnblocks schossen aus dem Boden. Die Stadt wuchs. Die Berge rundherum ähnelten riesigen Grabhügeln, geformt wie Pyramiden, die Berghänge waren dekoriert mit Seilbahnen für den Kohletransport.

»Da ist das Notfallkrankenhaus, in das Oberst Zemljakow gebracht wurde«, sagte Johnny.

»Ich denke nicht, dass wir dort etwas finden. War er bei der Einlieferung nicht schon tot?«

»So habe ich das nicht gemeint«, erwiderte Johnny. »Ich wollte damit nur sagen, dass ich glaube, wir nähern uns der Lösung des Ganzen.«

Wieder kontrollierte Sasha ihr Handy. Sie hatte tatsächlich eine E-Mail aus der Verwaltung des Regierungsbeauftragten erhalten, von irgendeiner Leiterin für Öffentlichkeitsarbeit, die mitteilte, dass »Gouverneur Eliassens Terminkalender voll« sei, sie selbst aber »allgemeine Fragen zur norwegischen Souveränitätswahrnehmung« gerne beantworten könne. Sasha fluchte, sie hasste diese generischen Antworten.

Sie zeigte Johnny die Nachricht.

»Von dort ist eher keine Hilfe zu erwarten«, sagte sie. »Aber ich weiß, wo wir ansetzen können.«

Die Store Norske Spitsbergen Kulkompani war nur noch ein Schatten des Giganten, mit dem die Falck-Familie einst zusammengearbeitet hatte. Das Gebäude auf der Ebene am Adventfjord hätte auch einer mittelgroßen Wirtschaftsprüfungskanzlei gehören können.

Das Haus wirkte beinahe leer. Sie wurden von einer Empfangssekretärin begrüßt, einer älteren Frau, die sie skeptisch musterte.

»Wer, sagten Sie? Und bitte, ziehen Sie die Schuhe aus.«

»Falck«, entgegnete Johnny. »Ich bin der Biograf von Hans Falck, und das ist Alexandra Falck. Wir arbeiten zusammen an einem Buch und haben uns bei Ihrem Unternehmen angemeldet.«

Sasha fügte hinzu: »Meine Vorfahren waren über weite Teile des 20. Jahrhunderts eng mit Store Norske verbunden.«

Die Empfangsdame nickte, nun etwas freundlicher. »Ja, ich habe Hans und Olav Falck bei mehreren Gelegenheiten getroffen.«

»Er ist mein Vater«, sagte Sasha kurz. Wieso sprach sie immer noch im Präsens von ihm? »Olav, meine ich.«

»Wie dem auch sei«, sagte die Empfangsdame. »Wir haben ein Archiv, das eingesehen werden kann. Suchen Sie etwas Bestimmtes?«

»Das tun wir«, antwortete Sasha. »Wir würden gerne sehen, wer Store Norske zwischen dem 15. und 25. August 1976 besucht hat.«

Die Empfangsdame nickte und verschwand.

»Ist das nicht ein bisschen weit hergeholt?«, fragte Johnny. »Wir haben keinerlei Hinweise, dass jemand von Store Norske involviert war.«

»Store Norske *war* Svalbard, bevor sie verstaatlicht wurden«, erwiderte sie. »Wir wissen, dass sowohl Papa als auch Hans in jenem August hier waren. Und sie waren beide Männer mit, gelinde gesagt, engen Verbindungen zu den privaten Reedern, denen Store Norske gehörte.«

Die Empfangsdame winkte ihnen zu, ihr zu folgen. Sie gingen hinunter in das staubige Archiv. Sasha hatte wieder das Gefühl, das sie so oft überkam, wenn sie alte alphabetisch beschriftete Aktenordner sah: eine leichte Aufgeregtheit darüber, sich dem Ziel zu nähern, das Gefühl, dass die Geschichte selbst in diesen trockenen Korrespondenzen verborgen lag.

»Viel Spaß«, sagte die Empfangsdame.

Es hatte viele Besuche in dem Zeitraum gegeben, der kurz nach der staatlichen Übernahme lag.

»Ich finde keine von denen, die wir suchen«, sagte Sasha frustriert. Sie rief nach der Empfangsdame. »Haben Sie entsprechende Logbücher über Reisen, die von Store Norske organisiert wurden? Die Firma muss ja wohl Schiffe, Motorschlitten und vielleicht Hubschrauber zur Verfügung gehabt haben?«

Die Frau suchte einen anderen Ordner heraus.

Sie brauchten nicht lange, um ein paar bekannte Namen zu finden.

»Schau mal«, sagte Sasha. »Hans Falck trifft in Longyearbyen ein und fordert einen Shuttle vom Flugplatz ins Zentrum an, du weißt, der Flughafen war gerade eröffnet worden.«

Sie las. Der Schriftwechsel verriet, dass Hans im Hotel Funken gewohnt hatte.

»Am Tag darauf ›besichtigt Verteidigungsstaatssekretär Falck die Svea-Grube und danach Kvadehuken‹.«

Sie las weiter.

17. 08. 1976

Geführte Besichtigung des sogenannten Adventdalen-Grundstücks. Angeforderter Hubschrauberflug: von Longyearbyen nach »Sallyhamna« im Norden Spitzbergens.
Passagiere:
Olav Falck, FD
Hans Falck, cand. med.
Robert Eliassen, POT

Endlich hatten sie ein bisschen Glück. Sasha stieß ein lautes »Yes!« aus.

»Das ist die Reise, nach der wir gesucht haben«, sagte Johnny.

Mehr zu der Tour fand sich im Logbuch nicht. Sasha machte die notwendigen Fotos und stellte den Ordner zurück.

»Warte«, sagte Johnny.

»Nein«, widersprach Sasha, »wir müssen mit dem Gouverneur reden, und zwar sofort.«

»Es ist acht Uhr abends«, sagte Johnny.

»Hör zu«, sagte Sasha. »Wir wissen, dass Hans die Enthüllungsstory von Connie verhindert, während er in diesem Zeitraum nach Svalbard reist. Wir wissen, dass Papa im selben Zeitraum dort ist. Und jetzt haben wir es schwarz auf weiß, dass die beiden, plus Eliassen, zusammen nach Nordsvalbard unterwegs sind. Warum reist man dorthin?«

»Es wirkt wie ein guter Ort, um seine Ruhe zu haben«, sagte Johnny.

Eliassen war weder im Verwaltungsgebäude noch im Gouverneurshaus. Sie gingen eilig am Friedhof vorbei und weiter zur Kirche, einem roten Gebäude mit kleinem Turm, das auf merkwürdige Art mit dem flacheren Gemeindehaus aus weißem Holz zusammengewachsen war. Sie traten ein.

Robert Eliassen saß im ersten Stock in einer Sitzgruppe.

»Kann ich etwas für Sie tun?«, fragte er, als Sasha am Tisch stehen blieb.

»17. August 1976«, sagte Sasha, »sagt Ihnen das Datum etwas?«

Er dachte einen Moment lang nach. »Nicht mehr, als dass es lange her ist.«

»Ich gebe Ihnen einen Tipp«, fuhr sie fort. »Sie haben einen Flug per Hubschrauber angefordert, für Sie und zwei meiner Verwandten. Von denen einer, Olav Falck, mein Vater war.«

Eliassen betrachtete sie lange. »Du lieber Himmel, Sie sind Alexandra Falck?«

Sasha stellte Johnny vor und setzte sich neben Eliassen aufs Sofa. Er hatte einen hellwachen Blick, wie ein Raubvogel, und einen rötlichen Vollbart, der langsam grau wurde. Sie ließ sich Zeit mit ihrer Antwort.

»Sie haben mich nie persönlich kontaktiert, nachdem Sie Oberst Zemljakow sterbend vorfanden«, begann sie. »Ich verstehe, dass man Ihnen sicher einen Maulkorb verpasst hatte, aber es hat mich ein bisschen gekränkt, um ehrlich zu sein. Da es meine Familie unmittelbar betraf.«

Er wollte darauf antworten, doch Sasha kam ihm zuvor.

»Aber die letzten Worte des Russen sind immer noch relevant. Und das ist der Grund, warum ich hier bin.«

»Sie verstehen bestimmt, dass es vieles gibt, was ich Ihnen nicht erzählen kann ...«

»Das ist mir klar, Robert«, sagte sie mit fürsorglicher Stimme. Jetzt hatte sie ihn. »Denn wonach ich Sie fragen möchte, ist der Hubschrauberflug im August 1976. Ein junger radikaler Medizinstudent, ein Mitarbeiter des Inlandsnachrichtendienstes und ein Staatssekretär im Verteidigungsministerium fliegen nach Sallyhamna. Ein ungleiches Trio. Was wolltet ihr dort?«

»Den Ort haben wir nur gewählt, um unbehelligt zu sein«, sagte er leise. »Sie können sich bestimmt vorstellen, dass Olav und ich bestimmte Dinge mit Hans besprechen wollten. Eine Gefährderansprache würde man das wohl heute nennen.«

»Worin bestand die Gefährdung?«

»Ich hatte als frisch ausgebildeter Beamter des POT die Aufgabe, mich mit Hans Falck zu befassen. Er kam aus der Reederaristokratie in Bergen, ich aus der Arbeiterschicht in Hamar, und ich war fasziniert von ihm. Gleichzeitig erkannten wir früh, dass er über ein größeres Gewaltpotenzial verfügte als andere AKP-Anhänger.«

»Gewaltpotenzial?«, rief Sasha aus.

»Unserer Einschätzung nach hatte es mit der Herkunftsklasse zu tun«, erklärte Eliassen. »Die Linksextremisten aus der Gesellschaftselite konnten verstärkt von Impulsen aus extrem linksradikalen Gruppierungen in anderen Ländern geprägt sein, wo die Schwelle für den Einsatz gesellschaftszerstörender politischer Gewalt sehr viel niedriger war.«

»Man kann über Hans sagen, was man will«, sagte Sasha, »aber er hat Leben gerettet, nicht Menschen umgebracht.«

Johnny hatte still zugehört. Nun ergriff er das Wort. »Ich habe Hans' Akte gelesen und weiß, dass Sie damit befasst waren, ihn zu überwachen. Aber mal angenommen, dass es hier um etwas ganz anderes ging.«

»Was sollte das gewesen sein?«, fragte der Gouverneur.

»Hans war die Hauptquelle für eine sehr brisante journalistische Geschichte«, sagte Sasha. »Die maoistische Zeitung *Klassekampen* war im Begriff, eine Konspiration von Reedern und Geheimdienstlern aufzudecken. Bei der zivile Rettungsschiffe, ausgeliehen an das Polarinstitut, mit Radar und anderem militärischen Equipment in einer Weise ausgerüstet wurden, die bewusst gegen den Spitzbergen-Vertrag verstieß. Und die ahnungslose norwegische Seeleute das Leben kostete.«

Sie lehnte sich im Sessel zurück.

»Das war eine unbeabsichtigte und sehr unglückliche Konsequenz«, erwiderte Eliassen. »Aber ist Ihnen klar, was hätte passieren können, wenn wir nicht mit Hans gesprochen hätten? Dann hätten wir den Ort, an dem wir jetzt sitzen, unter Umständen verloren. Dann hätte Norwegen Svalbard verlieren können.«

»Das sind starke Worte.«

»Denken Sie mal darüber nach: Wenn herausgekommen wäre, dass die CIA zivile norwegische Organisationen benutzte, um die Russen auszuspionieren und den Vertrag zu brechen, hätte das eine Kettenreaktion mit sehr unangenehmen Konsequenzen auslösen können.«

»Erzählen Sie von der Tour nach Nordspitzbergen«, sagte Sasha.

»Nun, wir flogen Hans hinauf an die Nordküste. Dort lag erstaunlich wenig Schnee, und wir öffneten die Hütte. Aßen Rentier zu Abend. Wir sprachen über Verantwortung. Ihr Vater redete viel über Loyalität und Verrat. Darüber, dass die Familie Bindungen an Svalbard hatte, die bis in die Zeit zurückreichten, als die Norweger die Kohlegruben in Longyear kauften. Hans verstand das. Er ist kein Dummkopf, wissen Sie.«

»Haben Sie Hans angeworben?«

Er schüttelte den Kopf. »Wir haben mit ihm gesprochen. Haben unsere Besorgnis geäußert. Ich würde sagen, es war ein offenes Gespräch, ohne dass ich mich an Details erinnere.«

Sasha sah Johnny an. »Ich glaube, ich verstehe die Implikationen der Enthüllung. Wie gravierend sie war. Aber was ist mit dem Grundstück im Adventdalen?«

»Das hatte nichts mit Hans zu tun«, sagte der Gouverneur. »Als der Staat die Grundstücke auf Svalbard aufkaufte, verblieben einige in Privatbesitz. Rund 1 Prozent, genauer gesagt 0,8. Darunter das Adventdalen. Der Eigentümer Herbert Falck vermachte es testamentarisch seiner Tochter, bevor er starb.«

»Eine letzte Sache«, sagte Sasha nachdenklich. »Ich nehme an, Sie wussten von der Beziehung zwischen Connie und Hans, da Sie ja Ihre Augen und Ohren überall hatten. Wissen Sie auch, wann es zwischen den beiden auseinanderging?«

»Für solche Spekulationen bin ich mir zu schade«, antwortete Eliassen.

Sasha erhob sich. »Vielen Dank, das war sehr hilfreich.«

Der Fluss, der Longyearbyen teilte, war immer noch gefroren und schneebedeckt. In der Bar des Radisson-Hotels bahnten sie sich ihren Weg durch Touristen, Forscher und junge Tourguides, die Englisch, Französisch, Deutsch und Italienisch sprachen. Die Drinks waren billig, ganz Svalbard war Taxfree-Zone. Johnny holte zwei frisch gezapfte Biere und stellte die Gläser auf den Tisch.

»Glaubst du das, was er erzählt hat?«, fragte er.

»Ich denke, gelogen hat er nicht«, sagte Sasha. »Ich bin mir nur nicht sicher, wie viel von der Wahrheit er ausgelassen hat.«

»Nehmen wir an, er sagt die Wahrheit. Dass Olav und Eliassen 1976 ein ernstes Wort mit Hans reden, damit er die Svalbard-Sache stoppt. Aber offensichtlich haben Constance und Hans wieder zueinander gefunden. Sie sind zusammen im Libanon, anders kann ich mir das Foto nicht erklären, das ich bei ihr gesehen habe.«

Er schluckte, seine Lippen zitterten ein klein wenig. »Gleich am Anfang, als wir uns zum ersten Mal unterhielten, nannte sie mich bei meinem arabischen Geburtsnamen.«

»Was dachtest du da?« Sashas Stimme klang weich.

»Dass es mit dem Libanon zu tun hatte, natürlich. Dort hat man mich gefunden, nicht wahr? Der Gesandte Berg hat mich nach Norwegen geholt, bevor er tragischerweise im Jahr darauf starb.«

Sasha sah ihn mit großen Augen an. »Davon höre ich zum ersten Mal.«

»Weil ich viele Jahre gebraucht habe, als ich jung war, um das herauszufinden. Bis ich schließlich für mich entschieden habe, dass ich Norweger bin.«

Er kniff die Augen zusammen, und sie streichelte seinen Arm.

»Können wir uns über was anderes unterhalten, Sashenka?« Er lächelte. »Willst du mit mir rausgehen?«

Die Mitternachtssonne schien mit ihren Nuancen aus Gelb und Rot. Es war ein Uhr nachts, der monatelange Tag hatte vor Kurzem begonnen. Johnny ging auf den Scooterparkplatz zu.

»Du hast ein Gewehr, hoffe ich? Oh, aber du hast nicht mal einen Overall an«, sagte sie lachend.

»Es ist nicht sehr kalt«, antwortete Johnny. »Halt mich einfach gut fest.«

Er ließ den Motorschlitten an, hängte sich das Gewehr um und nahm vorsichtig ihre Hand. Sasha setzte sich auf den Scooter und legte ihre Arme um Johnnys Taille.

»Bereit, Sasha?« Er drehte sich zu ihr um.

»Bereit.«

Sie fuhren langsam den Hügel hinunter, vorbei am Universitätsgebäude und am Museum. Auf der Ebene gab er Gas. Die Talsohle des Adventdalen lag im Schatten. Die Geschwindigkeit stieg auf hundert Stundenkilometer, sie umarmte ihn fester. Spürte seinen Puls, als sie sich an ihn drückte.

»Wir fahren da hinauf«, sagte er und zeigte auf einen steilen Hang. »Wir müssen so viel Gewicht wie möglich nach vorn auf den Schlitten bringen, okay?«

Sasha nickte.

Es grenzte an ein Wunder, dass der Scooter auf dem fast senkrechten Weg bergauf nicht umkippte, aber einige Minuten später flachte der Hang ab. Johnny fuhr eine Kurve und hielt an.

Das Wetter war milder. Bald würde die Wintersaison vorbei sein. Er holte zwei faltbare Becher heraus und gab ihr einen davon. Dann goss er ihnen Whisky ein.

Unter ihnen lag das Adventdalen flach und weiß. Eine Straße schlängelte sich die Talsohle entlang. Das Operafjell badete in der Mitternachtssonne. In der Ferne wurde aus dem blauen Fjordarm der riesige Isfjord, und dahinter lagen weitere Fjorde, weitere Gletscher.

»Um das hier habt ihr in der Familie gekämpft«, sagte er nachdenklich. Er drehte eine Zigarette und gab sie ihr, dann drehte er sich selbst auch eine.

»Ich kann das schon verstehen«, sagte sie und blickte in die Ferne.

»Svalbard ist der Wilde Westen der Arktis«, sagte er. »Diese riesigen Entfernungen. Die Leute, die frei leben wollen, ohne Einmischung von anderen. Ich kann sie auch verstehen. In Longyearbyen gibt es kein Sozialamt. Wenn du hier wohnst, musst du selbst für dich sorgen können.«

»Wer sind wir?«, sagte Sasha und schaute auf das Adventdalen. Die gewaltige Natur beschwor die großen existenziellen Fragen herauf. »Wer bist du, Johnny? Wird das nicht von unserem Denken, unserem Handeln und den Entscheidungen bestimmt, die wir treffen? Statt von unserem Namen und unseren Eltern?« Sie zog an ihrer Zigarette. »Ich habe jedenfalls die letzten Monate gebraucht, um zu begreifen, dass es nicht reicht, Falck zu heißen.«

»Ja, aber hundertfünfzig Millionen sind bei der Selbstfindung sicherlich ganz nützlich«, sagte Johnny lächelnd.

»Ich weiß, ich weiß«, erwiderte Sasha. »Doch hier sitzen wir nun auf dem Gipfel der Welt. Das Eis schmilzt, und die Großmächte um uns herum rüsten auf. Aber ...«

»In diesem Augenblick ...«

Sie beendete den Satz für ihn: »... ist es, als wären wir frei.«

In dem Moment kam die Mitternachtssonne hinter den Bergen hervor, wie ein kleiner Lichtstrahl, der in den Augen brannte. Sie nahmen sich bei den Händen und lehnten sich aneinander. Dann fuhren sie zurück zu Sashas Hotelzimmer.

»War es nicht hier im Hotel Funken, wo Connie und Hans 1971 die Nacht zusammen verbracht haben?«, fragte Johnny am nächsten Morgen.
Sie lächelte.

Kapitel 52

Sankt-Georg-Orden

Trennlinie zwischen Norwegen und Russland, Barentssee

Das Eis östlich von Kvitøya war kompakt, und der russische Eisbrecher machte einen metallischen Lärm, während er eine Fahrrinne durch das Eis brach. Sie näherten sich Kvitøya.

Hans stand am Bug. Aus irgendeinem Grund hatte er sich das Eis des Polarmeeres als Wüste vorgestellt. Man benutzt ja das Werkzeug, das man bereits besitzt, und Hans kannte die Wüste besser als die Arktis. Aber die Arktis war eine Art Wüste. Nun könnte man sagen, dass die reale Wüste wenig mit den Sanddünen auf den Touristenfotos zu tun hat, und das galt auf jeden Fall auch für das Eis. Am Horizont im Norden lagen endlose Felder von aufgetürmten Eisschollen und tückischen Spalten, in ihrer monochromen Art erinnerten die Bilder an eine Stadt, die im Krieg zerstört worden war. Stalingrad-Eis hatte ein Polarfahrer das genannt, und Hans begriff, was er meinte. Selbst ohne russische Umweltverschmutzung war die Arktis wie ein endloser monochromer verschneiter Schrotthaufen.

Langsam kam der Rand des Falckejøkulen in Sicht, wie eine Steilwand im Gebirge. Hans ging auf die Steuerbordseite und merkte, wie sein Herz schneller schlug. War er nach Hause gekommen? Nein, das klang zu dramatisch. Er war in die Kindheit zurückgekehrt.

Am Heck standen Ingeborg, Christian, Marte und Siri Greve, die die arktische Kälte verfluchten, zusammen mit den Forschern des Polarinstituts.

Hinter ihnen hatte sich eine lange dampfende Rinne gebildet, und das Treibeis türmte sich wie kleine Felsbrocken zu beiden

Seiten des offenen grün gefärbten Polarwassers auf. Selbst im Sommer war Kvitøya bedeckt von Schnee und vom riesigen Gletscher Falckejøkulen, der sich fast vierhundert Meter hoch erhob.

»Wir ankern hier«, sagte der Kapitän, der sich zu ihm gesellt hatte. »Die Russen sind einverstanden. Und dann gehen wir auf der Andrée-Halbinsel an Land.«

Den anderen erzählte Hans von der Ballonexpedition 1897, die damit endete, dass der Schwede Salomon August Andrée und seine Begleiter auf der Insel niedergehen mussten, wo sie umkamen; vermutlich erfroren sie oder wurden von Eisbären gefressen.

»Erst 1930 wurden ihre sterblichen Überreste von einer Expedition gefunden, die Theo Falck finanziert und ausgerüstet hatte«, sagte Hans andächtig.

»Es war Theo, der sie gefunden hat?«, fragte Sverre erstaunt.

»Richtig. Zusammen mit einigen Pelzjägern aus Tromsø, die er kannte. Was wiederum zeigt, dass Theo einer der wichtigsten und am wenigsten bekannten der großen nationalen Strategen im Polarabenteuer war.«

Er klatschte in die Hände. »Wollen wir runter aufs Eis und zur Insel gehen?«

Die anderen nickten.

»Na?«, sagte Hans kameradschaftlich zu Marte und seinen Söhnen, die am Ausgang standen. »Das ist ein großer Moment für mich, hundert Jahre nach Theo die Fahne aufzustellen. Kommt ihr mit auf die Insel?«

Eine Erhebung zeichnete sich im endlosen Weiß ab: L'Île Blanche, White Island, Kvitøya.

Aber ja, das wollten sie gerne.

Kurz darauf ließ sich eine kleinere Gruppe aufs Eis hinab und lief auf Skiern die wenigen Hundert Meter zum Andrée-Land an der Westspitze.

Sie stiegen die karge, felsige Anhöhe hinauf, wo sich das Denkmal für die schwedische Expedition befand. Auf dem Eis dahinter lagen einige träge Walrosse.

Wir sind da, dachte Hans und ließ sich von der Erhabenheit des Moments überwältigen – dem Fortgang der Generationen und der Unendlichkeit der Geschichte, davon, dass Theo Falck im Jahr 1916 hier gestanden hatte und dass die Geschichte sich wiederholte.

Wie immer hatte Hans einen intuitiven Sinn fürs Dramatische, und er sank auf Knien in den Gletscherschnee, beugte sich vor und küsste ihn, wie ein Muslim beim Gebet.

Er erhob sich und schaute blinzelnd zum Horizont.

»Alles in Ordnung?«, fragte Marte lächelnd.

»Das ist stark«, sagte Hans. »Das ist verdammt stark.«

»Was wird aus dem Falck-Namen, wenn der Gletscher schmilzt?«, fragte seine Tochter.

»Bis dahin vergeht noch viel Zeit«, antwortete Hans, dem die Frage nicht gefiel. »Das hier ist kein Alpengletscher.«

Hans sah sie hinter seiner Sonnenbrille lange an. »An dem Tag, an dem der Falckejøkulen wegschmilzt, stirbt die Familie mit ihm. Das ist meine Weissagung. Sieh es mir nach.«

Der Forscher vom Polarinstitut mischte sich ein. »Dank der Satellitenbilder von ICE-Sat wissen wir mehr darüber, wie die Gletscher auf Svalbard sich entwickeln. Insgesamt zeigt sich bei den Gletschern in den vergangenen dreißig Jahren ein deutlicher Rückgang, speziell im Süden und Westen der Inseln. Hier, im Norden und Osten, ist die Situation etwas anders. Ebenso wie beim Austfonna hat sich beim Falckejøkulen die Eiskappe in höheren Lagen verstärkt, um etwa fünfzig Zentimeter pro Jahr. Dennoch reduziert sich sein Gesamtvolumen aufgrund von Kalbung und dem Rückzug der Gletscherkanten, die wir hier sehen.«

Hans breitete die Arme aus und sprach auf Englisch zu den Anwesenden. »Von hier aus können wir direkt bis zum Nordpol sehen, in östlicher Richtung zum russischen Franz-Josef-Land und Richtung Süden zum norwegischen Festland.«

Das stimmte zwar nicht ganz, war im Grunde aber nebensächlich.
»Die Sache ist die«, fuhr er aufgeregt fort. »Entdeckerdrang und Abenteuerlust sind das eine. Aber es geht auch um Macht. Als unsere Vorfahren, angefangen mit Nansen, den Naturgewalten trotzten, als sie Orte entdeckten und erkundeten, an denen noch nie einer gewesen war, spielten sie auch eine entscheidende Rolle dabei, dass diese Territorien unter unsere nationale Kontrolle kamen. Genauso, wie russische Entdecker sich die gewaltigen Gebiete am Rand des riesigen Russischen Reiches untertan machten.«

Hier legte Hans eine Pause ein.

»In jungen Jahren«, fuhr er nach einer Weile fort, »wäre ich der Erste gewesen, der diese Art von Gerede als ›Rechtfertigung des Imperialismus‹ abgelehnt hätte. Aber das ist lange her. Svalbard war außerdem anders, eine *terra nullius,* hier gab es keine Ureinwohner, die man unterdrücken konnte. Ich bin stolz auf unsere Geschichte, und ich bin stolz, dass wir sie mit unseren russischen Freunden teilen können.«

Bevor sie wieder hinuntergingen, machten Hans und die anderen Fotos vor einer Fahne mit der Aufschrift *Familia ante omnia.* Hans hatte Schnaps im Rucksack dabei, und stehend stießen sie mit einem Gewürzwodka an.

Der Abstieg von der Eiskante zu den wartenden Booten war schwierig, aber die Gruppe seilte sich ab und wurde in leichten Gummibooten hinaus zur »Falck 3« gebracht.

Als sie sich dem Schiff näherten, bemerkte Hans, dass alles, was sich an Maschinisten und anderen Mannschaftsgraden bewegen konnte, in Aktion war, sowohl an Bord als auch auf dem Eis um den Rumpf herum.

»Was ist los?«, rief Hans.

»Blackout«, antwortete Kapitän Ørnes. »Alles tot.«

»Das kann doch nicht wahr sein, verdammt noch mal«, fluchte Hans. »Hat das Schiff kein Notsystem, das einspringt, wenn das Hauptsystem einen Kurzschluss hat?«

»Hat es«, sagte der Kapitän verbissen und erklärte, wie die Systeme unabhängig voneinander fungierten, ungefähr wie bei einem Flugzeug.

»Versuch es noch mal«, kommandierte Hans. »In der Zwischenzeit rede ich mit dem Gouverneur und mit Norwegen.«

Zehn Minuten nach dem Telefonat über Satellit ging Hans hinunter in seine Kajüte. Eliassen hatte gesagt, solange das in norwegischen Territorialgewässern passiere, sei es nicht schlimm. Das Problem war allerdings, dass die Eismasse es der »Polarsyssel«, dem Schiff des Gouverneurs, unmöglich machte, eine Bergung durchzuführen. Er hatte deshalb mit dem Kapitän des russischen Atomeisbrechers gesprochen, der die »Falck 3« nach der Ordensverleihung an der Trennlinie zurück nach Longyearbyen schleppen sollte.

»Die Zeremonie findet in einem Salon unter der Kommandobrücke des Eisbrechers statt«, erklärte Siri Greve der Besatzung und den Gästen auf der »Falck 3«. »Ich war vorhin zu einer kleinen Inspektion an Bord, und es sieht so aus, als wollten sie eine große Sache daraus machen. Russische Delikatessen *en masse,* natürlich. Die russischen VIPs sind vor einer Stunde mit dem Hubschrauber aus Kapp Heer angekommen. Wir erreichen die Trennlinie in geschätzt drei Stunden.«

»Die Russen haben uns auch mitgenommen«, sagte Sverre Falck, der dazugekommen war. »Sie hatten Platz für mich und einen anderen Norweger.«

*

Johnny öffnete eine Luke und stieg eine Leiter hinunter aufs unterste Deck der »Falck 3«. In wenigen Minuten würden der Eisbrecher und das Schiff, das er im Schlepptau hatte, an der Trennlinie sein. Die anderen in der norwegischen Gruppe waren hinüber auf den Eisbrecher gebracht worden, abgesehen von der Besatzung war das Schiff leer.

Die Verleihung konnte jeden Moment beginnen.

Die letzten Tage hatte Johnny im Funken verbracht, zusammen mit Sasha, und das Zimmer nur verlassen, um etwas zu essen und ein Glas zu trinken, bevor sie sich wieder liebten.

Am dritten Tag rief Sverre Falck von Svalbard aus an. Johnny war hinaus auf den Hotelflur gegangen und hatte ihm nach kurzer Überlegung erzählt, dass er sich am selben Ort wie er befand. Sverre hatte nicht vergessen, was sie auf Rederhaugen abgemacht hatten, und Johnny eingeladen, auf der »Falck 3« mitzufahren. HK war bei dem Gedanken Feuer und Flamme gewesen.

Er öffnete die Tür zu einer Kabine. Sie war leer. Irgendwas stimmte nicht. Etwas war faul daran, dass alle Ressourcen und Energien, die in die Jubiläumsexpedition geflossen waren, an der windgepeitschten Landzunge auf Kvitøya enden sollten. Faul daran, dass ein neues Schiff plötzlich einen Motorschaden hatte und abgeschleppt werden musste.

Er war an der hintersten Kabine angekommen. Ein Schild sagte *Kein Zutritt*. Die Tür war abgeschlossen. Auf dem Gang war es still. Johnny ging im Laufschritt in die Richtung, aus der er gekommen war. Im Maschinenraum griff er sich alles Werkzeug, das er finden konnte, und eilte zurück. Er zwang ein Brecheisen zwischen Türblatt und Zarge. Nach ein paar Hebelbewegungen gab sich die Tür geschlagen. Er öffnete sie. Die Kabine war größer als die anderen.

Auf einem Tisch an der Stirnwand standen analoge Kurzwellenfunkgeräte. Er erkannte sie wieder, das war die Sorte, die zum Morsen und für den üblichen Funkverkehr benutzt wurden. Ein dunkler Bildschirm bedeckte die andere Wand. Johnny schaltete ihn ein. Das Erste, was er sah, war ein detailliertes Satellitenbild von Svalbard und den umgebenden Fahrwassern. Mit den Routen von, wie er vermutete, russischen Trawlern. »Yagry«, »Sevryba«. Die Namen sagten ihm nichts. Was war das hier?

Es war genau das, was er im letzten halben Jahr versucht hatte zu verstehen. Johnny hatte das Gefühl, etwas zu erkennen, was direkt vor seiner Nase gelegen hatte. Wieso hatte er das nicht früher begriffen! Er hatte untersucht und darüber geschrieben, wie die CIA und der norwegische Geheimdienst zusammengearbeitet hatten, um Reedereien und norwegische Organisationen für Spionagezwecke zu nutzen. Das Polarinstitut. Die Seenotrettungsgesellschaft. Sie hatten Fahrten in der Barentssee durchgeführt und gleichzeitig die NATO-Staaten mit Geheiminformationen versorgt. Als Biograf von Hans Falck wusste Johnny all das.

Aber er hatte nicht begriffen, dass Hans auf genau die gleiche Weise mit der »Falck 3« operierte. Bis auf einen kleinen, doch ziemlich gravierenden Unterschied: Er nutzte diese Art von Geheiminformationen – für die Russen.

In dem Moment bekam Johnny Angst.

Denn warum schleppten die Russen dieses Schiff auf die Trennlinie zu?

Weil dort das russische Fahrwasser begann.

Weil sie Zugang zum Rest des Schiffs haben wollten, was immer es auch enthielt.

Das durfte nicht passieren, unter gar keinen Umständen.

Eilig stieg er die Leiter zur Kommandobrücke hoch.

*

In dem Raum, wo die Verleihung stattfinden sollte, hingen ein schwacher Geruch von Zigarettenrauch und alten Möbeln sowie ein großes gerahmtes Foto des Präsidenten der Russischen Föderation. Hans wurde herzlich empfangen und herumgeführt. Zum Bug hin befand sich ein breites Panoramafenster.

Große Platten mit Roggenbrot, Hering, Kaviar und geräuchertem Fleisch, begleitet von klassisch russischen Beilagen wie Dill, Gewürzgurken und saurer Sahne, wurden hereingetragen.

Neben Alijew bestand das Begrüßungskomitee aus dem Konsul, Bergbaudirektor Sokolow und einem Zweiten Sekretär der Botschaft.

»Hans Falck«, begrüßte ihn Alijew und reichte ihm ein Glas Sekt.
»Wir sind hier in der Arktis nicht so förmlich, oder?«
»Skål«, sagte Hans lächelnd.
»*Very well*«, sagte der Zweite Sekretär und schlug an sein Kristallglas, »dann schlage ich vor, dass wir zum offiziellen Teil des heutigen Programms kommen.«

Er zog einen kleinen Merkzettel hervor und las: »Vor einigen Monaten geriet einer unserer Trawler in eine kritische Situation, als der Kapitän in norwegischen Hoheitsgewässern akut erkrankte. Ohne das beherzte Eingreifen des norwegischen 330. Rettungsgeschwaders in Bodø und insbesondere das von Doktor Falck hätte der Kapitän nicht überlebt. Unter extrem schwierigen Wetterbedingungen und unter Gefährdung seines eigenen Lebens und seiner Gesundheit führte Doktor Falck eine improvisierte Operation an dem Kapitän durch.«

Sverre sah, dass Alijew neben sich ein Etui liegen hatte, und wusste, was nun gleich passieren würde.

»Im Namen der Russischen Föderation wird Hans Falck der Sankt-Georg-Orden im Kommandeursrang verliehen, die höchste Auszeichnung für Heldenmut, die einem ausländischen Staatsbürger erteilt werden kann. Präsident Putin hat auch ein persönliches Glückwunschtelegramm gesendet.«

Er öffnete das Etui und hielt die Medaille hoch. Die anderen klatschten.

»Das ist ... überwältigend«, sagte Hans.

Eine Frau befestigte die Medaille an seiner Brust.

»Möchten Sie im Namen der SAGA ein paar kurze Worte sagen?«, fragte der Zweite Sekretär Sverre.

»Ich hatte nicht vor, viel zu sagen«, begann Sverre, während Ingeborg simultan übersetzte. »Aber für mich als SAGA-Direktor symbolisiert die Stelle, an der wir uns in diesem Moment befinden – die sogenannte Trennlinie –, das friedliche Aufeinandertreffen zweier Nachbarstaaten. Sie symbolisiert auch, wie zwei Länder mit unterschiedlicher Geschichte und Kultur im hohen Norden miteinander leben können.«

Er sah Hans an. »Du trägst die gleichen Gegensätze in deinem Herzen, Hans. Du bist Reederssohn und Radikaler, du bist Norweger und Kosmopolit. Wenn du heute den hohen Sankt-Georg-Orden deinem bereits gut gefüllten Medaillenschrank hinzufügst, frage ich: Welcher andere Norweger kann sich rühmen, Träger des libanesischen Zedernordens, der kurdischen Ehrenbürgerschaft und der Ehrendoktorwürde der Universität Florenz zu sein? Herzlichen Glückwunsch. Und *na zdorovje!*«

*

Wieder sah Johnny auf die Uhr. Sie waren nur zwei Seemeilen vom vierunddreißigsten Breitengrad entfernt. Dahinter konnten die Russen tun, was sie wollten, denn dann war man in ihren Gewässern.

Über ein Satellitentelefon rief er HK an. Die Worte sprudelten aus ihm heraus.

»Beruhige dich, Johnny«, sagte der Alte. »Du willst also sagen, dass du militärische Kommunikationsgeräte an Bord der ›Falck 3‹ entdeckt hast? Und dass Hans mit den Russen zusammenarbeitet, die gerade das norwegische Schiff auf ihre Seite schleppen?«

»Wir sind weniger als zwei Seemeilen von ihrem Hoheitsgewässer entfernt«, sagte Johnny. »Und sie schleppen uns darauf zu, ohne dass wir etwas tun können.«

HK seufzte. »Ich denke, es wird Zeit zu improvisieren. Du weißt selbst, was du zu tun hast. Ich stehe hinter dir, falls es Probleme gibt. Aber unter gar keinen Umständen Gewalt gegen die Russen anwenden, ist das klar?«

Johnny legte auf. Dann lief er nach oben auf die Kommandobrücke.

»Berg!«, sagte Kapitän Ørnes. »Was machen Sie hier?«

Johnny erklärte sein Anliegen. Kapitän und Erster Steuermann schüttelten beide den Kopf. »Wir können Ihnen keine Schusswaffen aushändigen.«

»Das ist eine Angelegenheit von nationalem Interesse, begreifen Sie nicht, warum wir in russisches Gewässer geschleppt werden?«, sagte Johnny mit gedämpfter Stimme. »Dann eben so.«

Er richtete die Pistole auf den Kapitän und hoffte, dass der Überraschungseffekt ihn davon abhalten würde, die Waffe genauer zu betrachten. Es war eine Signalpistole.

»Ich befehle Ihnen, das Gewehr herauszugeben«, sagte Johnny barsch und richtete die Pistole abwechselnd auf den Kapitän und den Ersten Steuermann. Beide hoben sofort die Hände.

»Das ist strafbar, nach dem Gesetz über ...«

»Na los«, kommandierte Johnny. »Aus Gründen, die ich jetzt nicht erläutern kann, die aber die nationale Sicherheit betreffen, befehle ich es Ihnen. Betrachten Sie es als Kaperung. Machen Sie schon!«

Der Erste Steuermann reichte ihm vorsichtig das Gewehr. Johnny nahm es, vergewisserte sich, dass Munition in der Patronenkammer war, und lud durch. Mit schnellen Schritten ging er nach unten zum Vordersteven. Der Wind war eisig. Die Drähte waren durch Speigatts an beiden Seiten gezogen.

Noch eine Seemeile, dann würden sie in russischem Hoheitsgewässer sein.

Um ihn herum erstreckte sich die Eiswüste bis ins Unendliche.

Johnny feuerte ab. Mit einer Serie von Schüssen durchtrennte er das Seil zwischen dem Eisbrecher und dem Rettungsschiff. Die Trosse löste sich von der Winsch und den Speigatts, die »Falck 3« stoppte, und der Eisbrecher glitt ohne sie davon.

*

»Was war das?«, fragte Hans, nachdem er eine Reihe von dumpfen Geräuschen von draußen gehört hatte.

Er merkte, dass auch die Russen sich umschauten.

»Wie Sie bereits gemerkt haben, gibt das Eis oft krachende Geräusche von sich, wenn der Eisbrecher es spaltet«, sagte Alijew, der sich bemühte, die Fassung zu bewahren, während er den Wächtern etwas zuflüsterte.

»Kann es sein, dass jemand einem Eisbären zu nahe gekommen ist?«

»Lassen Sie mich rausgehen und nachsehen!« Das war Greves scharfe Stimme.

Die Russen sahen sich an, der Kapitän zuckte die Schultern. »Bitte, wenn Sie wollen.«

Hans winkte sie zu sich und sah sie mahnend an. »Siri.«

»Tut mir leid, Hans, aber irgendwas ist hier merkwürdig. Ich sehe nach.«

Sie wollte rausgehen, doch zwei Wächter stellten sich zwischen sie und die Tür. »Was fällt Ihnen ein, mich daran zu hindern, mich auf einem Schiff in norwegischen Hoheitsgewässern frei zu bewegen, das ist eine Unverschämtheit!«

»Russisches Recht«, sagte der Mann.

Hans stand mit dem Etui des Sankt-Georg-Ordens in der Hand da und spürte, wie die Stimmung von der falschen Höflichkeit der Diplomatie auf etwas anderes umsprang. Die intensiven Gespräche der Russen am Mobiltelefon. Die erschrockenen Norweger mittendrin.

»Was geht hier vor?«, fragte Ingeborg gebieterisch auf Russisch. »Wir wollen wissen, was los ist.«

»Selbstverständlich«, sagte der Zweite Sekretär, »Sie werden sofort informiert.«

Alijew und die russischen VIPs waren wie erstarrt. Die Tür zum Salon ging auf. Alijew nickte zwei der anderen Männer zu, jungen, athletischen Typen, vermutlich Militärangehörige. Und im selben Augenblick begriff Hans. Er hatte immer geglaubt, dass das Leben aus gewissen Momenten bestand, Wegkreuzungen im unübersichtlichen, tiefen, chaotischen Wald, der das menschliche Leben war. Hier ein Wegweiser zu einer Frau, die die Mutter deiner Kinder wird und damit ein Leben lang mit dir verbunden ist, dort ein Wegweiser zu einer Ideologie, einem Land, einem Beruf. Ja, das Leben war natürlich *all diese Tage, die kommen und gehen,* wie es so schön in einem Begräbnisgedicht heißt, aber auch die großen Momente. Die Begegnung mit Vera 1970. Schatila in Beirut 1982. Sallyhamna mit Olav und Eliassen 1976. In all den Jahren danach hatte er befürchtet, erwischt zu werden.

Die beiden militärisch aussehenden Männer zückten ihre Dienstausweise, hielten sie Hans vor die Nase und sagten etwas auf Russisch. FSB, erkannte er.

»Ingeborg, kannst du übersetzen?«, fragte er ruhig.

Einer der beiden Russen ergriff das Wort, er sprach gut Englisch.

»Wir befinden uns in russischen Hoheitsgewässern. Sie sind verhaftet, Hans Falck, wegen des Verdachts, unter dem Deckmantel der Rettung von Menschen in Not als Geheimagent für die Vereinigten Staaten tätig zu sein. Sie werden in Untersuchungshaft überstellt, gemäß Paragraf zweihundertfünfundsechzig des russischen Strafgesetzbuchs, dem sogenannten Spionageparagrafen.«

TEIL 5

DER LETZTE AUFTRAG

Kapitel 53

Wir sind *motherfuckers*

Longyearbyen, Svalbard

Rechtsanwalt Jan I. Rana betrat den Boden auf achtundsiebzig Grad Nord und atmete die Polarluft ein.

Die Pyramidenberge um den Flugplatz in Longyearbyen lagen schneebedeckt im ewigen Sonnenschein, der Adventfjord glänzte dunkelblau. Auf dem ganzen Weg in den Norden war das Wetter herrlich klar gewesen, und ein akuter Machtpatriotismus hatte Rana ergriffen. Das Meer war der Königsweg zu Ruhm und Macht, hatte nicht irgendein Sverdrup das gesagt? Warum erinnerte er sich daran?

Weil er jemand war, der sich an Dinge erinnerte.

Obwohl, war das hier Norwegen? In Tromsø hatte er seinen Pass vorzeigen müssen, um weiterreisen zu können.

Er hielt einen Wagen an und ließ sich den kurzen Weg zur Verwaltung des Gouverneurs in Skjeringa fahren. Rana eilte hinein und akkreditierte sich.

»Ich vertrete John O. Berg«, sagte er. »Und möchte umgehend mit meinem Mandanten sprechen.«

Sie ließen ihn ärgerlich lange warten, bevor sie ihn ins Untergeschoss brachten und in einem Warteraum Platz nehmen ließen. Als die Tür endlich aufging, sah er zuerst nur die Silhouette von Johnny. Ein Beamter ließ ihn herein und verschwand. Sie umarmten sich.

»Bruder, behandeln sie dich anständig?«

Johnny nickte. Er hatte sich seit ihrer letzten Begegnung einen Bart wachsen lassen, durch den das schmale Gesicht etwas runder wirkte.

»Jan 1. Rana, befallen vom Polarbazillus«, sagte Rana. »Hab auf dem Flug in den Norden den Spitzbergen-Vertrag und die Bergbauverordnung gelesen, außerdem die juristischen Einwendungen der EU und Russlands dagegen, wie norwegische Behörden den Vertrag auslegen.«

Er grinste. »Ich dachte, Norwegen wäre eine kleine Friedensnation, die von den Großmächten auf Svalbard überrannt wird. Aber wir sind es nicht, die hier oben gefickt werden. Wir sind die *motherfuckers*.«

»Okay?«

»Du weißt, dass wir uns auf dünnem Eis befinden, wenn die EU *und* Russland gemeinsam Front gegen das imperialistische Norwegen und seine Auslegung des Spitzbergen-Vertrags machen.«

»Wie bitte, Jan?«

»Dieser Ort muss das sein, was der Traumgesellschaft der Republikanischen Partei am nächsten kommt: Der Ort wird von einem undemokratischen Gouverneur regiert. Waffen sind Pflicht, der Steuersatz liegt unter 10 Prozent, und weit und breit gibt es keine Sozialhilfeempfänger.«

Mit erhobenem Zeigefinger deutete Rana auf das Stockwerk über ihnen, wo sich das Büro des Gouverneurs befand.

»Immer erfrischend, deine Ansichten zu hören«, sagte Johnny. »Aber wärst du so freundlich, für meine Freilassung zu sorgen, bevor wir die Diskussion fortsetzen? Du weißt schon ... richtige Reihenfolge und so?«

Detailliert erzählte er, was sich ereignet hatte, bevor er zwischen »Falck 3« und dem Eisbrecher »das Seil gekappt« hatte. Während Hans an Bord des Eisbrechers vermutlich seinen russischen Orden in Empfang genommen hatte, war die »Falck 3« an der Trennlinie liegen geblieben. Johnny und die Crew des Rettungsschiffes waren von einer Hubschrauberstaffel evakuiert worden. Kapitän Ørnes hatte die »Kaperung« offenbar an die Verwaltung des Gouverneurs gemeldet, denn bei der Ankunft in Longyearbyen war Johnny festgenommen worden.

Rana hörte ihm geduldig zu, bevor er sagte: »Du hältst irgendwas zurück. Wenn ich dir helfen soll, muss ich alles wissen.«

»Wie meinst du?«

»Was war wichtig genug, um Notwehrmaßnahmen zu ergreifen, damit die ›Falck 3‹ nicht in russisches Hoheitsgewässer geschleppt wird?«

Johnny beugte sich über den Tisch und flüsterte: »Das ist streng geheim, Jan. Als ich das Schiff unmittelbar vor der ›Kaperung‹ durchsuchte, bin ich in einen verschlossenen Raum eingebrochen. Der war voller Funkgeräte. Da wurde mir klar, was ich ein halbes Jahr lang versucht hatte zu verstehen. Dass der Mann, der eine russische Auszeichnung erhalten sollte, für sie spioniert. Dass er nach der gleichen Methode vorgeht wie seine Vorfahren und seine Spionage als Forschungsexpeditionen mit Rettungsschiffen tarnt.«

Auf Ranas Stirn erschien eine Sorgenfalte. »Hans Falck ist ein russischer Spion?«

»Hätten die Russen das Rettungsschiff in ihr Gewässer gezogen, hätten sie ihre Beute in aller Ruhe durchsuchen können. Sie hätten mich vermutlich auch verhört. Dazu durfte es nicht kommen.«

Der Anwalt kratzte sich nachdenklich den Kopf. »Okay, Johnny. Ich glaube, wir haben genug. Bist du bereit?«

Die Vernehmung fand in einem kargen Raum ein Stockwerk höher statt, wo Johnny vor dem Gouverneur und einer Frau von der PST-Abteilung der Verwaltung saß.

»Mir ist nicht ganz klar, warum wir überhaupt hier sind«, begann Rana. »Soweit mir bekannt ist, hat sich mein Mandant gesetzeskonform verhalten. Er möchte so schnell wie möglich wieder nach Norwegen zurückkehren.«

»Wir sind in Norwegen«, korrigierte Gouverneur Eliassen.

»Wir haben Gespräche mit der Mannschaft der ›Falck 3‹ geführt«, sagte die Polizistin. »Kapitän Ørnes und der Erste Steuermann haben beide ausgesagt, dass Berg sich mit Gewalt in den Besitz einer

Schusswaffe gebracht hat, die er später dazu benutzte, Schüsse abzufeuern, dazu noch in einer überaus gefahrvollen und komplizierten Situation, in der das Schiff ›Falck 3‹ von einem russischen Eisbrecher abgeschleppt wurde. Das sind sehr ernste Umstände, die unter Strafgesetzbuch Kapitel achtzehn, Paragraf hundertneununddreißig über die Kaperung von Schiffen fallen, mit einem Strafrahmen von einundzwanzig Jahren.«

Johnny saß völlig reglos da, aber Rana schüttelte resigniert den Kopf.

»Berg hat das Recht auf Notwehr in Anspruch genommen.«

»Wir erinnern daran, dass das Recht auf Notwehr nur dann greift, wenn das abzuwehrende Verbrechen größer ist als das ausgeführte«, sagte die PST-Frau. »Ich kann nicht erkennen, dass das hier der Fall ist.«

»An Bord der ›Falck 3‹«, sagte Rana langsam, »hat Berg versteckte hoch entwickelte Kommunikationsgeräte entdeckt. Die Ermittlungen werden ergeben, wem diese Ausrüstung gehört. Aber ungeachtet dessen, ob es sich um eine westliche Operation gegen Russland handelt oder um einen russischen Spion an Bord der ›Falck 3‹, hat Berg das einzig Richtige getan. Dafür wurde er ausgebildet. Er hat norwegische Interessen verteidigt und wird dafür geehrt werden.«

Gouverneur Eliassen sah seine Kollegin gereizt an.

»Aber das ist ohnehin zweitrangig«, fuhr Rana fort und entfaltete eine detaillierte, großformatige Karte, die die gesamte Inselgruppe zeigte. »Dies ist eine Karte des Gebiets. Haben Sie Zugang zum Logbuch des Rettungshubschraubers?«

Die beiden nickten.

»Ich will die genauen Koordinaten haben«, kommandierte Rana.

Das Logbuch wurde gefunden und mit der Karte abgeglichen.

»Wie Sie sehen«, Rana lächelte triumphierend, »ereignete sich der Vorfall genau auf dem vierunddreißigsten Grad östlicher Länge, in internationalen Gewässern, an der sogenannten Trennlinie. Wir können also mit Sicherheit sagen, dass es überhaupt keinen Grund gibt, Berg festzuhalten. Wenn Sie haben, was Sie brauchen, dann werden Sie uns jetzt entschuldigen. Mein Mandant und ich möchten gerne die Mitternachtssonne erleben, bevor wir zurück in den Süden fliegen.«

Der ganze Auftritt erinnerte Johnny an das Jahr zuvor, als er wegen des Vorwurfs, ein Söldner im Nahen Osten zu sein, in Untersuchungshaft saß und Rana die Staatsanwaltschaft aushebelte und ihn freibekam.

Rana führte ein kurzes Gespräch mit Gouverneur Eliassen unter vier Augen und kam lächelnd zurück. »Lass uns die Hauptstraße nach ein paar Flaschen Taxfree-Alkohol abklappern, Johnny. Es gibt keine Fragen mehr.«

Es war Mitternacht. Die Sonne brannte in den Augen. »Was will man in Dubai, wenn man Norwegen hat. Bjørnson, Johnny, liest du ihn?«

»Nein.«

Der Anwalt war bestens gelaunt. »›Da fühlten sie, da sagten sie, während sie unter den Bäumen saßen, vor ihnen See und Berg in der Abendsonne, während ein Horn und Gesang in der Ferne tönten, daß dieses das Glück sei.‹ Die Norweger sind immer ganz von den Socken, wenn ein Ausländer solche Zitate aus dem Ärmel ziehen kann. Einfachster Taschenspielertrick der Welt. Dieser *Abend* geht auf mich!«

Die Temperatur war auf ein paar Grad unter null gefallen, und die Schneeschmelze hatte aufgehört. Sie kehrten gleich in der ersten Bar ein. Rana balancierte ein Tablett mit zwei Halblitern Bier hinüber zu Johnny.

»Skål«, sagte er.

Sie stießen an.

Da hörten sie einen Gast durch die Kneipe rufen: »Mach mal den Fernseher lauter, es geht um Svalbard!«

Das Stimmengewirr hörte sofort auf. Es war ein internationaler Nachrichtenkanal.

»Nun zu Svalbard, einer Inselgruppe zwischen Norwegen und dem Nordpol«, sagte ein Nachrichtenmoderator mit britischem Akzent, »wo es an Bord des norwegischen Rettungsschiffes ›Falck 3‹ zu einem Schusswechsel gekommen sein soll. Das Schiff fror bei Kvitøya fest und wurde von einem russischen Eisbrecher abgeschleppt.«

Rana warf einen beunruhigten Blick zu Johnny.

»Da die ›Falck 3‹ mit einer Cineflex-V14-HD-Kamera am Bug ausgestattet war, die für die Liveübertragung der Reise benutzt wurde, können wir jetzt Bilder dessen senden, was während der dramatischen Stunden im Polarmeer passierte«, fuhr der Nachrichtenmoderator fort.

Der Blickwinkel musste von der Kommandobrücke sein, er zeigte den Bug der »Falck 3«. Zu beiden Seiten lagen die endlosen weißen Schrotthaufen des Polarmeers aus aufgetürmten Eisschollen und Eisspalten. Vor dem Bug zeichnete sich die Silhouette des russischen Eisbrechers ab. Dann kam ein Mann ins Bild, von rechts. Als der Mann sich zur Kamera umdrehte, fror der TV-Sender das Bild ein und zoomte auf das niedrig aufgelöste Gesicht.

Johnny hatte die Augen geschlossen, als würde er meditieren.

»Entspann dich«, sagte Rana leise. »Ich bin sicher, dass in der Geschichte was Größeres steckt. Hans Falck zum Beispiel.«

Im selben Moment vibrierte Johnnys Handy.

»Geh nicht ran«, mahnte Rana.

Ein leichtes Lächeln spielte um Johnnys Lippen, und auf seinen Wangen erschien ein Anflug von Rot, als er aufstand. »Das ist privat.«

»Du hast ein Privatleben?«

»Das ist nur ... eine Lady, die ich sehr mag.«

Kapitel 54

Norwegischer Promi-Arzt wegen Spionage verhaftet

Longyearbyen, Svalbard

Sverre und Ingeborg umarmten sich vor dem Verwaltungsgebäude des Gouverneurs. Eng umschlungen schwankten sie vor und zurück, wie ein ungeschicktes Paar auf der Tanzfläche. »Ich bin froh, dass es vorbei ist«, murmelte er in ihre Goretex-Jacke hinein.

Nach der Verhaftung von Hans war der Rest der Gruppe auf einer abgelegenen Basis auf Franz-Josef-Land abgesetzt und noch am selben Abend von einer russischen Hubschrauberstaffel nach Barentsburg geflogen worden, von wo aus man sie nach Longyearbyen brachte. Dort wurden sie einzeln von PST-Leuten in der Gouverneursverwaltung befragt, die den gesamten Verlauf der Ereignisse zu rekonstruieren versuchten, von der Havarie der »Falck 3« bei Kvitøya bis zur Festnahme von Hans. Wie war es zum Versagen der Schiffselektrik, dem »Blackout«, gekommen? Sverre zuckte die Schultern, und irgendwann durfte er gehen.

»Es ist nicht vorbei, es hat gerade erst begonnen«, sagte Ingeborg und zog ihr Handy hervor. »Schau mal.«

Sverre beugte sich vor, konnte aber die kyrillischen Buchstaben nicht entziffern, geschweige denn verstehen, was sie bedeuteten.

»Das ist von einem investigativen Journalisten in Moskau, den ich kenne. Der ist immer gut informiert. Er retweetet eine Nachrichtenagentur, Rosbalt.«

Die Meldung teilte mit, ohne Umschweife oder Adjektive, dass »ein norwegischer Staatsbürger« am Tag zuvor wegen Spionage in russischen Hoheitsgewässern verhaftet worden war und auf der

Basis Nagurskoye auf Franz-Josef-Land in Untersuchungshaft saß, um von dort aufs russische Festland gebracht zu werden.

»Das ist kein Missverständnis«, sagte Ingeborg. »Oder zumindest keins, das sich kurzfristig aufklären wird. Hans kommt bis auf Weiteres nicht frei.«

»Das wird ein Riesending«, sagte Sverre ernst. »Das ist wie ein neuer Treholt-Fall, vielleicht noch größer. Vergiss nicht, dass Hans auch eine bekannte Persönlichkeit ist. Sie werden alle genauestens unter die Lupe nehmen. Mich, dich, Marte, Siri Greve, Johnny Berg. Wo wir waren, was wir getan haben, was wir vorhatten. Bist du darauf vorbereitet?«

Dass Medienstürme, selbst die, die Orkanstärke erreichten, wie »eine Bombenexplosion« losbrachen, war ein Klischee, das nicht zutraf. Viel öfter begannen sie mit einem kleinen Windhauch, einem Detail, das scheinbar stillschweigend übergangen wurde.

In diesem Fall also mit der Meldung einer unbekannten Nachrichtenagentur, mehrere Stunden vor den dramatischen Bildern von den Schüssen an der Trennlinie.

Sverres Telefon klingelte.

Gefasst und vernünftig wie jemand, der sich nach dem Tod eines Elternteils um die praktischen Dinge kümmert, teilte Marte mit, dass sie im Hotel Radisson in Longyearbyen sei.

»Haben schon Reporter angerufen?«, fragte Sverre.

»Genau das ist der Punkt«, erwiderte sie. »Ich habe gerade zwei Anrufe erhalten. Die ersten Textnachrichten von Journalisten trudeln ein. Sie wissen, dass bei Kvitøya und an der Trennlinie etwas passiert ist.«

Ingeborg klopfte ihm auf den Rücken. »Gerade hat der Moskau-Korrespondent der BBC die Sache retweetet: *FLASH: Developing story: Norwegian detained by Russia in the High Arctic over spy charges.*«

Martes Stimme klang plötzlich ängstlich und verwirrt. »Was soll ich machen, Sverre?«

»Wir kommen«, antwortete er und legte auf.

Während sie eilig hinüber zum Radisson-Hotel auf der anderen Seite von Longyearbyen gingen, schauten sie ständig über die Schulter. Alles wirkte ruhig.

»Ich glaube, Svalbard ist in den nächsten Tagen kein guter Ort für die Familie«, sagte Ingeborg. »Es ist zu klein, man kann sich unmöglich verstecken.«

Sverre wurde ärgerlich. »Dann schlag doch was Besseres vor, wenn du so eine Expertin für Krisenbewältigung bist.«

»Jetzt komm mir *nicht so*«, antwortete sie wütend. »Meine Mutter und Momo waren in Dinge verwickelt, gegen die das hier eine laue Sommerbrise ist.«

»Da wäre ich mir nicht so sicher«, murmelte er und kontrollierte sein Handy. »Bisher nichts in der norwegischen Presse.«

Als sie das Hotel betraten, wurden sie von einer Kamera geblendet, die eine Reihe Fotos von ihnen schoss, und ein älterer Mann in Kakiweste und mit Notizblock trat auf sie zu.

»Ich bin von der *Svalbardposten*. Können Sie bestätigen, dass Sie von der Verhaftung des Norwegers wissen?«

Sverre sah den Mann verblüfft an. Ja, früher hatte es Momente gegeben, da hatte er davon geträumt, ein berühmter Mann mit einer berühmten Freundin zu sein, dem die Paparazzi vor dem Chateau Marmont oder einem Casino in Monte Carlos auflauerten.

»Kein Kommentar«, sagte er und dirigierte Ingrid durch die Lobby.

Das würde natürlich schöne Fotos abgeben.

Die Familie von Hans kam mit dem nächsten Flugzeug und fand sich sofort im Radisson-Hotel ein: Christian und Erik Falck, Synne mit Lille-Per auf dem Arm. Marte organisierte alles.

Obwohl Sverre und die anderen Norweger natürlich erschüttert waren von der Verhaftung, war die Stimmung relativ unaufgeregt. Erstaunlich unaufgeregt, dachte Sverre. Die Familie war ja an Hans' zahlreiche Eskapaden gewöhnt. War er nicht schon mal von türkischen Behörden im Kurdengebiet festgesetzt und von Rebellen im Ostkongo gefangen genommen worden? Aber Hans Falck ein CIA-Agent? Das musste offensichtlich ein Missverständnis sein.

Nur Erik Falck war außer sich.

»Verficktes Russenpack«, rief er und wedelte mit den Armen.

Christian versuchte, den jüngeren Bruder zu beruhigen.

Marte stellte Stühle in einem Kreis auf und bat die anderen, sich zu setzen. Sie hatte dunkle Ringe unter den Augen, und ihre Haut war blass, beinahe gelblich, aber es war offensichtlich, dass sie die Familie jetzt zusammenhielt.

Ingeborg und Sverre blieben im Hintergrund stehen, an die Wand gelehnt.

Martes Handy klingelte. Unbekannte Nummer.

»Nicht rangehen«, sagten alle im Chor. »Garantiert die Presse.«

Als sie die Mailbox abhörte, erschien auf ihrem Gesicht ein abwartender, lauschender Ausdruck, der sofort auf die anderen übersprang. Es wurde still im Raum.

»Die norwegische Botschaft in Moskau«, sagte sie nachdenklich. »Ich rufe zurück.«

Ihr Anruf in Moskau wurde von einem Mann entgegengenommen, der sich als Erster Sekretär Klouman vorstellte.

»Marte Falck hier, die Tochter von Hans Falck. Ich bin in Longyearbyen. Ich stelle das Gespräch für meine anwesende Familie auf Lautsprecher, nur dass Sie es wissen.«

»Ich nehme es zur Kenntnis«, sagte der Erste Sekretär mit einem Räuspern. »Ich habe Sie angerufen, um Ihnen einige praktische Hinweise zu geben und das weitere Vorgehen zu erläutern. Vor einer Stunde hat die Botschaft ein Telegramm vom FSB erhalten, dem russischen Geheimdienst. Der norwegische Staatsbürger Hans Falck wurde gestern um einundzwanzig Uhr fünfundzwanzig in russischen Hoheitsgewässern verhaftet und zur Militärbasis Nagurskoye auf Franz-Josef-Land gebracht. Dort haben wir keine

Möglichkeit, ihm Beistand zu leisten. Laut FSB wird Falck schnellstmöglich nach Murmansk überstellt. Dort werden unser Konsul und ein Vertreter der Botschaft Zugang erhalten, das wurde uns versichert.«

Das waren die üblichen Phrasen, ein bisschen enttäuschend.

»Mehr haben Sie nicht?«, fragte Marte. »Kein Lebenszeichen, irgendwas?«

»Nun«, erwiderte der Diplomat. »Ich habe kurz mit Hans sprechen können, über eine schlechte Telefonverbindung. Er sagte, ihm gehe es so weit gut, aber es täte ihm leid wegen des Schmerzes, den er Ihnen allen zugefügt hat.«

»Leid?«, rief Erik Falck laut aus. »Was soll Papa denn leidtun, er ist stinksauer über diese grundlosen Anschuldigungen!«

»Das waren seine Worte«, erwiderte Klouman.

»Wann kommt er wieder frei?«, fragte Marte. »Selbst die Russen halten wohl keine Unschuldigen über lange Zeit fest, vor allem nicht, wenn es westliche Staatsbürger sind?«

»Wir stehen in direktem Kontakt mit Leuten auf höchster Ebene und arbeiten an mehreren Optionen«, versicherte der Botschaftssekretär. »Ich möchte, dass Sie zwei Dinge wissen, bevor die Angelegenheit explodiert.«

Es wurde still.

»Ja?«, sagte Marte.

»Erstens, dass wir die Sache überaus ernst nehmen und absolut alle Kanäle nutzen werden, um Hans Falck freizubekommen. Zweitens«, sagte er und zögerte ein wenig, »dass Hans Falck mitgeteilt hat, er werde reinen Tisch machen. ›Ich bin schuldig im Sinne der russischen Anklage‹, so seine Worte.«

Die Verbindung brach ab.

»Ist Papa schuldig?«, murmelte Marte.

»Natürlich nicht«, sagte Erik. »Sie haben ihn bestimmt unter Drogen gesetzt, damit er ein Verbrechen gesteht, das er nicht begangen hat.«

Sverre ging zum Fenster und spreizte die Lamellen der Jalousie einen Spaltbreit. Im selben Moment sprang ein Dutzend Fotografen herbei und schoss Fotos von ihm.
Ja, das würde ein Riesending werden.

Kapitel 55

»Seid ihr ein Liebespaar?«

Oslo

Auf dem Direktflug von Longyearbyen nach Oslo gab es keine Netzverbindung an Bord der Maschine. Johnny schlief tief und traumlos, bis der Pilot mit dem Anflug begann.

Sasha war natürlich erschüttert von den Nachrichten gewesen, als sie miteinander telefoniert hatten. Da sie wusste, dass er an Bord der »Falck 3« gewesen war, hatte sie sofort »zwei und zwei zusammengezählt«, als die Filmaufnahmen veröffentlicht wurden. Die ganze Familie befinde sich im Ausnahmezustand, vertraute sie ihm an und kämpfte mit den Tränen.

»Das ist alles ein bisschen viel im Moment, Johnny, ein bisschen sehr viel.«

Sie verabredeten, sich sofort nach seiner Ankunft in Oslo zu treffen.

»Sieh dir das an«, sagte Jan I. Rana, als die Maschine zur Landung ansetzte und die Meldungen hereintickerten.

»Hans Falck wegen Spionage für Russland verhaftet«, las er.

»Da kann doch was nicht stimmen«, sagte Johnny. »Wieso sollten die Russen ihren eigenen Agenten verhaften?«

»Das hier stammt von offizieller norwegischer Stelle.«

Johnny las.

Das Außenministerium bestätigt, dass es sich bei dem norwegischen Staatsbürger, der vor zwei Tagen in russischem Hoheitsgewässer in der Arktis festgenommen wurde, um den norwegischen Arzt Hans Falck (63) handelt. Nach Angaben russischer Regierungsvertreter befindet er sich derzeit auf dem Luftwaffenstützpunkt Nagurskoye auf Franz-Josef-Land in Haft. Das Außenministerium bezeichnet den Fall als Missverständnis und arbeitet an einer raschen Lösung.

Ein Missverständnis, das musste es sein.

Schon in der Ankunftshalle bemerkte Johnny, dass die Menschen beim Gehen die Köpfe über ihre Handys beugten. Nicht auf die abwesende Art wie sonst immer, sondern gebannt, wie wenn etwas Großes passiert. Das Gemurmel verbreitete sich auf dem ganzen Flughafen: *Hast du gesehen? Und auch noch dieser Falck, das ist ja ein Ding. Ein Topspion, das kann doch unmöglich stimmen?*

Sie liefen hinunter zum Flughafenexpress, dessen Türen sich gerade schließen wollten. Über einen Großbildschirm im Waggon liefen unablässig Nachrichten auf Norwegisch und Englisch. Das Erste, was sie sahen, war ein Foto von Hans. Das Zweite waren die körnigen Filmaufnahmen der »Schüsse in der Arktis«, wie der Vorfall inzwischen genannt wurde, die eine unwiderstehliche visuelle Anziehung ausübten, wie gemacht für Onlinezeitungen und soziale Medien.

»Regel Nummer zwei bei der Krisenbewältigung«, sagte Rana und knabberte an einer Karotte. »Wenn man glaubt, das Schlimmste sei überstanden, hat es gerade erst begonnen.«

Johnny checkte die ausländischen Medien. Wenn über die Sache überhaupt berichtet wurde, dann nur als kurze Notiz.

»Das wird auf der ganzen Welt Schlagzeilen machen«, sagte Rana. »Wenn Leute in Russland als Spione enttarnt werden, ist das immer eine große Sache, und hier reden wir von einem exzentrischen Solidaritätsarzt und Milliardärserben.«

Die Wiesen und Felder von Romerike glitten am Fenster vorbei, grün und leuchtend in der warmen Frühlingssonne.

In einem Fernsehstudio wurde ein Experte für Verteidigungs- und Sicherheitspolitik interviewt. Hauptthema war die Falck-Festnahme. Dass das russische Regime sich nicht scheute, einen unschuldigen humanitären Arzt unter offensichtlich fiktiven Spionagevorwürfen festzunehmen, sei ein Beispiel dafür, wie weit Putin mit seinen Provokationen dem Westen gegenüber zu gehen bereit war.

Danach wurden die Schüsse gezeigt. »Was denken Sie über den Mann an Deck?«, fragte der Moderator.

»Das bleibt Spekulation«, antwortete der Experte, »aber ausgehend von der Körpersprache und der Handhabung der Waffe liegt die Vermutung nahe, dass es sich um jemanden mit einer Ausbildung bei den Spezialeinheiten handelt. Was zur nächsten Frage führt: Was macht ein solcher Mann an Bord?«

Johnny merkte, wie ihm der Hals eng wurde. »Was denkst du, Jan?«

»Ich weiß nicht«, erwiderte Rana nachdenklich. »Du könntest erst einmal untertauchen. Dich um deine Tochter kümmern, lange Waldspaziergänge machen und hoffen, dass der Sturm vorbeizieht. Das kommt darauf an, welche Art von Ausrüstung die ›Falck 3‹ eigentlich an Bord hatte.«

Der Zug lief in Oslo ein. HK hatte ihm eine Nachricht aus Kirkenes geschickt, wo er sich aufhielt. Johnny wurde eine Woche Erholungsurlaub bewilligt. Danach sollte er sich im Hauptquartier der Sektion einfinden.

»Auf längere Sicht«, sagte Rana gedehnt, »befürchte ich, dass an deiner Geschichte viel zu viel dranhängt, um sie vor der Öffentlichkeit geheim zu halten.«

Johnny sagte nichts dazu.

»Es wird ein Punkt kommen«, fuhr der Anwalt fort, »an dem du alles zu gewinnen hast, wenn du das Ruder selbst in die Hand nimmst. Du bist ein norwegischer Held, und die Ereignisse im Norden unterstreichen das nur noch. Mein Angebot vom Dezember steht. Am selben Tag, an dem du bereit bist, alles zu erzählen, stehe ich Gewehr bei Fuß.«

Auf dem Bahnsteig herrschte warmes Frühsommerwetter. »Danke für all deine Hilfe, Jan.« Johnny umarmte ihn herzlich. »Ich fürchte, das wird nicht das letzte Mal gewesen sein, dass ich mit dir rede.«

In den nächsten Tagen brachte Johnny seine Tochter zur Schule und holte sie nachmittags vom Schulhort ab. Rebecca musste das Video von der »Falck 3« mitbekommen haben, und mit dem scharfen Blick der Ex-Freundin hatte sie den mysteriösen Schützen wohl an seiner Körpersprache wiedererkannt. Sie war jedenfalls überraschend freundlich und verständnisvoll.

Das Wetter wurde wärmer, und am Ende der Woche schickte Johnny eine Nachricht an Sasha und fragte, ob sie ihn an der Badestelle in Nydalen treffen wolle. Nach der Schule radelte Johnny mit Ingrid dorthin. Eine Vogelschar von frühlingsblassen Osloern lagerte um das künstliche Flussbecken, und seine Tochter warf sich mit Freudengeheul ins kalte Wasser.

Er blieb in Gedanken versunken auf den Treppenstufen sitzen und behielt Ingrid im Auge.

Eine Hand klopfte ihm sanft auf die Schulter.

»Hallo«, sagte Sasha.

Er spürte es im Körper kribbeln. Sie trug ein Vintage-Shirt und abgeschnittene Jeansshorts, die ihre wohlgeformten Beine betonten, aber ihr Blick war besorgter als auf Svalbard. Er fragte, ob es ihr den Umständen entsprechend gut gehe.

»Ich weiß nicht«, antwortete sie aufrichtig. »Es ist schön, dich zu sehen, obwohl alles ein Chaos ist. Wir sind nur Freunde, oder? Ich glaube, Mads wäre nicht erfreut zu hören, dass man mich bereits mit einem neuen Mann gesehen hat.«

Sie setzte sich neben ihn, mit einer Körperbreite Abstand.

»Free Falck«, sagte sie und schüttelte den Kopf.

»Was?«

»Verfolgst du keine Nachrichten, Johnny?«

»So selten es geht.«

»Das ist der Slogan von Bürgermeisterin Sibblund. Halb Kirkenes versammelt sich unter der Parole auf dem Marktplatz. Auf den Lofoten und in Bergen demonstrieren sie auch. Der kurdische Gesundheitsminister hat #FreeFalck getwittert. Der Hashtag geht in den sozialen Medien viral.«

Er wandte sich ihr zu. »Ich denke viel an dich, Sasha.«

Sie schluckte. »Und was denkst du?«

Johnny fand keine Worte. Ingrid winkte ihm aus dem Wasser zu, er winkte zurück. »Dass ich ... dich gerne wiedersehen will. Ich mag es, wenn wir, äh, zusammenarbeiten.«

Sie ließ sich mit der Antwort lange Zeit.

»Ich auch«, sagte sie schließlich.

Die Unterhaltung geriet ins Stocken. Er lachte leise in sich hinein.

»Warum lachst du?«

»Ich weiß nicht, Sasha. Fühlt sich ein bisschen an, als wären wir sechzehn, hätten einen Sommerflirt gehabt und würden uns nach den Ferien wiedersehen, vielleicht.«

»Mit dir habe ich einige der intensivsten Momente meines Lebens geteilt«, sagte Sasha und sah ihm lange in die Augen. »Es ist nur so, dass im Moment alles um mich herum ein Chaos ist. Hast du mit Connie gesprochen?«

Er schüttelte den Kopf. »Aber stell dir vor, Verleger Peder Grieg hat wegen der Biografie angerufen. Er entschuldigte sich für sein unpassendes Anliegen, betonte aber, der Anruf sei seine ›verdammte Verlegerpflicht‹. Nannte die Entscheidung, das Projekt abzubrechen, ›voreilig‹. Am Vorschuss dürfte es wohl nicht liegen.«

»Connie hat die Nachricht über Hans schwer getroffen«, fuhr Sasha fort.

»Obwohl sie nicht gerade Freunde sind?«

»Da gibt es wohl eine dicke Schicht Bodensatz. Unvearbeitete komplizierte Gefühle. Sie hat mich angerufen, deutlich betrunken. Schrie ins Telefon, du hättest sie unter falschen Voraussetzungen kontaktiert und dass ich genauso schlimm sei. Sie werde alles zurückziehen, was sie gesagt hat.«

»Oh Mann«, sagte Johnny und kratzte sich am Kinn. »Das bedeutet, dass es nur einen Menschen gibt, der uns den Rest der Geschichte berichten kann. Und der sitzt in FSB-Gewahrsam auf Franz-Josef-Land.«

»Murmansk«, sagte sie schnell. »Er ist gestern ins dortige Gefängnis überstellt worden.«

»Trotzdem schwierig, fürchte ich.«

Im selben Moment kam Ingrid aus dem Wasser und kam auf sie zu. Ein paar Stufen unterhalb von ihnen blieb sie mit den Füßen im Wasser stehen, legte den Kopf schräg und fragte mit einem Lachen in der Stimme:

»Seid ihr ein Liebespaar?«

Kapitel 56

Dezinformatsiya

Cort Adelers Gate, Oslo

HK schloss die Etage in der Cort Adelers Gate 17 auf und ging durch die Räume, in denen es ungelüftet roch, da sein letzter Besuch hier schon eine Weile her war. Es war sieben Uhr morgens, er war früh aus dem Haus gegangen. Zwischen ihm und seinem Ehemann stand eine Art Eisfront, und bis er sein Privatleben in Ordnung gebracht hatte, zog er es vor, rund um die Uhr zu arbeiten.

Er machte Kaffee, öffnete die Fenster zur Straße und dachte an das Treffen mit dem russischen Geheimdienstler im Generalkonsulat in Kirkenes. Dessen Vorschlag, nein, dessen Angebot war so verblüffend gewesen, dass HK an nichts anderes denken konnte, als er an den ahnungslosen Falck-Unterstützern auf dem Platz vor dem Gemeindehaus vorbeiging.

Den spionageverdächtigen Hans Falck im Gefängnis mit einem Journalisten reden lassen? Die Russen hatten irgendwas vor, aber was?

In den Medien zog der »Spionagefall« weitere Kreise, jetzt auf Ministerebene. Der norwegische Außenminister bezichtigte Russland der »willkürlichen Inhaftierung« eines norwegischen Staatsbürgers. »Falck muss sofort freigelassen werden«, so der Minister. Der Premierminister hatte die Angelegenheit bei seinem russischen Amtskollegen zur Sprache gebracht, der seinerseits Norwegen »ungerechtfertigten Waffeneinsatz« und »gefährliche Eskalation« in einer Situation vorwarf, in der der russische Eisbrecher versucht hatte, ihnen aus der Klemme zu helfen.

Unter den wenigen Eingeweihten innerhalb der Geheimdienste

war der Ton ein anderer. Dort versuchte man, den Ministern zu raten, keine allzu selbstbewussten Statements abzugeben. Hans Falck könne durchaus schuldig im Sinne der russischen Anklage sein. Johnny Bergs Manuskript hatte diesen Verdacht verstärkt. HK war sehr skeptisch gewesen, als er ihm Schreiburlaub gegeben hatte.

Wieder einmal hatte »der Junge« – so seine Bezeichnung für einen Mann, der auf Mitte dreißig zuging und Träger des Kriegskreuzes mit zwei Schwertern war – es geschafft, interessante Dinge auszugraben. Sowohl über Herbert Falcks Beziehungen zur CIA in den 1950er- und -60er-Jahren als auch über die verhinderte Enthüllungsstory des *Klassekampen* im Jahr 1976. Die »Gefährderansprache«, die der Geheimdienst mit Hans in Sallyhamna geführt hatte, war ihm zwar bekannt, aber danach wurde es unübersichtlich.

HK setzte sich an den Schreibtisch im Eckbüro. Er hatte anfallende Arbeiten immer gerne erledigt, bevor die anderen auftauchten. An diesem Tag aber hielt es ihn nicht auf dem Stuhl, und er wanderte rastlos durchs Büro. Was würde jetzt passieren?

Punkt acht Uhr betrat er das Kontrollzentrum und nickte den drei bereits Anwesenden zu.

»Guten Morgen«, sagte er steif. »Es ist eine Menge passiert, seit wir das letzte Mal hier versammelt waren. Johnny, ich möchte zuerst deine Version hören. Alles in Ordnung mit dir, übrigens? Die Bilder von dir gehen um die Welt.«

Johnny nahm sich reichlich Zeit und schilderte die Ereignisse in den Siebzigerjahren, das Gespräch mit Gouverneur Eliassen in Longyearbyen und die Geschehnisse an Bord der »Falck 3«.

»Nun«, sagte HK, als Johnny endlich fertig war. »Was aus deinem Bericht nicht hervorgeht, ist, welche Art von Ausrüstung die ›Falck 3‹ mitführte und für wen die Geheiminformationen gedacht waren.«

Die anderen beugten sich gespannt über den Tisch, als HK fortfuhr:

»Das war nämlich keine norwegische Geheimdienstoperation.

Das haben mir der Verteidigungsminister und der Geheimdienstchef versichert. Deshalb habe ich unsere amerikanischen Freunde kontaktiert. Sie erzählten mir unter der Hand, dass ihre Techniker längst vor Ort in Tromsø sind, wo die ›Falck 3‹ derzeit liegt.«

»Die Geschichte wiederholt sich«, sagte Johnny. »Der amerikanische Geheimdienst operiert im Norden unter dem Deckmantel von Rettungsschiffen und Polarforschung. Genau wie während des Kalten Krieges. Ich habe mich von der Vorstellung blenden lassen, Hans sei ein Agent der Russen. Tut mir leid.«

»Mach dir nichts draus«, sagten Line Mørk und Einar Grotle im Chor.

»Womit wir zum nächsten Punkt kommen«, warf HK ein. »Wie *wir*, die in diesem Raum sitzen, künftig weitermachen.«

»Falls Hans für die Amerikaner gearbeitet hat, heißt das für uns, alles zurück auf Anfang«, sagte Johnny. »Der Maulwurf ist immer noch da draußen.«

Der Alte holte tief Luft, bevor er antwortete. »Ich verstehe, dass dies das Nächstliegende zu sein scheint. Aber was, wenn wir von Anfang an falschgelegen haben?«

Niemand antwortete, und er fuhr fort: »*Dezinformatsiya*, oder kurz *Deza*. Die Bezeichnung kennt ihr, und ihr wisst so gut wie ich, dass es ein Grundpfeiler der russischen Geheimdienstdoktrin ist, sowohl historisch als auch seit der Auflösung der Sowjetunion. Angenommen, die Russen haben Hans Falck schon lange in Verdacht, ein amerikanischer Agent zu sein. Angenommen, sie spielen uns diese Information zu, um Zwietracht und Chaos in unseren Reihen zu säen. Das haben sie schon früher getan. Und es passt hier zweifellos gut. Oder nicht?«

»Der Gedanke ist absurd«, sagte Johnny schließlich. »Zemljakow ist auf Svalbard an einer Vergiftung gestorben, bevor er erzählen konnte, wer der Informant ist. Medwed wurde an der russischen Grenze erschossen, bevor er etwas sagen konnte. Selbst die Russen opfern ihre besten Leute nicht in einer Desinformationsoperation.«

»Ich bin derselben Meinung wie Johnny«, sagte Line.

HK ließ sich nicht aus der Fassung bringen. »Ihr wisst so gut wie ich, dass Zemljakow Teil eines Machtkampfs innerhalb des Geheimdienstes war. Da kann viel passiert sein. Und wer von russischer Seite aus die Grenze nach Norwegen überquert, wird wahrscheinlich in den meisten Fällen eine Kugel in den Rücken bekommen, wenn er entdeckt wird.«

»Nein«, sagte Johnny, der zunehmend wütend wurde. »Wir können jetzt nicht aufgeben. Was ist das hier?«

»Tut mir leid«, sagte HK kalt. »Die Führungsebene der Verteidigung hat eine Entscheidung getroffen. Wir sind ein Werkzeug der Politiker. Danke, das war's für heute.«

Johnny starrte auf die Tischplatte und schüttelte stumm den Kopf.

»Sind wir fertig?«, fragte Grotle resigniert. »Dann bleibt uns nur noch, hier aufzuräumen?«

»Nicht ganz«, antwortete HK. Er hatte bewusst damit gewartet, die letzte Karte auszuspielen. »Wie ihr wisst, komme ich aus Kirkenes, wo ich mich mit dem FSB-Chef in Murmansk und anderen getroffen habe. Der FSB hat sich bereit erklärt, einen Besucher zu Hans zu lassen. Einen Journalisten.«

»Was?«, riefen die anderen aus, beinahe wie aus einem Mund.

»Ich sagte, dass wir natürlich daran interessiert seien. Und dass wir möglicherweise einen Mann hätten, der sich für diesen Auftrag eignet.«

»Nein, nein«, sagte Johnny, der die Blicke der anderen auf sich spürte. »Nein und noch mal nein. Außerdem sind die Russen wütend über die Schüsse.«

»Sie haben mir garantiert, dass sie die Sache nicht weiterverfolgen werden«, sagte HK.

»Dir ist nicht der Gedanke gekommen, dass es eine Falle sein könnte?«, warf Line Mørk ein.

»Nein«, sagte HK. »Etwas so Naheliegendes ist keine Falle. Die

Russen sind keine Idioten. Denn es gibt einen Grund, warum sie wollen, dass Johnny kommt und nicht jemand aus der Familie. Johnny ist der Biograf von Hans. Die Bedingung ist, dass du ein Diktiergerät mitbringst. Das verstößt natürlich gegen alle Regeln. Sie wollen, dass Hans gesteht. Sie wollen eine perfekt inszenierte Propagandashow. Einen Schauprozess, die Russen wissen, wie man so was macht. Wir werden ihnen dabei helfen. Du nimmst dein Manuskript mit. Hast du verstanden, Johnny?«

Kapitel 57

Crossroads

Murmansk, Russland

Das Tor des Gefängnisses in Murmansk fiel hinter ihm zu. Ein Wärter in einem Hemd mit fleckigem Kragen warf einen Blick auf das Diktiergerät, nahm es dann genauer in Augenschein, bevor ein Vorgesetzter herbeieilte und Johnny durchwinkte.

Die Schritte durch den langen Korridor hallten von den Wänden wider. Ein übler Geruch von Schimmel, Schweiß und gekochtem Kohl hing in der Luft. Der Wärter blieb vor einer Tür stehen, schloss auf und öffnete sie weit für ihn. Johnny machte einen Schritt hinein. Der Besuchsraum hatte graue Wände, von denen die Farbe abblätterte, und eine kleine Fensteröffnung hoch oben, durch die das ewige arktische Sommerlicht hereinfiel.

Hans saß auf einem braunen Holzstuhl, in einem sauberen weißen T-Shirt und langer Hose, leicht vornübergebeugt, die nackten Unterarme auf die Oberschenkel gestützt. Man hatte ihm den Kopf rasiert, vermutlich zum Schutz vor Läusen und aus hygienischen Gründen. Ein Wärter in der Ecke nickte missmutig. Hans' Gesichtsausdruck war matt, er war blass und etwas abgemagert auf eine Art, die ihn älter wirken ließ, aber nicht schlimmer, als zu erwarten gewesen war.

Hans stand auf und umarmte Johnny. Sie packten einander bei den Schultern und sahen sich an, nur einen halben Meter voneinander entfernt.

»So langsam scheint es zu einer speziellen Gewohnheit zu werden, dass wir uns unter solchen Umständen treffen«, sagte er. »Aber vor gut einem Jahr war es umgekehrt, da war *ich* es, der *dich* im Gefängnis besucht hat.«

Johnny antwortete nicht darauf.

Hans bot ihm mit einer Geste, die galant wirken sollte, einen Platz an. Johnny setzte sich und legte die Aktentasche auf einem kleinen Tisch mit hellem Furnier ab.

»Man hat mir erlaubt, unser Gespräch aufzunehmen«, sagte er.

»Du weißt natürlich, dass sie eine solche Erlaubnis normalerweise nie geben würden«, sagte Hans. »Nie im Leben. Das hier ist also ein *show trial*, ein reiner Schauprozess fürs Publikum.«

»So viel habe ich verstanden.«

Im Gefängnis gab es kaum Kaffee, also schüttete Johnny den mitgebrachten Pulverkaffee in zwei Becher.

»Wie haben sie dich drangekriegt?«, fragte Johnny. »Haben sie belastende Beweise?«

Hans blies in den dampfenden Becher und schüttelte den Kopf.

»Ich habe reinen Tisch gemacht«, sagte er. »Bei meinem letzten Einsatz mit dem 330. Rettungsgeschwader im vergangenen Jahr habe ich dem Käpt'n eines russischen Trawlers den entzündeten Blinddarm herausoperiert. Den Blinddarm nahm ich mit, aber da ich anschließend den schweren Unfall hatte, dachte ich nicht mehr daran. Bis einer meiner Kollegen des Rettungsgeschwaders mit dem Blinddarm auftauchte, der in Bodø im Kühlfach gelegen hatte. Ich hatte ihm nämlich erzählt, dass Organe für Forschungszwecke verwendet werden könnten.«

»Was du dir aber zur Tarnung ausgedacht hattest?«, fragte Johnny.

Hans nickte. »Ja, das stimmt. Mit dem Blinddarm des Kapitäns kam ich in den Besitz seiner DNA und informierte meinen Führungsoffizier, der einen Fehler machte. Die Amerikaner suchten den Russen unter anderem mithilfe des DNA-Profils, das ich ihnen beschafft hatte. Und damit erkannten die Russen, dass ihr lang gehegter Verdacht gegen mich stimmte: dass ich für die andere Seite arbeitete. Denn der Kapitän hatte russischen Boden nie verlassen, daher war ich der Einzige, der das DNA-Profil hatte liefern können.«

»Hätte das nicht auch dein Kollege sein können?«, wandte Johnny ein.

»Nein, meine Auftraggeber hatten mich mit einem diffusionsdichten Beutel ausgestattet, den ich versiegelt habe, und der war nicht geöffnet worden.«

»Wie äußert sich der FSB zu einer eventuellen Strafe?«

Hans zuckte die Schultern. »Zehn, fünfzehn Jahre, sagt mein Anwalt. Wenn ich Glück habe, fängt die NATO ein paar Russen ein, und ich werde vorher ausgetauscht. Ich komme schon klar.«

Äußerlich betrachtet gab er sich forsch, aber Johnny ahnte ein winziges Zittern in seiner Stimme.

Hans blickte durch die Gitterstäbe hinaus. Murmansk im Frühling. Johnny hasste Gefängnisse.

»Aber deswegen bin ich nicht gekommen«, sagte Johnny.

Hans nickte.

Sah Johnny da etwas anderes in seinen Augen, ein Zucken in seinem Gesicht?

»Ich habe nicht getan, was du wolltest«, fuhr er fort. »Ich habe einen Entwurf über den ersten Teil deines Lebens geschrieben, auf der Grundlage dessen, was Connie mir erzählt hat.«

»Mir war klar, dass du das tun würdest«, erwiderte Hans. Seine Stimme klang sanft und resigniert.

»Ich möchte, dass du das in Ruhe durchliest, während ich draußen warte.«

Er legte das Manuskript vor Hans auf den Tisch, stand auf und ging hinaus. Auf dem Korridor setzte er sich auf eine Bank und wartete.

Johnny war nach Kirkenes geflogen und von dort aus mit dem Auto des norwegischen Konsuls über die Grenze und die Halbinsel Kola nach Murmansk gefahren. Jetzt hatte die Stadt Farbe bekommen. Er hatte einen Blick in Richtung der pastellfarbenen norwegischen Diplomatenresidenz geworfen. Diesmal war er nicht Roar Kirkkoniemi, sondern ein besonders wichtiger Gast der Russischen

Föderation, der unter seinem eigenen Namen reiste und die beste Behandlung erhielt.

Nach rund einer Stunde öffnete der Wärter die Tür und winkte ihn herein. Plötzlich merkte Johnny, dass er nervös war, wie damals, als man ihn zum mündlichen Examen hereingerufen hatte. Mit betont langsamen Bewegungen nahm er Hans gegenüber Platz, stellte das Diktiergerät zwischen ihnen auf den Tisch und verschränkte die Arme vor der Brust.

Es war vollkommen still im Raum.

Johnny räusperte sich. »Und?«

Ein Ventilator in der Wand brummte leise.

»Ich bin beeindruckt«, sagte Hans.

Johnnys Erleichterung mischte sich mit einer leisen Angst, dies könnte in Wirklichkeit der Anfang eines vernichtenden Urteils sein.

»Jeder Mensch ist in seinen eigenen Augen unendlich kompliziert«, sagte Hans. »Aber vielleicht ist es so, dass unser Selbst, das, was uns wirklich ausmacht, am besten durch den vereinfachenden Blick anderer hervorkommt. Glaubst du das, Johnny?«

»Ich bin offen für den Gedanken.«

Hans klopfte mit dem Finger auf den Manuskriptstapel. »Natürlich könnte ich mich in Details über Ereignisse verlieren, die sich für mich anders darstellen, aber das ist nicht so wichtig. Du hast das Wichtigste herausgefunden. Die Triebkräfte, die Dilemmata. Diese Momente, die man erst lange danach als Scheidewege des Lebens begreift.«

»Danke«, erwiderte Johnny, »aber es ist Connie, der du danken solltest.«

Hans antwortete nicht, starrte nur mit leerem Blick zum Fenster in der Wand.

»Du weißt, dass ich damals im Krankenhaus in Bodø vorhatte, dir alles zu erzählen?«

»Warum hast du es nicht getan?«

»Wenn wir eine Notlüge erzählen, verspüren wir automatisch einen kleinen Stich von Schuld, von Angst, nicht wahr?

Aber wenn wir sie immer wieder erzählen, löst sie sich Schritt für Schritt im Körper auf, wie Blutverdünner, bis sie ein Teil von uns geworden ist.«

»Eine Lebenslüge«, sagte Johnny.

»Als du das erste Interview mit mir geführt hast, da hast du es mit dem Säugling begonnen, den ich durch Schatila getragen habe. Ich habe dir nie die Vorgeschichte erzählt, über die Mutter, von der ich mich auf der Krankenstation verabschiedet habe. Sie hieß Mouna Khouri, und ich habe sie geliebt.«

Er räusperte sich. »Sie war deine Mutter, Johnny, und ich bin dein Vater.«

Johnny saß mehrere Sekunden lang wie versteinert da. Dann brach er in ein keuchendes, unangebrachtes Lachen aus. »Du bist ... mein Vater?«

Er sprach die letzten beiden Worte voller Ehrfurcht aus, als gehörte »mein Vater« nicht zu seinem Wortschatz.

»Machen wir uns nicht vor, dass dies unkompliziert für uns, für dich sein wird«, sagte Hans. »Du wirst denken, sofern du es nicht bereits tust, dass das unverzeihlich ist. Du wirst jemandem anvertrauen, den du liebst, dass es besser gewesen wäre, wenn du es nicht erfahren hättest. Du wirst nachts weinen, mich insgeheim verfluchen, mich hassen und vielleicht irgendwann einmal deinen Frieden mit mir machen. Aber du sollst wissen, dass ich dich immer geliebt habe. Dass ich getan habe, was Mouna wollte. Dass ich das Versprechen gehalten habe, niemals deine Identität zu verraten und dir ein besseres Leben zu ermöglichen.«

Johnny schloss die Augen. Spürte, wie etwas Schweres, Hartes, Nasses sich aus seinem Kopf hervorpresste, merkte, wie das Gesicht von Hans sich an den verschwommenen Rändern seines Blickfelds auflöste. Es war, wie unter Wasser die Augen zu öffnen.

»Ich bin dir nicht böse«, schluchzte er. »Ich bin so froh über dieses Gespräch. Erzähl mir von meiner Mutter. Erzähl mir von euch, ich will alles wissen.«

Transkription der Aussage von Hans Falck:

Ich will ehrlich sein, Johnny.
Ich bitte nicht um Vergebung, sondern um Verständnis für das, was geschehen ist. Ich wurde Agent. Ich hatte keine andere Wahl.
Das erste Mal kam ich 1980 in den Libanon. Zusammen mit Constance ging ich über den vor Hitze flirrenden Asphalt des Flughafens im Süden Beiruts.
Es war eine neue Zeit. Die maoistische Partei war aus Angst vor Krieg und Sektierertum vor die Hunde gegangen. In Großbritannien regierte Margaret Thatcher, und die USA hatten gerade Ronald Reagan zum Präsidenten gewählt. Wenn vom radikalen Zeitgeist überhaupt noch etwas übrig war, dann hier im kriegszerstörten Beirut. Im Nahen Osten, im globalen Süden. Die Fronten änderten sich, eine Ideologie löste die andere ab. Im Iran hatte Ayatollah Khomeini den Schah vertrieben und ein religiöses Regime eingeführt. Mehrere der ehemaligen Genossen der maoistischen Partei waren zum Islam konvertiert; der alte Solidaritätsarzt Trond Linstad hatte den zweiten Vornamen Ali angenommen.
In einer Rede bezeichnete der Ayatollah die USA als »den großen Satan«, eine verwundete Schlange.
Ich hatte mein Studium abgeschlossen und zwei Jahre als Assistenzarzt in Nordnorwegen gearbeitet. Für Constance, so mein Eindruck, war es schwieriger. Sie hatte viel ausprobiert und war gescheitert. Ich war froh, als sie sich entschied, Krankenschwester zu werden und mit mir in den Libanon zu gehen.
Constance war in Kaki gekleidet und hatte sich einen Schal halb über den Kopf gezogen. Sie hielt meine Hand fest umklammert.
»Bist du nervös?«, fragte ich sie, daran kann ich mich erinnern.
»Ich war noch nie in einem Kriegsgebiet.«
»Ich auch nicht«, antwortete ich.

Wir gingen zum verabredeten Treffpunkt im Gewimmel vor dem Flughafengebäude und wurden von einem jungen Fahrer abgeholt, der uns in halsbrecherischem Tempo zum nahe gelegenen palästinensischen Flüchtlingslager fuhr. Auf dem Weg dorthin wurden wir an einem Kontrollposten von einer Miliz aus sehr jungen Männern gestoppt.

Ich versuchte, ihnen auf Englisch zu erklären, wer wir waren und was wir wollten, aber sie sahen mich nur ausdruckslos an.

»Nous venons de Palkom«, sagte Constance in ihrem Schulfranzösisch und erklärte, dass wir für die palästinensischen Flüchtlinge arbeiteten.

Das war eine Notlüge. Wir hatten uns ganz bewusst von den norwegischen Solidaritätsfraktionen ferngehalten, die sich wie immer in kleinteilige Gruppierungen mit noch winzigeren Unterschieden und unversöhnlichem Hass aufspalteten.

Am Ende winkten uns die jungen Männer missmutig durch. Das Lager war überfüllt. Überall in den schmutzigen Gassen liefen kleine Kinder herum. Das war Schatila. Die hier lebten, waren staatenlose Palästinenser.

Im Krankenhaus blieb keine Zeit für eine Vorstellung.

Wir hatten gerade den ersten Nachtdienst hinter uns gebracht und wollten uns mit einer Tasse süßem Tee auf einem Sofa niederlassen, als wir draußen Lärm und aufgeregte Stimmen hörten: »Yalla, yalla!«

Ohne anzuklopfen, stürmte eine Gruppe Männer lautstark in den Pausenraum.

»Doktor, Doktor!«, rief einer der Männer. In seinem Gesicht spiegelten sich abwechselnd Angst und Wut wider. Sein Kopf war mit einer Keffiyeh bedeckt, er trug einen Dreitagebart. Es waren offenbar Milizionäre. Ein anderer Mann stieß Constance beiseite.

Auf einer behelfsmäßigen Trage lag eine junge Frau.

Das Erste, was ich sah, waren ihre Kampfstiefel, halb bedeckt von einer Uniformhose, die mit einem Gürtel um die Taille befes-

tigt war. Zunächst konnte ich keine Verletzungen erkennen, aber als ich mir ihren Brustbereich ansah, fiel mir auf, dass die Uniform dort dunkel und bräunlich verfärbt war.

Die Farbe, die Militärgrün annimmt, wenn es von rotem Blut getränkt wird. Offenbar hatte sie eine Verletzung im Brustbereich. Die Frau war blass und bewusstlos. Ohne zu zögern, prüfte ich, ob die Atemwege offen waren. Der Puls war schwach und unregelmäßig. Ich sah mir das Einschussloch genauer an.

Constance war dazugekommen. »Großer Gott, sie hat einen Herzschuss.«

»Doktor, du musst operieren!«, rief der Anführer der Miliz.

Ich spürte die Angst und die Nervosität im ganzen Körper. Dass ich ein Experte in Feldmedizin war, konnte niemand behaupten. Nach erfolgreichem Examen hatte ich zwei Jahre als Assistenzarzt auf den Lofoten gearbeitet. Bei den Fischern an der Außenküste hatte ich viel gelernt. Sowohl was Unterkühlungen als auch allgemeine Lebensweisheit betraf.

Aber nicht, wie man Schussverletzungen in der Herzregion operiert.

»Worauf wartest du, Doktor?«, rief der Mann.

»Ich warte auf den Oberarzt«, antwortete ich.

Der Mann machte einen Schritt auf mich zu, sein Tabakatem wehte mir ins Gesicht. »Doktor. Du sollst operieren. Jetzt. Verstehst du das?«

Die anderen Männer der Miliz kamen drohend näher und bildeten einen Halbkreis um mich.

Die Frau lag regungslos auf der Trage.

Ich dachte: Was machen sie mit mir, wenn ich es nicht schaffe, ihre Kameradin zu retten?

Ich holte tief Luft und sah den Mann an. »Ich werde ihr eine Narkose geben«, hörte ich mich sagen. »Anschließend werde ich versuchen, sie zu operieren. Ich muss euch bitten, den Saal zu verlassen, während wir das tun.«

Zusammen mit einer palästinensischen Krankenschwester säuberte Constance den Brustbereich von Blut. Dann fing ich an. Ich dachte nicht nach. Ich handelte. Rasch setzte ich einen Schnitt unter dem Brustbein. Auch ohne die Vorgeschichte zu kennen, begriff ich sofort, dass die Blutung von dort kam, wo die Kugel steckte.

Neben einer der Herzklappen entdeckte ich sie. Mein Blick und der von Constance trafen sich über die Gesichtsmasken hinweg.

»Wir müssen sie entfernen«, sagte ich.

Constance nickte.

Während sie den Schnitt offen hielt, führte ich eine Pinzette in Richtung Herzklappe ein. Auf dem Flug hierher hatte ich versucht, mir vorzustellen, wie ich unter einem solchen Druck reagieren würde. Jetzt war die Situation tatsächlich eingetreten, und ich war vollkommen ruhig. Als ob die Welt da draußen nicht existierte. Es ging einzig und allein darum, die Kugel mit der Pinzette herauszuholen, ohne das umliegende Gewebe mehr als notwendig zu schädigen.

Nach einigen langen Sekunden spürte ich, wie die Pinzette auf die Kugel traf. Ungeheuer langsam versuchte ich, sie zu fassen, aber sie rutschte weg. Wieder stieß ich dagegen, bis es mir gelang, das flache Ende des Projektils zwischen die spitzen Greifarme der Pinzette zu klemmen. Nahezu unmerklich bewegte ich die Kugel. Ich wusste, dies war der entscheidende Punkt. Wenn ich unvorsichtig war, würde das empfindliche Bindegewebe aufreißen, was innere Blutungen zur Folge hätte.

Mit einer langsamen Bewegung zog ich den Arm zurück.

Die Kugel kam mit.

Ich hielt sie gegen das Licht. Constance kam eilig mit einem Zinnbecher herbei, und bis heute habe ich das Geräusch im Ohr, mit dem die Kugel auf dem Becherboden aufschlug, als ich sie hineinfallen ließ.

Constance versorgte den Schnitt und deckte die Patientin zu.

Ich lehnte mich vor Erleichterung an die Wand. So stand ich lange da, bis ich vorsichtig die Tür öffnete. Die wartenden Männer erhoben sich. Der Milizführer sah mich fragend an: Und? Ich nickte. »Die Operation ist geglückt. Die Aussichten sind gut, dass sie wieder ganz gesund wird.«

Der Milizführer sah mich lange an. »Danke«, sagte er. »Ich schulde dir großen Dank.«

Zusammen gingen wir hinaus. Constance zitterten die Hände, mir auch. Als wir in die laue Morgenluft hinaustraten, nahm ich die Kugel aus dem Becher und hielt sie gegen das Tageslicht.

»Hast du eine Zigarette?«, fragte ich.

»Du hast doch nicht etwa wieder angefangen zu rauchen?«

»Gib mir einfach eine, bitte.«

Während ich meine Zigarette paffte, blickte ich auf die Häuser von Beirut und hinaus aufs Meer. Ich legte ihr den Arm um die Schulter.

Lange standen Constance und ich so da. Dann ging ich wieder hinein und betrachtete die junge Frau, die inzwischen in leichten Stoff gehüllt war, aus einigem Abstand. Ihr üppiges dunkles Haar floss über Nacken und Schultern. Sie war sehr jung, kaum älter als zwanzig, vielleicht jünger, und an einer Halskette trug sie ein Kreuz.

Das war deine Mutter, Johnny. Sie war es, die ich in jener Nacht operierte.

Ich habe ihr eine Kugel aus dem Herzen entfernt.

Ich habe die ersten Monate in Beirut als eine glückliche Zeit in Erinnerung. Constance und ich mieteten eine Wohnung im Westen der Stadt, und zum ersten Mal waren wir ein richtiges Paar. Ich hatte mich entschuldigt für das, was 1976 passiert war, und meinem Eindruck nach hatte sie es akzeptiert. Wir waren weit weg vom Bergenser Klatsch und Tratsch oder der Gerüchteküche in der Partei. Wir machten lange Spaziergänge an der Corniche, aßen Fattoush und gegrilltes Fleisch in einem Café, blieben stehen und sahen den Fischern auf den spitzen Klippen zu, während wir uns küssten. Wir liebten uns in der warmen Wohnung, stritten uns und vertrugen uns wieder bei einem Glas Wein, genau wie andere Paare. Wenn wir ausnahmsweise mal freihatten, fuhren wir in einem alten Cabrio, das ich mir von einem zwielichtigen schiitischen Geschäftsmann leihen durfte, hinaus zu den Weingütern.

Constance wünschte sich ein Kind, denn diesmal würde kein Parteidekret in die Quere kommen. Aber sie wurde einfach nicht schwanger. Über unserer Beziehung hing eine dunkle Wolke.

Wie sich herausstellte, war der Mann, der mich gezwungen hatte, die Operation durchzuführen, der Bruder der Patientin. Er hörte nicht auf, mir dafür zu danken, dass ich seiner Schwester das Leben gerettet hatte.

»Wie geht es ihr?«, fragte ich.

»Besser. Viel besser«, antwortete er.

Nach einigen Wochen Bettlägerigkeit begann die junge Frau, sich zu erholen. Obwohl der Arbeitsdruck groß war, ging ich oft zu ihr hinein, um nach ihr zu sehen. Sie saß inzwischen schon aufrecht im Bett.

Als ich eines Tages in ihr Krankenzimmer kam, sah sie mich an. »Ich danke dir jeden Tag für mein Leben, Doktor Hans. Dir und unserem Herrgott.«

Sie legte die Hand um das Kreuz an ihrer Halskette. »Du bist Christin?«, fragte ich.

»Ich heiße Mouna«, sagte sie. »Mouna Khouri. Weißt du, was Khouri bedeutet?«

Ich schüttelte den Kopf.

»Auf Arabisch bedeutet es Priester.«

Unerfahren im Nahen Osten, wie ich war, wollte ich gerade verwundert fragen, warum eine Christin im palästinensischen Widerstandskampf aktiv war. Sie kam mir zuvor: »Du siehst überrascht aus, Doktor Hans. Weißt du nicht, dass die Christen schon immer eine große Minderheit unter den Arabern waren? Im Libanon, natürlich, aber auch in Ägypten und Palästina.«

Ich nickte.

»Viele der großen Anführer im Kampf für die Freiheit Palästinas sind Christen, wusstest du das? Meine Familie geht auf die Urchristen zurück.«

»Schön, dass es dir besser geht«, sagte ich. »Soll ich dich nach draußen begleiten, damit du dir ein bisschen die Beine vertreten kannst?«

Es war der erste von vielen Spaziergängen durch den Garten des Krankenhauses, zwischen Zypressen und Olivenbäumen und bepflanzten Beeten. Mouna redete wie ein Wasserfall, über Paris, wo sie von einem Studium träumte, über die Schriften radikaler Denker wie Franz Fanon, über ihre Heimatstadt im Westjordanland, aus der ihre Familie während der Nakba – der Katastrophe – im Jahr 1948 fliehen musste.

Deine Mutter war so schön, Johnny, und in ihrem Gesicht las ich sowohl Unschuld als auch Härte. Die privilegierte Erziehung, die ich mitbrachte, war eine Sache. Schlimmer war, dass alles, was Constance und ich als Kommunisten mitgemacht hatten, die Jahre in der AKP, die Kaderbeurteilungen, die Streiks, die Aufwiegelei, mir im Vergleich zu dem existenziellen politischen Kampf, den sie führte, so unfassbar irrelevant vorkam.

Eines Tages, als wir gerade an einer schattigen Zypresse vorbeigingen, ergriff sie meine Hand und küsste mich. Ich ließ es zu.

»Ich glaube nicht, dass das eine gute Idee ist«, sagte ich.

Ich war mit Constance zusammen. Mouna stammte aus einem Land, in dem voreheliche Beziehungen verpönt waren, so fixiert auf Ehre und Schande, wie die Kultur war. Und dennoch fingen wir was miteinander an. Natürlich taten wir das. Mit immer längeren Spaziergängen auf dem Krankenhausgelände und schließlich mit verbotenen Treffen überall in Beirut. Ich hinterging

Constance. Nach außen hin war ich immer noch mit ihr zusammen. Ich bin nicht stolz darauf, Johnny. Ich log und betrog. Mouna und ich trafen uns in Bars in Ostbeirut und liebten uns in Autos und billigen Stundenhotels.

Es war eine Geschichte, die nicht gut ausgehen konnte.

Ein Jahr war seit unserer Ankunft im Libanon vergangen, und wir waren noch nicht wieder nach Hause geflogen. Eine Woche zuvor hatte Mouna mir zugeflüstert, sie sei schwanger.

Constance hatte einen Einsatz in einer Solidaritätsklinik im Süden des Landes, und zum ersten Mal nutzte ich die Gelegenheit, um Mouna in unsere Wohnung zu bringen. Gleich in der ersten Nacht klapperte es an der Wohnungstür. Fliegt nicht jede Untreue auf so banale Weise auf?

»Hallo«, rief Constance, »die Besprechungen wurden abgesagt, deshalb bin ich schon wieder zurück.«

Mouna und ich lagen zusammen im Bett.

Constance öffnete die Tür.

Über der weißen Bettdecke, die Mona sich um den Oberkörper geschlungen hatte, hing das Kreuz.

Constance blieb in der Türöffnung stehen. »Du wagst es, ein christliches Symbol zu tragen? Pfui Teufel. Und du, Hans? Ich weiß nicht, wo ich anfangen soll.«

Dann drehte sie sich um und ging.

An einem Wintertag im Jahr 1982 erhielt ich einen Anruf von der norwegischen UNIFIL-Truppe im Süden des Landes. Sie hätten dringenden Bedarf an einer Anästhesieschulung, sagten sie, und fragten, ob ich kommen könne. Eigentlich hatte ich keine Lust, von UN-Einsatzkräften hatte ich mich ferngehalten.

Ich beschloss dennoch, zur UN-Truppe in den Süden zu fahren. Es würde armen Libanesen und Palästinensern zugutekommen, sagte ich Mouna.

Während ich die Küste entlang Richtung Süden fuhr, dachte

ich an Constance. Ich besaß die Fähigkeit, Dinge hinter mir zu lassen, bildete ich mir ein, das war eine meiner großen Stärken.

Sie war immer noch im Libanon, aber ich hatte keine Ahnung, was sie machte. Zwischen uns herrschte eisiges Schweigen.

Ich leitete einen zweitägigen Intensivkurs zu Schussverletzungen und einfacher Feldchirurgie, und als ich fertig war, stand ein Fahrer bereit, um mich zurück nach Beirut zu bringen. Die Blauhelme winkten mich durch einen Kontrollpunkt.

Aber wir fuhren nicht in Richtung Hauptstraße.

Der Chauffeur fuhr mich zu einem Ort namens Falkenhöhe. Man brachte mich zu einem Beobachtungsposten. Dort saßen zwei Männer. Der eine war Robert Eliassen von POT, jetzt polizeilicher Verbindungsmann bei UNIFIL, und neben ihm saß ein älterer Mann, der sich auf Englisch als William Astor vorstellte.

»Hans Falck!«, sagte Astor. »Weißt du, wann ich dich das erste Mal getroffen habe?«

Ich ahnte schon, dass hier etwas verdammt faul war, und blickte auf den Tisch, ohne zu antworten.

»In Paradise, was für ein Name, Anno 1952. Ich habe damals für The Company gearbeitet und meinen alten Freund Herbert Falck besucht. Du warst gerade geboren, Hans, stell dir vor.«

Ich bekam kein Wort heraus.

»Und wir sind uns zuletzt 1976 auf Svalbard begegnet«, sagte Eliassen. »Wo du dankenswerterweise unserer Aufforderung gefolgt bist, den Zeitungsartikel über Svalbard und die Rettungsschiffe zu verhindern.«

Ich sah Eliassen lange an.

»Das war das erste und letzte Mal, dass ich dir einen Gefallen getan habe, das schwör ich dir«, sagte ich.

»Das da ist Israel«, sagte Astor und zeigte auf die diesige Landschaft im Süden. »Galiläa.«

»Wir befürchten eine groß angelegte Invasion der Israelis«, fuhr der Amerikaner fort. »Wir reden ja ständig mit denen, ihre

Geheimdienstleute sind nicht nur gut, sondern auch gutwillig. Ganz gleich, was man ansonsten von ihren Sicherheitseinschätzungen halten mag, aber es ist leicht zu verstehen, dass militante palästinensische Gruppen direkt ›vor ihrer Tür‹ für sie nicht hinnehmbar sind.«

Ich wollte widersprechen und sagen, dass es auf diese Frage eine einfache Antwort gab: den Palästinensern ihr Land zurückzugeben. Aber ich tat es nicht.

»Ich sehe nicht, was das mit meiner Tätigkeit als Arzt zu tun hat«, sagte ich.

Eliassen holte einen Umschlag in A4-Größe aus seiner Aktentasche und legte ein paar Fotos auf den Tisch. Von Hans Falck mit seinen Freunden in der palästinensischen Miliz, inklusive Mouna.

»Aus meiner Perspektive betrachtet«, begann der Amerikaner, »habe ich nichts dagegen, Leuten, die ihre Jugendsünden bereuen, eine zweite Chance zu geben. Dass man als Sechzehnjähriger ein Moped gestohlen hat, sollte einem nicht für den Rest des Lebens alle Möglichkeiten verbauen.«

Er sah mich ein wenig herablassend an.

»Trotzdem«, fuhr er fort, »besteht kein Zweifel daran, dass deine Verbindungen zu militanten Elementen unter den Palästinensern zutiefst problematisch sind, aus unserer Sicht.«

»Ich bin Kommunist.« Irgendwas musste ich antworten. »Ich unterstütze den palästinensischen Befreiungskampf. Wenn ich die Wahl habe zwischen den USA und den Palästinensern im Nahen Osten, ist die Entscheidung einfach.«

»Hervorragend«, sagte Astor, »das deckt sich auch mit meiner Einschätzung. Aber das ist nicht der Grund, warum ich das erwähne. Wir könnten einige Informationen über deine palästinensischen Freunde gebrauchen. Mouna Al-Khouri.«

Ich spürte die Wut tief aus dem Bauch aufsteigen, als ich mich erhob.

»*Ich fahre zurück zu Mouna. Fahrt ihr zur Hölle.*«
»*Wann ist der Entbindungstermin?*«, *fragte Eliassen.*
Ich spürte, wie sich eine eiskalte Faust um mein Herz schloss.
Astor saß affektiert auf seinem Stuhl und überließ Eliassen das Reden.
»*Als dein Landsmann im Ausland bin ich nicht sicher, ob es so klug ist, zu Mouna und den Palästinensern zurückzukehren, ohne zu tun, was wir wollen.*«
»*Warum nicht?*«
»*Du bist nicht naiv, Hans Falck*«, *antwortete Eliassen.* »*POT beobachtet dich seit einem Jahrzehnt.*«
Er nickte Astor zu, der ein weiteres Dossier hervorholte. Sie hatten sich offenbar gut vorbereitet.
»*Was haben wir denn hier*«, *sagte der Amerikaner.* »*Ah ja, dein Großonkel Herbert Falck zusammen mit einem jungen Amerikaner in Norwegen, nicht wahr, ist das 1944 oder 1945? Das bin ich.*«
»*Das sind nicht meine Sünden*«, *erwiderte ich.*
»*Korrekt. Es ist auch nicht verboten, sich zusammen mit Aga Khan und Péron auf der Jacht von Aristoteles Onassis fotografieren zu lassen.*«
Er legte mir das Foto vor. Ich dachte an Constance, an die Riva und die Fahrt zurück nach Antibes.
»*Aber wo es langsam schwierig wird, wenn du ums Verrecken deine Unabhängigkeit bewahren willst, sind die Fotos von dir als Decksjunge auf der ›Falck 2‹ in den frühen Siebzigerjahren.*«
Er legte die Bilder von mir und den anderen Seeleuten auf der »*Falck 2*« *auf den Tisch. Ein körniges Foto, aufgenommen vor Bjørnøya, mit mir zwischen dem Koch und Bendiksen.*
»*Sie sind tot, alle zusammen*«, *sagte ich leise.* »*Das ist eure Schuld, mit dem aufmontierten Radar, und das wisst ihr.*«
»*Möglich*«, *antwortete Astor,* »*obwohl unser Spezialist auf dem Foto ...*«, *er zeigte auf einen mir fremden Mann,* »*Jim, der*

lebt noch. Ist raus aus der Company, pensioniert. Wenn du nicht tust, was wir sagen, wäre es denkbar, dass er gezwungen ist, deinen palästinensischen Freunden in Beirut von deiner Tätigkeit zu erzählen. Nicht nur, dass du jetzt für uns arbeitest, Hans Falck. Nicht nur, dass du 1976 eine kritische Reportage verhindert hast. Nein, du arbeitest für die Company – oder lassen wir den Bullshit und nennen das Kind beim Namen; die C-I-A – tatsächlich seit der Reise mit der ›Falck 2‹ im Sommer 1971. Du bist unser Mann. Du bist ein amerikanischer Agent.«

Das sind die Worte des Schaitan.

Vielleicht hatte der Ayatollah recht? Dass die USA der große Satan waren.

Jetzt hatte der Teufel mir ein Angebot gemacht, das ich nicht ablehnen konnte.

Ich hatte keine Wahl, Johnny. Ich habe dem westlichen Geheimdienst über deine Mutter berichtet. Ich hasste mich selbst dafür. Aber ich tat trotzdem, was sie von mir wollten. Der Winter ging, es wurde Frühling und Sommer. Israel marschierte im Libanon ein, um die palästinensischen Strukturen im Land zu zerschlagen. Die PLO-Führung floh.

Dann kam der September 1982.

Ich rannte zur heruntergekommenen Entbindungsklinik in Schatila, vorbei an den paar Sicherheitsleuten am Eingang, die noch übrig waren. Die wenigen verbliebenen Ärzte waren bereits mit den immer mehr werdenden Patienten überfordert, die mit Schussverletzungen hereinkamen.

»Doktor Hans!«, wurde gerufen, aber ich hörte nicht, nicht jetzt. Ich lief durch einen schmutzigen Gang und riss die Tür der Entbindungsstation auf.

Gestützt von Kissen am runden Gitter des Kopfendes lag Mouna mit einem Jungen im Arm da. Das warst du, Johnny. Ich hob dich vorsichtig hoch, du warst leicht wie eine Puppe. Säug-

linge haben etwas Unfertiges an sich, dachte ich unwillkürlich; deine Augen waren kaum geöffnet.

Die Schusssalven kamen näher, wie ein böses Echo gellten sie durch die Straßen Richtung Krankenhaus.

Ich sah Mouna an, deine Mutter. Ihre dunklen Locken breiteten sich auf dem blauen Bettzeug aus.

»Komm«, sagte ich. »Wir müssen uns beeilen.«

Ohne zu antworten, blieb Mouna still im Bett liegen und starrte an die Decke. Während das Maschinengewehrfeuer draußen hämmerte, schloss sie die Augen, wie ein Mensch, der auf den Nachtschlaf wartet. Wie ein Mensch, der stirbt.

»Es ist zu spät«, sagte sie.

»Wir haben noch eine Chance!« Mit dir an der einen Schulter versuchte ich, ihren Oberkörper aus dem Bett zu heben. »Sie werden es nicht wagen, einen westlichen Arzt aufzuhalten. Nie im Leben. Komm.«

»Sie halten jeden auf, egal wen«, sagte Mouna. Ihre Stimme klang resigniert, und ihr Blick hatte etwas Fernes, als sei sie bereits erschossen worden.

»Bitte komm, bitte«, flehte ich sie an.

»Du musst keine Angst um mich haben, Hans«, sagte sie ruhig und setzte sich mit langsamen Bewegungen im Bett auf. »Ich habe das Meine getan.«

Ich brachte kein Wort heraus.

Sie sah mich lange an. »Ich möchte, dass du dem Jungen ein würdiges Leben gibst, verstehst du?«

Ich sah dich an, Johnny.

»Ich möchte, dass er Yahya heißt. Unsere Feinde dürfen niemals erfahren, wer er ist. Versprichst du mir das?«

Während die Leuchtraketen über den Himmel zischten, lief ich mit dir in den Armen hinaus. Und diese Geschichte kennst du, Johnny, du hast sie damals erzählt, als du mich interviewt hast. Ich blieb stehen. Zwischen Haufen von Abfall, Essensresten und

Schnapsflaschen lagen die Toten: junge Männer mit abgetrennten Geschlechtsteilen, schwangere Frauen mit aufgeschlitzten Bäuchen, Kinder, Babys. Am linken Rand meines Blickfelds, etwa zwanzig Meter entfernt, sah ich eine ganze Gruppe: Frauen, ihre Kinder schützend an sich gepresst, Männer in enger Umarmung, alle mit kleinen Einschusslöchern in der Stirn. Die Menschen waren mit Schüssen aus nächster Nähe hingerichtet worden.

Ich roch den Gestank von Schießpulver und Exkrementen. Da hörte ich dein leises, durchdringendes Weinen. Ich suchte Schutz hinter einem Abfallbehälter, ging in die Hocke und versuchte, dich zu beruhigen.

Konnte mich jemand sehen? Nein, ich befand mich in Deckung.

In einem Seitenfach meiner Erste-Hilfe-Tasche lag eine Flasche Whisky der Marke Johnny Walker, Black Label, wie ich mich erinnerte. Ich öffnete die Flasche und steckte die Fingerspitze hinein. Dann ließ ich dich den süßen Whiskydunst einatmen, bevor ich meinen Finger in deinen Mund steckte. Da wurdest du still, Johnny.

Ich ging durchs Lager, auf den eisernen Ring aus Soldaten zu, der es umgab.

Die Milizsoldaten stanken meilenweit nach Schnaps. Die Augen der jungen Männer waren glasig, ihre Gesichter vermummt. Sie richteten ihre Gewehrläufe auf mich. Hinter ihnen ertönten mehrere Schusssalven, vereinzelte Schreie, dann war Stille.

In der Tasche lagst du, Johnny.

Betäubt von Johnny Walker.

Behutsam stellte ich die Tasche auf den Boden. Öffnete vorsichtig den Reißverschluss. Die Milizsoldaten standen über mich gebeugt. Dein Gesicht war verdeckt, aber das Tuch bewegte sich durch deinen Atem ein klein wenig. Ich nahm die Johnny-Walker-Flasche heraus und hielt sie dem Leutnant hin.

»Ihr braucht den Schnaps mehr als ich«, sagte ich.

Der Offizier riss die Flasche an sich. »Get lost«, kommandierte er.

Meine Hände zitterten so sehr, dass ich es nicht schaffte, den Reißverschluss zuzuziehen, ich fühlte mich schwerelos und betäubt bei meinem Spießrutenlauf durch die libanesischen Falangisten in Richtung Freiheit, und ich tröstete mich damit, dass die Soldaten, sollten sie jetzt schießen, sich gegenseitig umbringen würden.

Außerhalb des eisernen Rings stand Constance. Wir sprachen kein Wort miteinander. Ihr Blick sagte alles. Sie war hier gewesen, sie hatte gesehen, wie Frauen und Kinder von den Falangisten niedergeschossen wurden, hatte die Schreie, die angsterfüllten Schreie gehört, den Gestank von Exkrementen und Korditrauch gerochen, der über dem Lager hing.

Nichts davon wurde ausgesprochen, aber es war uns trotzdem sofort klar.

Wir fuhren weg.

»Was willst du mit dem Baby machen?«, fragte Constance.

»Ich habe der Mutter versprochen, seinen Namen niemals zu verraten, das könnte gefährlich sein. Verstehst du, was ich meine?«

Constance nickte.

Wir fuhren zu ihr nach Hause.

Am selben Abend erschien der norwegische Gesandte im Libanon, ein sorgloser, mittelalter Diplomat namens Bjørn Berg, in Constances Wohnung. Berg war selbst ein erfahrener Mann und erschüttert über die Nachrichten, die über die Geschehnisse in den palästinensischen Flüchtlingslagern an die Öffentlichkeit gedrungen waren.

Er kam mit Befehl von höchster Stelle: Alle norwegischen Bürger sollten schnellstmöglich aus Beirut evakuiert werden.

Ich saß wie versteinert da. Ich hatte seit der Nacht, in der ich Mouna Khouri operiert hatte, nicht mehr geraucht, aber jetzt zündete ich mir eine Zigarette an.

»Man hat uns garantiert, dass wir morgen das Land ungehin-

dert verlassen können«, sagte Berg. »Ich möchte Ihnen dringend nahelegen, dieses Angebot zu nutzen. Der konsularische Beistand, den wir ansonsten leisten können, ist sehr begrenzt.«

Ich sah Constance an.

»Ich bleibe«, sagte sie.

Die Antwort gab ich auch.

»Sie wollen beide bleiben?« Der Diplomat wirkte beinahe sprachlos.

»Hier gibt es zu viel zu tun«, erwiderte Constance. »Das Leid nimmt kein Ende. Ich könnte es nicht mit meinem Gewissen vereinbaren, das Land zu verlassen.«

»Da gibt es eine Sache«, sagte ich mit einem Räuspern. »Ich habe heute einen neugeborenen Jungen aus dem Massaker gerettet. Seine Mutter ist tot. Wir wissen nichts über ihn. Er schläft im Nebenzimmer. Er muss nach Norwegen.«

Constance sah mich an und schüttelte stumm den Kopf.

Ich ging ins Schlafzimmer, wo du lagst, Johnny. Hob dich hoch und sah dich lange an.

»Passen Sie gut auf den Jungen auf«, sagte ich.

Bjørn Berg trug dich hinaus. Am nächsten Tag bist du nach Norwegen geflogen.

Aber das ist nicht das Ende der Geschichte.

Nach den Massakern in Sabra und Schatila kamen Constance und ich wieder zusammen. Mouna war tot. Niemand sonst konnte verstehen, was wir durchgemacht hatten. Niemand sonst konnte verstehen, wie sich die Schreie von Menschen in Todesangst anhören. Ab und zu schliefen wir miteinander, was morbid wirken mag, aber Menschen haben nun mal auch während Kriegen und Massakern Sex.

Über den kleinen Jungen, den Bjørn Berg mitgenommen hatte, sprachen wir nicht. Auch nicht über Mouna Khouri. Überhaupt reagierten wir sehr verschieden. Ich hatte einen angeborenen Optimismus, aber auch ich war in dieser Zeit reizbarer und bedrückter als sonst.

Constance ging kaputt. Die selbstzerstörerische Tendenz, die sie immer gehabt hatte und die sich darin äußerte, dass sie ihre Sorgen mit Alkohol und anderen Drogen betäubte, trat deutlicher zutage. Wenn sie keine künstlichen Stimulanzien hätte, um vor Schatila zu fliehen, sagte sie, würde sie lieber sterben.

»Du bist schwanger«, sagte ich eines Morgens. Den Verdacht hatte ich schon eine Weile gehabt. Es war wie eine Neuauflage von Mounas ersten drei Schwangerschaftsmonaten.

Sie nickte und senkte den Blick.

»Du weißt so gut wie ich, dass es eine unmögliche Situation ist. Ich kenne einen guten Arzt in Hamra ...«

»Nein«, erwiderte sie. »Nein. Das kann ich nicht machen.«

»Du nimmst Drogen.«

»Das ist mein Körper und meine Entscheidung, Hans. Ich gehe zurück nach Bergen.«

Ich spürte das Unbehagen im ganzen Körper. »Es ist unser Kind, Constance. Das ist absolut unverantwortlich. Außerdem muss ich bis zum nächsten Frühjahr hierbleiben.«

»Es wird alles anders, Hans. Wenn ich nur nach Hause kann.«

Und dann reiste sie ab. Ich blieb in Beirut. Ich begrub mich unter Arbeit, ohne dass die Sorge mich jemals verließ. Ich hätte da sein müssen, für sie und das ungeborene Kind. Denn Traumata kennen keine Ländergrenzen. Manchmal rief sie mich an, spätnachts. Erzählte, dass sie jede einzelne Nacht wieder durch Schatila ging. Dass ihr jede einzelne Nacht eine Leuchtrakete über die Netzhaut zischte. Dass sie im silbergrauen Farbfilter der Leuchtrakete junge Männer mit abgeschlagenen und in den Mund gestopften Genitalien sah, schwangere Frauen mit aufgeschlitzten Bäuchen, Kinder, Babys. Dass sie jede einzelne Nacht über Leichenberge stieg.

Die Schusssalven, die Schreie, die Gerüche.

Am Ende war ich es, der sie anrufen musste, ohne dass sie ans Telefon ging. Aus Verzweiflung rief ich einen Sozialarbeiter in Bergen an, den ich kannte. Er erzählte, dass Constance im Nygårdspark gesehen worden war, wo sie Heroin und andere Opiate von den Dealern der Stadt kaufte. Während sie schwanger war.

Schließlich reiste ich zurück nach Bergen. Mein schlechtes Gewissen folterte mich, Johnny. Ich hatte schon jemanden im Stich gelassen, dich. Ich konnte ihr das nicht auch antun.

Im Mai, als die Rhododendronbüsche blühten, lag Constance im Haukeland-Krankenhaus in den Wehen. Kurz vor Mitternacht gebar sie ein Mädchen.

Direkt danach trat ich ins Zimmer. Der diensthabende Arzt informierte mich darüber, dass das Mädchen gut entwickelt sei, wenn auch etwas zu früh gekommen. Constance lag da mit dem Neugeborenen auf der Brust, immer noch verängstigt, immer noch mit einem Nachhall des Infernalischen in den Augen, aber auch dem Glück darüber, ein Kind zur Welt gebracht zu haben. Sie begann zu sprechen, in einem trägen, träumerischen Tonfall.

»Sie soll Marte heißen. Marte Harriet Falck, klingt das nicht gut?«

Ich stand baff und mit offenem Mund vor Constance und dem Mädchen.

»Weißt du noch, Hans«, fuhr sie fort, »damals, als wir zusammen im Theater waren?«

»Constance«, sagte ich.

»Von dem Tag an habe ich dich geliebt«, sagte sie, lächelnd angesichts der Erinnerungen, die dieser Satz auslöste, »selbst als ich mit Mikael verheiratet war, habe ich dich geliebt. Jeden Tag.«

»Constance«, wiederholte ich. »Man hat Spuren von Heroin in deinem Blut gefunden.«

Sie schluckte. »Ich habe Fehler gemacht. Ich war so schrecklich tief unten nach allem, was passiert war.«

»*Du bist nicht die Einzige, die in Schatila war. Du bist nicht die Einzige, der die Bilder nicht aus dem Kopf gehen, Constance. Aber ganz gleich, wie furchtbar es war, haben wir die Verantwortung für ein Kind.*«

Ich zitterte vor Zorn, als ich das kleine Mädchen ansah. »*Du kannst ihr mit deinem Missbrauch einen Schaden fürs Leben zugefügt haben, verstehst du das, du selbstmitleidige, egoistische Idiotin?*«

»*Aber ...*« *Constances Stimme brach.*

»*Du musst dein Leben wieder auf die Reihe kriegen, Constance*«, *sagte ich.* »*Bevor du das nicht geschafft hast, geht das so nicht.*«

Ruhig beugte ich mich über das Krankenbett und hob das Mädchen aus Constances Armen.

»*Nein*«, *wimmerte sie.* »*Tu mir das nicht an, bitte, Hans, tu mir das nicht an!*«

Sie richtete sich im Bett auf und fiel erschöpft zurück.

»*Nimm mir meine Tochter nicht weg!*«

Ich trug das Mädchen aus dem Zimmer und schloss die Tür hinter mir.

Epilog

Du und ich

Oslo

Der Sommer kam in diesem Jahr früh nach Oslo. Die Hochdruckgebiete legten sich über die Stadt, und die Einwohner zog es hinaus zu den Badestellen am Fjord. Bis in den Juni hinein stiegen die Temperaturen weiter an, nur unterbrochen von monsunartigen Gewitterschauern, die ab und zu zwischen den sanften Hügeln hereinzogen. Die Bootsstege von Sørenga, die Inseln und Felsen und Strände wimmelten von Menschen, bronzefarben wie am Mittelmeer, die am Ende des Tages sonnensatt in die Stadt zurückströmten, wo sie an endlosen Sommerabenden die Straßencafés füllten.

An einem dieser flirrenden Abende fuhren Ingeborg und Sverre mit dem Fahrrad durch die Straßen der Stadt. Trotz der Hitze trug Sverre ein dunkles Jackett und Krawatte, was für gewisse Heiterkeit sorgte, aber das kümmerte ihn wenig.

Sie hatten sich auf das Sommerfest nächste Woche auf Rederhaugen eingestimmt, indem sie an einer Gartenparty in einer der großen Villen auf Valleløkken teilnahmen, mit einem in Rotwein marinierten Festmahl an einer langen Tafel und lautstark diskutierenden Kulturpersönlichkeiten unter Birken. Doch sie hatten nur einander wahrgenommen, denn die verstohlenen Blicke zwischen zwei Liebenden sind stärker als die gesprochenen Worte.

Er war sich inzwischen sicher. Natürlich liebte er sie, soweit er wusste, was Liebe bedeutete. Interessanter war dennoch, dass er sich wiedergeliebt fühlte. Sie gehörten wirklich zusammen. Nach Svalbard hatte er es gemerkt, die Kraft der Zweisamkeit, wie er eine bessere und klügere Version seiner selbst wurde.

Die Jahre des Herumstreifens waren vorbei, er wollte mit Ingeborg eine Geschichte aufbauen. Sicher, wenn man es falsch machte, konnte das Tragwerk dieser Paarbeziehung zu einem Gefängnis werden. Aber machte man es richtig – und Sverre bildete sich tatsächlich ein, dass er das tat –, dann gab es nichts, was mehr Vertrauen schuf, als für eine rastlose Kosmopolitin wie Ingeborg ein gemeinsames Nest zu bauen. Und es gab mächtige Leute, die wollten, dass ihm das gelang.

»Wohin fahren wir?«, fragte Ingeborg, über den Fahrradlenker gebeugt. »Wir hätten doch in Torshov oder Løkka ein Glas trinken können?«

Sverre schüttelte lächelnd den Kopf. Die belebten Straßen östlich des Zentrums waren ihr Revier, nicht seins. Zumindest nicht heute Abend. Es war Mitternacht, aber der Himmel war immer noch bleich, es wurde gar nicht richtig dunkel. Sie rollten die breiten, nahezu menschenleeren Straßen Richtung Bislett-Stadion hinunter und folgten den schönen Straßen Richtung Westen, vorbei an Hegdehaugen, bevor sie Kurs auf das Kraftwerk in Briskeby nahmen und in nördlicher Richtung die Gyldenløves Gate hinauffuhren.

»Wusstest du, dass Königin Maud auf dem Grünstreifen in der Mitte zu reiten pflegte?«, fragte Sverre und zeigte darauf.

Ingeborg beugte sich vor und küsste ihn. »Jetzt hörst du dich an wie Momo.«

»›Ist es ein Wunder, dass man in meinem Alter kaum einen Kavalier findet, wenn man im Schlitten zur Hütte hinaufgezogen werden muss?‹«, imitierte Sverre recht gelungen den Tonfall von Wenche Johnsen. »Komm, Ingeborg.«

Er spürte, dass sein Herz jetzt schneller klopfte. Nach ein paar Minuten bogen sie durch das breite schmiedeeiserne Tor in den Vigelandpark ein.

»Hier war ich nicht mehr seit ...«, sagte Ingeborg.

Sverre sagte nichts, aber nachdem er die Räder abgeschlossen hatte, nahm er sie bei der Hand und führte sie zum hinteren Tor des Frognerbads. Genau wie früher war der Stacheldraht oben auf dem Tor durchgeschnitten worden. Sverre schwang sich hinauf und zog Ingeborg hoch.

»Wirklich?«, fragte sie, als sie rittlings oben auf dem Tor saß.

»Wirklich«, antwortete er.

Der Sprungturm zeichnete sich gegen den Nachthimmel ab wie ein X.

Sie waren allein. Das Sprungbecken lag verlassen da, der Wasserspiegel glatt wie Öl. Sie umrundeten den Sprungturm. Die Treppe war steil, und die Stufen waren glatt, genau, wie Sverre sie in Erinnerung hatte. Ingeborg ging ein paar Stufen vor ihm.

»Fünfer?«, fragte sie.

»Weiter«, befahl er.

Am Siebenmeterabsatz übernahm Sverre die Führung und ging die letzten Schritte zur obersten Plattform des Sprungturms hinauf. Oben auf dem Zehner spürte er eine ganz leichte Brise, die Stadt öffnete sich gleichsam, die Wolken zogen hoch oben am Himmel dahin, und aus dem dunklen bewaldeten Holmenkollåsen ragte die Sprungschanze wie ein schiefer Obelisk hervor.

»Traust du dich zu springen?«, fragte Ingeborg und packte seine Hand fester. »Ich hab große Höhen noch nie gemocht.«

Er nickte. Dachte an all die Tage hier mit Prydz, Frölich und dem Rest der Gang zurück, an die Mädchen, die sie versucht hatten zu beeindrucken, meistens ohne Erfolg. An die Schmerzen, wenn man falsch aufkommt und einen Bauchklatscher macht, wenn man im Leben auf dem Bauch landet. An all das dachte Sverre, Flashbacks aus der Vergangenheit, aus einer anderen Zeit. Aber vor allem dachte er an die Zukunft, an sie, die ihm vorsichtig über die Haare an seinem Unterarm strich.

»Wollen wir uns setzen?«, fragte er.

Vorsichtig ließ er sich am äußersten Ende des Absatzes nieder, sie folgte seinem Beispiel. Sie ließ die Beine baumeln, erst ein wenig unsicher, dann mit einem fröhlichen Lachen.

Sverre zog den Rucksack heran, den er mitgebracht hatte. Er holte eine Flasche und zwei Plastikgläser hervor, reichte ihr eins davon. Der Champagnerkorken gab seufzend nach. Er schenkte rasch ein und merkte, dass seine Hände ein klein wenig zitterten. Er spürte einen scharfen Geschmack im Mund. Sie stießen an. Sein Herz klopfte heftiger, er brachte es nicht fertig, etwas zu sagen.

»Alles okay, Schatz?« Sie beugte den Kopf zu ihm hinüber.

»Ich ... ich ... hab was für dich«, sagte seine Stimme.

Jetzt gab es kein Zurück. War dies einer der großen Momente des Lebens? Ja, zweifellos. Vielleicht hatte er keine Familie im konventionellen Sinne mehr, aber er war im Begriff, etwas aufzubauen, etwas anderes.

Auf dem lederbezogenen Etui war das Falck-Wappen eingeprägt. Er versteckte es hinter seinem Rücken. Dann überreichte er es ihr. Hielt es fest in einer Hand, sah ihr lange in die Augen.

»Willst du ...«

Während er das sagte, hatte sie sich erhoben und stand am Rand. Ingeborg hielt das Etui zwischen ihnen hoch. Ohne zu zögern, nahm sie den Ring heraus.

»Ja«, sagte sie, streifte ihn sich über den Ringfinger und küsste Sverre.

Wie schwer wiegt ein Antrag? Schwer. Sverre fühlte sich leicht wie ein Vogel im Wind.

»Ich will«, sagte sie und nahm seine Hand. »Ich will zusammen mit dir springen.«

»Bereit?«

Er wollte sich ausziehen, hielt aber inne. Hatte eine Idee. Warum nicht voll angezogen springen? Ingeborg behielt ihr Sommerkleid an. Ein leiser Windstoß fuhr unter ihr Haar. Das erste Tageslicht stieg hinter den Hügeln im Osten herauf.

Hand in Hand nahmen sie Anlauf. Und dann sprangen sie, zwei strampelnde, dunkle Silhouetten vor dem blassblauen Junihimmel.

Johnny verließ das Sommerfest auf Rederhaugen frühzeitig, um Sasha zu treffen. Wegen des nach wie vor herrlichen Wetters fand es auf dem Rasen vor dem Haupthaus statt, wo sich eine eklektische Versammlung von alten Bekannten der Falcks aus Schifffahrt, Kultur, Wirtschaft und Politik mit der neuen Garde im Small Talk übte.

Als er gerade um die Hausecke biegen wollte, kamen ihm Ingeborg und Sverre Hand in Hand entgegen.

»Johnny, willst du schon gehen?«, fragte Ingeborg.

»Das hatte ich vor.«

»Wir haben uns heute noch gar nicht richtig unterhalten«, sagte Sverre. »Eigentlich nach allem, was oben im Norden passiert ist, noch nicht. Das waren ziemlich wilde Sachen.«

Johnny zuckte die Schultern.

»Die Fotos von dir sind um die Welt gegangen«, fuhr Sverre fort.

Ingeborg zeigte munter mit dem Daumen auf ihren Liebsten.

»Er hat noch mehr *footage* von der schicksalhaften Tour«, sagte sie neckisch.

»Nein, ich frage mich nur, ob du welche von den Leuten wiedererkennst, die hier im Hintergrund stehen?«

Sverre zückte sein Handy und tippte auf den Film.

»Das habe ich gefilmt«, sagte Ingeborg.

Das Video zeigte Hans, wie er den Sankt-Georg-Orden aus der Hand von Artur Alijew entgegennahm, mit einem Diplomaten der russischen Botschaft und einer unbekannten Frau, erklärte Ingeborg. »Aber schau dir die beiden Leute dahinten an.«

»Wenn du heute«, sagte Sverre in seiner Ansprache, »den hohen Sankt-Georg-Orden deinem bereits gut gefüllten Medaillenschrank hinzufügst, frage ich: Welcher andere Norweger kann sich rühmen, Träger des libanesischen Zedernordens, der kurdischen Ehrenbürgerschaft und der Ehrendoktorwürde der Universität Florenz zu sein? Herzlichen Glückwunsch. Und *na zdorovje!*«

Johnny stand einen Moment in Gedanken versunken da. Irgendwas stimmte hier nicht.

»Sorry«, sagte er.

Im selben Moment spürte er, wie ein eisiger Schauer durch seinen Körper lief. Dass er das nicht früher erkannt hatte! Dass er so blind gewesen war!

Sasha wartete im Frognerkilen. Ihre »Riva Aquarama« lag frisch poliert und vertäut in der Bucht. Braun gebrannt und leicht bekleidet winkte sie Johnny zu, als sie ihn entdeckte. Sie küssten sich. Er hatte sich ihr nach dem Treffen mit Hans in Murmansk anvertraut. Sie hatten zusammen geweint.

Ihr Lächeln erstarb, als sie seinen Blick bemerkte. »Was ist los, Johnny?«

»Lass uns auf den Fjord rausfahren«, sagte er. »Dann erzähle ich dir alles.«

Er stieg hinunter zu den cremeweißen Sportsitzen des Rennboots. Sie ließ den Lamborghini-Motor an und setzte gemächlich auf den Frognerkilen zurück.

»Du musst sagen, was los ist, Johnny.«

»Im Winter, vor ein paar Monaten«, begann er, »hat Hans einen Moldawier auf frischer Tat ertappt, als der Typ gerade dabei war, ins blaue Zimmer auf Rederhaugen einzubrechen. Hans rief einen Mann hinzu, den ich gut kenne, um es mal so zu sagen, meinen alten Chef vom Geheimdienst. Wie sich herausstellte, war der Moldawier nicht auf Gold und Geld aus. Er hatte es darauf abgesehen, die Medaillensammlung von Hans zu fotografieren.«

»Die Medaillensammlung?«

»Was glaubst du, warum jemand eine Medaillensammlung fotografiert?«

»Um herauszufinden, wem gegenüber man loyal ist? Auf welcher Seite man steht?«

»Genau«, erwiderte Johnny. »Und er hatte sofort den Verdacht, dass ein Einbrecher, der es auf Fotos von einer Medaillensammlung abgesehen hat, in Wirklichkeit für bestimmte Auftraggeber arbeitet. Für Leute vom Geheimdienst. Mein alter Chef sorgte dafür, dass der Moldawier seinen Auftrag tatsächlich ausführen konnte. Dass er Fotos von Hans' Medaillensammlung machte und ungehindert davonkam. Die Sache hatte nur einen Haken. Mein Chef, der alte Geheimdienstmann, legte eine Ehrendoktorwürde der Universität Florenz zu Hans' Medaillensammlung.«

»Hans hat doch sicher viele Ehrendoktorwürden?«

»Ja, so viele, dass man leicht den Überblick verliert. Aber eine Auszeichnung der Universität in Florenz besitzt er nicht. Die gehörte nämlich meinem alten Chef, der übrigens auch Hans heißt. Wie auch immer, jedenfalls gelang es uns, die Übergabe der Fotos der Medaillensammlung an einen russischen Geheimdienstmann nachzuverfolgen. Damit war der Köder ausgelegt. Die ganze Idee mit der Ehrendoktorwürde aus Florenz war eine Falle. Ein klassischer Trick in meinem Beruf. Wenn du eine Lüge unterbringst, die dein Gegner für wahr hält, dann lehne dich zurück und warte ab. Bis jemand die Lüge weiterverbreitet – und sich damit selbst entlarvt.«

»Moment mal«, warf Sasha ein. »Ging es nicht darum, dass ihr Hans verdächtigt habt, ein russischer Spion zu sein?«

»Guter Einwand«, sagte Johnny. »Das haben wir uns natürlich gefragt. Wir dachten, dass sie ihn verdächtigen könnten, ein Doppelagent zu sein. Die Sache war ja ohnehin die, dass wir, während Hans unser Hauptverdächtiger war, noch andere Spuren verfolgten. Aber als Hans als CIA-Agent entlarvt wurde, musste ich wieder daran denken.«

»Clever«, sagte sie und lehnte sich auf ihrem Sitz zurück.

»Heute haben Ingeborg und Sverre mir Aufnahmen von der Zeremonie an der Trennlinie gezeigt, bei der Hans den Sankt-Georg-Orden erhielt und verhaftet wurde.«

»Und die Russen prahlen mit Hans' Ehrendoktorwürde aus Florenz?«, fragte sie.

»Du bist ein bisschen zu schnell«, sagte er. »Sverre hält eine Ansprache. In der rühmt er Hans dafür, Träger des libanesischen Zedernordens, der kurdischen Ehrenbürgerschaft und der Ehrendoktorwürde der Universität Florenz zu sein.«

Sie sah ihm ungläubig in die Augen. »Bist du dir ganz sicher?«

»Warum sollte er es sonst sagen?«

»Oh mein Gott.« Sasha saß wie versteinert da. »Das ist so krank.«

Johnny strich ihr vorsichtig über das Schulterblatt. Er sagte nichts.

»Was wirst du tun?«, fragte sie.

»Ich habe keine Ahnung«, antwortete er aufrichtig. »Unsere Ermittlungen haben zu dem Schluss geführt, dass die ganze Maulwurfspur eine von den Russen lancierte Desinformation war. Es wurde beschlossen, die Sache nicht weiterzuverfolgen. Hans sitzt in Murmansk im Gefängnis, Ingeborg Johnsen hat einen Posten in der Regierung, und Sverre leitet die SAGA.«

Sie schwieg lange. Dann sah sie ihn mit einem Blick an, der schwarz vor Trauer war.

»Jedes Mal, wenn ich im vergangenen halben Jahr zu Boden geschlagen wurde, habe ich gedacht, jetzt bin ich ganz unten angekommen. Und jedes Mal bin ich nur noch tiefer gefallen.«

»Als ich in der Armee war«, sagte er, »hatten wir einen Test, der ›drown-proofing‹ heißt, eine Übung zum Schutz vor dem Ertrinken. Dabei wird man an Händen und Füßen gefesselt und dann in ein drei Meter tiefes Wasserbecken gestoßen. Man muss fünf Minuten durchhalten. Die Sache ist ja die, je mehr man versucht, den Kopf über Wasser zu halten, desto wahrscheinlicher ist es, dass man in Panik gerät und aus dem Becken gerettet werden muss. Der Trick, um den Test zu bestehen, ist dieser: Man lässt sich sinken, und sobald die Füße auf den Boden treffen, stößt man sich ruhig und kraftvoll ab, sodass die Bewegung einen zurück an die Oberfläche bringt. Dort holt man tief Luft und lässt sich wieder sinken, und diesen Vorgang wiederholt man, bis die Zeit um ist. Im Prinzip muss man nicht mal schwimmen können. Im Gegenteil waren es oft die besten Schwimmer, die den Test nicht bestanden haben.«

Er schaute auf den Fjord hinaus, bevor er ihr in die Augen sah. »Du wirst es überstehen, Sasha. Wir werden es überstehen.«

Der Lamborghini-Motor der »Riva« bollerte.

Sie warf einen Blick hinüber zu den Steilklippen von Rederhaugen. »Was ist mit SAGA?«

»Da ist niemand mehr, der SAGA noch retten kann, Sasha.«

Sie gab Gas, das Boot hob die Nase und schnitt durch den Fjord. Sie drehte sich zu ihm um.

»Wenn doch, dann wären es du und ich, oder?«

Danksagung

Dieses Buch ist Kjetil Anders Ely Hatlebrekke gewidmet. Nicht nur, dass er das internationale Standardwerk *The Problem of Secret Intelligence* (Edinburgh University Press 2019) geschrieben hat und als erster Norweger öffentlich für den Verdienstorden des Nachrichtendienstes nominiert wurde. Kjetil war auch ein warmherziger Mensch und ein intellektueller Kraftquell, der die Denkweise einer ganzen Generation von Norwegern mit Interesse für Sicherheitspolitik und nachrichtendienstliche Arbeit geprägt hat.

All das, obwohl er lebensbedrohlich krank war, mit schweren Herzproblemen und schließlich metastasierendem Krebs. In den letzten Jahren drehten sich unsere Gespräche oft um den Tod. Um uns herum starben mehrere der besten Leute der norwegischen Streitkräfte – an Herzproblemen, durch Unfälle, durch Suizid und an Krebs.

Empirische Belege hatten wir nicht, aber es weckte die stumme Angst, die so viele Veteranen in sich tragen. Dass wir in fremde Kriegsgebiete reisten, ohne zu wissen oder angemessen darüber informiert zu werden, welche gesundheitlichen Risiken das beinhaltete. Sowohl direkt – indem wir beispielsweise der Strahlung von angereichertem Uran ausgesetzt waren – als auch indirekt, indem die Gesamtbelastung durch die Reisen in Kriegsgebiete im Laufe der Zeit größere Ausmaße annahm, als wir uns vorstellen konnten, als wir jung und unsterblich waren.

Deshalb war ich auch so beeindruckt von dem Buch, das ich seinerzeit als Redakteur betreut habe, Geir Jan Johansens *CIA i Norge. Den hemmelige historien* (Kagge 2016), ein Buch, das unter anderem dokumentiert, wie der Geheimdienst während des Kalten Krieges

Fischereiboote und Rettungsschiffe mit leistungsstarken Radaren ausrüstete, ohne dass die Besatzungen darüber informiert waren. Viele Crewmitglieder der Seenotrettungskreuzer »Skomvær 2« und »Sjøfareren« erkrankten später an Krebs. Obwohl in den Medien über die Fälle berichtet wurde, erhielten sie nicht die Aufmerksamkeit, die sie verdienen.

Vielen Menschen gebührt großer Dank dafür, dass dieses Buch das Licht der Welt erblickt hat. In Kirkenes habe ich des Öfteren bei Rita Stenersen und Arne Harald Wartiainen gewohnt und unter anderem mit Rune Rafaelsen, Inger Blix Kvammen, Luba Kuzovnikova, Evgenij Gorman, Frode Berg, Felix Tschudi und Arne Ulvang gesprochen, die mich an ihren Memoiren *Skisamarbeid med Sovjetunionen på 60- og 70-tallet* (Eigenveröffentlichung 2013) großzügig haben teilhaben lassen.

Auf Svalbard gilt mein großes Dankeschön Arnstein Skaare, der mir nicht nur mehrmals seine Wohnung zur Verfügung gestellt hat, sondern aus dessen enzyklopädischem Wissen ich auch schöpfen durfte, angefangen bei den Bergbaukonzessionen auf der Inselgruppe bis zu den Bergenser Reedereien der Nachkriegszeit. Ich danke außerdem Robert Hermansen, Bjørn Fjukstad, Dag Drevvatne, Arnt Angell, Inge Solheim, Petter Nore, Ildar Neverov, Christian Mikkel Dobloug, Harald Skaare und Ian Gjertz für ihre Kommentare zu Svalbard.

Bei *Klassekampen* gewährte mir Chefredakteurin Mari Skurdal freien Zugang zum Archiv. Die Beschreibung der Verhältnisse in der Redaktion während der 1970er-Jahre stützt sich weitestgehend auf den Artikel »Å søke om å bli gravid« (Klassekampen, 12. Februar 1994) der früheren *Klassekampen*-Journalistin Bente Thoresen und auf Gespräche mit ihr. Meine Eltern Bibi Nore und Kjartan Fløgstad waren mir überaus wichtige Gesprächspartner bei meinem Versuch, das Zeitkolorit der Siebzigerjahre wiederzugeben. Dabei geholfen hat mir ebenso die Biografie *Jon Michelet. En folkets helt* (Kagge 2021) von Mímir Kristjánsson, die ich als Verlagslektor betreut habe. Danke auch an Jostein Gripsrud für die atmosphärischen Informationen über Bergen in den 1970er-Jahren.

Ich danke Geir Woxholth für seine rechtlichen Überlegungen, Odd Karsten Tveit für seine Libanon-Geschichten, Charlotte Lunde, Lars Wabø und Karim Sayed für die Korrektur medizinischer Sachverhalte, Trond Elden für Insiderinformationen über das 330. Rettungsgeschwader, Ingvild Andersen für fachliche Hinweise zur Psychologie von Doppelagenten, Aage Borchgrevink für sein Fachwissen über Russland, Petter Skavlan für Diskussionen über die Handlung, Alicia und Catherine Vaisse für ihre Gastfreundschaft und dass sie mir Einblick in die Bewirtschaftung des Anwesens Haras du Coussoul gewährt haben, sowie Ole Jacob Sunde für sehr kreative Vorschläge in Bezug auf Eigentumsverhältnisse, Vorstandsarbeit und Unternehmensstrukturen.

Meine Freunde bei den Geheimdiensten sollen anonym bleiben.

Im Verlag Aschehoug bedanke ich mich herzlich bei Nora Campbell und Marius Fossøy Mohaugen, die das Manuskript mit dem gleichen Eifer gelesen und kommentiert haben, mit dem es geschrieben wurde, und bei Ruth Lillegraven, die ihr literarisches Feingefühl und ihren gesunden Menschenverstand eingebracht hat. Ich möchte außerdem Åse Ryvarden, Mads Nygaard und Trygve Åslund für gute Lektüre und Unterstützung danken.

Abschließend danke ich Anne-Laure Albessard für ihre entscheidenden Anregungen zur Geschichte und den Personen darin und dass sie während unserer Reisen zu den kalten Küsten durchgehalten hat.

Aslak Nore

Der erste Band der Bestseller-Trilogie aus Norwegen – ein Pageturner der Extraklasse

Während des Zweiten Weltkriegs wird ein Hurtigrutenschiff mit norwegischen Zivilisten und deutschen Soldaten an Bord von einer englischen Mine getroffen und sinkt. Hunderte Menschen kommen ums Leben, so auch der Unternehmer und Reeder Thor »Store« Falck. Seine Frau, die junge Schriftstellerin Vera Falck, und ihr kleiner Sohn Olav werden wie durch ein Wunder gerettet. 75 Jahre später steht die Familie vor einer Zerreißprobe, und ein erbitterter Kampf um Macht, Reichtum und die Wahrheit beginnt.

Kiepenheuer & Witsch

Leseproben und mehr unter www.kiwi-verlag.de